Kirsty Crawford, in Neuseeland geboren, wuchs in Oxfordshire auf. Nach dem Studium der englischen Literatur in Oxford arbeitete sie für verschiedene Verlage als Lektorin. Inzwischen lebt die Autorin mit ihrer Familie in London. DAS GLÜCK NEBENAN, ihr Debüt, wurde von der Kritik begeistert aufgenommen. Ihr zweiter Roman DAS GEHEIMNIS DER ANDEREN erscheint bei Ehrenwirth.

www.kirsty-crawford.com

Für meine Eltern
Dennis Fowkes und Katherine Adams

Kirsty Crawford

Das Glück nebenan

Roman

Aus dem Englischen von
Anke Angela Grube

BLT

BLT
Band 92318

1. Auflage: April 2009

Vollständige Taschenbuchausgabe
der in editionLübbe erschienenen Hardcoverausgabe

BLT und editionLübbe in der Verlagsgruppe Lübbe

Titel der englischen Originalausgabe:
»Other Women«
Originalverlag: Orion Publishing Group, London
Für die deutschsprachige Ausgabe:

Lektorat: Regina Maria Hartig
Titelbild: © Heide Benser/zefa/Corbis
Umschlaggestaltung: Gisela Kullowatz
Satz: Kremerdruck GmbH, Lindlar
Gesetzt aus der DTL Documenta
Druck und Verarbeitung: GGP Media GmbH, Pößneck
Printed in Germany
ISBN 978-3-404-92318-2

Sie finden uns im Internet unter
www.luebbe.de
Bitte beachten Sie auch: www.lesejury.de

Der Preis dieses Bandes versteht sich einschließlich
der gesetzlichen Mehrwertsteuer.

Eins

Ihr letzter Tag.

Bella erwachte mit einem Gefühl bleierner Schwere. Das war schon mal ganz falsch. Sollte sie sich nicht eigentlich fühlen wie eine Gefangene kurz vor der Entlassung? Stattdessen kam es ihr vor, als habe sich über Nacht eine schwere Last auf ihre Brust gesenkt. Das Bett neben ihr war leer. Demnach war Iain schon auf. Gütiger Gott, wie spät war es denn? Sie kämpfte sich mühsam hoch, um auf den Wecker zu sehen. Kurz vor sechs. Sie ließ sich auf das Kissen zurückfallen und knurrte verärgert, als die Morgengeräusche des Hauses zu ihr heraufdrangen: die Rufe der umherrennenden Kinder, das Rauschen der Wasserleitungen, die heißes Wasser für die morgendliche Dusche austeilten, eine schwache blecherne Stimme aus dem Radio in der Küche. Und ein hohes, durchdringendes Pfeifen.

Du meine Güte!, dachte sie. Er pfeift. Wer außer den sieben Zwergen pfeift denn so fröhlich vor sich hin?

Es war bezeichnend, dass Iain sich am entgegengesetzten Ende des emotionalen Spektrums befand wie Bella. Während der Gedanke an das, was vor ihnen lag, sie in immer tiefere Depressionen stürzte, war er in Hochstimmung, und seine gute Laune verlieh ihm eine unerträgliche Energie. Im Augenblick fiel ihr alles auf die Nerven, was er tat.

Die Umzugskartons neben dem Bett, bedenklich schief gestapelt, wirkten wie ein hellbrauner, kubistischer Berg. Kartons voll mit Kleidung und Büchern, Bügeln und Schuhen und tausend anderen Sachen. Keine Ahnung, wie es ihr gelungen war, das alles in das kleine Schlafzimmer zu stopfen. Das Zimmer selbst wirkte kahl. Man konnte direkt sehen, dass die Kommoden und der Kleiderschrank leer waren – sie wirkten irgendwie leichter. In drei Stunden würden die Möbelpacker kommen, Umzugskartons und Möbel hochhieven, die Treppe hinunterschleppen und zur Tür hinaustragen. Und das wär's dann. Die Balfours würden sich ihre persönlichen Sachen schnappen und für immer fortgehen. Eigentlich sollte sie mittlerweile daran gewöhnt sein, an dieses Weiterziehen und Verlassen von Häusern, aber dieses Mal war es anders. Vorher hatte sie sich immer auf das gefreut, was vor ihnen lag. Diesmal blickte sie mit Bedauern auf das zurück, was sie hinter sich ließen. Sie kam sich vor wie ein Hund, der widerstrebend von seinem übereifrigen Herrchen an der Leine hinter sich hergezerrt wird. Iain hatte sie gedrängt und unter Druck gesetzt, sie überredet und herumkommandiert, bis sie dem Umzug endlich zugestimmt hatte, und jetzt war es so weit. Sie würden von hier weggehen.

Sie schloss die Augen und versuchte, wieder einzudösen, aber es hatte keinen Zweck. Sie würde jetzt sowieso keinen Schlaf mehr finden. Heute Abend würde sie im neuen Haus einschlafen, in einem fremden Zimmer in einem winzigen, abgelegenen Weiler in den Cotswold Hills, meilenweit entfernt von London, von ihren Freundinnen und allem, was ihr lieb und vertraut war. Tja, jetzt war es zu spät, es sich noch anders zu überlegen. Alles war in die Wege geleitet, und sie konnte nur noch versuchen, es so weit wie möglich unter Kontrolle zu behalten.

»Morgen, Schatz!«, rief Iain forsch, der gerade eingetreten war. Er vibrierte geradezu vor Energie. »Hopphopp! Wir sind alle schon auf und angezogen. Ich mache gerade Frühstück für die Kinder.«

»Die Möbelpacker kommen erst um neun«, sagte Bella müde. »Warum müssen wir dann so früh aufstehen?«

»Na, wir müssen noch aufräumen und die letzten Umzugskartons packen, oder? Wir sollten das Bett abziehen. Ich möchte bereit zur Abfahrt sein, wenn die Möbelpacker eintreffen. Du weißt, was für ein Verkehr samstags immer ist, besonders stadtauswärts, und mit einem großen Möbelwagen wird es doppelt schlimm. Wenn möglich, will ich gegen Mittag in Rawlston sein.«

Bella blickte finster drein, aber Iain weigerte sich, Notiz davon zu nehmen. »Komm schon«, sagte er lebhaft. »In der Küche gibt es Käsetoast und Tee, alles schon fertig.« Er drehte sich um und eilte geschäftig davon.

Sie verstand nicht ganz, wieso er annahm, dass sie das in Versuchung führen könnte. Sie aß zum Frühstück Müsli und trank Kaffee, immer schon. In letzter Zeit war ihr aufgefallen, dass es Iain immer schwerer zu fallen schien, sie von den Kindern zu unterscheiden. Sie gab sich geschlagen und stieg widerstrebend aus dem Bett.

Der Umzug war genau die Art Projekt, bei der ihr Mann aufblühte: eine Riesensache, die jede Menge Organisation und genaue Planung erforderte. Er war voller Begeisterung. Bella konnte allerdings nicht umhin zu bemerken, dass die eigentliche Arbeit – Umzugskartons packen, die Kinder dazu bringen, sich zu entscheiden, was sie mitnehmen wollten, das Saubermachen und Ausmisten – von ihr erledigt worden war. Obwohl das vielleicht nur gut war. Sie waren mittlerweile so oft umgezogen, dass Bella ihr System zu einer Kunstform vollendet hatte. Wenn Iain versuchte, sich nützlich zu machen, baute er nur Mist und brachte alles durcheinander, indem er Sachen aus dem Badezimmer

in die Schlafzimmer-Kartons packte oder die Gläser in die Werkzeugkiste für den Umzugstag, und er neigte dazu, sich in den Büchern festzulesen, die er einpacken wollte. Einmal war sie dazugekommen, wie er sorgfältig alle Konservenbüchsen in Zeitungspapier wickelte – »damit sie nicht gegeneinander stoßen und Dellen kriegen«, wie er erläuterte. Wenn er sich nur auch so viel Mühe mit dem Porzellanservice gegeben hätte, einem Hochzeitsgeschenk. Das war im Laufe der Jahre und nach zahlreichen Begegnungen mit Möbelpackern so gut wie hinüber.
In der Küche fand sie Katie und Christopher vor, die munter und aufgeregt ihr Frühstück verzehrten, während Iain fröhlich vor sich hin summte. Die gute Laune ihres Mannes ließ ihre Stimmung ins Bodenlose absacken, aber zumindest, dachte sie, hatte er aufgehört zu pfeifen – wenigstens etwas. Als dann alle fertig waren, sie das Haus gereinigt und die letzten Sachen eingepackt hatten, war es erst halb acht, und sie mussten tatenlos herumsitzen, während die Kinder ausgelassen auf den Umzugskartons herumhüpften. Bella war gereizt und schläfrig. Iain frohlockte, weil sie dem Zeitplan so weit voraus waren.

Das Leben besteht in letzter Zeit aus einer Reihe von Abschieden, dachte Bella, als sie zum letzten Mal die Haustür abschloss, nachdem die Möbelpacker den letzten Umzugskarton hinausgetragen hatten. Sie hatte ihren Job aufgegeben – gut, der Abschied war ihr zugegebenermaßen nicht gerade schwer gefallen. Obwohl ihr einige der Kollegen fehlen würden, mit denen sie in den letzten fünf Jahren zusammengearbeitet hatte. Die Kollegen hatten eine dieser furchtbaren Abschiedsfeiern für sie veranstaltet, auf denen alle herumstanden, lauwarmen Weißwein tranken und jeder nur mit den Leuten redete, mit denen er sowieso immer redete. Sie hatte eine Karte bekommen, von allen unterschrieben – *Melde dich mal! Ohne dich wird es nicht mehr dasselbe sein! Du wirst uns fehlen!* – und ein Heftchen mit Gutscheinen von Argos. Es war nett gemeint, aber sie wusste, dass niemand sie vermissen würde. Wieso auch? In ein, zwei Monaten würde vielleicht einer sagen: »Hat eigentlich jemand mal was von Bella gehört? Was macht sie denn so? Weiß jemand, wie es ihr auf dem Land ergangen ist?«, und danach würde sie vergessen sein, ebenso wie Bella die Kollegen vergessen hatte, die irgendwann weitergezogen waren.

»Großartig. Damit können wir uns einen Rasenmäher kaufen«, hatte Iain gesagt, als sie ihm die Gutscheine für das große Elektro- und Haushaltswarenkaufhaus zeigte. »Wir werden jetzt einen brauchen.«

»Hmm, wahrscheinlich. Ich finde nur, es wäre schöner gewesen, Gutscheine für Liberty zu bekommen oder für Heal's oder Harrods. Irgendwas in der Richtung. Dann hätte ich mir mal ein bisschen was Schönes gönnen können.«

»Wahrscheinlich hättest du vorgezogen, alles für Kumquat-Badeöl oder ähnlichen albernen Kram ausgegeben. Das hier ist doch viel praktischer. Wirklich nützlich.«

Der Möbelwagen, beladen mit all ihrer Habe, rollte langsam die Straße hinunter, in Richtung der Ausfallstraße, die aus London hinausführte. Iain und die Kinder warteten im Wagen auf Bella, während sie den Makler ansteuerte, um schnell die Hausschlüssel zu übergeben. Chiswick wirkte frisch und hübsch; der schöne Maimorgen hatte vor allem junge Familien ins Freie gelockt, die mit den Kindern zum Spielen in den Park gingen oder ihre Samstagseinkäufe erledigten. Sie kam an den Geschenkläden mit Spielzeug und hübschen, ausgefallenen Kleinigkeiten vorbei, die das

Auge anzogen wie bunte Bonbons, und dem edlen Feinkostladen mit den vielen Käse- und Schokoladensorten vom Kontinent. Dann waren da die exklusiven Boutiquen, vier verschiedene Arten von Supermarkt, das Fotoschnelllabor, in dem sie oft gewesen war, die Reinigung, die Weinhandlung. Hier gab es alles, was man für ein zivilisiertes Leben brauchte, und sie zog in ein Provinznest, das Meilen vom nächsten Dorf entfernt war. Nichts mehr mit mal eben loslaufen, um eine Flasche Shiraz zu kaufen. Wenn sie mal eben loslief, könnte es Tage dauern bis zur Rückkehr.

Panik überfiel sie. Hatte sie die richtige Entscheidung getroffen? Als die Firma betriebsbedingte Entlassungen angekündigt und Abfindungen für freiwilliges Ausscheiden angeboten hatte, war ihr der Gedanke gekommen, dass das nach fünfjähriger Tätigkeit als IT-Trainerin die Chance sein könnte, auf die sie gewartet hatte. Sie hatte es Iain gegenüber erwähnt, und er hatte die Idee begeistert aufgegriffen und war immer darauf zurückgekommen – wie ein Komponist auf sein Thema. Was sie als berufliche Chance betrachtet hatte, wurde zu einer Gelegenheit für die Familie, Iains liebsten Traum zu verwirklichen: aufs Land zu ziehen. Bellas Abfindung war die Kapitalspritze, die ihnen immer gefehlt hatte, um den Traum wahr zu machen.

Manchmal, das musste sie zugeben, war ihr Iains Traum durchaus reizvoll erschienen: wenn sie im Stau stand und Abgase einatmete oder wenn die U-Bahn ohne Erklärung mitten in einem dunklen, muffigen Tunnel irgendwo unter der Gloucester Road für längere Zeit stehen blieb; wenn eine Gruppe gefährlich aussehender Jugendlicher herumlungerte und Passanten bedrohte oder wenn ihr Autofenster mal wieder eingeschlagen war und überall Glassplitter herumlagen. Eigentlich hatte sie dabei vor allem an die Kinder gedacht. Sie sollten frische Luft und Bewegungsfreiheit haben und nicht nur Beton, Asphalt und ungepflegte Parks voller Hundedreck kennen lernen, und sie sollten aus den Londoner Schulen fort und irgendwo zur Schule gehen, wo sie sich ihre Kindheit vielleicht ein wenig länger bewahren konnten. Sie lagen ihr und Iain bereits mit Bitten um immer kostspieligere Spielsachen und technischen Schnickschnack in den Ohren, weil all ihre Freunde so etwas hatten. Bei Iain kamen sie damit allerdings nicht weit. Sein Lieblingsgrund für eine Ablehnung war, dass alle anderen das Gewünschte taten, es hatten oder kriegen würden. Katie, die gerade erst zehn geworden war, wünschte sich zu Weihnachten sehnlichst ein Handy. Das konnte sie jetzt vergessen.

Bella gab die Schlüssel beim Makler ab, versuchte die Passanten zu ignorieren, die die Fotos der zum Verkauf stehenden Häuser studierten, und kämpfte gegen ihre düstere Stimmung an. Sie hatte ihr Haus lieb gewonnen, obwohl sie mit der Renovierung nie ganz fertig geworden waren. Wie die meisten Häuser, die sie gekauft hatten, war es ziemlich verwohnt gewesen. Anfangs hatten sie sich mit Begeisterung in die Arbeit gestürzt, aber diese Begeisterung hatte allmählich nachgelassen, und Bella hatte sich daran gewöhnt, mit blankem Verputz und ungeschliffenen Dielen zu leben. Zumindest war im neuen Haus nicht viel zu tun, es brauchte nur neue Gardinen und Teppiche.

Bellas Familie saß gehorsam im Wagen und wartete. Bella setzte sich ans Steuer.

»Also dann«, sagte sie, um Munterkeit bemüht. »Verabschiedet euch von unserem Haus, alle miteinander!«

»Wiedersehen, Haus!«, riefen die Kinder im Chor.

»Bis bald«, fügte Christopher hinzu und winkte der Haustür zu.

»Nein, nicht bis bald«, sagte Iain. »Wir kommen nicht zurück, weißt du nicht mehr?«

»Tun wir nicht?« Christopher riss erstaunt die großen blauen Augen auf, als sei ihm das neu.

Bella drehte sich auf dem Sitz um und lächelte ihm ermutigend zu. »Du weißt doch noch, Chrissie, das kannst du nicht vergessen haben – letzte Woche sind wir hingefahren, um uns unser neues Haus auf dem Land anzusehen. Wir sind auch bei deiner neuen Schule vorbeigefahren – erinnerst du nicht mehr an das schöne Klassenzimmer, an all die selbst gemalten Bilder und den Naturgarten, den sie haben?«

»Klar tut er das«, sagte Katie. »Du erinnerst dich, Blödmann. Weißt du nicht mehr, der Bach?«

Christophers Miene hellte sich auf. »J-j-jaa!«, stotterte er aufgeregt. »Und ich kriege einen Hamster, hast du gesagt! Ich will ihn Stephen nennen.«

»Ganz genau, Schatz.« Bella ließ den Motor an. »Also, je früher wir losfahren, desto schneller kriegst du deinen Stephen.«

Sie legte Hörkassetten mit Geschichten ein, um die Kinder bei Laune zu halten, und fuhr in Richtung Westen. Schnell waren sie auf der Autobahn.

Das war's dann also, dachte Bella. Das Ende meines Lebens in London. Es kam ihr vor, als lasse sie alles zurück, was sie ausmachte, und als segele sie ins Unbekannte hinaus, auf eine ganz neue Version ihrer Selbst zu, die sie im Moment nur schemenhaft erkennen konnte.

Am meisten Angst hatte sie davor, dass sie sich einsam fühlen könnte. Ihre Freundinnen hatten ein großes Abschiedsessen in Clapham organisiert, im Haus einer der Frauen. Alle hatten die Fotos von dem neuen Haus bewundert und gemeint, was für ein Glück Bella doch habe. Sie sei zu beneiden, und ganz bestimmt würden sie alle zu Besuch kommen. Sie hatten ihr ein Geschenk überreicht – Gummistiefel mit einem wilden Blumenmuster und einen Schirm in allen Farben des Regenbogens. »So besteht wenigstens keine Gefahr, dass du in all dem Regen und Schlamm da unten verschwindest«, hatten sie gesagt. Bella war gerührt gewesen und hatte zum Abschied alle ganz fest umarmt. Besonders schlimm war der Abschied von Nicky, ihrer besten Freundin, gewesen. Als sie sich auf ein letztes Glas Wein in Soho getroffen hatten, blamierte sie sich, indem sie in Tränen ausbrach.

»Aber, aber, aber! So schlimm ist es doch nun auch wieder nicht«, hatte Nicky gesagt und ihre Hand ergriffen. »Du ziehst doch nur nach Gloucestershire, nicht auf die Orkney-Inseln.«

»Ich weiß«, sagte Bella entmutigt und schniefte in ein Taschentuch. »Aber wir haben es ja so schon kaum geschafft, einen Termin für ein Treffen zu finden. Wie soll das erst werden, wenn ich meilenweit von London entfernt wohne?«

»Das kriegen wir schon hin. Schließlich hast du jetzt Zeit, mich zu besuchen. Wir werden wunderschöne Wochenenden zusammen verbringen und all das machen, was wir uns immer vorgenommen, aber nie geschafft haben. Und du wirst in einem tollen Haus wohnen. Holly Lodge. Auf den Fotos sieht es richtig schön aus.«

»Ist es auch«, gab Bella zu. Sie hatte ganz vergessen, wie reizvoll es war, bis sie in der vergangenen Woche hingefahren war, um alles auszumessen und sich die Räume anzusehen. Das viktorianische Backsteinhaus, durch und durch solide, stand am Ende eines langen Heckenwegs, direkt an der Abzweigung, die zu dem von hohen Rhododendronhecken abgeschirmten Herrenhaus hinaufführte. Das Landsträßchen war voller Schlaglöcher, und sie hatte es verflucht, als sie das Auto zum Stehen brachte.

Doch dann war sie überrascht gewesen, erst von der vollkommenen Ruhe – kein Verkehrslärm, keine heulenden Sirenen, nur das ferne Motorenbrummen irgendwelcher Landmaschinen – und dann von dem malerischen Haus mit den weißen Schiebefenstern und der geschnitzten Holzveranda, über die sich Jasmin rankte. »Aber es ist ja kein Ferienhaus. Ich muss da leben. Und was soll ich dort anfangen?«

»Gibt es denn keine Stadt in der Nähe?«

»Tja, Oxford ist dreißig Meilen entfernt.«

»Na also! Da wirst du doch was finden, oder? Es wird schon nicht so schlimm werden.«

Bella starrte in ihr Weinglas. »Es ist nur … wir werden Geld brauchen. Ich muss mir eine Stelle suchen. Und ich kann es nicht ändern, ich habe es satt, schon wieder von vorne anfangen zu müssen. Ständig ziehen wir um, nie kommen wir zur Ruhe. Als würden wir glauben, dass das Leben woanders spielt, nur nicht da, wo wir gerade sind. In London waren wir jetzt vier Jahre, länger als sonst irgendwo.«

»Iain will sich verbessern, oder? Ich dachte, deswegen kauft ihr ständig diese alten Gemäuer, renoviert sie und verkauft sie wieder. Ich nahm an, damit ist Geld zu machen.«

Bella lächelte schief. »Sollte man annehmen – es klingt ganz plausibel. Aber so hat es nie hingehauen. Wir geben immer viel zu viel für die Renovierung aus, weil Iain darauf besteht, alles selbst zu erledigen, anstatt jemanden anzuheuern. Das geht dann schief, und wir müssen doch einen Handwerker beauftragen, damit der alles wieder hinbiegt. Iain sucht sich den billigsten Handwerker, den er finden kann, und der baut natürlich Murks. Also müssen wir noch eine andere Firma beauftragen oder einfach hoffen, dass es den Kaufinteressenten nicht auffallen wird. Aber es fällt ihnen immer auf. Und dann stellen wir fest, dass das Haus gerade außerhalb eines Einzugsgebiets oder auf der falschen Straßenseite liegt oder dass die Grundstückspreise in der Gegend gerade gefallen sind ... Wir gehören zu den wenigen Leuten, die mit dem Kauf und Verkauf von Immobilien keinen Gewinn machen. Wir kriegen immer gerade mal die Kosten wieder raus. Ohne meine Abfindung hätten wir uns Holly Lodge nie leisten können.«

»Ach, Iain ...« Nicky lachte und schüttelte den Kopf. »Er ist schon ein witziger Kerl.«

»Ja, wenn man nicht mit ihm verheiratet ist.«

»Du hast ihn dir schließlich ausgesucht – irgendwas musst du doch an ihm gefunden haben.« Nicky weigerte sich, Iain ernst zu nehmen; sie tat immer so, als habe Bella ihn nur geheiratet, um ihre Freundinnen zu amüsieren. »Komm schon – ihr zwei wirkt doch ziemlich glücklich miteinander. Ich meine, schön, er ist ein bisschen exzentrisch, aber ihr könnt schließlich zusammen lachen, oder?« Sie runzelte die Stirn. »Es ist doch alles in Ordnung mit euch beiden?«

»O ja, ja. Alles bestens, ehrlich. Aber manchmal habe ich das Gefühl, als würde ich ihn gar nicht kennen, selbst nach dieser langen Zeit. Es scheint irgendwie schlimmer zu werden, je älter er wird – als würde er sich in sich selbst zurückziehen und von der Außenwelt abschotten. Meine Theorie ist deswegen auch, dass er durch diesen Umzug von allem wegkommen will, was ihm nicht gefällt, damit er sich auf dem Land, in der Einsamkeit, ein eigenes Leben zurechtzimmern kann.«

»Man zieht doch meistens um, weil man was Besseres gefunden hat, oder? Daran ist nichts Ungewöhnliches.«

Bella runzelte die Stirn. »Ja, wahrscheinlich. Aber bei Iain ist es was anderes. Er erinnert mich an jemanden, der sich in ein Kloster zurückziehen möchte.«

»Oh. Ja. Das ist nicht so gut, das sehe ich ein.«

»Aber es ist sein Traum. Er möchte es unbedingt, und ich kann mich ihm nicht in den Weg stellen. Ich muss es wenigstens versuchen, das schulde ich ihm.«

»Du wirst dich dort schon wohl fühlen«, sagte Nicky entschieden. »Vergiss nur nicht ganz, was du selbst willst. Mir gefällt der Gedanke nicht, dass du mitten im Nirgendwo leidest, damit Iain herumstolzieren und so tun kann, als sei er Farmer Giles von Ham. Du kannst mich jederzeit anrufen oder mir eine Mail schicken, ja?«

»Gut. Versprich mir nur, dass du mich nicht vergisst.«

Sie kamen auf der Autobahn gut voran und trafen um die Mittagszeit in Rawlston ein. Die Möbelpacker waren schon da, was Bella argwöhnen ließ, dass der schwerfällige Möbelwagen auf der M40 viel zu schnell gefahren war. Die Männer waren schon dabei, alles auszuladen, auf dem Rasen vor dem Haus stapelten sich Möbel und Umzugskartons. Iain stieg rasch aus, um die Helfer ins Haus zu lassen. Katie und Christopher kletterten aufgeregt aus dem Auto, um ihr neues Reich zu erkunden, während Bella noch ein paar Minuten sitzen blieb. Eigentlich hätte sie ebenfalls aussteigen müssen, um sicherzugehen, dass Iain auch wusste, wo alles hinsollte, aber sie konnte sich einfach nicht dazu aufraffen. Die Kinder liefen an der Haustür vorbei – man sah ihre bloßen Beine aufblitzen und hörte das Klatschen ihrer Flip-Flops – und rannten ums Haus herum in den Garten. Bella holte tief Luft und stieg aus. Die Luft war warm und duftete süß nach Gras.

»Bella, wo bleibst du denn?«, rief Iain. »Ich kann meine Schlüssel nicht finden. Hast du deinen Schlüsselbund dabei?«

Die Männer fuhren fort, die Möbel auf dem Rasen zu stapeln, ohne Iain zu beachten.

»Ja«, sagte sie, »und deine Schlüssel sind in deiner Jackentasche.« Sie reichte ihm trotzdem ihren Bund.

»Danke. Gut. Also, packen wir's an.« Er hastete zur Haustür und fing an, mit den Schlüsseln herumzuhantieren. Bella betrachtete ihn mit einer Art gereizter Zuneigung. Er trug seine Wochenend- und Sonnentagsuniform: ausgebeulte Shorts, uralte Sandalen und ein formloses blaues Polohemd. Sein Haar war immer noch eher braun als grau, aber es wurde langsam dünn und struppig. Das lag daran, wie Bella vermutete, dass er immer nur die billigsten Shampoos benutzte. Iain kaufte ausschließlich die billigsten No-Name-Produkte im Supermarkt, und die stets in größeren Mengen: Riesenflaschen rosaroter Glibber, voll von Duftstoffen. Na, wenn ihn das glücklich machte. Bella zog ihre schönen Kräutershampoos vor.

Iain schloss die Tür auf. »Machen wir eine kurze Hausbegehung.«

Sie folgte ihm hinein und die Treppe hinauf. Sie hatten das Haus zusammen besichtigt, bevor sie ihr Angebot abgegeben hatten, aber Iains Erinnerung daran war nur vage. Die Küche und der Garten waren ihm im Gedächtnis geblieben, aber kaum etwas darüber hinaus. Das war eine seiner Eigentümlichkeiten, diese Unfähigkeit, Dinge zu behalten. Er vergaß Menschen, Orte, Namen, ja sogar Wörter.

Er betrat das Kaminzimmer direkt neben dem Bad, den größten Raum mit Aussicht: meilenweit nur grüne Äcker, Weiden, dunkle Baumgruppen.

»Also, schau dir das an!«, rief er aus. »Ist das nicht toll? Einfach fantastisch!«

»Ich dachte, dieses Zimmer könnten wir nehmen«, meinte Bella, die in der Tür stehen geblieben war, beiläufig. »Stell dir nur vor, jeden Tag mit diesem Ausblick aufzuwachen. Oder was meinst du?«

»O ja. Das nehmen wir.« Man musste behutsam zu Werke gehen und Iain stets glauben machen, dass alles seine Idee gewesen war. Er eilte zum Fenster und riss es auf. »Kinder! Kommt rein und guckt euch das Haus an! Ihr müsst euch noch eure Zimmer aussuchen.«

Bella verkrampfte sich. »Ich habe das schon entschieden. Christopher kriegt das Zimmer in diesem Stock, Katie den Raum unterm Dach. Ihr wird es gefallen, ein wenig für sich sein zu können. Chrissie ist zu sensibel, für ihn ist das zu weit weg.«

»Trotzdem kann es nicht schaden, die Kinder selbst entscheiden zu lassen«, sagte Iain. »Ich glaube kaum, dass das groß was ausmacht.«

»Gut«, meinte Bella. Dann würde sie eben die Kinder dazu bringen, die richtige Entscheidung zu treffen. Nach diesem stressigen Tag war sie zu müde, um sich mit Iain auseinander zu setzen.

Die Möbelpacker fuhren ab, als der Nachmittag eine goldene Fülle annahm. Die Betten standen alle in den richtigen Zimmern, dank unauffälliger Überzeugungsarbeit von Bella, und die Möbel waren willkürlich überall im Haus verteilt. Sie fragte sich, was die Möbelpacker wohl von dem Inventar gehalten hatten, einem Sammelsurium, größtenteils aus zweiter Hand, beim Trödler und auf Auktionen erstanden: eine alte Überseetruhe, die ihnen als Couchtisch diente, lädierte Kleiderschränke, viele Bücherkartons. Was ihre Einrichtung wohl über sie als Familie aussagte? Ihre Sachen wirkten in der neuen Umgebung zugleich fremd und vertraut, und einen Augenblick überlegte Bella distanziert, wie man sie, die Balfours, wohl beschreiben könnte. Als entzückend schäbig vielleicht? Unordentlich? Leute, die keinen Wert auf teuren Schnickschnack und Familienerbstücke legten? Oder die einfach nicht genug Geld besaßen, um sich etwas Anständiges zu leisten?

Sie ging in die Küche, die auf der Rückseite des Hauses lag, in einem späteren Anbau, der keine hohen Decken und große Fenster besaß wie die übrigen Zimmer. Es war ein langer, niedriger Raum mit einem großen alten Eisenofen. Keine Ahnung, wie sie auf dem Ding kochen sollte. Die schlichten, faden Einbauschränke waren ganz brauchbar, die Kunststoff-Fronten kaum angeschlagen. Vor den Fenstern, die auf den Garten hinausgingen, hingen Gardinen mit Grauschleier. Also, die müssen weg, dachte Bella. Wieso braucht man hier überhaupt Gardinen? Es ist ja nicht so, als könne jemand reingucken. Hier gab es meilenweit keine anderen Häuser.

Sie war ganz mit Auspacken beschäftigt, als der Türklopfer energisch betätigt wurde. Sie wandte den Kopf und lauschte, und als es noch einmal klopfte, ging sie zur Haustür und öffnete sie.

Ein hoch gewachsener Mann, schick gekleidet, stand lächelnd auf der Schwelle. Ein Mann, der Eindruck machte mit seiner Größe, der Sicherheit und dem Selbstvertrauen, das er ausstrahlte, mit den tiefblauen Augen und dem silbrig-schwarzen Haar. Auf der Straße hinter ihm konnte Bella einen schnittigen, teuer wirkenden Sportwagen erkennen.

Er sagte: »Hallo. Sie sind gerade eingezogen, oder? Ich wollte Sie hier in Rawlston willkommen heißen.«

»Vielen Dank, das ist sehr nett von Ihnen«, sagte Bella, die sich des umzugsbedingt chaotischen Zustands ihrer Frisur und ihrer zerrissenen alten Jeans bewusst wurde. Der Mann sah ausgesprochen gut aus – man müsste schon blind sein, um das nicht zu bemerken.

»Ich bin Ben Clarke. Ich wohne da hinten.« Er deutete auf

das Gutshaus, das von hier aus gerade noch sichtbar war; Dach und Schornsteine überragten die Bäume.

Bella war leicht verwirrt. »Bei Mrs Fielding?« Sie und Iain hatten Mrs Fielding bei der Besichtigung von Holly Lodge kennen gelernt, und sie wusste, dass sie in Rawlston House lebte.

»Nein, das Haus ist geteilt, und wir haben die eine Hälfte. Ich wohne dort mit meiner Frau Sam und meiner Tochter.«

»Oh, verstehe. Also, es war wirklich nett, Sie kennen zu lernen. Ich wusste nicht genau, ob hier überhaupt jemand in der Nähe wohnt.«

»Da wären die Leute in den alten Gutsarbeiterhäusern« – Ben Clarke wies mit dem Kopf auf die Katen auf der anderen Seite der Straße –, »aber die meisten sind weit über das Pensionsalter hinaus; die Chancen für einen regen geselligen Umgang stehen also eher schlecht. Haben Sie Kinder?«

»Zwei. Katie und Christopher.«

»Gut«, sagte er nachdrücklich. »Wir brauchen mehr Kinder in der Nachbarschaft. Wie alt sind sie?«

»Zehn und sieben.«

»Ein bisschen klein für Emma, sie ist fast achtzehn. Egal, Sie müssen bald mal auf einen Drink zu uns kommen. Was halten Sie denn bislang von Ihrer neuen Heimat?«

»Es ist sehr schön hier. So ruhig. Jedenfalls verglichen mit London.«

»Aus welchem Teil Londons kommen Sie denn?«

»Chiswick.«

»Chiswick kenne ich gar nicht.« Beide lächelten höflich. Dann sagte Ben: »Ich will Sie nicht aufhalten – Sie haben sicher viel zu tun. Ich wollte Sie nur in Rawlston willkommen heißen. Schauen Sie gern jederzeit vorbei, wenn Sie Hilfe brauchen.« Er wandte sich zum Gehen, drehte sich dann aber noch einmal um. »Wie heißen Sie?«

»Balfour. Bella und Iain.«
»Gut – also, hier ist meine Karte. Rufen Sie an oder mailen Sie, dann machen wir einen Termin für den Besuch aus. Ganz ernsthaft. Bis dann. Leben Sie sich gut ein!« Er reichte ihr die Visitenkarte und ging den Gartenweg hinunter. Kurz darauf verschwand der Sportwagen um die Ecke.

Um neun waren die Kinder ganz still und matt und legten sich ohne Protest schlafen. Als Bella ihnen nach oben folgte, spürte sie die schwebende Müdigkeit nach einem langen Tag harter Arbeit. Draußen brach die Dunkelheit herein, eine dichtere, tiefere Dunkelheit als in der Stadt. Die Nacht war voller Geräusche; Nachtinsekten zirpten, Zweige raschelten. In der Stadt kannte sie die Gefahren der Nacht, die Messerstecher, Handtaschenräuber, Raser. Hier, in ihrem ehelichen Schlafzimmer mit der erleuchteten Lampe und den zugezogenen Vorhängen, kam es ihr vor, als streife draußen etwas Gewaltiges, Unbekanntes frei umher. Sie rief sich ins Gedächtnis, dass auf der anderen Seite der Straße die Gutsarbeiterkaten lagen, deren kleine Fenster gelb erleuchtet waren, ein Beweis dafür, dass noch andere Leute in der Nähe waren.
Im Bett sagte sie zu Iain: »Wusstest du, dass im Gutshaus zwei Familien leben?«
Er blickte von seinem Buch auf. »Kann schon sein. Hat Jane Fielding nicht so was erwähnt? Ich weiß es nicht mehr.«
Wieso vergisst er nur alles?, dachte sie. Sein Gedächtnis ist wie ein Sieb. »Einer der Nachbarn hat vorbeigeschaut, als du im Garten warst. Ben Clarke. Er lebt in der anderen Haushälfte. Er hat uns eingeladen, sie zu besuchen.«
Iain wurde munter. Das gehörte zu seiner Idealvorstellung vom Leben auf dem Lande: von der Dorfgemeinschaft ans Herz gedrückt zu werden. »Prima. Wann?«

»Ich soll ihn anrufen.« Sie streckte ihren Fuß unter dem Federbett hervor. Die Nacht war wirklich zu warm für diese dicke Decke, aber sie hatten nichts anderes.

»Mach das! Je eher wir unsere Nachbarn kennen lernen, desto besser. Wie ist er denn so?«

»Ganz nett. Distinguiert, aber nicht arrogant. Ich mochte ihn.«

»Gut.« Iain wandte sich wieder seinem Buch zu. »Dann ruf ihn doch gleich morgen an.«

Zwei

»Was für ein Radau!«, rief Jerry ärgerlich. »Wieso müssen die einem den schönen ruhigen Nachmittag derart verderben?«

Sie saßen zum Tee auf der Terrasse. Jerry hatte sich große Mühe gegeben: Er hatte seinen speziellen gesunden Victoria-Biskuitkuchen mit Vollkornmehl, Diabetikerkonfitüre und halbfetter Crème fraîche statt Sahne gebacken. Von Konsistenz und Geschmack her erinnerte der Kuchen Jane an altes Gummi, aber Jerry meinte, alles, was den Kaloriengehalt senke und die Lebenserwartung erhöhe, müsse es einfach wert sein.

Er warf einen finsteren Blick über die Schulter in Richtung der dröhnenden Motoren, als könne sein Blick die dichte Rhododendronhecke durchdringen und den Fahrer des Lastwagens maßregeln, der nebenan gerade mit lautem Gehupe rückwärts in den Zufahrtsweg setzte. »Verflixte Nachbarn!«, sagte er bitter.

»Meine Geduld ist in letzter Zeit auf eine ziemlich harte Probe gestellt worden«, räumte Jane ein. »Die Bauarbeiter stehen pünktlich bei Tagesanbruch auf der Matte und machen Krach, große Laster fahren vor, und der Lärm hört den ganzen Tag nicht auf. Aber jetzt müssten sie eigentlich bald Feierabend haben. Es ist fast vier.«

»Was um alles in der Welt haben diese Leute denn vor?«

»Ich weiß es nicht. Ich habe nicht gefragt – es ist Wochen

her, dass ich einen der beiden zu Gesicht bekommen habe. Eines Tages werde ich wohl um die Ecke schauen und feststellen, dass sie das ganze Ding durch ein Penthouse aus Glas oder so was ersetzt haben.«

Jerry sah entsetzt aus. »Nein!«

»Nein, das werden sie wohl nicht können«, sagte Jane rasch, »ich glaube kaum, dass sie dafür eine Baugenehmigung erhalten würden. So weit sind wir noch nicht, dass unter Denkmalschutz stehende Herrenhäuser einfach abgerissen werden können.«

»Noch nicht«, meinte Jerry düster. Verstimmt nahm er noch einen Bissen von seinem Biskuitkuchen. Jane wusste, dass er sich als Bewahrer von Rawlston fühlte, als gehöre es ihm. Sein eigenes winziges Haus in einem einige Meilen entfernten Dorf war so vollkommen anders als das große, anmutige, aus goldfarbenem Stein erbaute Herrenhaus, das im Besitz der Familie Fielding war, seit Theos Urgroßvater, der sein Vermögen mit der Herstellung von Gummireifen gemacht hatte, es um 1920 herum erworben hatte. Es lag schön und friedlich inmitten von Rhododendronhecken am Ende des Heckenwegs in dem kleinen Weiler Rawlston, eine Erinnerung an ein Zeitalter, dessen Dahinschwinden Jerry bedauerte, eine Zeit, in der Menschen wie er ein elegantes Luxusleben geführt hatten. »Alles verändert sich«, sagte er melancholisch. »Erst verlierst du eine Hälfte des Hauses, und nun musstest du das Pförtnerhaus verkaufen. Wo soll das nur hinführen?«

»Ich weiß nicht«, sagte Jane. »Ich kann im Moment nur über eine Sache nachdenken. Mein Hauptziel ist, hier zu bleiben, wenn es irgendwie möglich ist. Theo hätte es so gewollt, das weißt du.«

»Natürlich. Natürlich hätte er das. Ich wollte dich nicht kritisieren, es ist nur so ...«

»Ich weiß. Es ist schrecklich, mit ansehen zu müssen, wie sich alles verändert. Aber nicht alle Veränderungen sind schlecht.« Jane betrachtete Jerry voller Zuneigung. Wie immer wirkte er elegant und kultiviert in dem blauen Blazer, der Hose mit Bügelfalten und der gut sitzenden Krawatte. Er war ein großer und ziemlich dicker Mann, schaffte es aber trotzdem, stets sehr gepflegt zu wirken. Er war ein Freund ihres Mannes Theo gewesen – die beiden hatten zusammen studiert –, und nach Theos Tod waren sie und Jerry sich näher gekommen. Mittlerweile war er wohl so etwas wie ihr bester Freund, immer zur Stelle, immer zu einer kleinen Plauderei aufgelegt, meistens übersprudelnd vor Ideen und Begeisterung. Er hatte ihr mehr geholfen, als er ahnte, nachdem Theo so plötzlich gestorben und sie hilflos in einer Welt zurückgeblieben war, von der sie keine Ahnung hatte; eine Welt, in der es Steuern, Schulden, Rentenansprüche und Anwaltshonorare gab. Manchmal fragte sie sich, ob Theo recht daran getan hatte, sie so lange von alldem fern zu halten, sie so hilflos zu machen und voller Angst angesichts der dürren Schreiben von der Bank; schon beim Anblick dieser Briefe auf der Fußmatte krampfte sich ihr Magen zusammen, und ihre Hände wurden feucht. Wenn sie an der Bankfiliale in der Stadt vorbeifuhr, wandte sie sich ab und zog die Schultern hoch, als würden die Bankangestellten, sobald sie sie entdeckten, laut rufend herausstürmen und sie die Hauptstraße hinunter verfolgen. Es fiel ihr schwer, sich an die Jane Fielding zu erinnern, die es vor Theos Tod gegeben hatte, so fern erschien ihr dieses sorglose, leichtfertige Geschöpf, das nur mit den Kindern, dem Dorffest und dem Blumenschmuck in der Kirche beschäftigt gewesen war. Diese Frau hatte Schecks ausgestellt oder war zum Geldautomaten gegangen, ohne groß darüber nachzudenken. Jetzt drehte sie jeden Penny dreimal um, bevor sie ihn ausgab.

Aber, rief sie sich ins Gedächtnis, jetzt bin ich vom Haken, zumindest für eine Weile. Heute Vormittag hatte sie sich durch das automatisierte Telefonsystem der Bank gewählt und nach Eingabe endloser Codeziffern und Optionen von der mechanischen Stimme ihren Kontostand erfahren. Sie hatte gelacht, aufgelegt und wieder angerufen, nur um es noch einmal zu hören. Es war einfach toll, wieder im Plus zu sein. Holly Lodge war verkauft, und der Betrag war auf ihrem Konto eingegangen. Sie würde einen Teil der Summe anlegen, und sie konnte das Dach reparieren lassen, damit es in den oberen Räumen nicht mehr durchregnete, einen Studienfonds für Alec und Lucy und vielleicht ein Sparkonto für die Enkel einrichten, falls je welche kommen sollten. Aber am wichtigsten war: Sie würden nun noch eine Weile länger in Rawlston bleiben können.

Sie und Jerry saßen eine Weile in erzwungenem Schweigen da, während der Laster davondröhnte, den unbefestigten Weg hinunter, bis der Lärm in der Ferne verklang. Die Terrasse hatte am Nachmittag Sonne, und es war erholsam, friedlich dort zu sitzen und auf den Rasen zu blicken, der sanft zu den Wäldern hin abfiel.

»Wie sind sie denn so, deine Nachbarn?«, fragte Jerry. »Hast du sie schon kennen gelernt?«

»Die Clarkes. Ich bin natürlich hingegangen, um mich vorzustellen. Sie waren sehr nett – er zumindest. Ben. Der Gatte. Ein Bär von einem Mann, äußerst selbstsicher. Seine Frau ist eine ganz außergewöhnliche Erscheinung. So eine winzige Person habe ich noch nie gesehen.«

»Zwergenhaft, meinst du?«

»Nein, nein, nur ganz erstaunlich dünn, wie ein Model. Sie trug Jeans, die ihr praktisch bis aufs Schambein gerutscht waren. Sie hat staksige Beine, streichholzdürre Arme und hellgelbes Haar. Ihre Haut war tiefbraun, als wäre sie gerade aus Südfrankreich zurückgekehrt.«

»Mmm, Selbstbräuner zweifellos. Grässliches Zeug. Man sieht damit immer leicht gelblich verfärbt aus – das ist zumindest meine Erfahrung. Wie alt ist sie?«

»Konnte ich nicht feststellen. Du weißt ja, heutzutage ziehen sich alle Frauen gleich an, Vierzigjährige tragen dasselbe wie Teenies. Aber wenn sie die Mutter des mauligen Mädchens ist, das drüben herumgelaufen ist, muss sie mindestens Mitte dreißig sein, und selbst dann müsste sie sehr früh angefangen haben.«

»Ach je. Wie gewöhnlich.«

»Sei kein Snob – du weißt, wie ich das hasse! Jedenfalls stecken sie offenbar viel Arbeit in die andere Haushälfte.« Sie warf einen wehmütigen Blick in die Richtung. »Ich würde ja zu gern wissen, wie es dort inzwischen aussieht.«

»Du musst natürlich hingehen und es dir anschauen. Warum veranstaltest du nicht ein kleines Essen und lädst sie ein? Ich würde sie wahnsinnig gerne treffen. Dann werden sie dich ebenfalls einladen und mich vielleicht dazu, und wir können uns in aller Ruhe umtun. Komm schon, Janey!«

Jane lachte. Sie konnte Jerry nie lange böse sein, obwohl er ein furchtbarer Snob war. Er war so harmlos dabei und sagte so offen und ehrlich, was ihm am Leben gefiel. »*Schönheit*«, pflegte er zu sagen, »ist das Einzige im Leben, was zählt. Das Einzige, was mir am Herzen liegt.« Der Begriff schien eine bemerkenswerte Bandbreite an Dingen abzudecken, von seiner innig geliebten, akribisch gepflegten Garderobe bis zur exquisiten Inneneinrichtung seines Hauses. Er war der Leiter der kleinen Gemäldegalerie eines Oxforder College, in der es auch bibliophile Schätze gab, was bedeutete, dass er den ganzen Tag an einem schönen Ort verbrachte und von schönen Dingen umgeben war. Da er allein lebte, hatte er genug Geld, um sich die Kunstgegenstände zu gönnen, die er liebte.

»Vielleicht«, sagte Jerry mit schlecht verhohlener Berechnung, »laden sie sogar einen netten Mann für dich ein.«

»Schon möglich«, antwortete Jane, »aber wir wollen doch nicht vorgreifen. Bislang haben wir ja nicht einmal Phase eins des Plans in die Tat umgesetzt. Aber du hast Recht, ich muss sie wirklich mal einladen. Ich hatte das schon seit Ewigkeiten vor. Ich werde es gleich in Angriff nehmen.«

»Gut. Ich sehe es gern, wenn Fortschritte gemacht werden. Ich betrachte es als meine Mission, noch in diesem Jahr einen Mann für dich zu finden. Du bist schon viel zu lange allein.«

»Du ebenfalls«, versetzte Jane. »Und du scheinst dabei vollkommen glücklich zu sein.«

Jerry seufzte. »Ach, ich habe das alles hinter mir. Nichts als Ärger, wenn du mich fragst. Es ist nie mehr richtig gelaufen, seit diese Ratte Max so gemein zu mir war. Er war meine letzte große Leidenschaft. Nein. Ich tröste mich einfach mit dem Gedanken, dass ich meine Augen an einer endlosen Prozession hinreißender junger Studenten weiden kann, von denen viele mich zu reizenden kleinen Partys einladen. Selbst wenn es für mich immer nur Selters gibt, nie Sekt.«

»Das klingt so traurig.«

»Nun, das ist es nicht. Es macht mich glücklich. Ich glaube, ich bin alleine besser dran. Und wenn ich mal senil werde, kannst du mich ja oben auf dem Dachboden unterbringen. Dort werde ich ganz zufrieden leben.« Er lächelte Jane an. »Ich bin nicht wie du, Schatz. Du brauchst jemanden, das ist offensichtlich. Ich bin ein unabhängiger Mensch, der allein immer am besten zurechtgekommen ist. Aber du bist anders. Du hast die Ausstrahlung eines Menschen, der

jemanden mit seiner ganzen aufgestauten Liebe überschütten möchte. Nein, nicht nur möchte, sondern *muss.*«
»Wirklich?«, fragte Jane erstaunt. Sie hielt sich eigentlich für ziemlich selbständig und unabhängig. Schließlich lagen sechzehn Jahre Witwendasein hinter ihr.
Jerry nickte. »Es ist einfach nicht richtig, dass du niemanden hast.«

Jane fuhr in die zehn Meilen von Rawlston entfernte Kleinstadt, um ihre üblichen Samstagseinkäufe zu erledigen. Vormittags war Markt, da ging sie gern hin und schaute sich an, was die Bauern anzubieten hatten. Der große Supermarkt war näher, aber sie mochte diese riesigen, unterkühlten Läden nicht, die sich durch einen gespenstischen Mangel an Gerüchen und ein Übermaß an Tiefkühlkost und Plastikverpackungen auszeichneten. Auf dem Wochenmarkt konnte sie herumstöbern und die Ware betasten, und die meisten Standinhaber kannten sie und schmeichelten ihr, indem sie spezielle Kleinigkeiten für sie zurücklegten. Obwohl sie natürlich wusste, dass das nur eine Verkaufsstrategie war. Sie erwarb eine Wildpastete für sich und Lucy, frisches Brot und etwas reifen, kräftig duftenden Käse und wanderte über den Marktplatz, um Waschpulver und Teebeutel zu besorgen. Als sie den kleinen Gemischtwarenladen betrat, stieß sie fast mit einer Frau zusammen, die herausgestürmt kam, eine Zigarette in der Hand, und etwas murmelte, was wie »Scheiß-Provinzler« klang.
»Oh, Mrs Clarke!«, sagte Jane. Sie versuchte, sich an den Vornamen der Frau zu erinnern, aber er wollte ihr nicht einfallen. Irgendein Männername – Bob? Nat? Georgie? Nein, das war es alles nicht.
Die Frau blieb stehen und schien sie anzustarren, obwohl das bei der riesigen Sonnenbrille, die sie trug, schwer zu sa-

gen war. Mit ihrer weißen Jeans, der hellen Weste und dem blonden, zu zwei mädchenhaften Zöpfen geflochtenen Haar war sie für diesen Ort eine ungewöhnlich glamouröse Erscheinung. »Ja?«, sagte sie.

»Ich bin Jane Fielding von nebenan. Wir haben uns kennen gelernt, als Sie gerade eingezogen waren. Erinnern Sie sich?«

»Oh.« Mrs Clarke runzelte die Stirn. »Oh, ja, hi.«

»Alles in Ordnung mit Ihnen?«

Die andere Frau nahm die Sonnenbrille ab und enthüllte kobaltblaue, ziemlich blutunterlaufene Augen und eine verdrossene Miene. »Ich bin den ganzen Weg hierher gefahren, um Shampoo zu kaufen, weil ich letztes Mal beim Hairstylisten vergessen habe, welches mitzunehmen, und alles, was die hier haben, ist absolut scheußlich. Ich würde nicht mal meinen Hund damit waschen, wenn ich einen hätte.«

»O je. Haben Sie es schon im Friseursalon um die Ecke versucht?«

Mrs Clarke schmollte. »Versuchen kann man's ja mal.«

»Ich bringe Sie hin.« Sie umrundeten gemeinsam den Marktplatz und gingen am Rathaus vorbei. »Ich fürchte, wir müssen Ihnen nach … Wo haben Sie noch mal vorher gelebt?«

»Cheltenham.«

»Nach Cheltenham müssen wir Ihnen sehr ländlich vorkommen. Aber es hat auch Vorteile, das verspreche ich Ihnen. Übrigens, ich bin froh, dass wir uns getroffen haben. Ich wollte Sie gern einmal einladen, Sie und Ihren Mann.«

»Oh. Ja, okay.«

»Schön. Wir sollten einander wirklich ein wenig besser kennen lernen, da wir ja jetzt Nachbarn sind. Natürlich können Sie auch gern Ihre Tochter mitbringen.«

»Wen?«

»Ihre … Ihre Tochter?« Jane war verwirrt. Wer war das Mädchen, wenn nicht die Tochter? Eine Nichte? Eine Schwester?

»Sie meinen Emma. Keine Sorge, das werde ich Ihnen nicht antun. Aber Ben und ich kommen gern. Sagen Sie nur, wann, dann schaue ich in meinem Kalender nach. Im Juli sind wir in Frankreich.«

»Gut. Also, ich überlege mir etwas und melde mich dann.«

Sie blieben vor dem Schaufenster des Friseurs stehen, eines rosa-weißen Salons im Zuckerbäckerstil namens Lottie's. Mrs Clarke starrte auf die ausgestellten Fläschchen und gab ein leises, verächtliches Schnauben von sich. Sie standen schweigend da und betrachteten die aufgereihten Conditioner und Haarkuren. Jane, die sich leicht unbehaglich fühlte, sagte munter: »Ach, das wollte ich Ihnen noch sagen. Seien Sie nicht überrascht, wenn Sie heute einen Möbelwagen in unserer Straße sehen. Es kommen neue Leute.«

»Ah ja?« Mrs Clarkes Interesse schien ein ganz klein wenig geweckt zu sein.

»Ja. Die Balfours. Sie kennen doch das Haus an der Ecke, das alte Pförtnerhaus, gegenüber den Gutsarbeiterhäusern?«

»Das rote?«

»Genau. Also, es gehört zum Gutshaus – zumindest tat es das, bevor ich es verkauft habe. An eine sehr nette junge Familie aus London mit zwei kleinen Kindern. Vielleicht könnte ich sie zusammen mit Ihnen einladen.«

Die andere Frau nahm den letzten Zug aus ihrer Zigarette, warf die Kippe auf den Boden und zermalmte sie mit ihrem hohen Absatz. »Klar«, sagte sie schließlich. Ihr Ton verriet, wie egal ihr das war. »Toll.«

»Also, ich muss los. Mein Parkschein ist bald abgelaufen.«

Mrs Clarke erwiderte nichts.

»Also dann, auf Wiedersehen.« Jane umklammerte ihre beiden Tragetaschen ein wenig fester und lächelte.
»Wiedersehen.« Mrs Clarke starrte erneut in das Schaufenster des Friseurs.
Jane kehrte auf den quirligen Marktplatz zurück und stieß die Luft aus. »Meine Güte«, sagte sie zu sich selbst. »Ein Charmebolzen ist das ja nicht gerade.«

Jane wusste sehr gut, dass der Markt nicht gerade eine brodelnde Metropole war, aber sie kehrte trotzdem erleichtert in das friedliche Rawlston House zurück. Als ihr Wagen die Auffahrt hinaufholperte, spürte sie, dass beim Anblick des Anwesens ihre übliche Ruhe wiederkehrte. Wie lange lebte sie jetzt schon hier? Es mussten fast zwanzig Jahre sein, nur fünf mit Theo und der Rest allein – mit den Kindern natürlich, aber trotzdem im Grunde allein. Das Merkwürdige war, dass es ihr immer schwerer fiel, das Haus zu verlassen. Allmählich fühlte sie sich dort wie angekettet.
In der Küche deckte sie den Tisch mit einer rot gestreiften Baumwolldecke und arrangierte ihre Einkäufe darauf. Es sah genau richtig aus – die handgeformte goldgelbe Pastete auf einem weißen Teller, das leuchtende Rot und Grün der Tomaten und Gurken, das frische Brot auf einem Holzbrett. Sie ging zur Hintertreppe und rief nach Lucy. Sie erhielt keine Antwort, also stieg sie nach ein paar Minuten in den oberen Stock hinauf. Hinter der fest geschlossenen Tür, die zu den Räumen unter dem Dach führte, vernahm sie leise Musik. Sie öffnete die Tür. Kein Wunder, dass Lucy nichts gehört hatte: Sie hatte die Musik voll aufgedreht. Jane stieg die Treppe hinauf und hämmerte gegen die Tür von Lucys Zimmer. »Lucy, Essen!«, bellte sie.
»Komme!«, kam gedämpft als Antwort; also kehrte Jane in die Küche zurück, wobei sie einen Stapel Wäsche aus dem

Korb auf dem Treppenabsatz mitnahm, in den Lucy alle ihre schmutzigen Sachen warf. Wie ihre Tochter auf der Uni irgendwas gewaschen bekam, wo keiner es für sie machte, konnte Jane sich nicht vorstellen.

Es dauerte zwanzig Minuten, bevor Lucy erschien. Jane hatte sich in der Zeit kräftig von der Pastete und dem Salat bedient und dabei die Wochenendbeilage der Zeitung gelesen. Lucy, die in Jeans und schulterfreiem Top frisch und jung aussah, setzte sich. Das braune Haar hatte sie locker hochgebunden und mit einem Essstäbchen festgesteckt.

»Nimm etwas von der Pastete«, sagte Jane. »Sie ist sehr gut.«

»Ist sie vegetarisch?«

»Nein. Es ist Wildpastete.«

»O Gott – was ist denn da drin?«

»Wild, nehme ich mal an – Fasan, Kaninchen, Wildbret, Taube, alles Mögliche.«

»Gütiger Gott«, sagte Lucy, die ganz krank aussah.

»Seit wann bist du denn Vegetarierin?« Lucy hatte immer solche Überraschungen für ihre Mutter parat.

Lucy verdrehte die Augen. »*Mama.* Ich bin seit Ewigkeiten Vegetarierin. Ich esse Fisch und Huhn und manchmal Schinken, aber kein Kaninchen und so 'n Zeug, und ganz besonders nicht in einer Pastete.«

»Ist die Pastetenform irgendwie grausamer?«, erkundigte sich Jane.

»Wegen dem Teig – furchtbar viel Fett.«

»Oh, verstehe. Gut, ich werde also Fisch für dich besorgen. Und Huhn und Schinken. Kein Wunder, dass es mir nicht aufgefallen ist. Für eine Vegetarierin isst du ziemlich viel Fleisch.«

»Es kommt auf die Einstellung an. Aber das da sieht gut

aus.« Lucy langte nach dem Brot und dem Käse. »Ich muss gleich los, zur Arbeit.«
»Du hast also wieder deinen alten Job im Hotel?«
»O ja. Ich bin jetzt stellvertretende Restaurantleiterin. Aber reg dich bloß nicht auf, es ist keine Auszeichnung oder so was. Ich kriege nur ungefähr fünfzig Pence mehr pro Stunde und habe die Ehre, am Ende der Schicht Kasse machen zu dürfen, wenn sonst niemand da ist. Ich werde also viel weg sein. Erwarte nicht, dass du mich allzu oft zu Gesicht kriegst.«
»Oh. Da wird Maggie aber enttäuscht sein.«
Lucy blickte rasch auf. »Maggie kommt? Wow – das tut sie ja echt selten. Klasse. Wann denn?«
»Am Wochenende, glaube ich. Ich weiß, es ist nicht leicht, sie zu einem Besuch hier zu überreden, aber diesmal ist es mir gelungen. Ich konnte es einfach nicht über mich bringen, nach London zu fahren, jetzt, zu Beginn der Touristensaison, und dann dieser fürchterliche Verkehr … Ich habe ihr gesagt, dass du hier sein wirst, das hat geholfen.«
Lucy grinste. »Gute alte Tante Mags. Ich wette, sie will den ganzen Klatsch und Tratsch hören.«
Jane war leicht gekränkt. »Gibt es denn welchen? Ist auf der Uni viel passiert? Warum hast du mir nichts davon erzählt?«
Lucy wandte den Blick ab. »Ach, du weißt schon, nichts Besonderes. Würde dich nicht interessieren. Jedenfalls« – geschickt wechselte sie das Thema – »wette ich, dass wir Jerry dann eine Weile nicht zu sehen kriegen. Die beiden sind zum Schreien. Sie können sich nicht riechen, und ich muss sagen, dass ich Maggie nur zu gut verstehe. Ich weiß nicht, wie du dieses affige Getue aushältst. Der Mann tut ja immer so, als wäre er aus einem Roman von P. G. Wodehouse entsprungen –«

»Lucy – das war gar nicht nett. Er ist ein guter Freund von mir, und außerdem hat er dich sehr gern.«

»Entschuldige. Aber er ist einfach zu komisch. Weißt du noch, das letzte Mal, als er und Maggie zusammengetroffen sind?« Lucy kicherte. Die Geschichte war längst in den Legendenschatz der Familie eingegangen. Maggie brachte Jerry, den sie lächerlich altmodisch fand, gern auf die Palme, und sie wusste genau, welche Register sie ziehen musste, um das zu erreichen. Beim Essen hielt sie eine längere Rede mit dem Tenor, dass man die Aristokratie zwingen sollte, ihre Ländereien aufzugeben, damit das Land unter den Armen und Obdachlosen verteilt werden könnte. Jerry hatte den Köder geschluckt, war knallrot angelaufen und hatte entrüstet geschnaubt: »Die hätten doch überhaupt keine Ahnung, wie man so einen großen Landsitz führt!«

Jane lächelte. »Ich habe so ein Gefühl, dass Jerry sich lieber fern halten wird.«

»Lass mich wissen, wann genau Maggie kommt, dann nehme ich mir frei. Wie schade, dass Alec nicht hier ist – er hätte sie sicher gern gesehen.«

»Ja, ich weiß.« Es war Jane nicht entgangen, wie viel lebhafter und geselliger ihre Kinder waren, wenn ihre Schwester zu Besuch war. Sie bemühte sich jedoch, sich nichts daraus zu machen. »Er hat erst in ein paar Wochen Ferien.«

»Genieß es, solange es dauert«, riet Lucy. »Je länger uns die Nervensäge erspart bleibt, desto besser.« Sie stand auf und griff sich ein großes Stück Brot und Käse. »Ich mach mich besser fertig, ich muss um drei im Hotel sein. Bis später.«

»Bis später, Schatz.«

Stille senkte sich über das Haus, als Lucy in Richtung Station Hotel davongeradelt war. Es war ein strahlender, sonniger Tag. Jane wusch das Geschirr ab und beschloss, das Radio mit in den Garten zu nehmen und nachzusehen, was dort getan werden musste. Sie hatte es sich zur Regel gemacht, am Wochenende keine Hausarbeit zu verrichten. Während der Woche war unglaublich viel zu tun, wenn sie dieses große alte Haus einigermaßen in Schuss halten wollte. Sie schien ihr Leben mit Putzen, Staubsaugen und Aufräumen zuzubringen, obwohl sie den größten Teil der Zeit allein hier lebte. Mittlerweile hatte sie sich daran gewöhnt, dass die Kinder nur in den Ferien zu Hause waren. Es war schlimmer gewesen, als Rawlston House noch nicht geteilt war. Damals hatte sie große Bereiche sperren müssen und versucht, nicht an den Staub, die Spinnweben und die Feuchtigkeit zu denken, die in die ungenutzten, ungeheizten Zimmerfluchten krochen. Zumindest war der Besitz jetzt, wo sie nur noch die Hälfte der Räume und eine halbierte Heizkostenrechnung hatte, leichter zu bewirtschaften. Trotzdem waren ihr mehr als genug Platz und der größte Teil ihres geliebten Gartens geblieben. Wenn sie das Haus nicht geteilt hätte, hätten sie es ganz verkaufen müssen, und dann wäre Rawlston für die Familie verloren gewesen.

Sie zog ihre Gartenhose und ein altes Hemd an, nahm ihr vorsintflutliches Radiogerät und die Matte zum Unkrautjäten und ging nach draußen. Das Gras schien in der Sonne zu leuchten, und der Rasen, der sich bis zum Wald unten im Tal erstreckte, wirkte fast saftig, so grün war er. Er musste bald gemäht werden. Sie würde Mr Foster, der in einem der Gutsarbeiterhäuser wohnte, fragen, ob er sich im Sommer regelmäßig darum kümmern würde; so hielt sie es meistens. Es hatte gar keinen Sinn, Alec darum zu bitten, er würde sich sowieso weigern.

Jane wanderte zum Küchengarten hinüber, eine große, rechteckige Parzelle, umgeben von bröckelnden, moosigen

Ziegelmauern. Auf einer Seite lag direkt dahinter der kühle, dunkle Wald. Sorgfältig legte sie alles zum Unkrautrupfen bereit, und dann fiel ihr ein, dass sie ihren Hut in der Küche vergessen hatte. Die Sonne brannte schon ziemlich; ohne Hut würde sie Kopfschmerzen bekommen. Verärgert kehrte Jane ins Haus zurück, holte ihren breitkrempigen Strohhut und war schon halb zur Tür hinaus, als das Telefon klingelte. Sie überlegte, ob sie rangehen sollte, trat dann aber doch zum Küchenanschluss und nahm ab.

»Jane Fielding«, meldete sie sich verbindlich.

»Mama, ich bin's.«

»Alec.« Sie war überrascht. Er hatte noch nie zu Hause angerufen, außer wenn er mehr Geld brauchte oder um ihr mitzuteilen, wo er die nächsten Ferien verbringen würde, was selten bei ihr war. »Hallo, Schatz. Wie geht es dir?«

Er ignorierte die Frage und sagte angespannt: »Mama, du musst mich heute Nachmittag vom Bahnhof abholen.«

»Heute Nachmittag? Wieso? Bereitest du dich denn nicht gerade auf die Prüfungen vor? Hast du meine Karte bekommen? Ich habe dir Glück gewünscht.« Es schien, als bereite Alec sich seit Monaten auf die Prüfungen vor, die immer am Ende des Schuljahrs stattfanden; nicht, dass er sie je erwähnte, und was dafür zu tun schien er auch nie.

»Du musst allerdings den Landrover nehmen, ich hab meinen ganzen Kram dabei. Ich komm mit dem Zug um achtzehn Uhr dreißig.«

»Alec, warum um alles in der Welt kommst du jetzt nach Hause? Was ist mit den Prüfungen?«, fragte sie entnervt. »Rede zur Abwechslung mal mit mir, ja?«

Es entstand eine Pause. Dann sagte Alec schroff: »Ich bin von der Schule geflogen, okay? Hol mich einfach nachher ab.« Er legte auf, bevor sie etwas erwidern konnte.

Das Gespräch mit dem Lehrer, der für Alecs Wohntrakt zuständig war, war lang und ermüdend, aber am Ende musste Jane akzeptieren, dass ihr Sohn von der Schule verwiesen worden war und das Internat noch am selben Nachmittag verlassen würde.

»Der Direktor und ich werden gern zu einem späteren Zeitpunkt alles mit Ihnen besprechen«, hatte Alecs Betreuungslehrer gesagt, »aber im Augenblick kann nichts getan werden, außer ihn augenblicklich von der Schule zu entfernen.«

»Aber ich verstehe nicht«, hatte Jane protestiert. »Ich finde, so schlimm klingt das gar nicht. Sicher machen viele Jungen so was. Ich kann nicht glauben, dass das einen Schulverweis rechtfertigt.«

»Regeln sind Regeln, Mrs Fielding, und Alec ist schon des Öfteren verwarnt worden. Wir legen strenge Maßstäbe an das Verhalten der Schüler an, die sich in unserer Obhut befinden, und gelegentlich wird eben der Punkt überschritten, an dem ein solches Verhalten noch entschuldbar wäre. Unter diesen Umständen müssen wir darauf bestehen, dass der Aufenthalt des Schülers hier beendet wird.«

Ach, rede doch wie ein normaler Mensch, dachte sie wütend. Und sagte dann: »Gut, gut. Aber ich bin gar nicht glücklich darüber.«

Alecs Lehrer war offensichtlich erleichtert darüber, das Gespräch mit ihr beenden zu können. Sie legte den Hörer auf, fluchte heftig und hieb mit der Handfläche auf die Anrichte. »Scheiße, Scheiße, *Scheiße*!«, wiederholte sie. Danach fühlte sie sich besser.

Das ist das Schlimmste am Alleinleben, dachte sie. Es gibt niemanden, dem ich mich anvertrauen, mit dem ich die Sache durchsprechen kann. Sie erwog, Jerry anzurufen, aber sie konnte ihm nicht guten Gewissens ihre Probleme aufbürden.

Es war bereits vier Uhr. Sie zog ihre Gartenklamotten aus, griff nach den Schlüsseln des alten Landrover, den sie gewöhnlich nur nahm, wenn das Wetter den Weg fast unpassierbar machte, und fuhr in Richtung Dorf.

Der Bahnhof trug den Namen des Dorfes, befand sich aber etliche Kilometer außerhalb. Er wäre schon vor Jahren stillgelegt worden, läge er nicht an einer der Hauptpendlerstrecken, welche die Cotswolds mit London verbanden. Die IC-Züge sausten ohne Halt vorbei, während die Nahverkehrszüge, die die Dörfer im Themse-Tal abklapperten, ungefähr jede Stunde in den Bahnhof hinein- und wieder hinaustuckerten. Neben dem Bahnhof stand einsam das Hotel – nur die Gleise leisteten ihm Gesellschaft. Jahrelang hatte es gewirkt wie einem Schauerroman oder Gruselfilm entsprungen: riesig, sich dem Rand der Auflösung nähernd, grau und düster. Dann, im letzten Sommer, waren geschäftige neue Eigentümer eingezogen und hatten es von Grund auf renoviert, in der Hoffnung, Gäste aus den umliegenden Dörfern anzulocken. Nun ähnelte das Hotel mit der Lichterkette und den bunten Blumenkörben an der Fassade einer überschminkten älteren Dame, die für ihr ehrwürdiges Alter viel zu jugendlich aufgemacht war.

Jane betrat das Foyer. Der alte geblümte Teppichboden und der schmuddelige Anstrich waren verschwunden – eindeutig eine Verbesserung. Überall sah man jetzt helles Holz, Halogen-Spots und hilfreiche Schildchen.

Sie ging zur Rezeption, wo eine lächelnde Frau in einem blauen Jackett Prospekte neu mischte und Kugelschreiber in einer Reihe anordnete.

»Hallo«, sagte Jane. »Ich wollte zu meiner Tochter, Lucy Fielding. Sie arbeitet im Restaurant.«

»Da drüben, gleich links«, antwortete die Frau munter und

deutete auf ein Schild, auf dem »Café« und »Rodizio Gaucho« stand.

Abgesehen von einem Mann, der an einem der hinteren Tische Zeitung las, war das Café fast leer. Jane schaute sich um und entdeckte Lucy, die hinten gerade durch die Schwingtür eilte. In der schwarz-weißen Uniform wirkte ihre Tochter ganz fremd. Als Lucy ihre Mutter bemerkte, kam sie mit besorgtem Gesicht zu ihr. »Ist etwas passiert?«

»Hast du einen Augenblick Zeit? Entschuldige, dass ich dich bei der Arbeit störe.«

»Kein Problem. Hier ist nicht viel Betrieb. Also, was ist los?«

Lucy winkte sie an einen der Tische, und sie setzten sich.

Jane hielt sich nicht lange bei der Vorrede auf. »Es geht um Alec. Er ist von der Schule verwiesen worden und kommt noch heute Nachmittag nach Hause.«

Lucy sah bestürzt drein. »Was? Wieso? Noch heute Nachmittag? Na klasse! Was hat er denn jetzt schon wieder angestellt?«

»Na, das ist es ja. Es scheint mir gar keine große Sache zu sein. Er hat sich aus dem Internat geschlichen und ist in der nächsten Kleinstadt in einen Pub gegangen. Einer der Lehrer hat ihn dort erwischt. Alec war betrunken und wollte sich gerade einen neuen Brandy bestellen. Erst hat er versucht, sich herauszulügen, dann ist er weggerannt und wurde von seinem Tutor dabei ertappt, wie er an der Wand des Wohngebäudes hochkletterte. Offenbar wollte er zum Fenster einsteigen. Daraufhin ist er von der Schule geflogen.«

Lucy starrte auf die rosafarbene Damasttischdecke und zeichnete mit dem Finger das Muster nach. Mit finsterer Miene blickte sie auf. »Und das war alles?«

»Offenbar war es nicht das erste Mal. Er ist bereits mehrmals verwarnt worden. Nicht, dass ich darüber informiert worden wäre. Das Internat will ihn nicht mehr haben, da waren sie eisern.« Sie seufzte aufgebracht. »Was soll ich nur machen, Lu? Keine andere Schule wird ihn jetzt noch aufnehmen, schließlich hat er nur noch ein Jahr bis zum Abi. Gott weiß, was seine Großeltern dazu sagen werden, wenn sie es rauskriegen. Ich muss es ihnen mitteilen, sonst werden sie mich fragen, wieso keine Internatsrechnungen mehr kommen. Wahrscheinlich werden sie sich weigern, überhaupt noch Schulgeld zu zahlen. Sie haben nur geblecht, weil es die alte Schule eures Vaters war.«

»Kümmere dich nicht um die!«, sagte Lucy brüsk. »Wen schert es schon, was die alten Flachpfeifen denken.«

»Lucy –«

»Ich meine es ernst. Sie interessieren sich einen Scheißdreck für uns, haben sie noch nie getan. Wer weiß, wieso sie sich überhaupt bereit erklärt haben, unser Schulgeld zu bezahlen. Sonst haben sie noch nie irgendwas für uns getan. Seit Vaters Beerdigung habe ich sie kein einziges Mal zu Gesicht gekriegt. Und, Mama …« Lucy blickte auf das Muster der Tischdecke, das sie mit dem Finger nachzog. »Ich wollte vorher nichts sagen, aber Alec ist nicht glücklich. Keine Ahnung, warum; ich bin der letzte Mensch, dem er sich anvertrauen würde, aber ich merke es. Das Internat ist wahrscheinlich froh, dass er ihnen eine Entschuldigung dafür geliefert hat, ihn loszuwerden. Er hatte schon das ganze Jahr über Probleme. Er wird die Prüfungen verhauen und damit ihren Notendurchschnitt senken und ihren Spitzenplatz in der Tabelle gefährden. Also, falls du hoffst, du könntest sie überreden, ihn wieder aufzunehmen, vergiss es!«

»Er wird durchfallen?« Jane war erstaunt. Sie hatte Alec immer für intelligent gehalten, vielleicht nicht gerade die Liga von Oxford und Cambridge, aber doch über dem Durchschnitt.

»Ja. Mit Pauken und Trompeten. Und ich glaube, das ist erst der Anfang.«
Jane lehnte sich in ihrem Stuhl zurück und musterte das ernste Gesicht ihrer Tochter. Ihr Herz hämmerte, und ihr Magen krampfte sich zusammen. »Das ist ein Schock für mich, Lu. Ich dachte, alles wäre in bester Ordnung.«
»Tut mir leid, Mama. Irgendwann musstest du es ja erfahren.«

Um halb sieben saß sie im Landrover auf dem Bahnhofsparkplatz gegenüber dem Hotel. Sie hatte über eine Stunde im Hotelcafé gesessen, versucht, Zeitung zu lesen, und sich an einer Tasse Filterkaffee festgehalten, bis er kalt und schlierig wurde. Dann hatte sie aufgegeben, war hinausgegangen und hatte beobachtet, wie die Züge in den Bahnhof einfuhren. Endlich traf Alecs Zug ein, und ein paar Minuten später, als der Strom der Pendler verebbt war, entdeckte sie ihren Sohn, der durch den Ausgang neben dem Fahrkartenschalter kam, sein Gepäck hinter sich herziehend. Er wirkte größer und schlaksiger, als sie ihn in Erinnerung hatte; sein Haar war lang und zerzaust, und er rauchte eine dünne, selbst gedrehte Zigarette.
Als sie neben ihm hielt, runzelte er die Stirn und reagierte auf ihre Begrüßung nur mit einem Grunzen. Er duldete es, dass sie ihn auf die Wange küsste, und warf dann seine Taschen auf den Rücksitz, die Zigarette zwischen den Zähnen. Schweigend fuhren sie los. Alec stieß beißenden Rauch aus und starrte aus dem Autofenster, während sie auf den schmalen, von Hecken gesäumten Landsträßchen nach Rawlston fuhren.
»Hattest du eine angenehme Fahrt?«, fragte Jane schließlich, unfähig, das mürrische Schweigen noch länger zu ertragen. Alec hatte schon seit Jahren kein richtiges Gespräch mehr

mit ihr geführt. Sie hatte es sich mit dem Abrücken von den Eltern erklärt, das in der Pubertät ganz normal ist, aber Lucys Worte gingen ihr nicht mehr aus dem Kopf. Hatte sie Anzeichen dafür übersehen, dass Alec litt? Dass er sich elend fühlte? Hätte sie mehr tun sollen?

»Ganz gut«, sagte Alec.

»Lucy ist hier, sie hat Semesterferien. Sie freut sich schon darauf, dich zu sehen.«

Er erwiderte nichts.

»Willst du über das reden, was passiert ist? Es muss schrecklich für dich sein, dass du von der Schule verwiesen worden bist. So kurz vor den Prüfungen.«

»Mama«, sagte er scharf, »ich will nicht drüber reden, okay?«

»Schon gut, Schatz. Ich bin jederzeit für dich da, das weißt du«, sagte Jane unglücklich, und sie setzten die Fahrt schweigend fort.

Drei

Sam Clarke saß an ihrem Toilettentisch und bürstete sich das Haar. Das war etwas, was sie sehr langsam tat, denn ihr war aufgefallen, dass ihr Haar allmählich ein ganz klein wenig lichter wurde. Es wirkte spröde und angegriffen, und sie war sicher, dass man mehr Kopfhaut sah als früher. Die Bürste war jetzt immer voller langer hellgelber Kringel. Liegt es vielleicht am Färben?, überlegte sie und musterte die sorgfältig abgestuften Strähnchen, die der Hairstylist ihr alle sechs Wochen machte. Es waren insgesamt acht Schattierungen, von Honigbeige bis Aschblond, und da sie ihre Haare kolorierte, seit sie vierzehn war, konnte es durchaus sein, dass es ihnen langsam schadete. Die ganzen Chemikalien direkt auf der Haut. Irgendwo habe ich doch etwas darüber gelesen, dachte sie. In der *Marie Claire*? Oder in *Cosmopolitan*? Ich muss Mitch mal danach fragen, wenn ich das nächste Mal beim Friseur bin. Vielleicht gibt es ja irgendwelche pflanzlichen Produkte, die ich nehmen kann.

Bio schien die Lösung für alles zu sein. Bio, das hieß gesund: eine Versicherung gegen grässliche Krebskrankheiten und durch synthetische Farb- und Duftstoffe hervorgerufene Übel. Alles, was Bio war, erschien automatisch in rosigem Glanz, ein wahrer Gesundbrunnen. Selbst dieser Bio-Schokoladenkuchen, den man jetzt bekam. Ziemlich albern eigentlich.

Sam betrachtete ihr Gesicht, musterte es aus jedem Blickwinkel. Ich sehe gut aus, dachte sie. In einem bestimmten Licht betrachtet, bei Tageslicht, wirkte ihr Gesicht ein wenig ausgezehrt und hohlwangig, aber komplett geschminkt und bei künstlichem Licht sah sie aus wie einundzwanzig. Das sollte es auch, dachte sie, bei den Unsummen, die ich für Lotions und Cremes ausgebe. Vorige Woche hatten sie und Becky einen ihrer regelmäßigen Verwöhntrips nach London unternommen: Friseurbesuch, Massage, Schönheitsbehandlungen, ein wunderbares Essen mit Champagner im Harvey Nic's, danach eine romantische Liebeskomödie im Kino. Wenn sie mit Becky unterwegs war, gab sie immer mehr Geld aus, als sie wollte. Becky hatte einen Mann, der ihr seine Firmen-Platin-Kreditkarte überließ (was sie wohl erfinden würden, wenn Platin erst ein wenig gewöhnlich geworden war? Eine diamantene Kreditkarte? Und was würde danach kommen? Vielleicht eine Mondstaubkarte oder so was) und sie geradezu ermutigte, sie zu benutzen, um Prämienmeilen der Fluggesellschaft zu sammeln. Am Monatsende wurde dann alles beglichen, einfach so. Auch Sam konnte mit ihrer Kreditkarte durchaus große Sprünge machen, aber es wurde von ihr erwartet, mit ihrem monatlichen Taschengeld auszukommen. Ben mochte es gar nicht, wenn sie ihn um mehr bat, obwohl er es war, der sich am meisten an ihrem Aussehen erfreute, an ihren schönen Kleidern und ihrer stets gepflegten Erscheinung. All das kostete Geld, was Männer nicht zu begreifen schienen. In der Kosmetikabteilung war Sam, gedrängt von Becky, schließlich den Überredungskünsten der Verkäuferin erlegen und hatte mehr als hundert Pfund für einen Tiegel luxuriöser Meeresalgen-Gesichtscreme ausgegeben, randvoll mit Mineralstoffen, angeblich die Lieblingsgesichtscreme berühmter Schauspielerinnen.

Sam stand auf und drehte sich langsam vor dem Spiegel. Erst gestern war sie deprimiert gewesen, weil die Waage etwas über fünfzig Kilo anzeigte. Wenn das passierte, lebte sie ein paar Tage nur von warmem Wasser und Grapefruits. Offenbar hatten die alten Hollywood-Stars das immer vor Dreharbeiten getan. Natürlich war es eine Quälerei, und sie fühlte sich immer ganz krank und schwindelig dabei, aber es wirkte. Normalerweise lebte sie nach einer Kombination sämtlicher Diäten, über die in den Zeitschriften gerade berichtet wurde. Das hieß, dass sie einfach von allem wenig zu sich nahm: wenig Fett, wenig Kohlehydrate, wenig Eiweiß, keinen Weizen, fast keine Milchprodukte. Im Grunde eine Low-Food-Diät. Zum Frühstück gab es Obst, obwohl sie sich da wegen des Fruchtzuckers gar nicht so sicher war, und manchmal Müsli, mittags Hüttenkäse auf Knäckebrot und etwas Salat ohne alles. Abends aß sie ein ganz klein wenig von dem, was Ben für sich und Emma kochte, aber ohne die Kohlehydrate, damit nahm sie es ganz genau.
Gottchen, kein Wunder, dass sie rauchte. Irgendwas musste sie sich ja in den Mund stecken, um nicht ganz zu vergessen, dass sie einen hatte.
Aber schließlich musste sie auf ihre Figur achten, da hatte sie gar keine Wahl. Sie war sich selbst und Ben gegenüber verpflichtet, so gut wie möglich auszusehen. Wenn es an der Zeit war, würde sie nicht zögern, sich die Augenlider korrigieren, das Gesicht liften und das Fett an den Oberschenkeln absaugen zu lassen, und sie würde sich deswegen überhaupt nicht eitel vorkommen. Man hatte schließlich nur ein Leben, da wollte man doch nicht fett und hässlich herumlaufen! Sam konnte einfach nicht verstehen, wenn Frauen sich gehen ließen. Ihre Nachbarin beispielsweise, diese Jane Fielding. Als Jane an der Haustür geklingelt hatte, um sich vorzustellen, hatte Sam erst gedacht, dass sie für

irgendeinen wohltätigen Zweck sammele, so schäbig und unmodern wirkte Jane. Als Sam klar wurde, dass dieser Frau ursprünglich das ganze Herrenhaus gehört hatte, konnte sie es kaum glauben. Sie hatte genug Bilder von Mitgliedern der Oberschicht in den Hochglanzmagazinen gesehen, um zu wissen, dass viele von ihnen so gut aussahen wie Filmstars. Aber diese Frau – was dachte sie sich nur? Sie trug einen alten, ausgebeulten Tweedrock, einen Pullover, der offenbar voller Katzenhaare war, und darüber ein grässliches ärmelloses Steppteil. Es erinnerte ein wenig an Sams Lammfellweste, nur bestand es aus irgendeinem grünen Material. Sie hatte einen akkuraten Pagenschnitt, aber das leicht wellige Haar war von grauen Strähnen durchzogen – vorn war es sogar fast weiß! –, und geschminkt war sie überhaupt nicht. Ben sagte, ihr Mann sei gestorben und sie sei nun Witwe. Na, das würde sie bestimmt auch für den Rest ihres Lebens bleiben, wenn sie nicht mehr aus sich machte.

Sam ging nach unten, bewunderte dabei ihre nagelneue Inneneinrichtung und fragte sich gelangweilt, ob sie Mrs Fielding vielleicht ein bisschen stylen solle, und wenn ja, wie sie es anstellen würde. Zuerst eine Coloration. Ein schönes, tiefes Mahagoni. Eine komplette Schmink-Session bei Shiseido, dann in die Bond Street, um ein paar neue Sachen zu kaufen …

»Mrs Clarke?«

Sie fuhr zusammen. Es war Pete, der Handwerksmeister, der die restlichen noch durchzuführenden Renovierungsarbeiten beaufsichtigte. Er hatte den Kopf durch die Wohnzimmertür gesteckt und sie aufgeschreckt.

»Hi, Pete. Alles okay?« Sie kam gern gut mit Handwerkern aus, obwohl sie sie nie vergessen ließ, wer hier die Rechnungen bezahlte. Nur allzu oft taten Handwerker so, als sei ihre Anwesenheit ein Akt der Gnade, dabei schröpften sie die Leute bis zum Gehtnichtmehr.

»Ich wollte nur sagen, dass die Jungs heute wahrscheinlich mit der Montage der Küche fertig werden. Sie können sie heute Abend schon benutzen.«

Entzückt klatschte Sam in die Hände. »Wie schön! Ist der Gasherd schon da?«

»Sämtliche acht Kochplatten, extra Bratfläche und Wok-Garstelle sowie drei Backöfen plus Grill«, erwiderte Pete mit einem Grinsen. »Sie müssen echt Spaß am Kochen haben.«

»Ach, ich koche nie. Ich kann nicht mal ein Ei braten. Mein Mann ist hier der Küchenchef.«

»Na«, meinte Pete, »vielleicht kann er Ihnen ja mal Unterricht geben, Sie könnten ein bisschen was auf den Rippen vertragen.«

Sam lachte höflich, obwohl ihr die versteckte Kritik gar nicht gefiel. Ehrlich, manche Leute hatten Nerven. Niemand würde einer Frau mit Schwabbelspeck direkt ins Gesicht sagen, dass sie fett ist, oder? Aber es war vollkommen in Ordnung, jemandem zu sagen, dass er zu dünn ist. Die Männer, die so was von sich geben, haben bestimmt ein Dickerchen zu Hause, dachte Sam. Manche Männer behaupten ja, dass es ihnen gefällt, und vielleicht stimmt das sogar. Vielleicht war Pete ja ein Mäster, einer dieser finsteren Typen, die mit voller Absicht dafür sorgten, dass ihre Frauen dick blieben, und die jeden Diätversuch sabotierten, indem sie alles mit Butter zubereiteten und die Frau mit Schokolade voll stopften.

»Es ist noch nicht gestrichen«, erklärte Pete. »Sobald alles angeschlossen und ausprobiert ist, kommen wir zum Streichen, wahrscheinlich morgen oder übermorgen. Passt Ihnen das?«

»Ja, prima. Je eher, desto besser. Kann ich mal gucken?«

»Nur zu! Lassen Sie sich von der Unordnung nicht stören – wenn wir fertig sind, ist alles picobello.«

Sam, deren Stimmung sich gehoben hatte, ging in die Küche. Die Vorstellung an ein Haus ohne Handwerker war einfach wunderbar – sie konnte es gar nicht abwarten, sie endlich loszuwerden. Die Renovierungsarbeiten schienen seit Monaten anzudauern. Um mehr Offenheit und Helligkeit zu schaffen, hatten sie Wände herausreißen lassen; all diese Korridore und Türen hatten einen sehr altmodischen Eindruck gemacht. Das ganze Haus war mit modernster Elektronik ausgestattet worden und nun vollständig verkabelt. Ben sagte, sie könnten per Computer mit dem Haus reden, wo immer sie sich gerade aufhielten, und ihm befehlen, die Heizung hochzudrehen, Musik anzumachen, oder sogar per Computer Lebensmittel bestellen. Eine fantastische Vorstellung!

Die Handwerker hatten oben angefangen. Sie hatten neue Bäder und ein Ankleidezimmer für Sam eingebaut, die Schlafzimmer renoviert und sich dann langsam die Stockwerke heruntergearbeitet, gefolgt von den Raumgestaltern, die Tapeten abgezogen, Wände gestrichen und Sam mit Farbtafeln, Stoffmustern und Katalogen sowie etwas, was sie als »Stimmungstafeln« bezeichneten, verfolgt hatten – soweit Sam das beurteilen konnte, handelte es sich dabei lediglich um aus Wohnzeitschriften herausgerissene und auf Korkstückchen geklebte Fotos. Sam wusste genau, was sie wollte: Es sollte modern, hell, schnörkellos und aufgeräumt sein. Ansonsten überließ sie alles dem Innenarchitekten, der bislang auch tolle Arbeit geleistet hatte. Er hatte ein Gespür dafür, was ihr gefallen würde. Ihr Schlafzimmer war in hellem Braungrau gehalten, auf dem Boden lagen moderne schokoladenbraune Teppiche mit Spiralmuster, in der Ecke stand ein honigfarbener Ledersessel. Schränke und Kommoden waren hinter Wandpaneelen verborgen, die aufsprangen, wenn man sie berührte. Ein antiker Ganzfigurspiegel und ihr Toilettentisch aus Glas und Silber – Art decó, hatte der Innenarchitekt gesagt – verliehen dem Ganzen Stil. Sie fand es wunderbar.

Auch die Landschaftsarchitekten hatten versprochen, dass sie bald fertig sein würden. Der japanische Garten war fast vollendet. Aber was sie gar nicht mehr abwarten konnte, war der Outdoor-Jacuzzi, errichtet auf einem Podest und umgeben von seltenen orientalischen Pflanzen, Bambus und so was. Abends, im Licht der Duftkerzen, würde es außerordentlich beruhigend sein. Ein Ort, an dem sie meditieren und vielleicht ein bisschen Yoga machen konnte, wenn ihr danach war.

Wie Pete gesagt hatte, herrschte in der Küche ein einziges Chaos. Drei Männer in Arbeitsanzügen schufteten schwer, umgeben von Kisten, Plastikverpackungen, unidentifizierbaren Holzteilen, Werkzeugkästen und Kabeln. Der riesige Gasherd aus gebürstetem Edelstahl, ein Import aus Frankreich, befand sich noch in seiner schützenden Hülle, wirkte aber trotzdem schon so professionell, als könne er in der Küche des Savoy stehen. Ben würde hingerissen sein. Er würde es gar nicht abwarten können, seine Küchenschürze umzubinden, die Kochmütze aufzusetzen und mit dem Brutzeln anzufangen. Na, er würde warten müssen, bis alles fertig war, bevor er loslegte. Bislang hatten sie im Esszimmer auf einem tragbaren Elektroherd gekocht, aber Ben jammerte schon seit Wochen, wie nutzlos der sei und wie schön es wäre, endlich wieder einen Gasherd zu haben. Bens Reich waren die Küche und sein Arbeitszimmer – hier hatte er alle wichtigen Entscheidungen fällen dürfen, ebenso wie in dem perfekt temperierten Weinkeller, den er für seine riesige Flaschensammlung eingerichtet hatte. Aber alles andere war Sams Reich, und sie war eigentlich sehr zufrieden damit, vor allem, wenn man bedachte, dass sie noch nie ein Haus dieser Größe eingerichtet hatte.

Als sie nach Rawlston gezogen waren, hatte sie nicht begreifen können, dass Ben sich mit einer Haushälfte zufrieden geben konnte. Obwohl er gemeint hatte, seine Tollheit habe durchaus Methode und sie solle einfach abwarten. Es war ein sonderbares Arrangement: ein riesiges altes Herrenhaus, in zwei Hälften aufgeteilt. Die ursprünglichen Besitzer wohnten noch nebenan. Mittlerweile war sie allerdings froh, dass sie nicht den ganzen Kasten besaßen. Das Haus war auch so schon riesig genug, und wenn man es nicht wusste, würde man nie auf die Idee kommen, dass es nur Teil eines größeren Hauses war. Dank des großen Gartens, solider Schalldämpfung und der dicken Rhododendronhecken, die sie von der anderen Haushälfte abgrenzten, war es, als seien sie ganz für sich. Manchmal war es schon ein bisschen unheimlich, um ehrlich zu sein. Das Nest bestand aus dem Herrenhaus, dem roten Backsteinhaus unten an der Straße, ein paar kleinen Landarbeiterkaten und dem alten, halb verfallenen Bauernhof, vor dem rostende Landmaschinen standen. Das düstere, verlassene Wohnhaus und die Nebengebäude bestanden nur noch aus verrottetem Holz und bröckelnden Backsteinen. Davon abgesehen waren sie meilenweit weg von allem. Das nächste Dorf war zwei Meilen entfernt, und wenn Sam in die jämmerliche Kleinstadt wollte, musste sie zehn Meilen fahren. Es war so ganz anders als Cheltenham, und manchmal fühlte sie sich schon sehr isoliert – als wäre sie ganz allein auf einem leeren Schiff auf hoher See.

Während sie überlegte, ob es Zeit war, sich für die Tennisstunde fertig zu machen, hörte sie das Telefon im Arbeitszimmer klingeln. Ben hatte dort einen Extraanschluss installieren lassen, und normalerweise war der Anrufbeantworter eingeschaltet, aber das Telefon schrillte anhaltend. Vorsichtig betrat sie den Raum. Sie hatte eigentlich keinen Grund, sich dort aufzuhalten. Die Putzfrau, ein Dorfmädchen namens Trudy, wischte Staub und saugte, und Ben mochte es gar nicht, wenn seine Sachen durcheinander gebracht wurden. Es gab einen Anschluss für seinen Laptop auf dem großen, antiken Schreibtisch mit Lederauflage und Ablagekörbe mit Papier. Ben witzelte gern, dass es ein Schreibtisch sei, der Napoleon gehört haben könnte: mit vergoldeten Schnitzereien verziert, aber schwer, ein gediegenes, entschieden maskulin wirkendes Möbel. An der Wand stand ein Fernseher mit Flachbildschirm für seine Sportsendungen, und in den Regalen häuften sich unordentlich Bücher und Zeitschriften, meistens zu den Themen Angeln, Segeln, Klettern und Computer.

Das Telefon klingelte immer noch. Der kleine silberne Apparat saß aufrecht in der Station, als bettle er darum, dass jemand abhob. Sam griff danach. »Hallo?«

Es gab eine lange Pause, und die Leitung knisterte und zischelte ein wenig. Schließlich sagte eine Stimme: »Hallo, ist da Sam?«

»Ja«, sagte Sam kalt. »Was wollen Sie, Aileen?«

»Ich wollte eigentlich Ben sprechen«, sagte die andere Frau mit der gepressten Stimme eines Menschen, der entschlossen ist, höflich zu bleiben, welche Anstrengung es auch kosten mochte.

»Er ist nicht da.«

»Gut.« Wieder eine Pause. »Kann ich mal Emma haben?«

»Ich weiß ja nicht, wie viel Uhr es Ihrer Ansicht nach hier ist, Aileen, aber es ist gerade mal vier. Ben ist in der Firma und Emma noch in der Schule.«

Aileens Lachen drang blechern durch die Leitung. Es machte Sam rasend – sie konnte sich nur zu gut vorstellen, wie das hässliche Gesicht der Frau sich zu einem Grinsen verzog, das ihre schlechten Zähne entblößte. »Schön. Wenn Sie solche Angst haben, sich etwas zu vergeben … Bitte seien Sie so gut und teilen Ben mit, dass ich angerufen habe. Es geht um Emmas geplanten Besuch im Sommer. Wenn Sie es nicht tun, spielt das auch keine Rolle, dann rufe ich einfach später noch mal an oder schicke eine Mail. Alles klar? Glauben Sie, Sie können das behalten?«

»Ich werde es ausrichten«, sagte Sam steif und drückte auf die Taste, um die Verbindung zu unterbrechen.

Emma kam gegen halb fünf aus der Schule; das Knirschen des Kieses unter den Autoreifen kündigte ihre Rückkehr an. Sam, die gerade auf dem Sofa lag und sich eine Talkshow im Fernsehen ansah, hörte es und blieb, wo sie war. Emma ging meistens sofort auf ihr Zimmer und tauchte erst zum Essen wieder auf, was Sam gut passte. Da sie sowieso keine Ahnung hatte, worüber sie sich mit Emma unterhalten sollte – *Na, wie war's in der Schule, Liebes? Irgendwelche aufregenden Vorkommnisse bei der Wiederholung der Abi-Prüfungsinhalte?* –, war es ziemlich egal, ob sie das Mädchen zu Gesicht kriegte oder nicht.

Entgegen ihrer sonstigen Gewohnheit durchquerte Emma das Wohnzimmer, wohl um sich in der Küche eine Tasse Tee aufzugießen oder eine Flasche Wasser zu holen.

»Hi«, flötete Sam, ohne die Augen vom Bildschirm abzuwenden. Sie tat gern etwas, worauf das Mädchen überhaupt nicht vorbereitet war.

Mit einem kalten »Hallo« verschwand Emma in der Küche. Sam sah ihr amüsiert nach und erhaschte noch einen Blick auf den Rücken ihrer Stieftochter. Da Emma im letzten

Schuljahr war, brauchte sie keine Schuluniform mehr zu tragen. Sie tat Sam echt ein bisschen leid, denn sie musste das Gespött der ganzen Schule sein. Geld genug hatte sie ja nun wirklich – Sam wusste, dass Ben ihr ein dickes Taschengeld zahlte –, aber statt etwas Anständiges anzuziehen, lief sie in pastellfarbenen Pullovern und langen geblümten Röcken herum, die an die fünfziger Jahre erinnerten, allerdings nicht an die coolen Fünfziger.

Einige Minuten später durchquerte Emma erneut das Wohnzimmer, zweifellos voller Vorfreude auf den Abend, den sie wieder mal über Schulbüchern verbringen würde, um den Stoff für die Abschlussprüfung zu wiederholen.

»Schönen Tag gehabt?«, erkundigte sich Sam liebenswürdig und stützte den Kopf auf die Hand, um sie anzusehen.

Emma warf ihr einen eisigen Blick zu und nickte schroff.

»Übrigens, deine Mutter hat angerufen.«

Mit misstrauischer Miene blieb Emma stehen. Nach kurzem Überlegen fragte sie: »Was hat sie gesagt?«

»Nicht viel. Sie will mit dir reden, wegen deiner Sommerreise in die USA. Du solltest sie anrufen.«

»Gut. Danke.« Emma setzte ihren Weg fort.

»Kümmere dich nicht um uns!«, rief Sam ihr hinterher. »Fahr ruhig in die USA – sobald du willst und solange du willst!« Sie kicherte. Emma ignorierte sie, und Sam hörte das Mädchen die Treppe hinaufgehen. Sie versuchte, sich wieder auf die Talkshow zu konzentrieren, aber es hatte keinen Zweck, es interessierte sie nicht mehr. Sie stellte den Fernseher aus, stand auf, seufzte und tappte nach draußen.

Im Garten stieg sie die Stufen zum Whirlpool-Podest hinauf und ließ sich mit gekreuzten Beinen daneben nieder, um eine Zigarette zu rauchen und den Bambus zu betrachten. »Bleib ganz ruhig«, sagte sie sich. »Visualisiere etwas.« Aber ihr Kopf war leer. Wenn Emma im Haus war, veränderte sich die ganze Atmosphäre. »Ich bin viel zu jung, um Stiefmutter zu sein«, murmelte Sam. Und Emma war zu alt, um ihre Stieftochter zu sein. Langsam wurde sie die ständigen Reibereien leid, den Kampf, den sie miteinander ausfochten, seit sie sich zum ersten Mal gesehen hatten, aber jetzt war ein Ende in Sicht. Emma würde bald auf die Uni gehen, und Sam wusste sehr gut, dass letztlich sie selbst den Kampf gewinnen würde.

Als Ben nach Hause kam, hatten die Handwerker alles aufgeräumt und waren gegangen. Sie hörte seinen Sportwagen die Auffahrt hinaufdröhnen, und dann stürmte er herein, packte sie und hob sie hoch. Wie sie dieses Gefühl liebte! Er war so groß und stark und kraftvoll – schön, er hatte einen kleinen Bauch, aber schließlich war er über vierzig und schätzte gutes Essen und Wein ein wenig zu sehr –, und das vermittelte ihr das Gefühl, ganz zerbrechlich und winzig zu sein wie ein Kind.

»Grrr, hallo, meine Schöne! Geht's gut?«

Sie küsste ihn leidenschaftlich. »Hallo, Benjy, bestens. Und ich habe eine Überraschung für dich … Guck dir an, was die Handwerker heute gemacht haben!« Sie nahm ihn bei der Hand und führte ihn in die Küche.

»Weißt du, ich glaube eigentlich gar nicht an diese Handwerker«, sagte Ben und folgte ihr. »Ich krieg sie nie zu Gesicht. Wenn ich aus dem Haus gehe, sind sie noch nicht da, und abends sind sie schon weg. Ich glaube, du machst das alles ganz alleine. Sobald ich aus dem Haus bin, ziehst du deinen sexy Overall an, eine hinreißende Schutzbrille und eine Gesichtsmaske und fängst an zu verputzen.«

»Ja, sehr witzig«, sagte Sam. »Was glaubst du, wo das ganze Geld bleibt? Aber komm und schau's dir an.«

Sie blieben in der Tür stehen und blickten in den Raum,

die ehemalige Spülküche. Der Boden war mit Steinplatten ausgelegt. Die großen Fenster gingen auf die Rasenfläche hinaus, und im Licht der Spätnachmittagssonne betrachteten sie ihre sehr schöne neue Küche: Wandschränke, Unter- und Hochschränke aus edlen Hölzern, alle extra angefertigt; ein Arbeitsblock aus massivem Birkenholz, auf einer Seite mit einer Marmorplatte, auf der man heiße Töpfe abstellen, Gemüse schneiden, Brot kneten und Pastetenteig ausrollen konnte; eine riesige Edelstahlspüle mit zwei Becken; offene Geschirrborde zu beiden Seiten des Fensters; Kühlschrank, Gefriertruhe und Geschirrspüler, hinter Schrankfronten versteckt, und schließlich, als Mittelpunkt und Blickfang, der unglaubliche Gasherd.

Ben sog vor Entzücken die Luft ein.

»Gefällt es dir?«, fragte Sam.

»O Gott, Sam, es ist ein Traum! Ich kann es gar nicht abwarten, auf dem Herd zu kochen …«

»Erst, wenn alles ausprobiert und gestrichen ist, sagt Pete. Kannst du es noch ein bisschen länger aushalten?«

Ben packte ihre Hand und drückte sie. »Es fällt mir schwer, aber ich tue mein Bestes. Heute Abend gehen wir essen – den blöden Elektroherd kann ich nicht mehr sehen –, um unsere neue Küche zu feiern. Komm, wir schauen uns mal um.«

Während Ben Schubladen aufzog, Schränke öffnete und alles begutachtete, fiel Sam der Anruf wieder ein. Sie sagte: »Aileen hat angerufen.«

»Ja?« Ben schien mehr an der Besteckschublade interessiert zu sein als an seiner Exfrau.

»Irgendwas wegen Emmas Reise in die USA. Im Sommer.«

»Ach ja. Ich glaube, wir hatten da etwas vereinbart.«

»Ich wünschte, das hättest du mir gesagt, Benjy. Ich hatte angenommen, Emma würde mit uns nach Frankreich fahren, also habe ich ein großes Haus für uns alle gemietet.«

»Tut sie wahrscheinlich auch. Aileen und ich haben noch kein Datum festgelegt.«
Sam spürte, wie sie stinkig wurde. Allein die Tatsache, dass sie wütend wurde, ärgerte sie. Ihre Ehe wäre einfach vollkommen, das wusste sie, wenn nur Bens erste Frau und seine Tochter nicht wären, die Sam ständig daran erinnerten, dass sie nicht die erste Frau in Bens Leben war und nicht der einzige Mensch, an dem ihm etwas lag. Wenn sie über Aileen und Emma sprachen, würde es immer so sein wie jetzt, Ben kurz angebunden und abgehackt, Sam voller Groll. Sie hasste schon den Klang von Aileens Namen. Ben weigerte sich, sich provozieren zu lassen. Sie wünschte nur, die hässliche alte Kuh würde sie und Ben endlich in Ruhe lassen – und ihre Tochter mitnehmen.
Ben trat zu ihr und schlang wieder seine starken Arme um sie. Sie spürte, wie ihre Verärgerung nachließ, als er sie auf die Wange küsste und die Nase an ihrer Halsbeuge rieb. »Es ist so ein schöner Abend. Wir klappen das Verdeck hoch und fahren in dieses tolle Abtei-Restaurant bei Great Tod. Du kannst dich hübsch machen.«
»Ja, und wer wird mich sehen – Old Farmer Brown und seine Kuh?«, fragte sie, aber sie lächelte und erwiderte seinen Kuss.

Vier

Die Ruhe hier ist direkt unheimlich, dachte Bella. Der erste Morgen an ihrem neuen Wohnort war hektisch gewesen – sie hatte Iain zum Bahnhof gebracht und die Kinder an der Dorfschule abgesetzt –, und als sie nach Holly Lodge zurückkehrte, fiel ihr als Erstes die Stille auf. Sie wanderte von Raum zu Raum, alle voll gestellt mit Umzugskartons, die sie noch auspacken musste, und empfand dabei ein seltsames Gefühl von Entwurzelung. Was tat sie hier? Was sollte sie an diesem Ort? Es war zehn Uhr morgens, ein Werktag, und sie sollte bei der Arbeit sein, anstatt ziellos durchs Haus zu stromern, ohne eine Menschenseele, mit der sie reden konnte.

Sie ging ins Wohnzimmer hinunter, stellte das Radio an und begann mit dem Auspacken. Beim Einräumen der Bücher in die Wandregale zu beiden Seiten des Kamins fielen ihr Schmutzflecken und Staub auf, also holte sie ihre Putzsachen und machte gründlich sauber. Danach fühlte sie sich besser, aber als sie dann mittags allein in der Küche saß, ihr Sandwich verzehrte und überlegte, wo um alles in der Welt sie ihre Großeinkäufe erledigen sollte, kehrte das Gefühl zurück, von aller Welt abgeschnitten zu sein, und zwar stärker als vorher.

Kämpf dagegen an!, befahl sie sich. Meine Güte, dies ist der erste Tag im neuen Haus. Wo bleibt deine innere Stärke? Direkt auf der anderen Seite der Straße sind Leute, und die

Clarkes und Jane Fielding wohnen ganz in der Nähe. Du bist hier nicht allein.

Sie brachte auch den Nachmittag damit zu, Kartons im mittlerweile sauberen Wohnzimmer auszupacken. Mit jedem vertrauten Gegenstand, den sie hervorzog und an seinen neuen Platz stellte, fühlte sie sich besser. Damit markierte sie ihr Territorium, und es sah auch schon viel besser aus, obwohl der Anstrich einfach furchtbar war ... Sie beschloss, die Wände neu zu streichen. Das würde ihr Projekt in den nächsten Wochen sein: die Renovierung des Hauses. Sie würde das Material bei einem Internet-Baumarkt bestellen oder nach Oxford fahren, sich ein paar Farbtafeln besorgen und dann ... Sie sah sich schon Töne auswählen und alles verschönern. Das würde Spaß machen und sie beschäftigen.

Sie schaute auf die Uhr, um zu sehen, wie viel Zeit ihr noch blieb, bevor sie die Kinder von der Schule abholen musste. Ihre Tage würden durch diese kleinen Pflichten strukturiert sein, dem Hinbringen und Abholen ihrer Familie, und die Stunden dazwischen würde sie ganz für sich haben.

Ein Klopfen an der Haustür erschreckte sie, und sie sah fast ängstlich hoch. Dann riss sie sich zusammen und öffnete. Sie erkannte Jane Fielding sofort, obwohl ihr Gesicht von einem breitkrempigen Strohhut beschattet wurde.

»Hallo.« Ihre Nachbarin wedelte wie zur Erklärung mit einem Blumenstrauß, den sie in der Hand hielt. »Ich habe gesehen, dass Sie eingezogen sind, und ich war gerade im Garten und dachte, wie schön die Ranunkeln doch sind und dass sie Ihnen vielleicht gefallen würden.«

»Vielen Dank«, sagte Bella und nahm die Blumen entgegen. Zartrosa Blütenblätter bogen sich sanft über dunklen Herzen. »Sie sind wunderschön!« Sie war gerührt, weil man an sie gedacht hatte.

Jane lächelte. »Ich hoffe, ich störe nicht gerade, Misses Balfour.«
»Nein, nein, überhaupt nicht. Und bitte nennen Sie mich Bella. Kommen Sie doch herein.« Bella führte ihre Besucherin in den Flur, plötzlich besorgt wegen der Unordnung. »Ich fürchte, hier herrscht noch ein ziemliches Durcheinander.«
Jane blieb im Flur stehen, schaute sich um und blinzelte überrascht. »Meine Güte«, sie schüttelte den Kopf, »tut mir leid. Es hat sich alles so verändert, selbst in der kurzen Zeit. Ich war zuletzt vor dem Auszug der Galloways hier – das heißt, er ist ausgezogen, nach dem Tod seiner Frau. Das Haus war sehr düster, viele Möbel aus dunklem Holz.«
»Wann ist sie denn gestorben?«
»Erst vor ein paar Monaten, oben im Bett.« Es entstand eine Pause. Dann sagte Jane entschuldigend: »Ach, du liebes bisschen, ich hoffe, Sie sind nicht abergläubisch.«
Bella lachte und entspannte sich. »Wie wundervoll makaber. Wahrscheinlich ist sie in unserem Schlafzimmer gestorben, oder? Keine Sorge, mir macht das nichts. Von der Anwesenheit eines Geistes habe ich noch nichts bemerkt, bislang jedenfalls nicht.« Sie führte Jane in die Küche. »Tut mir leid, es ist hier ziemlich warm. Wir mussten den Eisenofen anmachen, um warmes Wasser zu bekommen. Ich habe den Großteil des gestrigen Abends damit gekämpft. Ein vorsintflutliches Teil. Möchten Sie vielleicht einen Tee?«
»Danke, das wäre nett. Ja, den Rayburn hatte ich ganz vergessen. Ein echtes Museumsstück. Also, die Küche sieht schon viel besser aus, muss ich sagen.«
»Ich habe noch kaum etwas daran getan, nur ein bisschen umgestellt. Aber ich habe große Pläne. Ich stelle schnell die

Blumen ins Wasser« – Bella legte die Ranunkeln vorsichtig auf die Küchenbank und holte eine Vase –, »und dann trinken wir Tee.«

Sie nahmen ihren Tee mit ins Wohnzimmer. Jane hatte ihren Hut abgenommen, und Bella konnte sie zum ersten Mal genauer betrachten. Ein sympathisches Gesicht, dachte sie. Zartknochig, schöne Haut. Bella schätzte sie auf ungefähr achtundvierzig, obwohl Jane sich vielleicht nur gut gehalten hatte und in Wirklichkeit älter war. Ihr volles Haar war natürlich gewellt und von grauen Strähnen durchzogen, die sie noch distinguierter erscheinen ließen. Sie hatte tief liegende Augen über hohen Wangenknochen und eine leichte Hakennase. Aristokratisch, dachte Bella, ja, das ist das Wort, nach dem ich suche. Jane trug einen blauen Baumwollrock und ein weißes Leinenhemd, dazu leichte, bequeme Laufschuhe. Schlicht, aber würdevoll. Plötzlich war es Bella wichtig, einen guten Eindruck zu erwecken, und sie sah sich leicht besorgt im Zimmer um – nun, mehr war unter den Umständen nicht zu machen. Zumindest war es sauber.

Jane schaute sich interessiert um. »Es ist wirklich erstaunlich, wie sehr der Charakter eines Raums sich ändern kann, nur dadurch, dass man ihn ausräumt. Sie hätten ihn vorher sehen sollen. Jetzt sieht es viel besser aus. Es wirkt schon wie ein richtiges Zuhause.«

»Ich habe das Gefühl, wir haben noch kaum angefangen, es ist noch so viel zu tun. Iain, mein Mann, steckt voller Pläne und Projekte. Er hat schon immer vom Leben auf dem Land geträumt – er ist ein echtes Großstadtkind. Bislang entspricht alles seinen Erwartungen, aber er braucht zwei Stunden, um zur Arbeit zu kommen, ist also jeden Tag vier Stunden unterwegs. Ich weiß ja nicht, ob er sich das auch erträumt hat. Seit der frühen Lektüre von *Die Kinder des*

Waldes sehnt er sich danach, Rotwild zu jagen, auf Bäume zu klettern und mit einer Muskete auf Rundköpfe zu schießen.«

»Hier gibt es kein Wild, aber er kann meinetwegen gern Karnickel schießen. Sie ruinieren meinen Gemüsegarten, und so süß sie auch sein mögen, wenn sie mal wieder alles ratzekahl gefressen haben, kommen sie einem weniger entzückend vor.« Wieder schaute Jane sich im Zimmer um. »Wie viele Bücher Sie haben! Ich finde immer, Bücher machen einen Raum viel wohnlicher.« Sie stand auf und trat zum Kaminsims, auf dem ein Stapel gerahmter Fotos zum Aufhängen bereitstand. Sie nahm eins in die Hand, das Hochzeitsbild von Bella und Iain. »Oh, das sind ja Sie, nicht wahr? Ein schönes Foto.«

Bella stellte sich neben sie, und gemeinsam betrachteten sie das Bild. Es war ein Schwarz-Weiß-Foto von ihr und Iain in ihrer Hochzeitsgarderobe: Er trug einen dunklen Anzug, sie eine weiße Jacke und einen langen, fließenden weißen Rock. Als sie die Sachen ausgesucht hatte, waren sie ihr unglaublich schick erschienen, und jetzt wirkten sie hoffnungslos veraltet. Es machte ihr bewusst, wie lange sie schon verheiratet war.

»Ja, das sind wir. Mein Mann Iain und ich.«

»Er sieht sehr gut aus.«

»Finden Sie?« Bella fixierte das Foto. Ja, er hatte wohl einmal gut ausgesehen mit seinem jungenhaften Gesicht, dem weichen braunen Haar, das ihm in die Stirn fiel, und der faltenlosen Haut. Sah er immer noch gut aus? Sie hatte sich so an ihn gewöhnt, dass sie ihn kaum noch wahrnahm. Es war schwer zu sagen.

»Und Sie haben mittlerweile Kinder, oder?«

»Ja, zwei. Katie und Christopher. Ich habe sie in der Dorfschule angemeldet. Es ist ein wenig ungewöhnlich, sie so kurz vor den Sommerferien noch einzuschulen, aber ich wollte, dass sie sich schon mal mit anderen Kindern anfreunden, wenn sie können.«

»Ach, es wird ihnen auf der Schule gefallen. Meine beiden Kinder waren auch dort – ich habe ebenfalls einen Jungen und ein Mädchen. Lucy und Alec. Inzwischen lange über das Grundschulalter hinaus.« Sie runzelte die Stirn. »Es wird nicht einfacher mit Kindern, wenn sie größer werden, wissen Sie.«

»Und Ihr Mann, was macht der?«

»Er ist vor fünfzehn Jahren gestorben.«

»O Gott, es tut mir leid – wie ungeschickt von mir. Ich bitte um Entschuldigung.« Bella spürte, dass sie scharlachrot anlief. Jane lächelte freundlich und legte ihr die Hand auf den Arm, und sofort fühlte sie sich ruhiger, getröstet.

»Schon gut. Es ist lange her, es macht mir nichts aus, darüber zu reden, keine Sorge. Aber Theo ist gestorben, als die Kinder noch ganz klein waren, und er hat so viel versäumt. Er hat sie nicht heranwachsen sehen. Früher haben wir uns oft gefragt, was wohl aus ihnen werden, wie ihre Persönlichkeit sich entwickeln wird, und mit das Traurigste ist, dass er das nie erfahren hat. Vielleicht empfinden Sie es im Moment nicht so, aber Sie haben großes Glück, das alles gemeinsam erleben zu dürfen, Sie und Ihr Mann.«

»Habe ich das?« Wieder blickte sie auf das Hochzeitsfoto, und etwas Bitteres stieg ihr in die Kehle. Sie ertappte sich dabei, wie sie heftig blinzelte, weil ihre Augen plötzlich brannten.

»Alles in Ordnung?«, fragte Jane und musterte sie forschend.

»Ich fürchte, jetzt bin ich verlegen. Ich habe etwas gesagt, das Sie zum Weinen gebracht hat. Es tut mir leid – ich hätte so etwas nicht sagen sollen, wir haben uns schließlich gerade erst kennen gelernt, und ich weiß gar nichts über Sie und Ihr Leben.«

Bella, die sich wieder gefasst hatte, lächelte. »Aber ich bitte Sie! Nein, wirklich, es geht mir gut.«

Jane legte wieder die Hand auf ihren Arm, eine behutsame, warme Berührung, die Bella eben schon als so seltsam tröstlich empfunden hatte. »Wenn Sie je das Bedürfnis nach Gesellschaft haben, kommen Sie mich doch einfach besuchen. Ich weiß, wie einsam es hier sein kann.«

»Das werde ich«, versprach Bella. »Ich werde es nicht vergessen.«

Sam wünschte, sie hätte daran gedacht, einen Tennisplatz anlegen zu lassen, als sie die Gartengestaltung planten. Es war so lästig, immer erst ins Dorf zum Tennisverein fahren zu müssen, wo sie eine Trainerstunde hatte, aber sie musste sich unbedingt dreimal die Woche bewegen, und das nächste Fitness-Studio war in Oxford. Jedenfalls hatte sie noch kein näheres entdeckt. Sie bog in den unbefestigten Weg ein und fuhr langsam weiter. Dank der Luftfederung des Mercedes merkte sie kaum etwas von den Löchern und Unebenheiten. Bens kleiner Sportwagen hüpfte praktisch den Weg hinauf, da er jedes Mal abhob, wenn er auf ein Schlagloch traf, aber dafür war der Mercedes zu königlich und zu gediegen.

Als sie sich dem oberen Ende näherte, wo die Landarbeiterkaten und das rote Backsteinhaus lagen, sah sie einen Wagen rückwärts aus der Auffahrt von Holly Lodge setzen und in die Straße einbiegen, offenbar auf dem Weg ins Dorf. Für beide Autos war kein Platz, also fuhr der andere Wagen auf den grasbewachsenen Randstreifen, um sie vorbeizulassen. Sam passierte ihn langsam, hielt an, als sie auf gleicher Höhe war, und ließ das Fenster herunter. Die Frau am Steuer tat

es ihr gleich. Sie schien Mitte dreißig zu sein, hatte kurzes dunkles Haar und ein Gesicht, das zu energisch war, um wirklich hübsch zu sein.
»Hi«, sagte Sam, »Sie sind Bella, nicht wahr? Ich bin Sam Clarke. Meine andere Hälfte hat mir von Ihnen erzählt. Sie sind gerade eingezogen, stimmt's?«
»Hallo! Ja, Ihr Mann ist am Wochenende vorbeigekommen, als wir gerade eingezogen waren.«
»Wo wollen Sie denn jetzt hin?«
»Nur die Kinder von der Dorfschule abholen.«
»Vom Dorf komme ich gerade«, sagte Sam. »Schade, ich hätte sie mitnehmen können.«
»Wie nett von Ihnen.« Die andere Frau lächelte plötzlich. »Hätten Sie vielleicht Lust, nachher auf einen Kaffee vorbeizukommen? Mrs Fielding habe ich gestern kennen gelernt, und es ist doch schade, dass wir beide uns noch gar nicht richtig begrüßt haben. Ich bin in einer halben Stunde zurück. Also, wenn Sie nichts anderes vorhaben ...«
»Ja – ja, okay. Ich komm nachher vorbei. Das wäre nett«, sagte Sam und fuhr mit einem Winken weiter.

Sam zog ihre Tennissachen aus, wobei sie ihre braunen Beine bewunderte, und machte sich nach einer kurzen Dusche auf den Weg. Emma war noch in der Schule, und Sam brach auch deshalb so früh auf, weil sie weg sein wollte, bevor ihre Stieftochter zurückkam. Sie ergriff jede Gelegenheit, Emma aus dem Weg zu gehen – grässlich, dieses maulige Mädchen, das sie mit Schweigen bestrafte und heftige Abneigung ausstrahlte.
Sam konnte es einfach nicht verstehen. Am Anfang, als Emma noch nicht bei ihnen wohnte, hatte sie versucht, freundlich zu dem Mädchen zu sein. Sie hatte immer Geschenke parat, wenn Emma zu Besuch kam: niedliche

Handtäschchen oder Lipgloss, einen teuren Sarong und dazu passende Flip-Flops, wirklich schöne Sachen – aber Emma hatte sie angeschaut, als seien sie irgendwie anstößig, und sie nach einem kühlen Dankeschön ignoriert. Den Sarong-Set hatte sie sogar einfach dagelassen. Sam hatte es wirklich mehrfach versucht: Sie hatte sich nach der Schule erkundigt und ob Emma einen Freund habe, sie hatte ihr sogar Make-up-Tipps angeboten, aber das Mädchen hatte ihr weiter die kalte Schulter gezeigt und auf Sams Fragen höflich, aber kurz geantwortet. Na gut!, hatte Sam gedacht. Ich habe mein Bestes getan. Emma ist offenbar nicht interessiert. Aber es wird ihr noch leid tun, dass sie sich auf einen Kampf mit mir eingelassen hat.

Ihre Stieftochter konnte unmöglich gewinnen, das wusste Sam. Wenn das Mädchen hoffte, Sam mit seinen Feindseligkeiten zu vertreiben, dann täuschte es sich, und es würde damit auch seinen Vater nicht dazu bewegen, sich von Sam zu trennen. Wenn ein Mann sich zwischen seinen Kindern und einer zweiten Frau entscheiden musste, würde er Sams Erfahrung nach immer die Frau wählen. Die Kinder überschätzten immer ihre Macht – es schien ihnen nicht klar zu sein, wie sehr das neue Arrangement die alten Bindungen schwächte und dass eine kluge Frau ohne weiteres in der Lage war, sie als nervig, fordernd und egoistisch hinzustellen. Eine kluge Frau würde sich selbst als Opfer darstellen, unfair behandelt, dem die Kinder keine Chance gaben. Sie würde daran erinnern, dass ihr Mann das Familienoberhaupt war, und verlangen, dass er mal demonstrierte, wer hier das Sagen hatte. Wenn sie wollte, wenn sie sich einen Vorteil davon versprach, konnte sie jederzeit einen Graben zwischen Vater und Kindern aufwerfen. Geschickt hatte Sam Bens Beschützerinstinkt ihr gegenüber ausgenutzt.

Die Scheidung war alles andere als freundschaftlich verlaufen; es war zu heftigen Streitereien zwischen Aileen und Ben gekommen, und Sam war mit wüsten Schimpfworten belegt worden. Ben war daher nur zu gern bereit zu glauben, dass Emma sich so frostig und unnachgiebig zeigte, weil ihre Mutter sie aufgehetzt hatte. Mit Befriedigung hatte Sam gehört, wie Ben seine Tochter bei einem Besuch angeschnauzt hatte: Sie sei in seinem Haus nicht mehr willkommen, wenn sie nicht netter zu ihrer Stiefmutter sei, hatte er gesagt.

Währenddessen hatte Sam behutsam daran gearbeitet, Bens Tochter von der Bildfläche verschwinden zu lassen: Sie besorgte gelegentlich teure Musicalkarten genau für das Wochenende, an dem Emma eigentlich zu Besuch kommen sollte, und ließ unauffällig Fotos von Emma verschwinden, die Ben aufgestellt hatte. Aber gerade als Sam bereits glaubte, es werde funktionieren, hatte Aileen beschlossen, eine Stelle in den USA anzunehmen, und Emma war zu ihnen gezogen – ein schwerer Rückschlag für Sam. Was Ben auf gar keinen Fall tolerieren würde, war ein offener Krieg zwischen seiner Frau und seiner Tochter. Er brauchte das Gefühl, dass trotz aller Veränderungen und dem Trauma der Scheidung Harmonie in seiner Familie herrschte, also musste Sam ihre Kampagne noch subtiler führen.

Es war klar, dass Emma Sam die Schuld an der Trennung ihrer Eltern gab. Aber das war lediglich ein weiterer Beweis für ihre Dämlichkeit. Es war offensichtlich, dass diese Ehe ohnehin nicht mehr funktioniert hatte. Sam hatte die Sache nur ein wenig beschleunigt. Natürlich war es wenig hilfreich, dass Emma ihren Vater und Sam im Bett überrascht hatte. Damals hatte noch keiner etwas von ihrer Beziehung gewusst, selbst Aileen hatte noch nichts geahnt. Ben hatte sie, Sam, eines Nachmittags ins Haus geschmuggelt. Aber mal ehrlich, welcher Idiot marschiert denn auch ohne Ankündigung ins Schlafzimmer der Eltern, wenn er dort Geräusche hört? Es gehörte zu Sams unangenehmsten Erinnerungen, die sie so weit wie möglich zu verdrängen suchte: das Mädchen – damals erst zwölf –, das in der Tür stand, mit weit aufgerissenen Augen und entsetztem Gesicht, während Sam mit gespreizten Beinen dalag und Ben sie bumste. Der bloße Gedanke daran ließ sie schaudern. Es war das Demütigendste, was ihr jemals passiert war, dass jemand sie so gesehen hatte.

Sam klopfte an die Tür des roten Backsteinhauses, und als Bella öffnete, sagte sie: »Taataaa!« und drückte ihr eine Flasche aus Bens Weinkeller in die Hand. »Zum Einzug!«, verkündete sie und trat in den Flur. »Ach, wie schön«, sagte sie, obwohl sie in Wirklichkeit dachte, dass es ein bisschen eng sei. Der Flur war recht schmal, ein Stapel Mäntel hing an der Garderobe, und überall lagen Stiefel und Schuhe herum.

»Kommen Sie herein«, sagte Bella und deutete auf das Wohnzimmer. »Tee? Wie eine echte Hausfrau vom Lande habe ich Bananenbrot gebacken. Möchten Sie etwas davon?«

»Haben Sie auch Kaffee?«

»Klar. Bin gleich wieder da.« Bella verschwand in der Küche, und Sam ließ sich auf dem schäbigen roten Sofa nieder und schaute sich um. Also, genau deshalb beschäftige ich einen Innenarchitekten, dachte sie. Was für ein Chaos! Gut, die Leute waren erst vor kurzem eingezogen, aber trotzdem … Sie rümpfte die Nase, als sie der Bücher ansichtig wurde, die in die Wandnischen neben dem Kamin gestopft worden waren. Wenn das meine Bücher wären, würde ich sie wegräumen, damit sie das Farbkonzept nicht stören, dachte Sam, obwohl es hier bei näherer Betrachtung gar kein Farbkonzept zu geben schien. Die Lampenschirme, der Teppich, die Kissen, das Spielzeug, das aus einem Korb vor dem Fenster quoll, die grässliche alte Reisetruhe mit den uralten Aufklebern – nichts harmonierte miteinander. Sam griff nach einer Zeitschrift, die auf der Truhe lag – sie diente offenbar als Tisch – und blätterte sie durch, bis Bella mit einem Tablett in der Hand zurückkam.

»Da wären wir«, sagte sie und schenkte Sam einen Becher Kaffee aus dem Kaffeebereiter ein. »Milch?«

»Bitte. Haben Sie auch Zucker?«

»Zucker? Oh, ja, klar, einen Augenblick.« Sie lief in die Küche und kehrte mit einer Tüte Zucker und einem Löffel zurück. »Tut mir leid, den Zucker vergesse ich immer. Bitte nehmen Sie doch etwas von dem Bananenbrot.«

Sam dachte kurz nach. War Brot dasselbe wie Kuchen? Es sah aus wie Kuchen, obwohl er nicht rund, sondern wie ein Brotlaib geformt war. Allerdings klang es gesünder. »Gern«, sagte sie. »Ich sollte eigentlich nicht, aber es sieht so gut aus. Haben Sie das wirklich selbst gebacken?«

»Das ist nicht schwer«, sagte Bella bescheiden, »und es liegen irgendwie immer ein paar Bananen in der Obstschale, die langsam schwarz werden. Ich verwerte sie gern.«

Sam nahm einen Bissen von dem Brot und kaute langsam, spürte, wie der schwere Ball aus Mehl, Zucker und Butter ihren Magen traf. Sie schob den Rest an den Rand des Tellers. »Na, wie gefällt Ihnen Rawlston?«

»Oh, sehr gut«, erwiderte Bella. »Aber es ist ein bisschen ruhig hier.«

Sam lachte. »Die Gegend ist absolut tot! Wo kommen Sie denn her?«

»Aus London.«

»Tatsächlich?« Sie musterte Bella. Der Stil einer Londonerin, so wie Sam ihn sich vorstellte, schien ihr vollkommen abzugehen. In ihren Jeans und dem samtbesetzten Top wirkte sie ziemlich durchschnittlich. Ein paar Pfunde zu viel hatte sie auch. »Sie haben Kinder, oder?«

»Ja, zwei. Sie spielen draußen. Nach dem Asphaltdschungel ist all dieses Grün ganz neu für sie. Katie und Christopher können gar nicht genug davon kriegen.«

»Ah. Bestimmt kleine Engel.« Sam beäugte das Stück Bananenbrot auf ihrem Teller und spürte ihren knurrenden Magen.

»Tja ... manchmal. Um ganz ehrlich zu sein, ich bin froh, dass wir aus London weg sind. Sie sind viel zu schnell groß geworden. Katie ist erst zehn, aber sie lag mir ständig wegen Make-up und Schuhen mit hohen Absätzen in den Ohren, weil die anderen Mädchen in ihrer Klasse das auch tragen. Ich hätte gern, dass sie so lange Kind bleiben, wie sie können – für alles andere ist später noch reichlich Zeit. Ich habe ein ziemlich verklärtes Bild von einer Dorfschule, wie Sie merken. Wahrscheinlich ist es hier genauso schlimm wie in der Stadt.«

Sam blickte verständnislos. Hohe Absätze waren doch okay. Eine Notwendigkeit, genau genommen, und je eher man sich daran gewöhnte, desto besser.

»Sie haben auch Kinder, nicht wahr?«, fragte Bella. »Ihr Mann erwähnte ein Mädchen im Teenageralter ...«

Sam kreischte vor Lachen. »O Gott, nein! Ich habe keine Kinder. Ben hat eins aus seiner letzten Ehe. Zu meinem Pech ist sie nach der Scheidung nicht zu ihrer Mutter gekommen, so dass ich sie jetzt am Hals habe. Verdammt unfair, oder?«

»Das ist ... eher ungewöhnlich, nicht? Dass ein Kind beim Vater bleibt?«

»Erst war sie bei Aileen. Es gab ein bisschen böses Blut,

denn Ben und ich waren schon zusammen, als die Ehe noch nicht offiziell beendet war, aber dann bekam Aileen diesen Job in den Staaten angeboten, also dachten wir, es wäre besser für Emma, wenn sie hier bei Ben bleibt.« Sam verdrehte die Augen. »Die Frau wollte ihre Tochter loswerden, wenn Sie mich fragen, und sie wusste, dass Ben ihr ein gutes Leben ermöglichen würde. Er kann es sich schließlich leisten. Eine teure Elite-Schule, ein Riesenhaus. Sogar einen Whirlpool. Also zog Aileen mit gutem Gewissen ab, Ben bezahlt die Rechnungen, und dreimal dürfen Sie raten, wer sich mit der mauligen Tochter abgeben darf. Ich.« Sie lachte wieder. Bella blinzelte und lächelte sie an.

»Es ist wirklich schön, eine andere Frau in der Nähe zu haben«, fuhr Sam fort, die sich für Bella zu erwärmen begann. »Unsere direkte Nachbarin ist ziemlich verknöchert. Viel älter als wir. Aber Sie sehen aus, als würden Sie einem Mode-Shopping dann und wann nicht abgeneigt sein.«

»Ja, stimmt.«

»Arbeiten Sie?«

»Im Moment nicht – ich habe meinen Job aufgegeben, als wir hierher gezogen sind.«

»Ich arbeite auch nicht. Mal ehrlich, niemand arbeitet zum Vergnügen, oder? Man macht es, weil man das Geld braucht, und wenn man nicht dazu gezwungen ist ...« Sam zuckte mit den Achseln. »Ben scheffelt die Kohle nur so – aber das ist mehr so ein Männer-Ding, oder? Damit beweisen sie sich, dass sie richtige Kerle sind. Ich meine, warum sollten wir uns beide abrackern? Früher war ich berufstätig – und ich hab's gehasst, sag ich Ihnen.«

»Was haben Sie denn gemacht?«

»Ich habe in Bens Firma gearbeitet. So haben wir uns kennen gelernt.«

»Oh.«

Sam blickte sich nach allen Richtungen um und sagte dann im Flüsterton: »Dürfte ich mal Ihre Toilette benutzen?«

»Natürlich – sie ist oben, die erste Tür rechts.«

»Oh, danke.« Sam zwinkerte ihr zu und ging die Treppe hinauf. Wenn sie eins liebte, dann, sich die Badezimmer anderer Frauen anzuschauen. Es war die sicherste Methode, um sie zu verstehen. Sie widerstand der Versuchung, schnell die anderen Räume auszukundschaften, und fand das Bad problemlos.

Autsch, dachte sie beim Anblick der alten Badeinrichtung aus Kunststoff. Den Raum müssen sie aber schnellstens renovieren. Auf dem Boden lag ein Badezimmerteppich, und Teppiche in Bädern fand Sam ekelig. Sie mochte kühle weiße Fliesen. Die Toilette hatte einen dieser Spülkästen, die aussahen, als wäre gerade mal genug Wasser für eine Tasse Tee drin, und die uralte Badewanne hatte Ränder. Gut, man konnte zur Entschuldigung der Balfours vorbringen, dass sie gerade erst eingezogen waren, aber trotzdem … Auf dem Glasregal über der Wanne standen Shampoos, die es in jeder Drogeriekette und in jedem Supermarkt zu kaufen gab – sogar ein No-Name-Produkt war dabei. »Ach je«, murmelte Sam. Es stand noch eine Flasche Radox-Kräuterbad auf dem Regal und sonst gar nichts, kein duftendes Badesalz, kein Körperpeeling, kein Duschgel, wenn man den Plastikrasierer neben der Seife nicht mitzählte.

Sam öffnete das Badezimmerschränkchen. Sie informierte sich gern darüber, was für Marken andere Frauen benutzten, welche Pflegeprodukte sie für Gesicht, Augen, Hals, Hände und Körper verwendeten, welches Peeling, welches Gesichtswasser, welche Feuchtigkeitscremes, womit sie die Cellulitis in Schach hielten, womit sie Fersen und Ellbogen streichelzart machten. Sie wollte sehen, ob sie sich die Härchen auszupften oder mit Wachs entfernten, womit sie sich parfümierten – schließlich konnte es immer sein, dass es kleine Beauty-Geheimnisse zu entdecken gab. Es interessierte sie, ob jemand Chanel oder Lancôme vorzog, Dr. Hauschka oder Origins. Offenbar benutzte Bella eine einfache, unparfümierte Feuchtigkeitscreme und tat ansonsten nicht viel. Sam entdeckte ein ungeöffnetes Aprikosen-Gesichtspeeling von Crabtree and Evelyn, Puder, eine Gesichtsmaske von Body Shop, Baumwoll-Pads und Make-up-Entferner aus dem Drogeriemarkt. Sam war verblüfft. Wo war das ganze andere Zeug? Sie selbst hatte ganze Regale voll davon, Reihen über Reihen von Kosmetik, verlockend verpackt in Weiß, Gold, Pink und hellen Blautönen, Glasfläschchen, schimmernde schwarze Tiegel, Kunststoffröhrchen, klar, gefrostet oder mattiert. Das war doch normal, oder etwa nicht? Das gehörte für Frauen eben dazu. Sie schloss das Schränkchen, starrte in den Spiegel und betrachtete ihr glattes gebräuntes Gesicht, die hohen, mit schimmerndem Puder betonten Wangenknochen, die langen, getuschten Wimpern.

Sie benutzte die Toilette und lief wieder nach unten. »Was für ein nettes kleines Haus«, sagte sie zu Bella. »Sie müssen unbedingt mal kommen und sich unser Haus ansehen.«

»Danke«, sagte Bella. »Noch Kaffee?«

Sam ließ sich begeistert auf das Sofa fallen, erfreut darüber, eine Freundin gefunden zu haben. »Lieber nicht. Aber ich sag Ihnen was, lassen Sie uns doch mal zusammen nach Oxford fahren. Es ist ganz nett da.«

»Ich würde Oxford wahnsinnig gern mal sehen. Ich war noch nie dort.«

»Ach, es ist ganz okay. Die Einkaufsmöglichkeiten sind mit Cheltenham nicht zu vergleichen, aber es gibt ein paar ganz witzige Läden.«

»Klingt gut. Ja, machen wir das doch!«

»Und Sie und Ihr Mann müssen mal zum Essen zu uns kommen, am besten machen wir gleich einen Termin aus. Sie müssen unbedingt unsere neue Küche sehen – sie ist Bens ganzer Stolz. Vielleicht bekommen Sie dadurch ja ein paar Anregungen für die Renovierung Ihres Hauses.« Sam schaute sich kurz um. »Wie wär's mit nächster Woche?«

»Wir haben ganz bestimmt Zeit«, sagte Bella. »Noch etwas Kuchen?«

Fünf

»Ich weiß nicht, wieso du dir solche Sorgen machst«, sagte Maggie. »Er ist von der Schule geflogen, schön, aber zumindest hat er damit gewartet, bis er den größten Teil einer extrem teuren Privatschul-Erziehung genossen hat. Viel Geld hat er nicht verschwendet.«

»Es geht mir nicht ums Geld, und das weißt du auch.« Jane spürte die vertraute Gereiztheit in sich aufsteigen. Ihre Schwester ergriff jede Gelegenheit, um Kritik an dem anzubringen, was Jane ihrer Ansicht nach falsch machte, und das war eine ganze Menge. Schulbildung teuer zu bezahlen war Maggies Ansicht nach ein Sozialverbrechen. In einem großen Haus zu leben war verantwortungslos und unmoralisch. Selbst Kinder zu bekommen war ein bisschen zweifelhaft: »Als ob wir noch mehr Menschen auf der Welt bräuchten, es gibt schließlich schon über sieben Milliarden davon!«, pflegte Maggie zu sagen. Jane wusste nie so genau, wie viel davon ihre Schwester ernst meinte und wie viel reine Provokation war. Ob es Maggie ernst war, wenn sie beispielsweise beim Essen Berechnungen darüber anstellte, wie viele Obdachlose oder geschlagene Frauen wohl in Rawlston mit seinen vielen Zimmern untergebracht werden könnten oder wie viele Familien der Gemüsegarten ernähren könnte? Jane war noch nie das Risiko eingegangen, es herauszufinden. Sie fügte hinzu: »Ich habe das Schulgeld sowieso nicht selbst bezahlt.«

»Oh, na dann, das ist natürlich was anderes.« Maggie sagte es so leichthin, dass der Sarkasmus fast unbemerkt blieb. Sie war am selben Morgen in London losgefahren, und um halb zwölf kündigte der knirschende Kies in der Zufahrt ihre Ankunft an. Nun saßen sie und Jane in der Küche und tranken Kaffee. Maggie mit ihren hochgetürmten Locken, dem Samttop und ihrem Gold- und Jadeschmuck wirkte nahezu exotisch an dem alten, blank geschrubbten Küchentisch. Ihr Gesicht war sorgfältig geschminkt, man merkte, dass sie das jeden Tag tat. Mit Neid registrierte Jane das schimmernde rosige Gloss auf Maggies Lippen und ihre langen, gebogenen, stark getuschten Wimpern. Wenn die Erinnerung sie nicht trog, hatte sie oben im Badezimmerschrank noch ein altes Kosmetiktäschchen mit ein paar Schminkutensilien, unter anderem einen Lippenstift, der mittlerweile ein wenig ausgetrocknet und krümelig war. Sie hatte ihn wegen seines Namens gekauft – *Mary Shelley Red.* Es war ihr bizarr und witzig vorgekommen, einen Lippenstift nach einer Romanschriftstellerin des 19. Jahrhunderts zu benennen, noch dazu keiner sonderlich berühmten. Das war im Grunde alles, was sie an Make-up besaß. Aber Maggie war schließlich noch jung, erst Ende dreißig, und lebte in einer glamourösen Londoner Welt, in der die Maßstäbe generell höher waren.

»Und wo steckt der junge Taugenichts?«, erkundigte sich Maggie und blickte sich um, als erwarte sie, Alec aus einem der Küchenschränke hervorspringen zu sehen. »Vielleicht auf dem Dachboden, bei Wasser und Brot?«

»Ja, diese Jugendstrafanstalt ist derart streng, dass er zwangsweise im Bett festgehalten wird, wo er schnarcht, bis ihm danach ist, aufzustehen und sich Frühstück zu machen.« Jane fand, dass sie durchaus berechtigt war, mit ein wenig Sarkasmus zu kontern. »Wir werden es schon merken, wenn er aufgestanden ist. Die Decke fängt an zu beben, so laut dreht er die Musik auf.«

»Ah. Na, das ist wirklich kriminell.« Maggie grinste, und die Anspannung zwischen ihnen löste sich etwas. Ihr Blick wurde ernst. »Machst du dir große Sorgen seinetwegen?«

Jane fuhr mit dem Finger über den Rand ihrer Kaffeetasse. Der Rubin ihres Verlobungsrings glitzerte dunkel in der Sonne. »Ja, ich mache mir Sorgen. Nicht so sehr wegen dieses blöden Internats –«

»Schändliche Bastionen elitären Dünkels«, warf Maggie sofort ein.

Jane ignorierte das. »– sondern weil Lucy mir gesagt hat, Alec sei nicht glücklich, und das schon seit längerer Zeit. Seit er nicht mehr im Internat ist, wird es immer schlimmer. Er redet nicht mehr mit mir. Schon seit Monaten nicht, und ich hatte es auf die abweisende Haltung den Eltern gegenüber geschoben, die in seinem Alter ganz normal ist, aber jetzt wird mir klar, dass er mir aus dem Weg geht, nur in Grunzlauten antwortet und sich generell so verhält, als hätte ich ihm irgendetwas Furchtbares angetan. Aber ich habe keine Ahnung, was das sein könnte.«

»Komm, lass uns einen Spaziergang durch deine absurd großen Gartenanlagen machen. Wollen wir doch mal sehen, ob wir es nicht rauskriegen.«

Es war wieder ein schöner Tag. Eine kühle, frische Brise schüttelte die Baumwipfel und die Zweige der Obststräucher, so dass die blassgrünen Unterseiten der Himbeerblätter sichtbar wurden. Jane und Maggie schlugen den Weg zu dem von Wasserpflanzen erstickten, modrigen alten Teich ein, der ziemlich hochtrabend »See« genannt wurde. Ein Ruderboot auf der anderen Seite, halb zugewuchert von Schilfrohr und Riedgras, zeigte, wie lange es her war, dass jemand sich für ihn interessiert hatte. Früher, als sie gerade schwimmen gelernt hatten, hatten die Kinder stundenlang am Wasser gespielt, mit Booten, Eimern und Dämmen. Nun waren nur noch die Moorhühner da. Maggie in ihren bestickten Schuhen und dem wehenden Rock umging vorsichtig die matschigen Stellen auf dem Weg.

Sie zieht sich nie passend für das Land an, dachte Jane amüsiert. »Hatte ich schon erzählt, dass ich das Pförtnerhaus verkauft habe?«, fragte sie.

»Ich wusste, dass du es vorhattest, sobald du die armen alten Galloways losgeworden warst.«

»Ich bin sie nicht losgeworden«, verteidigte sich Jane. »Mrs Galloway ist gestorben, und der alte Mann ist in ein Seniorenheim oder so gekommen – die Familie hat alles geregelt.«

»Ja, ich weiß, ich weiß. Also, wer hat das Haus gekauft?«

»Ein Ehepaar aus London. Die Frau habe ich schon kennen gelernt. Sie wirkte sehr nett, aber … ein wenig verloren, so war jedenfalls mein Eindruck. Der Mann wollte offenbar unbedingt aufs Land ziehen, und sie ist ihm zuliebe mitgekommen.«

»Das könnte Probleme geben«, sagte Maggie und schaute sich um. »Ich meine, manche Leute mögen so was, ich weiß, dieses Gewucher, den Dreck und den Matsch, aber ich persönlich ziehe jederzeit eine schöne, ordentlich asphaltierte Straße vor.«

Jane schüttelte lächelnd den Kopf. Die Kluft zwischen ihnen war so groß, dass sie sich manchmal fragte, ob sie je überbrückt werden konnte. Man vergaß leicht, dass sie Schwestern waren, denn sie hatten kaum Gemeinsamkeiten. Vielleicht lag es an dem Altersunterschied von zwölf Jahren, aber ihre Einstellung zum Leben war so vollkom-

men anders, dass Jane manchmal den Eindruck hatte, es würden sie mehrere Generationen trennen.
Und sie konnte das Gefühl nicht unterdrücken, dass es Maggie Freude bereitete, die Unterschiede noch zu betonen. Als sie zum Haus zurückkehrten, das fest gebaut und heiter-gelassen am Ende der ansteigenden Rasenfläche stand, stieß Maggie ein Schnauben aus und sagte: »Dieser Kasten! Ehrlich. Wieso behältst du den bloß? Die Kinder sind längst groß. Findest du nicht, dass es an der Zeit wäre, dir etwas Kleineres zu suchen?«
»Eines Tages werde ich das sicher müssen, aber noch kann ich es nicht. Theo wollte, dass wir hier bleiben, so lange es geht, und das Haus ist ohnehin nur noch halb so groß wie früher.«
»Du solltest es verkaufen«, sagte Maggie knapp. »Es ist kein Schrein für Theo. Es ist nur ein Haus.«
Jane wusste nicht, was sie erwidern sollte. Sie hatte alles, was sie besaß, in das Haus gesteckt und konnte an Verkauf noch nicht einmal denken. Seit mehr als zehn Jahren hatte sie all ihre Energien darauf verwandt, das Haus zu erhalten. Es war ihr Leben, ihre Verbindung zu Theo, zu ihren Kindern und deren Kindheit und zu einer glücklicheren Version ihrer selbst, an die sie sich gelegentlich immer noch sehnsüchtig erinnerte. Sie hatte Haus und Garten mit derselben innigen, unerschütterlichen Liebe gehegt und gepflegt, die sie ihren Kindern geschenkt hatte, und es verkörperte das alles. Die Tatsache, dass Maggie das nicht erkannte, bewies, wie fremd sie sich im Grunde waren. Sie sahen einander mehrmals im Jahr, und seit dem Tod ihrer Eltern vielleicht sogar ein wenig öfter, als wollten sie die Verbindung festigen. Aber im Grunde hatte Maggie sich kaum verändert, seit sie ein wütendes Kleinkind war, das brüllend den eigenen Willen durchsetzte, oder ein pampiger Teenager, der

allen Leuten mitteilte, sie hätten ja keine Ahnung, was sie alles durchmachte.
Obwohl Maggie sich bemühte, taktvoll zu sein, konnte sie nie verhehlen, dass Jane ihrer Ansicht nach ihr Leben vergeudete. Sie pflegte fröhlich Vorschläge zu machen, als seien sie ihr gerade eben eingefallen: Wäre es nicht für Jane schön, noch einmal zu studieren? Einen Kurs zu belegen? Russisch zu lernen? Zu reisen? Oder Rawlston in eine Schule, ein Hotel, ein Heim für Drogenabhängige umzuwandeln?
Immer wenn sie sich trafen, hatte Maggie tausend Dinge zu erzählen – was sie alles gemacht hatte, wo sie überall gewesen war und was sie alles gesehen hatte, über ihr Leben in London, ihre Stelle als Dozentin am Seminar für Orient- und Afrikakunde mit dem Schwerpunkt Wirtschafts- und Entwicklungsthemen sowie Flüchtlingsströme. Und ihre Freunde waren wie sie: unkonventionell, intelligent und belesen, Menschen, die zwanglos über Kunst, Philosophie und kluge Bücher plauderten, lebensprühende, tatkräftige Menschen, die zu jedem Thema eine Meinung hatten und wussten, wie man das Leben zu leben hatte.
Ich hingegen habe keine Ahnung, dachte Jane. Ich versuche immer noch, die Grundlagen zu begreifen, dabei habe ich wahrscheinlich schon mehr als die Hälfte meines Lebens hinter mir. Vielleicht bereiten Maggies Versuche, mich anzutreiben, mir deshalb solches Unbehagen – es ist, als würde sie sagen, so viel Zeit bleibt dir schließlich nicht mehr, und du solltest schleunigst in die Hufe kommen, wenn du noch etwas aus dir machen willst.
Kann ich denn nicht einfach *sein*?, dachte sie. Ist das nicht genug?

Alec war in der Küche, als sie zurückkamen, eine ungewaschene, zerknitterte Gestalt, die sich Toast machte und eine Tasse Kaffee schlürfte. Sein Gesicht erhellte sich, als er Maggie bemerkte, und das breite, charmante Lächeln, das Jane mittlerweile äußerst selten zu sehen bekam, veränderte seinen Ausdruck völlig.

»Maggie!« Er umarmte sie und drückte ihr einen schmatzenden Kuss auf die Wange.

»Hallo, du junger Taugenichts«, sagte sie und erwiderte den Kuss. »Was höre ich da, du bist von der Schule verwiesen worden?«

Alec schnitt eine Grimasse. »Ja. Bin geflogen.«

»Warum?«

»Verlassen des Schulgeländes. Trunkenheit. Ich wurde erwischt. So was.«

»O Schreck, o Schreck! Na, du bist wahrscheinlich ohne diese Leute besser dran. Was hast du denn jetzt vor?«

Er zuckte die Achseln und ließ sich schwer auf einen Stuhl fallen. »Keine Ahnung.«

Jane versuchte nicht zu zeigen, wie aufmerksam sie zuhörte. Maggie hatte in ein paar Minuten mehr aus Alec herausbekommen als sie seit seiner Rückkehr vom Internat.

»Eine Kollegschule, wo du dich entweder aufs Abitur vorbereiten oder eine berufliche Ausbildung machen kannst?«, schlug Maggie vor und setzte sich ihm gegenüber an den Tisch.

Er zuckte wieder die Achseln.

Sie schaute ihn an und sagte leichthin: »Es hängt natürlich ganz davon ab, ob du das Abi machen willst oder nicht.«

Jane konnte sich nicht zurückhalten. »Natürlich willst du das! Du brauchst das Abitur, wenn du studieren willst. Du kannst doch nicht die Schule ein Jahr vor den Abschlussprüfungen verlassen, das wäre doch dumm.«

Alec schien sich in sich zurückzuziehen, und mit verdüsterter Miene betrachtete er den Toast, als hätte der sich plötzlich in etwas Unappetitliches verwandelt.
Maggie inspizierte den glänzenden dunkelroten Lack auf ihren Fingernägeln. »Das Abitur ist nicht das A und O. Wie ich schon sagte, es hängt ganz davon ab, was du willst.«

Nach dem Mittagessen rief Jerry an, ganz atemlos und aufgeregt. »Janey, ich habe eine wunderbare Idee. Ich esse gerade mit einigen Studenten, und da dachte ich, wir könnten doch zum Tee bei dir vorbeischauen. Sie sind sehr charmant, du wirst sie hinreißend finden. Es wird dich aufheitern und deinem ganzen Tag Glanz verleihen.«
»Klingt verlockend, Jerry-Liebling, aber Maggie ist zu Besuch.«
Jerry war ernüchtert. »Oh. Ja, ich hatte ganz vergessen, dass sie ihren Kampf für die Rechte der Ratten, oder was immer sie sonst so tut, kurz unterbrechen wollte, um das arme alte Rawlston heimzusuchen. Wie schade.«
»Wir haben nichts weiter vor, wir plaudern bloß ein wenig. Warum kommst du nicht trotzdem?«
»Sie könnte die armen Jungs verschrecken.«
»Sie weiß sehr gut, wie man sich benimmt. Also, kommst du oder nicht?«
Jerry seufzte. »Sie sind einfach zu göttlich, um sie allein für mich zu behalten. Gut. Wir werden gegen vier vorfahren.«
Jane erzählte ihrer Schwester von Jerrys bevorstehendem Besuch. Sie lag bäuchlings auf dem Teppich im Wohnzimmer, ganz mädchenhaft, und las die Zeitung.
»O Gott«, stöhnte sie und verdrehte die Augen gen Himmel. »Na schön, solange er mir keine Vorträge über das Königtum von Gottes Gnaden hält, kann ich damit leben.«
»Er bringt ein paar Studenten mit.«

»Als ob ich nicht schon genug Studierende um mich hätte. Und dann auch noch die grauenhafte Oxforder Variante.«
»Wenn du willst, kann ich anrufen und absagen ...«
»Nein, nein, mach dir keine Mühe!« Maggie wandte sich wieder ihrer Zeitung zu. »Es gibt Schlimmeres. Aber wenn es dir nichts ausmacht, bleibe ich vielleicht einfach friedlich hier sitzen.«

Lucy, die von der Morgenschicht im Hotel zurückkehrte, begrüßte Maggie mit einem Aufschrei des Entzückens und einer Umarmung. Vielleicht lag es daran, dass Maggie so viel jünger war als Jane – die typische Tante war sie nicht gerade mit ihrem wilden Lockenschopf, den Glitzerkleidern und dem Glitzerschmuck, und sie hatte auch nie zugelassen, dass die Kinder sie »Tante Maggie« nannten ... Ja, vielleicht kommen die Kinder deshalb so gut mit ihr aus, dachte Jane. Es war nicht einfach für sie mitzuerleben, wie offen sie mit Maggie waren, wie warm und natürlich, während sie bei ihr so verschlossen und abweisend waren. Es schmerzte, ein Gefühl, als werde einem eine Nadel in den Bauch getrieben, aber sie bemühte sich, es zu überwinden. Sei ein bisschen großzügiger!, sagte sie sich. Sei froh, dass sie ein so gutes Verhältnis zu Maggie haben! Aber manchmal kam es ihr vor, als sei sie, Jane, diejenige, die draußen vor der Tür stand, die ausgeschlossen war aus diesem warmen, lebhaften Kreis, in dem die Kinder ihr Leben in allen Einzelheiten und Farben schilderten anstatt nur in groben Zügen, wie sie es bei ihrer Mutter taten.
Jane stand in der Küche und starrte auf den Schokoladenkuchen, den sie aus der Gefriertruhe genommen hatte. Hoffentlich war er auch in der Mitte aufgetaut, und hoffentlich war die Glasur nach der langen Lagerung bei Temperaturen unter null nicht glitschig geworden. Da hörte sie ein hefti-

ges Klopfen am Vordereingang und den süßen, ungewohnten Klang der alten Messingklingel. Besucher benutzten gewöhnlich die Küchentür. Jerry wollte wohl angeben.
Sie wischte sich die Hände an den Hosenbeinen ab, wobei ihr einfiel, dass sie sich eigentlich noch hatte umziehen wollen, bevor die Gäste eintrafen. Na, dafür war es jetzt zu spät. Sie eilte durch die Halle, die ihr nach der lichterfüllten Küche ganz düster vorkam, und öffnete mühsam die schwere Eingangstür. Ein strahlender Jerry stand auf der Schwelle.
»Holla, Jane!«, sagte er rau, aber herzlich. Seine plumpen Wangen waren gerötet, seine Augen leuchteten. »Das sind Ollie und Tom.« Er wies auf die beiden jungen Männer, die neben ihm standen.
Ollie, ein großer Mann mit Adlerprofil, lehnte theatralisch am Türrahmen. Er hatte schräge grünliche Augen, ein schmales Gesicht und einen breiten Mund, der sich zu einem Lächeln verzog, als Jane den Blick auf ihn heftete. Erstaunt stellte sie fest, dass er einen Anzug trug – dunkle Nadelstreifen, dazu eine bestickte Weste. In der langen, knochigen Hand hielt er eine Zigarette, und mit einer Kopfbewegung warf er das lange Haar aus der Stirn zurück.
»Hallo«, sagte er gedehnt und näselnd. »Sehr erfreut.«
Ich hätte mich umziehen sollen, dachte sie. Wie elegant sie aussehen – ein Anzug, bei diesem Wetter! Und genau der Typ, zu dem Jerry sich hingezogen fühlte. »Hallo. Bitte kommen Sie doch herein.«
»Was für ein entzückendes Haus!« Ollie wies mit einer anmutigen Handbewegung in Richtung der Vorderfenster. »Spätgeorgianisch?«
»Ja, ich glaube schon. Die Vorderfront jedenfalls. Hinten wurden einige Teile später hinzugefügt, unter anderem von den Viktorianern mit ihren roten Backsteinen.«

Er nickte und lächelte wieder. »Diese barbarischen Viktorianer! Ich scherze natürlich nur, ich bete sie an. In meinen Augen können sie gar nichts falsch machen. Augustus Welby Northmore Pugin ist mein Held.«

»Tee, Jungs«, sagte Jerry und rauschte an ihr vorbei in die Halle, gefolgt von Ollie. »Sind wir im Salon, Jane?«

»Sind wir wohl«, versetzte sie trocken. Genau wie die Vordertür wurde der Salon nur selten benutzt, eigentlich nur zu besonderen Gelegenheiten wie Weihnachten, wenn es sich lohnte, den riesigen, eiskalten Raum zu heizen und den rutschigen Chintzsofas zu trotzen.

Hinter Jerry kam der andere Mann, Tom. Er war ebenso groß wie der schmale, anmutige Ollie, hatte jedoch breite Schultern und war kräftiger gebaut. Auch er war mit Jackett und Krawatte auffallend förmlich gekleidet, aber weniger bunt und auffallend als Ollie. Er wirkte älter als sein Freund, hatte dunkles, lockiges Haar und warme braune Augen, und er trug eine kleine runde Brille mit schwarzem Gestell. »Ich hoffe, die Invasion stört Sie nicht, Mrs Fielding«, sagte er und reichte ihr die Hand. In seiner Stimme schwang ein leichter Akzent mit, den sie nicht einordnen konnte. Sie schüttelte ihm die Hand, die glatt und trocken war. »Jerry versicherte, es würde Ihnen nichts ausmachen, wenn wir Sie so einfach überfallen, um uns das Haus anzusehen.«

Jane warf einen Blick auf Jerry, der in der Halle stehen geblieben war, um Ollie auf ein Gemälde aufmerksam zu machen. Beide betrachteten es, und Jerry redete lebhaft auf ihn ein. »Sie sind gekommen, um sich das Haus anzusehen?«

»Ja, das ist eine Leidenschaft von Ollie. Er ist ganz besessen von Architektur und britischen Landhäusern. Wir hatten Lunch mit Jerry, und da meinte er, es würde Ihnen nichts ausmachen, uns Rawlston zu zeigen.«

Toms Blick war komplizenhaft und wissend, als würde er eigentlich sagen: Albern, oder? Sie und ich sind viel zu vernünftig für so was.
»Komm schon, Janey, trinken wir Tee!«, rief Jerry und ging weiter, angeregt mit Ollie plaudernd.
Als sie die Gäste in den Salon führte, überlegte sie, ob ihre Kinder und Maggie sich wohl zu ihnen gesellen würden. Der Raum schien den Besuchern zu gefallen, und sie machten sich sofort daran, alles zu besichtigen. Jane hoffte, sie würden nicht zu genau hinsehen und etwa den Staub und die leeren Blumenvasen bemerken. Aber schließlich hatte sie nicht damit gerechnet, den Raum vorzeigen zu müssen.
Sie überließ die Gäste ihren Vergnügungen und ging in die Küche, wo sie ein Tablett mit den Teesachen belud und eine Kanne Tee aufbrühte. Als sie damit beschäftigt war, kam Lucy herein und fragte: »Wer ist denn im Salon?«
»Jerry und zwei Studenten aus Oxford. Sie wollen sich das Haus ansehen.«
»Den alten Kasten? Was ist denn daran so interessant?«
»Irgendwas muss es geben. Willst du dich uns anschließen? Es gibt Kuchen. Sehr alten Kuchen.«
»Hmm. Alter Kuchen, Jerry und Studenten? Äußerst verlockend. Wie ich Jerry kenne, handelt es sich wahrscheinlich um die grausige Oxbridge-Sorte. Lass mich raten – sie sprechen mit halber Geschwindigkeit und tragen Tweed. Mit Fliege. Und Seidenschal.«
»Nicht ganz, aber fast. Bestickte Westen.«
»Mein Gott. Heftig.« Lucy dachte kurz nach. »Vielleicht schaue ich mal kurz rein«, meinte sie.
»Dann nimm den Kuchen mit.«

Die Gäste hatten ihre Besichtigungstour abgeschlossen und sich zur Sitzgruppe zurückgezogen, als Jane mit dem Tee zurückkehrte. Ollie, lang und geschmeidig, hatte sich auf den Polstern ausgestreckt, die Beine elegant gekreuzt, so dass die Schuhe über die Chintzkante hinausragten. Jerry saß in dem Sessel neben ihm, während Tom am Kamin lehnte, den kühlen Marmor des Kaminsimses unter den Schulterblättern. Als Jane und Lucy eintraten, richtete er sich auf. »Kann ich Ihnen helfen?«, fragte er.

»Nein, nein, vielen Dank. Das schaffen wir schon.« Jane fing an, den Teetisch zu decken.

»Hallo, Lucy, mein Schatz!«, rief Jerry. »Das sind Tom und Ollie, die beide an meinem College studieren.«

»Hi«, grüßte Lucy mit etwas rauchiger Stimme. Die beiden jungen Männer erwiderten den Gruß höflich, doch Ollie wandte sich danach schnell wieder Jerry zu. Tom fragte Lucy, ob sie ebenfalls studiere, und die beiden begannen ein Gespräch, während Jane den Tee einschenkte.

So liegen die Dinge also, dachte sie. Jerry flirtet mit dem verführerischen Ollie, und den nicht ganz so extravaganten Tom hat er mitgebracht, um seine Absichten zu verschleiern oder damit er die Anstandsdame spielt. Ollie mit seiner knochigen Zartheit, den hängenden Augenlidern und seinem Gehabe – diese angedeutete Erschöpfung und aristokratische Trägheit – war genau der Typ Mann, von dem Jerry sich angezogen fühlte. Jane hatte das schon häufiger erlebt. Es wurde selten etwas daraus, und wenn, dauerte es nie lange.

Sie tranken ihren Tee und aßen den Kuchen. Jerry sprach schnell und einen Touch zu begeistert über die Wunder von Rawlston; Jane fand, dass er übertrieb. Es befand sich wenig von Wert im Haus, da sie längst alles verkauft hatte, was den Aufwand rechtfertigte. Vielleicht gab es noch irgendwo ein Möbelstück oder ein Gemälde, das als einigermaßen wertvoll bezeichnet werden könnte, aber sie bezweifelte es. Und das Haus selbst, so schön es auch in Janes Augen sein mochte, war in Wahrheit ein architektonischer Mischmasch verschiedenster Stile und besaß kaum etwas, was einem Experten zusagen konnte.

Ollie hatte den größten Teil seines Kuchens verschmäht und sich stattdessen noch eine aromatische, starke Zigarette angezündet. Träge, wie es seine Art war, wandte er sich Jane zu. »Wie ich höre, haben Sie das Haus vor einiger Zeit geteilt?«

Sie fühlte sich sofort in der Defensive, obwohl sie gar nicht wusste, warum. »Ja. Bedauerlich, sicher, aber ich hatte damals keine andere Wahl.«

»Jane und ich haben den Plan zusammen ausgeheckt«, sagte Jerry.

Jane lächelte. »Eigentlich war es Jerrys Idee – und es war eine brillante Idee. Er hat das Haus für uns gerettet.«

Nach Theos Tod, als sich herausstellte, dass es keine Lebensversicherung und nur eine kleine Hinterbliebenenrente gab, war Jane sicher gewesen, dass sie Rawlston verlieren würden. Sie und Theo hatten in dem Haus gelebt, seit seine Eltern es ihnen überschrieben hatten und nach Italien, in ihre Villa, gezogen waren, wo sie schon immer ihren Lebensabend hatten verbringen wollen. Natürlich war es wunderbar gewesen, ein schönes goldenes Herrenhaus in einem abgelegenen Tal in den Cotswolds zu erben, aber eigentlich war es viel zu groß für sie und viel zu teuer im Unterhalt. Doch Theo, der damals noch Juniorpartner in einer Anwaltskanzlei in Oxford war, hätte das Angebot nie ausgeschlagen, obwohl sie es sich eigentlich nicht leisten konnten. Das Problem war, er hatte nicht damit gerechnet, so jung zu sterben. Sie glaubten Zeit zu haben, noch Jahre, in denen sie ihre Finanzen in Ordnung bringen und angemessene Vorsorge hätten treffen können, und dann ... war er plötzlich tot.

Nach all diesen Jahren fiel es Jane schwer, sich an diese furchtbare Zeit zu erinnern. Sie erschien ihr verschwommen wie ein Albtraum, nur wenige Momente ragten scharf und grell aus dem Nebel der Verzweiflung empor. Von der Beerdigung wusste sie kaum noch etwas. Eine wohlmeinende Freundin hatte ihr Valium verabreicht, damit sie es durchstand, und so war fast alles an ihr vorübergegangen – sie erinnerte sich nur noch daran, dass der kleine Alec sich hinter ihren Röcken versteckt hatte und sie fast zu Fall gebracht hätte. Aber die Dinge, die sie gern vergessen hätte – diesen schrecklichen Morgen, an dem Theo neben ihr im Bett lag, ganz kalt, die Sanitäter, die versuchten, ihn wiederzubeleben, obwohl offensichtlich war, dass er tot war, der Arzt, der ihr erklärte, was ein Aneurysma war und wie es völlig unerwartet bersten konnte –, blieben ihr mit unbarmherziger, schmerzender Klarheit im Gedächtnis.

Nach sechs Monaten war offensichtlich, dass ihre finanzielle Lage nur als katastrophal bezeichnet werden konnte. Als sie Jerry eines Abends nach der zweiten Flasche Wein anvertraute, dass sie wohl das Haus werde verkaufen müssen, war er entsetzt. Sie sprachen sämtliche Möglichkeiten durch, doch es schien wirklich keine Alternative zu geben.

»Aber kannst du dich nicht Theos Eltern anvertrauen?!«, hatte Jerry ausgerufen. »Sie können doch nicht wollen, dass du verkaufst.«

»Sie haben mir ihre Hilfe nicht angeboten, und ich werde sie nicht darum bitten. Sie haben uns diesen blöden Kasten aufgedrängt. Ich will verdammt sein, wenn ich jetzt mit der Mütze in der Hand vor sie trete und sie anbettele, damit ihre Enkel ein Dach über dem Kopf haben. Nein, ich werde das Haus verkaufen. Mir etwas Kleineres zulegen, näher an einer Stadt, von dem Erlös leben und dem, was ich dazuverdienen kann, obwohl ich keine Ahnung habe, wer mich einstellen sollte.« Es schien sowieso alles keine große Rolle zu spielen. Sie wusste nicht, wie lange sie dieses Dasein ohne Theo noch würde ertragen müssen. Wenn die Kinder nicht gewesen wären, hätte es ihretwegen gern gleich morgen enden können.

»Oh, Jane, ich kann es nicht ertragen.« Jerry legte seine Hand auf die ihre. »Dieses wunderbare alte Haus. Das darfst du nicht! Wie schade, dass du nicht einfach ein paar Räume verkaufen kannst. Zwölf Schlafzimmer brauchst du schließlich nicht, oder? Wenn die Hälfte weg wäre, würdest du es nicht einmal merken.«

Da war ihr der Einfall gekommen. Das Haus war so groß, dass sie es ohne weiteres teilen konnte: In der einen Hälfte würde sie leben, die andere würde sie verkaufen. »Jerry«, hatte sie ernsthaft gesagt und mit ihm angestoßen, »du bist ein Genie! Ich werde Rawlston nicht verkaufen. Oder zumindest nur einen Teil des Hauses.«

Und das hatte sie getan. Sie hatte ihre Pläne gemacht, einen Architekten hinzugezogen, die notwendige Baugenehmigung beantragt und eine Hypothek aufgenommen, um den Umbau zu finanzieren. Als alles so weit geregelt war, Monate später, hatte sie den Umbau mit einer Energie in Angriff genommen, die sie seit Theos Tod nicht mehr gekannt hatte. Damals war sie in ein großes schwarzes Loch gefallen, das alles Leben aus ihr heraussaugte, sie betäubte und allem gegenüber gleichgültig machte. Sie war immer nur lange genug an die Oberfläche gekommen, um die Kinder zu versorgen. Ständig hatte sie gegen die Teilnahmslosigkeit ankämpfen müssen, in die sie versunken war. An manchen Tagen war es ihr sogar schwer gefallen, Arme und Beine zu bewegen. Aber mit der Rettung von Rawlston war sie daraus erwacht – sie hatte wieder einen Grund, morgens aufzustehen. Sie half den Handwerkern und lernte, wie man Tapeten entfernt und Zement mischt, sie strich Wände und nähte Vorhänge. Als der letzte Ziegelstein gesetzt wurde und sie auf immer von einer Hälfte ihres Heims abschnitt, wurde sie von furchtbarer Panik befallen. Hätte Theo das wirklich so gewollt? Aber er hätte sicher verstanden, dass sie nur tat, was notwendig war, um das Haus für die Kinder zu erhalten; an diesen Gedanken klammerte sie sich.

Es war bemerkenswert leicht gewesen, die andere Haushälfte zu verkaufen, und der Erlös reichte, um ihre Schulden zu tilgen und einige Jahre davon zu leben. Die Käufer, ein ruhiges älteres Ehepaar, hatten Anfang dieses Jahres verkauft und waren umgezogen, um näher bei den Enkeln zu sein. Danach waren die Clarkes gekommen.

Die Besucher blieben nicht lange. Tom und Lucy unterhielten sich freundlich, aber es war klar, dass Ollie der Typ war, der sich leicht langweilte, und er wurde langsam zappelig. »Gibt es hier noch mehr zu sehen?«, fragte er träge. »Ich meine nur, du sagtest doch, wir würden heute Abend im Charlotte essen, Jerry.«

»Lass dich nicht von ihm verleiten, furchtbar viel Geld für ihn auszugeben«, flüsterte Jane ihrem Freund zu, als sie sich an der Haustür verabschiedeten. Sie hatte schon öfters erlebt, dass Jerry für gierige Erstsemester schwärmte, die annahmen, er müsse reich sein, und plötzlich edlen Champagner und Einladungen in teure Restaurants erwarteten.

»Er ist einfach göttlich, oder?«, hauchte Jerry, als er ihr einen Abschiedskuss gab. »Habe ich zu viel versprochen?«
»Er ist ganz bezaubernd. Aber pass auf dich auf!«
Ollie schüttelte ihr höflich die Hand. »Besten Dank für den Tee.« Er schlenderte zum Wagen und blieb erwartungsvoll daneben stehen.
Tom hielt Jane die Hand hin. »Es war sehr nett bei Ihnen. Sagen Sie Bescheid, wenn Sie mal nach Oxford kommen, dann revanchieren wir uns und laden Sie zum Tee ein.«
Als das Auto der Besucher in den Heckenweg eingebogen war, suchte sie Maggie, um ihr zu sagen, dass die Luft rein sei.

»Alec ist ein wahres Wunder – um ihn brauchst du dir überhaupt keine Sorgen zu machen«, verkündete Maggie, als sie am nächsten Morgen die Küche betrat. Sie war spät aufgestanden. Jane hatte bereits den Morgengottesdienst im Dorf besucht und bereitete das Mittagessen vor. »Weißt du, was er eben getan hat? Er hat mich vor der haarigsten, widerwärtigsten Spinne gerettet, die ich je gesehen habe. Im Badezimmer. Ich hätte fast einen Herzanfall gekriegt, ganz ehrlich – ich habe mir die Seele aus dem Leib geschrien, und er kam zu meiner Rettung herbeigeeilt, galant wie ein Ritter.«
»Freut mich, das zu hören, aber wie ihm das helfen soll, sein Abitur zu machen, ist mir weniger klar.« Es hatte keinen Sinn, Maggie erklären zu wollen, dass Alec sich ganz anders verhielt, wenn lediglich Jane in der Nähe war.
»Sei nicht so fixiert auf die Abschlussprüfungen, Jane! Wie ich dir immer zu erklären versuche, so wichtig ist das eigentlich gar nicht.«
Jane legte die geschälten Kartoffeln in ein Sieb, um sie abzuspülen. »Merkwürdige Einstellung für eine Akademikerin.«

»Das ist wahrscheinlich der Unterschied zwischen uns«, sagte Maggie. »Du hast keine Examina bestanden, also hältst du sie für ein Tor ins Gelobte Land. Ich schon, und ich kann dir versichern, dass dem nicht so ist.«

»Du hast leicht reden«, versetzte Jane, »schließlich hast du einen Universitätsabschluss.« Bevor Maggie etwas erwidern konnte, fügte sie rasch hinzu: »Fährst du heute Nachmittag?«

»Ja, ich muss. Gregor erwartet mich zum Abendessen, und Gott weiß, wie der Verkehr sein wird.«

»Und wie geht's Gregor?« Maggie lebte schon ziemlich lange mit ihm zusammen, aber für Jane war er immer ein Fremder geblieben, eine schattenhafte Gestalt. Sie sprach seinen Namen vorsichtig aus wie ein fremdländisches Wort.

»Gut.« Maggie warf den Kopf zurück, schlang ihre langen Locken zusammen und steckte sie locker mit einer Haarspange fest. »Er hat vor, für ein paar Monate nach Ungarn zu gehen, zum Arbeiten. Er kehrt gern gelegentlich in sein Heimatland zurück.«

»Wirst du ihn begleiten?«

Maggie legte den Kopf auf die Seite. »Wahrscheinlich nicht. Ich spreche kein Wort Ungarisch, also wäre ich nur eine Belastung für ihn.« Sie blickte zu Jane auf. »Und ich habe in den nächsten Monaten wahnsinnig viel zu tun. Ich kann jetzt unmöglich wegfahren. Manchmal habe ich den Eindruck, ich hätte hart gearbeitet, solange ich denken kann.«

»Du solltest auf dich Acht geben. Mach dich nicht kaputt!« Jane spürte, dass ihr Pflichtgefühl gegenüber Maggie sich meldete. Während ihrer ganzen Kindheit und Jugend war es da gewesen, stark und unleugbar, und selbst heute noch konnte sie nicht anders, als ihre Besorgnis zu zeigen, obwohl ihre Anteilnahme immer abgeschmettert wurde.

»Ach, ich kann das ab. Ich bin zäh. Viele Leute haben ein viel härteres Leben als ich, weißt du.«
»Ja, natürlich ... Aber du weißt, dass du hier immer willkommen bist, oder? Ich meine für einen längeren Besuch, nicht nur übers Wochenende. Ich habe so viel Platz, also, wenn du mal ein bisschen Ruhe und Frieden brauchen solltest ... Ich werde dich nicht stören.«
Maggie zuckte die Achseln. »Ach, ich habe Ruhe genug, wenn Gregor weg ist. Aber danke. Man kann ja nie wissen. Vielleicht überkommt mich irgendwann das Bedürfnis nach einem Aufenthalt im neunzehnten Jahrhundert.«
Jane lachte. »Jederzeit.«

Maggie brach kurz nach dem Mittagessen auf. Alle kamen mit hinaus, um ihr nachzuwinken. Sie fuhr einen Morris Minor – »Ich mag Autos mit Seele«, pflegte sie zu sagen. Obwohl sie Autos generell ablehnte und wünschte, sie könnte ganz ohne auskommen, weigerte sie sich, auf ein anderes Modell umzusteigen, trotz Lucys Neckereien, die ihre Tante immer darauf hinwies, wie wenig umweltfreundlich ein alter Wagen war, der jede Menge Benzin schluckte und keinen Katalysator hatte. »Ein Gebrauchtwagen ist in jedem Fall umweltfreundlich«, versetzte Maggie dann stur.
Sie hatte Jane einen Abschiedskuss gegeben und gesagt: »Pass auf dich auf, Schwester! Mach dir keine Sorgen wegen Alec. Das wird sich schon regeln. Aber nächstes Mal kommst du mich besuchen. Ich glaube kaum, dass ich in näherer Zukunft einem weiteren Besuch auf dem Land gewachsen sein werde. Gestern Abend habe ich tatsächlich eine Fledermaus gesehen. Dabei hatte ich immer irgendwie gehofft, die Tiere gäbe es eigentlich gar nicht. Igitt.«
Jane schaute dem Wagen ihrer Schwester nach, bis er hinter den Rhododendronbüschen verschwand. Wieder war

es ihr irgendwie misslungen, wirklich eine Beziehung zu ihr herzustellen. Bei jedem Besuch hatte sie dieses Gefühl von Ungenügen, als wäre zwar eine soziale Verpflichtung erfüllt, aber als hätten sie wieder nicht über die Dinge gesprochen, die ihnen wirklich am Herzen lagen.
Irgendwann muss ich es schaffen, dachte sie. Bevor es zu spät ist.

Sechs

»Beeil dich, Bella!« Iain klopfte an die Badezimmertür. Sie lag in der Wanne und ließ gelegentlich warmes Wasser über ihre Brüste rinnen, die über die Oberfläche ragten. »Wir kommen noch zu spät.«

»Wie viel Uhr ist es?«, fragte sie.

»Sieben, und um halb acht sollen wir da sein.«

»Wenn sie gesagt haben, halb acht, bedeutet das zwischen halb acht und acht. Essen werden wir frühestens gegen halb neun. Man kommt nicht auf die Minute pünktlich, das ist nicht üblich.«

Es entstand ein Schweigen, während Iain diese Information verdaute. Er besaß kein natürliches Empfinden für soziale Feinheiten und verließ sich in solchen Situationen auf Bella, aber sie merkte, wie nervös er war. Ein Termin war ein Termin in seinen Augen, da gab es so wenig Raum für Flexibilität wie bei einem Zugfahrplan. Er konnte seinen Zwang zur Pünktlichkeit nicht abstellen, und sie spürte, dass er hinter der Badezimmertür die Stirn runzelte. »Hör zu, sie haben gesagt, um halb acht, also beeil dich und steig aus der Wanne.«

Sie lächelte in sich hinein. Heute Abend würde sie sich nicht von ihm nerven lassen, was reichlich oft passierte. Stattdessen tauchte sie noch einmal unter, um ihre Haare zu spülen, und überlegte, was sie anziehen sollte.

Im Schlafzimmer stand sie ratlos vor dem Kleiderschrank und erkannte, dass sie nicht einmal den Versuch machen sollte, mit Sams Schick und ihrer teuren, glamourösen Aufmachung zu konkurrieren. Sam war eine wirklich schöne Frau – jedenfalls würden manche Menschen, Männer hauptsächlich, sie so bezeichnen: ultraschlank, gebräunt, langes, glänzendes Haar, regelmäßige Gesichtszüge, die sie geschickt durch Make-up betonte. Die Art lässiger, unkomplizierter Look, den man in Wirklichkeit nur mit stundenlanger Arbeit, echter Hingabe und echtem Können erreichte. Es war ihr ein Rätsel, wie man die Zeit dazu fand.
Bella wählte eins der Stücke, auf das sie am liebsten zurückgriff: ein pflaumenfarbenes Wickelkleid aus Seide mit spitzem Kragen. Es schmeichelte ihrer hüftbetonten, vollbusigen Figur und ließ ihren Bauch flacher wirken. Als sie noch hohe Stöckel und Ohrringe angelegt hatte, fühlte sie sich glamourös, selbstsicher und auf ihre Art angemessen zurechtgemacht, obwohl sie vermutete, dass es ein anderes Selbstvertrauen war als das, was Sam Clarke besaß. Sie hatte noch nie eine Frau getroffen, die nicht arbeitete und erfreut darüber war. In London war es für alle eine Frage des Stolzes, berufstätig zu sein. Selbst ihre Freundinnen, die wegen der Kinder ein oder zwei Jahre pausierten, beteuerten immer, dass sie bald wieder in den Beruf zurückkehren und ihren Anteil verdienen würden. Sam war da ganz anders. Diese Geisteshaltung war Bella vollkommen fremd. Wie definierte man sich, wenn nicht über die Arbeit? Sie konnte ja die Frauen verstehen, die Erfüllung in ihren Kindern fanden, aber wonach strebte Sam, die noch nicht einmal das hatte? Und trotzdem, irgendwie hatte es auch etwas Befreiendes, die Art, wie sie sich dem Druck der Erwartungen entzog, unter dem Bella und alle, die sie kannte, sich abmühten.

Sam hat mich überrascht, dachte Bella, während sie sich die weiche, rutschige Seide umwickelte und in der Taille festknotete. Aber warum? Bella dachte angestrengt nach. Vielleicht, weil die dürre Blondine so gar nicht ihrer Vorstellung von Bens Frau entsprach, obwohl sie ihn ja nur ein einziges Mal ganz kurz getroffen hatte. Er schien irgendwie mehr … was? *Klasse* zu haben? Nein, das war falsch. Aber bei Männern wusste man schließlich nie, sie schienen von diesem billigen Barbie-Verschnitt oft ganz hingerissen zu sein. Bella zügelte sich: Das war gemein. Sam war ausgesprochen nett zu ihr gewesen. Es war sehr freundlich von ihr, sie zum Essen einzuladen – an diesem gottverlassenen Ort konnte Bella es sich nicht leisten, bei der Auswahl ihrer Freundinnen wählerisch zu sein. Sie hatte Sam verurteilt wegen der Art, wie sie sich anzog, wie sie aussah und sprach. Ihre Attraktivität hatte sie mit dem Argument weggeredet, dass sie billig aussah, und ihren größeren Reichtum und Status mit der Vermutung untergraben, dass sie wahrscheinlich dumm war.

Bella musterte sich im Spiegel. Gib ihr doch eine Chance, schalt sie sich. Wahrscheinlich ist sie vollkommen liebenswert.

»Gut, du bist ja fast fertig«, sagte Iain, der gerade das Schlafzimmer betrat, mit offenkundiger Erleichterung. Sie hatte ihn überreden können, nicht den Nadelstreifenanzug anzuziehen, den er bei der Arbeit trug. In Chinos und einem offenen Hemd wirkte er sehr viel entspannter.

»Alles in Ordnung?«, fragte sie, während sie rasch Make-up auftrug.

»Ja, ja, klar«, sagte Iain. Aber sie spürte, wie nervös ihn die Aussicht machte, sich zum Herrenhaus zu begeben, und sie vermutete, dass er befürchtete, sich in Gegenwart von Leuten, die sich so ein Haus leisten konnten, minderwertig zu fühlen. Er hatte ein sehr geringes Selbstvertrauen, was ihrer Ansicht nach auf seine Eltern zurückzuführen war, die ihren älteren Sohn vergötterten – einen Arzt, wie sie jedem in gedämpftem, ehrfurchtsvollem Ton mitteilten –, an Iain jedoch nie etwas zu finden schienen, was sie hätten loben können.

»Es gibt keinen Grund zur Sorge. Sam ist sehr nett. Sie sind überhaupt nicht vornehm«, fügte sie hinzu, in der Hoffnung, er werde die Andeutung verstehen. Sie wollte nicht offen aussprechen müssen, dass sie Sam für etwas gewöhnlich hielt. »Gar nicht wie Jane Fielding.« Jane Fielding hatte Iain total eingeschüchtert: ihre Stimme, ihr Selbstvertrauen, sogar ihre offene Freundlichkeit hatten ihm Angst eingejagt. Eine typische Vertreterin der oberen Zehntausend, hatte er später zu Bella gesagt. Überhaupt nicht sein Fall.

»Die Babysitterin ist da«, sagte er.

»Und wie ist sie so?« Sam Clarke hatte ein Mädchen empfohlen, das in einer der Katen gegenüber wohnte und für sie putzte.

»Nett«, sagte Iain. »Komm doch runter, dann lernst du sie kennen. Bist du denn immer noch nicht fertig?«

»Sofort«, sagte Bella und trug ein wenig beigefarbenes Gloss auf die Lippen auf.

Die Kinder waren bereits im Schlafanzug, und ihr blondes Haar war gebürstet. Heute durften sie länger aufbleiben und fernsehen. Die Babysitterin, ein stämmiges, ungefähr siebzehnjähriges Mädchen mit rundem Gesicht und Brille, saß auf dem Sofa und starrte auf den Fernseher, als habe sie ein derartiges Gerät noch nie zu Gesicht bekommen. Katie, die steif neben ihr hockte, offenbar voller Unbehagen, wirkte trotz des geblümten Nachthemds und der rosaroten Glitzerpantoffeln älter, als sie war. Christopher saß mit ge-

kreuzten Beinen auf dem Fußboden, sah sich die Comedy-Sendung an und lachte herzlich immer dann, wenn das Publikum im Studio lachte.
»Sie müssen Trudy sein. Hallo«, sagte Bella und lächelte das Mädchen an. »Schön, dass Sie kommen konnten.«
»Ganz recht«, erwiderte das Mädchen, blickte kurz hoch und dann wieder auf den Bildschirm.
Bella fand diese Erwiderung etwas unlogisch, sagte aber nur: »Hat mein Mann Ihnen gezeigt, wo der Tee, der Kaffee und die Kekse sind?«
»Yup«, sagte Trudy, unfähig, die Augen vom Bildschirm zu lösen. Und wiederholte dann: »Ganz recht.«
»Also, wir müssen los. Gute Nacht, Kindchens. Seid brav.« Bella gab den beiden einen Kuss.
»Werdet ihr lange wegbleiben?«, fragte Katie.
»Ich weiß nicht, Schatz. Aber wir sind ja ganz in der Nähe, nur ein Stück die Straße hinauf. Und Trudy ist hier, um auf euch aufzupassen.« Bella hoffte, dass man ihrer Stimme die Zweifel an Trudys Fähigkeiten nicht angehört hatte – das Mädchen schien kaum in der Lage zu sein, einen Telefonanruf zu tätigen. Aber Babysitter waren schließlich hauptsächlich dazu da, den Kindern ein Gefühl von Sicherheit zu geben. Es würde schon nichts passieren. »Christopher, nach dieser Sendung geht's ins Bett. Katie, du kannst bis neun aufbleiben. Gute Nacht.« Christopher sprang auf und umarmte sie. Sie sog seinen süßen Duft nach Badeschaum und Schlafenszeit ein und genoss es, das Kind in seinem glatten Baumwollpyjama an sich zu drücken.
»Du siehst aber hübsch aus, Mama«, sagte Katie.
»Vielen Dank, mein Schatz.« Sie lächelte ihre Tochter an und fragte sich, ob sie nicht zu ernst für ihr Alter war. Sie merkte, dass die zehnjährige Katie nicht von Trudy überzeugt war und sich auf ihre ernsthafte Art innerlich darauf

vorbereitete, an diesem Abend die Verantwortung zu übernehmen.

»Komm schon!«, sagte Iain, der loswollte. »Nacht, Zwerge. Macht Trudy keinen Ärger!«

Sie traten auf die Straße hinaus. Die Sonne versank gerade hinter den Wäldern, und die Schatten waren lang und groß. Bella suchte sich vorsichtig ihren Weg auf der steinigen, staubigen Straße und spürte die leichte Kühle der anbrechenden Nacht durch ihr dünnes Seidenkleid. »Ich hoffe, es geht alles gut«, sagte sie.

»Warum sollte es nicht?«, fragte Iain.

»Findest du Trudy nicht etwas ... komisch? Fast ein wenig ... zurückgeblieben?«

»Auf mich wirkte sie vollkommen normal.«

Kein Wunder, dachte Bella ironisch, schließlich seid ihr beide leicht behämmert – und sofort fühlte sie sich schuldig, weil sie so etwas über ihren Mann gedacht hatte. Sie wusste nicht mehr genau, wann sie angefangen hatte, Iain peinlich zu finden, aber es war etwas, wessen sie sich schämte. Eine richtige Ehefrau würde so nicht empfinden, sagte sie sich streng. Eine richtige Ehefrau würde zu ihrem Mann halten, egal, was kam. Heute Abend würde sie zu ihm halten, sie würde dafür sorgen, dass alles glatt lief, sie würde ihn beschützen und dafür sorgen, dass er glänzen konnte, wenn irgend möglich. Sie wusste ja, dass sie ihn zu oft kritisierte.

Sie gingen schweigend dahin, und Bella spürte, wie sich ihre Stimmung hob. Das war doch etwas – auf dem Land einen steinigen Heckenweg zum Herrenhaus hinaufzugehen, wo sie zum Essen eingeladen waren. Sie kamen an der Wiese und dem alten Bauernhof vorbei, bogen oben an der Straße ab und näherten sich der dichten Rhododendronhecke, die das Haus von der Straße abschirmte. Die Hecke hatte zwei Öffnungen, durch die man zu den verschiedenen Seiten des Hauses gelangte. Ein Stück weiter die Straße hinauf, kurz bevor sie in einem dichten, dunklen Wald endete, begann der Zufahrtsweg zur Seite der Fieldings. Durch die erste Öffnung erreichte man die Haustür der Clarkes, die einmal ein weniger wichtiger Seiteneingang gewesen war, aber nach Hinzufügung eines steinernen Vorbaus und einer kiesbestreuten Auffahrt eindrucksvoll genug erschien.

Bella warf einen Blick auf Iain. Er wirkte ziemlich angespannt, und sein Gesicht war starr. »Ich bin ein wenig nervös«, gestand sie mit einem kleinen Lachen, um ihn aufzulockern.

Er sah sie überrascht an. »Wirklich? Ich nicht.« Aber sie konnte sehen, dass die Knöchel der Hand, in der er die Weinflasche hielt, ihr Mitbringsel, blutleer und ganz weiß waren.

Sam öffnete ihnen die Tür. Sie sah umwerfend aus in ihrem hautengen weißen Kleid mit Nackenträger, das ihre Haut noch brauner und ihre Augen noch blauer wirken ließ. Die perfekt polierten Zehennägel glänzten in hochhackigen weißen Sandalen mit dünnen Lederriemchen, die sich wie bei den alten Römern kreuzweise über ihre Knöchel zogen.

»Halli-hallo, kommen Sie rein! Schön, dass es geklappt hat. Sie müssen Iain sein.« Sie beugte sich vor und drückte ihm einen Schmatzer auf die Wange.

»Entweder das oder sein böser Zwilling«, erwiderte Iain jovial.

Bella zuckte leicht zusammen, aber Sam kreischte vor Lachen und meinte: »Na, Sie sind ja ein ganz Schlimmer, was?« Dann küsste sie Bella und sagte: »Sie sehen großartig aus. Die Farbe steht Ihnen. Kommen Sie rein, ich stelle Ihnen meinen Herrn Gemahl vor, wenn wir ihn aus der Küche zerren können.«

Sie folgten ihrer hüftschwingenden Gestalt in den Flur,

einen quadratischen weißen Raum mit verdeckten Strahlern an der Decke, der mit Seegras-Teppichboden ausgelegt war. Auf einem gewaltigen alten Eichentisch stand eine große Vase mit Lilien, und an der Wand, gegenüber einem riesigen Spiegel, hing ein breites, modernes Gemälde mit kühnen Farbstrichen.

»Wunderschön!«, rief Bella hinter ihrer Gastgeberin her.

»Sie haben Glück«, sagte Sam und warf ihnen über die knochige gebräunte Schulter hinweg ein Lächeln zu. »Sie sind die Ersten, die es in all seinem Glanz zu sehen kriegen. Das hier ist das Wohnzimmer.«

Sie führte sie in einen anderen hellen Raum, diesmal mit gebohnertem Parkett, Möbeln aus Leder und Tweed, weißen Mohair-Sofakissen und viel Chrom und Glas. Muss verdammt schwer sauber zu halten sein, dachte Bella.

»Einfach wunderschön«, sagte sie.

»Finden Sie? Das ist nett. Mir jedenfalls gefällt's. Sie hätten es vorher sehen sollen – Chintz, Blümchenteppiche und geblümte Tapeten.« Sam rümpfte die Nase und schnitt eine Grimasse. »Überhaupt nicht unser Fall. Ben liebt technischen Schnickschnack und anderes Jungenspielzeug. Er wird Ihnen sicher nachher alles zeigen. Möchten Sie etwas trinken? Was hätten Sie denn gern?«

»Gin Tonic, wenn Sie haben«, sagte Bella.

»Machen Sie zwei!«, sagte Iain, rieb sich die Hände und schaute sich beifällig um. »Ja, es ist wirklich sehr schön. Edel.«

»Ein wenig Stil in dieser Pampa«, sagte Sam, die gekonnt die Drinks mixte. Es gab sogar Eiswürfel aus einem Kübel aus rostfreiem Stahl. Sie reichte ihnen die Gläser. »Stößchen!«

»Wie lange haben Sie denn für all das gebraucht?«, erkundigte sich Iain und betrachtete das große karamellfarbene Ledersofa.

»Zu lange«, erwiderte Sam und verdrehte die Augen. »Ich dachte schon, die Handwerker würden als Hausbesetzer einziehen.«
Bella überließ die beiden ihrem Gespräch und wanderte langsam durch den Raum. Er hatte keine Ähnlichkeit mit irgendeinem Zimmer, das sie je bewohnt hatte. Alles war perfekt aufeinander abgestimmt, jedes Stück passte zu allen übrigen. Die Glasregale waren leer bis auf einige polierte Holzskulpturen und Fotos in hellen Holzrahmen: hauptsächlich Studioaufnahmen von Sam und ihrem Mann, dazwischen einige Schnappschüsse von heißen Stränden in der Karibik oder Berghängen mit glitzerndem Schnee. Bella stellte fest, dass eins der Fotos hinter einen anderen Rahmen gerutscht war, so dass nur Bens lächelndes Gesicht zu sehen war. Vorsichtig zog sie es hervor und sah, dass das Foto ihn mit einem braunäugigen, braunhaarigen Mädchen mit magerem, spitzem Gesichtchen und blasser Haut zeigte. Das musste die Tochter sein, die er erwähnt hatte, aber offenbar war es ein altes Foto, denn hier wirkte sie viel jünger als achtzehn. Bella stellte das Foto ordentlich hin, so dass es in einer Reihe mit den anderen stand, und trat zum Fenster, das auf die geschwungene, kiesbestreute Auffahrt hinausging. Der schnittige, elegante Mercedes und ein frecher Sportwagen parkten nebeneinander wie ein Windhund und ein Terrier, die sich eine Hundedecke teilten. Diese Leute haben Geld, dachte Bella plötzlich. Sie sind reich – sie sind anders als wir. Sie empfand ein plötzliches Unbehagen, das sie rasch unterdrückte. »So kann man doch nicht denken«, murmelte sie und drehte sich um, denn die Atmosphäre im Raum hatte sich plötzlich verändert.
»Da ist er«, rief Sam aus. »Marco Pierre White höchstpersönlich, Großbritanniens erfolgreichster Koch!«
Ben stand in einer zweiten Tür, die aus dem Wohnzimmer

hinausführte, groß, kräftig, vital und dynamisch. In seiner weiten weißen Leinenhose und dem weißen Leinenhemd hätte er leicht ein bisschen lächerlich wirken können – wie irgendein Magnat aus Miami oder ein Mann, der sich angestrengt auf jung trimmt –, aber er konnte die Sachen tragen, und dank seiner Größe wirkte er eindrucksvoll.

Mit raumgreifenden Schritten kam er auf Bella zu und küsste sie auf die Wange. »Hallo, wie schön, Sie zu sehen …«, sagte er, bevor er zu Iain trat und ihm kräftig die Hand schüttelte. »Willkommen. Schön, Sie kennen zu lernen. Ich bin froh, dass Sie kommen konnten.«

»Vielen Dank für die Einladung«, sagte Bella. »Sie haben wirklich ein wunderschönes Haus.«

»Das ist allein das Verdienst meiner schönen Frau«, erwiderte Ben, legte den Arm um Sams schlanke Taille und drückte seine kichernde Frau an sich. »Sie hat alles selbst gemacht – sie und fünf teure Innenarchitekten.«

»Oy«, protestierte Sam. »Jemand musste schließlich die Entscheidungen treffen.«

»Kommen Sie und sehen Sie sich die Küche an«, sagte Ben. »Das ist das Beste.« Sie folgten ihm einen gefliesten Flur hinunter in einen großen, hellen Raum.

»Einfach unglaublich«, sagte Bella und schaute sich um. Es war die größte, luxuriöseste Küche, die sie je gesehen hatte. Den Mittelpunkt bildete ein Herd aus glitzerndem Edelstahl, der Tausende von Pfund gekostet haben musste. Der Gedanke, dass jemand in der Lage war, so viel Geld für die Einrichtung eines einzigen Raums auszugeben, machte sie ganz schwindelig.

»Sagenhaft«, sagte Iain, der keine Ahnung hatte, wie viel das alles gekostet haben mochte, und wahrscheinlich vor Entsetzen ohnmächtig geworden wäre, wenn er es erfahren hätte. »Sie kochen wohl gern, was, Ben?«

»Leidenschaftlich gern«, sagte Ben, ging mit großen Schritten zum Herd und tauchte einen Holzkochlöffel in einen der Töpfe auf den Kochstellen. Wohlriechender Dampf stieg daraus auf. »Ich bin nie glücklicher, als wenn ich schnippeln, schmoren, rühren und braten kann. Und ich neige ein bisschen zum Predigen, wenn es ums Essen geht, also passen Sie auf, wenn Sie das Thema anschneiden.«

»Ich bin beeindruckt.« Bella lächelte.

Er warf ihr einen schrägen Blick zu. »Die besten Köche sind sämtlich Männer, das weiß jeder.«

»Die besten Berufsköche«, entgegnete sie. »Das bedeutet nur, dass Männer fordern, für etwas bezahlt zu werden, was Frauen gefälligst umsonst tun sollen.«

»Im Gegensatz zu Sex also«, sagte Sam und schnaubte. »Willst du was trinken, Schatz?«

»Ja, bitte.« Ben öffnete die Backofentür und begutachtete den Inhalt. »Noch etwa zwanzig Minuten, dann können wir essen.«

Sie überließen Ben seiner Kochkunst und setzten sich zum Plaudern ins Wohnzimmer. Sam war eine gute Gesellschafterin, sie zeigte sich interessiert an allem, was Iain zu sagen hatte, und bald wirkte er deutlich entspannter als bei ihrem Eintreffen. Als ein gebelltes Kommando aus der Küche ertönte, führte sie ihre Gäste durch verschiedene Flurgänge ins Esszimmer.

»Der einzige Nachteil ist«, erklärte sie, »dass das Esszimmer meilenweit von der Küche entfernt ist. Aber Ben hat sich so einen beheizbaren Servierwagen zugelegt, wie sie in Restaurants benutzt werden. Für neuen technischen Schnickschnack ist ihm jede Ausrede recht. Diesen Raum nenne ich das chinesische Zimmer.«

Bella blickte sich anerkennend um. Die Wände waren in einem zarten Eierschalenblau gestrichen, und zarter, mit

Schablonen gemalter Bambus rankte sich an ihnen empor. Gerahmte chinesische Seidenbilder mit Blumenmotiven hingen an den Wänden. Helle Gardinen, bedruckt mit kleinen Fischern und Vögeln auf Blütenzweigen, vervollständigten den Effekt, zusammen mit Raku-Keramikvasen auf dem Sideboard.

Der Tisch war mit viereckigen weißen Tellern, zierlichen Gläsern und Designerbesteck gedeckt.

»Also, ich nehme die Nummer 27. Chow mein«, sagte Iain und setzte sich.

Sam lachte. »Sie sind mir vielleicht ein Witzbold. Bella, Sie sitzen hier.« Damit ging sie herum und schenkte Weißwein in die Gläser.

»Das Essen ist serviert«, verkündete Ben, der einen beeindruckend aussehenden Servierwagen durch die Tür schob. Er entfernte den Deckel und verteilte die Vorspeise: Rucolasalat mit Birne und Gorgonzola. »Greifen Sie zu!«, befahl er und setzte sich.

Das war etwas, was Bella noch nie ausprobiert hatte, und sie fand die Geschmackskombination aus herb, süß und mürbe schmelzend einfach herrlich. Als sie das Gericht lobte, erklärte Ben gnädig, das sei doch nur ein alter Klassiker und sehr einfach zuzubereiten. »Keine Kohlehydrate«, fügte Sam hinzu, die mit der Gabel ihre Birne zerteilte. Bella aß langsam und genoss jeden Bissen.

»Und wie gefällt es Ihnen in Rawlston?«, fragte Ben Iain.

»Sehr gut«, erwiderte Iain. »Es ist einfach perfekt – bis auf den elend langen Arbeitsweg. Alles, was man so über die Bahn hört, ist wahr. Eine einzige Katastrophe – und nach der Erfindung des Mobiltelefons die reinste Hölle.« Sie diskutierten die Probleme des Zugverkehrs – obwohl Ben einräumte, immer mit dem Wagen zu fahren, weil er es hasste, irgendwelchen Zufällen ausgeliefert zu sein –, bis ihre

Teller leer waren. Dann sprang Ben auf, belud seinen Servierwagen und verschwand, nachdem er Sam angewiesen hatte, den Saint-Emilion auszuschenken.
»Ben und seine Weine«, meinte sie und nahm eine neue Flasche vom Sideboard, wo, wie Bella jetzt sah, eine ganze Reihe von Flaschen stand, einige bereits geöffnet. »Er ist ein echter Weinfreak. Ich schmecke da ja keinen Unterschied, um ehrlich zu sein – solange der Wein weiß und kalt ist, bin ich zufrieden.«
»Mögen Sie keinen Rotwein?«, fragte Iain.
»Nö. Davon bekomme ich Kopfschmerzen. Ich bleibe beim Chablis.«
Bella nippte an dem neuen Wein: Er war rund, schwer und fruchtig, und obwohl sie wenig davon verstand, merkte sie, dass es ein guter Tropfen war. Plötzlich fühlte sie sich ganz berauscht vom luxuriösen Leben der Clarkes. Iain, der es als seine Mission im Leben betrachtete, eine Flasche Wein für weniger als ein Pfund neunundneunzig aufzutreiben, kam gelegentlich mit Getränkekartons nach Hause, in denen sich angeblich Wein befand. Was sich schwer überprüfen ließ, da sie in irgendeiner obskuren osteuropäischen Sprache beschriftet waren. Hier gab es so etwas nicht. Alles war gut, sogar vom Feinsten. Sie genoss das ungewohnte Gefühl, so verwöhnt zu werden.
Das Hauptgericht bestand aus Lammbraten mit Kräuterkruste, innen noch ganz zart und rosa, auf einem Bett aus Auberginen serviert – »man nennt es *galette*«, erklärte Ben, als Bella nachfragte –, mit einer dicken Tomaten-Rosmarin-Sauce und einem sahnigen Kartoffelgratin, das nach Knoblauch duftete und alle Säfte aufsaugte.
Es war köstlich. Bella war ganz hingerissen und rief alle paar Minuten aus, wie wunderbar es schmecke. Solche Gerichte bekam man in guten Restaurants, sie wäre nie auf die

Idee verfallen, dass man so auch zu Hause essen könnte. Sie selbst kochte gut, aber einfach, und wenn Iain sich dazu gezwungen sah, konnte er Käsetoast und Spaghetti zubereiten. Doch das hier – das war *kochen.* Das war etwas, was man lernen musste.

»Haben Sie eine Kochschule besucht, Ben?«, fragte sie, während sie ein paar Auberginenwürfel aufschaufelte.

»Nein«, sagte Ben nachdrücklich. »Ich bin Autodidakt.« Nun, da die Hauptarbeit des Abends getan war, hatte er seine Schürze abgelegt und entspannte sich; und er schenkte sich von dem dunklen Rotwein nach. »Alles, was ich weiß, habe ich mir selbst beigebracht. Das ist die beste Methode.«

»Dann weiß ich nicht, wieso du ein Vermögen dafür ausgibst, deine Tochter auf eine Privatschule zu schicken«, bemerkte Sam spitz. Sie spielte mit dem Essen nur herum, und die sahnigen Kartoffeln, die sie nicht angerührt hatte, kräuselten sich am Tellerrand.

»Sie haben Kinder, Ben?«, fragte Iain. Bella fiel ein, dass sie ganz vergessen hatte, ihm von Bens Tochter zu erzählen. Sie sah das schmale, blasse Gesicht vor sich, das sie vom Foto im Wohnzimmer kannte.

»Eins«, sagte Ben. »Aus erster Ehe. Meine Tochter Emma. Sie ist oben, aber da sie eine Art Einsiedlerin ist, werden wir sie heute wahrscheinlich nicht zu Gesicht bekommen.«

»Sie ist ganz reizend«, warf Sam ein. »Sie müssen sie unbedingt mal kennen lernen.«

»Und sie besucht eine Privatschule?«, fragte Iain nach einem erneuten kräftigen Schluck Wein.

»Stimmt genau«, erwiderte Ben.

Sam beugte sich vor; ihre Haut schimmerte im Kerzenlicht. »Sie sollten überlegen, ob Sie Ihre Katie nicht nach St. Mary's schicken wollen, Bella. Offenbar ist es eine sehr gute

Schule. Viele der Mädchen gehen später auf Top-Universitäten. Sie haben ausgedehnte Spiel- und Sportfelder, und es ist schön nahe.«
»Dazu ist Katie noch ein bisschen zu klein«, erklärte Bella. »Sie ist erst zehn. Außerdem wüsste ich nicht, wie wir das Schulgeld aufbringen sollten.«
»Oh.« Sam sah bestürzt aus, fasste sich aber schnell. »Vielleicht kriegt sie ja ein Stipendium. Bestimmt ist sie intelligent genug dafür.«
Iain runzelte die Stirn und schüttelte den Kopf. »Ich bin eigentlich kein Anhänger von Privatschulen. Ich finde es schockierend, dass es in diesem Land zwei Bildungssysteme gibt, eins für die Reichen und eins für die Armen. Es ist einfach nicht richtig, und ich werde dieses System nicht unterstützen, indem ich meine Kinder auf eine vom Staat unabhängige Schule schicke. Die nächstgelegene integrierte Gesamtschule reicht mir vollkommen.«
»Haben Sie eine Privatschule besucht, Iain?«, fragte Ben freundlich. Er hatte die Lammknochen auf seinem Teller in die Hand genommen und nagte sie ab. Als Bella das sah, folgte sie seinem Beispiel und zog die letzten Fitzel süßen Fleisches mit den Zähnen heraus.
»Nein, ich war auf dem Gymnasium.«
»Also nicht auf einer Gesamtschule?«
»Nein.«
»Ah. Und waren Sie auf der Universität?«
»Ich habe eine Universität besucht, ja.«
»Ah«, sagte Ben noch einmal. Es gab eine Pause. »Sehen Sie, ich habe kein Gymnasium besucht. Ging nicht. Ich wurde nicht aufgenommen. Ich war auf einer Hauptschule. Ich habe es gehasst und bin mit sechzehn abgegangen, ohne Schulabschluss. Mehr wurde auch nicht von mir erwartet – in deren Augen war ich bereits zum Versager abgestempelt.

Also habe ich nicht studiert. Ich habe gearbeitet. Ich hatte Erfolg, aber das ist eher ungewöhnlich. Die meisten meiner Klassenkameraden leben nicht in alten Herrenhäusern und genießen nicht den gleichen Lebensstil wie ich. Sie leben in Wohnsiedlungen und haben irgendwelche Jobs ohne Aufstiegschancen, wenn sie überhaupt Arbeit haben. Ich werde nicht zulassen, dass es meiner Tochter ebenso ergeht, und wenn ich ihr die Absicherung einer guten Ausbildung ermöglichen kann – etwas, das ihr nie jemand wird wegnehmen können –, werde ich das tun. Ich habe nicht vor, die Welt zu verändern, indem ich Emma leiden lasse oder ihr ihre Chancen verbaue. Die Welt verändern werde ich mit meiner Stimme an der Wahlurne, sofern ich kann, und wenn sie sich zu meiner Befriedigung verändert hat, werde ich mein Kind auf eine staatliche Schule schicken. Aber vorher nicht.«

Wieder entstand eine Pause. Iain wirkte verdutzt, fast peinlich berührt, aber er erwiderte nichts. Ben lehnte sich zurück, aufgeschlossen, ohne Anstoß zu nehmen. Ich rede, wie mir der Schnabel gewachsen ist, schien er zu sagen, ehrlich, offen und direkt. So bin ich eben. Das war nichts Persönliches. Ich mag Sie immer noch genauso gern wie vorher.

»Dafür ist es ein bisschen spät«, sagte Sam munter in dem Versuch, die Stimmung zu heben. »Sie ist in ungefähr zwei Wochen mit der Schule fertig! Also, wer möchte noch mehr Wein? Ben, kümmerst du dich darum?«

Er schenkte allen nach und nahm einen tiefen Schluck. Bella schaute ihn an, als er sich mit glitzernden Augen zurücklehnte. Ihre Blicke trafen sich, und als er ihren Blick mit seinen intensiven blauen Augen erwiderte, war es fast, als würde seine Energie sie berühren. Es war ein prickelndes, erweckendes Gefühl, das ihre Haut kribbeln ließ wie bei einem eingeschlafenen Bein, in das das Blut wieder hineinströmt.

Kaffee und Likör nahmen sie im Wohnzimmer ein. Auf dem Weg durch die Flure fühlte Bella sich leicht benommen und erkannte, dass sie zu viel getrunken hatte. Wie oft hatte sie sich nachschenken lassen? Auch Iain war ein bisschen betrunken; er hatte seine gute Laune wiedergefunden und wurde unterhaltsam, witzig, fast zu laut. Beim Dessert, Himbeer-Johannisbeer-Potage, erzählte er von seiner Arbeit. Bella hatte das alles schon oft gehört, aber Ben und Sam fanden es amüsant. Zum Käse öffneten sie noch eine Flasche Wein.

Es war schon spät. Bella wusste, dass sie nach Hause gehen sollten, wo die Babysitterin wartete, aber sie mochte nicht. Es gefiel ihr, dieses Gefühl, dass heute nichts zu gut für sie war. Sie fühlte sich angenehm gesättigt, schwelgerisch, und sie wollte sich weiter so fühlen. Als Ben sich eine Zigarre anzündete, hätte sie am liebsten gelacht. Wie das Zubereiten exquisiter Speisen war das etwas, von dem sie gedacht hatte, so was gebe es nur im Film. Er bot Iain eine an, der ablehnte, weil er nicht rauchte und gar nicht wusste, wie das ging. Am liebsten hätte Bella Sam um eine Zigarette gebeten. Seitdem sie den Hauptgang beendet hatten – den Nachtisch hatte sie nicht angerührt –, stieß ihre Gastgeberin dicke weiße Rauchwölkchen aus und zündete sich eine Zigarette nach der anderen an. Bella rauchte gelegentlich, aber nur, wenn Iain nicht da war. Es war ein zuverlässiger Hinweis darauf, dass sie betrunken war, wenn sie anfing, diese glimmenden Stäbchen neidvoll zu beäugen. Der Zigarrenrauch zog schwer und beißend durch den Raum, und Ben schenkte allen einen Brandy ein. Die Atmosphäre war gesellig und entspannt. Bella fühlte sich beinahe an andere, bessere Zeiten erinnert, obwohl sie mit fast Fremden an einem ihr fremden Ort war. Ich bin eindeutig blau, dachte sie.

»Das Haus gefällt uns sehr gut«, sagte Ben gerade, »aber das ist erst der Anfang. Ich habe Pläne damit.«

»Pläne?«, fragte Iain, nahm seinen Kognakschwenker entgegen und ließ die Flüssigkeit im Glas kreisen. Er drehte den Kopf, um Ben anzusehen, die bewusste Bewegung von jemandem, der nicht mehr ganz Herr seiner Sinne ist.

Ben reichte Bella mit einem Augenzwinkern ihr Glas und setzte sich in einen Sessel, die Zigarre zwischen den Zähnen. Sam glitt vom Sofa und verließ schwankend das Zimmer. »Jane Fielding hat die Hälfte ihres Hauses verkauft«, verkündete er. »Sie weiß es noch nicht, aber irgendwann wird sie auch den Rest verkaufen müssen, und wenn es so weit ist, bin ich zur Stelle.«

»Wie können Sie da so sicher sein?«, fragte Iain.

Ben zuckte mit den Achseln und stieß noch eine Rauchwolke aus, wobei er ganz leicht mit den Lippen schmatzte. »Sie investiert nicht. Sie verwendet ihr Kapital nur zur Instandhaltung des Hauses. Irgendwann wird ihr das Geld ausgehen, und sie wird verkaufen müssen, weil sie keine Rücklagen hat. Ein altes Haus zu unterhalten ist teuer. Man muss es für sich arbeiten lassen, wenn man nicht anderswo Geld scheffelt. Der Bauernhof ein Stück die Straße hinunter gehört ihr – Sie haben ihn bestimmt gesehen. Er verfällt, rottet vor sich hin. Sie könnte ihn sanieren und verpachten, ein Geschäft aufmachen. Hofläden liegen momentan im Trend – alte Haustierrassen, biologischer Anbau, Selbstgemachtes, Handgesponnenes … und dann erst der Wald – mein Gott!« Er lachte laut. »Wenn ich erst mal von der Schatzgrube anfange, auf der sie da sitzt … Ich habe große Pläne damit.«

»Wollen Sie ihn als Bauland verkaufen?«, fragte Iain stirnrunzelnd. Bella erriet, dass er sich Sorgen machte, seine ländliche Idylle könne durch Luxusvillen zerstört werden.

»Hab ich noch nicht entschieden. Ich habe ein paar Ideen, aber was mir im Augenblick am meisten zusagen würde, ist die organisierte Fasanenjagd für Unternehmen. Das ist ein Millionengeschäft und problemlos anzufangen. Ich will, dass Jane Fielding mitmacht.«

»Haben Sie sie schon gefragt?«

»Nein. Werde ich aber.«

Sam kehrte zurück, unsicher auf den Beinen in ihren hochhackigen Sandalen. In der Hand hielt sie einen kleinen runden Spiegel mit vier Linien weißen Pulvers darauf. »Guckt mal, was ich gefunden habe!«, sagte sie mit Babystimme. »Leckerlis!« Sie setzte sich und stellte den Spiegel vor ihnen auf dem Couchtisch ab. »Wer möchte was?«

Ben zog gleichmütig an seiner Zigarre und ließ den Blick zu Bella hinübergleiten.

»Was ist das?«, fragte sie, obwohl sie es wusste.

»Lecker Zucker«, sagte Sam, immer noch mit dieser Babystimme. »Bedient euch.« Sie hielt Bella eine zusammengerollte Zwanzig-Pfund-Note hin.

Iain beugte sich schwerfällig vor und fragte undeutlich: »Ist das das, wofür ich es halte?«

Bella nahm die zusammengerollte Banknote und beugte sich vor. Iain sah sie erstaunt an. Sie hatte schon einmal gekokst, aber nicht in seiner Gegenwart. Nicky hatte es ihr einmal auf der Toilette ihres Clubs gezeigt. Alle machten es, wie sie sagte. »Man muss es mal ausprobiert haben«, hatte sie erklärt, »man darf nur nicht abhängig werden, das ist alles.« Ben beobachtete sie ausdruckslos, den funkelnden blauen Blick unter schweren Lidern verborgen.

Bella legte die zusammengerollte Banknote an die Nase und

beugte sich über den Spiegel. Sie sah ihr eigenes Gesicht auf sich zukommen, riesenhaft vergrößert, die sorgfältig geschminkten Augen verblasst und leicht blutunterlaufen, und schaute sich dann selbst dabei zu, wie sie das Pulver schnupfte. Schnüffelnd lehnte sie sich zurück und reichte Sam, die schnell die zweite Linie einstrich, die Banknote. Sie reichte das Zubehör an Iain weiter, der den Kopf schüttelte und auf Ben wies. Sam schob ihrem Mann, der keine Anstalten machte, sich zu bedienen, den Spiegel zu, stand auf, tänzelte zur Anlage hinüber und rief: »Musik!« Nachdem sie ein paar Sekunden auf das CD-Gestell gestarrt hatte, wirbelte sie herum und rief: »Ich weiß was – haben Sie Ihre Badesachen dabei?«

»Nein«, sagte Bella, die ein taubes Gefühl im Gaumen und ein bitteres Brennen hinten im Rachen verspürte.

Sam klatschte in die Hände. »Wir leihen euch was! Steigen wir in den Whirlpool!«

Wie bin ich nur hier gelandet?, fragte Bella sich.

Sie saßen alle vier in dem rechteckigen Becken, bis zur Brust in sprudelndem heißem Wasser. Um sie herum, jenseits des von Strahlern erhellten Holzpodests, erhob sich der Wald, hoch und dunkel, gelegentlich vom Schrei oder dem Heulen irgendeines Tiers widerhallend. Dampfschwaden stiegen auf und hingen über ihnen wie Dunst über einem Sumpf. Die Nacht war kühl, aber das Wasser war wunderbar, blubberte gegen ihre Hüften und Beine. Nur ihre Schultern waren sichtbar. Sam trug einen weißen Bikini, und Bella platzte fast aus dem geliehenen Badeanzug mit Punktmuster, der ihr mindestens eine Nummer zu klein war. Iain saß neben ihr, und sein glatter, blasser, leicht sommersprossiger Körper bildete einen scharfen Kontrast zu Bens dunkelbehaarter Brust.

Sam hatte eine Flasche Champagner geöffnet, und alle hielten ihre Gläser umklammert, um sie über der Wasseroberfläche zu halten. Sie plauderte wild drauflos, aber Bella konnte ihren Worten nicht folgen. Stattdessen ließ sie ihre Gedanken – fantastisch klar, aber extrem beschleunigt – weiterschwirren, während sie sich umschaute.
Plötzlich rief Sam: »He! He, Emma!«
Alle folgten ihrem Blick. Ein Fenster oben im Haus war erleuchtet, und vor dem gelben Licht zeichnete sich der Umriss einer Gestalt ab.
»Komm doch her!« Sam kicherte laut. »Komm zu uns, Emma! Geh ausnahmsweise mal aus dir heraus!« Sie beugte sich zu Bella hinüber und sagte verschwörerisch: »Das ist Bens Tochter. Verklemmtes kleines Ding. Ist sich viel zu schade für uns.« Dann rief sie: »Komm doch rein, das Wasser ist wunderbar!« und wieherte wieder los.
Bella starrte zu der schmalen Gestalt hinauf. Sie blieb noch einen Augenblick stehen, wandte sich dann ab und verließ das Fenster. Das Licht ging aus.

Sieben

»Alec! Alec!«, rief Jane außer sich. Sie stand auf dem Treppenabsatz. Von einer Seite kam das fröhliche Gedudel von Popmusik die Treppe herabgeschwebt, während Lucys Stimme einfiel und die Melodie mitsang. Vom Korridor auf der anderen Seite drang das durchdringendere Dröhnen von Rockmusik mit jaulender Gitarre und einem gemartert klingenden Leadsänger herüber. Der Lärm war grauenhaft.

Sie ging zu seinem Zimmer, hämmerte gegen die Tür und öffnete sie. Die Vorhänge waren zugezogen, der Raum war düster. Alec hockte im Halbdunkel vor seinem Computer, das Profil erleuchtet vom bläulichen Licht des Bildschirms. Er fuhr herum und sah Jane mit finsterer Miene an.

»Was willst du denn jetzt schon wieder?«, fragte er, obwohl sie ihn bei dem Krach kaum hören konnte.

»Ich möchte, dass du das ein bisschen leiser stellst«, rief sie und versuchte, nicht die Geduld zu verlieren. »Ich höre es durch die Küchendecke dröhnen, und das ist sehr ärgerlich.«

»*Was* ist?«

Trotz aller Anstrengung verlor sie die Beherrschung. »Alec, stell die Musik leiser! Ich bitte dich ja gar nicht, sie auszustellen. Nur leiser. Nimm ein bisschen Rücksicht, verflixt noch mal.« Sie wirbelte herum und knallte die Tür hinter sich zu, heftig atmend. Einen Augenblick später wurde die

Musik leiser gestellt, kaum wahrnehmbar, aber immerhin. Es ärgerte sie, dass sie sich so hatte gehen lassen, denn sie versuchte, mit Geduld, Freundlichkeit und Verständnis die Mauer des Schweigens zu durchbrechen, die Alec um sich herum errichtet hatte. Es war ja schön und gut, einen Monat oder zwei vor dem Computer zu vergeuden, aber bald würde er sich der Frage stellen müssen, was aus ihm werden sollte. Was wollte er mit seinem Leben anfangen? Wo wollte er das Abitur machen?

Als sie wieder in die Küche hinunterging, dachte sie an das Gespräch, das sie am Vorabend mit ihrem Sohn geführt hatte. Sie hatten sich im Wohnzimmer irgendeinen furchtbaren Krimi mit vielen Schießereien angesehen, und danach schien Alec verhältnismäßig guter Stimmung zu sein. Sie hatten zusammen eine Flasche Wein geleert, und sie hatte ihm das letzte Glas überlassen und dann die Gelegenheit ergriffen, mit ihm zu reden. Augenblicklich verfinsterte sich seine Miene, und er schien sich in sich selbst zurückzuziehen wie immer, wenn sie versuchte, das Thema seiner beruflichen Zukunft anzuschneiden.

»Keine Ahnung, okay? Ich weiß es einfach nicht.«

»Aber wenn du das Abitur machen willst, musst du dir überlegen, welche Schule du ab September besuchen willst. Vielleicht ist es sogar schon zu spät – bald sind Sommerferien, da sind die Schulen geschlossen. Wir müssen demnächst etwas unternehmen.«

Alec starrte in sein Glas. Nach einer langen Pause sagte er: »Vielleicht will ich das ja gar nicht.«

»Aber ...« Jane war ratlos. Wieso wollte er ein Jahr vor dem Abitur abgehen? »Schatz, du weißt doch, wie wichtig ein guter Schulabschluss ist. Du brauchst das Abitur, wenn du studieren willst.«

»Hör zu, das Abi ist sinnlos, okay? Ich hasse die Schule. Das bringt doch nichts. Ich weiß sowieso nicht, ob ich überhaupt studieren will.«

Tiefe Besorgnis stieg in Jane auf. Sie verstand nicht, was er denn wollte, wenn er nicht den normalen Weg einschlug. Wenn er eine brennende Leidenschaft hätte und unbedingt Tischler oder Künstler oder so werden wollte – gut. Vielleicht. Aber ... »Und was hast du stattdessen vor?« Sie bemühte sich, nicht zu klingen wie ein Staatsanwalt, der einen Kriminellen ins Kreuzverhör nimmt. »Du kannst doch nicht für den Rest deines Lebens hier hocken und Computerspiele spielen.«

Alec stellte sein Glas ab. »Geh mir nicht auf den Geist, ja? Du weißt doch überhaupt nichts von mir. Du hast ja keine Ahnung.« Damit stand er auf und stampfte zur Tür. Kurz bevor er sie hinter sich zuknallte, sagte er noch: »Verfickte Scheiße, du nervst!«

Der Fluch traf sie wie ein Eimer kaltes Wasser. Noch nie hatte Alec so mit ihr geredet. Es war, als hätte er sie geohrfeigt, und es ließ sie erschüttert und verletzt zurück, unsicher, was sie als Nächstes tun sollte.

Als sie in der Küche ankam, war sie ziemlich sicher, dass die Lautstärke der Musik wieder das vorige Niveau erreicht hatte. Sie gab sich geschlagen. Es war erschöpfend; sie konnte sich einfach nicht jeden Tag wegen jeder Kleinigkeit mit Alec streiten – weil er seine dreckige Wäsche nicht runterbrachte oder die ekligen Becher, in denen Kippen schwammen, weil er nicht pünktlich zum Essen erschien, obwohl alle anderen schon am Tisch saßen und warteten.

Lucy trat ein, die Post, die sie aus der Halle geholt hatte, in der Hand. »Ein Brief für dich von Mags«, sagte sie und reichte Jane einen Umschlag. »Den Rest willst du bestimmt nicht sehen. Die Adressen sind mit dem Computer geschrieben – bestimmt Rechnungen und Werbung.«

»Danke, Lu. Musst du gleich weg?«

»Ja, das Restaurant ruft. Man hat mir angeboten, diese Woche Überstunden zu machen, jemand ist krank geworden, und ich werde ganz bestimmt nicht ablehnen.«

»Da verdienst du bestimmt nicht schlecht.« Jane betrachtete Maggies vertraute schnörkelige Handschrift auf dem cremefarbenen Umschlag. »Kannst du bestimmt gut gebrauchen.«

Lucy schenkte sich Kaffee aus dem Kaffeebereiter ein, der auf dem Tisch abkühlte. »Ja, ich spare für September.«

»September? Was ist denn im September?«

»Ach, habe ich das nicht erwähnt?« Lucy setzte sich mit ihrem Becher Kaffee, zog die Morgenzeitung zu sich heran und fuhr beiläufig fort: »Ich fahre mit Beth per Interrail durch Europa. Ich dachte, ich hätte es dir gesagt. Anfang September geht's los, für drei Wochen. Wir haken alle großen Sachen ab, bevor es an die Uni zurückgeht. Du weißt schon – Frankreich, Italien, vielleicht Deutschland. Mir liegt ja mehr an Italien, aber Beth will nach Berlin.«

»Klingt toll. Wie aufregend!« Jane versuchte, ihre Überraschung zu verbergen. Lucy war erwachsen und hatte jedes Recht, Reisepläne zu schmieden, ohne ihre Mutter zu informieren. Aber langsam fing sie an, sich zu fragen, ob sie nicht irgendwie furchtbar versagt hatte, da ihre Kinder offenbar so gar nichts mit ihr zu tun haben wollten. Nach Theos Tod hatte sie ganz stark empfunden, dass sie und ihre Kinder sich nun alles bedeuteten. Sie drei gegen den Rest der Welt, so war es gewesen. Aber das hatte sich verändert, sie wusste nicht genau, wann, und zunehmend fühlte sie sich allein, während die Kinder von ihr fortstrebten.

Ich habe nie versucht, sie an mich zu binden, dachte sie, während Lucy Zeitung las und Kaffee trank. Ich habe ihnen immer alle Freiheit gelassen. Warum also sind sie so verzweifelt bemüht, mir zu entkommen?

Da sie die dröhnende Musik im Haus nicht ertragen konnte, ging sie in den Garten, um Unkraut zu jäten. Hier war zwar der Bass weniger deutlich zu vernehmen, aber dafür drang das Geheule und Gejaule der Melodien umso lauter aus dem Fenster von Alecs Zimmer. Sie beschloss, nach Oxford zu fahren, einen Einkaufsbummel zu machen und vielleicht Jerry zu besuchen.

Die Fahrt hob ihre Lebensgeister. Sie legte eine Mozartkassette ein, öffnete die Fenster und ließ die frische Luft des Frühsommers hereinströmen, während der Wagen über die Landstraßen in Richtung Autobahn rollte. Es war ein strahlender blauer Tag mit einem Himmel wie ein frisch gestrichenes Kinderzimmer, und sie verbannte alle Gedanken an Alec und Lucy aus dem Kopf. Maggie hatte ihr einen lieben Brief geschrieben, in dem sie sich für das Wochenende bedankte und sagte, sie solle sich wegen Alec nicht so viele Gedanken machen, es würde schon alles gut werden. Es hatte sie beruhigt, auch wenn sie wusste, dass die Sorgen zurückkehren würden.

Jane stellte den Wagen im Parkhochhaus ab und wagte sich in die Stadt vor. Dichte Menschentrauben drängten sich durch die Hauptstraßen von Oxford: Touristengruppen, geführt von Reiseleitern oder Stadtführern, die einen Regenschirm oder Stock hochhielten; Familien mit Rucksäcken und Turnschuhen, die Reiseführer konsultierten und versuchten, die Stadt mit ihren Colleges zu erkunden; Sprachschüler drängten sich vor den Fastfood-Restaurants, rauchten Zigaretten und unterhielten sich lautstark in den verschiedensten Sprachen. Die Läden waren voll und lärmig, und die goldenen Mauern der Colleges wirkten noch abweisender als sonst. Sie entschied sich gegen einen Einkaufsbummel und ging stattdessen zu Jerrys College, in der Hoffnung, dass er in der Galerie sein würde.

Der Pförtner ließ sie trotz des »Keine Besucher«-Schilds am Haupteingang ein, und in dem plötzlichen Frieden und der Stille des großen quadratischen Innenhofs atmete sie erleichtert auf. Hier herrschte eine heitere, gleichbleibende Ruhe, was tröstlich war. Es war ein Segen, dem Lärm und den Menschenmassen zu entkommen. Sie erkannte, wie sehr das Leben in Rawlston sie an Stille und Einsamkeit gewöhnt hatte. Ich bin eine Art Einsiedlerin geworden, dachte sie, eine Eremitin. Der Anblick all dieser Fremden hatte sie erschreckt und in ihr den verzweifelten Wunsch ausgelöst, sich in den vertrauten Frieden ihres Gartens zurückzuziehen – ein Gegensatz, der natürlich extrem war. Oxford in der Haupt-Touristensaison, das war etwas, was jeder lieber mied.

Sie durchquerte die Innenhöfe und gelangte zur Gemäldegalerie des College – ein Luxus, den nur eine reiche Universität sich leisten konnte, diese wenigen ineinander übergehenden Räume, in denen die Kunstwerke und bibliophilen Schätze ausgestellt wurden, die sich über die Jahrhunderte hinweg angesammelt hatten. Die Gemäldegalerie war der Öffentlichkeit zugänglich, aber zu so sonderbaren Öffnungszeiten, dass außer den wirklich Interessierten kaum jemand einen Besuch schaffte. Jerrys Aufgabe, fand Jane immer, war nicht anstrengend und seine Arbeitszeit flexibel, um es vorsichtig auszudrücken. Sie war also nicht überrascht, als seine Assistentin ihr mitteilte, er sei vor dem Lunch gegangen und werde heute nicht mehr zurückerwartet.

»Ach, macht nichts. Sagen Sie ihm, dass ich hier war, ja?« Vorhin hatte sie sich sehr gewünscht, Jerry zu sehen, um sich von seiner witzigen Frivolität aufheitern zu lassen, aber nun fühlte sie sich bereits besser. Sie betrachtete stattdessen die Bilder, bewunderte erneut die winzige Madonna von Raffael und die Federzeichnungen von da Vinci.

Als sie eine halbe Stunde später in den hellen Sonnenschein des Innenhofs hinaustrat, war sie ganz geblendet und blieb stehen, um sich zu orientieren und zu überlegen, was sie jetzt tun sollte, während ihre Augen sich anpassten.

»Mrs Fielding?«, fragte eine Stimme hinter ihr.

Sie drehte sich um, blinzelte und stellte fest, dass es der Student war, den Jerry neulich zum Tee mitgebracht hatte. Nicht der Lethargische, sondern der andere – Tom. Sie hätte ihn kaum wiedererkannt, denn er trug nicht Jackett und Krawatte, sondern ausgebeulte Shorts und ein blaues T-Shirt, was ihn studentenhafter und jünger wirken ließ.

»Hallo«, sagte sie. »Wie geht's?«

»Bestens.« Wieder fiel ihr der leichte Akzent auf, den sie immer noch nicht einordnen konnte. »Wollten Sie zu Jerry?«

»Ja, aber er ist natürlich nicht da. Manchmal frage ich mich wirklich, wofür er eigentlich bezahlt wird.«

Tom lächelte. »Er ist ein bisschen wie ein Schmetterling – man weiß nie, wo er gerade ist. Soweit ich weiß, befinden er und Ollie sich auf einer architektonischen Tour. Sie haben eine Einladung zu einer Hausbesichtigung ergattert. Die Eigentümerin hat versprochen, sie selbst herumzuführen, und da es sich um eine verwitwete Vicomtesse handelt, zittern sie naturgemäß vor Aufregung.«

»Na, dem will ich natürlich nicht im Weg stehen. Wollten Sie denn nicht mit?«

»Ach, um ehrlich zu sein, diesmal war ich eigentlich nicht so scharf darauf. Und ich hatte noch einiges zu erledigen.«

Sie standen ein wenig verlegen da, und Jane überlegte, wie sie sich verabschieden sollte und ob sie das College durch

den Hintereingang verlassen sollte, obwohl sie dann auf der falschen Seite herauskommen würde. Dann sagte Tom: »Sicher bin ich kein Ersatz für Jerry, aber machen Sie mir doch die Freude und trinken Tee mit mir!«
»Das ist … sehr nett von Ihnen, aber … halte ich Sie denn nicht von etwas ab? Müssen Sie nicht arbeiten? Sie sagten, Sie hätten noch einiges zu tun.«
»Das meiste ist bereits erledigt. Vergessen Sie nicht, ich bin Student.« Tom fuhr sich mit der Hand durch die Locken. »Ich arbeite, wenn es mir gefällt – was ein bisschen weniger oft ist als wünschenswert, fürchte ich. Außerdem ist das Semester sowieso zu Ende. Zwar hängen alle noch hier herum, wegen der Partys und so, aber viel zu tun ist im Moment eigentlich nicht. Zudem habe ich heute Vormittag drei Stunden lang ein ausgesprochen langweiliges Buch gelesen, fühle mich also äußerst tugendhaft. Ich habe mir einen freien Nachmittag verdient, und in The High hat eine sehr nette kleine Teestube aufgemacht. Wollen wir die nicht mal ausprobieren?«
»Gern.« Sie war geschmeichelt, weil er dieses aufregende neue Lokal mit ihr besuchen wollte. »Ja, das wäre nett.«

Sie schlenderten über die kopfsteingepflasterten Nebenstraßen, um die Menschenmassen zu vermeiden, die sich über die Hauptstraße schoben, und plauderten ungezwungen. Tom fragte nach Lucy. »Ich hatte den Eindruck, dass sie nicht sonderlich einverstanden mit uns war«, sagte er mit einem Lachen.
Lucy hatte sich in der Tat verächtlich über Jerrys kleines Gefolge von Vorgestrigen, wie sie sich ausdrückte, geäußert, doch ihre Kritik war nicht so vernichtend ausgefallen, wie es hätte sein können. »Nein, nein«, erwiderte Jane. »Da wir nicht oft Gäste haben – lächerlich eigentlich, bei einem so

großen Haus –, wissen wir jeden Besucher zu schätzen, der kommt.«
»Sehr diplomatisch.« Er grinste und zeigte dabei regelmäßige weiße Zähne. »Aber es macht mir nichts aus, wenn sie uns für Idioten gehalten hat. Ich weiß, dass wir so wirken können. Hier ist es.«
Jane war sicher, dass dort vorher ein Geschäft gewesen war, in dem Teddybären mit dem Wappen der Oxford University verkauft wurden, einer der vielen Läden, die Souvenirs für die Touristen anboten und dann wieder eingingen. Jetzt war es ein hübscher, traditionell wirkender Tearoom mit blassgrüner Fassade und kleinen weißen Rohrtischen. Sie traten ein und setzten sich.
Als sie ihre Teekännchen vor sich stehen hatten, entstand eine verlegene Pause, und Jane durchzuckte der Gedanke, wie seltsam es war, dass sie hier mit einem Mann saß, der ihr fast fremd war und zudem nicht viel älter als ihre Tochter. Als sie krampfhaft nach einem Gesprächsthema suchte, fiel ihr der leichte Akzent ein, den sie wahrgenommen hatte. »Sie sind kein Brite, nicht wahr? Ich kann es an Ihrer Stimme hören. Sind Sie Amerikaner?«
»Nee. Die meisten Leute glauben, dass ich mit australischem Akzent spreche. Nein, ich komme aus Südafrika. Ich finde es immer wieder erstaunlich, dass die Leute in England das mitkriegen. Zu Hause ist man allgemein der Ansicht, dass ich einen perfekten britischen Akzent habe.«
»In diesem Land sind unsere Ohren offenbar besonders auf Stimmen und Sprechweisen eingestellt. Ich weiß nicht, ob das eine gute Sache ist. Aber wieso haben Sie keinen südafrikanischen Akzent?«
Er zuckte mit den Achseln. »Meine Eltern sind beide Briten, also habe ich die wirklich gutturale Version nicht aufgeschnappt. Meinen Bachelor habe ich in Southampton

gemacht, was meinen Akzent noch mehr abgeschliffen hat. Und hier«, er wies auf die sonnige Straße, hinter der sich die imposanten Bauten der Colleges von Oxford erhoben, »verliert sich mein Akzent immer mehr. Das liegt am häufigen Zusammensein mit Ollie und seiner gedehnten, schleppenden Sprechweise.«

»Ihren Bachelor? Also haben Sie Ihren Abschluss schon gemacht?«

»Äh, ja.« Nun, da sie seine Herkunft kannte, wurde der afrikanische Einfluss deutlicher. Sein »Äh« hatte diesen typischen, leicht belegten Beiklang. »Ich bin im Graduiertenstudium. Einer dieser uralten Typen, die umherwandern und von allen Achtzehnjährigen verachtet werden.« Er lachte. »Jerry hat sich meiner erbarmt, als ich mich bei einer College-Party am Rand herumdrückte, ein Glas Pimm's in der Hand, und versuchte, eine freundliche Seele zum Reden zu finden.«

Jane konnte sich sehr gut vorstellen, dass Jerry sich eines hoch gewachsenen, sportlichen, lockigen jungen Mannes angenommen hatte, der aussah, als brauche er Gesellschaft.

»Ja, in dieser Hinsicht ist er famos. Sehr nett.«

»Er ist Klasse. Genau das, was ich mir vorgestellt hatte. Ganz ehrlich gesagt, ich hatte gehofft, jemanden wie ihn in Oxford zu treffen.«

»Oh. Verstehe.« Jane war etwas betroffen. Sie hatte angenommen, Tom wäre hetero und Jerrys Interesse gelte dem smarten Ollie.

Tom lachte über ihren Gesichtsausdruck, warf den Kopf zurück und prustete los, was sie überraschte und amüsierte. »Oh, sehr gut! Ich kann Ihre Gedanken lesen. Wie witzig! Ich kann mir vorstellen, wie das geklungen haben muss. Nein, so hab ich das nicht gemeint. Ich fürchte, ich bin da ganz konventionell und langweilig, ein durchschnittlicher Heterosexueller. Nein, treffen wollte ich diesen … Sie wissen schon, diesen *Brideshead*-Typus. Sehr englisch, sehr altmodisch, ständig auf Cocktail-Partys und beim Polo anzutreffen. Ich dachte, es würde Spaß machen zu sehen, wie diese Leute leben. Alle haben mich vor Oxford gewarnt. Da willst du bestimmt nicht hin, hieß es, da wimmelt es von Leuten, die überzeugt sind, einem Roman von Evelyn Waugh entsprungen zu sein.«

»Und haben Sie diese Erfahrung gemacht?«

»Ja und nein. Diese Leute gibt es, natürlich, aber sie sind in der Minderheit. Die meisten Studierenden hier sind auf ziemlich aggressive Weise das genaue Gegenteil: entschlossen modern und cool. Viel schlimmer als die Tweed-Fraktion sind die Leute mit politischen Ambitionen – die sind wirklich fanatisch und unangenehm. Sie rechnen alle fest damit, mit fünfundvierzig in der Downing Street zu sitzen. Dann gibt es da noch die Möchtegern-Journalisten, Wichtigtuer, die herumprahlen, dass sie bereits für die *Times* geschrieben hätten. Die Typen kann ich nicht ausstehen. Dicht gefolgt von den Möchtegern-Schauspielern – Oxford ist voll von denen, sie schwärmen, deklamieren und tragen Strumpfhosen. Diese Leute erwähnt nie jemand. Nur die armen Brideshead-Typen bekommen immer eins aufs Dach, und die sind praktisch vom Aussterben bedroht. Manchmal habe ich das Gefühl, man müsste sie unter Naturschutz stellen. Zu mir waren sie sehr nett, sie haben mich freundlich aufgenommen. Und Jerry hat mich mit Ollie bekannt gemacht, der Gefallen an mir gefunden hat, und seitdem sind wir die besten Freunde. Es ist im Grunde nur ein Spaß, wenn wir uns elegant kleiden, Herrenhäuser besichtigen und guten Wein trinken, als wäre das unser Geburtsrecht. Da wir gerade von Ollie reden, was glauben Sie, wo er herkommt? Aus irgendeiner wohlhabenden Landadel-Familie? Na, da lägen Sie aber falsch.«

»Es ist also alles nur Theater?«

Tom zuckte mit den Achseln. »Es macht Spaß. Ja, wir spielen Theater. Ein bisschen Drama in den großartigsten Kulissen der Welt. Wenn man in Räumen aus dem achtzehnten Jahrhundert lebt, einen Diener hat, der hinter einem her räumt, und man jeden Abend das Dinner in einem herrschaftlichen Speisesaal serviert bekommt, na, dann kann man schon anfangen, ein wenig daran zu glauben. Und da es niemandem schadet – was spricht dagegen? Wir werden alle bald genug in die große böse Welt geworfen. Ich kann Ihnen sagen, bei mir zu Hause gibt es nichts, was dem auch nur andeutungsweise gleichkommt.«

Jane lachte. »Wohl wahr.« Sein warmes, freundliches Wesen und seine Offenheit gefielen ihr.

Er schaute sie an, die braunen Augen ernst. »Ich sag Ihnen was, wenn wir Tee getrunken haben, machen wir einen Spaziergang im Botanischen Garten. Den liebe ich.«

Sie spazierten durch den Garten, bis sie den Fluss erreichten, wo sie sich auf eine Bank setzten und zusahen, wie Bootsfahrer mit dem Stab kämpften und versuchten, die langen, flachen Punts durch das dreckige Wasser zu staken.

»Na, was habe ich Ihnen gesagt? Ist es nicht schön hier?« Tom wirkte erfreut darüber, ihr diesen kleinen Schatz zeigen zu können, der versteckt mitten in der Stadt lag.

»Es ist wunderbar. Ich war schon seit Jahren nicht mehr hier.«

Er sah geknickt aus. »Sie kennen den Botanischen Garten also schon? Aber natürlich kennen Sie ihn. Wie dumm von mir!«

»Ich war früher oft mit meinem Mann Theo hier. Bevor wir

geheiratet haben. Als er noch Student war.« Plötzlich sah sie sich und Theo in ihren Ballkleidern auf der Magdalen-Bridge stehen, im kalten grauen Licht der sommerlichen Morgendämmerung. Sie waren so glücklich gewesen, wenn sie nur zusammen waren. Eine verzweifelte Traurigkeit erfasste sie, die sie lange nicht mehr gespürt hatte. In solchen Augenblicken schmerzte die Sehnsucht nach Theo wie eine offene Wunde – ein gemäßigter Schmerz, verglichen mit der ersten Zeit der Trauer, aber trotzdem schockierend stark. Wenn sie damals gewusst hätte, dass sie so viele Jahre später immer noch so empfinden würde, wäre sie nie in der Lage gewesen weiterzumachen.

Leise sagte Tom: »Jerry hat erwähnt, dass Ihr Mann gestorben ist. Es tut mir leid.«

»Das braucht es nicht«, sagte sie leichthin. »Bitte verschwenden Sie keinen Gedanken daran.«

»Und seit damals sind Sie immer allein gewesen?«

Die Frage überraschte sie. Oder vielmehr, die Tatsache, dass er sie stellte.

»Das scheint mir nicht richtig zu sein. Eine Frau wie Sie –«

»Sie reden wie Jerry. Er wirft mir immer vor, dass ich nicht mehr unter Leute gehe, aber ehrlich, ich bin vollkommen glücklich. Also, ich habe schon viel zu viel von Ihrer Zeit in Anspruch genommen. Ich muss jetzt wirklich zurück.«

»Habe ich etwas Falsches gesagt?« Er wirkte beunruhigt.

»Nein, überhaupt nicht.« Sie tätschelte seine Hand. »Ich muss jetzt wirklich wieder nach Hause. Aber ich fand es sehr schön mit Ihnen. Vielen Dank.«

Er grinste sein verblüffend jugendliches Grinsen. »Schon gut. Gern geschehen.«

Auf der Rückfahrt dachte sie, dass er ihre Gesellschaft eigentlich unmöglich wirklich genossen haben konnte. Ein

junger Mann wie er, der den Nachmittag mit einer Frau mittleren Alters verbrachte, die seine Mutter hätte sein können – er war eben nur außerordentlich wohlerzogen, das war alles. Obwohl er ein wenig älter war, als sie angenommen hatte. Sie hatte geglaubt, er sei etwa so alt wie Lucy, aber wenn er schon im Graduiertenstudium war, musste er ein paar Jahre älter sein: nicht Anfang, sondern Mitte zwanzig.
Bei näherem Nachdenken beschloss sie, Jerry nichts davon zu erzählen. Er würde sofort falsche Schlüsse ziehen und peinliche Witze darüber reißen. Da er gern junge Männer um College-Innenhöfe jagte, würde er annehmen, dass sie dasselbe tat, und den Eindruck wollte sie nun wirklich nicht vermitteln. Das würde ihr Unbehagen bereiten. Sie mochte es gar nicht, wenn Jerry mal wieder verkündete, dass er demnächst einen Mann für sie suchen werde.
Die meisten Leute gingen davon aus, dass sie sich mittlerweile, so viele Jahre nach Theos Tod, vollständig davon erholt hatte. Es überwunden hatte. Aber die Wahrheit war, sie hatte es nicht überwunden und schämte sich dessen. Die Leute würden es zweifellos schwach und dumm finden, wenn sie wüssten, wie sehr sie sich immer noch nach ihm sehnte, wie sehr er ihr fehlte. In den ersten Jahren hatte sie vor allem einen schrecklichen, bitteren Zorn auf ihn empfunden, weil er gestorben war und sie verlassen hatte, und sie hatte sich schuldig gefühlt wegen dieser Wut und weil sie ihn nicht hatte retten können, obwohl sie doch da gewesen war, im selben Zimmer, im selben Bett. Sie waren wie gewöhnlich abends eingeschlafen, und als sie aufwachte, lag er kalt und steif neben ihr. Sie hatte sofort gewusst, dass er tot war, trotz ihrer verzweifelten Versuche, ihn wiederzubeleben. Man sagte ihr später, dass er schnell gestorben sei und wahrscheinlich wenig gemerkt habe, als die Ader in seinem Kopf geplatzt war und sein

Gehirn mit Blut überschwemmte. Als das Entsetzen und der Schmerz erträglicher geworden waren, wie brodelndes Wasser, das sich zu einem leichten Sieden abkühlte, war sie in der Lage gewesen weiterzuleben, aber anders als vorher. Mittlerweile hatte sie das Gefühl, eine zweitbeste Version ihres Lebens zu leben. Irgendwo gab es eine andere Jane Fielding, die den idealen Lebensweg ging, mit einem Mann an ihrer Seite, glücklichen Kindern, starken, positiven Beziehungen, während sie sich allein durchkämpfen musste und versuchte, zu den Leuten um sie herum durchzudringen; aber die Erfahrung von Theos Tod hatte sie in unterschiedliche Umlaufbahnen geschleudert, so dass eine Verständigung nur mit Mühe möglich war. Nichts war mehr so wie vorher – und das hätte sie auch gar nicht gewollt. Mit Freuden hätte sie den Rest ihres Lebens Trauer getragen wie Königin Victoria, wenn sie nur in der richtigen Zeit gelebt hätte. Damit hätte sie wenigstens die erdbebenartige Erschütterung zeigen können, die ihr Leben getroffen hatte.

Sie hungerte nach Liebe, das stimmte. Aber nicht nach ungeschickten Flirts und animalischer Lust: Das, wonach sie sich sehnte, war die tiefe, liebende Freundschaft einer langen, glücklichen Partnerschaft, und das war natürlich unmöglich. Was den Sex anging – sie war in den letzten zehn Jahren hin und wieder mit einem Mann ins Bett gegangen, unter anderem mit dem Dorfarzt, der sie ein paarmal ausgeführt hatte und danach offensichtlich zu dem Schluss gekommen war, dass seine Heldentaten im Bett genau das waren, was sie brauchte. Sie hatte sich wider besseres Wissen verführen lassen, in der Hoffnung, dass das irgendwie etwas ändern, sie wieder ins Leben zurückführen, sie wiederherstellen würde. Das war nicht geschehen. Es war ein jämmerlicher Abklatsch dessen gewesen, was sie mit Theo

gehabt hatte, und danach lag sie im Dunkeln, während ihr heiße, stille Tränen aus den Augenwinkeln rannen und in ihr Haar liefen. Sie war froh gewesen, als der Arzt kurz darauf in eine andere Praxis wechselte.
Ihre Freunde hatten hartnäckig versucht, sie mit frisch geschiedenen Bekannten zusammenzubringen, aber vor diesen Männern graute ihr mittlerweile richtig. Die meisten waren nach ihrer gescheiterten Ehe unglücklich und verbittert; sie waren entweder auf der Suche nach einer Frau, die alles wieder in Ordnung brachte, oder nach einer, die sie bestrafen konnten. Viele waren durchaus interessiert gewesen, angenehm überrascht, wenn sie Jane sahen, als hätten sie ein Ungeheuer erwartet, eine vertrocknete alte Witwe. Einige hatten mit ihr ins Bett gewollt, und manchmal hatte sie zugestimmt, nur um nicht ganz zu vergessen, wie es sich anfühlte. Einmal war es unvermutet wunderbar gewesen, und am folgenden Tag hatte sie vor Vitalität gesprüht und sich ganz lebendig gefühlt, irgendwie erneuert. Aber dieser Mann hatte nie wieder angerufen, und im tiefsten Herzen war sie froh darüber. Denn wenn sie nie wieder liebte, würde sie auch nie wieder das Risiko eingehen müssen, noch einmal einen so furchtbaren Verlust zu erleiden.

Acht

Die Fahrt in dem Mercedes war herrlich komfortabel. Der Wagen schnurrte dahin, als liefe er auf Honig. Sam fuhr, und Bella lehnte sich im Beifahrersitz zurück und strich mehrmals verstohlen mit der Hand über das Lederpolster. Sie unterhielten sich ungezwungen – die Dinnerparty und besonders der gemeinsame Drogenkonsum, den sie mit keinem Wort erwähnten, hatten sie einander schnell näher gebracht. Der Umstand, dass Bella Sams Laster teilte, hatte ihr das Vertrauen der anderen Frau eingetragen, und Sam hatte seither jeden Tag angerufen und mit ihr geplaudert. Heute wollten sie den lange besprochenen Ausflug nach Oxford unternehmen.

Im Nu erreichten sie die Universitätsstadt, wo Sam sofort ihren Lieblingsboutiquen zustrebte, Bella im Schlepptau. Während Sam sich immer wieder auszog, um enge Jeans oder winzige gerüschte Tops, weiße Hosen und Kaschmirwesten anzuprobieren, stand Bella vor Umkleidekabinen herum. Sie fand es witzig, dass jemand eine solche Nebensache derart ernst nehmen konnte. Sie zog sich gern gut an und kaufte sich auch gern mal etwas, aber sie hatte nie genug Geld gehabt, um sklavisch dem Diktat der Mode zu folgen, und sie tröstete sich mit dem Gedanken, dass es wirklich albern sei, so viel Wert auf Kleidung zu legen.

»Warum holst du dir nicht auch etwas?«, fragte Sam, als sie

eine weitere Boutique verließen, Sam beladen mit exklusiv aussehenden Tüten.
»Besser nicht«, sagte Bella. »Ich arbeite im Moment nicht, da wäre es schwer, so eine Ausgabe zu rechtfertigen.«
»Kriegst du denn kein Taschengeld?«
Bella lachte. »Äh – nein.« Taschengeld, das klang nach einer Hausfrau aus den fünfziger Jahren, die von ihrem hart arbeitenden, Melone tragenden Gatten Geld zur Bestreitung kleiner Ausgaben für den eigenen Bedarf zugesteckt bekam.
»Wieso? Du?«
»Klar. Wie sonst sollte ich den ganzen Kram bezahlen können?«
Sie standen auf der High Street, während dichte Menschentrauben sich an ihnen vorbeischoben. Bella konnte die Mauern der Colleges und die hohen Türme von Kirchen, Kapellen und College-Eingangstoren sehen. Es überraschte sie, dass Oxford ein so normales Stadtzentrum besaß, mit Sandwich-Bars, Filialen von Coffeeshop-Ketten und Kleiderläden. Irgendwie hatte sie sich die Stadt immer als Aneinanderreihung anmutiger Innenhöfe vorgestellt, durch die Professoren im Talar und Studenten im Blazer schwebten.
»Komm, trinken wir einen Kaffee«, sagte Sam. »Ich muss unbedingt eine rauchen. Ich kenn da ein nettes Café.«
Sie führte Bella zum Covered Market und eine dunkle, enge Treppe hinauf in das Café, wo sie der warme Duft von frisch gemahlenem Kaffee und Möhrenkuchen begrüßte. Sie setzten sich auf eine Bank und bestellten Caffè latte, mit Magermilch für Sam, die sich eine Zigarette anzündete und den Rauch ausstieß. »Ah, endlich! Nachdem ich einen Haufen Geld ausgegeben habe, brauch ich immer meine Dosis Nikotin. Willst du auch eine?« Sie schüttelte auffordernd die Packung, aber Bella verneinte. Sam öffnete ihr Portemonnaie und blätterte die Quittungen ihrer Einkäufe

durch. »Gar nicht mal so schlimm … das hat mein Konto nicht bis an die Grenzen des Bankrotts überzogen. Bis zum Monatsende wird's noch reichen.« Sie warf Bella einen flüchtigen Blick zu. »Iain gibt dir also überhaupt kein Geld? Wie kommst du dann zurecht?«

»Ich habe immer gearbeitet, also hatte ich immer mein eigenes Geld. Nur als die Kinder klein waren, habe ich pausiert. Wir haben ein gemeinsames Konto, auf das alles eingezahlt wird, aber ich lege ein bisschen für den eigenen Bedarf zur Seite. Im Augenblick zahlt Iain einen bestimmten Betrag für die Haushaltsführung ein, und davon bestreite ich alle Ausgaben.«

Sam runzelte die Stirn. »Klingt nicht allzu gut. Was ist mit Kinderkleidung?«

»Wird auch vom Haushaltsgeld bezahlt. Sie brauchen sowieso nicht viel.«

»Ferien? Kleine Ausflüge? Extras?«

Bella fühlte sich unbehaglich. Sie war mit Sam losgefahren, um ihre eigenen Lebensumstände für eine Weile zu vergessen, um den luxuriösen Glamour der anderen Frau aufzusaugen und ein bisschen von ihrem Kreditkarten-Prestige auf sich abfärben zu lassen. »Das planen wir nicht mit ein – Iain hält so was eigentlich nicht für nötig. Wir versuchen einmal im Jahr wegzufahren, meistens nach Cornwall oder Wales, in ein gemietetes Ferienhaus oder so.«

Sam krauste verblüfft ihr Näschen. »Ihr macht immer Urlaub in England? Aber jeder fährt doch ins Ausland.«

»Na, da waren wir natürlich auch schon, aber nicht jedes Jahr. Eigentlich mache ich ganz gern Urlaub in Großbritannien. Du weißt schon, mal was anderes.«

»Ja«, sagte Sam, aber sonderlich überzeugt klang es nicht. Sie sah aus, als könne sie sich ein Leben ohne Sankt Moritz und Südfrankreich gar nicht vorstellen.

»Erzähl mir von dir und Ben«, sagte Bella, um das Thema zu wechseln, als die dampfenden Kaffees serviert wurden.
»Was willst du denn wissen?«
»Wie seid ihr zusammengekommen?«
»Oh, auf die übliche Weise. Wie kommt man schon zusammen? Wir waren verrückt nacheinander, haben uns verabredet, verliebten uns und haben geheiratet.«
»Ah.« Bella fand die Erklärung ziemlich unzulänglich. So begrenzt ihr Wissen auch sein mochte, von einer Exfrau und einer Stieftochter hatte sie schon gehört. Zögernd sagte sie: »Ich dachte ... War Ben nicht schon mal verheiratet?«
»Ja, war er. Aber was kann man machen? Wenn man den Menschen trifft, der für einen richtig ist, muss man was tun, oder? Sonst sind nur alle Beteiligten für den Rest ihres Lebens unglücklich, und das ganz unnötig. Ich mein, klar, anfangs ist es schmerzhaft für die erste Frau, aber schließlich muss ihr ja klar sein, dass etwas mit ihrer Ehe nicht stimmt, sonst hätte ihr Mann sich ja nicht in jemand anders verliebt, oder? Wir waren einfach machtlos dagegen, es war die ganz große Leidenschaft. Für Aileen war es zuerst ein bisschen schwierig, zugegeben, aber heute hat sie einen tollen Job in den Staaten, lebt mit einem Zahnarzt zusammen und amüsiert sich prächtig. Ohne mich hätte sie das alles nicht, oder?«
»Oh, finde ich auch, absolut«, sagte Bella, obwohl sie sich da nicht so sicher war. Aber beim Aufbau einer neuen Freundschaft war die wichtigste Regel, dass man sich immer auf die Seite der neuen Freundin stellte, egal, was man wirklich dachte.
»Außerdem ...« Sam blickte verträumt drein, die porzellanblauen Augen halb geschlossen, » ... siehst du ja selbst, wie sexy Ben ist. Er hat mir sofort gefallen. Große, starke Männer habe ich schon immer am liebsten gemocht – richtig

männliche Männer. Bei ihm fühle ich mich ganz winzig und weiblich. Wie eine kleine Puppe.« Sie lächelte affektiert und warf Bella unter halb geschlossenen Lidern einen Blick zu. »Und ich kann dir sagen, er bringt's. Und wie! Wir haben *fantastischen* Sex. Ben ist echt der Beste.«

»Wie ... schön.« Bella fühlte sich ein wenig hilflos. Wie reagierte man auf so eine Bemerkung? Wer konnte schon sagen, was guter Sex war? Sie selbst hatte Sex immer genossen und fand, dass ihre Beziehung zu Iain in körperlicher Hinsicht gesund und durchaus befriedigend war, aber immer wenn Leute von *fantastischem Sex* redeten, kam sie sich jämmerlich unzulänglich vor, als wären diese Leute an einem Ort gewesen, den sie nur aus Büchern oder von Bildern kannte. Was machten sie denn genau, was so anders war? Es war schließlich ein Thema mit begrenzten Variationen, oder nicht? Oder war sie da hoffnungslos naiv? Es schien ihr immer, dass fantastischer Sex eine relative Sache war und mehr mit der Chemie und den Gefühlen zwischen den Beteiligten zu tun hatte als mit irgendwelchen Techniken. Aber schließlich schlief sie mit demselben Mann, seit sie zweiundzwanzig war, also was wusste sie schon?

Sam schaute sie an. »Aber er ist nicht dein Typ, oder?«

»Nein?«, sagte Bella wachsam. Diese Art Frage konnte ins Auge gehen, egal, wie vorsichtig man antwortete.

»Na, guck dir doch Iain an. Er ist vollkommen anders als Ben, rein körperlich. Offensichtlich magst du deine Männer eher ein bisschen mädchenhaft« – Sam korrigierte sich rasch –, »nein, ich meine nicht *mädchenhaft*. Nur nicht so macho wie Ben. Iain ist ziemlich klein ...«

»Er ist eins sechsundsiebzig«, sagte Bella rasch.

»Ja, okay, nicht *klein*, aber allenfalls mittelgroß. Und er ist nicht behaart und hat eine helle Stimme.«

»Er ist kein Höhlenmensch, wenn du das meinst.« Bella reagierte empfindlich.
»Ich sage ja nur, dass er nicht so ist wie Ben, also ist Ben offensichtlich nicht dein Typ, oder?« Sam drückte die letzten Zentimeter ihrer Zigarette im Aschenbecher aus. Sie griff nach ihrem Kaffee und grinste Bella über den Rand der Tasse hinweg an. Dann versetzte sie Bella einen sanften Stoß auf den Arm. »Ach, komm schon! Kopf hoch! Dein Iain ist sicher ein toller Kerl und im Bett das reinste Dynamit. Sorg nur dafür, dass er den Geldhahn ein bisschen aufdreht, dann ist alles in Butter.«

Nachdem Sam sie abgesetzt hatte, schloss Bella die Haustür auf, ihre einzige Einkaufstüte fest umklammert. In der Kosmetikabteilung eines großen Kaufhauses hatte sie sich einen kleinen Luxus gegönnt, einen Lidschatten von Chanel. Die schicke gold-schwarze Schachtel mit den beiden eingravierten weißen C erschien ihr irgendwie wie ein winziges Stück eines besseren Lebens. Sie hatte sich Zeit gelassen, den Kauf langsam und mit Bedacht getätigt, während Sam völlig von exklusiven Gesichtspflege-Serien in Anspruch genommen war.
In der Küche nahm sie den Lidschatten aus der Schachtel und ließ den Deckel aufspringen. Sie betrachtete die vier Kreise aus glitzerndem Puder, die weißen Applikatoren, die ordentlich daneben lagen, und strich leicht mit dem Finger darüber. Ein blasser Goldschimmer blieb auf den Fingerspitzen zurück. Ich bin so blöd, dachte sie plötzlich. Warum habe ich diesen Lidschatten gekauft? Es war wie bei Alice im Wunderland, eine winzige Tür in eine andere Welt, eine Welt, die sie nie würde betreten können: Sie konnte nur ihr Auge dagegen pressen und hindurchspähen. Sie war ein Trottel. Man sollte doch annehmen, dass sie klug

genug war, nicht auf solche hinterhältigen Manipulationen hereinzufallen. Sie klappte den Deckel zu und legte den Lidschatten auf den Tisch.

Sie hatte gedacht, der Ausflug würde sie aufheitern, aber irgendwie fühlte sie sich schlechter als vorher, noch unzufriedener. Wie freundlich Sam auch erscheinen mochte, alles, was sie sagte, war wie eine verschleierte Kritik und ein subtiler Hinweis darauf, wie minderwertig Bellas Leben war.

Sie starrte aus dem Küchenfenster in den Garten, der sich bis zum Zaun am Ende erstreckte, auf den tintengrünen Wald dahinter, den blauen Himmel. Aber sie sah weder den Garten noch den Wald: Sie sah Sam und Ben beim Liebesspiel. Sein großer, maskuliner Körper umfing ihren schlanken, geschmeidigen Leib – wie im Film, ein perfektes Paar. Sie waren versunken in einer wunderbaren Ekstase, ihre Münder standen offen, sie keuchten ... Bella schüttelte den Kopf und versuchte, das Bild loszuwerden. An seine Stelle trat ein Bild von ihr und Iain, nur zu menschlich, nur zu normal – seine blasse, sommersprossige Haut und ihr fleischiger Körper in einer schnellen, schweißnassen Vereinigung am Sonntagmorgen, alles rasch vorbei, für den Fall, dass die Kinder etwas hörten.

Sie spürte einen Stich der Eifersucht, unterdrückte ihn aber sofort und lachte stattdessen. »Hör auf damit!«, befahl sie sich. »Du willst doch wohl nicht so sein wie Sam. Selbst wenn ihr Mann lächerlich attraktiv ist.« Mit Erstaunen hörte sie sich das sagen – sie war sich nicht bewusst gewesen, dass sie das dachte.

Als Iain später den Lidschatten auf dem Küchentisch fand, reagierte er abschätzig. »Und wie viel hat das bitte gekostet?«, fragte er scharf und hielt den Gegenstand zwischen spitzen Fingern, als befürchte er eine Ansteckung.

»Gar nicht mal so viel.« Bella fuhr mit den Essensvorbereitungen fort und überlegte, womit sie ihn ablenken könnte. »Ich wollte mir nur mal ein bisschen was gönnen.«
Er starrte den Lidschatten argwöhnisch an und legte ihn wieder auf den Tisch. »So etwas kostet Geld«, erklärte er gewichtig. »Und du arbeitest nicht, falls dir das noch nicht aufgefallen sein sollte.«
»Ich weiß.« Sie versuchte, die Gereiztheit in ihrer Stimme zu unterdrücken. »Abgesehen vom Haushalt, vom Kochen, Saubermachen, den Kindern ...«
»Ich spreche von bezahlter Arbeit.«
»Offensichtlich.«
»Hast du dir schon die Mails angesehen, die ich dir heute geschickt habe?«
»Ja, aber nicht gründlich. Um ehrlich zu sein, ich weiß nicht, ob etwas für mich dabei ist.« Iain drängte sie seit einiger Zeit, sich eine neue Stelle zu suchen. Er mailte ihr täglich Stellenanzeigen aus dem Internet oder Stellenausschreibungen der eigenen Firma, ob sie nun für sie passend waren oder nicht. Diesmal war etwas aus der Schulungsabteilung seiner Firma dabei gewesen. *Das wär doch was*, hatte er dazugeschrieben, *man verdient gutes Geld.* Sie seufzte vor Frustration. Ja, gutes Geld, aber sie konnte unmöglich jeden Tag nach London fahren, das würde einfach zu lange dauern, und zudem hegte sie nicht den Wunsch, in derselben Firma zu arbeiten wie Iain oder überhaupt in einem dieser großen, gesichtslosen Unternehmen. Iain würde das nicht verstehen. Man arbeitete nicht zum Vergnügen; die Arbeit war lediglich ein Mittel zum Zweck.
»Du kannst es dir aber kaum leisten, derart wählerisch zu sein, oder? Und wenn du ständig mit deiner neuen Freundin zusammenhockst, besteht die Gefahr, dass du einen ziemlich teuren Geschmack entwickelst.«

»Meine Güte, ich bin erwachsen – ich bin durchaus in der Lage, mich am Riemen zu reißen. Und eine Freundin brauche ich schließlich in diesem gottverlassenen Nest. Also versuch nicht, mir vorzuschreiben, wen ich treffen darf und wen nicht.«

»Das tue ich ja gar nicht.« Iain dachte kurz nach. »Du könntest dich doch mit Trudy aus den Gutsarbeiterhäusern verabreden, wenn du unbedingt mit jemandem Kaffee trinken musst.«

Bella knallte den Topf hin, den sie in der Hand hielt. Sie atmete schwer und wusste nicht, ob sie lachen oder vor Wut explodieren sollte. Seine Bemerkung schien eine solch unglaubliche Unwissenheit darüber zu offenbaren, wer sie war und wie sie war, dass sie sich fragte, ob Iain eigentlich überhaupt etwas über sie wusste. »Was um alles in der Welt sollte ich wohl mit einer Achtzehnjährigen gemeinsam haben, die ihr ganzes Leben in einem Häuschen auf dem Land verbracht hat und, um ganz offen zu sein, etwas zurückgeblieben ist?«

»Ich fand sie sehr nett.«

»Würdest du einen Kaffee mit ihr trinken?«

»Nun, dazu besteht ja keine Notwendigkeit.« Er räusperte sich auf die bestimmte Weise, die immer darauf hindeutete, dass er vorhatte, Kritik an Bella anzubringen. »Ich verbringe jeden Tag mehrere Stunden im Zug und arbeite extrem hart im Büro. Aber wenn ich den Luxus genießen könnte, meine Tage zu Hause zu vertändeln, würde es mir vielleicht Spaß machen, die Einheimischen näher kennen zu lernen.«

»Du weißt rein gar nichts«, murmelte Bella leise.

Er tat so, als hätte er nichts gehört. »Ich denke, wir sollten einen Aktionsplan entwerfen, damit du schnell wieder einen Job findest.«

»Ja, ja«, sagte sie. Das machten sie immer, wenn Iain sie zwingen wollte, etwas genau so zu tun, wie er es sich vorstellte. Unter dem Deckmantel von Diskussion und Kooperation schrieb er auf, was er dachte, und tippte es ab, und dieses offiziell aussehende Dokument wurde dann irgendwie zu einer gemeinsamen Vereinbarung. »Wie du meinst.«

Als sie abends im Bett lagen, wandte er sich ihr zu und vergrub seine Nase an ihrem Hals. Sie versteifte sich einen Moment und starrte in die Dunkelheit, gab dann aber nach, als er ihren Mund suchte und die Hand über ihre Pobacken gleiten ließ. Als sie sich zum ersten Mal liebten, hatte er sie überrascht: Er sah gut aus, war aber irgendwie wenig eindrucksvoll – die Art Mann, bei dem man damit rechnen musste, dass er zu sanft und rücksichtsvoll war und das Ganze in eine peinliche Höflichkeitsübung verwandelte. Doch er hatte sich als sehr leidenschaftlich erwiesen, und sein Geschick im Bett und sein Entzücken an ihr gehörten zu den Dingen, die sie zusammengebracht und zusammengehalten hatten.

Danach fühlte sie sich ihm immer näher als sonst, und im Augenblick brauchte sie es, sich jemandem nahe zu fühlen, selbst wenn es Iain war.

Das Bild von Sam und Ben fiel ihr ein, das sie vorhin vor sich gesehen hatte. Ein Prickeln der Erregung durchlief sie und ein Verlangen nach ein wenig davon für sich selbst. Sie schmolz unter seinem Kuss dahin, presste ihren Körper gegen den seinen und gestattete sich, ihren Gedanken freien Lauf zu lassen und sich treiben zu lassen, wohin immer sie sie führten.

Am nächsten Tag beschloss Bella, den Kindern entgegenzugehen. Ein Minibus setzte sie nach der Schule an der Kreuzung ab, und sie holten sich ihre Fahrräder aus einer nahe gelegenen Scheune und radelten nach Hause. Sie würde bei der Scheune auf sie warten und sie zurückbegleiten, während die Kinder sie auf ihren Rädern umkreisten und ihr lautstark erzählten, was sie heute so alles erlebt hatten.

Als sie aus der Tür treten wollte, sah sie einen dicken cremefarbenen Umschlag auf der Matte liegen. Er war persönlich überbracht worden, vielleicht als sie im Garten war; die Handschrift war ihr fremd. Sie öffnete den Brief, während sie den Heckenweg hinunterwanderte. Das dicke Papier mit Egoutteurrippung und oben eingravierter Adresse war mit schwarzer Tinte in einer spinnwebfeinen, altmodischen Schrift beschrieben. Es war eine Einladung von Jane Fielding, die am Wochenende zum Lunch ins Gutshaus bat.

Eine Gartenparty im Gutshaus, dachte sie. Es schien schicker als ihre kleinen Vormittagskaffees mit Sam. Sie freute sich. Ihr Leben hatte eine traumartige Qualität angenommen, und diese Einladung würde vielleicht dazu beitragen, sie wieder in den Strom hinauszuziehen. Anfangs, nach den Strapazen des Umzugs und dem Stress der Kündigung, hatte sie die Ruhe und Einsamkeit gebraucht, um sich zu erholen. Ihr anfänglicher Energieschub samt den Plänen, das Haus gründlich zu renovieren, war verpufft, als ihr klar wurde, wie erschöpft sie war und wie viel Schlaf sie brauchte. Sie lebten jetzt seit fünf Wochen hier, und mittlerweile genoss sie die Abgeschiedenheit fast. Nicky und ihre anderen Londoner Freundinnen hatten ein paarmal angerufen und E-Mails geschickt, aber das hatte aufgehört. Sie waren auf einer anderen Zeitschiene: Das Leben ihrer Freundinnen verlief hektisch, während Bellas Leben sich immer mehr verlangsamte, so sehr, dass sie sich schon fragte, ob es irgendwann ganz zum Stillstand kommen würde.

Einige Male war sie umhergefahren, um sich die Gegend anzusehen. Dieser Teil des Landes war anders als alle, die sie sonst kannte. Sie malte sich aus, wie mittelalterliche Bauern ihre Schafe auf diesem schweren, fruchtbaren Boden mästeten und große Ballen dicker weißer Wolle produzierten, die sie reich machte und es ihnen ermöglichte, Abteien und Schulen zu gründen, Häuser und Kirchen aus dem goldfarbenen Cotswolds-Stein zu bauen und die Wollbörsen und Markthallen in nahezu allen Städtchen. In den Cotswolds hatte alles den Geruch des Geldes an sich: die Dörfer mit ihren honigfarbenen Reetdachhäusern, von Glyzinien umrankt, idyllisch wie aus einem Bilderbuch; die verschlafenen kleinen High Streets; die großen Herrenhäuser, die sich hinter Steinmauern und hohen Bäumen versteckten; die ordentlichen Dorfanger mit ihren samtigen Rasenflächen und niedlichen Kricketfeldern. Schließlich gehörte das hier alles zur Pendlerwelt im Umkreis der M 25. Langsam lernte sie das kleine Labyrinth der Dörfer kennen, die durch gewundene, enge, von Hecken gesäumten Landsträßchen verbunden waren, sowie die größeren, touristischen Orte mit ihren Antiquitätenläden und Tearooms. Sie betrat gern die stillen, modrig riechenden Dorfkirchen mit ihren Stapeln feuchter Gesangbücher, Notizbrettern aus Kork, die bezeugten, dass es hier Leben gab, mit Ausstellungen von Kinderzeichnungen aus der Sonntagsschule, uralten Grabdenkmälern des umliegenden Landadels und dem Kriegerdenkmal; durch rautenförmiges, juwelenfarbenes Glas strömte staubiges Licht herein.
Sie wusste, dass diese seltsame Einsamkeit und die fehlende Beschäftigung – wenn man die übliche Plackerei von Kochen, Putzen, Wäschewaschen, Bügeln und Aufräumen nicht mitzählte – nicht andauern konnten, und auch deshalb erschien sie ihr so kostbar. Bald würden sie Geld brau-

chen. Ihre Abfindung schwand rasch dahin. Sie hatten eine Hypothek abzuzahlen, für die Rente vorzusorgen, Rechnungen zu begleichen. Die Kinder brauchten neue Sachen – der Herbst stand bevor, und dann musste sie neue Schuhe kaufen, Wintermäntel … Doch für den Augenblick schob sie all diese Sorgen beiseite. Sie wollte das Beste aus dieser unerwarteten Auszeit machen, die ihr erlaubte, einmal Abstand zu gewinnen und durchzuatmen.

Es machte Sam nichts aus, dass Bella so oft vorbeischaute. Es war ja verständlich, dass sie mal ihrem engen kleinen Haus entkommen wollte, um in Sams großen, hellen, aufgeräumten Räumen zu sitzen, Wein zu trinken und gelegentlich eine Zigarette zu rauchen. Und eigentlich war es ganz nett, eine Freundin in der Nähe zu haben. Gut, normalerweise hätten sie sicher nicht viel gemeinsam – Bella war ein bisschen muttchenhaft –, aber sie waren nun mal zusammengeworfen in diesem winzigen Nest, und bei der begrenzten Auswahl hier konnte man nicht wählerisch sein.

»Wie ich sehe, hat Jane Fielding dir auch eine Einladung geschickt«, sagte Bella und wies auf die Karte, die Sam am Pinnbrett in der Küche angeheftet hatte. »Geht ihr hin?«

»Ja, Ben ist ganz scharf drauf. Ich bin sicher, er hat irgendwas vor. Er war richtig erfreut, als die Einladung auf unserer Türmatte landete.«

»Glaubst du, sie hat außer uns noch andere Leute eingeladen?«

»Wer sollte denn sonst noch kommen?« Sam schnitt eine Grimasse. »Außer Trudy und den Leuten aus den alten Katen.«

»Mmm. Ich kann es gar nicht abwarten«, sagte Bella und lachte.

»Ich weiß ja nicht, ob ich Lust habe, gesellschaftlich mit meiner Putzfrau zu verkehren. Schlimm genug, dass Ben unbedingt will, dass Emma uns begleitet. Er sagt, es wäre gut, wenn sie Jane Fieldings Kinder kennen lernt, damit sie Anschluss findet. Sie ist eine richtige Einsiedlerin; wenn sie nach Hause kommt, schließt sie sich sofort in ihr Zimmer ein. Wir kriegen sie kaum zu Gesicht.« Sam beugte sich vertraulich vor. »Ein wahres Glück, meiner Ansicht nach. Aber Ben redet immer auf sie ein, dass sie doch runterkommen und bei uns sitzen soll. Ich wünschte, er würde das lassen. Wir werden noch genug von Madam zu sehen kriegen, wenn sie mit uns nach Frankreich fährt. Obwohl ich immer noch hoffe, dass sich das irgendwie umgehen lässt. Ich arbeite daran.«

»Wann fahrt ihr?«

»Übernächste Woche. Ich habe ein Bauernhaus in der Dordogne gemietet. Du kennst das ja, alter Stein, Deckenbalken, der ganze Antik-Scheiß. Ben ist begeistert, weil es im Umkreis von zwei Meilen drei Restaurants mit Michelin-Sternen gibt. Genau sein Fall.«

»Gott, das klingt ja idyllisch.« Mit einem schiefen Lächeln schaute Bella in ihr Weinglas. »Ob wir dieses Jahr in Urlaub fahren können, weiß ich noch nicht. Ich liebe Frankreich. Hast du ein Glück!«

»Ja, wir fahren meistens nach Frankreich. Um ehrlich zu sein, ich würde vierzehn Tage an einem heißen Strand vorziehen, wo ordentlich was los ist, oder eine Städtereise. Jetzt, wo wir in der Pampa wohnen – na, da ist es doch ein bisschen verrückt, irgendwohin zu fahren, wo es ruhig ist, oder? Das heißt echt, Eulen nach Athen zu tragen. Und zudem muss ich mich noch mit Miss Eingeschnappt abplagen, die sich pro Tag im Höchstfall ein Lächeln abringt.« Sam lachte. Dann hielt sie inne und runzelte die Stirn. Ihr war eine brillante Idee gekommen: die perfekte Lösung für ihr Problem. »Weißt du was? Ich hatte da gerade eine geniale Idee. Bist du bereit? Okay, also ... Warum kommt ihr nicht mit nach Frankreich, du und Iain und die Kinder?«

»Übernächste Woche?«

»Ja, in die Dordogne, in unser Bauernhaus! Denk doch mal nach! Es ist perfekt! Du brauchst mal Urlaub, und ich könnte ein bisschen zusätzliche Gesellschaft vertragen. Die Kinder werden begeistert sein!« Sam wurde immer aufgeregter, als in ihrer Vorstellung alles Gestalt annahm. »Na? Was hältst du davon?«

Bella reagierte nicht so begeistert, wie Sam gedacht hatte. »Aber da wird doch sicher nicht genug Platz für weitere vier Leute sein, oder?«

»Es gibt jede Menge Platz!«, krähte Sam. »Diese alten Landhäuser sind riesig, und es gibt auf jeden Fall neun Betten. Und wir wären schließlich nur sieben. Ach, komm schon, Bella, das wird ein Riesenspaß! Wir werden grillen und uns die Gegend ansehen. Es ist ideal für Kinder – man kann auf dem Fluss Kanu fahren und so. Kein Stress, ehrlich. Du kennst uns ja, wir sind vollkommen relaxt. Die Vormittage können wir nach Lust und Laune verbringen, lange schlafen oder im Garten faulenzen. Nachmittags können wir als Gruppe losziehen, oder jeder tut, was er möchte. Abends kochen wir gemeinsam oder gehen essen. Komm schon – es wäre toll, andere Erwachsene zur Gesellschaft dabeizuhaben. Du willst doch, das weiß ich.«

»Sam, ich bin überwältigt, ganz ehrlich. Es ist eine wunderbare Idee und äußerst großzügig. Aber ich muss erst Iain fragen. Erstens weiß ich nicht, ob er Urlaub bekommt, und zweitens könnte er es auch ein bisschen komisch finden. Ganz grundlos, natürlich, aber er könnte befürchten, dass wir uns in euren Familienurlaub drängen.« Sam wollte protestieren, doch Bella unterbrach sie. »Er hat seinen Stolz, weißt du, und er könnte ein bisschen empfindlich reagieren, wenn er denkt, dass er damit zum Almosenempfänger wird.«

»Aber schau mal, das juckt uns doch gar nicht. Finanziell gesehen macht es für uns keinen Unterschied, ob ihr mitkommt oder nicht – wir kommen wahrscheinlich sogar besser weg, denn die Kosten für Lebensmittel und so würden wir teilen.« Sam legte die Hand auf Bellas Arm. »Mal ganz unter uns, ich weiß, dass ihr euch im Moment keinen Urlaub leisten könnt – aber Iain muss das doch nicht wissen. Und wenn er sich an den Kosten für das Haus beteiligen will, schön – aber du weißt, nötig ist es nicht. Ich will nur, dass ihr mitkommt und dass wir zusammen Spaß haben.«

Bella lächelte. »Sam, das klingt einfach wunderbar. Aber was ist mit Ben? Du hast ihn noch nicht gefragt, oder?«

»Mach dir keine Gedanken wegen Ben. Er wird von der Idee begeistert sein. Überlass das nur mir!«

Als Ben nach Hause zurückkehrte, war er bester Laune. »Emma hat angerufen, sie ist heute Abend unterwegs«, sagte er, nachdem er sie geküsst hatte.

»Ach, ja?« Sam rieb die Nase an seinem Hemdsärmel und sog den intensiven, moschusartigen Geruch ein. Es war fast wie ein Beruhigungsmittel, sein Geruch, er vermittelte ihr das Gefühl, sicher und umsorgt zu sein.

»Wir sind also heute Abend ganz allein«, sagte er und drückte ihren Arm. Dann flüsterte er: »Wollen wir das nicht ausnutzen?«

»Oooh, unartiger Benjy«, sagte sie scherzhaft tadelnd. »Du bist wirklich unersättlich, also ehrlich.« Sie überlegte, wann er vorhatte, mit ihr nach oben zu gehen. Ein Teil von ihr hoffte, es würde später sein, ein Teil wollte es so schnell wie möglich hinter sich bringen. »Wollen wir erst mal was trinken?«, schlug sie vor.

»Könnten wir …«, sagte Ben. »Aber ich fühle mich ganz klebrig und dreckig, es war ein harter Tag. Warum duschen wir nicht zusammen?« Er drehte sie zu sich herum und küsste sie. »Komm schon«, sagte er einschmeichelnd. »Gehen wir zusammen rauf.«

»Gut«, sagte Sam lächelnd und sagte sich, dass es ihr schon gefallen würde, irgendwann fand sie dann doch immer ein wenig Gefallen daran, ganz gleich, wie abstoßend sie den Gedanken vorher auch finden mochte. Sie folgte Ben mit seinem breiten Rücken die Treppe hinauf, ließ sich von ihm an der Hand nehmen und führen und drängte den aufsteigenden Horror zurück, so gut sie konnte.

Danach ging Ben unter die Dusche, während Sam auf dem Bett liegen blieb. Das Federbett war auf dem Boden gelandet. Als er wieder aus dem Badezimmer auftauchte, ein Handtuch um die Hüften geschlungen, legte er sich tropfnass zu ihr, so dass Wasser auf das Laken und das Kopfkissen rann. Mit dem Finger wischte sie ein paar Rinnsale von seinem bloßen Arm, sagte aber nichts. Das war eins der Dinge, die ihm an ihr gefielen, dass sie nie an ihm herumnörgelte oder ihm Bescheid stieß.

»Alles in Ordnung, Sammikins?«, fragte er und streichelte ihr Gesicht.

Er sieht so gut aus, dachte sie. Diese blauen Augen, das dunkle Haar, das sich feucht über den Ohren kräuselt. Es quälte sie wirklich, dass sie nicht die Lust empfand, die sie gerne empfinden würde. Sie schaute ihn wahnsinnig gerne an; nur wenn er ihr zu nahe kam, versteifte sie sich.

»Alles bestens, Schatzi«, erwiderte sie.

»Hat es dir gefallen?«

»Das tut es doch immer, das weißt du.«
»Wirklich?« Plötzlich sah er ganz jungenhaft und verletzlich aus. Erfüllt von Liebe zu ihm, schlang sie die Arme um ihn, zog ihn an sich und spürte seine nasse, sich ringelnde Brustbehaarung an ihren Brüsten. Er strich ihr Haar beiseite und drückte einen langen, langsamen Kuss auf ihren Nacken.
»Immer«, sagte sie und glaubte es ganz und gar, als sie es sagte, weil sie die Wahrheit nicht einmal sich selbst eingestehen konnte. »Benjy ...«
»Ja?«
»Ich habe über unseren Urlaub nachgedacht.«
»Was ist damit?«
»Vielleicht könnten wir die Balfours fragen, ob sie mitkommen wollen.« Sie musterte ihn, um seine Reaktion abzuschätzen.
»Die Balfours?« Ben lachte und rollte sich auf den Rücken. »Die kennen wir doch gerade mal fünf Minuten. Ist das dein Ernst?«
»Ja – ja, ist es.« Je länger sie darüber nachdachte, desto brillanter fand sie ihre Idee. In Emmas Gegenwart fühlte sie sich stets unbehaglich, und wenn Bella und Iain dabei waren, würde das längst nicht so schlimm sein.
»Ach, ich weiß nicht, ein gemeinsamer Urlaub ... Das kann furchtbar schief gehen, besonders wenn man sich nicht besonders gut kennt.«
»Es wäre sehr schön«, beharrte Sam. »Wir haben uns doch großartig amüsiert, als sie neulich zum Essen da waren, oder?«
»Es war ein netter Abend. Sie ist ganz okay, aber findest du ihn nicht auch ein bisschen seltsam?«
»Ich fand ihn klasse! Gut, ein bisschen seltsam, aber harmlos. Ich fand ihn als Persönlichkeit interessant, ehrlich. Die

meisten Typen, die du kennst, sind langweilig, sie können nur über ihre Arbeit und Fußball reden. Iain ist ein Intellektueller – wir könnten viel von ihm lernen.«

Ben verschränkte die Hände hinter dem Kopf und starrte an die Decke. Er seufzte. »Das Problem ist nur, ich habe keine Lust, im Urlaub irgendwas zu lernen. Ich arbeite verdammt hart, Sam, das weißt du, und ich lege Wert auf meine Freizeit. Wenn die Balfours sich als wahrer Albtraum entpuppen sollten, würde mich das gar nicht freuen. Ein Abend reicht nicht, um Freunde fürs Leben zu werden.«

»Aber wir gehen doch eigentlich gar kein Risiko ein, oder? Aller Wahrscheinlichkeit nach werden sie sich mustergültig benehmen, schließlich sind sie unsere Gäste, und wenn wir sie nicht mögen, haben wir im Grunde nichts verloren. Wir müssten allerdings«, sie fuhr mit dem Finger durch die Haare auf seiner Brust, »ein paar Grundregeln festlegen. Du weißt schon – bestimmte Stunden, in denen wir für uns sein können. Und natürlich wollen wir auch gelegentlich was alleine unternehmen. Denk doch noch mal darüber nach! Es wird bestimmt lustig.«

Er wandte den Kopf und schaute sie an. »Hast du denn keinen Spaß, wenn du mit mir und Emma allein bist?«

»Aber natürlich habe ich das«, sagte sie standhaft. »Ich meine, sie kann schon ein bisschen schwierig sein ...« Bens Mund verhärtete sich wie immer, wenn sie seine Tochter kritisierte, und sie fügte hastig hinzu: »... was in dem Alter natürlich ganz normal ist. Mal ganz ehrlich, ihr wäre es wahrscheinlich lieber, wenn wir aufhören würden, ihr zuzusetzen, damit sie öfter zu uns runterkommt, und sie ihr eigenes Ding machen lassen.«

Ben dachte über das nach, was sie gesagt hatte. Sie machte sich da gar keine Sorgen, sie war sicher, dass sie ihn zu allem überreden konnte, was sie wollte. Auch nachdem sie alles

noch einmal durchdacht hatte, fand sie den Plan gut. Und, rief sie sich in Erinnerung, sie würde damit einer Familie helfen, der es finanziell nicht so gut ging wie ihnen.
»Ich weiß nicht, Sam, aber wenn du unbedingt willst … schauen wir mal.«
Sie küsste ihn auf die Wange, die rau war von Bartstoppeln.
»Danke, Schatzi. Ich überbringe Bella die freudige Botschaft. Du wirst es nicht bereuen, versprochen. Also, jetzt gehe ich unter die Dusche, und dann überlegen wir mal, was wir heute essen wollen.« Sie glitt aus dem Bett und tapste ins Bad, sehr zufrieden mit sich.

Neun

Der Garten schien vor Leben zu vibrieren. Unkräuter schossen über Nacht aus dem fruchtbaren Boden, eifrig bestrebt, sich ihren Anteil zu sichern. Insekten waren überall, und silbrige Spuren zeigten an, wo die Schnecken sich abgerackert hatten. Vögel saßen zwitschernd und singend auf der Gartenmauer, abwartend, um irgendwann im Sturzflug herabzuschießen und sich eine der Früchte zu schnappen. Das Sommergemüse schwoll zu solcher Reife an, dass Jane schon überlegte, ob sie nicht Kisten packen und an die Nachbarn verteilen sollte – so viel konnte sie unmöglich selbst verbrauchen. Die Farben im Garten wirkten wie in einem LSD-Rausch, so lebhaft waren sie: Grün wie Waldmeisterpudding und Neonrosa flammten vulgär zwischen Blutrot und Butterblumengelb.

Jane pflückte Himbeeren und arbeitete schwer, um ihren Erntekorb zu füllen. Schweiß ließ ihr Haar feucht am Kopf kleben. Sie war früh aufgestanden, um das noch in der Morgenkühle zu erledigen, aber es war jetzt schon heiß. Die Himbeeren waren zur Dekoration des Desserts bestimmt – frische Früchte, Baiser und Schlagsahne –, das sie gestern Abend für die heutige Grillparty vorbereitet hatte. Danach würde sie welche von den dicken Erdbeeren und reichlich Minze für die Bowle pflücken. Es war noch viel zu tun, bevor die Gäste eintrafen. Lucy war in der Küche, machte Geflügelsalat mit Aprikosen und marinierte die

Lammsteaks. Die Terrasse, auf der Jane eine lange Tafel mit Köstlichkeiten, Geschirr und Besteck aufbauen wollte, war noch leer, und langsam musste sie sich beeilen, wenn sie sich noch umziehen wollte.

Als sie aufblickte, sah sie Alec ziellos am offenen Tor zum Küchengarten vorbeiwandern; sein weißes T-Shirt hob sich lebhaft gegen den grünen Rasen ab. Vermutlich brach er zu einem seiner einsamen Spaziergänge auf, die ihn stundenlang vom Haus fern hielten. Dass es ein Fest geben würde, hatte ihn nicht sonderlich interessiert, und seine Hilfe hatte er auch nicht angeboten. Unter Zwang hatte er schließlich die Tischplatten und die Holzböcke aus dem Keller geholt und alles unordentlich neben der Terrassentür aufgestapelt, ohne die Tische aufzustellen. Als Jane gefragt hatte, ob er nachher auch kommen würde, um die Nachbarn kennen zu lernen, hatte er irgendetwas Unverständliches gemurmelt, so dass sie keine Ahnung hatte, ob er nun aufzutauchen beabsichtigte oder nicht.

Sie nahm eine kleine reife Beere in die Hand und schob sie sich in den Mund. Sie schmeckte süß und köstlich. Als er noch klein gewesen war, hatte Alec so gerne Himbeeren gepflückt. Er und Lucy, die zwanzig Pence für jede gefüllte Schale bekamen, hatten sich immer mit ihren Erntekörbchen in die Himbeersträucher gestürzt und die Früchte bei Jane abgeliefert, die Münder rot vor Beerensaft. Es war schwer, diesen kleinen Jungen, der so eifrig bestrebt gewesen war zu gefallen, mit dem schweigsamen, breitschultrigen, unglücklichen Mann in Einklang zu bringen, der gerade an ihr vorbeigewandert war. Das ist es, was mich wirklich schmerzt, dachte sie, dass er so unglücklich ist. Er hat so viel – dieses wunderbare Haus, in dem er leben kann, das Zuhause, das ich ihm unter großen Schwierigkeiten erhalten habe –, aber es bedeutet ihm nichts. Viel-

leicht liegt es daran, dass er so früh seinen Vater verloren hat – vielleicht habe ich versagt, weil ich ihm nicht Vater und Mutter zugleich gewesen bin. Aber es gab nichts, was sie daran hätte ändern können. Sie konnte nicht einfach einen anderen Theo herbeizaubern, sosehr sie sich das auch gewünscht hätte.
In ihren dunkelsten, schwersten Augenblicken hatte dieser Ort sie getragen – der Garten, Rawlston in seiner ganzen stillen, bröckelnden, schäbigen Schönheit. Es schien ihr, dass Theo immer noch hier war: als kleiner Junge, der durch den Garten zum See hinunterlief; als junger Mann, der auf dem Rasen schlief, die Zeitung über dem Gesicht; als ihr Mann, der sie auf der Schaukel küsste, die an der Eiche befestigt war. Er war hier überall, und aus diesem Grund würde sie auch nie fortgehen können.

»Wie sind wir in der Zeit?« Jane stellte den Erntekorb mit den Früchten auf der Anrichte ab.
Lucy überblickte das Werk ihrer Hände. Große Porzellanschüsseln voller Köstlichkeiten standen auf dem Tisch. »Ziemlich gut. Die grünen Salate mache ich in letzter Minute an, damit sie nicht welk werden.«
»Glaubst du, wir haben genug?«
»Reichlich. Wie viele werden wir denn?«
»Also, wenn alle kommen … Lass mal sehen, die Balfours mit ihren Kindern, die Clarkes, die O'Reillys – obwohl ich nicht genau weiß, ob alle Zeit haben – und die Pierces. Jerry meinte, er würde vielleicht vorbeischauen. Ich habe auch einige der Damen aus der Altarschmuckgruppe gefragt, aber erst in letzter Minute. Cathy und Nathan wollten vielleicht vorbeischauen …« Jane gab den Versuch auf, mit den Fingern mitzuzählen. »Wie viele sind das?«
»Hmm, eine ganze Menge. Aber das schaffen wir. Wir

haben tonnenweise Brot und andere sättigende Beilagen.« Lucy warf einen Blick auf die Küchenuhr. »Solltest du dich jetzt nicht besser umziehen?«

»Du hast Recht. Wie ich unser Glück kenne, wird jemand Punkt halb eins auf der Matte stehen.« Jane ging nach oben, um sich ein Bad einzulassen.

Katie und Christopher waren überdreht, rannten kreischend umher und weigerten sich, sich fertig zu machen. Bella hätte sie gern gepflegt und wohlerzogen präsentiert, um zu zeigen, dass sie und ihre Familie wussten, wie man sich bei solchen Anlässen benahm.

»Kannst du sie nicht ein bisschen beruhigen?«, fragte Bella genervt, als die Kinder vorbeirannten und um die Hausecke verschwanden.

Iain ließ die Zeitung sinken. »Nein. Du?« Er lag in einem Liegestuhl, die Beine in der Sonne ausgestreckt. Auf dem Tisch neben ihm kühlte eine Tasse Kaffee ab.

Bella stemmte die Hände in die Hüften und seufzte. »Ich möchte, dass sie reinkommen und sich für das Fest umziehen.«

Iain zog sich hinter seine Zeitung zurück. »Ich dachte, du erscheinst gern modisch spät.«

»Na ja, schon, aber das heißt doch nicht, dass man erst kommen soll, wenn praktisch alles schon vorbei ist.« Sie fühlte sich gereizt. Aus irgendeinem Grund war sie begierig, zur Party zu kommen. »Ich gehe nach oben und ziehe mich um. Und ich will, dass wir rechtzeitig losgehen, okay?«

»Schön, schön«, sagte Iain in gelangweiltem Singsang. »Reg dich nicht auf! Das Fest läuft schon nicht weg.«

Schließlich wurde es gar nicht mal so spät. Nachdem sie den Kindern ein leckeres Essen und wahrscheinlich Prickelwasser in Aussicht gestellt hatten, versprachen diese, sich zu benehmen. Fein gestriegelt wirkten sie durchaus vorzeigbar. Bella zog ein leichtes Sommerkleid an und holte einen mintgrünen, breitkrempigen Strohhut, verziert mit rosa Rosen, aus dem Schrank, den sie einmal bei einer Hochzeit getragen hatte. Iain lachte sie aus und erkundigte sich, ob sie annähme, dass sie nach Ascot wollten. Er war offenbar entschlossen, sich von dem Fest nicht einschüchtern zu lassen.

»Es ist schließlich eine Grillparty«, erklärte er lässig und zog seine ältesten Shorts an. Bella war entsetzt, und als Kompromiss einigten sie sich auf seine schickste Freizeithose. Aber er bestand darauf, im T-Shirt zu gehen.

Sie klopften, so laut sie konnten, an die gewaltige Eingangstür auf der Fielding-Seite des Gutshauses, und als niemand öffnete, gingen sie um das Haus herum und kamen zu einer langen grünen Rasenfläche und einer Terrasse, auf der Leute mit Gläsern in der Hand herumstanden. Eine Gestalt löste sich aus der Menge und trat zu ihnen, um sie zu begrüßen.

»Hallo!«, rief Jane und winkte. »Wie schön, dass Sie kommen konnten. Oh, was für ein reizendes Kleid – und ein Hut. Sehr vernünftig an so einem Tag.« Sie küsste Bella auf beide Wangen.

»Das ist Iain – ich weiß, Sie haben sich schon kennen gelernt –, und das sind Katie und Christopher.« Bella war merkwürdig atemlos und nervös. Trotz Janes Liebenswürdigkeit und ihrer freundlichen, beruhigenden Ausstrahlung fühlte sie sich unbehaglich. Vielleicht bin ich zu fein angezogen, dachte sie unglücklich und schaute an ihrem üppig bedruckten Sommerkleid herunter. Jane sah wunderbar sportlich und elegant aus in ihren weißen Leinenhosen – überhaupt nicht zerknittert, wie schaffte sie das bloß? – und einer rosa Bluse. Der Hut erschien ihr plötzlich fehl am Platze.

»Kommen Sie und trinken Sie etwas. Wir haben eine Riesenschüssel Sommerbowle gemacht, wenn Sie so was mögen, es gibt aber auch alkoholfreie Getränke. Und Wein.«

Jane führte sie über den Rasen auf die Terrasse, und sie folgten ihr, eingeschüchtert von der vornehmen Pracht und Eigentümlichkeit des Hauses.

Jane stellte sie den bereits eingetroffenen Gästen vor und reichte ihnen hohe Gläser Bowle mit gelbem Schaum, auf dem Fruchtstückchen und Minzblätter schwammen. Bella plauderte höflich mit einer Frau aus dem Dorf, wartete dabei aber die ganze Zeit auf die Ankunft von Sam und Ben. Aus den Augenwinkeln verfolgte sie, wie Jane sich zwischen den Gästen umherbewegte, alle mit Getränken versorgte und sie drängte, sich von den reich beladenen Tischen zu bedienen, wenn sie hungrig waren. Trudy, die Babysitterin, stand in der Nähe, mondgesichtig und mit leerem Blick, und schaufelte sich Unmengen von Essen in den Mund.

Als Bella es geschafft hatte, sich von ihrer Gesprächspartnerin loszueisen, schlenderte sie an den Rand der Terrasse und blickte über die große Rasenfläche, die zum See hin abfiel. Katie und Christopher sowie einige andere Kinder hatten die Schaukel entdeckt, die an einem dicken Ast der Eiche angebracht war, und kletterten an einem Tau hoch. Bella drehte sich um, um das Haus zu betrachten, und holte tief Luft, als sie dessen Schönheit sah. Der Stein war zu einem zarten Rosaton verwittert, und große, weit geöffnete Terrassentüren betonten die Länge des Raums dahinter. Weiße Kletterrosen rankten zu den oberen Fenstern empor.

Was für ein wunderbares Haus!, dachte sie. Wie erstaunlich,

an so einen Ort zu gehören. Sie selbst gehörte nirgendwohin, wurde ihr plötzlich bewusst. Sie war ständig umgezogen, seit sie es geschafft hatte, ihr Elternhaus zu verlassen, das ihr nie wie ein Zuhause vorgekommen war. Irgendwo zu leben, wo man Wurzeln schlagen, sein Heim lieben und ein Teil davon werden konnte … Der Gedanke war ausgesprochen verführerisch. Sie beneidete Jane Fielding oder vielleicht die Fielding-Kinder – das hübsche Mädchen, das gerade Salat austeilte, und den mürrischen Jungen, der mit einer Dose Bier in der Hand am Rande des Geschehens herumlungerte –, die in eine solche Umgebung hineingeboren worden waren und es gar nicht anders kannten.

»Hallo. Ich bin froh, dass Sie kommen konnten.« Bella zuckte zusammen. Jane Fielding stand neben ihr. Sie hob die Hand, um die Augen vor der Sonne abzuschirmen. »Geht es Ihnen gut, so ganz allein?«

»Oh … Ja, alles bestens. Ich habe nur gerade Ihr Haus bewundert.«

»Vielen Dank. Ich habe großes Glück. Doch es ist auch eine Belastung, so ein großes Haus. Ich habe mich schon gefragt, wie sie wohl in Holly Lodge zurechtkommen. Ich hoffe, Sie langweilen sich nicht zu Tode. Hier ist nicht viel los, ich weiß, und die Leute hier«, sie wies in Richtung Terrasse, »na ja, sie sind natürlich alle ganz reizend, aber wahrscheinlich längst nicht so interessant wie Ihre Londoner Freunde.«

»O nein, gar nicht. Es ist komisch, aber ich langweile mich überhaupt nicht. Ich brauchte mal eine Pause, um ganz ehrlich zu sein. Und Ihre direkte Nachbarin, Sam, ist sehr nett.«

»Das freut mich. Sie kommt heute ebenfalls, glaube ich.« Jane lächelte. »Wie schön, dass Sie eine Freundin gefunden haben. Ich war in dieser Hinsicht eine kleine Enttäuschung, nicht wahr? Aber Sie sind mir jederzeit herzlich willkommen. Warum schauen Sie nicht nächste Woche einmal vorbei? Ich bin meistens zu Hause.«

»Vielen Dank, das würde ich sehr gerne.«

»Ich muss mich jetzt wieder unter die Gäste mischen. Vergessen Sie nicht, sich etwas zu essen zu holen. Wir haben jede Menge …« Jane kehrte zu den anderen Gästen zurück, schlenderte leichtfüßig über das Gras und winkte einem Neuankömmling zu.

Was ist das nur mit dieser Frau?, fragte Bella sich. Irgendetwas zog sie zu Jane und der Herzenswärme hin, die sie ausstrahlte. Der Kontrast zu Sams reserviertem, kühlen Äußeren hätte nicht größer sein können. Bei Sam hatte sie immer das Gefühl, aufpassen zu müssen, was sie sagte. Jane hätte sie sich am liebsten in die Arme geworfen, den Kopf auf ihre Schulter gelegt und ihr alle Sorgen anvertraut.

Du Närrin!, sagte sie zu sich selbst. Du kennst sie doch nicht einmal.

»Was für ein Gedränge!«, sagte Jerry mit entrüsteter Stimme und schaute auf die belebte Terrasse. »Ich dachte, es sollten nur die Nachbarn kommen!«

»Der Kreis ist ein bisschen größer geworden – du weißt ja, wie das ist.« Jane gab ihm einen Willkommenskuss.

»Wenn ich das gewusst hätte, hätte ich ihn nicht mitgebracht …«

»Mitgebracht? Wen? Ollie?«

Jerry setzte eine Trauermiene auf. »Oh, Ollie. Der reinste Engel. Ein Cherub. Aber auch ein kleiner Teufel. Er hat Semesterferien, und seine Eltern, die Spitzbuben, haben ihn an irgendeinen höllisch abgelegenen Ort entführt. Ich versuche ständig, ihn zurückzulocken, aber er beharrt darauf, mindestens bis Oktober wegzubleiben. Nein, ich habe Tom mitgebracht.«

»Fährt er denn nicht nach Hause?«

Jerry warf ihr einen Blick zu. »Schätzchen, würdest *du* nach Südafrika fahren, wenn du in Oxford bleiben kannst? Ich weiß jedenfalls, wo *ich* lieber sein würde. Er bleibt den ganzen Sommer hier – um zu arbeiten, wie er sagt. Da das College praktisch entvölkert ist, habe ich den armen Kerl mitgebracht. Er sitzt im Wagen und wartet auf deine Zustimmung oder Ablehnung. Ich dachte, es würde dir nichts ausmachen, es sollte schließlich nur eine kleine Feier werden.«

Jane lachte. »Ach, du meine Güte, einer mehr oder weniger spielt nun wirklich keine Rolle! Geh schon und rette ihn – sicher sehnt er sich nach einem Drink.«

Er schoss vor und küsste sie auf die Wange. »Du bist ein Engel, habe ich dir das schon mal gesagt?«

»Des Öfteren. Aber jetzt muss ich gehen und die Frau des Pfarrers begrüßen.«

Sam und Ben kamen sehr spät. Bella, die sich nach ein paar Gläsern Bowle angenehm benebelt fühlte, hatte sich mit einem älteren Mann unterhalten, der in einem der Gutsarbeiterkaten wohnte. Abgesehen von seiner Angewohnheit, beim Sprechen Krümel zu versprühen, hatte er sich als überraschend angenehme Gesellschaft erwiesen. Sie kehrte gerade zum Tisch mit den Getränken zurück, als sie spürte, wie sich zwei Arme um ihre Taille schlangen. Als sie sich umdrehte, blickte sie in Sams lachendes Gesicht.

»Halli-hallo! Wir sind da!«

»Wo habt ihr denn so lange gesteckt?« Bella lächelte, erleichtert über Sams Erscheinen.

»Ich wusste nicht, was ich anziehen sollte, und Ben musste noch arbeiten. Also, was hältst du davon?« Sie wirbelte auf ihren hochhackigen Sandalen herum und zeigte ihre schlanke Figur in einem engen, schulterfreien weißen Top und einem mädchenhaften Zigeunerrock. Das blonde Haar, lang und glänzend, umrahmte ihr Gesicht. Wie üblich sah sie aus, als wäre sie aus einem anderen, schimmernden Universum in die normale, schmuddelige Welt getreten, um allen anderen zu demonstrieren, wie es sein musste.

»Du siehst großartig aus«, sagte Bella ehrlich und versuchte, nicht an ihre blassen, fleischigen Arme und die Mückenstiche an ihren Knöcheln zu denken.

»Oh, danke, Schätzchen, du aber auch. Klasse Hut. Sehr elegant.«

Bella wünschte, ihr wäre nie eingefallen, einen Hut aufzusetzen. Nur die Frau des Pfarrers und ein, zwei ältere Damen trugen einen. »Wo steckt denn Ben?«

»Da drüben.« Mit einer ruckartigen Kopfbewegung wies Sam auf ihren Mann, eine trotz der Hitze kühl wirkende, teuer gekleidete Erscheinung. Er drückte der höflich protestierenden Gastgeberin gerade eine Flasche Champagner in die Hand. »Bollinger«, vertraute Sam ihr an. »Extrem teuer. Also, wie findest du das Haus?«

»Es ist wunderschön.«

»Mmm. Aber ziemlich alt, oder? Ein bisschen schäbig.«

»Na, so großartig wie bei euch drüben ist es natürlich nicht«, sagte Bella, die sofort erkannte, was von ihr erwartet wurde.

»Nee.« Sam rümpfte die Nase. »Sie braucht einen Innenarchitekten, das ist es. Komm, wir holen uns etwas zu trinken.«

Sam widerstand dem Buffet und zündete sich stattdessen eine Zigarette an. Als sie sich gesetzt hatten, sagte sie: »Also, spann mich nicht auf die Folter! Was meint Iain? Kommt ihr mit?«

Bella lächelte sie an. »Iain bedankt sich für das Angebot, und wir kommen sehr gerne mit.«
Fröhlich klatschte Sam in die Hände. »Oh, klasse! Toll!«
»Und was sagt Ben dazu?«
»Na, dasselbe wie ich. Dass es bestimmt sehr lustig wird. Wir müssen noch alle Einzelheiten besprechen. Oh, jetzt bin ich richtig aufgeregt wegen der Reise!«
»Ich auch.«

Wir sind zu lange geblieben, dachte Bella. Ihr war heiß, und sie hatte aufgehört, die harmlos schmeckende Bowle zu trinken. Sam und Ben unterhielten sich mit Jane Fielding, und sie hing am Rande des Geschehens herum und versuchte, sich nicht ausgeschlossen zu fühlen. Iain amüsierte sich königlich, er führte ein anregendes Gespräch mit einem Ehepaar und schwenkte beim Reden sein Weinglas. Er trank selten Alkohol, und Bella konnte sehen, dass er leicht angeheitert war.
Will ich wirklich mit Sam und Ben nach Frankreich fahren?, dachte sie und malte sich ein Natursteinhaus in einem französischen Dorf aus, lange, warme Abende mit einem Landwein aus der Region, dazu die Clarkes mit ihrem Schick und Glamour, um der ganzen Sache zusätzliche Würze zu verleihen. Wem wollte sie was vormachen? Es war eine großartige Idee. Und es wäre unfair, den Kindern die Gelegenheit vorzuenthalten. Sie waren noch nie in Frankreich gewesen. Genauer gesagt, waren sie überhaupt noch nie im Ausland gewesen. Flugtickets für vier Personen waren unerschwinglich, sogar bei den Billigfluglinien. Iain wollte immer mit dem Bus fahren, aber der Gedanke, stundenlang mit den Kindern in einem dreckigen Reisebus mit ekelhafter Toilette eingepfercht zu sein, war zu furchtbar, um ernsthaft in Erwägung gezogen zu werden. Also fuhren

sie entweder nach Wales, auf einen Campingplatz in der Nähe von Bellas Familie, oder nach Cornwall in ein Dorf am Meer, wo sie eine Ferienwohnung mieteten. Es war nicht schlecht, und die Kinder hatten es immer genossen, aber die Vorstellung, einen Urlaub in der Dordogne zu verbringen, war fast unwiderstehlich. Als Studentin war Bella zum Traubenpflücken in Frankreich gewesen, und sie hatte es himmlisch gefunden: Sie erinnerte sich an lange, heiße Tage und frivole Abende, an denen sie sich betrank und hübsche Jungen aus dem Dorf küsste.

Es war kein Problem gewesen, Iain für das Vorhaben zu gewinnen. Er wusste selbst, dass sie sich so etwas allein nie würden leisten können, schon gar nicht in diesem Jahr. Ein Angebot, praktisch umsonst Urlaub in Frankreich zu machen, konnte er nicht ablehnen. Bedenken hatte er nur wegen Sams Drogenkonsum, aber Bella hatte ihm versichert, soweit sie das beurteilen könne, sei es eine einmalige Sache gewesen. In Frankreich würde so etwas nicht vorkommen. Danach war Iain vollkommen zufrieden gestellt gewesen, und nachdem er auch noch Urlaub bekommen hatte, sah er der Reise begeistert entgegen.

Warum also diese Zweifel? Bella blickte zu den Clarkes hinüber: Ben, groß und gut aussehend, und die zierliche, mädchenhafte, glamouröse Frau an seiner Seite. Bella war hin- und hergerissen zwischen dem Wunsch, die beiden zu mögen, und einem seltsamen Verlangen, so schnell wie möglich wegzulaufen. Es war etwas zugleich Anziehendes und Abstoßendes an ihnen – wie eine böse Versuchung. Vielleicht bin ich nur eifersüchtig, dachte sie. Sams Leben scheint so herrlich sorglos und luxuriös zu sein, sie ist so schamlos ganz und gar auf sich selbst konzentriert. Vielleicht würde ich auch gern ein bisschen so sein, dachte Bella. Wäre das so schlimm?

Wir werden fahren, und wir werden es genießen, entschied sie entschlossen und verdrängte das unbehagliche Gefühl. Ich mag Sam – mehr gibt es dazu nicht zu sagen. Es wäre Wahnsinn, das Angebot auszuschlagen. Schließlich hat keiner sie gezwungen, uns zu fragen – sie denken offensichtlich, dass es gut gehen wird. Je länger Bella darüber nachsann, desto unmöglicher schien es ihr, das Angebot abzulehnen.

Sie saß auf dem Rasen und schaute den Kindern beim Spielen zu, die Beine untergeschlagen, einen Handballen auf das kühle Gras gestützt, als Ben zu ihr trat.

»Hallo – so ganz allein?«

Sie blickte hoch. Er ragte über ihr auf, ein Umriss vor dem Himmel. Blinzelnd lächelte sie ihn an. »Ich mache nur gerade eine Pause.«

»Sam ist nach Hause gegangen.« Er hockte sich neben ihr hin und beugte sich vor, um sie auf die Wange zu küssen. Sie spürte es als kühles Flirren auf der Haut. »Wir hatten noch gar keine Gelegenheit, uns zu unterhalten. Sam sagt, dass ihr mit uns nach Frankreich kommt.«

»Es war sehr freundlich von euch, uns einzuladen«, sagte Bella.

Ben zuckte die Achseln. »Es wird bestimmt nett. Mehr Gesellschaft für Emma.«

»Ist sie auch hier?«

»Nein. Hat sich geweigert. Du weißt ja, wie Teenies sind.« Ben setzte sich richtig hin, streckte die Beine aus und blickte über den Rasen zum See. »Ich wollte unbedingt herkommen, um alles auszukundschaften. Einfach großartig, was? Stell dir nur vor, was das Haus wert sein würde, wenn es ungeteilt wäre – beim heutigen Marktwert leicht eine siebenstellige Summe. Das habe ich auch gerade Jane

Fielding erzählt. Selbst mit nur einer Haushälfte sitzt sie auf einem erheblichen Vermögen, und wenn man die Ländereien dazurechnet, könnte sie ein hübsches Sümmchen dafür kassieren. Und sich einen gemütlichen, bequemen kleinen Altersruhesitz zulegen.«

»Und was hat sie dazu gesagt?«

Ben schnitt eine Grimasse und richtete seine blauen Augen auf sie. »Ach, du kennst ja diese Landadel-Typen. Sie machte ein Gesicht, als hätte ich ihr vorgeschlagen, ihr eigenes Erbrochenes zu essen.« Er sprach mit affektierter Oberschichtstimme weiter: »Ach, aber ich möchte nicht verkaufen – das ist ja der Punkt. Ich möchte hier leben.« Er lachte. »Aber sie kann es sich gar nicht leisten, hier zu leben. Und ich werde warten und bereit sein.«

»Willst du das ganze Anwesen kaufen?« Bella konnte sich nicht vorstellen, wozu er das brauchen könnte.

»Nach und nach. Erst die Ländereien, dann das Haus.«

Bella warf einen Blick über die Schulter zurück auf das weitläufige alte Gebäude, das schäbige Gemütlichkeit ausstrahlte. Sie stellte es sich renoviert und aufpoliert vor wie die andere Hausseite. Weiße Wände, Strahler, Strandkiesel auf Regalen aus hellem Holz. Es erschien ihr traurig, bedauerlich, als werde die Welt gebleicht, aller Farbe beraubt. Aber es war etwas an Bens Energie, seiner Sicherheit und seinem Selbstbewusstsein, dem man nur schwer widerstehen konnte.

Eine Bewegung zog ihre Aufmerksamkeit auf sich. Eine Wespe krabbelte langsam an Bens weißem Hosenbein entlang. »Oh, schau mal«, sagte sie. »Ich erledige das.« Sie beugte sich vor und streifte das Insekt leicht ab, so dass es auf dem Gras landete; dabei verlor sie jedoch das Gleichgewicht und musste sich mit der Hand auf dem festen Fleisch seines Oberschenkels abstützen, um nicht umzufallen.

»Oh, tut mir leid …« Sie zog sich hastig zurück und spürte, wie sie vor Verlegenheit rot anlief.
Ben grinste. »Kein Grund zur Entschuldigung.«
Einen Augenblick lang sahen sie einander an, dann senkte Bella den Blick und gab vor, einen Krümel von ihrem Rock zu wischen.

Jane verabschiedete sich von den Balfours – der Mann hatte ein gerötetes Gesicht und sprach mit lauter Stimme, er war offensichtlich betrunken, und Bella war bestrebt, ihn nach Hause zu bringen – und dachte, dass das Fest im Großen und Ganzen ein Erfolg gewesen war. Es war ein bisschen größer ausgefallen als geplant, nicht ganz das kleine gesellige Beisammensein, das sie sich ursprünglich vorgestellt hatte, aber es hatte trotzdem seinen Zweck erfüllt: die Neuankömmlinge in der Nachbarschaft willkommen zu heißen.
Geistesabwesend fing sie an, die schmutzigen Gläser und Teller einzusammeln. Immer noch standen Grüppchen von Leuten auf der Terrasse herum oder saßen auf dem Rasen.
»Lassen Sie mich Ihnen helfen.«
Als sie sich umdrehte, sah sie Tom, der sie angrinste, einen Stapel benutzter Teller in der Hand. Er wirkte kühl und sommerlich in seinen weiten Chinos und einem blauen Leinenhemd. »Wo soll ich das hinbringen?«, fragte er.
»Hallo! Wie schön, Sie zu sehen. Tut mir leid, dass ich Sie nicht schon längst begrüßt habe«, sagte sie leicht atemlos. »Ich bin wirklich eine schlechte Gastgeberin. Sie sollten das nicht tun – Sie sind Gast hier.«
»Zu spät. Kommen Sie schon, ich möchte gerne helfen. Lassen Sie mich meinen Anteil an diesem köstlichen Essen verdienen. Das ist das Mindeste, was ich tun kann, wo Sie doch nicht einmal wussten, dass ich kommen würde.«

»Also, das müssen Sie nicht. Aber gut ... folgen Sie mir.«
»Mit Vergnügen.«
Sie gingen durch die Terrassentüren ins Esszimmer und den Flur entlang in die Küche. Es war eine Erleichterung, nach der Sonne und der Hitze auf der Terrasse in das kühle Dämmerlicht zu treten. Sie stellten die Teller auf dem Küchentisch ab, wo bereits ein Riesenstapel schmutziges Geschirr wartete.
»Wahnsinn. Was für eine tolle Küche!« Tom schaute sich interessiert um.
Jane folgte seinem Blick und sah nur alte Schränke, das große, heruntergekommene Küchenbüfett, ein Sammelsurium von Porzellan und Geschirr, über die Jahre hinweg zusammengetragen, und ihren zuverlässigen alten Herd in der Ecke. Es wirkte altmodisch und verwohnt, fand sie.
»Ein bisschen wie im Museum«, sagte sie unsicher.
»Aber nein. Es ist wunderbar, groß, aber gemütlich. Eine Wohnküche für die ganze Familie. Ein schöner Raum, ganz im Ernst.«
»Gütiger Himmel! Noch nie hat jemand so begeistert auf meine Küche reagiert.«
Er lachte, und sie erinnerte sich, wie weiß und ebenmäßig seine Zähne waren. »Oh, entschuldigen Sie. Ich kann mich schlecht im Zaum halten, wenn ich etwas sehe, was mir gefällt. Ich bin furchtbar anglophil, daran liegt es. Und unser Haus in Südafrika ist sehr modern. Wir haben eine große Küche, doch sie besteht nur aus Kunststoff-Fronten und Edelstahl. Ein bisschen zu keimfrei und seelenlos für meinen Geschmack.«
»Kocht Ihre Mutter?«
»Nein«, sagte er. »Dafür haben wir Personal.«
»Personal! Jetzt bin ich aber beeindruckt. Sie müssen Geld haben.«

Er zuckte mit den Achseln. »Nein. Bei uns drüben ist das keine große Sache. Es gibt so viel Armut, die Leute sind bereit, für wenig Geld zu arbeiten. Also«, entschlossen das Thema wechselnd, rieb er sich die Hände, »wollen wir mit dem Abwasch anfangen?«

»Oh, nein, nein. Lucy hat bereits die erste Ladung in den Geschirrspüler geräumt. Und ich darf meine Gäste nicht zu lange allein lassen. Wir machen es heute Abend, wenn alle weg sind.«

»Wenn Sie ganz sicher sind«, meinte er mit bedauerndem Blick. »Schade, ich hatte gehofft, Sie mal ein bisschen für mich zu haben.«

Sie lachte und verbarg ein leichtes Unbehagen. Er schmeichelte ihr, und sie hatte keine Ahnung, warum. Er hatte es nicht nötig, nett zu ihr zu sein, und interessieren konnte er sich unmöglich für sie, dafür war er viel zu jung. Also was sollte das? War es wegen des Hauses? Es war schon vorgekommen, dass Männer deswegen Gefallen an ihr gefunden hatten – ein Geschiedener, den ein Freund mitgebracht hatte, sah beim Anblick von Rawlston Pfundzeichen vor Augen und hatte sich den ganzen Abend auf die offensichtlichste und abstoßendste Weise bei ihr eingeschleimt. Aber der Typ schien Tom nun gar nicht zu sein.

»Seien Sie nicht albern!«, sagte sie. »Kommen Sie, wir gehen besser zurück. Wollen wir mal sehen, wo Lucy steckt?«, fügte sie, über die Schulter gewandt, hinzu, als sie in den Flur traten. Sicher würde ihre Tochter von größerem Interesse für ihn sein als sie.

»Wie Sie wollen«, erwiderte Tom gleichgültig und schaute sich um, während er ihr folgte. Vor einem der Gemälde blieb er plötzlich stehen und sagte: »Hallo, was ist denn das?«

Sie kehrte zu ihm zurück, um zu sehen, wovon er sprach, und stellte fest, dass er eine alte Pastellskizze von ihr betrachtete, die ein Freund von Theo vor zwanzig Jahren angefertigt hatte. Das Bild zeigte sie auf einem Stuhl im Salon, ziemlich elegant in einer blassgrünen Strickjacke und mit Perlenkette. Sie wirkte unerträglich jung, hatte große Augen und eine makellose Haut und einen kurzen Pagenschnitt, wie sie ihn heute noch trug, aber dunkel und ohne graue Strähnen.

»Ach, das alte Ding! Das ist nur eine Amateur-Skizze. Aber gar nicht mal schlecht, finde ich.«

Tom starrte auf das Bild, die Hände in den Hosentaschen. Endlich sagte er: »Es ist schön. Sie sehen toll aus.«

»Ich glaube, der Künstler hat das Sujet sehr freundlich behandelt.«

Er runzelte die Stirn. »Ich wünschte, Sie würden sich nicht immer so schlecht machen. Das Bild ist Ihnen sehr ähnlich. Ich wusste sofort, dass Sie das waren. Ihr Ausdruck ist wunderbar eingefangen, diese Güte in den klaren Augen und ihre Unschuld.«

»Also ... Ich weiß gar nicht, was ich sagen soll.« Wieder betrachtete sie die weichen Linien der Zeichnung. Ihr jüngeres Ich, das keine Ahnung hatte, was noch kommen würde, erwiderte den Blick.

Er schaute mit einem Lächeln auf sie herunter. »Sie halten mich für einen törichten jungen Mann, stimmt's? Der sich lieber für Alkohol und junge Mädchen interessieren sollte.«

»Nein, nein, natürlich nicht ...«

»Doch, das tun Sie. Nun, für wie alt halten Sie mich denn?«

»Tja – dreiundzwanzig, vierundzwanzig?« Es war schwer, so etwas zu erraten. In ihren Augen wirkte er jung, und das hieß für sie, ungefähr so alt wie Lucy. Aber da er bereits seinen Bachelor hatte, fügte sie noch zwei Jahre hinzu.

Er lachte. »Ich bin näher an den dreißig als an vierundzwanzig. Ich bin fast neunundzwanzig.«
»Wirklich?« Er muss spät mit dem Studium begonnen haben, dachte sie.
»Ja. Also, Sie sehen, ich bin nicht ganz das Wickelkind, für das Sie mich gehalten haben.«
Er stand beunruhigend nah bei ihr, und sie fühlte sich atemlos und benommen. Sie fing einen leichten Duft auf, der ihr Herz höher schlagen ließ, so vertraut war er ihr – er erinnerte sie sehr an das Rasierwasser von Penhaligon, das Theo benutzt hatte. Es schien ihr, als führten ihre Sinne sie zurück in die Vergangenheit, und sie holte tief Luft.
»Alles in Ordnung?«, fragte er besorgt. Sein Gesicht war ganz nah, und sie konnte die weichen rosa Kurven seiner Lippen sehen, seine glatte Haut, die schön geformten braunen Augen. Die Luft um sie herum schien zu schwirren.
»Wir sollten lieber wieder hinausgehen«, sagte sie rasch und dachte dabei, dass sie schleunigst von hier wegmusste, sonst würde sie noch verraten, was für sonderbare Gefühle er in ihr auslöste.
Leise fragte er: »Können wir nicht hier bleiben? Ich rede so gern mit Ihnen.«
Verwirrung brachte ihre Gedanken durcheinander. Was sagte er da? Was konnte er damit meinen? Verzweifelt überlegte sie, wie sie das Gespräch wieder auf eine normale, alltägliche, vorhersagbare Ebene bringen könnte, fort von diesen Sätzen, die mit unterschwelliger Bedeutung aufgeladen schienen. Das schrille Klingeln des Telefons im Flur unterbrach ihre Bemühungen.
»Das Telefon klingelt«, sagte sie erleichtert und zog sich von ihm zurück. »Bitte entschuldigen Sie mich.« Sie eilte zu dem Tisch in der Halle, auf dem der Apparat stand. Tom

folgte ihr nicht. »Hallo?« Ihre Stimme klang, als wäre sie gerade eine Treppe hinaufgelaufen.

»Ist da Jane?« Der Anrufer sprach mit einem so starken Akzent, dass es ihr schwer fiel, die Worte zu verstehen. »Hier ist Gregor.«

»Ja, hier ist Jane.« Jetzt erkannte sie die Stimme, und sie sah den großen, dünnen Mann mit der Hakennase vor sich. »Ist etwas passiert?«

»Jane, Sie müssen sofort kommen. Maggie ist im Krankenhaus.«

Zehn

Der Mercedes rollte ruhig dahin, mal in, mal außer Sicht. Seit Stunden schienen sie immer wieder kurze Blicke auf seine elegante Heckpartie zu erhaschen. Wenn sie auf der Autobahn um eine Kurve bogen, sahen sie ihn wieder davonziehen, spielerisch von Spur zu Spur wechselnd. Es hatte überhaupt keinen Sinn, da mithalten zu wollen. Vom Dröhnen des Motors bekam Bella Kopfschmerzen, die Kinder auf dem Rücksitz waren gereizt und gelangweilt, und Iain umklammerte mit solcher Entschlossenheit das Lenkrad, dass seine Fingerknöchel ganz weiß waren. Der Verkehr auf den französischen Straßen machte ihn nervös, und er blieb stur auf der mittleren Spur, bemüht, den Mercedes vor ihnen nicht ganz aus den Augen zu verlieren.

Die Fahrt schien ewig zu dauern, dabei waren sie erst bei Tagesanbruch als kleiner Konvoi von Rawlston aufgebrochen. Die Clarkes fuhren bis zum Kanaltunnel voraus. Als die Autos in den Pendelzug verladen waren, stiegen die Balfours aus, um sich die Beine zu vertreten und mit den Kindern zur Toilette zu gehen. Ben und Sam schlossen sich ihnen an, aber Emma, deren blasses Gesicht und zusammengesunkene Gestalt Bella durch die Fenster des Mercedes erkennen konnte, blieb im Wagen sitzen. Die Zugfahrt verlief ruhig, schnell waren sie auf der anderen Kanalseite angelangt und fuhren in Calais von Bord. Die Anspannung stieg sprunghaft an, denn Iain hatte nicht nur mit dem Rechtsverkehr zu kämpfen, er musste auch die fremden Verkehrsschilder lesen und durfte die Clarkes nicht aus den Augen verlieren. Auf der Autobahn entspannte sich die Lage, nur dass die Landschaft entsetzlich langweilig war. Bella starrte auf flache Felder, gelegentlich unterbrochen durch Häuser oder Pappelreihen. Sie legten Meile um Meile zurück, aber die Aussicht blieb immer gleich.

»In der Dordogne sieht es nicht so aus«, teilte sie den Kindern mit. »Dort ist es wirklich schön.«

Drei Stunden später blinkte der Mercedes, um anzuzeigen, dass er abbiegen wollte, und sie verließen die öde Autobahn und fuhren auf sich dahinschlängelnden Landsträßchen weiter. Vor einem reizenden Restaurant mit abfallendem moosbedecktem Dach und Kästen mit bunten Blumen vor den niedrigen Erkerfenstern hielten sie.

»Na, was haltet ihr davon? Schön, oder? Wir haben es letztes Mal entdeckt«, sagte Ben, der zu den Balfours herübergekommen war. »Auch gar nicht mal so teuer.«

»Um die Wahrheit zu sagen, Ben, wenn es dir nichts ausmacht, bleiben wir lieber draußen und essen unsere Sandwiches. Wir haben ein Picknick eingepackt, und es wäre doch eine Schande, es verkommen zu lassen«, sagte Iain vom Fahrersitz aus.

Ben lächelte. »Mir ist es recht. Ihr verpasst die beste Zwiebelsuppe von ganz Frankreich, aber das ist eure Sache.«

Bella beugte sich vor. »Es ist sowieso zu heiß für Suppe«, sagte sie. »Wir sparen uns das für den richtigen Urlaub auf.«

»Kommt ihr nicht mit?«, rief Sam, die trotz der Hitze unglaublich kühl wirkte. Sie trug Jeans und ein weißes T-Shirt; das blonde Haar war zu einem Knoten geschlungen, und eine dunkle Sonnenbrille verbarg ihre Augen.

Der Benz muss eine verdammt gute Klimaanlage haben,

dachte Bella und versuchte, nicht neidisch zu werden. Sie hatte einen steten Strom kühler Luft erdulden müssen, den die Lüftung auf ihr Kinn blies, gelegentlich mit kleinen betäubten Insekten darin. »Nein, wir bleiben hier. Aber geht ruhig rein, das ist vollkommen okay.«

Die Clarkes verschwanden im Restaurant, während die Balfours eine Decke auf dem Gras ausbreiteten, in Frischhaltefolie gewickelte Sandwiches mit Schinken und Käse auspackten, abgestandenes Wasser aus der Flasche tranken und Äpfel herumreichten. Die Kinder aßen hungrig, gewannen etwas von ihrer Energie zurück und spielten ruhig, während Bella las und Iain ein Nickerchen hielt.

Es dauerte mehr als eine Stunde, bevor Ben, Sam und Emma wieder erschienen. Bella hatte Gelegenheit, Bens Tochter näher in Augenschein zu nehmen, ein dünnes Mädchen mit ernstem Gesicht und braunem Haar, zum Pferdeschwanz gebunden. Es stieg sofort wieder ein, ohne die Balfours zu beachten.

Sie packten alles ein und setzten die Reise fort, fuhren zurück auf die Autobahn und durch Frankreich hindurch auf ihr Feriendomizil zu.

Am späten Nachmittag erreichten sie ihr Ziel, und Bella spürte, wie ihre Lebensgeister sich hoben. Die Landschaft war mittlerweile üppig grün, mit versteckt liegenden Bilderbuchdörfern und schönen Bauernhöfen.

»Das ist eher so, wie ich es mir vorgestellt hatte«, sagte sie zu Iain.

»Ja, es ist nett hier.« Er nickte.

Sie folgten dem größeren Wagen um enge Kurven herum und durch ein stilles, offenbar verlassenes Dorf, bis sie endlich in eine Auffahrt einbogen: Sie hatten ihr Ferienhaus erreicht.

Das graue Steinhaus mit kleinen Fenstern, die willkürlich über die breiten Mauern verteilt waren, alle mit braunen Fensterläden, stand groß und einladend inmitten einer verwilderten Streuobstwiese. Die niedrigen Türen waren aus Holz, und eine wackelige Außentreppe führte an der Seite zu einem Speicher empor. Wucherndes Grün rankte an den Mauern hoch und verlieh dem Haus einen romantischen Eindruck.

»Oh, einfach himmlisch!«, hauchte Bella. Das war besser, als sie erhofft hatte. Sie hatte eine herausgeputzte Luxusrenovierung erwartet, mit gepflasterten Terrassen und einem grellblauen Swimmingpool mit Sonnenliegen. Aber das alte Haus war von einer zarten Wildnis umgeben, und im Apfelgarten standen verwitterte Holzstühle um einen Tisch herum, neben einem selbst gebauten Backsteingrill.

Die Kinder, die entzückt waren, die lange Fahrt hinter sich zu haben, krabbelten aus dem Auto. »Seid vorsichtig!«, warnte Bella. »Wir hatten noch keine Gelegenheit, uns alles anzusehen.«

Emma beobachtete die Kinder, blieb aber neben dem Wagen stehen, während Ben das Gepäck aus dem Kofferraum hievte. Sam balancierte vorsichtig auf ihren hohen Absätzen über die steinige Auffahrt zu ihnen herüber. »Also, wie findet ihr es?«, rief sie.

»Einfach wunderschön«, sagte Bella, stieg aus und atmete tief die milde, süße Luft ein. »Ich kann es noch gar nicht glauben.«

»Kein Pool, fürchte ich, aber man kann im Fluss schwimmen, wenn man will. Wollen wir reingehen?«

Im Haus war es kühl. Die Räume waren schlicht und spärlich eingerichtet. In stillschweigender Übereinkunft nahmen Ben und Sam das größte Zimmer mit angrenzender Dusche und einem riesigen Polsterbett. Auf der Suche nach einer

Dachkammer verschwand Emma die Treppe hinauf in den hintersten Winkel des Hauses, während Bella ein Zimmer mit Etagenbetten für Katie und Christopher entdeckte und gleich daneben einen Raum mit Doppelbett, dunkel und kühl, für sich und Iain. Als die Zimmer verteilt waren und das Gepäck hereingeholt war, trafen sich alle in der Küche, um etwas Kaltes zu trinken.

»Das Wichtigste zuerst«, sagte Iain in geschäftsmäßigem Ton. »Erst mal müssen wir einen Supermarkt finden und einkaufen. Machen wir eine Einkaufsliste und planen, was wir in den nächsten Tagen kochen wollen. Wir haben eine Kiste mit den wichtigsten Dingen dabei – Salz, Pfeffer, Tee, Saft und so weiter.«

»Das Haus ist eigentlich recht gut ausgestattet, das ist alles vorhanden. Und die Eigentümer haben einen Willkommens-Fresskorb gestiftet.« Ben wies auf einen bereits geöffneten Korb, der auf der Küchenbank stand. Daneben lagen Weinflaschen und eine Packung Kaffee.

»Oh. Na gut. Aber das wird kaum reichen, oder?«

»Schaut euch das mal an«, sagte Sam und brachte einen überquellenden Aktenordner herbei. »Hier steht alles, was man über das Haus und die Umgebung wissen muss. Einen Supermarkt gibt es anscheinend nicht in der Nähe, jedenfalls keinen großen. Offenbar gibt es einen kleinen Laden in der Stadt, aber es wird empfohlen, auf dem Wochenmarkt einzukaufen. Er findet offenbar an drei Tagen in der Woche statt. Und im Dorf gibt es einen Bäcker, bei dem man Brot und Milch bekommt.«

»Das klingt gut«, sagte Iain munter. Dass es einen Wochenmarkt gab, gefiel ihm offensichtlich. »Wir sollten einen Plan aufstellen, wer mit Einkaufen und Kochen dran ist. Eine gemeinsame Kasse für Grundnahrungsmittel wäre auch gut. Vielleicht sollten wir ein Kostenlimit pro Mahlzeit festsetzen, damit uns die Ausgaben nicht über den Kopf wachsen und alle dasselbe ausgeben. Also, wie wollen wir es heute Abend halten? Sollen wir losfahren und diesen kleinen Supermarkt suchen? Wenn ja, müssen wir sofort los – es wird langsam spät.«

Bella warf ihm unter den Wimpern einen Blick zu und wünschte, er würde den Mund halten. Sie war an die Begeisterung gewöhnt, mit der er organisierte und plante. Es wurde nie viel daraus – er war unfähig, sich an die eigenen Regeln zu halten, und in seinem Kopf sah es chaotischer aus, als man nach seinen Reden vermuten würde. Aber das wussten die Clarkes nicht. Iain schob sich in den Vordergrund und übernahm die Führung, während Bella fand, unter den gegebenen Umständen sollten sie sich lieber zurückhalten und dem Beispiel der anderen folgen. Bens Gesichtsausdruck war unergründlich, und Sam schien ganz in den Hausordner vertieft. Ich hoffe, sie bereuen es nicht bereits, dachte sie. Warum muss Iain sich bloß so aufführen? Merkt er nicht, welchen Eindruck es auf andere Leute macht, wenn er sich als Autorität aufspielt? Es wäre nicht so schlimm, wenn es nicht so verdammt plump wäre – er tut ja gerade so, als hätte noch nie zuvor jemand Lebensmittel einkaufen müssen.

Ben lehnte sich zurück. »Ich weiß ja nicht, wie es dir geht, Iain, aber ich bin nach der Fahrt ziemlich erledigt. Warum gehen wir es heute Abend nicht ganz ruhig an? Ist ein Restaurant in der Nähe, Sam?«

»Im Dorf gibt's ein Bistro, steht hier.«

Iain wirkte unsicher. Bella wusste, was er dachte: Er ging im Urlaub immer nur ein oder zwei Mal essen, und das wurde vorher geplant und als besondere Gelegenheit betrachtet, als etwas, worauf man sich freute. Es widerstrebte seiner sparsamen Natur, einfach so ein Restaurant zu besuchen, nur weil man keine Lust zum Kochen hatte. Er würde es als Verschwendung betrachten, schon am ersten Abend essen zu gehen. Sie wusste, er dachte daran, dass die Clarkes bereits am Mittag im Restaurant gegessen hatten, und machte sich Sorgen, dass er gezwungen werden könnte, mehr Geld auszugeben, als er wollte. Was wiederum hieß, dass er auf stur schalten würde und sie von Glück sagen konnten, wenn sie im ganzen Urlaub auch nur ein Mal das Innere eines Cafés, geschweige denn eines Restaurants, zu sehen bekamen.

Warum sind wir nur mitgefahren?, fragte sie sich mit plötzlicher Verzweiflung. Das wird eine Katastrophe. Wir sind nicht wie diese Leute. Es ist alles schrecklich peinlich. Es ist, als stünden wir nackt vor Fremden, als würden wir uns vor ihnen entblößen und ihnen zeigen, wie wir leben.

»Komm, Liebling, lass uns heute Abend nicht kochen. Wir haben uns eine Pause verdient. Wir können doch morgen einkaufen und am Abend schön grillen«, sagte sie.

Er runzelte die Stirn. »Also …«

Ben sagte: »Das mit dem Restaurant können wir auch später noch entscheiden. In diesem Fresskorb ist bestimmt genug für ein anständiges Abendessen für uns alle. Brot und Käse sind ja auch gut.«

»Das beste Essen auf der Welt«, warf Iain ein.

»Klar. Also, entspannen wir uns und gehen alles ganz gelassen an. Ich weiß ja nicht, wie es euch geht, aber ich könnte jetzt ein Nickerchen vertragen.«

Sam und Ben verschwanden in ihrem Zimmer. Iain ging nach oben, um zu lesen und ein Stündchen zu schlafen, während Bella den Garten erkundete und nachsah, was die Kinder machten. Sie entdeckte Emma, die mit Kopfhörern dasaß und sich mit gekrümmten Schultern im Rhythmus der Musik wiegte. Sie ließ das Mädchen in Ruhe und ging um das Haus herum, an der Außentreppe vorbei. Oben stand ein Fenster offen und zeigte, welches Zimmer Emma sich geschnappt hatte. Im langen Gras am Ende der Streuobstwiese bewegten sich zwei helle Farbflecken. Katie und Christopher hatten einen kleinen Bach hinten im Apfelgarten entdeckt. Als Bella bei ihnen ankam, sah sie, dass er ganz überwuchert und voller Steine und Geröll war. Die Kinder kauerten am Ufer, stapelten sorgfältig Steine auf und entfernten das Blätterwerk.

»Wir bauen einen Damm«, erklärte Katie.

»Damit wir einen Swimmingpool haben«, fügte Christopher hinzu, der gerade kleine Steine vom Grund heraufholte.

»Ist das nicht ein bisschen klein für einen Swimmingpool?«, fragte Bella. »Da drin können ja nur eure Zehen schwimmen gehen.«

»Doch nicht für uns, Dummie. Für Rose und Elizabeth.« Christopher schüttelte den Kopf über so viel Ignoranz. »Sie wollen schließlich auch baden, weißt du.«

Die Puppen waren auf einem Stein aufgebaut, wie sie jetzt sah, bereits im Badeanzug, und beobachteten von ihrem Aussichtspunkt aus das Geschehen. Es waren billigere Versionen von Barbie-Puppen, die mit einer ganzen Garderobe grellfarbiger Kleider geliefert wurden. Die Kinder liebten sie.

»Oh, ja, natürlich müssen Rose und Elizabeth baden gehen«, sagte Bella ernst. »Gefällt es ihnen in Frankreich?«

»Sie sind ein bisschen durcheinander«, sagte Katie, »weil sie kein Französisch sprechen.« Es überraschte Bella immer wieder, wenn Katie in die Puppenwelt eintrat. Meistens zog sie ihre Bücher und Puzzles den Plastikpuppen vor, deren unveränderliche Gestalt sie langweilte. Aber Christopher liebte seine Puppen so heiß und innig, dass er Katie gelegentlich in seine Fantasiewelt mitnehmen konnte und sie fraglos mitmachte.

»Sie wollen einkaufen gehen«, sagte Christopher. »Sie brauchen neue Sachen. Können wir ihnen welche besorgen?«

»Wir werden sehen«, sagte Bella. »Ich weiß nicht genau, ob es in den Geschäften hier die richtigen Sachen für sie gibt, aber das werden wir ja herausfinden, wenn wir in die Stadt fahren.« Die Kinder antworteten nicht. Sie wussten nur zu gut, was »wir werden sehen« bedeutete. Bella schaute ihnen noch ein paar Minuten beim methodischen Arbeiten zu. »Seid vorsichtig, dass ihr nicht zu nass werdet«, sagte sie dann und schlenderte langsam durch den Obstgarten zurück zum Haus.

»Mmm, Sammy, Sammy.« Bens Stimme summte in ihrem Ohr, unangenehm kitzelnd, aber die Nackenrolle war gegen eine Seite ihres Kopfes gepresst und machte es ihr unmöglich, sich zu bewegen. Sein Gewicht nagelte sie im Bett fest, das an sonderbaren Stellen unter ihr wegsackte. Sie hasste fremde Betten. Sie hasste Hotel- und Ferienhausbetten, in denen unzählige Leute genauso gerammelt hatten wie sie jetzt. Sie konzentrierte sich darauf, dass es bald vorbei sein würde, keuchte ermutigend und stieß den kleinen, hohen Laut aus, den er so mochte.

»Oh, Benjy … ja, ja-a«, wimmerte sie und dachte dabei, wem um alles in der Welt ist nach einer siebenstündigen Autofahrt schon nach Sex? Das war der Nachteil am Urlaub – Ben war dann immer ganz besonders scharf darauf. Gott, ich hoffe, niemand kann uns hören. Das Schlafzimmer der Balfours lag auf der anderen Seite des Hauses, und bei den dicken Wänden schien es unwahrscheinlich zu sein. Emma? Sie war irgendwo oben, und es würde sowieso nicht

schaden, wenn ihr in Erinnerung gerufen wurde, dass Ben immer noch ganz wild auf Sam war.
Mach schon, dachte sie gereizt. Wie lange dauert das denn noch? Sie bewegte die Hüften, um Ben eine andere Empfindung zu verschaffen, woraufhin er anerkennend grunzte. Er wurde schneller, drückte seinen Mund auf den ihren und küsste sie heftig, bevor er endlich mit einem langen, leisen Stöhnen zum Höhepunkt kam. Er sackte keuchend über ihrer Schulter zusammen, bis sie ihn wegschob und er sich von ihr herunterrollte.
»Bist du nicht gekommen, Sammikins?«, fragte er besorgt.
»Mir geht's gut«, sagte sie. »Du weißt, ich brauche es nicht jedes Mal.« Sie kletterte aus dem Bett. »Das Ding ist scheißunbequem. Man sollte doch annehmen, dass sie die Matratzen mal ersetzen, wenn sie offenkundig ausgedient haben. Ich spring unter die Dusche.«
Als sie sauber war, zog sie eins der Kleider an, die sie extra für den Abend ausgesucht hatte: hauteng, sexy, wie eine zweite Haut. Es war wie ein Akt der Herausforderung: Je weniger Gefallen sie am Sex fand, desto mehr fühlte sie sich genötigt, ihre Attraktivität herauszustellen und auszusehen, als würde sie es so richtig genießen, obwohl es sie meistens ziemlich kalt ließ. Was die meisten Männer wenig zu kümmern schien. Selbst Ben hatte keine Ahnung, wie wenig sie dabei empfand. Solange sie die richtigen Laute von sich gab und sich richtig bewegte, war alles bestens. Sie hatte gelernt, alles zu machen, was von ihr erwartet wurde, sie konnte ein Flötensolo genauso gut hinlegen wie einen Orgasmus vortäuschen. Und immer musste sie es auch nicht vortäuschen. Ganz gelegentlich, wenn irgendwas, sie wusste nicht, was, richtig lief, erlebte sie einen winzigen Höhepunkt, der wohl ein bisschen an das heranreichte, was andere Frauen hatten: ein

schnell vorübergehendes, gedämpftes elektrisierendes Gefühl, das ihre Glieder kribbeln ließ und dazu führte, dass etwas in ihr sich entspannte. Aber es war bittersüß und ließ sie mit einer leichten Traurigkeit darüber zurück, dass dieses schwache Echo alles war, was sie haben konnte.

Sonst genoss sie Sex nur, wenn sie high war, vorzugsweise von ihrer Lieblingsdroge Kokain, die sie mit einem berauschenden Machtgefühl erfüllte. Es betäubte ihre Sinne, so dass sie unmöglich ihren kleinen Gipfel erklimmen konnte, aber das war egal. Im Grunde war es sogar gut, da der wachsende Zorn auf dieses Eindringen in ihren Körper fehlte, den sie sonst empfand. Stattdessen fühlte sie sich stark, sexy, Herrin der Lage und gewillt, sich zu winden, hochzuschnellen, zu keuchen und die Show ihres Lebens abzuziehen. Aber Ben mochte es nicht, und er schien auch immer zu wissen, wann sie etwas genommen hatte, also bewahrte sie es sich für besondere Gelegenheiten auf, wenn sie so tun konnte, als nehme sie Drogen zum Spaß und nicht, um sich für den Sex zu wappnen. Sonst stand sie es eben einfach durch.

Sie betrachtete sich im Spiegel. Das ärmellose schwarze Jerseykleid schmiegte sich an ihren Körper, betonte den flachen Bauch und die langen Schenkel, den festen Hintern. Sie bürstete sich das Haar, bis es goldglänzend war, und trug frisches Gloss auf die Lippen auf. Sie wusste, dass sie schön war. Nachdem er sich so verausgabt hatte, schnarchte Ben leise auf dem Bett, und sie ließ ihn schlafen.

Die Balfours saßen am Küchentisch, den Inhalt des Willkommens-Fresskorbs vor sich ausgebreitet. Iain starrte Sam bewundernd an, und Bella sagte: »Meine Güte, Sam, du siehst toll aus. Ich wusste nicht, dass wir uns am Abend so in Schale werfen würden. Ich habe nichts dergleichen

eingepackt.« Sie trug eine bedruckte Bluse, helle, abgeschnittene Hosen und Sandalen.
Sam hatte nicht direkt befürchtet, dass Bella eine Konkurrenz für sie sein könnte – dazu kannte sie sie mittlerweile lange genug –, aber es war trotzdem eine Erleichterung zu sehen, wie wenig schick ihre Freundin war. »Mach dir keine Gedanken, Schätzchen, das macht überhaupt nichts«, sagte sie ehrlich. »Ich bin eben ein Glamour-Junkie, ich nutze jede Gelegenheit, um mich schön zu machen. Ignorier mich einfach! Du bist viel vernünftiger angezogen.«
»Ja, wahrscheinlich«, sagte Bella. Sie blickte auf den Tisch und wies auf die ausgebreiteten Lebensmittel. »In dem Korb waren wundervolle Sachen. Heute Abend sind wir bestens versorgt. Sieh nur – Gänseleberpastete. Was für ein Luxus!«
»Ja, prima«, sagte Sam gleichgültig. »Möchte jemand einen Drink?«

Am nächsten Tag fuhren sie los, um den Wochenmarkt in dem Nachbarstädtchen zu erkunden. Es war ein strahlender, warmer Tag, eine frische Brise wehte, und aller Lebensgeister hoben sich, jetzt, da die Fahrt hinter ihnen lag und sie die ganzen Ferien noch vor sich hatten. Selbst Emma wirkt nicht mehr ganz so muffig, dachte Bella. Am Essen vom Vorabend hatte sie stumm teilgenommen, die Schultern hochgezogen, und als die anderen nach ein paar Gläsern Wein auftauten, hatte sie sich in ihr Zimmer verzogen.
In der belebten Ortsmitte erkundeten dichte Menschentrauben, bestehend aus entschlossenen Einheimischen mit lauten Stimmen und Einkaufskörben sowie neugierigen Touristen, was an Produkten frisch vom Hof angeboten wurde. Der Marktplatz und die umliegenden Straßen wa-

ren voller Stände, die Fleisch, Fisch, Käse, Öle und stapelweise Gemüse anboten, und sie waren herumgewandert und hatten eingekauft, worauf sie Lust hatten, sogar Iain, der von den Preisen ganz überwältigt war. »Diese Qualität würde man in England nie zu diesem Preis kriegen«, sagte er immer wieder.

Ben, der zuständig für die Einkäufe war, konnte sein Entzücken über die Fülle kaum verhehlen. »Mein Gott, guckt euch diesen Käse an!«, rief er an einem Stand, der mit riesigen gewachsten Käselaiben und reifen Weichkäsen beladen war, und Sam musste ihn zurückhalten, damit er nicht alles aufkaufte. Es war offensichtlich, was ihn stets nach Frankreich zog. Bella und Iain folgten ihm zufrieden, ließen ihn seine Feinschmecker- und Sprachkenntnisse anwenden – »Mein Französisch ist furchtbar, ich habe mir alles selbst beigebracht, aber ich komme zurecht«, sagte er offen –, und sogen die Düfte des Marktes in sich ein, der alles für das Auge bereithielt.

Beim Warten an einem Brotstand fand Bella sich neben Emma wieder. Sie ist wirklich unglaublich mager, dachte sie und starrte auf die Handgelenke des Mädchens, die ungefähr den Umfang eines Bambusrohrs hatten. Sie verbarg es unter ihren langen Röcken und einem weiten Oberteil, aber es war nicht zu übersehen, dass sie viel zu dünn war. Eine Essstörung? Das Zusammenleben mit Sam würde jedes junge Mädchen in die Magersucht treiben, besonders, da Sam sie nicht ausstehen konnte. Ob Ben wohl je aufgefallen war …

Unvermittelt drehte Emma sich um und sah ihr direkt ins Gesicht.

Bella lächelte freundlich, um die Lage zu entschärfen und eine Konfrontation zu vermeiden – Emma hatte eindeutig

bemerkt, dass sie angestarrt worden war. »Es ist toll hier, oder? Wir hatten noch gar keine Gelegenheit, uns richtig zu begrüßen, nicht?«
»Ja.« Emma schaute sich auf dem belebten Markt um. »Mein Vater liebt so was.«
»Und wie findest du es?« Gott, wie redet man mit einer Achtzehnjährigen?, dachte Bella. Sie war nur an Zehnjährige gewöhnt. Wie fühlte man sich mit achtzehn? Sie konnte sich kaum noch daran erinnern.
Emma zuckte die Achseln. »Ganz nett.«
»Ich weiß ja nicht, wie es dir geht, aber ich verstehe kein Wort. Dabei hatte ich einen Leistungskurs in Französisch. Eine Schande, was?«
Emma lächelte, und unvermutet erhellte sich ihr spitzes Gesicht. »Ja, na, man vergisst alles, sobald man die Prüfung hinter sich hat. Ich hab gerade Abi gemacht. Stopf, stopf, stopf – und dann, puff, ist alles weg.«
»Und wie ist es gelaufen?«
»Ganz gut. Ich hab ziemlich hart gearbeitet. Ich hab ein ganz gutes Gefühl, aber ich brauch auch einen guten Abschluss. Ich kann in Edinburgh anfangen, wenn ich in mindestens zwei Fächern sehr gut und in einem Fach gut habe.«
»Klasse. Meinen Glückwunsch. Ich drück dir die Daumen.« Bella lächelte sie warm an, während Katie sie schon zu einem Stand zog, an dem Vögel in kleinen Weidenkäfigen verkauft wurden.
Kurz darauf fuhren sie wieder ins Ferienhaus, und nach einem ausgedehnten Mittagessen im Obstgarten gingen sie zum Fluss hinunter, wo die Kinder unbedingt baden wollten. Später saßen sie ein paar Stunden draußen im Dorfcafé, erst mit einem Kaffee vor sich, danach mit einem leichten Bier. Eine köstliche Urlaubsstimmung überkam sie, als die langen, sonnigen Stunden verrannen, während

sie Pläne zum Erkunden der Region schmiedeten und der Alltagsstress dahinschmolz.
Vielleicht, dachte Bella, wird es doch besser werden, als ich gestern nach unserer Ankunft befürchtet habe. Vielleicht geht ja alles gut.

Der Urlaub verlief durchaus harmonisch. Einige Belastungen gab es allerdings. Sam und Emma sahen einander kaum an, und reden taten sie gar nicht miteinander. Sam pflegte das Mädchen laut in der dritten Person anzusprechen, in einem gezwungen munteren Ton, der vor Ironie nur so triefte. Statt ihr etwas anzubieten, sagte Sam etwa fröhlich: »Emma mag kein Brot, oder? Wahrscheinlich will sie nichts!« oder »Bestimmt will Emma nicht mit uns hinunter zum Fluss gehen. Wir sind viel zu alt und langweilig für sie!« Das Mädchen schien sich daraufhin immer tiefer in sich selbst zurückzuziehen.
Wieso sieht Ben das nicht?, dachte Bella. Er sollte nicht zulassen, dass Sam Emma so behandelt.
Aber wenn Sam nicht im Raum war, wurde Emma immer gelöster, fast menschlich; sie kicherte sogar über ein paar von Iains schrecklichen Witzen. Wie alle anderen verwöhnte sie Katie und Christopher, die, abgesehen von ein paar hässlichen Streitereien, gut gelaunt und reizend waren. Ben ließ es sich nicht nehmen, ihnen Eis und Cola zu spendieren, und in dem kleinen Supermarkt besorgte er ein paar Spiele: ein Kricket-Set aus Plastik – offenbar für die britischen Touristen bestimmt –, Tennisschläger samt Bällen sowie ein aufblasbares Boot und anderes Plastikspielzeug zum Baden. Er überredete alle, sich an den Spielen zu beteiligen. Bella saß im Obstgarten und schaute zu, wie er versuchte, Christopher die Kricketregeln zu erklären, ihm zeigte, wie man den kleinen harten Ball schlägt, zum

gegenüberliegenden Mal läuft und wieder zurück zum Torstab. »Komm schon, Chris, Mann!«, brüllte Ben. »Er hat den Ball vorbeigelassen, das gibt einen Punkt!« Christopher, der keine Ahnung hatte, was von ihm erwartet wurde, rannte kreischend los, während Iain lostrampelte, um den Ball aufzulesen, und Bella lachte, als sie die dünnen Beine ihres Sohnes über das Spielfeld flitzen sah.

Die Kinder begegneten Ben mit großen Augen, als wäre er eine Art Nikolaus, und Bella musste sich selbst eingestehen, dass sie selten so viele Geschenke bekamen, nicht einmal zu Weihnachten. Die Kinder sprangen herum, ihr Haar wurde in der Sommersonne golden und ihre Haut braun. Sogar Sam, die Kindern gegenüber eigentlich immun war, strich ihnen gelegentlich über den Kopf oder winkte sie beim Essen auf den Platz neben sich.

Die Zeit verstrich, und bald lagen mehr Ferientage hinter ihnen als vor ihnen; bald würden sie nach Rawlston zurückkehren müssen.

Sam stand auf. Alle außer ihr schliefen tief und fest. Es musste fast zwei Uhr nachts sein. Sie hatten bis lange nach Mitternacht gegrillt und viel getrunken, aber trotz des Weins konnte sie nicht einschlafen. Das Bett war so verdammt unbequem, und ihr war zu heiß, weil Ben sie umschlungen gehalten hatte. Sie schlich sich aus dem Zimmer, ohne Licht zu machen, tastete sich langsam nach unten, schloss die Küchentür auf und ging in den Garten. Obwohl es schon so spät war, war der Himmel nicht richtig dunkel. Ein heller Mond beleuchtete den Obstgarten mit bleichem, kaltem Licht.

Tief atmete sie die frische Luft ein und fragte sich, warum sie so unruhig war. Auf dem Tisch standen noch die Überreste des Grillabends – sie hatten sich nicht die Mühe gemacht abzuräumen, bevor sie ins Bett gingen. Sie schlenderte zum Tisch, setzte sich und holte ihre Zigaretten heraus. Als sie den Rauch über die schmutzigen Teller blies, spürte sie, wie sie sich etwas entspannte. Was ist bloß los?, dachte sie. Irgendetwas machte ihr Sorgen. Emma war lästig wie immer, aber die Balfours … Es würde schon gut gehen. Die Kinder waren süß, gar nicht so nervig, wie sie befürchtet hatte. Aber irgendwie hatte sich hier, außerhalb ihres eigenen Terrains, das Gleichgewicht der Macht verschoben. In Rawlston war sie vollkommen Herrin der Lage, sicher in dem Wissen, dass Bella sie beneidete: um ihr Haus, ihr Leben, ihr Aussehen und alles andere. Aber hier war es fast, als habe Bella einen Teil dieser großäugigen Bewunderung verloren. Sie schien nicht mehr ganz so beeindruckt zu sein. Und es ging Sam auf die Nerven, wenn sie mit den Einheimischen Französisch parlierte, vom Mittelalter und irgendwelchen geschichtlichen Ereignissen erzählte, Witze riss und ganz allgemein die Aufmerksamkeit auf sich lenkte. Sich in Pose warf und angab, im Grunde. Sam hatte sie sogar ein paarmal mit Emma reden sehen, obwohl Bella genau wusste, was sie davon hielt.

Sie blieb noch eine Weile sitzen, starrte in den Garten und paffte ihre Zigarette. Dann schreckte ein leises Geräusch sie auf, ein hohes Wimmern. Sie erstarrte und schaute sich um – woher war das gekommen? Irgendein Tier? Ein Nagetier? Wieder hörte sie das Geräusch, länger diesmal, ein hohes Stöhnen, fast wie von einem Kind. Sam lauschte angestrengt und stand auf. Als der Laut wiederkehrte, stellte sie fest, dass es von oben kommen musste, und kehrte zum Haus zurück. Ein Fenster im ersten Stock stand offen, und als sie näher kam, hörte sie es deutlicher, einen zittrigen, kehligen Laut, der, wie sie erkannte, von einem Menschen stammte. Sie blieb unter dem offenen Fenster der Balfours stehen, bis ihre Füße auf den Steinen und im Gras kalt wurden, und lauschte auf die kleinen Schreie, bis es endlich still wurde.

Nach einigen schönen Tagen, an denen sie Ausflüge zu Höhlen, umliegenden Schlössern und Weingütern mit *dégustation* und Weinkauf unternahmen, schlug das Wetter um. Als sie eines Morgens aufwachten, war es kühl geworden und der Himmel dunkelgrau. Mittags fielen die ersten schweren Regentropfen, Donner krachte, und ein prächtiges Gewitter tobte mit zuckenden Blitzen und heftigem Platzregen. Die Kinder pressten die Nase gegen die Scheiben und zählten die Sekunden zwischen Blitz und Donner.

Sie blieben alle in der Küche und tranken Kaffee und heiße Schokolade. Bella entdeckte eine uralte Spielesammlung in der Schublade der Anrichte, und sie, Katie, Christopher und Sam setzten sich hin, um eine Partie Mensch-ärgere-dich-nicht zu spielen, während die Männer lasen und Emma an einem Nebentisch Patiencen legte.

Bella war beim Spielen vor allem darauf bedacht, drohende Streitereien im Keim zu ersticken. Sam spielte mit unerwarteter Schärfe, blickte jedes Mal voll triumphierender Schadenfreude auf, wenn sie auf Bellas Feld landete, schlug ihre Figur und schickte sie auf Start zurück. Sie kannte keine Gnade, und nachdem sie gewonnen hatte, stand sie auf und überließ es den anderen, eine zweite, dritte und vierte Partie zu spielen. Bella machte dumme Fehler, damit Christopher aufholen konnte.

Sie schüttelte den Würfelbecher und schaute der schlanken Gestalt nach, die davonschlenderte. Sams Verhalten verwirrte sie. Die Kameradschaftlichkeit, die zwischen ihnen geherrscht hatte, war verschwunden, und Bella hatte keine

Ahnung, warum. Sam verhielt sich kühl und distanziert, und gelegentlich ertappte Bella sie dabei, wie sie sie mit so etwas wie herausforderndem Trotz anstarrte.
Wieso tut sie das?, überlegte Bella. Sie konnte sich die plötzliche Abkühlung ihrer Beziehungen nicht erklären. Wenn jemand Grund hat, verstimmt zu sein, dann doch wohl eher ich. Langsam deprimierte es sie, dass Sam immer so herausgeputzt und durchgestylt war. Bella hatte angenommen, dass sie im Urlaub eher leger sein würden, und hatte daher nur bequeme alte Sachen eingepackt. Aber Sam war stets aufwändig zurechtgemacht und trug Kleidung, die in einem Nachtclub nicht fehl am Platze gewesen wäre. Neben einer Frau, die aussah wie einer Modezeitschrift entsprungen, fühlte Bella sich in ihren schäbigen Urlaubsklamotten wie ein Trampeltier, und das zog sie langsam runter. Und es waren nicht nur die Klamotten. Vielleicht war sie ja paranoid, aber immer wenn sie beim Essen aufblickte, schob Sam gerade etwas von sich weg oder stocherte halbherzig im Salat herum. Bella hatte sich auf *steak frites* mit Mayonnaise gefreut, auf weiche weiße Baguettes, dick mit Pâté bestrichen, auf schweren Rotwein mit Camembert – war das nicht eins der Hauptvergnügen im Urlaub? Aber der Anblick von Sam, die auf all das verzichtete, vergällte ihr die Freude daran. Es kam ihr direkt unweiblich vor, so viel zu essen, zu essen wie die Kinder und die Männer, aber sie brachte es nicht über sich, sich die Köstlichkeiten zu versagen, die es hier überall gab.
Sei nicht so oberflächlich!, schalt sie sich. Du darfst dich davon nicht beeinflussen lassen. So aussehen wie Sam wirst du sowieso nie, selbst wenn du nie wieder einen Bissen zu dir nimmst, also kannst du ebenso gut weitermachen wie bisher und es genießen. Und wenn Sam auf Distanz

gehen will – nun, es ist ja schließlich nicht so, als wären wir je richtig gute Freundinnen gewesen. Im Grunde habe ich nichts verloren.

»Wer kommt mit zum Markt?«, fragte Ben fordernd. Er stürmte mit großen Schritten in die Küche, wo die Balfours gerade frühstückten. Die Gewitterfront hatte sich verzogen, und der Himmel war wieder so strahlend blau, wie sie es gewöhnt waren.
»Wir wollen baden gehen!«, sagte Katie rasch und warf einen besorgten Blick auf ihre Eltern. »Ihr habt gesagt, wir könnten zum Baden gehen.« Der Markt übte schon länger keinen besonderen Reiz mehr auf die Kinder aus, die stattdessen ganz versessen auf die Rutsche an der Badestelle waren: Sie kletterten unzählige Male hinauf, um dann hinunterzusausen und ins Wasser zu plumpsen.
»Heute Vormittag wird es noch zu kalt sein«, sagte Bella. »Es ist besser, wenn ihr bis zum Nachmittag wartet, wenn die Sonne das Wasser wieder erwärmt hat.«
»Biiitte«, bettelte Christopher.
»So schlimm wird es schon nicht sein«, meinte Iain. »Das Wasser erwärmt sich im Sommer und kühlt erst im Winter ab. Von einem Tag auf den anderen gibt es keine großen Veränderungen. Wenn die Kinder runter zum Fluss wollen, begleite ich sie.«
Die Kinder bestürmten Bella im Chor mit Bitten, und schließlich erlaubte sie ihnen, schwimmen zu gehen. »Ich komme mit zum Markt«, sagte sie zu Ben. Ihr gefielen seine Begeisterung für die regionalen Spezialitäten, sein Beharren darauf, nur das Beste zu kaufen, und die Art, wie er die Standinhaber mit seinem furchtbaren Französisch für sich einnahm. »Kommt Sam auch mit?«
»Sie ist noch im Bett«, sagte Ben kurz. »Also los! Wir ma-

chen uns besser früh auf den Weg. Vor dem Ansturm kriegt man die besten Sachen.«

Eine Fahrt in dem Mercedes war immer ein kleiner Luxus. Wenn irgendetwas die Unterschiede zwischen den beiden Familien betonte, dann der Augenblick, in dem sie vor einem Ausflug in ihre jeweiligen Autos stiegen, die Balfours in ihre heiße, laute Karre und die Clarkes in ihre schnittige, kühle Karosse. Bella verachtete sich selbst deswegen, aber es machte ihr trotzdem etwas aus.

Sie fuhren aus der Ausfahrt und bogen in die Chaussee ein. Bella hatte sich immer noch nicht ganz daran gewöhnt, auf der falschen Straßenseite zu fahren – sie saß dort, wo eigentlich das Lenkrad sein sollte, und wurde immer wieder von kleinen Panikanfällen ergriffen, weil sie keine Kontrolle über den Wagen hatte, oder sie hatte das Gefühl, Schlagseite zu haben.

»Also«, sagte Ben, nachdem sie eine Weile schweigend dahingefahren waren, »gefällt es dir hier?«

»O ja, sehr.« Bella wandte den Kopf und betrachtete sein starkes Profil. Irgendwie fühlte man sich bei ihm sicher aufgehoben, als würde er immer Herr der Lage bleiben. Sie hatte sich von Anfang an zu ihm hingezogen gefühlt. Natürlich sah er gut aus, aber das war es nicht allein. Er hatte etwas Magnetisches, Faszinierendes an sich. »Es ist einfach himmlisch – vielen Dank, dass du uns angeboten hast mitzukommen.«

»Das war nicht ich, sondern Sam.«

»Ja, ich weiß. Ich hoffe, du hast nicht das Gefühl, dass wir dir den Urlaub vermasseln.«

»Oh, gar nicht. Ich gestehe, dass ich so meine Zweifel hatte, aber es macht mir Spaß. Eure Kinder sind wirklich klasse.«

»Ja, nicht wahr?«, sagte sie stolz. »Aber eigentlich ist es vor allem Glück – man weiß nie, wie die Mischung ausfallen wird. Sie wollen gern anderen gefallen, glaube ich, sie sind gern brav. Zu meinem Glück.«

»Du solltest es dir schon als Verdienst anrechnen. Es ist nicht so einfach, Kindern eine schöne Kindheit zu bereiten.«

»Na, jedenfalls machst du sie mit deinen Geschenken sehr glücklich. Ich weiß gar nicht, wann sie zuletzt so viel Spaß hatten. Das ist sehr freundlich von dir.« Nach einer Pause fügte sie etwas schwach hinzu: »Emma ist auch ein ganz reizendes Mädchen.«

Bens Augen wurden von seiner Sonnenbrille verdeckt, so dass seine Miene unergründlich blieb, und er wandte den Blick nicht von der Straße. Er ignorierte ihre Bemerkung über Emma und erklärte: »Du kannst ruhig sagen, wenn ich es übertreibe. Ich will dich und Iain nicht kränken, weißt du.«

»Das hast du nicht!«, protestierte Bella. »Und die Geschenke sind doch auch eigentlich für alle, oder? Jeder, der Lust hat, kann die Sachen ausprobieren.«

»Durchaus.« Ben lächelte sein schiefes, halbes Lächeln. »Allerdings würde ich dir nicht empfehlen, die Schwimmflügel anzulegen und in dieses Plastikboot zu steigen. Du könntest leicht deine Würde verlieren.«

Bella lachte. »Ich meinte eigentlich eher die Tennis- und Kricket-Ausrüstung. Obwohl ich zugeben muss, dass meine Würde auch dabei in Gefahr wäre, angeknackst zu werden. Hast du mich schon mal bei dem Versuch beobachtet, einen Ball zu treffen?«

Eine Stunde stöberten sie auf dem Markt herum. Einige der Standinhaber erkannten Ben, begrüßten ihn und zogen Körbe mit Gemüse oder ausgesuchten Fleischstücken hervor, die sie angeblich extra für jemanden von seinem Geschmack und seiner Urteilskraft zurückgelegt hatten.

»Was wollen wir heute Abend essen?«, fragte Ben, als sie sich zwischen den farbenfrohen Marktständen hindurchschoben, angelockt von dem köstlichen Duft von Riesenpfannen mit Paella aus gelbem Reis, Krabben und Muscheln. »Das macht mir Appetit auf Fisch.«

Er führte sie zu einem der zahlreichen Fischstände und erstand ein Dutzend frischer Makrelen, Krebse und einen Beutel saftiger Langusten. »Heute feiern wir ein Fischfest«, sagte er zu Bella und reichte ihr den Beutel. »*Merci, Monsieur.* Also, wollen wir erst mal was trinken? Einkaufen macht durstig. Dann noch frisches Brot und ab nach Hause.«

Sie überquerten den belebten, geräuschvollen Marktplatz. Musik plärrte aus Lautsprechern, die an den Mauern des Rathauses angebracht waren. »Ein verrückter Einfall der Franzosen, soll uns wahrscheinlich aufheitern«, meinte Ben. »Was für ein Krach.« Sie bogen in eine der kühlen dunklen Gassen ein und gelangten auf einen hellen, ruhigeren Platz, der auf allen Seiten von Cafés und Bars umgeben war. In einem Café mit kleinen Korbtischen ließen sie sich im Schatten der rot-weiß gestreiften Markise nieder. Als der Kellner kam, bestellte Ben zwei Bier.

»Ich wollte eigentlich Kaffee«, sagte Bella.

»Bei dieser Hitze? Bier ist am besten. Danach ein Mineralwasser.«

»Schön.« Bella lächelte. Ob der Kellner sie wohl für ein Paar hielt? Sicher – warum sollte er etwas anderes annehmen? Die Vorstellung, dass sie offenbar zu Ben mit seinem grau gesprenkelten dunklen Haar, der Sonnenbrille und den teuren Leinensachen passte, gefiel ihr. Sein Hut hätte eigentlich lächerlich wirken sollen, aber stattdessen sah er damit noch beeindruckender aus. Es war ganz anders als mit Iain, der sich zweifellos beim Bestellen ungeschickt angestellt hätte, weil es ihm Unbehagen bereitete, mit dem Kellner zu reden. Ben war immer und stets Herr der Lage und seiner selbst. Die beiden Familien hatten nun über eine Woche zusammen verbracht, aber für Bella war Ben ein Fremder geblieben: rätselhaft, selbstgenügsam, vielleicht sogar erregend.

»Als Vorspeise Krebse und Langusten«, erklärte er und unterbrach damit Bellas Gedankengang. »Ganz unkompliziert – nur die guten Meeresfrüchte mit Zitrone, Pfeffer und Mayonnaise als Dip. Haben deine Kinder schon mal Langusten gegessen?«

»Ich kann ehrlich sagen, dass das nicht der Fall ist.«

»Sie werden begeistert sein. Kinder finden sie anfangs immer gruselig, wegen der Augen, der langen Fühler und so, aber wenn man ihnen zeigt, wie man alles abpult und an das Fleisch kommt, werden sie ganz aufgeregt. Die Makrelen fülle ich mit Kräutern und grille sie mit Öl, etwas Wein, vielleicht ein bisschen Zitrone. Einfach kööstlich.«

Der Kellner stellte Gläser mit goldgelbem Bier vor sie hin. Ben zahlte, und sie saßen da, nippten an ihrem Getränk und beobachteten die Passanten. Bella war etwas verlegen, als wäre sie mit einem wichtigen Menschen zusammen, den sie beeindrucken musste, obwohl sie sich in seiner Gegenwart wie ein unbedarfter Teenie fühlte.

»Weißt du, Bella, eigentlich wissen wir sehr wenig voneinander, oder? Und das ist doch merkwürdig, wo wir doch Nachbarn sind und unsere Familien gemeinsam Urlaub machen. Ich schlage vor, wir ändern das. Ich möchte, dass du mir fünf Dinge über dich erzählst, jetzt gleich, ohne vorher zu überlegen.«

»Oh – Gott, ja, gut. Äh, eigentlich heiße ich Annabella, aber den Namen hasse ich. Das war Punkt eins. Punkt zwei – ich bin in Wales aufgewachsen, aber auf der Uni habe ich meinen walisischen Akzent verloren –«

»Gefiel es dir in Wales?«, unterbrach Ben sie.

»Ich habe nichts gegen Wales, aber das Leben mit meiner Familie war nicht gerade ein Fest – nichts Dramatisches, ich bin mit meinen Eltern nur nicht ausgekommen –, und ich wusste genau, ich wollte nicht in unserer Stadt bleiben. Ich konnte es gar nicht abwarten, von da wegzukommen, genauer gesagt.«

»Gut. Nächster Punkt.«

»Ähm – mal sehen. Ich habe mit zweiundzwanzig geheiratet, viel zu früh, obgleich wir gar nicht gemusst hätten. Wir waren wohl beide ziemlich konservativ, und es schien uns einfach das Richtige zu sein. Ich wollte unbedingt von zu Hause weg, und da schien es irgendwie richtig, so schnell wie möglich eine eigene Familie zu gründen.«

»Es muss schnell gehen. Halt dich nicht zu lange bei einem Punkt auf.«

»Der wievielte Punkt war das? Der dritte? Ich mache EDV-Schulungen, und ich bin gut in meinem Beruf. Ich unterrichte gerne; es hat mich immer schon interessiert, wie alles funktioniert. Das ist meine herrschsüchtige, neunmalkluge Seite. Punkt fünf … Oh je, ich kann nicht mehr denken.«

»Irgendwas. Lieblingsessen, Schuhgröße?«

»Ähm, die letzte Sache, die letzte Sache ist … Ich würde gern wieder arbeiten. Da. Das war's.« Sie war ziemlich überrascht, sich das sagen zu hören. Eigentlich hatte sie an ihre Lieblingssorte Eiscreme gedacht, als dieses Eingeständnis herausrutschte. Sie lachte. »Ich weiß ja nicht, ob das nun sehr aufschlussreich war. Also, was ist mit dir?«

»Nein, nein, das ist mein Spiel. Ich bin an dir interessiert. Mich können wir ein andermal drannehmen, wenn du willst. Jetzt werde ich dir noch ein paar weitere Fragen stellen. Ich will wissen, was mit deiner Arbeit ist. Wieso hast du aufgehört?«

»In meiner Firma gab es betriebsbedingte Kündigungen, und ich bin freiwillig gegangen. Die Abfindung hat uns ermöglicht, Holly Lodge zu kaufen. Ich weiß nicht genau, was ich mir gedacht habe, aber ich nahm an, es würde sich schon irgendwas ergeben, aber stattdessen bin ich wie gegen eine Wand gelaufen, innerlich wie äußerlich. Ich liebe Rawlston, aber ich bin abgeschnitten von der wirklichen Welt, von allem, was ich von mir selbst erwarte – was ich von mir *fordere*. Ich habe die Stellenanzeigen in den Lokalzeitungen und im Internet durchforstet, aber nichts Passendes gefunden.«

»Aber es muss doch in Oxford Firmen geben, die Computerschulungen anbieten.«

»Sollte man annehmen, aber ich habe keine entdecken können. Oder jedenfalls nicht das, woran ich gewöhnt bin.«

»Mmm.« Ben schaute in sein Bierglas. Dann sah er wieder auf, nahm die Sonnenbrille ab und enthüllte seine verblüffend blauen Augen.

Was ist das nur mit diesen Augen?, fragte sie sich. Immer wenn Ben sie direkt ansah, fühlte sie sich unbehaglich, sie wäre am liebsten auf dem Stuhl hin- und hergerutscht oder hätte sich leicht geschüttelt. Er war entnervend, dieser direkte Blick. Und, wenn sie darüber nachdachte, die Art, wie er sie musterte. Nicht schleimig, auf die Busen-ins-Visier-nehmen-Tour, sondern als wäre etwas an ihr interessant und ungewöhnlich, wert, näher betrachtet zu werden. Und wenn sie etwas sagte, schaute er immer auf ihren Mund. »Na, da werden wir wohl etwas unternehmen müssen. Ich will schließlich nicht, dass du in dem Haus an der Ecke still und leise verrückt wirst. Hast du schon mal daran gedacht, dich selbständig zu machen? Es muss möglich sein, EDV-Training freiberuflich anzubieten, und es müsste jede Menge neu gegründeter Unternehmen geben, die Computerschulungen für ihre Angestellten brauchen. Ich weiß jedenfalls, dass bei mir da Bedarf besteht.«

»Ich weiß nicht«, sagte Bella. Sie runzelte die Stirn. »Daran habe ich noch gar nicht gedacht.«

»Es wäre eine Idee. Du kannst von zu Hause aus arbeiten, dann brauchst du kein großes Startkapital. Nötig wäre nur ein bisschen Akquise und Werbung, um Kunden zu gewinnen. Durch Anrufe bei entsprechenden Firmen vielleicht.«

»Ich frage mich, ob das ginge.« Sie wurde ganz aufgeregt. Vielleicht war das die Lösung – warum war ihr das bloß nicht selber eingefallen? Sie könnte die Firma von den eigenen vier Wänden aus starten, zu den Kunden fahren, eine eigene Website gestalten. Sich selbständig machen, eigenes Geld verdienen. »Das ist eine tolle Idee. Ich werde darüber nachdenken.«

»Ich habe einige Erfahrung auf dem Gebiet. Sag mir Bescheid, wenn ich dir irgendwie helfen kann. Also, Annabella, wollen wir Brot kaufen?«

Am letzten Abend beschlossen sie, im Ferienhaus zu bleiben und zu kochen. Sie waren einige Male in regionaltypischen Restaurants gewesen, keine mit Michelin-Stern, sondern in gemütlichen Bistros mit *prix fixe*-Menüs oder preiswerten Touristenmenüs, was, wie Bella argwöhnte, auf Bens Taktgefühl zurückzuführen war.

Ben hatte wie immer gekocht, und sie aßen draußen im Apfelgarten und stießen mit Weißwein und dem regionalen Pfirsichlikör auf ihren Urlaub an, bevor sie zu dem Rotwein übergingen, den Ben bei einem Winzer in der Nähe gekauft hatte. Als es langsam dunkel wurde und das fast erloschene

Feuer die einzige Lichtquelle bildete, merkte Bella, dass sie alle ziemlich betrunken waren. Die Kinder waren ins Bett geschickt worden, aber Emma war noch da und trank ihren Wein mit zunehmend umnebelten Augen.

»Wollen wir nicht ein Spiel spielen?«, schlug Bella vor.

»O ja, spielen wir ein Spiel«, rief Sam aus und klatschte in die Hände.

»Mensch-ärgere-dich-nicht?«, fragte Iain.

»Nein.« Sam lachte. »Nicht Mensch-ärgere-dich-nicht!«

»Dann Monopoly.«

»Gott, ich weiß nicht. Wie bist du denn drauf? Nein, lasst uns ein richtiges Partyspiel spielen, das Mörderspiel oder so was. Mord durch Zuzwinkern.«

»Dafür ist es zu dunkel«, warf Bella ein. »Wir können uns nicht gut genug sehen.«

»Schön, dann was anderes. Ich weiß! Verstecken.«

»Zu langweilig«, sagte Iain. »Ich weiß was Besseres. Sardinen.«

Sam runzelte die Stirn. »Was?«

»Sardinen. Hast du das noch nie gespielt?«

Sam schüttelte den Kopf. Iain beugte sich vor. »Es ist wie Verstecken, nur umgekehrt. Anstatt dass sich alle verstecken und einer sucht, versteckt sich einer, und alle suchen. Und wenn jemand die versteckte Person findet, quetscht er sich mit in das Versteck und so weiter, bis alle das Versteck gefunden haben. Und der Letzte, der alle anderen findet, ist … Ich weiß nicht, die Sardine oder so was.«

»Die im Versteck sind die Sardinen«, korrigierte Ben. »Der Letzte hat einfach verloren.«

»Schön, ja, so ist es. Also, was haltet ihr davon?«

»Klingt gut«, sagte Sam. »Wer spielt mit?«

»Ich nicht«, sagte Emma entschieden von ihrem Ende des Tisches her. »Wenn ihr irgendwelche albernen Spielchen

spielen wollt, ist mein Zimmer tabu.« Sie stand auf, griff nach der halb leeren Weinflasche und ging ins Haus.
»Na, das ist doch schon mal eine Verbesserung«, nuschelte Sam. »Also los! Wie fangen wir an?«

Bella zog das kurze Stück; Ben hatte eine Papierserviette zerrissen und ließ die Stücke aus seiner großen Faust herabbaumeln, die er ihnen hinhielt. Während die anderen gehorsam mit geschlossenen Augen zählten, umrundete sie langsam das Haus und suchte sich vorsichtig ihren Weg durch das hohe Gras. Es war ein reines Ablenkungsmanöver, falls jemand guckte, denn sie wusste, wo sie sich verstecken wollte. An der Vorderseite des Hauses angekommen, schoss sie um die Ecke und durch die offene Küchentür, und dann steuerte sie direkt auf die Kellertür zu und stieg die Treppe hinab. Sie hatten den Keller nicht benutzt, aber sie waren alle unten gewesen und hatten den staubigen Fußboden und die niedrige Decke inspiziert, von der eine kahle Glühbirne herabhing. Bei einem zweiten Erkundungsgang, den sie allein unternommen hatte, hatte Bella direkt hinter der Treppe, fast unsichtbar, einen schmalen Gang entdeckt, der in einen Verschlag führte. Er war ebenso schmutzig und leer, aber viel kleiner als der Hauptkeller, gerade groß genug für eine Person. Sie stieg die Treppe hinab, ohne Licht zu machen, vorsichtig, weil sie sehr gut wusste, dass der Wein ihre Reflexe verlangsamt hatte, und kroch in den Verschlag. Sie lehnte sich mit dem Rücken gegen die Wand, rutschte hinunter, setzte sich auf den staubigen Steinboden und machte sich auf eine längere Wartezeit gefasst.
Sie hörte, als die anderen mit der Suche begannen. Es war ein furchtbarer Radau. Sie rissen Türen auf, polterten durchs Haus und riefen einander etwas zu. Bella fürchtete,

die Kinder könnten aufwachen oder, schlimmer noch, ihre Mitspieler könnten das Kinderzimmer durchsuchen. Sie hätten lieber vereinbaren sollen, dass dieser Raum tabu war.

Geklapper und Geknalle zeigte, dass jemand die Küche durchsuchte. Dann hörte sie, wie die Kellertür geöffnet wurde, und sah das gelbe Licht aus dem anderen Kellerraum, nachdem der Lichtschalter betätigt wurde. Der Keller war ein ziemlich offensichtliches Versteck, also behielt sie die Nerven, als laute Fußtritte die Holztreppe herunterstampften.

»Bella, bist du hier?« Das war Iain. Er war am Fuß der Treppe angekommen. »Bella?«

Es gab eine Pause, und sie erriet, dass er sich umschaute. Das war der kritische Punkt: Sie verließ sich darauf, dass niemand den engen Gang bemerken würde, der im Schatten hinter der Treppe lag. Ihr Herz hämmerte, und ihr Mund wurde trocken. Das muss irgendein primitiver Instinkt sein, dachte sie. Meine Sinne begreifen nicht, dass es nur ein Spiel ist. Ihr Magen verkrampfte sich vor Angst. Dann entspannte sie sich, als sie Iain die Kellertreppe wieder hinaufpoltern hörte. In der Küche rief er: »Im Keller ist sie nicht – ich habe nachgesehen. Er ist sauber.«

Lange Minuten vergingen, und niemand kam. Sie begann sich zu langweilen – war sie zu schlau gewesen? Es machte keinen Spaß, wenn keiner sie fand. Wann sollte sie herauskommen und sich zeigen? Das Dunkel war weich und kühl, und sie versank in einem Traum. Sie war fast eingedöst, als das Licht im Keller wieder anging. Jemand stieg leise und leichtfüßig die Treppe herunter. Bella, plötzlich hellwach, starrte auf das grelle Licht im Gang und wartete, aber es herrschte eine fast unheimliche Stille, während jemand den Kellerraum umkreiste. Dann wurde das Licht unvermutet von einer Gestalt verdeckt, und sie spürte, das sich jemand näherte.

Sei ganz leise!, sagte sie sich. Von dem Licht im Nebenraum werden seine Augen geblendet sein. Wieder hämmerte ihr Herz, und sie versuchte ihren Atem zu kontrollieren, der plötzlich laut und schnell ging. Die Gestalt kam auf sie zu, und dann spürte sie, wie etwas gegen ihre Füße drückte – sie war gefunden. Eine Hand fuhr leicht über ihr Gesicht, als sie in der Schwärze aufblickte.

»Na, hallo!«, sagte Bens Stimme, so weich wie die Dunkelheit. »Ich glaube, ich habe eine Sardine im Keller gefunden.«

Nachdem er das Licht wieder ausgeschaltet hatte, setzte er sich neben sie, und sie hockten zusammengepfercht da, an die Kellerwand gelehnt, die Knie bis zum Kinn hochgezogen. Durch die dünne Baumwolle seines Hemdes konnte sie die Wärme seiner Haut spüren.

»Was für ein cleveres Versteck«, flüsterte Ben. »Hast du es heute Abend entdeckt?«

»Nein, neulich schon. Wie hast du mich gefunden?«

»Wir haben überall gesucht. Ich hatte das Gefühl, dass du irgendwo im Haus bist, und ich war überall, nur nicht im Kinderzimmer. Du musstest hier unten sein.«

»Glaubst du, die anderen werden es finden?«

»Schwer zu sagen. Wie lange wollen wir warten?«

»Ich weiß nicht. Ich weiß nicht genau, wie lange ich schon hier unten bin. Es kommt mir vor wie eine Ewigkeit. Ich wollte mich schon zeigen und zur Gewinnerin erklären.«

»Kannst du vielleicht immer noch. Na, wir beide sind die Gewinner.«

Eine Weile saßen sie schweigend da. Ihre Augen gewöhnten sich an die Dunkelheit, aber sie sahen trotzdem kaum etwas.

Was tue ich da nur?, dachte Bella. In einem Keller in Frankreich neben einem fremden Mann sitzen. Es war eine seltsame Erfahrung und sehr aufregend. Sie hatte ein Gefühl vollkommener Isolation, als würden die anderen sie nie finden, als wären die anderen weit, weit weg und sie und Ben würden immer hier bleiben, eng zusammengepresst. Ein Kribbeln überfiel sie, und sie hätte am liebsten Schultern und Kopf geschüttelt, um sich davon zu befreien, aber sie rührte sich nicht, getragen von einer Woge der Erregung. Warum fühle ich mich bloß so, dachte sie, und mit plötzlicher Klarheit erkannte sie, dass sie schon die ganze Woche gewünscht hatte, Ben nahe zu sein, dass sie ihm subtile Signale gesandt hatte. Ohne sich dessen bewusst zu sein, hatte sie sich an ihn herangetastet, und jetzt, nach ihrem schlau eingefädelten Plan, saßen sie hier, allein miteinander und fast so nahe, wie man einander nur kommen konnte.
Aber was will ich denn, überlegte sie. Warum will ich ihm nahe sein? Es war ein Gefühl, das sie zum letzten Mal mit fünfzehn gehabt hatte, wenn sie irgendeinen Jungen als Helden verehrte und alles getan hätte, um in seine Nähe zu kommen. Es war wie ein unerträglicher Zwang, und sie hätte nie gedacht, dass sie immer noch anfällig dafür war. Normalerweise empfand sie heutzutage höchstens sexuelle Anziehung, ein armer Verwandter dieses Gefühls, wenn sie nüchtern, beinahe distanziert feststellte, dass irgendein Mann gut aussah, ein anziehendes Lächeln oder warme Augen besaß.
War es nur Lust? War dieses Prickeln, waren diese Schmetterlinge im Bauch nur der letzte Funken jugendlichen Feuers, inzwischen ohne Idealismus und Romantik, enttarnt als das, was es wirklich war? Hoffentlich nicht. Sie wollte die Kontrolle nicht verlieren, sich zügeln, aber sie spürte selbst, dass sie ständig Schritte in die falsche Richtung tat.

Wenn sie sich beherrschen konnte, wenn sie irgendeine Kontrolle über ihr unbewusstes Verlangen besaß, was tat sie dann hier im Dunkeln mit dem Mann, den sie die ganze Woche lang heimlich beobachtet hatte, während seine Frau und ihr Mann nach ihnen suchten? Und was dachte er?

»Ich glaube nicht, dass sie uns finden werden«, sagte Ben ruhig. »Vielleicht sollten wir lieber raufgehen.«

»Sam war noch nicht hier unten«, flüsterte Bella. »Wollen wir nicht auf sie warten? Sie muss im Keller nachsehen. Sie könnte uns finden.«

»Iain behauptet, er hätte im Keller nachgesehen. Kann sein, dass sie sich nicht die Mühe macht.«

»Wollen wir nicht noch ein bisschen länger warten?« Sie wollte nicht, dass diese seltsame schwarze Wärme schon vorüber war, wollte diese zarte Vertrautheit nicht verlieren.

»Also …« Seine Stimme war leise. Er musste ihr den Kopf zugewandt haben, denn sein Atem brauste vor ihrem Ohr und blies eine Haarsträhne mit fast unerträglicher Leichtigkeit über ihren Hals. »Wie lange willst du noch warten?«

»Ich weiß nicht.«

»Sollten wir nicht gehen? Ich kann sie gar nicht mehr herumlaufen hören.«

»Verderben wir nicht das Spiel, wenn wir uns zeigen?«

»Das hängt davon ab. Vielleicht haben sie aufgegeben. Vielleicht wollen sie, dass wir raufkommen.«

»Willst du raufgehen?«

Es gab eine lange Pause. »Ich glaube, wir sollten.«

Sie traten in die Nachtluft hinaus, die ihnen nach dem modrigen Keller klar und sauber erschien. Im hellen Mondlicht saßen Sam und Iain an dem alten Tisch im Apfelgarten, eine geöffnete Flasche Wein zwischen sich, und unterhielten sich. Sie drehten sich um und sahen Bella und Ben auf sich zukommen.

»Wo habt ihr zwei denn gesteckt?«, fragte Sam entrüstet. »Wo habt ihr euch versteckt?«

»Wir haben überall gesucht«, fügte Iain hinzu, »und dann haben wir aufgegeben, weil es keinen Spaß mehr machte.«

»Das verraten wir nicht«, sagte Ben, als sie an den Tisch traten, »falls wir das Spiel noch einmal spielen sollten. Es ist ein brillantes Versteck, das behalten wir für uns.«

»Wart ihr im Auto?«, fragte Iain missmutig. »Ich wette, das wart ihr. Ich wusste ja, dass ihr irgendwie gegen die Regeln verstoßen habt.«

»Das bleibt unser Geheimnis«, sagte Ben.

Elf

Es war schon spät, als Jane nach einer langen, bangen Fahrt in London ankam. Sie fuhr direkt zum Krankenhaus, einer Ansammlung großer grauer, verdreckter Gebäude an einer belebten Straße. Nachdem sie einen Parkplatz gefunden hatte, lief sie zurück zum Eingang und fand sich sofort in einer fremden, geschäftigen, unpersönlichen Welt wieder. Patienten in leicht schmuddeligen Morgenmänteln hielten sich am Eingang auf, einige im Rollstuhl, einige mit Besuchern, andere allein und rauchend. Die Neonröhren in der Eingangshalle verliehen sogar den gesunden Gesichtern einen kränklichen Grünton.

Am Empfang wurde sie in einen anderen Flügel des Krankenhauses geschickt. Dort fuhr sie in einem breiten Fahrstuhl, groß genug für ein Rollbett, in den zehnten Stock hinauf, hastete durch endlose Flure voller zielstrebig vorbeieilender Krankenschwestern und Ärzte, an zahllosen Schwingtüren vorüber, und erreichte den Krankensaal, in dem Maggie lag.

Ihr Bett, mit Vorhängen abgeteilt, stand in der Mitte des Saals. Sie hatte die Augen geschlossen und war erschreckend blass. Jane spürte, wie ihr Magen sich bei dem Anblick vor Angst zusammenkrampfte. Maggie sah aus wie das schwindsüchtige Modell eines präraffaelitischen Malers mit ihren dicken Locken, die auf dem Kissen ausgebreitet lagen, und den leicht violett getönten Augenlidern, der einzigen

Farbe in ihrem Gesicht. Jane sank auf dem Stuhl neben dem Bett nieder und legte ihre Hand auf die ihrer Schwester. »Maggie«, flüsterte sie. »Bist du wach?«

Langsam öffnete Maggie die Augen und richtete sie auf Jane. Ihre weißen Mundwinkel hoben sich zu einem halben Lächeln. »Ah. Du bist gekommen.«

»Natürlich bin ich gekommen. Ich bin sofort nach Gregors Anruf losgefahren.«

»Das war nett von dir. Ich weiß, wie sehr du London hasst.«

Jane zuckte leicht zusammen. »Oh, Maggie, das war nicht nett. Du weißt doch, dass nichts mich davon abhalten könnte, dich im Krankenhaus zu besuchen, egal, wo du bist.« Ihre Augen brannten, aber sie war entschlossen, sich nicht aus der Fassung bringen zu lassen. Selbst jetzt war Maggie nicht bereit, auf ihren sardonischen Ton zu verzichten oder auf ihre ausgefeilte Technik, Jane Schuldgefühle einzuflößen. »Wie geht es dir?« Von einem Metallständer baumelte ein Beutel mit einer klaren Flüssigkeit, und ein Schlauch schlängelte sich nach unten und in Maggies Hand.

Maggie seufzte, und ein Schleier der Traurigkeit breitete sich über ihr Gesicht. »Ganz gut. Es wird schon wieder. Das heißt – ich werde leben, wenn auch sonst nichts.«

»Es tut mir leid, Liebes. Willst du mir erzählen, was passiert ist?«

»Was passiert ist?« Maggies Gesicht war fast ausdruckslos, dann schien sie sich zu erinnern, warum sie hier war. Ihre Lippen zuckten. »Alles hat sich so unglaublich schnell geändert. Ist es nicht sonderbar, wie schnell sich alles ändern kann? Noch heute Morgen war ich in der achten Woche schwanger, und alles war gut. Ich habe mir ausgerechnet, wie viele Wochen es noch dauert, bis das Baby kommt, bis ich aufhören würde zu arbeiten, bis wir die Ultraschalluntersuchung machen und es sehen könnten … Na, die Untersuchung kam schneller als erwartet. Und jetzt ist da kein Baby mehr, keine Schwangerschaft und nur noch ein einziger Eileiter.«

»Sie haben ihn entfernt?« Jane reagierte auf den Schmerz, den sie in Maggies Stimme hörte.

»Sie mussten. Es war eine Eileiterschwangerschaft, die schon zu weit gediehen war. Der Eileiter wäre fast geplatzt. Hätte sich mein Zustand verschlimmert, wäre ich auch gestorben. Also machten sie eine … Wie haben sie es noch mal genannt? Eine Salpingektomie, ja, das war das Wort. Wenn sie einfach alles rausschnippeln und einen wieder zusammennähen.«

Es sah Maggie ähnlich, den medizinischen Fachbegriff genau wiedergeben zu wollen, den richtigen Terminus zu gebrauchen. Sie wollte vermutlich, dass die Ärzte wussten, dass sie in der Lage war zu verstehen, was mit ihr geschah.

Jane umfasste die Hand ihrer Schwester fester. »Es tut mir so leid. Ich wusste nicht mal, dass du schwanger warst.«

»Ich hatte es selbst gerade erst entdeckt. Ich war zwei Wochen überfällig, bevor ich mir die Mühe machte, etwas zu unternehmen. Es schien so unwahrscheinlich, und wir hatten es nicht geplant. Aber als der Test positiv war …« – Maggie blinzelte langsam, und ihre Mundwinkel sackten herab –, »… waren wir so glücklich. Und ich war froh, dass mir die Entscheidung abgenommen worden war, dass wir uns einfach auf das Baby vorbereiten konnten und uns nicht zusammensetzen mussten, um über die finanzielle Seite, den richtigen Zeitpunkt und eventuelle Nachteile zu diskutieren. Es war eben passiert. Und als ich die zweite blaue Linie in dem Fensterchen sah, spürte ich meinen Magen hüpfen und empfand … echte Glückseligkeit. Wenn man das eine

Weile nicht erlebt hat, vergisst man, wie das ist, dieses schwindelerregende Hochgefühl. Mir wurde klar, dass ich ein Kind haben wollte. Das hatte ich nicht gewusst.« Beim letzten Satz begann ihre Stimme zu zittern; es zerriss Jane das Herz. »Und dann, heute Nachmittag, spürte ich einen Schmerz in der rechten Seite, und es wurde immer schlimmer, unglaublich schnell. Ich ging aufs Klo, und Blut lief mir am Bein herunter, und es tat so weh, und da wusste ich, dass etwas Furchtbares passiert war. Ich dachte, es sei eine Fehlgeburt, und das konnte ich kaum ertragen, aber jetzt …«

»Hat Gregor dich ins Krankenhaus gebracht?«

»Er hat einen Krankenwagen gerufen.« Wieder das verzerrte Lächeln. »Es war sehr dramatisch, wurde mir mitgeteilt, obwohl ich keine rechte Erinnerung daran habe. Ich wurde sofort in den Operationssaal geschoben. Sie werden mich wohl morgen entlassen. Es gilt nicht als großer Eingriff.«

Sie schwiegen. Jane versuchte, ihre Gedanken zu ordnen: Maggie hatte ein Baby erwartet. Aber das arme kleine Ding war von Anfang an dem Untergang geweiht gewesen, denn es hatte versucht, sich einzunisten, bevor es die Gebärmutter erreichte, und sich in einem winzigen Eileiter entwickelt, wo es keine Überlebenschancen hatte. Und nun hatte Maggie nur noch einen Eileiter.

Zögernd fragte sie: »Kannst du es noch einmal probieren?«

»Da scheinen die Meinungen geteilt zu sein. Sie erzählen mir unterschiedliche Dinge, aber immer mit so düsterer Stimme, dass ich ehrlich gesagt nicht allzu optimistisch bin. Ich kann jetzt nicht … Ich kann jetzt nicht darüber nachdenken.« Eine Träne rollte unter Maggies Wimpern hervor und blieb dort hängen, aber sonst wies nichts darauf hin, dass sie weinte. »Ich dachte, ich würde ein Baby haben, und jetzt ist es weg. Im Moment habe ich genug damit zu tun, das zu verdauen.«

Jane blieb noch etwa eine Stunde bei ihr sitzen. Die Geräusche des Krankenhausbetriebes drangen gedämpft durch den Vorhang. Sie unterhielten sich leise, und Jane versuchte ihre Schwester zu trösten, so gut es ging, bis die Besuchszeit zu Ende war. »Ich komme morgen wieder«, versprach sie.

»Morgen schmeißen sie mich raus. Wo übernachtest du?«

»Bei euch. Gregor und ich holen dich gleich morgen früh nach Hause.«

»Gut.« Maggie lächelte schwach. »Danke, dass du gekommen bist, Jane. Ganz ehrlich.«

»Du musst mir nicht danken, das weißt du.«

Maggies Wohnung lag im zweiten Stock eines frühviktorianischen Hauses mit weißer Stuckfassade. Es war eine schäbigere, rußigere Version der glanzvollen Einfamilienhäuser, die ein Stück weiter, in Islington, zu finden waren. Hier, in Hackney, waren alle Häuser in Wohnungen unterteilt und wirkten gleichermaßen vernachlässigt mit bröckelndem Putz, abblätternder Farbe und Abfall zwischen den Stäben der schmiedeeisernen Geländer.

Jane fand die Gegend deprimierend, doch wahrscheinlich gewöhnte man sich nach einer Weile daran. Schließlich wohnte Maggie seit Jahren hier und wirkte ganz glücklich. Aber Jane fand es abschreckend und sehr fremd, und nur mit Widerwillen atmete sie die Luft ein, die voller Staub und Schmutz war. Alles war zubetoniert. Sie blickte auf das Straßenpflaster hinab, die Bordsteine und den Asphalt; es schien, als wäre die Erde mit einem dicken, undurchdringlichen Panzer überzogen worden, um sie darin zu hindern, den Erfordernissen des Stadtlebens in die Quere zu kom-

men. Alles wirkte trostlos und unfruchtbar. Das einzige Zeichen von Grün waren die trockenen gelblichen Blätter der Platanen, die als Straßenbäume gepflanzt worden waren, welkende Geranien in ein paar Balkonkästen und das Unkraut, das sich in den Ritzen des Pflasters hochschob.
Sie klingelte, und Gregor drückte auf den Knopf der Gegensprechanlage und ließ sie ein. Das Treppenhaus war schmuddelig und schlecht beleuchtet, und auf dem Teppichläufer lagen Werbezettel herum, hauptsächlich längliche Hochglanzprospekte mit Pizzafotos und Speisekarten indischer Imbisse. Sie stieg die Treppe hinauf. Gregor stand in der Wohnungstür, grau im Gesicht und dünner, als sie ihn in Erinnerung hatte.
»Jane. Hallo. Willkommen! Vielen Dank, dass du gekommen bist.«
Der Kontrast zu dem Dreck und der Farblosigkeit draußen ließ die Wohnung noch einladender und schöner wirken. Sie war hell, voller Bilder, Teppiche und indischer Überwürfe. Weiches Lampenlicht erhellte die vollen Bücherregale, und auf dem großen, weichen roten Sofa lagen bestickte Kissen. Gregor brachte Jane ein Glas Rotwein, und sie nahm erschöpft Platz. Draußen war es schon fast dunkel.
Gregor setzte sich auf einen Sessel ihr gegenüber und umschlang die knochigen Knie mit den Händen. Sein Gesicht war fahl und eingefallen unter den hohen Wangenknochen, und dunkle Schatten lagen unter den Augen.
»Maggie«, sagte er. Obwohl er schon viele Jahre in London lebte, sprach er immer noch mit starkem Akzent. »Wie geht es ihr inzwischen?«
»So einigermaßen … scheint mir. Aber ich glaube, das ist erst der Anfang. Sie fängt gerade erst an zu begreifen, was mit ihr passiert ist.«
»Ich weiß.« Gregor starrte unglücklich auf den Teppich

und faltete die Hände. »Das ... Wir waren so glücklich, und jetzt ... Ich kann es einfach nicht glauben. Es war so schrecklich.«

»Maggie hat es überlebt. Sie wird wieder gesund werden, das ist die Hauptsache«, sagte Jane leise. »Aber ich weiß natürlich, dass ihr einen furchtbaren Verlust erlitten habt.«

Er schaukelte vor und zurück, und sein Gesicht zuckte. Sie dachte, er würde anfangen zu weinen, aber stattdessen stieß er zornig hervor: »Wir haben ein Kind verloren, ja. Ich bin untröstlich vor Trauer darüber! Aber das Schreckliche ist, dass wir nicht nur ein Kind verloren haben, sondern alle Kinder, die wir hätten haben können. Das ist der wahre Verlust. Die Zukunft.«

»Stimmt das? Kann es nicht noch weitere Kinder geben?«

»Na, was glaubst du? Sie haben einen Eileiter entfernt, wie können wir da noch Kinder haben?«

»Aber das ist doch sicher auch mit nur einem Eileiter möglich. Maggie sagte ...«

»Sie erzählen ihr alles Mögliche, weil sie sehen können, dass ihr Herz gebrochen ist. Aber ich habe recherchiert, seit ich aus dem Krankenhaus zurück bin, und es ist so, dass die Hälfte der Frauen, die unter diesem Zustand leidet –«

»Mit einer Eileiterschwangerschaft.«

»Ja, das ist es – die Hälfte der Frauen, die eine Eileiterschwangerschaft hatten und denen ein Eileiter entfernt wurde, ist danach unfruchtbar, und viele haben Probleme, noch einmal zu empfangen. Es wird empfohlen, es mit künstlicher Befruchtung zu versuchen. Wir sind nicht mehr jung, Jane. Wir sind kein taufrisches Paar Mitte zwanzig, das noch Jahre vor sich hat. Wir wussten, dass dieses Baby vielleicht unsere letzte Chance war, und als Maggie so mühelos schwanger wurde, war es eine solche Erleichterung für uns, obwohl wir nie darüber gesprochen haben, denn wir fürchteten beide, es könnte schon zu spät sein. Jetzt ist alles zerstört, und wir müssen uns einer Tatsache stellen: Wir haben uns dieses Baby sehr gewünscht. Und wir werden vielleicht nie Kinder haben.« Er fuhr sich mit der dünnen Hand über die Augen, als wolle er sie vor ihr verbergen.

Jane drückte seine andere Hand. »Aber das ist doch noch gar nicht gesagt. Ihr könntet zu denen gehören, die Glück haben. Maggie könnte noch einmal schwanger werden, genauso leicht und natürlich wie beim ersten Mal.«

»Aber jetzt wissen wir es, siehst du? Der Zauber ist gebrochen. Jetzt wissen wir, wie viel es uns bedeutet. Das ist es, was ich nicht ertragen kann ... die bevorstehenden Monate, das Warten, die Versuche, die Enttäuschungen. Ich weiß nicht, wie wir das durchstehen sollen. Und diese schrecklichen Schmerzen. Ich weiß nicht, wie Maggie damit fertig werden soll.«

Gemeinsam bereiteten sie in der winzigen Küche das Essen zu und aßen im Wohnzimmer, die Teller auf den Knien. Sie versuchten von anderen Dingen zu sprechen, aber es war eine mühselige Angelegenheit. Wieder einmal musste Jane feststellen, wie wenig sie eigentlich von dem Lebensgefährten ihrer Schwester wusste, obwohl Maggie und er schon mehr als zehn Jahre zusammen waren. Ihre Pfade hatten sich selten gekreuzt, und wenn, hatten sie auch keine engere Bekanntschaft geschlossen. Er lächelte selten, und sie fand ihn eher einschüchternd mit seiner Größe, dem schweren Akzent und seiner gelehrten Ausstrahlung. Mehr als ein paar allgemeine Höflichkeitsfloskeln hatten sie kaum miteinander gewechselt. Auch jetzt gelang es ihnen nur, eine Unterhaltung in Gang zu bringen, wenn Maggie das Thema war.

»Es ist gut, dass du hier bist«, sagte Gregor offen, als sie ihr Mahl beendeten. »Maggie braucht dich, auch wenn ihr euch nicht nahe steht.«

Nicht nahe steht? Jane musste blinzeln, solchen Schmerz bereiteten diese Worte ihr. Es war etwas, was sie sich zwar selbst gegenüber eingestehen konnte, aber es von Gregor zu hören, ganz beiläufig, als schlichte Tatsache, war hart. Wieso hatten sie und Maggie ein so kompliziertes Verhältnis zueinander? Wen hatten sie denn sonst schon? Ein paar entfernte Cousins und Cousinen, die weit weg wohnten und die sie nie sahen. Sie waren füreinander die einzige Verbindung zu ihrer Kindheit, zu ihren Eltern, und trotzdem standen sie einander nicht nahe. Es schien ein schreckliches Versäumnis.

»Morgen holen wir Maggie nach Hause«, sagte er. »Ich bin froh, dass du mich begleitest. Ich hasse dieses Krankenhaus. Der Gedanke, dass sie die heutige Nacht dort verbringen muss, ist mir verhasst.«

»Es ist nicht gut«, bestätigte Jane. »Ich habe sie auch nicht gern dort zurückgelassen. Hast du an der Uni angerufen, um zu sagen, dass sie nicht zur Arbeit kommen kann?«

»Das geht nicht vor Montag.«

»Natürlich nicht. Wie dumm von mir! Aber sie braucht Zeit, um sich zu erholen. Sie darf nicht sofort wieder zur Arbeit gehen.«

»Es sind Semesterferien. Die Studenten sind weg, sie gibt nur ein paar Sommerkurse. Das wird kein Problem sein. Maggie hat sowieso viele Überstunden angesammelt – sie arbeitet viel zu hart.«

»Gut. Ich kann so lange bleiben, wie ihr wollt.«

Gregor blickte unbehaglich drein. »Das ist sehr freundlich, Jane. Wir haben nicht viel Platz …« Er blickte sich in dem kleinen Wohnzimmer um. »Ich habe das Gästebett im

Arbeitszimmer zurechtgemacht, aber es ist kein Schlafzimmer, sondern ein Büro. Es ist nicht ... gastfreundlich für dich.«

»Mach dir keine Gedanken, ich komme schon zurecht.«

Er schien zu überlegen, dann lächelte er sie an. »Du bist ein guter Mensch. Vielen Dank.«

Am Morgen erwachte sie verwirrt und wusste nicht gleich, wo sie war. Sonnenlicht fiel durch die Ritzen der Stabjalousie und malte hellgoldene Streifen an die gegenüberliegende Wand. Dann fiel es ihr ein: Sie lag zusammengerollt auf einem Schlafsofa in dem winzigen Arbeitszimmer von Maggies Wohnung. Gestern Abend war sie so müde gewesen, dass sie sofort eingeschlafen war, trotz der dünnen Schaumstoffmatratze und des harten Gestells. Als sie Gregor in der Küche herumwirtschaften hörte, stand sie auf und ging ins Bad.

Er hatte Kaffee gekocht und Toast und Getreideflocken für sie hingestellt. »Ich wusste nicht, was du zum Frühstück isst«, sagte er höflich. »Wir haben auch Obst oder gekochten Schinken, falls du das vorziehst.«

»Das hier reicht völlig, danke. Es ist mehr als ich brauche.«

Er warf einen Blick auf die Uhr. »Ich habe im Krankenhaus angerufen. Wir können Maggie heute Vormittag abholen. Wir fahren am besten los, sobald du gefrühstückt hast.«

Zwanzig Minuten später brachen sie auf, da Gregor unbedingt los wollte. Jane empfand ähnlich – auch sie wollte Maggie so schnell wie möglich da herausholen. Man hatte ihr im Krankenhaus das Leben gerettet, sicher, und dafür war sie dankbar, aber es war kein Ort, an dem man genesen konnte: Es war eine medizinische Abfertigungsanstalt, wo die Patienten notdürftig zusammengeflickt und dann abgeschoben wurden, um anderswo gesund zu werden – jedenfalls war das der Eindruck, den Jane in diesen hoffnungslos überfüllten, lauten Krankensälen gewonnen hatte.

Maggie wartete schon auf sie, fertig angezogen. Sie war immer noch sehr blass, und ihr Gesicht war über Nacht angeschwollen. Jane und Gregor sahen sie, bevor Maggie sie entdeckte: eine zusammengesunkene Gestalt, die auf dem Bett saß, mit einem Bein schaukelte und blind aus dem Fenster starrte. Als sie sich umdrehte und Jane und Gregor bemerkte, veränderte sich ihr Gesichtsausdruck, und sie lächelte breit. Die vertrauten Gesichter lieber Menschen mussten an diesem Ort wie Manna vom Himmel sein, dachte Jane.

Sie verließen das Krankenhaus so schnell wie möglich. Niemand hegte den Wunsch, länger zu verweilen. Maggie ging langsam und stützte sich schwer auf Gregors Arm. »Seht euch das an«, witzelte sie auf ihrem langen Weg durch die Krankenhausflure. »Überholt von kleinen alten Damen mit dem Rollator.«

»Hättest du gern einen Rollstuhl?«, fragte Gregor besorgt.

Maggie schüttelte den Kopf. »Nein, nein. Es geht schon.« Und sie machte weiter, schleppend, aber beharrlich, wie es ihre Art war.

Es war eine Erleichterung, wieder zu Hause zu sein. In Hackney war die Luft so stickig, dass Jane Atemnot bekam. Der Wunsch abzureisen war fast übermächtig, aber sie drängte ihn zurück und versuchte ihn sich aus dem Kopf zu schlagen. Selbst in der Wohnung spürte sie neben der Enge der Wände den fehlenden Freiraum draußen. Es gab einen winzigen Balkon, gerade groß genug für ein paar Blumentöpfe. Von den rückwärtigen Fenstern blickte man auf einen trockenen, staubigen Rasen, der zur Erdgeschosswohnung gehörte, dessen Eigentümer sich aber nicht groß darum zu kümmern schienen. Jane geriet fast in Panik bei

dem Gedanken, dass diese kleinen Zimmer alles waren, was es gab, dass sie sonst nirgendwohin konnte.
Ich bin verwöhnt, dachte sie. Ich habe mich an Rawlston gewöhnt. Ich darf nicht vergessen, wie glücklich ich mich schätzen kann.
Gregor und sie machten viel Wirbel um Maggie, machten es ihr bequem und umsorgten sie, brachten ihr Tee und fragten alle paar Minuten, ob sie noch irgendetwas brauche. Maggie ließ es geistesabwesend geschehen. Im Grunde gab es wenig, was sie für sie tun konnten.
Als Gregor gegangen war, um ein paar Sachen fürs Abendessen einzukaufen, fragte Maggie: »Wann fährst du wieder nach Rawlston?«
»Ich kann so lange bleiben, wie du mich brauchst«, erklärte Jane fest. Maggie lag unter einer leichten Decke auf dem Sofa. Sie wandte den Kopf und sah Jane ernst an. Dann erklärte sie langsam: »Du brauchst nicht unbedingt zu bleiben, weißt du. Es war lieb von dir, dass du gekommen bist, und ich weiß es wirklich mehr zu schätzen, als ich sagen kann. Aber jetzt geht es mir wieder besser. Gregor wird mich pflegen, und du wirst zu Hause gebraucht.«
»Lucy und Alec kommen bestens ohne mich zurecht«, wandte Jane ein, aber Maggie unterbrach sie.
»Nein, ganz ehrlich. Ich finde, wir sollten so schnell wie möglich zum Normalzustand zurückkehren, und ich werde mich nicht normal fühlen, solange du um mich herumgluckst wie eine Henne, so dankbar ich dir deswegen auch bin. Aber ich möchte es wirklich nur hinter mir lassen.«
Eine Pause entstand. Jane blickte auf das wirbelnde Muster des Überwurfs über dem Sessel, auf dem sie saß: Burgunderrote Paisley-Tränen verbanden sich und wirbelten in einem endlosen Tanz voneinander fort. Sie zeichnete das Muster mit den Fingerspitzen nach, ein seltsames, leichtes

Gefühl in der Brust. Als sie aufblickte, schaute Maggie sie immer noch an. Das Licht, das durch die Fenster hereinfiel, vergoldete ihr dunkles Haar, und ihr Blick war direkt und klar. Endlich erwiderte Jane: »Ich verstehe sehr gut, dass du dein normales Leben so schnell wie möglich wieder aufnehmen willst. Ich werde noch heute Abend zurückfahren.«

Maggie rutschte verlegen auf dem Sofa hin und her. »Du musst doch nicht sofort los. Wir essen zusammen, und du fährst morgen.« Sie lächelte. »Es gibt keinen Grund zur Eile – ich wollte damit nicht andeuten, dass ich dich rauswerfe.«

»Ich will nicht stören.« Jane verabscheute das Selbstmitleid, das sich in ihre Stimme geschlichen hatte, doch sie fühlte sich in der Tat zurückgewiesen. Sie wollte gern bei Maggie bleiben, sich um sie kümmern und für sie tun, was sie konnte – aber was sollte das bringen, wenn Maggie sie hier nicht haben wollte?

»Oh, du störst doch nicht, sei nicht albern. Ich kann es nur nicht ausstehen, so betütert zu werden. Ich will mein normales Leben wieder aufnehmen, so schnell ich kann. Ist das so schwer zu verstehen?« Sie seufzte gereizt. »Um Himmels willen, bleib heute Abend noch. Gregor hat vor, mit seinem Gulasch anzugeben. Es ist seine Spezialität, das darfst du auf keinen Fall verpassen.«

»Gut.« Jane lächelte schwach. »Aber gleich morgen früh fahre ich.«

Trotz dieser Absicht brach sie erst am späten Vormittag auf. Es fiel ihr schwer, Maggie allein zu lassen, die immer noch blass und im Gesicht aufgeschwemmt war und offensichtlich Schmerzen litt. Aber da sie beharrlich behauptete, es gehe ihr gut, küsste Jane sie zum Abschied und rang ihr das

Versprechen ab, sofort anzurufen, wenn sie irgendetwas brauchte.

Der Verkehr war furchtbar. Sie hatte ganz vergessen, wie es war, in London Auto zu fahren – das stoßweise Vorankommen, wenn eine Ampel auf Grün schaltete, nur um ein paar Meter weiter ruckartig anzuhalten. Aggressive Fahrer scherten vor Jane aus, manchmal blinkend und mit einer Armbewegung, manchmal ohne jede Vorwarnung. Busse rumpelten unaufhaltsam dahin, entschlossen alle anderen Verkehrsteilnehmer ignorierend, Motorradkuriere röhrten beängstigend nah an ihr vorbei und flitzten zwischen den wartenden Autos und Lastwagen vor ihr hindurch. Inmitten all dieser Aggressivität kroch ihr Wagen zaghaft vorwärts, und so dauerte es ewig.

Die Hauptstraße war angefüllt mit zahlreichen Fastfood-Ketten, Zeitungshändlern, Friseuren mit ausgeblichenen Glamour-Plakaten im Schaufenster und kleinen Läden, die billiges Bier, Telefonkarten, Anrufe ins Ausland sowie eine Auswahl staubigen Gemüses auf Plastikteppichen aus Kunstgras auf dem Gehweg anboten. Es schienen unglaublich viele Leute unterwegs zu sein. Sie schlenderten oder eilten, schoben Kinderwagen oder telefonierten, lehnten faul vor den Geschäften oder stritten sich vor einer Fußgängerampel, während sie auf Grün warteten. Jane war ganz aufgedreht, ja verängstigt: Dies war die Großstadt, dicht bevölkert, geschäftig und ganz anders als alles, was sie kannte. Sie kam sich vor wie ein Kind, das nicht wusste, wie man sich hier verhielt, weil ihm die Sicherheit und das Selbstbewusstsein der Leute da draußen, die auf diesen harten, dreckigen Straßen zu Hause waren und den Lärm und das Gedränge gar nicht bemerkten, vollkommen abging.

Die Straße führte ins Zentrum von London, zu den Postkartenmotiven für Touristen. Die Straßen wurden breiter, sie sah Parks, Brunnen, einen eleganten Verkehrsreigen in einem riesigen Verkehrskreisel mit dem Standbild eines Regency-Generals in der Mitte. Die Läden wurden schicker, angeboten wurden Kaschmir und Anzüge, Schuhe und Handtaschen. Sie passierte Restaurants und Hotels, Buchhandlungen und Bars, Sightseeing-Busse und Reisebüros, bevor sie auf der anderen Seite von London herauskam, sich in den Strom der Autos einreihte, die in Richtung Westen unterwegs waren, Hammersmith durchquerte und schließlich auf die Autobahn fuhr. Als sie dreispurig wurde und Jane die Büroblocks, Gewerbegebiete und wuchernden Vorstädte hinter sich ließ, hatte sie das Gefühl, endlich wieder durchatmen zu können.

Sie entschied, in Oxford Halt zu machen. Der Himmel war nach dem strahlenden Blau des Wochenendes mit tief hängenden, schmutzig weißen Wolken bedeckt, und es war drückend schwül. Sie würde in das Café an der St. Aldates gehen, wo es gesunde Vollkornkost gab, heiße Gerichte mit Hülsenfrüchten und Gemüse, mit Fäden ziehendem Käse überbacken. Diesen Trost brauchte sie jetzt, um die Depression zu bekämpfen, die sich über sie senkte.

Das Café war gut besucht, hauptsächlich von jungen Müttern und Leuten, die in der Nähe arbeiteten. Jane holte sich einen Teller Linsenauflauf vom Tresen und fand einen Tisch, wo sie beim Essen Zeitung lesen konnte, aber es fiel ihr schwer, sich auf die neuesten Nachrichten zu konzentrieren. Sie las denselben Satz wieder und wieder, ohne ihn zu begreifen. Stattdessen schnappte sie Fetzen der Gespräche um sich herum auf. Ein Mann sagte jovial: »Hab ich dir schon erzählt, dass ich endlich meine Sekretärin gefeuert habe? Tolles Gefühl, kann ich dir versichern.«

Eine Frau sagte: »Natürlich war ich schockiert, als ich das

hörte. Ich wusste gar nicht, was ich davon halten sollte«, und ihre Freundin erwiderte: »Hmm. Ich habe endlich die Tapete im Wohnzimmer runtergenommen.«

Als Jane aufblickte, sah sie den breiten Rücken einer Frau in einem blau gestreiften Top. Über ihre Schulter hinweg sah ein Kleinkind Jane direkt an. Es stand ziemlich wackelig auf dem Schoß seiner Mutter und hielt sich mit seinen rundlichen Händchen an ihr fest. Es war ein Junge, glaubte sie, ungefähr zehn Monate alt, mit Pfirsichhaut, goldrotem Haar und großen blauen Augen. Sie und das Baby sahen einander an; sein dickes Mündchen stand offen, so sehr konzentrierte es sich darauf, aufrecht stehen zu bleiben. Und dann, während es sie mit diesen strahlenden Kulleraugen ansah, breitete sich ein Riesenlächeln über sein Gesicht aus, hob die Bäckchen und enthüllte zartes rosarotes Zahnfleisch. »Daaa-aaah«, sagte das Kind, in einem hohen, flötenden Ton, der bis zum letzten tiefen »Aahh« immer dunkler wurde.

Und so plötzlich, dass sie vollkommen davon überrascht wurde, befiel Jane eine ungeheure Traurigkeit. Tränen stiegen ihr in die Augen und liefen ihr übers Gesicht, eine wahre Tränenflut; ohne das übliche Vorstadium einer juckenden Nase und brennender Lider weinte sie bitterlich. Fast blind ließ sie die Gabel fallen und griff nach ihrer Handtasche. Ohne einen Blick zurück auf das krähende Kind stürzte sie zum Ausgang und schob sich durch die Schlange der Wartenden, die hastig Platz machten, als sie die Tränen auf ihrem Gesicht sahen.

Auf der Straße wühlte sie in der Handtasche nach einem Taschentuch, bog um die Ecke und trat in einen nahen Hauseingang abseits der Hauptstraße. Lass das!, befahl sie sich. Hör sofort auf damit! Man wird dich sehen. Aber die Tränen weigerten sich, ihr zu gehorchen, und sie stand mit

zuckenden Schultern da und schluchzte in ihr Taschentuch, mit dem Rücken zur Straße.
Hier kann ich nicht bleiben, dachte sie ein paar Minuten später. Die Tränen flossen immer noch, aber mit weniger Gewalt. Wo könnte ich hin? Ich werde Jerry besuchen, dachte sie. Er wird in der Galerie sein. Ja, das mache ich.

»Es tut mir schrecklich leid«, sagte die Assistentin nervös. »Er ist nicht da.« Sie versuchte die Tränenspuren auf Janes Gesicht zu ignorieren. »Er ist heute den ganzen Tag unterwegs.«
»Macht nichts. Danke für Ihre Hilfe.« Jane trat wieder in den Innenhof hinaus und dachte: Der Kuckuck soll den Mann holen – wo ist er, wenn ich ihn mal brauche? Als sie draußen auf dem Kies stehen blieb, fiel ihr ein, dass bei ihrem letzten Besuch in der Galerie unerwartet Tom aufgetaucht war und sie zum Tee eingeladen hatte. Ein dringendes Bedürfnis nach Gesellschaft überkam sie, und sie wünschte sich sehr, ihn zu sehen, wieder mit ihm Tee zu trinken, vielleicht in den Botanischen Garten zu gehen ... Doch die Chance, dass er einfach so auftauchte, war gering. Ich muss ihn suchen, entschied sie. Beim letzten Mal hatte Tom ihr beim Weg durchs College das Fenster seines Zimmers gezeigt. »Ich hatte Glück«, hatte er gesagt, »die meisten Graduierten werden in dem neuen Wohnheim unten an der Straße untergebracht. Aber ich habe ein Zimmer im College gekriegt. Glück vielleicht, könnte aber auch etwas damit zu tun haben, dass ich einen verflixt langen Abend lang dem Censor Naturalis Philosophiae Sherry spendiert und dabei wenig subtile Andeutungen fallen gelassen habe.« Es war ein winziges Fenster gewesen, hoch oben unter dem Dachgesims der um den viereckigen Hof herum angeordneten Gebäude.

Auf dem Weg zurück zum Haupteingang bog sie in einen Innenhof ein, den sie als den erkannte, in dem Tom wohnte. Sie blieb stehen und musterte die identischen Hauseingänge und das regelmäßige Muster der Fenster. Wie um alles in der Welt sollte sie herausfinden, welches Fenster zu Toms Zimmer gehörte? Sie umrundete den Innenhof, erkannte aber nichts, was ihrer Erinnerung auf die Sprünge geholfen hätte. Alle Hauseingänge sahen gleich aus, nur die mit Kreide geschriebenen Zahlen daneben, die offenbar die Ergebnisse von Ruderregatten bekannt gaben, unterschieden sich. Ich werde einfach alle Treppen hochsteigen und mein Glück versuchen, dachte sie. Je unmöglicher das Unterfangen erschien, desto größer wurde ihre Entschlossenheit. Da fiel ihr auf, dass unten im Treppenhaus auf einem Schild alle Bewohner mit dem Initial des Vornamens und dem Nachnamen aufgeführt waren. Das war schon mal ein Anfang. Aber sie kannte Toms Nachnamen nicht …

Nach einer erneuten Umrundung des Innenhofs hatte sie festgestellt, dass es fünf Bewohner von Studentenwohnungen im obersten Stock gab, deren Vornamen mit T begannen. Sie würde von vorn anfangen und sich durcharbeiten. Eine kleine innere Stimme erklärte ihr, sie verschwende ihre Zeit – höchstwahrscheinlich würde sie es nicht mal merken, wenn sie das richtige Zimmer fand, da er bestimmt sowieso nicht zu Hause war – aber sie machte trotzdem weiter. Es lenkte sie wenigstens von ihren brennenden Augen und der verstopften Nase ab.

In den ersten beiden Studentenwohnungen, wo sie es versuchte, war niemand, oder jedenfalls ging niemand an die Tür. Das war kaum überraschend, schließlich waren Semesterferien. Wahrscheinlich würde überhaupt niemand da sein. Als sie an der dritten Tür klopfte, öffnete ein verdrießlich wirkendes Mädchen mit dünnem Haar. »Ja?«

»Ich suche Tom«, sagte Jane zögernd.
»Ich kenne keine Toms« war die Antwort, und die Tür wurde ihr vor der Nase zugeknallt.
Langsam stieg sie die Stufen im vierten Treppenhaus empor. Danach gab es nur noch einen Namen, bei dem sie es versuchen konnte, und dann würde sie sich der Tatsache stellen müssen, dass sie vollkommen allein war. Jane blieb einen Moment vor der Tür stehen, bevor sie klopfte. Als die Tür aufging und Tom da stand, ihr Tom, konnte sie es kaum glauben und lächelte ihn nur erleichtert an.
»Jane?« Er wirkte verblüfft. »Was machen Sie denn hier?«
»Oh ... Ich wollte nur ... Ich war gerade ... Ich ...« Die Tränenflut war zu stark für sie, und zu ihrem Entsetzen spürte sie, wie ihr Kinn zu beben begann, ihr Mund sich verzerrte und das Weinen sie überwältigte.

Er reagierte sehr nett auf die weinende Frau auf seiner Türschwelle. Er winkte sie herein, bugsierte sie in einen Sessel und machte Instant-Kaffee, während sie sich entschuldigte und in ihr Taschentuch schniefte. Sie fasste sich schnell wieder und schaute sich um, während Tom den Wasserkessel aufsetzte und nach der Kaffeedose suchte.
Es war kein typisches Studentenzimmer, und es sah alles ganz anders aus als zu Theos Zeit. Jane erinnerte sich, dass dessen Zimmer sehr vornehm gewesen war, eingerichtet mit Antiquitäten und seit dem neunzehnten Jahrhundert so gut wie unverändert. Dieser Raum dagegen war frisch renoviert und mit Möbeln aus hellem Holz und Einbauregalen ausgestattet. Auf dem Schreibtisch, der vor das Fenster gerückt war, standen eine futuristische Chromlampe, ein Computer und ein Telefon neben einem Stapel Bücher und einem aufgeschlagenen Notizblock. Der Raum war sparsam möbliert; außer zwei Sesseln, Schrank, Kommode,

einem kleinen Tisch und dem Heizungskörper gab es nur noch ein Einzelbett. Alles war ordentlich und aufgeräumt: keine überquellenden Aschenbecher, keine schmutzigen Tassen oder herumstehendes Geschirr, wie sie es vielleicht erwartet hätte.

»Hier.« Tom reichte ihr eine Tasse Kaffee, auf dem unaufgelöstes Granulat schwamm wie kleine Schokoladenstreusel. Er wirkte zu groß für den kleinen Sessel, als er ihr gegenüber Platz nahm. »Wie fühlen Sie sich?«

»Gut. Mir geht es gut, wirklich. Meine Güte, ist mir das peinlich! Sie müssen mir verzeihen.« Während ihres Tränenausbruchs hatte sie rasch eine Erklärung gestammelt.

Er sah sie mitfühlend an. »Also, wollen wir mal sehen, ob ich das richtig verstanden habe. Sie haben in einem Café ein Baby gesehen?«

»Ja, ein ganz entzückendes Baby …«

»Und Ihre Schwester hatte gerade eine Fehlgeburt.«

»Eine Eileiterschwangerschaft.« Jane wärmte sich die Hände an der Tasse und starrte auf die Flüssigkeit darin. Es war ein warmer Sommertag, aber ihr war kalt. »Vielleicht wird sie keine Kinder mehr bekommen können. Die Sache ist die, ich wusste nicht einmal, dass sie überhaupt ein Kind wollte und dass sie schwanger war oder … Es schien einfach die furchtbare Kluft zwischen uns zu betonen, dass ich so wenig über sie weiß. Und als ich dann dieses Kind sah … da fühlte ich mich an so viele Dinge erinnert, an alles auf einmal. An Maggies Baby, das sie sich so sehr wünschte und das sie fast umgebracht hätte. An meine Kinder, als sie noch ganz klein waren – ich erinnerte mich, oh, so lebhaft, wie es war, ihren Babygeruch einzuatmen, was es für ein Gefühl war, ein Baby zu halten, unsere Vertrautheit. Und jetzt sind sie erwachsen, und Alec und ich sind uns so fremd …« Sie hielt inne, als sie spürte, wie ihre Stimme zu beben begann.

Sie blinzelte heftig, um ihre Fassung zurückzugewinnen, und holte tief Luft. »Meine Güte! Ich bin heute offenbar ein wenig emotional.«

»Das ist schon in Ordnung«, sagte Tom und beugte sich vor. Er hatte seine Brille nicht auf, und sie sah, dass er haselnussgrüne Flecken in den braunen Augen hatte.

»Und an Maggie selbst, Maggie als Baby. Ich erinnerte mich, dass sie mich früher auch immer so angelächelt hat, bevor wir uns so fremd wurden. Bevor ich irgendwie alles kaputtgemacht habe.«

»Ich glaube, Sie sollten sich nicht die Schuld an allem geben. Nur selten ist einer der Beteiligten allein für alles verantwortlich, was in einer Beziehung schief läuft. Maggie hat sicher auch ihren Teil dazu beigetragen.«

»Vielleicht. Aber ich bin die Ältere, ich war erwachsen. Ich muss irgendwas falsch gemacht haben, das so einen Keil zwischen uns getrieben hat. Vielleicht hätte ich mehr für sie da sein sollen. Ich war so viel älter als Maggie, wissen Sie. Als sie ein junges Mädchen war, war ich schon fast erwachsen und völlig von meinem eigenen Leben und meinen eigenen Angelegenheiten in Anspruch genommen. Ich hatte nicht viel Zeit für meine kleine Schwester.«

»Das ist doch ganz normal.«

»Wirklich?«

»Natürlich. Sie dürfen keine unmöglichen Dinge von sich erwarten. Es ist nicht Ihre Schuld, dass der Altersunterschied zwischen Ihnen so groß ist.«

Jane zupfte an einem frischen Papiertaschentuch herum, riss es in Fetzen und versuchte sich nicht so elend zu fühlen. »Aber ich kann es nicht ändern, ich fühle mich nun einmal für sie verantwortlich. Und jetzt, wo ich helfen möchte, wo sie mich braucht, schiebt sie mich weg. Das schmerzt mich mehr, als ich sagen kann.«

Tom schaute sie nachdenklich an. »Und was gibt sie Ihnen?«

Jane blinzelte. »Was meinen Sie damit?«

»Ich meine, das ist doch keine Einbahnstraße. Man gibt nicht nur, man bekommt auch etwas. Und ich nehme mal an, dass Sie nicht viel von ihr zurückbekommen, oder? Lobt sie Sie? Bewundert Sie? Liebt Sie? Ruft an, um zu hören, wie es Ihnen geht?«

Jane lachte schwach. »Mich loben? Sie verachtet mich wegen des Lebens, das ich führe, das weiß ich. Ich bin nicht so klug und gebildet wie sie. Sie findet, ich verträume mein Leben mit Unkrautjäten und Putzen. Sie findet, ich hätte mich in Rawlston eingeschlossen wie eine Art Nonne, in immer währender Trauer um Theo.«

»Und stimmt das?«, fragte er sanft.

»Vielleicht … Vielleicht. Aber sie weiß schließlich nicht, wie es damals war.«

»Also, wenn Maggie Sie nicht verstehen kann und umgekehrt, was wollen Sie tun?«

»Ich weiß nicht«, erwiderte Jane unglücklich.

»Es beschäftigt Sie doch offenbar.«

»Ja – es ist mir nicht egal. Es ist furchtbar. Wir haben nur einander. Wir sind Schwestern! Und, sehen Sie, Sie haben Unrecht mit der Einbahnstraße. Ich kann nicht einfach sagen, wenn sie mich nicht wiederliebt, höre ich auf, sie zu lieben. So funktioniert das nicht. Sie hat meine Liebe unabhängig davon, wie viel oder wenig ich zurückbekomme – es ist wie bei einer Mutter. Diese Liebe ist bedingungslos.«

»Auch jetzt noch, obwohl Maggie längst erwachsen ist?«

»Auch jetzt noch. Immer.«

Zwölf

Nach der Rückkehr aus Frankreich ist nicht mehr alles so wie vorher, dachte Bella. Es war, als hätte man uns alle hochgehoben, durchgeschüttelt und wieder hingestellt, auf subtile Weise verändert. Seit dem Ende des gemeinsamen Urlaubs hatte sie Sam nicht mehr zu Gesicht bekommen, und obwohl es keinerlei Grund dafür gab, empfand sie beim Gedanken an sie ein leichtes Unbehagen. Im Urlaub waren sie unnatürlich eng zusammengerückt, etwas, worauf sie nach der kurzen Dauer ihrer Freundschaft noch nicht vorbereitet gewesen waren, und Bella wusste nicht genau, wo sie jetzt standen. Diese Nähe, der Umstand, dass sie einander inmitten ihrer Familien gesehen hatten, trennte sie nun wie bei einem Paar, das bei der ersten Verabredung miteinander ins Bett geht und sich danach nicht mehr ansehen kann.

Vielleicht ist es nur natürlich, dachte sie, dass wir mal eine Pause voneinander brauchen. Und der heiße Höhepunkt des Sommers war eindeutig überschritten, die Luft war kühl und roch nach Herbst. Bald würde das neue Schuljahr anfangen. Sie musste in die Hufe kommen.

Bella richtete sich wieder zu Hause ein: Sie packte die Koffer aus, füllte die leeren Vorratsregale auf und kümmerte sich um Winterkleidung und Schuhe für die Kinder. In Oxford fand sie zwei Plastik-Regenmäntel für sie, einen in Feuerwehrrot für Katie und einen kleineren in Kanariengelb für Christopher.

»Du siehst aus wie Christopher Robin«, sagte sie zu ihm, als er stolz im Laden stand, den Mantel, der ihm bis zu den knochigen Knien reichte, bis zum Kinn zugeknöpft. »Weißt du noch? An Regentagen, wenn er nach draußen geht, um in Pfützen zu schauen.«

»Ich bin Christopher Robin«, verkündete er. »So will ich von jetzt an heißen.«

»Dann komm, Christopher Robin, wir trinken einen Milchshake. Ich nehme die Regenmäntel«, sagte sie zu der Verkäuferin.

Sie ging mit den Kindern in das Café im ersten Stock der Markthalle, in dem sie mit Sam gewesen war. Katie nahm heiße Schokolade, Christopher einen Bananen-Milchshake. Bella bestellte sogar beiden einen Haferkeks. Manchmal verwöhnte sie die Kinder gern – was einfacher war, wenn Iain nicht da war, der allen Schuldgefühle einflößte, weil sie es gewagt hatten, in einem Café etwas zu trinken, obwohl sie das zu Hause viel billiger hätten haben können. Aber schließlich würde es bald früher dunkel werden, die Kinder konnten nicht mehr bis zum Schlafengehen im Garten spielen. Sie hatten sich etwas verdient, wirklich.

Die Wahrheit war, wenn Bella glücklich und guter Stimmung war, verwöhnte sie die Kinder gern. Es war eine Widerspiegelung der eigenen Gefühle, wenn sie ihnen etwas kaufte. Aber wieso bin ich so glücklich?, fragte sie sich. Nichts hatte sich geändert. Sie saß immer noch auf dem Land fest, ohne Stelle und ohne ihre Freundinnen. Aber sie *war* glücklich – manchmal hätte sie sich am liebsten selbst umarmt, tanzte durch die Küche und sang »La-la-la-la« ohne erkennbare Melodie. Seit Frankreich war das so, obwohl sie keine Ahnung hatte, warum sie deshalb so fröhlich gestimmt sein sollte. Im Großen und Ganzen war der Urlaub ein Erfolg gewesen. Iains Sorgen wegen Drogen oder übertriebenen Ausgaben hatten sich nicht bewahrheitet, und Bella war dankbar für die Feinfühligkeit der Clarkes. Sie mussten Iain früh durchschaut haben und hatten ihre Gewohnheiten entsprechend geändert. Das war sehr nett von ihnen.

Und das war der Grund, natürlich, obwohl sie es sich selbst kaum eingestehen mochte. Beim Gedanken an Ben Clarke verspürte sie ein kleines, aber köstliches Vibrieren in der Magengegend, und sie dachte oft an ihn und genoss die Schmetterlinge in ihrem Bauch.

Es war nichts passiert, rein gar nichts. Aber nach jenem Abend im Keller hatte sie gespürt, dass sich etwas zwischen ihnen auf subtile Weise verändert hatte. Als er am nächsten Tag ins Zimmer trat oder in ihre Nähe kam, prickelte ihre Haut erneut, und sie spürte, wie er sie anschaute, wenn sie mit etwas anderem beschäftigt war. Sie vermieden es, einander anzusehen, und hörten auf, direkt miteinander zu sprechen – die klassischen Anzeichen einer keimenden Anziehung. Aber das war alles; Bella verbot es sich, diese Gedanken weiterzuführen. Sie tauchte den kleinen Zeh ins herrlich warme Wasser ihrer Erinnerung, aber weiter ging sie nicht.

»Kommt, Kinder«, sagte sie, als die beiden eifrig den letzten Rest Bananenschaum und Sahne aus dem Becher kratzten. »Noch einen Laden, dann fahren wir nach Hause.«

Sie schlenderten über die Nebenstraßen, wo es todschicke Geschäfte mit entzückend frivolen Auslagen gab, edle Boutiquen mit so wenig Ware, dass Bella sich fragte, wie sie wohl gehen mochten. Sie hatte einen interessanten Laden entdeckt, den sie erkunden wollte, aber drinnen fand sie nichts, was ihr gefallen hätte. So betraten sie stattdessen den Laden für Kinderkleidung nebenan, wo es schöne, gut gearbeitete Sachen gab, von der Art, die vielleicht reiche Kinder in den vierziger Jahren des zwanzigsten Jahrhunderts getragen haben mochten: gesmokte Trägerkleider, ausgestellte Kleidchen, weiße Schleifenschuhe aus Leder, Tops und Strickjacken mit Ajour-Gewirk. Katie war hingerissen, und sie verbrachten eine glückliche halbe Stunde damit, die entzückenden Sachen anzuprobieren.

Katie kam in einem schönen Kleid aus der Umkleidekabine, das an das alte Kinderbuch *Ballettschuhe* erinnerte: Es war aus ganz feiner Wolle mit einem Karomuster aus zartem Rosa und Weiß, hatte einen Samtkragen und vorn eine Knopfleiste aus kleinen rosaroten Knöpfen.

»Es ist wunderschön«, hauchte Katie und richtete einen flehenden Blick auf ihre Mutter. »Kann ich das haben? Bitte.«

»Sie sieht wirklich aus wie ein Engel«, sagte die Verkäuferin. »Es steht ihr großartig. Rosa sieht bei Blonden immer gut aus.«

»Es ist süß – aber wann solltest du das tragen?«, fragte Bella. Es war nicht zu leugnen, dass das Kleid hinreißend war und Katie hübsch darin aussah.

»Bei besonderen Anlässen«, sagte Katie und strich über den Ärmel, »an Geburtstagen und zu Weihnachten und zu Partys …«

»Aber du wächst so schnell, es wird dir höchstens ein, zwei Jahre passen. Ich weiß nicht …«

»*Bitte*, Mama!« Katie wirbelte vor dem Spiegel herum, entzückt von ihrem Bild.

Ach, zum Teufel!, dachte Bella. Warum sollten wir uns nicht auch einmal etwas Hübsches leisten können? Wie weit ist es mit der Welt gekommen, wenn wir nicht einmal ein dämliches Kleid für unsere Tochter kaufen können? »Gut«, sagte sie – Katie stieß aufgeregt spitze Schreie aus –, »du kannst es haben. Aber dafür will ich das nächste halbe Jahr ein perfektes Benehmen von dir sehen. Verstanden?«

Bella bemühte sich, ruhig zu bleiben, aber ohne Erfolg. »Ich kann verdammt noch mal nicht glauben, was ich da höre«, sagte sie mit erhobener Stimme.

Iain war ganz weiß im Gesicht, und seine Hände zitterten, wie immer, wenn sie sich stritten. »Benutz nicht diese Gossensprache«, sagte er kurz. »Du weißt, wie sehr ich das hasse.«

»Scheißkerl, leck mich doch am Arsch!«, brüllte sie. Sie spürte, wie die Wut sie überwältigte und sie die letzten Reste ihrer Selbstbeherrschung verlor. In gewisser Weise war es eine Erleichterung, ihrem Zorn freien Lauf zu lassen und Iain anzuschreien. Sie merkte, dass sie das schon längst hatte tun wollen. »Ich rede so, wie es mir passt, verdammt noch mal.«

Auch Iains Stimme wurde lauter. »Beherrsch dich, um Himmels willen!«

Sie waren auf dem besten Weg zu einem ausgewachsenen Streit. Sie kannte die Anzeichen. Iain knallte die Kreditkartenbelege vor ihr auf den Tisch. »Würdest du mir bitte erklären, was das bedeuten soll?«

Sie standen einander am Küchentisch gegenüber, Iain mit den Handflächen auf dem Tisch, während Bella eine Stuhllehne umklammert hielt.

»Das siehst du doch wohl«, sagte sie herausfordernd.

»Willst du mir erzählen – willst du mir wirklich erzählen, dass du gerade zweihundert Pfund für Kleidung ausgegeben hast?« Seine Stimme war bedrohlich leise geworden.

»Die Sachen sind nicht für mich, um Himmels willen, sie sind für die Kinder!«

»Wie viele Klamotten brauchen Kinder denn schon, bitte? Mir scheint, sie haben schon jede Menge.«

Frustriert verdrehte Bella die Augen. »Du scheinst nicht zu begreifen, dass Kinder *wachsen*. Sie entwachsen ihren

Sachen und brauchen neue – also kaufe ich ihnen, was sie brauchen. Christopher kann Katies Sachen nicht auftragen, weil er ein Junge ist. Katie ist zehn, und ich kann sie nicht in die Kleider stopfen, die sie letztes Jahr getragen hat. Alles ist heutzutage teuer, das ist eben so. Ich bin nicht verrückt geworden. Ich gebe kein Geld aus, nur weil es mir Spaß macht, das weißt du. Ich habe Sachen von guter Qualität gekauft, zu einem angemessenen Preis. Sie sind es wert.«
»Es wert? Kinder wachsen, das hast du eben selbst gesagt. Wie kannst du da so viel Geld für Sachen ausgeben, die sie nur ein paar Monate tragen können? Hast du es nicht in den Secondhand-Läden probiert?«
Bella lachte hohl. »O ja, wir waren in den Secondhand-Läden. Wir gehen immer in die Secondhand-Läden. Aber die Kinder können nicht immer abgelegte Sachen anziehen, weißt du. Es gibt keinen Grund, warum sie nicht gelegentlich auch mal was schönes Neues haben sollten!«
»Bella«, er begann wieder zu brüllen, »offenbar bist du nicht in der Lage zu begreifen, dass wir gerade ein neues Haus gekauft haben, was ein Vermögen gekostet hat. Wir haben Tausende an Gebühren und Steuern bezahlt, und dabei hast du nicht mal einen Job. Wie sollen wir uns bitte solche Sachen leisten können? Wessen Geld gibst du denn aus?«
»Nun, ich dachte, ich würde *unser* Geld ausgeben, das für das Wohl der Familie bestimmt ist.« Sie sprach in einem sarkastisch gedehnten Tonfall. »Oh – irre ich mich da? Liege ich da falsch? Wie dumm von mir, habe ich doch glatt vergessen. Es ist ja *dein* Geld, nicht wahr? Obwohl ich mich irgendwie vage zu erinnern glaube, dass alles, was ich verdient habe, *unser* Geld war und du nichts dagegen hattest, wenn ich den letzten Penny davon für die Kinder ausgab.«
»Du hast fünfzig Pfund für ein Kleid bezahlt!«
»Ja, so viel kostet es heutzutage!«, schrie Bella. »Du hast ja

keine Ahnung! Wann hast du zuletzt einen Laden betreten, um etwas zu kaufen? Du hast keine Ahnung, was es kostet, ein Kind einzukleiden. Du tust gerade so, als würde ich in der Bond Street shoppen gehen und ihnen Outfits von Ralph Lauren kaufen!«

»Sie braucht dieses Kleid nicht«, zischte Iain.

»Wenn es nach dir ginge, bräuchte sie gar nichts! Wir können die Kinder ja von Brot und Käse ernähren, ihnen Spielzeug aus Gartenabfällen basteln und ihnen abgelegte Kleider anziehen. Iain, du lebst in einer Traumwelt. Wir sind hier nicht in einer Fernsehserie. Sie sind ganz normale Kinder, die gelegentlich erfahren sollten, was es heißt, in der wirklichen Welt zu leben. Du tust ihnen keinen Gefallen, wenn du sie zu Sonderlingen erziehst!«

Die Küchentür öffnete sich, und Katie steckte den Kopf herein. Sie war ganz weiß im Gesicht, und ihre grauen Augen waren riesig. »Bitte hört auf zu streiten«, stammelte sie mit zitternder Stimme. »Wir können das Kleid ja zurückbringen. Ich kann mein altes Kleid anziehen –«

»Katie, verschwinde!«, fuhr Bella sie an. Sie holte tief Luft und sagte mit ruhigerer Stimme: »Wir streiten uns nicht, Schatz, wir sprechen miteinander.« Sie erinnerte sich, wie entzückt Katie in ihrem Kleid herumgewirbelt war. Sie würde nicht zulassen, dass das Kind dieses Opfer brachte. Damit würde es alles untergraben. Sicher, wenn Bella klein beigab und anbot, das Kleid zurückzubringen, würde das Iain beschwichtigen, er würde ihr vergeben, da er seinen Willen durchgesetzt hatte, und sie könnten das Kleid wahrscheinlich behalten. Aber sie brachte es einfach nicht über sich. Warum sollte sie solche dämlichen Machtspielchen spielen nur wegen eines festlichen Kinderkleides? *Wieso* konnten sie es sich nicht leisten? Sie nagten nicht am Hungertuch, egal, was Iain sagen mochte.

Katie stand immer noch in der Tür, und Bella drehte sich zu ihr um. »Du hast mich gehört – geh.« Katies Gesicht zuckte, Tränen traten ihr in die Augen, und sie huschte davon.
»Was für eine Mutter bist du eigentlich?«, zischte Iain, die grauen Augen eisig.
»Was für ein Ehemann bist du?«, konterte sie. »Ich werde nicht dulden, dass du meine Sachen durchwühlst. So hast du die Belege gefunden, nicht wahr – indem du meine Handtasche durchwühlt hast?«
Iain lachte trocken in sich hinein, als sei Bellas Angriff genau das törichte Verhalten, das er von ihr erwartet hatte. »Wenn du nicht schmutzige, teure kleine Geheimnisse hättest, müsste ich nicht danach suchen.«
Sie spürte, wie ihr das Blut hämmernd in den Kopf stieg, wie ihre Augen heiß wurden und brannten. Das Gefühl von Machtlosigkeit war unerträglich – alles, was ihr blieb, war, ihn anzuschreien. »Ach, fick dich doch ins Knie!« Sie öffnete die Küchentür, ging hinaus und knallte die Tür hinter sich zu.

Draußen rang sie nach Luft und bemühte sich, die Selbstbeherrschung wiederzugewinnen. Tränen der Wut strömten ihr übers Gesicht. Es war einfach unerträglich – wer außer ihr musste sich schon mit so etwas abfinden? Iains Einstellung zum Geld hing mit seinem Wunsch zusammen, sie zu kontrollieren, und das wiederum hing mit seiner Weltangst zusammen – ach, das war alles Küchenpsychologie, und sie hatte keine Lust mehr darauf. Jahrelang hatte sie versucht, ihn zu verstehen, ihm begreiflich zu machen, dass er keine Angst vor ihr zu haben brauchte, dass sie ihn liebte – aber nichts von dem, was sie tat, änderte ihn auch nur im Geringsten. Sie konnte es einfach nicht verstehen. Sie sollten doch eigentlich in einer Partnerschaft leben, sollten einander vertrauen. Sah er denn überhaupt nichts Schmachvolles darin, ihre Handtasche zu durchwühlen oder ihr Scheckbuch zu verstecken? Stellte er sein eigenes Verhalten nie in Frage? Glaubte er, sie werde ihn deshalb lieber haben und nicht mehr aus der Reihe tanzen? Wie konnte er nur so … destruktiv sein, ohne es zu merken? Das Komische war, dass er sie damit erst zwang, die Dinge zu tun, die er befürchtete: Sachen zu verstecken, bar zu bezahlen, damit er keine Belege fand – selbst für etwas so Harmloses wie einen Cafébesuch mit den Kindern –, ihn anzulügen. Sah so etwa eine gute Ehe aus?

Sie stiefelte den Weg hinauf, ohne etwas wahrzunehmen außer der matschigen, mit Steinchen überkrusteten Straße unter den Füßen. Wut und Empörung brodelten in ihr. Sie hatte es nicht verdient, so behandelt zu werden – sie war eine erwachsene Frau mit Anspruch auf Respekt, kein unartiges Kind, das man zurechtweisen musste. Es ärgerte sie, dass er immer Sieger blieb, wenn sie sich stritten, dass er nie auch nur das kleinste Zugeständnis machte. Seine überlegene Haltung und kalte Geringschätzung brachten sie in Rage, und weil sie es nicht schaffte, ruhig zu bleiben, war sie immer im Nachteil. Er behandelte sie so herablassend, so unfair. Allein der Gedanke daran ließ ihre Hände zittern. Das war nicht das, wozu sie sich vor vierzehn Jahren verpflichtet hatte – sie hatte nicht darauf verzichtet, eigene Entscheidungen zu treffen und zu tun, was sie für richtig hielt. Sie hatte nicht alle Gewalt über sich aufgegeben. Aber Iain tat immer so, als habe sie das. Es beunruhigte sie mehr und mehr, dass er sie offenbar für seinen Besitz hielt und ihre Ehe für unauflöslich, ganz gleich, was er tat oder wie sie sich fühlte.

Meistens brachte sie es kaum über sich, darüber nachzudenken, darüber, dass es sich so falsch anfühlte. Es war ganz allmählich gekommen. Am Anfang waren sie miteinander verschmolzen gewesen, ein Team, vereint gegen die Welt. Sie hatten sich durch den anderen und über ihr Zusammensein definiert. Aber dann hatte Bella gemerkt, dass sie sich langsam von ihm zurückzog, sich von manchen seiner Eigenarten distanzierte, sich abgrenzte, bemüht, die eigene Identität wiederzufinden. Sie hatte ihn geheiratet, weil sie ihn liebte. Aber sie hatten sich beide verändert. War es da richtig, dass sie zusammenblieben?

Sie umrundete die Kurve, hinter der Rawlston House lag. Wie immer war es von einer Atmosphäre der Ruhe umgeben. Wenn man sich dem Haus näherte, war es, als bewege man sich in eine andere Welt – es war schwer, sich Streit und Hader hinter den Rhododendronhecken und honigfarbenen Mauern vorzustellen. Sie überlegte, ob sie Sam besuchen sollte, entschied sich aber dagegen. Sie war noch zu aufgewühlt und würde über den Streit mit Iain reden wollen. Und sie wollte nicht, dass Sam die Dinge zu hören bekam, die sie dann zweifellos sagen würde. Außerdem, würde Sam das überhaupt interessieren? Sie wirkte immer leicht zerstreut, wenn Bella über ihre Probleme sprach, als könne sie es gar nicht abwarten, das Gespräch wieder auf sich zu lenken. Sie würde abwarten, bis Bella Luft holte, und dann schnell einwerfen: »Ja, genau so war es, als ich …«, und das Gespräch würde sich wieder um sie drehen.

Bella blieb auf dem Grasstreifen stehen und überlegte, was sie tun sollte. Hinter den dicken, glänzenden Rhododendronblättern konnte sie das Haus erkennen. Wie viel es wohl gekostet hatte? Iain und sie konnten nicht mal davon träumen, je in einem solchen Haus zu wohnen. Früher war sie stolz darauf gewesen, als hätte sie, als sie sich für einen Mann entschied, der weder reich war noch unbedingt reich werden wollte, eine Aussage über sich selbst gemacht: *Geld ist mir nicht wichtig – für mich zählen höhere Dinge.* Aber damals hatte sie noch nicht gewusst, wie zermürbend es sein konnte, kein Geld zu haben, wie viele Konflikte das heraufbeschwor – obwohl wir natürlich nicht arm sind, rief sie sich hastig ins Gedächtnis. Nicht richtig arm, nicht so wie viele andere Leute. Das Problem war nur, sie hatten die Ansprüche der Mittelklasse, ohne die Mittel zu haben, ihre Wünsche zu erfüllen. Wenn sie sah, dass Nicky sich alle paar Wochen das Haar machen ließ, zur Aufmunterung Shopping-Trips unternahm und sich nichts dabei dachte, dreimal pro Woche ins Restaurant zu gehen, empfand sie eine Art Neid, als würden ihr diese Dinge auch zustehen, als hätte sie irgendwie ein Anrecht darauf, aber irgendwas wäre unerklärlicherweise schief gelaufen.

Wie es wohl sein mochte, mit einem reichen Mann verheiratet zu sein? Wie mochte es sein, wie Sam zu sein, die nichts zu tun hatte, außer sich mit ihrer Kreditkarte zu amüsieren? Scham über diesen Gedanken stieg in ihr auf – sie war immer stolz darauf gewesen, für sich selbst sorgen zu können, ihren Teil des Handels einzuhalten, indem sie arbeitete und etwas zum Familieneinkommen beisteuerte. Wie unartig von ihr – nein, *falsch* –, sich vorzustellen, wie es wäre, ausgehalten zu werden, Geld in die Hand gedrückt zu bekommen, keine Verantwortung zu tragen, müßig zu sein ... Sie erging sich in dieser köstlichen, verlockenden Fantasievorstellung. Shopping, Urlaub im Ausland, Paris, ein Auto, verwöhnt werden. Eine Putzfrau, eine Köchin. Gutes Essen, gute Weine. Kein Knausern, kein gerade so eben Zurechtkommen.

Sie schüttelte den Kopf. So ging das nicht. Ihr Leben sah nun einmal nicht so aus, selbst wenn das bei einigen privilegierten Leuten anders sein mochte. Sie hatte sich für eine gleichberechtigte Ehe entschieden, in der beide Partner Geld verdienten. Nie könnte sie sich aushalten lassen ... Nur, bei näherer Betrachtung war es keine gleichberechtigte Ehe, die sie führte, oder? Die ihr zustehenden Rechte wurden ihr nicht eingeräumt.

»Bella!«

Der Ruf ließ sie zusammenfahren. Sie schaute sich um und erkannte Ben, der lächelnd über die Auffahrt auf sie zustiefelte, ein Funktelefon in der Hand.

»Hallo«, sagte sie, plötzlich ganz nervös. »Wie geht's?«

»Gut. Und dir?«

»Ja – gut. Ich dachte, es wäre niemand da.«

»Ah. Du kundschaftest den Laden aus, was?«

»Nein ... Nein.« Sie lachte und erkannte, dass es ziemlich merkwürdig gewirkt haben musste, wie sie so dastand und das Haus anstarrte. »Ich habe nur einen Spaziergang gemacht.«

Er war bei ihr angelangt und blieb einen Schritt vor ihr stehen. »Wir haben uns ja seit Frankreich nicht mehr gesehen. Alles in Ordnung?«

»Ja.«

Er starrte sie an. »Hast du geweint?«

Unwillkürlich fuhr sie mit der Hand über die Wange. Den Streit und ihre Tränen hatte sie ganz vergessen. Es war ihr peinlich. Vom Weinen bekam sie immer geschwollene Augen mit lavendelfarbenen Lidern und eine glänzende Nase. Sie antwortete nicht.

»Du brauchst nichts zu sagen, wenn du nicht willst.« Er blickte auf das Telefon in seiner Hand. »Ich hab gerade mit der Firma gesprochen. Ich gehe zum Telefonieren immer raus – der Empfang ist dann besser. Ich fange im Arbeitszimmer an, und wenn ich fertig bin, blicke ich auf und finde mich im Garten wieder, im Gespräch mit einem Rosenstrauch oder dem Rand des Whirlpools. Witzig eigentlich.«

Er wog das Telefon in der Hand und schaute zu Boden. Dann blickte er auf, mit ernsten Augen. »Sam ist nicht da, fürchte ich, aber warum kommst du nicht auf ein Glas mit rein? Du musst mir keine privaten Sachen erzählen, aber ich habe einen ganz ordentlichen Prosecco im Kühlschrank, den ich gerade entkorken wollte. Willst du etwas trinken?«

Warum nicht?, dachte Bella. Sie stellte sich Iain vor, der zu Hause saß, und wusste, dass sie noch nicht dorthin zurückkehren wollte. »Danke, das wäre nett.«

Gemeinsam gingen sie die Zufahrt hinauf und betraten das Haus. Ben führte sie ins Wohnzimmer, das genauso makellos war, wie sie es in Erinnerung hatte – hell, frisch und sauber –, und holte den Wein aus der Küche. Sie setzte sich und schaute sich um. War das geplant gewesen? War sie den Heckenweg hinaufgegangen, weg von Iain, um Ben zu suchen? Bewusst hatte sie es nicht getan, aber trotzdem war sie jetzt hier. Sie erinnerte sich an den Keller in Frankreich und das unerträgliche Kribbeln ihrer Nerven, als sie neben ihm saß. Sie hatte kaum gewagt, sich einzugestehen, wie attraktiv sie Ben fand – der große, kräftig gebaute, dunkle, gut aussehende Mann war eigentlich überhaupt nicht ihr Typ. Er war ganz anders als das schmale, jungenhafte Modell, das Iain verkörperte. Sie fuhr sich mit der Hand durchs Haar und über das Gesicht.

Ben kehrte mit einer Flasche zurück, schenkte Prosecco ein, und sie machten es sich bequem.

»Das ist sehr nett – danke«, sagte Bella.

»Schön, mal aus dem Haus zu kommen, was?«

Seine Stimme war tief mit einem warmen Unterton. Seine Aussprache war neutral und verriet nichts darüber, wo er herkam. Sie lehnte sich in dem weichen Ledersessel zurück.

»Du hast wahrscheinlich schon erraten, dass Iain und ich

uns gestritten haben. Es passiert nicht oft, aber wenn, ist es ziemlich unschön.«

Ben blickte in sein Glas. »Ich will nicht neugierig sein.«

»Ich weiß. Deshalb macht es mir auch nichts aus, es dir zu erzählen. Manchmal ist es einfacher, mit einem Mann zu reden. Männer ziehen nicht immer gleich voreilige Schlüsse. Sie urteilen nicht sofort über einen. Es liegt wahrscheinlich daran, dass Männer das nicht so interessiert. Frauen sind immer verzweifelt bestrebt, jedes Detail aus dem Leben anderer Frauen zu erfahren, damit sie es mit ihrem eigenen Leben vergleichen und feststellen können, wie sie abschneiden: Bin ich glücklicher als sie? Klüger, hübscher? Ist ihr Mann liebevoller als meiner? Wir wollen immer alle Probleme füreinander lösen. Das kann ziemlich ermüdend werden.«

»Männer denken nicht viel über die Beziehungen anderer Leute nach, sie nehmen sie einfach als gegeben hin. Um ehrlich zu sein, sie denken kaum über die eigenen Beziehungen nach, wenn sie erst mal in einer Partnerschaft leben.«

»Wirklich? Dann muss Iain eine Ausnahme sein. Er scheint kaum an etwas anderes zu denken.«

»Das ist mir in Frankreich gar nicht aufgefallen. Aber ihr scheint ein intensives Familienleben zu führen und gern alle gemeinsam etwas zu unternehmen.«

Bella lachte. »Das siehst du richtig. Iain hasst das Alleinsein. Damit kommt er überhaupt nicht klar. Er will, dass wir ständig alle zusammen sind. Das war es wohl, was ich eben meinte. Ich frage mich nur, ob es normal ist, dass ein Mann so in seiner Familie aufgeht, dass er sie so … wie soll ich es formulieren? – als *Schutz* empfindet. Es ist, als wären wir sein Schutzwall. Teilweise deswegen graut mir davor, dass die Kinder größer werden. Ich glaube, wir werden ernsthafte Probleme bekommen, wenn sie anfangen, sich selbständig zu machen. Es ist immer alles oder nichts. Bei Iain gibt es keine Kompromisse – entweder man ist für ihn oder gegen ihn.«

»Das klingt, als hättest du alles gründlich analysiert«, sagte Ben mit einem schiefen Lächeln. »Offenbar weißt du, wo das Problem liegt.«

»In letzter Zeit hatte ich reichlich Gelegenheit, darüber nachzudenken – seit wir hier auf dem Land wohnen. Weißt du, eigentlich wollte ich gar nicht herziehen. Meine Freundinnen sind alle in London, und mein Beruf – ich musste meinen Job aufgeben. Ich fühlte mich entwurzelt und isoliert. Einsam, im Grunde. Vorher hatte ich gar nicht bemerkt, wie sehr Iain und ich uns im Laufe der Jahre auseinander gelebt hatten, aber jetzt, wo ich mich in einem Haus mitten im Nirgendwo um die Familie kümmere, ist es, als wäre ein starker Scheinwerfer auf meine Ehe gerichtet. Die Ehe sollte eigentlich das Basislager sein, nicht wahr? Der Ort, von dem man aufbricht. Doch langsam fange ich an, mich eher wie im Gefängnis zu fühlen …« Sie schüttelte den Kopf. »Ich weiß gar nicht, warum ich dir das alles erzähle. Das sollte ich nicht.«

Ben zuckte mit den Achseln. »Kein Problem. Ich werde es nicht weitersagen, wenn es das ist, was dir Sorgen macht.«

»Ich habe Sam sowieso schon alles erzählt – also, nicht alles. Sehr wenig eigentlich.«

Ben lächelte. »Ich werde kein Sterbenswörtchen verraten.«

»Tut mir leid, dass ich das alles bei dir ablade.«

»Braucht es nicht.«

Sie saßen einen Moment schweigend da, und dann sagte Ben: »Hast du noch mal darüber nachgedacht, wie es wäre, eine eigene Firma zu gründen?«

Eifrig blickte Bella auf. »Ja, habe ich, und ich finde, dein Vorschlag war sehr gut, es ist eine fabelhafte Idee. Ich werde ein paar Erkundigungen einziehen und sehen, was sich machen lässt.«

»Wie schon erwähnt, es würde mich freuen, wenn ich irgendwie helfen kann.«

»Wenn es dir nichts ausmacht ... Ich will dir auf gar keinen Fall Umstände machen – du warst sowieso schon so nett.«

»Sei nicht albern! Das Angebot ist ernst gemeint.«

Wieder trat im Gespräch eine längere Pause ein. Was er wohl denkt?, überlegte Bella.

Unvermittelt sagte Ben: »Ich weiß, was es heißt, in der Ehe einsam zu sein.«

»Wirklich?«, entgegnete sie langsam und dachte: *Ich wusste es. Ich wusste, dass Sam ihm nicht reichen kann. Es ist offensichtlich.*

»Ja. Meine erste Ehe ist deswegen gescheitert. Wir haben beide hart gearbeitet, ich baute gerade meine Firma auf, und irgendwann war es so weit, dass wir am Ende des Tages gerade mal fünf Sätze miteinander gewechselt haben. Aileen konnte nur noch über das Kind reden. Wir interessierten uns nicht mehr füreinander. Wir schliefen in einem Bett, aber wir waren uns fremd geworden. Dann lernte ich Sam kennen, und durch sie wurde das Leben wieder aufregend. Ich merkte, ich wollte nicht den Rest meines Lebens darauf verzichten, ich konnte nicht diese trostlose Halb-Existenz mit einer Frau weiterführen, die gerade mal in der Lage schien, mich zu tolerieren, wenn sie nicht aktive Abneigung gegen mich empfand. Es ist traurig – und es sollte eigentlich nicht passieren. Niemand heiratet und denkt sich, gut, es wird vielleicht acht Jahre halten, nicht länger. Aber manchmal kommt es eben so, und dann ist es das Beste, es zuzugeben und sich zu trennen. Aileen hat wieder geheiratet, sie lebt in den Staaten und ist ungefähr tausendfach glücklicher als vorher, auch wenn sie lieber sterben würde, als das zuzugeben.«

Bella scharrte mit dem Schuh über den Teppich und verfolgte, wie die weißen Fransen über den Parkettboden rutschten. »Aber was ist mit den Kindern?«, fragte sie schließlich. »Das ist das Problem, oder?« In Frankreich hatte sie die hasserfüllten Blicke gesehen, die Emma ihrer Stiefmutter zuwarf, und bemerkt, dass sie so bald wie möglich den Raum verließ, sobald Sam eintrat. Jeder konnte spüren, wie sehr Emma ihre Stiefmutter hasste, auch wenn Sam tapfer so tat, als bemerke sie das nicht. Das konnte nicht nur an der armen Sam liegen, sosehr sie einen auch ärgern konnte. Es war klar, dass Emmas frühe Jugend durch den Schmerz der Trennung ihrer Eltern verdunkelt worden war, und wie glücklich ihr Vater und ihre Mutter heute auch sein mochten, das Mädchen war unglücklich und hatte Schaden genommen.

Ben nickte. »Das ist das Problem. Aber man kann nicht wegen der Kinder zusammenbleiben – das funktioniert einfach nicht. Sie spüren es, wenn etwas nicht stimmt. Man kann eigentlich nur versuchen, die Ehe mit Würde zu beenden. Nicht die Trennung ist das Problem, sondern die Art, wie sie durchgezogen wird. Man sollte es so machen, dass die Kinder wissen, dass beide Eltern sie trotzdem lieben.«

»War es bei dir und Aileen so?«, fragte Bella etwas unaufrichtig. Sie wusste sehr wohl, dass die Scheidung alles andere als freundschaftlich verlaufen war, jedenfalls wenn man Sams Geschichten glauben durfte.

Ben blickte unbehaglich drein. »Ich habe mein Bestes getan, aber es war nicht einfach. Kinder sind sehr sensibel. Emma hat sich nie für Sam erwärmen können – ich glaube, sie hat ihr einfach keine Chance gegeben. Aber das kann ja noch werden.« Wieder schaute er nachdenklich in seinen Prosecco, und es war, als wäre ein Vorhang gefallen – das Thema war abgeschlossen. »Komm, wir trinken aus und gehen ins Arbeitszimmer. Stellen wir ein paar Recherchen zu deiner neuen Firma an.«

Sie saßen nebeneinander an Bens gewaltigem Schreibtisch. Ben surfte im Netz, und sie redeten und lasen, während Bella sich Notizen machte. Der Prosecco war bald ausgetrunken, und Ben holte eine neue Flasche aus der Küche, die sie leerten, während es im Arbeitszimmer langsam dunkel wurde und der Bildschirm im Dämmerlicht leuchtete. Ben gab Bella wichtige Tipps – er sprach über Anlaufkosten, Konkurrenz, Werbung und Unternehmenskonzepte. Bei ihm klang es machbar, erreichbar, als sei es innerhalb ihrer Möglichkeiten, eine Firma zu gründen und zu einem profitablen Unternehmen zu entwickeln.

»Irgendwann wirst du vielleicht über die Einstellung von Mitarbeitern nachdenken wollen, aber solange du niemandem ein Gehalt zahlen musst, lass es. Es ist besser, alles selbst zu machen.« Er klickte auf eine andere Webseite. »Und vergiss nicht, so viele gute Ideen zu klauen wie möglich. Das ist der eigentliche Schlüssel.«

Sie lächelte. »Das vergesse ich schon nicht. Ich nehme ja schon genug von deinen Ideen.«

»Die sind nicht geklaut, sondern freiwillig gegeben«, sagte er sanft und schaute sie an. »Es ist immer ein Vergnügen, einer schönen Frau behilflich zu sein.«

Er sagte es gewandt und ohne ein anzügliches Grinsen, aber … flirtete er mit ihr? Oder machte er sich über sie lustig? Wie konnte er sie schön finden, wo es doch Sam gab, die gertenschlanke, hinreißende Sam? Aber sie wusste, dass er sie nicht verspottete. Die Luft flirrte plötzlich vor Spannung, und sie spürte ein Prickeln ihren Arm emporwandern, an der Stelle, wo sie und Ben einander fast berührten. Wieso ist das passiert?, dachte sie, und dann merkte sie, dass er direkt auf ihren Mund schaute, wie er es schon in Frankreich immer getan hatte.

»Das ist süß von dir«, sagte sie, da sie sich verpflichtet fühlte, irgendetwas zu sagen. »Ganz im Ernst, du hast mein Selbstvertrauen gestärkt.« Er wandte den steten Blick nicht von ihren Lippen. Es war beunruhigend: harmlos und doch gleichzeitig aufgeladen. Zudem war es außerordentlich erotisch – viel erotischer, als wenn er etwa ihre Brüste oder Beine begutachtet hätte. Weiß er, was er da tut?, fragte sie sich. Wenn er es unbewusst tut, wirkt es fast noch stärker. Sie lächelte. Hastig lenkte er den Blick wieder auf ihre Augen und erwiderte ihr Lächeln.

»Du solltest nicht an dir zweifeln«, sagte er leise. »Du hast so viel zu bieten.«

Sie schauten einander einen langen Augenblick an, und dann beugte er sich rasch vor und küsste sie auf den Mund, sehr heftig. Bevor sie reagieren konnte, zog er sich zurück und sagte: »Bitte entschuldige. Ich weiß nicht, was ich tue.«

Sie war atemlos, und ihr Herz raste. »Schon gut«, flüsterte sie. »Es macht nichts.« Das stimmte – das Einzige, das ihr etwas ausmachen würde, wäre, wenn er sie nicht wieder küssen würde. Plötzlich wollte sie von ihm geküsst werden, sie wollte es mit verzweifelter Dringlichkeit, sie wollte noch einmal seine Lippen spüren und diesmal den Mund öffnen.

Er blickte zu Boden und atmete schwer. »Es geht nicht«, sagte er kurz. »Nicht, weil ich nicht wollte. Ich will es, schon seit Frankreich, seitdem du mich dazu gebracht hast, in diesem blöden Erdloch neben dir zu sitzen. Aber wenn ich dich noch einmal küsse, werde ich nicht wieder aufhören können, und das wäre nicht richtig. Es ist weder der richtige Ort noch die richtige Zeit, und du bist wütend auf deinen Mann, und es wäre ganz falsch.«

Sie saßen schweigend da, und Bella litt Qualen; das erwachte Begehren durchflutete sie, frisch und stark.

»Vielleicht … Vielleicht sollte ich besser gehen«, sagte sie zögernd.

Er nickte. »Sam wird bald zurück sein. Es wäre das Beste.«

»Gut.« Sie erhob sich. »Danke für den Prosecco. Ich finde selbst hinaus.«

Als sie im Dunkeln den Weg hinunterging, fühlte sie sich, als schwebe sie. Ein kräftiger Wind wehte, aber sie spürte ihn nicht, denn sie staunte über das, was ihr geschehen war. Er hat mich geküsst, dachte sie, hingerissen wie eine Fünfzehnjährige. Sie wollte an nichts anderes denken als an dieses köstliche Gefühl, an die schwindelerregende Lust dieses Kusses.

Schneller, als sie es gewünscht hätte, erreichte sie Holly Lodge und trat in die Küche. Der Raum lag im Dunkeln, obwohl es erst halb zehn war. Ihr fiel der Streit ein, den sie und Iain vor einigen Stunden gehabt hatten, obwohl es ihr jetzt eher wie Tage vorkam. Wahrscheinlich hatte er die Kinder früh ins Bett geschickt und war dann selbst schmollend hochgegangen. Zweifellos lag er auf seiner Seite des Bettes und kehrte ihrer Seite den Rücken zu; nicht, dass ihr das irgendwas ausgemacht hätte. Und dann, plötzlich, sah sie ihn aus den Schatten auftauchen.

»Wo bist du gewesen?«, fragte er mit zitternder Stimme. Seine Augen glitzerten im restlichen Licht, und sie konnte sehen, dass er außer sich war vor Wut. Angst durchzuckte sie, eine Art animalischer Furcht, die ihr verriet, dass sie in Gefahr war.

»Ich war oben im Gutshaus –«
»Mit wem? *Sam*?« Er sagte es verächtlich.
»Nein, sie war nicht da«, sagte Bella und erkannte ihren Fehler, sobald die Worte ausgesprochen waren.
Iains Gesicht verzerrte sich. »Mit ihm?«, zischte er. »Mit Clarke?«
»Ja, Ben war da. Er war sehr nett.« Sie versuchte ganz ruhig zu sprechen, um seine Wut zu entschärfen. Er musste sich seit Stunden immer mehr hineingesteigert haben, bis Eifersucht und Besitzanspruch ihn rasend machten. »Wir haben etwas getrunken und darüber gesprochen, wie ich einen Job finden kann. Er hat sehr gute Ideen, über die ich gern mit dir reden würde.« Ihre Knie waren weich, aber all ihr Bemühen war darauf gerichtet, ganz beiläufig zu klingen, das Bild von Ben auszublenden, wie er sie küsste. Sie musste an ihre eigene Unschuld glauben, wenn sie Iain davon überzeugen wollte – schließlich war sie unschuldig. Was hatten sie denn schon getan? Ein kurzer Kuss auf die Lippen. Das war doch nichts!
»Und das war alles? Ihr habt geredet?«, fragte er.
Weiß er etwas?, dachte sie panisch. Ist ihm in Frankreich etwas aufgefallen? Hat er es erraten? »Ja, natürlich war das alles. Was denkst du denn?«
»Hast du dich von ihm ficken lassen?« Die Obszönität klang unerwartet bösartig.
Bella schnappte schockiert nach Luft, hätte fast gelacht und stammelte: »Was?« Dann übernahm ihr Selbsterhaltungstrieb die Regie, und sie sagte: »Natürlich nicht! Sei doch nicht blöd – natürlich nicht! Das stand überhaupt nicht zur Debatte. Das ist doch lächerlich! Wir haben nur etwas zusammen getrunken, ganz freundschaftlich.«
»Du bist nach unserem Streit zu ihm gegangen und hast dir gedacht, du könntest mir eine Lektion erteilen, indem du

ihn fickst. War es nicht so?« Seine Stimme war leise und giftig, voll blinder Wut.

»Nein, ich … Natürlich nicht! Wir haben nur etwas Prosecco getrunken … und geredet …«

»Behandle mich nicht wie einen Idioten.«

»Das tue ich nicht, ehrlich, es ist nichts passiert –«

Urplötzlich stürmte er auf sie zu und fing an, am Knopf ihrer Jeans zu zerren. Er zog und riss mit angespannter Zielstrebigkeit daran herum.

»Iain, was tust du da? Hör auf damit, um Himmels willen! Lass mich los! Ich habe nicht mit Ben geschlafen. Iain, hör auf damit!« Sie versuchte ihn wegzuschieben, aber es gelang ihr nicht. Sein Griff war eisern, ihre Hände schlugen wehrlos auf ihn ein. Er riss den Knopf auf, öffnete gewaltsam den Reißverschluss, fiel dann auf die Knie und zerrte ihr die Jeans herunter. Sie taumelte, als ihre Beine durch den zusammengeknüllten Stoff bewegungsunfähig wurden. Was macht er da?, dachte sie verwirrt. Will er Sex? Und dann erkannte sie mit Entsetzen, was er tat, als er das Gesicht in ihren Schritt presste und seine Nase in das weiße Dreieck ihres Höschens schob. Mein Gott! Er *beschnüffelte* sie! Sie würgte, als sie zu sprechen versuchte. »Iain, mein Gott – hör auf! Ich habe dir doch gesagt –«

Langsam erhob er sich von den Knien und starrte sie an. Sie konnte seinen Gesichtsausdruck nicht deuten.

»Gut.« Die wilde Wut war verschwunden, seine Miene war ausdruckslos. »Komm ins Bett!« Er drehte sich um und verließ die Küche. Bella begann krampfhaft zu zittern, zog mit bebenden Händen ihre Jeans hoch und hörte, wie Iain langsam die Treppe zu ihrem gemeinsamen Schlafzimmer hinaufstieg.

Dreizehn

Sam liebte das Gefühl des Benz unter ihren Füßen: das Gaspedal bewegte sich unmerklich, leicht und flockig, der Motor verstärkte gehorsam sein leises Schnurren, und die Nadel des Tachometers kletterte hoch. Sie liebte es, auf der Autobahn an Männern vorbeizuziehen, dabei das Haar zurückzuwerfen und ihnen einen herausfordernden Blick zuzuwerfen, so dass sie nicht wussten, was sie mehr begehren sollten: den flotten, schnittigen Mercedes oder die gleichermaßen flotte, schnittige Frau am Steuer.

Sie kam von ihrem Girls' Day mit Becky. Geplant war eigentlich ein Treffen aller Mädels, der Clique, zu der Sam sich zählte, aber gekommen waren nur sie und Becky. Sie hatten in der Halle von Beckys Fitnessclub Tennis gespielt und danach im angeschlossenen Restaurant was Leichtes gegessen. Sam störte es nicht sonderlich, dass die anderen nicht aufgetaucht waren. Wenn sie ganz ehrlich sein wollte, war Becky die Einzige, mit der sie richtig gut klarkam. Die anderen Girls fühlten sich von ihr bedroht: Das war die einzige Erklärung dafür, dass sie so reserviert blieben und sich nicht richtig mit ihr anfreunden wollten.

Das machte ihr nichts aus: Freundinnen wurden überbewertet. Fast immer verfolgen sie eigene Ziele, dachte Sam. Sie sind kritisch und verurteilen einen, und selbst wenn sie nichts sagen, kann man es an ihren Augen ablesen: Neid. Sie waren neidisch, weil Sam gertenschlank und schön war und mit einem reichen Mann verheiratet, der ihr alles gab, was sie haben wollte. Sie waren neidisch, weil Sam keinen Haufen Gören am Hals hatte, die sie runterzogen und jede freie Minute in Anspruch nahmen, und weil Männer einfach nicht anders konnten, als Sam nachzuschauen. Selbstverständlich war sie eine Bedrohung für andere Frauen. Sie verstand das, und sie verstand, warum. Es hieß, dass sie vorsichtig sein musste, dass sie nicht jedem vertrauen konnte und aufpassen musste, wem sie den Zutritt in ihre Welt gestattete. Becky war in Ordnung – Sam hatte nie einen Funken Eifersucht bei ihr erlebt. Bewunderung, das ja, und ein Gefühl von Kameradschaft, denn beide hatten ihr Geschick, ihre Entschlossenheit und die Gaben der Natur eingesetzt, um zu bekommen, was sie haben wollten. Gut, für besonders scharfsinnig hielt Sam Becky nicht, aber sie hatte ein goldenes Herz, und das war es, was zählte.

Bella … Also, Bella war anders, obwohl Sam nicht so ganz begriff, warum. Als die Balfours nach Rawlston gekommen waren, hatte sie geglaubt, dass Bella gut als Folie für sie dienen könne, vor der sie sich umso besser abheben würde. Bella war den Clarkes mit offener Bewunderung begegnet, und wer würde das nicht? Es war nur natürlich, ein bisschen von ihrem Haus und ihrem Lebensstil überwältigt zu sein, wenn man selbst so etwas nicht hatte und nie haben würde. Sam hatte gedacht, Bella würde genau die Art Freundin abgeben, die sie haben wollte: nicht annähernd so schön und schick wie sie, voller blinder Bewunderung – eine Art Jüngerin. Deshalb hatte sie sich in Gegenwart Bellas auch etwas relaxter gefühlt, war ein bisschen aus sich herausgegangen und hatte sich mehr geöffnet, als sie es bei den Mädels aus Cheltenham konnte. Außerdem hatte Bella einen Hauch Londoner Schick an sich, was sie zu einer würdigen Freundin für Sam machte.

Sie musste es zugeben: Es war ein Fehler gewesen, die Balfours nach Frankreich mitzunehmen. Es hatte sich nicht so entwickelt, wie sie erwartet hatte. Irgendwie hatte sich das Machtgleichgewicht auf unmerkliche Weise verschoben, und Bella Balfour war unerwartet zu einer Konkurrentin geworden. Aber wie? Sam hörte auf zu singen und dachte nach. Es war nichts passiert – jedenfalls nichts, worauf sie den Finger hätte legen können. Aber der enge Zusammenhalt der kleinen Familie – vielleicht auch der Charme der Kinder, die zweifellos alle Herzen erobert hatten – ließ die Clarkes irgendwie schlecht dastehen. Ohne Emma wäre es vielleicht nicht so schlimm gewesen. Aber so konnte Sam das Gefühl nicht loswerden, von Bella und Iain beobachtet und verurteilt zu werden – als ob die eine Ahnung hatten, wie scheißschwer es war, die ganze Zeit dieses furchtbare Geschöpf am Hals zu haben! Sie hatte fast das Gefühl, irgendwie gewogen und zu leicht befunden worden zu sein, obwohl sie wusste, dass sie nichts falsch gemacht hatte.
Und dann war da Bella selbst. Vom ersten Augenblick an hatte Sam sie gründlich taxiert, alles an ihr. Sie sah ganz normal aus, eine typische englische Frau aus der Mittelschicht, die möglicherweise die Klassiker gelesen, aber keine Ahnung hatte, wie man etwas aus sich machte. Sie hatte eindeutig ein paar Kilo zu viel drauf, pflegte ihre Haut nicht richtig, und ihr Haar schrie geradezu nach einem anständigen Schnitt und einer Trendfrisur. Mit Sam konnte sie unmöglich konkurrieren: Bella hatte eine zu große Nase und einen zu breiten Mund, und ihre Augen standen zu dicht beieinander. Und trotzdem …
Sam zog die Nase kraus, dachte angestrengt nach und versuchte herauszubekommen, was sie so beunruhigte. In Frankreich hatte sie Bella ganz anders erlebt. Es hatte sie überrascht, wie oft Bella alle zum Lachen brachte mit den

eigenartigen und interessanten Sachen, die sie sagte. Sam konnte das überhaupt nicht verstehen, und nachmachen konnte sie es auch nicht. Das scherte sie zwar nicht sonderlich, aber eins gab ihr doch zu denken: Wenn Bella diese Sachen sagte, wurde sie *körperlich* reizvoller. Wie konnte das angehen? Gut, sie war keine Vogelscheuche – nicht wie die altmodische, ungepflegte Aileen –, aber sie war auch nichts Besonderes. Nur – wenn alle um den Tisch oder den Grill versammelt waren, hatte Bella eine Ausstrahlung, etwas Sprühendes, eine Art Funkeln in den Augen, was dazu führte, das man sie gern ansah.

Das war ärgerlich, und es war beunruhigend, weil es nicht zu den Dingen gehörte, die Sam kopieren konnte. Sie konnte Schminktechniken übernehmen, ihre Haarfarbe ändern, ein anderes Parfüm nehmen. Aber sie wusste nicht, wie sie dieses *Etwas* anknipsen sollte, das Bella offenbar hatte, und das machte sie zornig und misstrauisch.

Im trüben Dämmergrau der hereinbrechenden Nacht erkannte Sam, dass sie sich der richtigen Ausfahrt näherte. Sie stieß die Luft durch die Zähne, um ihrer Verärgerung Luft zu machen. Bestimmt war ihre Sorge übertrieben, eine Überreaktion. Komm schon!, schalt sie sich. Glaubst du ernsthaft, dass diese Frau eine Bedrohung für dich sein könnte? Sei nicht albern – *du* bist eine Bedrohung für sie! Sie würde einfach ein wenig auf Distanz gehen, sie daran erinnern, wer hier der Boss war, und alles würde in Butter sein.

Die Lichter von Rawlston House schimmerten gelb und heimelig, als Sam ihren Wagen abstellte. Das Haus hatte ihr gefallen, als sie es besichtigt hatten, und jetzt, wo es renoviert war, gefiel es ihr noch besser, aber ihr Traumhaus war es nicht. Sie hätte sich diesen Kasten nicht ausgesucht – besonders da sie nur eine Hälfte besaßen. Ben hatte in letzter Zeit öfter gemeint, sie könnten doch mal ein paar Leute zum Essen einladen, ihre alten Freunde aus Cheltenham, jetzt, wo alles fertig sei, aber Sam war gar nicht scharf darauf. Es war etwas an diesem Ort, für das sie sich irgendwie schämte.

Sie tänzelte in den Flur, ließ ihre Sporttasche fallen – Trudy konnte die Sachen morgen früh in die Waschmaschine tun – und trat ins Wohnzimmer, wo Licht brannte.

»Hallo, Schatz!«, rief sie, aber Ben war nicht im Zimmer. Auf dem Glastisch stand eine leere Proseccoflasche, und klebrige Ringe verrieten, wo Gläser gestanden hatten. »Ben?«

Sie ging zum Arbeitszimmer und öffnete die Tür, aber der Raum war leer. Auf dem Schreibtisch standen zwei Weingläser, beide mit einem Rest.

Sie fand ihn in der Küche, über den Herd gebeugt. Darauf blubberte ein riesiger Topf, dem aromatischer Dampf entwich. »Hi, Liebling«, sagte sie und trat zu ihm.

Ben zuckte zusammen und drehte sich rasch um, lächelte, als er sie sah, und küsste sie warm. »Hallo, Liebling, wie war's? Habt ihr euch gut amüsiert, du und Becky?«

»Ja, es war toll, danke.« Sam lehnte sich gegen die Granit-Arbeitsplatte und stützte sich auf die dünnen Ellbogen. »Und was hast du so getrieben?«

»Ach, nicht viel. Ein bisschen gearbeitet, ich war lange im Arbeitszimmer.«

»Was kochst du?«

»Hühnerbrühe«, sagte er. »Unser Vorrat geht zur Neige, also hab ich mir gedacht, ich nehm ein paar Suppenhühner aus der Gefriertruhe und koch sie.«

Sie betrachtete ihn nachdenklich. Ben nahm Zuflucht zum Kochen, wenn etwas seinen Seelenfrieden störte oder wenn er nicht auf dem Damm war. Und er machte Unmengen Hühnerbrühe, wenn es einen Kälteeinbruch gab, bei jemandem eine Erkältung im Anzug war oder er Trost brauchte. »Also, wer ist zu Besuch gekommen?«

Ben wandte sich wieder seinem Topf zu und rührte um. »Besuch? Das braucht noch ein, zwei Stunden, denke ich …«

»Ja, jemand war doch hier. Wer war es?«

»Ach ja, Bella hat kurz vorbeigeschaut. Ich hatte dir doch erzählt, dass sie sich eventuell selbständig machen will. Sie wollte sich bei mir Rat holen.«

Sie betrachtete seinen breiten Rücken, während er sich am Herd zu schaffen machte, noch etwas Pfeffer aus der Mühle dazugab und Gemüseabfälle wegräumte. »Geht es ihr gut?«

»Ja. Sie ist nicht lange geblieben. Es tat ihr natürlich sehr leid, dass sie dich nicht angetroffen hat.«

»Natürlich«, sagte Sam, die immer noch aufmerksam seinen Rücken musterte. »Klar.« Ihre gute Laune hatte sich verflüchtigt. Es gefiel ihr gar nicht, dass Bella vorbeikam, wenn sie nicht zu Hause war: Alarmglocken läuteten und ließen sie plötzlich auf der Hut sein wie ein Tier, das ein Raubtier wittert.

»Da ist noch etwas«, sagte Ben. »Ich hatte einen Anruf von Aileen – sie wird Emma nun doch nicht nehmen können. Es ist etwas dazwischen gekommen. Ihr Mann muss zu einer Konferenz, die an irgendeinem ganz tollen Ort stattfindet, und sie begleitet ihn, weil es so eine Chance nur einmal im Leben gibt und so weiter. Emma soll stattdessen Weihnachten zu ihr kommen.«

»Du meinst, Emma wird den ganzen Sommer bei uns bleiben?«

»Bis sie nach Edinburgh geht. Es sei denn, sie hat noch irgendeine Alternative in petto.«

Sams gute Laune war längst verpufft, aber jetzt flammte

Wut in ihr auf, und sie spürte, wie sie fuchtig wurde. Alles verschwor sich gegen sie. Erst war Bella zu einem Dorn für sie geworden, einem spitzen Stachel, und kam klammheimlich vorbei, wenn sie nicht da war, und jetzt wurde ihr das genommen, worauf sie sich seit Wochen gefreut hatte – Emmas Abreise nach Amerika –, einfach so. Warum lief bloß alles schief? Am liebsten hätte sie jemanden geschlagen.

»Alles in Ordnung?«, fragte Ben und drehte sich endlich um, um sie anzusehen. »Du bist plötzlich so still.«

»Alles bestens«, fuhr sie ihn an. »Einfach wunderbar. Ich geh nach oben.«

Das Abendessen zu dritt verlief noch trübsinniger als sonst. An den letzten Abenden war Sam durchaus zufrieden gewesen, schließlich hatte sie gewusst, dass Emma Ende der Woche wegfahren würde. Jetzt machte der Anblick des dürren, farblosen und langweiligen Mädchens, das am anderen Ende des Tisches saß und in seinem Essen herumstocherte, sie rasend. Gift und Galle brodelten in ihr und drohten überzulaufen.

»Pech, das mit Amerika, Emma«, sagte sie, unfähig, das Schweigen noch länger zu ertragen, das über dem Tisch hing.

Emma warf ihr einen kühlen Blick zu und schaute wieder weg. »Ja. Aber meine Mutter hatte da wohl kaum eine Wahl.«

»Ach? Tja, wenn man die Wahl hat, seine einzige Tochter wiederzusehen oder in Urlaub zu fahren ... Hmm, nein, ich sehe ein, das ist hart. Na ja, du kannst dich ja mit dem Gedanken trösten, dass du sie Weihnachten sehen wirst, das ist schließlich nur noch vier Monate hin. Oder sind es fünf?«

Emma starrte auf ihren Teller und biss sich auf die Lippen. Dann murmelte sie: »Es ist kein Urlaub.«

»Nein? Was dann? Ist sie plötzlich Zahnärztin geworden? War doch eine Zahnarztkonferenz, oder irre ich mich da? Klingt ja nach jeder Menge Spaß. Ich sag's ja nicht gerne, Emma, aber wenn deine Mutter lieber zuhört, wie hundert Zahnärzte sich über Füllungen oder dritte Zähne oder so was auslassen, als sich mit dir zu unterhalten, solltest du dich vielleicht etwas in der Kunst der gepflegten Konversation üben, bevor du nach Edinburgh gehst.«

»Sam«, sagte Ben warnend.

»Was sag ich denn«, verwahrte sich Sam, als fühle sie sich beleidigt. »Hab ich irgendwas gesagt? Du willst doch an der Uni Kontakte knüpfen, oder? Sonst könntest du dich vielleicht ein wenig einsam und unglücklich fühlen.«

»Es ist doch nicht Emmas Schuld, dass ihre Mutter sie nicht nehmen kann.«

»Ich will gar nicht hier bleiben!«, stieß Emma zornig hervor. Ihre Wangen, sonst von fahler Blässe, waren rosarot angelaufen. »In deiner Nähe zu sein ist das Letzte, was ich will! Ich werde woandershin fahren.«

»Und wohin bitte?«, fragte Sam honigsüß. »Willst du den Sommer bei einem deiner zahlreichen Freunde verbringen? Du musst ja ein paar Freundinnen an der Schule haben, selbst wenn ich nie eine zu Gesicht bekommen habe. Oder vielleicht willst du bei deinem Freund bleiben – oh, entschuldige, heikles Thema. Du hast ja keinen Freund.«

Ben seufzte schwer und murmelte: »Sam, bitte …«

»Aber das wird sich sicher ändern, wenn du erst mal auf der Uni bist«, fuhr Sam fort. Sie fühlte sich besser, wenn sie so redete – es war, als würde man sich da kratzen, wo es einen juckte. Sie ließ die ganze Gereiztheit heraus, die sie empfand, seit sie die Hiobsbotschaft empfangen hatte, und sie genoss es. »Da oben gibt es sicher jede Menge Typen, und da es in Schottland arschkalt ist, werden sie nicht wählerisch sein. Hauptsache, jemand wärmt nachts ihr Bett.«

»Papa!« Emmas Gesicht war feuerrot angelaufen. »Papa, mach, dass sie aufhört.«

»Sam«, wiederholte Ben mit einem leicht hilflosen Ton in der Stimme.

»Und wenn tatsächlich einer was mit dir anfangen will«, fuhr Sam fort, unfähig aufzuhören, »mach dir keine Gedanken. Du wirst den Bogen schnell rauskriegen, selbst wenn du Anfängerin bist – und vergiss nicht, du kannst jederzeit zu Hause anrufen. Dein Vater und ich werden jederzeit gern mit dir über Sex reden und dir erzählen, wie man es macht.« Sie grinste anzüglich. »Schließlich sind wir Experten auf dem Gebiet.«

Emma sprang auf. »Halt den Mund, du ekelhafte Ziege!«, schrie sie. »Du genießt das, oder? Du genießt es, mich runterzumachen. Was habe ich dir bloß getan? Warum hasst du mich so sehr? Es war schließlich meine Familie, die du zerstört hast, nicht umgekehrt. Meine Mutter ist wegen dir in Amerika, und meinen Vater hast du mir auch gestohlen. Du hast alles, und mir hast du nichts gelassen. Reicht dir das noch nicht? Glaubst du nicht, dass ich genug darunter leide, dass ich meine Mutter diesen Sommer nicht sehen werde? Nein, du musst mich auch noch demütigen. Du willst alles vergiften, nicht wahr? Gott, wie ich dich hasse!« Ihre Stimme wurde immer lauter, bis sie fast schrie, und dann lief Emma aus dem Zimmer.

Es herrschte ein unerfreuliches Schweigen. Sam schaute Ben mit verletzter Miene an. »Was sollte das denn jetzt?«, fragte sie unschuldig. »Ich hab doch nur ein bisschen Spaß gemacht.«

Bens Augen waren kalt wie Stahl, das Blau eisig. »Das war verabscheuungswürdig.«
»Ja, ergreif nur ihre Partei! Du musst ja nicht sehen, wie sie mich behandelt, wenn du nicht da bist.«
»Sie ist erst achtzehn!«, brüllte Ben. Es kam so unerwartet, dass sie zusammenzuckte. »Zeig ein bisschen Nachsicht, verdammt noch mal!« Sie erwiderte nichts, und er schaute auf seinen Teller herunter. »Ich weiß gar nicht, was in letzter Zeit mit dir los ist.«
»Mit mir ist gar nichts los. Es wäre allerdings schön, wenn du gelegentlich auch mal auf meiner Seite wärst.«
»Sam –«
Plötzlich war sie voller Wut. Sie schob ihren unberührten Teller zur Seite und stand auf. »Ach, fick dich doch ins Knie! Mir reicht's.« Sie fegte aus dem Zimmer und ließ Ben allein zurück.

Es ist lange her, dass ich mir so viel Mühe mit der Vorbereitung eines festlichen Essens gegeben habe, dachte Jane. Sie konnte sich nicht recht erklären, warum sie das tat. Wenn Jerry vorbeikam, schob sie einfach irgendwas in den Ofen, weil sie wusste, dass er damit vollkommen zufrieden sein würde. Warum sie nun, da Tom zum Essen kam, so viel mehr Aufwand betrieb, wusste sie nicht zu sagen.
Als Vorspeise hatte sie eine Geflügelleber-Terrine zubereitet. Mit leichtem Erstaunen ertappte sie sich dabei, wie sie sorgfältig die Butter klärte und zur Dekoration Salbeiblätter auf die Oberfläche legte. Es war absurd, aber etwas in ihr wollte gern, dass Tom beeindruckt war. Sie hatte das Gefühl, dass er so etwas genießen würde, dass es ihm zweifellos auffallen und ihm zusagen würde. Das gehörte zu den Dingen, die ihr an ihm gefielen, die Freude, die er an den kleinen Dingen des Lebens empfand. Als sie neulich gegangen war,

weil sie ihn nicht länger von der Arbeit abhalten wollte, obwohl er versicherte, das habe überhaupt keine Eile, hatte sie ihn spontan zu sich zum Essen eingeladen, und er hatte sofort und mit offenkundiger Freude zugesagt.

Er ist einfach nur höflich, sagte sie sich entschieden. Die Essenseinladung war ein Dankeschön für die Ritterlichkeit, die er gezeigt hatte, als er sie in Tränen aufgelöst vor seiner Tür vorfand. Ihre Gedanken verirrten sich zu dem Augenblick im Flur, wo sie beide vor ihrem Porträt standen, aber sie zügelte sich sofort. Das hatte nichts zu bedeuten. Er war ein netter junger Mann, ganz allein, weit weg von zu Hause. Wenn sie ihn zum Essen einlud, geschah das aus reiner Freundschaft, nichts weiter. Es war lächerlich, etwas anderes auch nur in Erwägung zu ziehen.

Zum zwanzigsten Mal warf sie einen Blick auf die Uhr und stellte fest, dass ihr immer noch eine halbe Stunde Zeit blieb. Tom kam mit dem Zug und würde sich am Bahnhof ein Taxi nehmen, also wusste sie ziemlich genau, wann er hier eintreffen würde. Lucy war bei der Arbeit, und Alec, was für ein glücklicher Zufall, hatte beschlossen, sich heute Abend in Oxford mit Freunden zu treffen. Sie hatte sich nicht gestattet, Tom an einem Abend einzuladen, an dem die Kinder außer Haus sein würden; dass sie es doch waren, kam vollkommen unerwartet. Ihr Gewissen war rein.

Das schrille Klingeln des Telefons unterbrach ihre Gedanken. Sie wischte sich die Hände an der Schürze ab und griff nach dem Hörer. Es war Gregor.

»Ist etwas passiert? Ist etwas mit Maggie?« Augenblicklich voller Panik, stellte sie sich darauf ein, Tom abzusagen und sofort nach London zu eilen.

»Mach dir keine Sorgen, Jane«, antwortete Gregor. Er telefonierte offensichtlich über sein Handy, denn hinter ihm war

Verkehrslärm zu hören. »Es ist kein Notfall. Maggie geht es gut. Aber ich wollte mit dir reden, weil sie nicht sie selbst ist und ich weg muss und ich mir Sorgen mache. Ich will sie nicht allein hier zurücklassen.«

»Deine Reise nach Ungarn.« Jane erinnerte sich, dass Maggie es mal erwähnt hatte.

»Ja. Ich muss fahren, und es geht ihr nicht gut genug, um mich zu begleiten. Und sie muss sowieso noch zu Nachuntersuchungen in die Klinik. Aber, Jane, sie ist sehr niedergeschlagen. Sie ist nicht glücklich. Ich bin beunruhigt. Was können wir nur tun?«

Jane holte tief Luft. Sobald er zu sprechen begonnen hatte, nahm ein Gedanke konkrete Formen an, den sie seit ihrer Rückkehr aus London in ihrem Herzen bewegte. Entschieden sagte sie: »Sie muss nach Rawlston kommen.«

»Zu dir? Ich weiß aber nicht, ob sie damit einverstanden wäre …«

»Wir müssen sie überreden. Die staubige, dreckige Großstadt ist nichts für sie. Kein Wunder, dass sie deprimiert ist. Gregor, das ist die beste Lösung. Du hast selbst gesagt, dass sie noch Urlaub hat. Hier kann sie sich erholen.«

Im Hintergrund wurde gehupt, und eine Sirene heulte auf, während Gregor über ihre Worte nachdachte. »Du hast Recht«, sagte er schließlich. »Es ist die beste Lösung. Jetzt muss ich sie überzeugen – du weißt, dass das nicht einfach sein wird.«

»Du schaffst es schon.« Eine Last fiel von ihr ab, und sie lächelte ins Telefon. »Es ist das Richtige, das wissen wir beide.«

Tom war pünktlich, aber nicht überpünktlich. Deshalb war sie fertig, als er klingelte. Sogar sich selbst gegenüber musste sie einräumen, dass sie gut aussah: Ihr dunkles Haar glänzte, und die weiße Strähne ringelte sich hindurch. Sie hatte ihr Schminktäschchen wieder hervorgekramt, und jetzt ließ etwas Wimperntusche ihre grünen Augen größer erscheinen, während pfirsichfarbener Lidschatten sie zum Funkeln brachte. Die Wangen waren mit Puder sanft naturbraun betont, und ihre Lippen, die sie zu schmal fand, wirkten durch den Lippenstift voller.

»Sie sind sehr schön heute«, sagte Tom ernsthaft, als sie die Vordertür öffnete. Er überreichte ihr einen Strauß samtiger roter Rosen.

»Danke! Die sind herrlich. Meine Güte …« Sie hatte hinzufügen wollen: Es ist eine Ewigkeit her, dass mir jemand Blumen geschenkt hat, ließ es aber lieber sein. Das klang zu sehr nach einem Rendezvous, und das war es ja bestimmt nicht.

Er machte ihr ungezwungen Komplimente über ihr Kleid, und seine entspannte Art nahm ihr die Befangenheit. Offenbar war ihm vollkommen bewusst, dass es sich um einen ganz zwanglosen Abend handelte, denn er wirkte schick, aber nicht förmlich in seinen dunklen Hosen und einem Hemd, das seine breiten Schultern betonte. Sie gingen am frostigen Salon vorbei in das gemütlichere Wohnzimmer am Ende des Flurs, und Jane stellte die Blumen ins Wasser, während er sich im Raum umsah, die Bücherregale und Familienfotos inspizierte. Sie kehrte mit einer Flasche Champagner in einem Eiskübel zurück.

»Welch ein Luxus«, sagte Tom lächelnd. »Ist das mir zu Ehren?«

»Ich habe die Flasche auf der Gartenparty als Gastgeschenk bekommen. Sie staubt nur ein, wenn wir sie nicht trinken, oder meine gierigen Kinder werden den Champagner in sich reinschütten. Also dachte ich mir, warum machen wir sie nicht heute Abend auf?«

Tom öffnete die Flasche und brachte Jane dazu, mit ihm anzustoßen.

Sie blickte auf die goldene, perlende Flüssigkeit und sagte: »In gewisser Weise ist es schon eine Feier. Meine Schwester – Sie erinnern sich …«

»Natürlich. Ich hoffe, es geht ihr wieder besser.«

»Nein, eigentlich nicht, aber das Gute ist, sie wird zur Genesung hierher kommen. Ich habe das Gefühl, dass das eine Chance für uns sein könnte. Sie wissen schon, eine Tür, die aufgeht.«

»Jane, das ist wunderbar.« Er lächelte sie mit echter Freude an. »Ich kann sehen, wie viel Ihnen das bedeutet.«

Sie tranken den Champagner – »Bollinger«, sagte Tom zufrieden, »sehr gut« – und nahmen dann das Essen in der Küche ein. Jane hatte erwogen, im Speisezimmer zu decken, aber die Vorstellung, dass sie zu zweit in diesem riesigen, düsteren Raum saßen, beobachtet von missmutigen alten Männern auf Ölgemälden, war ihr grotesk vorgekommen. Ihre Küche hatte Tom offensichtlich gefallen, und wenn sie Kerzen anzündete und das Licht ausschaltete, wirkte es fast wie ein kleines Bistro. Jedenfalls hoffte sie das.

Sie unterhielten sich angeregt. Tom war ein guter Zuhörer, und erst jetzt wurde Jane bewusst, wie lange es her war, dass sie sich jemandem anvertraut hatte. Es schien fast, als wäre ein Damm gebrochen, und sie musste sich ständig zügeln, sonst hätte sie pausenlos weitergeredet. Seine Fragen führten zu weiteren Erklärungen, aber er war offenbar an allem sehr interessiert und bat sie eindringlich fortzufahren, wenn sie sagte, sie sollte jetzt aber aufhören zu reden und ihn auch mal zu Wort kommen lassen.

Als sie die Erdbeer-Tarte anschnitt und weiches Vanilleeis darüber goss, hatte sie ihm bereits all ihre Sorgen um Alec

anvertraut, der immer noch keine Entscheidung über seinen weiteren Lebensweg getroffen hatte.
»Es ist schon fast Herbst«, sagte sie und setzte sich mit ihrem Dessert hin. »Ich weiß nicht, welche Schule ihn jetzt noch aufnehmen soll. Das heißt, er verliert ein ganzes Jahr, und das mitten in der Oberstufe. Das ist doch verrückt. All die Arbeit ist für die Katz, und er muss noch mal von vorne anfangen. Alle anderen werden ihm um Jahre voraus sein.«
»Wenn Ihnen das ein Trost ist, ich war auch ein Spätzünder.« Tom blickte anerkennend auf die Tarte vor sich.
»Wirklich?«
»O ja. Ich habe die Schule gehasst. Sport habe ich geliebt – ich wollte Berufssportler werden. Rugby war mein Spiel. Aber ich war nicht gut genug. Ich wurde für Schulwettkämpfe nominiert und kam sogar weiter, aber für die Nationalmannschaft hätte es nie gereicht. Es hat ein paar Jahre gedauert, bis ich das begriffen hatte, aber glücklicherweise war ich inzwischen ein bisschen reifer, hatte auch andere Interessen und erkannte, dass das Leben mit all seinen Möglichkeiten mir immer noch offen stand. Es war nicht leicht, weil alle meine Freunde inzwischen ihr Studium abgeschlossen hatten und im Beruf standen. Einige waren gereist, hatten ein oder zwei Jahre im Ausland verbracht. Sie können sich ja vorstellen, dass ich mir vorkam, als läge ich Lichtjahre zurück. Aber das spielte keine Rolle – ich hatte gelernt, dass unser Leben nicht von unserem Alter, dem Geburtsjahr oder dem, was unsere Altersgenossen tun, bestimmt sein muss. Ich glaube, wir neigen alle zu sehr dazu, uns wie Schafe zu verhalten. Aber wir können tun, was wir wollen und wann wir es wollen. Und es ist nie zu spät.«
Jane starrte ihn an. Sie konnte sich des Eindrucks nicht erwehren, dass er ihr damit etwas sagen wollte. Sie konnte

seine Miene nicht deuten, aber im Kerzenschein wirkte sein Gesicht weich.

»Ich meinte nur«, fuhr er fort, »dass Ihr Junge sich ruhig ein Jahr freinehmen, neu anfangen oder eine ganz andere Richtung einschlagen kann. Haben Sie keine Angst, wenn er anders sein möchte als die anderen. Bedenken Sie, wie viele Jahre noch vor ihm liegen.«

Sie blinzelte. »Sie haben Recht.«

»Natürlich habe ich Recht. Also, haben Sie diese wunderbare Tarte wirklich selbst gemacht?«

Nach dem Essen kehrten sie mit ihrem Wein ins Wohnzimmer zurück. Tom erzählte ihr witzige Geschichten über das Leben in Oxford und brachte sie zum Lachen.

»Das muss Ihnen alles lächerlich vorkommen, mit dem Blick eines Außenstehenden«, sagte sie. Ihr war ganz schwindelig nach dem vielen Kichern. »So archaisch! Wenn es heute noch so ist, können Sie sich ja vorstellen, wie es früher war.«

»Nur unter Schwierigkeiten. Es ist absurd genug, so wie es jetzt ist. Aber ich finde es wunderbar.«

»Erzählen Sie mir von Ihrem Leben in Südafrika.«

»Ach, das wollen Sie sicher nicht hören. Ein langweiliges Thema. Da gibt es nichts Interessantes zu erzählen.«

»Kommen Sie, das kann doch nicht sein. Was ist mit Ihrer Familie? Haben Sie Geschwister?« Sie nippte an ihrem Wein. Sie hatten eine zweite Flasche aufgemacht, und eine angenehme Wärme breitete sich in ihr aus, die ihre Hemmungen schmelzen ließ.

»Hmm. Sie lassen nicht locker, was? Ich habe zwei ältere Brüder, Durchschnittstypen. Sie arbeiten im Büro, haben jeder eine blonde Frau und mehrere Kinder. Ich kann nicht behaupten, dass wir viel gemeinsam hätten.«

Sie wartete, und als nicht mehr kam, protestierte sie: »Also, das reicht mir nicht! Was ist mit Ihrer Kindheit? Der Schulzeit?« Sie hielt inne und fügte hinzu: »Freundinnen?«

»Ah. Freundinnen. Ja, ich hatte ein paar. Nicht in letzter Zeit. Meine letzte Beziehung hatte ich in Southampton. Es war ganz nett, aber nichts Ernstes.« Er warf ihr einen Blick zu. »Wollen Sie wissen, ob ich eine Freundin habe?«

»Nein, nein …« Sie lachte verlegen. »Natürlich nicht! Nein, ich bin nur an Ihrem Leben interessiert, ganz allgemein.«

»Und ich an Ihrem Leben«, erwiderte er langsam. Und fügte hinzu: »Es ist warm hier drinnen, nicht wahr? Wollen wir nicht hinaus auf die Terrasse gehen?«

»Wenn Sie wollen.«

»Ja, würde ich gerne.«

Sie führte ihn durch das dunkle Speisezimmer und durch die Terrassentür nach draußen. Der Drang, unbändig zu lachen, hatte sich verflüchtigt, aber sie war sich Toms Gegenwart stark bewusst. Sie gingen über die kühlen Steinplatten und setzten sich auf die Balustrade, die von einem Ende der Terrasse zum anderen reichte. Der Himmel über ihnen war dunkelblau und mit milchigen Sternen übersät. Es war schon ein bisschen frisch, aber noch warm genug, um draußen zu sitzen. Aus dem Wald kamen Geräusche von Nachttieren, laut in der stillen Luft. In der Ferne strich die dunkle Gestalt eines Fuchses über den Rasen.

»Es ist ganz erstaunlich, dieses Haus«, sagte Tom und blickte über den Garten hin. »Ich kann noch gar nicht glauben, dass ich es entdeckt habe. Und Sie.«

»Das ist wahr. Das Haus ist erstaunlich.« Ein leichter Wind spielte mit ihrem Haar und fuhr über ihre Haut. Die Steinbalustrade unter den Beinen fühlte sich kratzig und rau an. Sie rieb sich an dem Stein und nahm die Empfindung bewusst wahr. Alles schien mit Bedeutung aufgeladen, alle ihre Sinne waren hellwach. Tom stellte sein Glas auf der Balustrade ab und wandte sich ihr zu. Er hatte seine Brille wieder aufgesetzt, und sie verbarg den Ausdruck seiner Augen. Seine Hand lag neben ihr auf der Brüstung, und sie betrachtete sie: eine breite, kräftige, sehr männliche Hand mit kurzen Fingern und kurzen, aber nicht abgekauten Nägeln. Sie sah stark und fähig aus, diese Hand.

»Wissen Sie, was ich jetzt gern tun würde?«, fragte er sanft.

Sie schüttelte stumm den Kopf, denn sie brachte kein Wort heraus.

»Ich möchte Sie küssen. Werden Sie das zulassen?«

Mit erstickter Stimme brachte sie heraus: »Nein. Nein …«

»Warum nicht?«

»Es wäre nicht richtig, Tom. Ich bin so viel älter als Sie.«

»Ich habe Ihnen doch bereits gesagt, dass mir das egal ist. Von so etwas lasse ich mich nicht beeinflussen.«

»Sie können doch nicht ernsthaft wollen –«

Er berührte ihre Hand. »Glauben Sie, ich lüge Sie an? Glauben Sie, ich mache Ihnen etwas vor oder führe Sie an der Nase herum? Warum sollte ich das tun? Ich sage nur die Wahrheit: Ich würde Sie gerne küssen. Wenn Sie nicht wollen, werde ich es mit Anstand hinnehmen und mich zurückziehen. Auch wenn es mich heute Abend wahnsinnig machen wird. Möchten Sie nicht, dass ich Sie küsse?«

Sie zitterte. »Ich … doch, ich möchte es.«

»Wo liegt dann das Problem?«

»Ich weiß nicht … ich habe Angst … ich fürchte, dass …«

»Sie machen sich zu viele Sorgen.« Er rutschte näher und fuhr mit der Hand durch ihr Haar. Obwohl seine Hände so stark aussahen, wie Hände, die harte Arbeit gewöhnt waren, war die Berührung so zärtlich, dass ihr Magen sich zusammenzog und ihre Haut zu prickeln begann. Endlich beugte er sich vor und drückte seine Lippen auf ihren Mund. Es

war ein so außerordentlich süßes Gefühl, dass sie nach ein paar Augenblicken atemlos wurde und sich zurückziehen musste.
»So schlimm?«, fragte er mit einem Grinsen.
»Nein, oh, nein ...« Sie holte tief Luft und legte die Hand an die Kehle. »So gut«, brachte sie lächelnd hervor.
»Ausgezeichnet. Dann sollten wir das wiederholen.«

Sanft, aber hartnäckig und zielstrebig machte er weiter, bis sie nicht anders konnte, als ihn gewähren zu lassen. Die süßen Küsse führten unaufhaltsam zu leidenschaftlichen, heißen, glühenden Küssen, dann zu Liebkosungen und schließlich hinauf ins Janes Schlafzimmer.
Als sie auf dem Bett lagen, bat er vor jedem Schritt um Erlaubnis, behutsam, aber entschlossen, die sie ihm zunächst verweigerte und beteuerte, dass sie das wirklich nicht sollten, bis seine sanfte Beharrlichkeit und ihre eigenen erwachten Sinne sie umstimmten. Nachdem sie sich lange geküsst hatten, streichelte er sie und zog sie langsam und zärtlich aus, ließ ihr bei jeder Phase Zeit, bevor er weitermachte. Als er sein Hemd ablegte, enthüllte er die muskulösen Arme eines Ex-Rugby-Spielers – »Du bist so jung!«, hauchte sie mit einer Art Ehrfurcht, als sie mit der Hand über seinen Bauch fuhr –, und dann, endlich, verbot er ihr alles weitere Gerede und alle Proteste und liebte sie.

Vierzehn

Als Iain am Montag von der Arbeit kam, brachte er einen Blumenstrauß mit, die Sorte, die man an Bahnhofskiosken kaufen kann – Gestrüpp mit dicken Stängeln, das in ein paar Tagen vertrocknet sein würde –, aber immerhin ein Blumenstrauß.

Er legte ihn vorsichtig auf den Küchentisch wie eine Opfergabe. Bella warf einen kurzen Blick darauf und wandte sich dann wieder dem Herd und den Essensvorbereitungen zu.

»Die sind für dich«, bemerkte er für den Fall, dass sie das noch nicht erraten haben sollte. »Ich wollte damit nur sagen … Es tut mir leid wegen unserem Streit neulich.«

»Mir tut es auch leid«, sagte Bella. »Aber es ist ein Unterschied, ob man bedauert, dass etwas geschehen ist, oder ob einem etwas leid tut, was man getan hat.«

Darüber dachte er nach, während Bella interessiert abwartete. Normalerweise hätte Iain sich jetzt mit ihr angelegt, unfähig, der Versuchung zu widerstehen, sie kleinzukriegen und Punkte für sich zu verbuchen. Endlich sagte er: »Du hast Recht. Ich war im Unrecht. Ich weiß gar nicht, was über mich gekommen ist. Ich hätte … das … nicht tun sollen.«

»Was hättest du nicht tun sollen?« Sie drehte sich um und schaute ihm direkt ins Gesicht. Er starrte unglücklich zu Boden.

»Deine Jeans runterziehen«, erwiderte er zögernd. »Ich

hatte mich nicht mehr unter Kontrolle. Ich war eifersüchtig, und ich weiß, dass das falsch war. Ich … Es tut mir leid.«

Die kleine Ansprache schien ihn erschöpft zu haben. Bella wusste, was diese Sätze ihn gekostet haben mussten. Sein dämlicher Stolz ist so eine Belastung für ihn, dachte sie. Sein Leben würde viel einfacher sein, wenn er in der Lage wäre, manchmal einfach loszulassen und aufzuhören, gegen alles anzukämpfen.

»Entschuldigung angenommen«, sagte sie.

Sofort erhellte sich sein Gesicht, und er wies auf den jämmerlichen Strauß. »Gefallen sie dir?«

»Sie sind sehr schön.« Sie wandte sich wieder dem Topf zu, in dem sie gerührt hatte. »Ich stelle sie gleich ins Wasser.«

Von den Sachen für die Kinder oder davon, Katies Kleid zurückzugeben, war nicht mehr die Rede. Auch das war eine huldvolle Geste seinerseits, teils Entschuldigung, teils gewährte Verzeihung. *Ich hätte nicht tun sollen, was ich getan habe*, teilte er ihr damit mit, *also kann Katie ihr Kleid behalten.*

Die ganze Sache ließ Bella merkwürdig kalt. In gewisser Weise war sie Iain dankbar. Sein unsägliches Verhalten bot ihr einen Ausweg, eine Rechtfertigung, auch wenn er sich entschuldigt haben mochte. Es machte ihre künftigen Handlungen vertretbar, schließlich war sie provoziert worden. Und sie wusste ziemlich genau, was sie tun würde, obwohl sie sich noch weigerte, es sich selbst einzugestehen. Aber wenn sie Iain zum Bahnhof gebracht hatte und die Kinder unten beschäftigt waren, ging sie in den kleinen Abstellraum hinauf, wo der Computer stand, fuhr ihn mit pochendem Herzen hoch und sah nach, ob sie E-Mails bekommen hatte. Sie war furchtbar aufgeregt, an sich schon ein tolles Gefühl, das ihr dann und wann einen kleinen Adrenalinschub bescherte. Bislang war noch keine Mail von ihm eingetroffen, aber etwas würde passieren, das wusste sie. Es war einfach nicht möglich, dass nichts dabei herauskommen würde, dass sie den Kuss einfach vergessen würden, die Art, wie es sich angefühlt hatte. Es war unmöglich, dass nur einer der Beteiligten diese Elektrizität empfunden hatte, dieses außerordentliche Gefühl, das einem den Atem raubte. Es beruhte auf Gegenseitigkeit: um zu existieren, musste es sich von dem nähren, was der andere empfand.

Ihr Postfach war leer außer ein bisschen Spam, einem kurzen, fröhlichen Gruß von Nicky und einer Mail mit einem irritierend großen Anhang von einer entfernten Verwandten, die immer sämtlichen Personen in ihrem Adressbuch Fotos von ihren Kindern schickte. Am dritten Tag gab sie nach und schrieb ihm eine Mail:

Hi!
Ich wollte mich nur kurz für Samstag bedanken. Es war wirklich nett! Deine Tipps waren ausgezeichnet und werden mir sicher von großem Nutzen sein. Ich hoffe, wir können es mal wiederholen – wenn es dir nichts ausmacht, dass ich dir wieder die Würmer aus der Nase ziehe.
Herzlichst
Bellaxxxx

Sie starrte mehrere Minuten auf den Text und las ihn wieder und wieder durch. Schließlich löschte sie alles und schrieb:

Ben,
ich glaube, wir können beide nicht leugnen, was am Samstag geschehen ist. Es ist falsch, ich weiß, aber ich weiß auch, dass ich nicht werde widerstehen können, also lass mich bitte wissen, was du empfindest, weil ich sonst noch still und leise

verrückt werde. Lass mich wissen, ob du mich wiedersehen willst.
Bella

Es war eine Erleichterung, es niederzuschreiben. Sie las es durch, las es noch einmal und versuchte den Mut aufzubringen, die Mail abzuschicken. Dann löschte sie die Nachricht wieder und schrieb:

Hi, Ben,
danke für Samstag. Deine Tipps waren sehr hilfreich, und ich bin ganz aufgeregt bei dem Gedanken, mich selbständig zu machen. Ich hoffe, wir sehen uns mal wieder.
Bella x

Sie drückte auf »Senden«, bevor sie wieder anfing, alles Wort für Wort durchzugehen, und stieß einen langen, zittrigen Seufzer aus. Ihm eine E-Mail zu schicken verstieß gegen jeden Rat, den sie Freundinnen erteilt hätte, aber es war einfach nicht auszuhalten, hier zu sitzen, ohnmächtig, zu warten und keine Post vorzufinden und zwanghaft darüber nachzudenken, was er wohl denken mochte. Jetzt hatte sie den ersten Schritt getan, und nun lag es bei ihm.

Um sich davon abzuhalten, alle zwei Minuten in ihr Mail-Postfach zu sehen, und in gewisser Weise auch, weil sie sich dann mit Ben verbunden fühlte, stellte Bella gründliche Recherchen zu ihrer Geschäftsidee an. Es schien tatsächlich eine Marktlücke für das zu geben, was sie anzubieten hatte, und sie wurde immer zuversichtlicher, dass es tatsächlich ein Erfolg werden könnte. Es gab zahlreiche Firmen in Oxford und um Oxford herum – kleine unabhängige Firmen oder Tochtergesellschaften größerer Konzerne –, die Computertraining für ihre Mitarbeiter brauchten, aber keine eigene IT-Abteilung hatten. Bella wäre die perfekte Lösung; sie könnte ins Haus kommen, ihre Kurse genau auf den jeweiligen Bedarf zuschneiden und Gruppen oder Einzelne schulen. Sie notierte sich Ideen: Welche Leistungen sie anbieten wollte, wie viel sie verlangen sollte und wie sie am besten für sich werben könnte.

Ich kann es schaffen, dachte sie. Ich kann mir selbst einen Arbeitsplatz schaffen, eine berufliche Perspektive. Je mehr sie darüber nachdachte, desto kompetenter fühlte sie sich. Es war fast, als würde sie wieder in Verbindung mit ihrem früheren Ich treten, der jungen Frau, die geglaubt hatte, dass alles möglich war, dass sie es im Leben so weit bringen konnte, wie sie wollte; eine Frau, die stolz darauf war zu erzählen, wer sie war und was sie machte. Sie begann sich als Unternehmerin zu sehen, als Existenzgründerin. In wilderen Momenten sah sie sich in einem Jaguar über die Autobahn fegen, das Haar im Wind wehend, auf dem Weg zu ihrem Unternehmenssitz. Eine Geschäftsfrau, sexy und mächtig.

Sie war ganz in ihre Arbeit vertieft, als das Telefon klingelte. Sie fuhr zusammen und betrachtete den Apparat fast ängstlich. Ihr Herz begann zu hämmern, und ihr Mund war plötzlich ganz trocken. Sie streckte die Hand aus und nahm den Hörer ab. »Hallo?«

»Hi, hier ist Sam. Was hast du denn heute so vor?«

»Oh … Hi, Sam.« Ihr Herzschlag verlangsamte sich wieder, aber ihre Hände fühlten sich feucht an. Sie konzentrierte sich darauf, zu schlucken und ganz normal zu klingen. »Was ich so vorhabe? Ach … nicht viel. Ich habe ein bisschen im Internet recherchiert und notiere mir gerade ein paar Punkte, ich will ja versuchen, freiberuflich zu arbeiten. Aber mittlerweile gehen mir die Ideen aus, ehrlich gesagt.«

»Ich weiß nicht so recht, was ich mit mir anfangen soll«, sagte Sam. »Es regnet. Heute also kein Tennis. Hättest du Lust, im Hotel am Bahnhof einen Kaffee zu trinken?«
»Äh … Ja. Ja, das wäre nett.«
»Klasse. Ich hol dich in zehn Minuten ab.« Sam legte auf.
Sonderbar, dachte Bella. Warum hat sie mich angerufen? Seit Frankreich hat Sam sich nicht mehr gemeldet, und jetzt ruft sie an und schlägt vor, einen Kaffee zusammen zu trinken, als wäre nichts gewesen. Na schön. Wenn sie beschlossen hat, wieder freundlicher zu werden, ist mir das nur recht. Jeden Gedanken an Ben schob sie entschlossen beiseite – den würde sie einfach ausblenden.

Nach hiesigen Maßstäben war das Hotelcafé schick. Es gab Caffè latte, Mokka und Kräutertees aus echter Minze oder Kamille. Trotzdem war es unverkennbar ein Kleinstadtcafé mit seiner Musikberieselung, den steifen rosa Leinendecken und den mit Folie überzogenen Speisekarten. Sam und Bella fanden einen Tisch am Fenster, das einen Ausblick auf die regnerische Landschaft bot, die von Schienen durchschnitten wurde. Alle paar Minuten fuhren verdreckte Züge vorbei, unhörbar wegen der Doppelverglasung.
»Also – einen mageren Latte für mich«, sagte Sam zu der hübschen Kellnerin.
»Einen Caffè latte mit entrahmter Milch«, sagte das Mädchen und kritzelte es auf ihren Block. Sie wandte die warmen Augen Bella zu. »Und für Sie?«
»Ich hätte gern einen Tee, bitte. Darjeeling.«
»Gut.« Die Kellnerin notierte es und entfernte sich durch die Tische hindurch in Richtung Küche.
»Du weißt, wer das war, oder?«, fragte Sam, zündete sich eine Zigarette an und wies mit dem Kopf auf die entschwindende Gestalt.

»Sie kommt mir irgendwie bekannt vor.«

»Das ist die Tochter von Jane Fielding. Sie war auf der Gartenparty – hast du sie nicht gesehen? Ich glaube, sie jobbt in den Semesterferien hier. Ein Mädchen wie sie würde so was wohl kaum hauptberuflich machen. Aus vornehmen Kreisen, Internat und all das. Also, wie geht's denn so?« Sam lehnte sich zurück und musterte Bella durch den Rauchschleier ihrer Zigarette hindurch.

»Oh, gut. Gut. Ich bin entschlossen, in die Gänge zu kommen und mich selbständig zu machen.«

»Schön für dich, wenn es das ist, was du willst. Ich meine, du hast wahrscheinlich keine Wahl, oder? Du musst arbeiten.«

»Sicher. Und es macht mir Spaß. Ein Leben als Müßiggängerin kann ich mir nicht vorstellen. Ich würde immer etwas tun wollen.«

»Ja.« Sam zog lange an ihrer Zigarette. »Ich könnte das nicht. Ben ist dagegen. Sobald wir ein Paar waren, wollte er, dass ich meine Arbeit aufgebe, weil das schließlich keinen Sinn hätte. Es ist ja nicht so, als würde ich je Geschäftsfrau des Jahres werden oder so. Er hasst Frauen, die unbedingt mit Männern konkurrieren wollen.«

»Wirklich?«, fragte Bella überrascht. »Er hat mich aber sehr unterstützt, als ich meine Geschäftsidee erwähnte.«

»Bei dir ist das was anderes«, meinte Sam leicht geringschätzig, »du hast ja schließlich keine Wahl. Aber Ben findet, dass Frauen, die berufstätig sind, obwohl sie es nicht müssten, schädlich für die Gesamtgesellschaft sind.«

»Was?!«, sagte Bella. Sie lachte. »Kein Mensch denkt heutzutage noch so. Er hat dich bestimmt auf den Arm genommen.« Die Kellnerin kam mit den Getränken und stellte sie vorsichtig auf dem Tisch ab. »Danke«, sagte Bella und lächelte sie an.

»Nein – denk doch mal darüber nach. Es stimmt schon«, beharrte Sam. »Überfüllte Universitäten – woran liegt das? Weil genauso viele Frauen wie Männer studieren wollen. Die Konkurrenz auf dem Arbeitsmarkt verstärkt die männlichen Minderwertigkeitsgefühle und halbiert die vorhandenen Jobs für Männer, die eine Familie zu ernähren haben. Letztendlich werden Familien dadurch ärmer.«

»Was? Wie denn? Also, das kann nicht stimmen. Es gibt keine endliche Menge von Möglichkeiten und Chancen in der Welt, und mehr Wettbewerb führt doch sicher zu besseren Leistungen. Und Familien von Doppelverdienern haben mehr Geld zur Verfügung.«

»Aber genau das ist die Lüge, oder? Vielleicht kommt mehr Geld rein, aber die Folge ist, dass mehr Geld ausgegeben wird. Und dadurch wird das Leben für alle teurer. Ben hat es mir erklärt. Die Immobilienpreise steigen, einmal, weil sich so viele alleinstehende Frauen ein Haus oder eine Wohnung kaufen, und zum anderen, weil die Familie eher ein größeres Haus haben will, wenn beide verdienen. Der Markt reagiert darauf, indem die Preise steigen. Irgendwann *müssen* beide arbeiten, um sich überhaupt ein anständiges Haus leisten zu können, während vorher, als nur der Mann gearbeitet hat, Häuser billiger waren.«

»Tja …« Bella wunderte sich. »Tja, irgendwie geht diese Logik nicht ganz auf.«

»Und dann müssen die Frauen zur Arbeit, geben die Kinder in eine Tagesstätte oder bezahlen Wucherpreise für eine Kinderfrau. Ein Teufelskreis. Sie müssen arbeiten, um die Kinderbetreuung zu finanzieren. Das ist doch verrückt. Und das Resultat ist eine privilegierte obere Mittelschicht, die nur untereinander heiratet und immer exklusiver wird. Und deshalb werden die Reichen immer reicher und die Armen immer ärmer.«

»Ich hatte ja keine Ahnung, dass dieses Thema dir so am Herzen liegt«, sagte Bella trocken.
»Was, mir? Mir ist das scheißegal. Ich hab das alles von Ben, und es hat mich überzeugt. Warum sollte ich mich abschuften, obwohl ich nicht muss, und damit jemandem den Job wegnehmen, der ihn braucht? Ich interessiere mich nicht für Politik, mir ist das egal. Aber so viel Verstand habe ich, um das einzusehen.«
Bella schwieg. Nachdenklich schenkte sie sich Tee ein. Die Ansichten, die Sam gerade vorgebracht hatte, erstaunten sie. Sie hätte ehrlich nicht gedacht, dass es in der heutigen Zeit noch Leute gab, die das Recht von Frauen auf Berufstätigkeit in Frage stellten. Wenn das nur Sams Meinung war, schön – es war verständlich, dass sie irgendeine Rechtfertigung für das Leben finden musste, dass sie führte.
»Ich hätte nicht gedacht, dass Ben so denkt, das ist alles«, sagte sie schließlich und trank einen kleinen Schluck Tee.
»Ja, nun. In Gesellschaft stellt er sich natürlich von seiner besten Seite dar. Er sagt, was die Leute gern hören wollen. Aber genug von Ben. Reden wir über dich.«
»Ach?« Bella war erstaunt. Sam wollte nie über sie reden.
»Also, wie geht es dir?«
»Gut.«
Sam starrte sie an. Ihr Aussehen war wie immer makellos, das gepflegte blonde Haar glänzte, die Haut war seidenglatt. Die getuschten Wimpern stachen stachelig hervor, und die Lippen waren mit dickem Gloss überzogen. Aber ihre Chinapuppen-Augen waren hart und ohne ein Zeichen von Gefühl. Sie schien über Bellas Antwort nachzudenken. Endlich sagte sie: »Und dein Mann, wie geht's Iain?«
»Auch gut. Es geht uns beiden … gut.« Sie fragte sich, worauf Sam hinauswollte, und fügte hinzu: »Seit dem Urlaub

sind wir beide viel entspannter – das war wirklich eine großartige Idee.«

Sam antwortete lange nicht, sondern rauchte ihre Zigarette zu Ende. »Iain ist ein guter Kerl. Den solltest du dir warmhalten. Er ist ein wunderbarer Vater, das konnte jeder sehen. Die Kinder beten ihn an, stimmt's?«

»Ja, kann schon sein.«

»Ach, komm! Sie können gar nicht genug von ihm kriegen. Du hast wirklich Glück. Ihr seid eine glückliche kleine Familie.«

Seit wann tritt Sam so vehement für die traditionelle Familie ein, in der die kleine Frau backend zu Hause in der Küche steht, fragte Bella sich. Schon bevor sie Bens erste Ehe zerstört hat oder erst danach? »Es ist nett von dir, das zu sagen. Um ganz ehrlich zu sein …« Sie zögerte und überlegte, ob sie das Thema tatsächlich ansprechen sollte. »Ich habe mich schon gefragt, ob zwischen dir und mir alles in Ordnung ist. Ich hatte den Eindruck, dass in Frankreich alles ein bisschen frostig geworden ist, und seitdem habe ich nichts mehr von dir gehört.«

Sam runzelte die Stirn. »Natürlich ist alles in Ordnung. Was glaubst du denn? Wir sitzen jetzt hier zusammen, oder?«

»Ja.«

»Ich frage dich, wie es dir geht, oder?«

»Ja, und das ist reizend von dir –«

»Also.« Sam breitete die Hände aus, als wolle sie demonstrieren, wie offensichtlich es sei, dass sie eine liebevolle Freundin war. »Ich verstehe nicht, was du meinst.«

»Gut – das ist schön«, sagte Bella beherzt. »Wir sind wieder Freundinnen.«

Das war ja sonderbar, dachte Bella, als Sam sie wieder zu Hause abgesetzt hatte. Katie und Christopher hatten ihre

Abwesenheit ausgenutzt und beider Lieblingsvideo eingelegt, das sie aufmerksam zum hundertsten Mal verfolgten. Bella schaute kurz zu ihnen hinein, ging dann nach oben zum Computer und schaltete ihn ein.

Sie wartete, während der Computer hochfuhr, und dachte über das nach, was Sam gesagt hatte. Trotz aller Bekundungen war sie kälter gewesen als ein Eisberg, und dieser ganze Quatsch, dass Ben nichts von berufstätigen Frauen hielt – also, das hatte einfach nicht echt geklungen. Er hatte nie etwas in der Richtung verlauten lassen. Aber warum um alles in der Welt sollte Sam sich so etwas ausdenken?

Sie wählte sich ins Internet ein, klickte auf ihren Posteingang und sah, dass eine Mail von Ben auf sie wartete. Sie hielt den Atem an, und ihre Hände zitterten. Er hatte geantwortet, endlich. Rasch klickte sie auf »Lesen«.

Liebe Bella,
es war schön, dich am Samstag zu sehen. Ich habe jeden Augenblick genossen. Natürlich sehen wir uns wieder. Um ehrlich zu sein, ich konnte an nichts anderes denken. Ich habe eine Überraschung für dich. Ruf mich auf dem Handy an, wenn es geht – am besten während der Bürozeit.
Ich kann's gar nicht abwarten.
Ben

Mit hämmerndem Herzen starrte sie auf den Bildschirm. Das war's nun. Sie stand vor der Entscheidung. Sie konnte es weitergehen lassen oder es jetzt und hier beenden, damit alles wieder so wurde, wie es vorher gewesen war. Es erschien ihr wie eine Wegkreuzung – eine Straße führte in ein unbekanntes, aber aufregendes Gebiet, die andere versprach nur eine Weiterführung des altbekannten, mühseligen Alltagstrotts. Und sie wusste, dass es im Grunde nichts zu entscheiden gab.

»Bella, das ist ja wunderbar!«, rief Iain aufgeregt, als sie es ihm erzählte. »Echt, das ist ja toll.«

»Ja, nicht?«

»Es ist eine echte Chance. Anfangs war ich mir nicht so sicher, weißt du? Es ist immer ein Risiko, sich selbständig zu machen. Ich bin ja eher für Sicherheit, die Lohntüte und all das.«

Das weiß ich, dachte Bella abschätzig. Du würdest nie ein Risiko eingehen. Und deswegen wirst du immer das bleiben, was du bist: ein kleiner Angestellter.

Ohne etwas von ihren Gedanken zu ahnen, fuhr er fort: »Aber wenn das Gespräch gut läuft, könnte es tatsächlich was werden. Du brauchst kaum Startkapital, also riskierst du nicht viel. Ja ... Es könnte tatsächlich hinhauen. Weißt du, was wir tun sollten?«

Wir? »Nein.«

»Wir müssen anfangen, uns mit der Steuerfrage zu beschäftigen, Existenzgründerbeihilfen beantragen und so weiter. Wir brauchen einen Namen für die Firma, gedrucktes Geschäftspapier. Visitenkarten.«

»Beruhig dich«, sagte sie mit einem Lachen. »Es ist nur ein Informationsgespräch.«

Als sie Ben angerufen hatte, mit hoher, atemloser Stimme, hatte er ihr verraten, worin seine Überraschung bestand. Er hatte ein Informationsgespräch mit der Personalchefin seiner eigenen Firma für Bella vereinbart. »Ich hatte ja erzählt, dass wir Computerschulungen brauchen. Ich habe Paula gesagt, was du machst – dass wir Freunde sind, habe ich nicht erwähnt, damit sie dir gegenüber ganz unvoreingenommen ist –, und sie gebeten, unseren Bedarf festzustellen und sich mal mit dir zu unterhalten. Wenn der Preis stimmt, kriegst du vielleicht den Auftrag – aber diese Entscheidung überlasse ich ganz ihr.«

»Es klingt ein bisschen nach Beziehungen spielen lassen«, sagte Bella. »Ich möchte es aber aus eigener Anstrengung schaffen.«

»Kontakte sind wichtig«, sagte Ben. »So läuft das nun mal in der Welt. Hör zu, du bekommst dadurch nur einen Fuß in die Tür, mehr nicht. Den ersten Kunden zu finden ist immer am schwersten. Danach hat man Referenzen, wird weiterempfohlen. Außerdem …« Er senkte die Stimme, die plötzlich tief und intim klang. »Ich hatte gehofft, ich könnte dich danach zum Essen einladen.«

Ihre Hände zitterten, und ihre Kehle wurde trocken. Also darum ging es hier eigentlich. »Klar«, brachte sie heraus.

Ben lachte, ein tiefes Grollen. »Gut. Das wäre geklärt. Ich gebe ihr deine Nummer, dann könnt ihr einen Termin ausmachen.«

Sie ertrug Iains Aufregung wegen ihres Termins – sie hatte nicht erwähnt, dass Ben die Sache arrangiert hatte, sondern ließ Iain glauben, dass sie mit ihrer Akquise Erfolg gehabt hatte –, und klammerte sich an ihr Geheimnis. Sollte er ruhig seinen Senf dazugeben, jetzt, wo es so aussah, als könnte es etwas werden. Sollte er ruhig nerven, es störte sie nicht. Sie hatte *das* – sie benannte es nicht, sie wollte nichts tun, was sie dazu zwingen könnte, darüber nachzudenken, was es wirklich war –, wovon sie träumen und woran sie denken konnte, ganz für sich, damit Iain es nicht besudeln konnte.

Als er sich ihr in dieser Nacht zuwandte und die Hand über ihre Hüfte und ihre Brust gleiten ließ, drehte sie sich weg, vergrub den Kopf im Kissen und murmelte, dass sie müde sei und schlafen wolle.

Emma war dazu übergegangen, jeden Tag lange wegzubleiben. Gott wusste, was sie so trieb, aber Sam war es nur recht. Frieden senkte sich über das Haus, wenn das Mädchen nicht da war, und Sam freute sich schon auf die Zeit, wenn das immer so sein würde.

Aber in Wahrheit fiel es ihr im Moment trotz der Stille schwer, Frieden zu finden. In ihrer weißen Hose mit Kordel zum Binden und der kleinen Weste, Sachen, die ihr immer das Gefühl vermittelten, sie hätte sich gerade von der Yoga-Matte erhoben, stromerte sie durchs Haus. Dabei hatte sie nur einmal im Leben an einem Yoga-Kurs teilgenommen und war nicht gerade begeistert davon gewesen. Der Lehrer hatte sie stundenlang still dasitzen, atmen und visualisieren lassen – keine Ahnung, wie einen das fit machen sollte. Danach kam ein bisschen anstrengendes Stretching: Sie musste die Beine in die Luft heben und die Hüften mit den Händen abstützen, was ja schlimm genug war, aber dann war der Lehrer gekommen und hatte ihre Beine rückwärts über den Kopf geschoben, so dass sie plötzlich in ihren eigenen Schritt blickte. Es hatte ihr überhaupt nicht gefallen. Aber manchen Leuten musste es wohl etwas geben – Yoga war so beliebt.

Ben war bei der Arbeit, und sie war mal wieder allein zu Haus. Als sie hierher gezogen waren, hatte sie furchtbares Heimweh nach Cheltenham gehabt. Das hatte sie eigentlich immer noch, wenn sie länger darüber nachdachte, aber in gewisser Weise hatte sie sich an dieses Haus gewöhnt. Stundenlang lag sie ausgestreckt auf dem Sofa und zappte sich durchs Vor- und Nachmittagsprogramm. Sie ging auch gern in Bens Büro, um sich dort umzuschauen: Sie überflog seine Mails – er benutzte dasselbe Passwort für alles –, um zu sehen, was anlag, und ging rasch seine Sachen durch, Briefe, Bankauszüge, hingekritzelte Notizen. Es konnte nicht schaden, sich auf dem Laufenden zu halten. Wenn Ben wirklich etwas verbergen wollte, würde er schon dafür sorgen, dass sie es nicht fand – sie räumte ihm also eine faire Chance ein, und außerdem meinte sie es schließlich nicht böse. Sie zeigte nur Interesse. Es gab ständig Briefe oder Mails von Aileen, die Ben zu erwähnen vergaß, und es war beruhigend, dass sie genauso knapp und unfreundlich waren wie immer.

Sie ging ins Arbeitszimmer und schaltete das Licht ein. Warum hatte sie Aileen je als Bedrohung empfunden? Jede Macht, die sie über Ben gehabt haben mochte, war längst verschwunden, das war offensichtlich. Das Einzige, was die beiden noch verband, war Emma. Nein, das war dumm von ihr gewesen, erkannte sie jetzt. Es war nicht das Vergangene, was sie zu fürchten hatte, sondern das Zukünftige. Sie hatte gedacht, mit ihrer Schönheit, ihrem Schick und ihrem Sexappeal hätte sie genug Schutzwälle vor dem Unbekannten aufgebaut, aber jetzt schien es, dass sie noch andere Waffen einsetzen musste: ihre Gerissenheit und Intelligenz. Die hatten ihr schon früher gute Dienste geleistet – sie hatte immer genau das bekommen, was sie wollte, und auf dem Weg zum Ziel hatte sie Freunde und Liebhaber fallen lassen. Mit Ben war das Ziel erreicht.

Sie schaltete seinen Computer ein, startete das Mail-Programm und überflog rasch die eingegangenen Nachrichten. Ben bekam jeden Tag Hunderte von Mails: unangeforderte Werbung, Newsletter seiner Lieblings-Sites und -Firmen, etwa von Segel-Enthusiasten, Bergwandervereinen und zahlreichen anderen Hobbys, die er nur indirekt genießen konnte, weil ihm die Zeit fehlte, sie auszuüben. Den meisten Raum nahm die Geschäftskorrespondenz ein – er bekam eine Kopie aller Mails, die innerhalb seiner Firma verschickt wurden, zusätzlich zu den Tausenden, die an

ihn persönlich gerichtet waren. Und er schien nie etwas zu löschen.
Im Posteingang warteten sieben ungelesene Mails, aber Sam kannte die Absender und verschwendete daher keine Zeit damit festzustellen, was darin stand. Stattdessen scrollte sie die gelesenen Mails der letzten paar Tage durch und kontrollierte jeden Absender. Dann sah sie es. *BellaB276.*
»Scheiße«, fluchte sie. »Ich *wusste* es.«
Sie klickte die Mail an und las sie. Der Inhalt war harmlos genug – sie dankte Ben für seinen Rat. Na – das war alles? Über Bellas Besuch hier wusste sie Bescheid. Der Brief verriet ihr nichts, was ihr nicht schon bekannt war. Ungeduldig schloss sie das Lesefenster und entdeckte den kleinen Pfeil unten, der zeigte, dass die Mail beantwortet worden war. Schnell klickte sie auf Postausgang und suchte nach Bens Antwort. Da war nichts. Sie schaute mehrmals nach, überprüfte das Datum, an dem Bella ihre Mail geschickt hatte, und sah noch einmal dort nach, wo die versendete Nachricht hätte stehen müssen. Da war nichts.
Er hat seine Antwort gelöscht, dachte sie, und eine unangenehme Kälte kroch in ihr hoch. Und warum sollte er das tun, wenn er nichts zu verbergen hatte?

Jane brachte den ganzen Vormittag damit zu, das Gästezimmer für Maggie vorzubereiten.
»Gregor fährt Mitte der Woche«, hatte Maggie gesagt. »Dann komme ich.«
Am Anfang hatte sie sich beschwert, die beiden, Gregor und Jane, hätten sie einfach überfahren. »Ihr zwingt mich dazu! Ihr vermittelt mir das Gefühl, eine Invalidin zu sein, die zur Erholung verschickt wird. Ich habe ein Baby verloren, um Himmels willen, und bin nicht an Masern erkrankt. Das passiert jeden Tag Hunderten von Frauen. Es ist

besser, wenn ich einfach mit meinem Leben weitermache wie bisher.«

Jane hatte sanft und entschieden erklärt, es interessiere sie im Moment nicht, was Hunderten anderer Frauen passiert sei. Ihr Interesse gelte nur Maggie, und es sei ganz sicher, dass ein Aufenthalt in Rawlston ihr gut tun würde. »Oder hast du irgendeinen bestimmten Grund, in London zu bleiben?« Mit einem unwillkürlichen Schauder des Entsetzens dachte sie an die verdreckte Straße und die enge Wohnung. Die ganze Umgebung erschien ihr ungesund, als liege der viktorianische Smog und das hohle Husten Schwindsüchtiger noch in der Luft.

»Ich sollte eigentlich in der Nähe des Arztes bleiben«, sagte Maggie.

»Warum? Musst du immer noch zur Behandlung?«

»Nein«, gab sie zu. »Sie haben aufgehört, meinen HCG-Spiegel zu überwachen. Die Werte sind wieder normal. Ich muss noch Medikamente nehmen, aber mit der Packung werde ich wohl erst mal auskommen.«

»Es gibt auch auf dem Land Ärzte, weißt du. Wir sind hier nicht am Ende der Welt.«

»Ich weiß, ich weiß.« Maggie seufzte. »Schön, ich gebe nach. Du darfst mich für eine Weile bemuttern, und wenn du genug davon hast, fahre ich sofort wieder nach Hause. Okay?«

»Wie du meinst.«

Jane riss die Fenster auf, um Licht und Luft hereinzulassen. Es gab ein prunkvolles Gästezimmer, das seit den Tagen von Theos Eltern unverändert geblieben war, mit einer bestickten Tagesdecke auf dem Bett, Ölgemälden an den Wänden und seitlichen gerafften, bis auf den Boden fallenden Damastvorhängen vor den hohen Fenstern, die auf den Vorplatz hinausgingen. Aber Maggie zog das kleinere, weniger pompöse Zimmer vor. Es lag neben der alten Kinderstube und war wohl früher das Zimmer der Nanny gewesen, weiß gestrichen und gemütlich, mit einem Eisenbett, gerafften Gardinen mit einem Muster aus Blütenzweigen, die den Blick auf den Garten freigaben, und einem kleinen Regal mit zerlesenen alten Lieblingsbüchern, mit denen Jane sich gern ins Bett kuschelte, wenn sie krank war. Sie stellte gerade eine Vase mit einem Strauß Gartenblumen auf den Nachttisch, als sie ein Auto näher kommen hörte. Plötzlich ungeheuer erleichtert, eilte sie den Flur entlang und die Treppe hinunter. Als sie die Vordertür aufriss, sah sie den Morris Minor halten. Sie lief zum Wagen, öffnete die Fahrertür und rief aufgeregt: »Oh, du bist da! Ich bin ja so froh!«

»Beruhige dich! Das darf doch wohl nicht wahr sein«, sagte Maggie und stieg aus. »Ja, ich bin auf dem Weg weder entführt noch überfallen worden. Man sagt, Reisen sei dieser Tage ganz sicher. Die berittenen Straßenräuber haben sämtlich aufgegeben, weil ihre Pferde Schwierigkeiten hatten, mit dem Verkehr mitzuhalten.«

Jane trat einen Schritt zurück und betrachtete ihre Schwester prüfend. Maggie sah wieder besser aus, aber sie war weit davon entfernt, die lebhafte, auffallende Erscheinung zu sein, die sie vor ihrer Schwangerschaft gewesen war. Aufgedunsen war sie nicht mehr, und sie hatte Gewicht verloren. Im Gegensatz zu sonst hatte sie weder Schmuck angelegt noch Lippenstift aufgetragen, und statt der bestickten Glitzerkleider trug sie einen tristen dunklen Pullover und einen schlichten Rock.

Der Funke, dachte Jane. Der Funke ist weg. »Wie geht es dir, Schatz?«, fragte sie und legte Maggie die Hand auf den Arm.

»Gut«, sagte ihre Schwester mit einem Achselzucken. »Gregor ist heute früh gefahren, was mich ziemlich mitgenommen hat. Er war einfach wunderbar in der letzten Woche, man glaubt es kaum. Na, du jedenfalls würdest es bestimmt nicht glauben. Ich weiß, du magst ihn nicht.« Sie zog ihren Koffer und eine Tasche vom Rücksitz.

»Das ist gar nicht wahr.« Jane war empört. »Ich mag ihn schon – ich kenne ihn nur nicht besonders gut.«

»Wie du meinst.« Maggies Stimme klang müde, und Jane fühlte sich sofort schuldig. Sie ist nicht sie selbst, dachte sie. Ich darf mich nicht von ihr auf die Palme bringen lassen – sie ist unglücklich, deshalb reagiert sie so. Maggie stellte ihr Gepäck hin. »Also? Willst du mir nicht mein Zimmer zeigen?«

»Natürlich. Lass mich das nehmen.« Jane nahm Koffer und Tasche und führte Maggie durch die Vordertür ins Haus. »Wie war die Fahrt?«

»Grässlich, wie zu erwarten war. Es gibt einfach zu viele Autos in diesem Land. Zu viel Herumgereise. Die Leute sollten bleiben, wo sie sind. Na« – Maggie schaute sich um –, »hier kommen wir ja selten durch.«

»Ich weiß.« Die Vorhalle wirkte modrig und dunkel mit dem braunen Teppichboden, staubigen Läufern und dem alten Messing-Kronleuchter, der von der Decke hing wie eine große, trübe gewordene Spinne am Ende ihres Netzes. »Ich fand immer, es sei keine schöne Art, ins Haus zu kommen, aber seit kurzem habe ich den Vordereingang ein wenig öfter benutzt. Vielleicht sollte ich den Raum mal ein bisschen auf Vordermann bringen. Ich glaube, hier ist seit Generationen nichts mehr getan worden.«

»Spar lieber dein Geld!«, sagte Maggie.

Maggie war erst seit zehn Minuten im Haus, aber als Jane die Treppe hinunterging, fühlte sie sich bereits leicht erschöpft. Wie immer wirkte die Küche beruhigend auf sie. Ein paar

Kochbücher lagen aufgeschlagen auf dem Tisch. Sie wollte die letzten Früchte des Sommers zu Marmelade und Essigfrüchten verarbeiten. Ein Beutel Johannisbeeren in der Gefriertruhe wartete darauf, eingekocht und zu Gelee verarbeitet zu werden, das man gut zu kaltem Lamm essen konnte, zu einem cremigen, reifen Weichkäse oder auf einem noch warmen Teebrötchen. Plötzlich musste sie an Weihnachten denken. Der Sommer hatte seinen Höhepunkt längst überschritten; bald würde es Herbst sein, und sie würde anfangen, an Plumpudding und Früchtekuchen zu denken und die süße Füllung aus Dörrobst und Brandy zuzubereiten.

Leise vor sich hin summend, trat Lucy ein. »Habe ich da gerade Maggie ankommen hören?«

»Hast du. Sie richtet sich im Gästezimmer ein. Ich habe ihr gesagt, sie soll sich ruhig Zeit lassen – sie war ein bisschen groggy von der Fahrt.« Jane hatte den Kindern erzählt, was mit Maggie passiert war, und sie hatten es ernst und mitfühlend aufgenommen.

»Wo ist Alec?«

»In seinem Zimmer, nehme ich an. Für Maggie hat er einer Ausnahmeregelung zugestimmt: Er wird seine Musik nicht voll aufdrehen, solange sie im Haus ist.«

»Das ist doch schon mal was.« Lucy wirkte zufrieden. »Wenn irgendjemand mit ihm fertig werden kann, dann Maggie.«

»Hmm. Ich mag gar nicht daran denken, wie es wird, wenn ihr beide weg seid und ich hier allein mit ihm bin. So wie es aussieht, wird er wohl auf absehbare Zeit zu Hause hocken.«

»Ach … denk da am besten nicht drüber nach! Man weiß schließlich nie, was wird. Es ist schön für dich, Maggie hier zu haben – es ist lange her, seit wir Übernachtungsbesuch hatten.«

»Ja«, sagte Jane und starrte angestrengt ins Kochbuch. Sie warf ihrer Tochter einen schnellen Blick zu, aber Lucys Gesicht war heiter und unschuldig, ohne eine Spur von Sarkasmus.

Sie war sich nicht sicher gewesen, ob Tom nach der gemeinsam verbrachten Nacht unbeobachtet das Haus verlassen hatte, aber offenbar war dem so. An jenem Morgen war sie früh aufgewacht, erstaunt über die zerwühlten Laken, bevor ihr siedend heiß alles wieder einfiel. Sie riskierte einen vorsichtigen Blick und sah Toms breiten, braun gebrannten Rücken und seinen dunklen Lockenkopf auf dem Kopfkissen. Er seufzte, aufgeweckt durch ihre Bewegung, rollte sich auf den Rücken und reckte und streckte sich.

»Guten Morgen«, sagte er mit einem schläfrigen Lächeln und öffnete träge die Augen.

»Guten Morgen.« Es klang steif und gekünstelt, denn das alles war ihr entsetzlich peinlich. Wie war es bloß dazu gekommen, dass sie neben einem achtundzwanzigjährigen Rugby-Spieler aus Südafrika aufwachte? Das Ganze war lächerlich! Und als sie daran dachte, was sie gestern Nacht alles getan hatten, an sein langsames, beharrliches Liebesspiel, hätte sie sich am liebsten zu einem Ball zusammengerollt und am Fußende des Betts versteckt.

»Wie geht es dir heute Morgen?« Er drehte sich zu ihr um und wollte nach ihr greifen.

»Sehr gut, vielen Dank«, erwiderte sie und versteifte sich.

Er zog sich ein wenig zurück und hob die Augenbrauen. Sie bemühte sich, nicht auf seine breite, glatte Brust zu blicken; sie bemühte sich, überall hinzusehen, nur nicht auf ihn.

»Wie ich sehe, haben wir in der Nacht Rückschritte gemacht.« Er grinste. »Du brauchst nicht verlegen zu sein.«

»Bin ich nicht.«

»Ich fand es wunderbar. *Du* warst wunderbar.«

»Oh … Also …. Das ist nett.« Das klang furchtbar lahm. Was war nur los mit ihr? »Ich mache mir nur Sorgen, dass die Kinder dich sehen könnten. Bestimmt sind sie spät nach Hause gekommen, verstehst du, und sie sind zwar keine Frühaufsteher, aber ich möchte nicht, dass sie über uns stolpern. Es ist nicht meine Gewohnheit, Männer hier übernachten zu lassen …«

»Ich verstehe vollkommen.« Er neigte gewinnend den Kopf und blickte jungenhaft aus seinen sanften braunen Augen zu ihr auf. »Wollen wir nicht ein bisschen Morgengymnastik machen, du und ich, damit wir ganz wach werden, bevor ich mich diskret auf den Weg mache? Schau, ich bin mehr als bereit für dich …« Er griff nach ihrer Hand und wollte sie zu der Stelle führen, wo sie einen offenkundigen Höcker unter der Bettdecke gewahrte. Hastig riss sie ihre Hand zurück und errötete. Er lachte, wirkte aber ein wenig verletzt. »Was ist denn?«

»Ich … kann nicht.« Sie wollte ihm erklären, dass es ein Unterschied war, ob man sich sanft und gekonnt unter den Sternen verführen ließ, nach einem leckeren Essen mit Champagner, oder ob man sich kaltblütig frühmorgens auf jemanden stürzte. So funktionierte das bei ihr nicht.

»Warum nicht? Bereust du es?«

Sie drehte sich um und starrte auf ihren Nachttisch: den kleinen Stapel Bücher, die Lampe, das Wasserglas. Bereute sie es? Sie glaubte nicht. Ihr Körper fühlte sich an, als wäre er nach einem langen Dämmerzustand wieder eingeschaltet worden.

»Verstehe«, sagte er; er nahm ihr Schweigen als Bejahung. »Ich kann dir gar nicht sagen, wie schade ich das finde. Ich wüsste nicht, was es da zu bereuen gäbe. Wir sind beide erwachsen, und wir haben nichts getan, was wir nicht tun wollten – zumindest ich nicht.«

Jane schwieg, unfähig zu einer Antwort. Toms Stimme klang jetzt ebenso steif wie ihre. Sie spürte, wie er die Decke anhob und aus dem Bett stieg.

»Ich zieh mich jetzt an und mach mich auf den Weg.«

Sie hob den Kopf, brachte es aber nicht über sich, seine Nacktheit anzusehen. »Soll ich dich zum Bahnhof fahren?«

»Mach dir keine Mühe«, sagte er. »Ich gehe lieber. Den Weg kenne ich von gestern Abend. Kein Problem.«

»Wie du willst«, sagte sie und dachte dabei, dass sie ihn aufhalten sollte, dass sie mutiger sein sollte. Aber sie ließ zu, dass er sich anzog und aus dem Schlafzimmer tappte. Eine kleine Weile später hörte sie, wie sich die Hintertür hinter ihm schloss, und seufzte.

Fünfzehn

Bella trat aus dem Büro, sehr zufrieden mit sich. Sie blieb draußen im von Leuchtstoffröhren erhellten Gang stehen, zog ihren zerknitterten Kostümrock zurecht und holte tief Luft. Mit Paula, der Personalchefin von Bens Firma, war sie gut klargekommen, und sie wusste, sie hatte professionell, redegewandt und kompetent gewirkt. Anfangs war es ganz ungewohnt gewesen, wieder in einem Bürogebäude mit seiner typischen künstlichen Kühle, der gedämpften Atmosphäre und unbewegten, elektrisch aufgeladenen Luft zu sein. Paula hatte gesagt, das klinge alles sehr gut und sie werde sich melden, sobald firmenintern darüber beraten worden sei.

Bella fuhr mit dem Fahrstuhl ins Erdgeschoss hinunter und begab sich in den Wartebereich des unpersönlichen, mit Glas und Topfpflanzen ausgestatteten Empfangs. Sie überlegte, ob sie nach dem einsamen Wirtschaftsmagazin greifen sollte, das auf einem Tischchen lag, und schaute alle fünf Minuten auf die Uhr. Ihre hohen Absätze – wie lange war es her, dass sie Schuhe mit hohen Absätzen angezogen hatte? – klickten auf dem gefliesten Boden, als sie nervös auf und ab schritt, argwöhnisch beobachtet von der Empfangsdame. Sie wünschte, sie hätte einen Spiegel, um ihr Aussehen überprüfen zu können.

Dann klingelte der Fahrstuhl wieder, und die Türen öffneten sich. Büroangestellte traten heraus und steuerten zielstrebig auf den Ausgang zu, und hinter ihnen erschien die große, lässige Gestalt von Ben. Er schlenderte aus dem Fahrstuhl, ganz unbekümmert – jedenfalls wirkte er nicht annähernd so nervös, wie sie sich fühlte –, lächelte, als er Bella entdeckte, und kam auf sie zu.

»Mrs Balfour, hallo. Wie schön, Sie zu sehen. Ist Ihr Gespräch gut gelaufen?«

»Sehr gut, danke.« Sie zupfte nervös an ihrem Rock.

Er musterte sie anerkennend und sagte leise: »Du siehst großartig aus. Wollen wir?«

Sie gingen durch die Glastüren und auf den Parkplatz. Ben führte sie zu seinem Wagen, der auf seinem persönlichen Stellplatz stand, und hielt ihr die Tür auf. Wortlos stieg sie ein und hielt ihre zitternden Hände ruhig, indem sie die Unterseite des Sitzes umklammerte. Ben kletterte auf den Fahrersitz und startete den Motor, und sie fuhren los, immer noch schweigend.

Sie rasten über die Landstraßen und ließen das Gewerbegebiet weit hinter sich. Da sie bei dem Röhren des Motors sowieso nicht hätten reden können, fuhren sie schweigend, bis Ben plötzlich den Wagen auf den Parkplatz eines langen, niedrigen Cotswolder Landgasthofs mit angeschlossenem Pub lenkte. Er fand einen freien Platz und stellte den Wagen ab. »Komm. Hier ist es.«

Sie folgte ihm hinein, wackelnd wegen des engen Rocks und der hohen Absätze, und fühlte sich schrecklich schüchtern. Er führte sie in das leere Barrestaurant des Gasthofs und bat den Kellner um zwei Whisky, während Bella sich, steif und verlegen, auf das Samtsofa am Kamin setzte.

»Ich habe ein paar Sandwiches bestellt«, sagte Ben, als er sich zu ihr gesellte. »Ich hoffe, das ist okay.«

»Vollkommen. Ich hab keinen großen Hunger.« Sie konnte sich nicht vorstellen, dass sie überhaupt einen Bissen herunterbringen würde. Dazu fühlte sich ihr Mund viel zu trocken an.

»Ich auch nicht«, sagte er leise. »Aber ein romantisches Essen ist das nicht gerade, oder, ein paar Sandwiches in einem Körbchen? Ich hoffe, du bist nicht enttäuscht.«

Sie schüttelte den Kopf. Der Kellner kam und stellte ihre Drinks vor sie hin. Dankbar nahm sie einen Schluck von der brennenden Flüssigkeit, während Ben sein Glas umklammerte und es an den Mund führte. Ihr fiel auf, dass seine Hände ganz leicht zitterten, und etwas in ihr entspannte sich und erwärmte sich für ihn. Was haben wir hier zu suchen, dachte sie, halb erstaunt, sich allein mit ihm zu finden. Wird es wirklich passieren? Will ich mich wirklich auf so etwas einlassen?

Seit vierzehn Jahren hatte sie mit keinem Mann außer Iain geschlafen, und die Vorstellung, sich vor Ben auszuziehen, jagte ihr Angst ein, weil sie sich hoffnungslos unzulänglich vorkam. Und nach Sam, die so ultraschlank, geschmeidig und unverhohlen sexy war, konnte er sie, Bella, eigentlich nur zu dick finden, eine Enttäuschung. Plötzlich war sie sicher, sich unmöglich dieser Demütigung aussetzen zu können, der Enttäuschung in Bens Augen, wenn sie sich vor ihm auszog, oder der Schalheit danach, wenn sie seinen Erwartungen nicht entsprochen hatte. Es war besser, weiter in der Fantasie zu leben, als sich solchen Erfahrungen auszusetzen. Sie zuckte nervös. Sie musste gehen, sofort. Das war doch lächerlich. Was hatte sie sich nur dabei gedacht?

»Alles in Ordnung?« Ben, der ihr Unbehagen spürte, runzelte die Stirn.

»Ich weiß nicht, was wir hier machen. Ich glaube, ich sollte lieber gehen.«

Er stellte sein Whiskyglas ab und sagte mit ernstem Gesicht: »Wenn du das willst, können wir sofort gehen.« Er schaute sich nach dem Kellner um, der nirgendwo in Sicht war. Als er sich wieder ihr zuwandte, stellte sie erneut hingerissen fest, wie gut er aussah mit seiner langen, geraden Nase und den vollen, geschwungenen Lippen. »Ich kann dich nicht bitten zu bleiben«, fügte er hinzu, »wenn du Bedenken hast.«

»Das ist es nicht«, protestierte sie. »Es ist nur … Sam …« Sie hatte sagen wollen, dass nach Sam wohl jede Frau abfallen würde, hielt aber inne für den Fall, dass es sich anhören könnte, als sei sie auf Komplimente aus.

»Sam. Ja, natürlich müssen wir über Sam sprechen. Du bist schließlich ihre Freundin.«

»O nein«, sagte Bella hastig. »Das heißt …« Sie fühlte sich ertappt: Wenn sie nicht Sams Freundin war, warum verhielt sie sich dann so, als wäre sie es? Aber welche Freundin würde sich mit dem Mann einer Freundin treffen, in der klaren Absicht, sie zu betrügen? »Es ist ein bisschen kompliziert«, endete sie schwach.

Ben lächelte. »Das musst du mir nicht erzählen. Ich weiß, wie schwierig Sam ist. Ich wusste von Anfang an, dass ihr beide keine Seelenverwandten werden würdet, einfach deshalb, weil sie keine Seelenverwandten hat. Jedenfalls nicht unter Frauen. Sie empfindet andere Frauen als Bedrohung.«

»Aber wie kann sie das? Sie ist so schön und begehrenswert. Die meisten Frauen versuchen ihr Leben lang vergeblich, auch nur annähernd so gut auszusehen wie Sam.«

»Aber das ist ja teilweise das Problem – ja, sie ist schön, schick und perfekt, aber sosehr sie sich auch anstrengt, sie ist nie zufrieden mit sich. Sie fühlt sich nie sicher. Gott weiß, warum; keine Ahnung, warum sie so geworden ist. Sie hat mir nie etwas erzählt, und mittlerweile denke ich, sie ist einfach so geboren. Erst ganz allmählich wird mir klar, wie wertlos und bedroht sie sich ständig fühlt. Aber

das kann sie nicht zugeben, nicht einmal sich selbst gegenüber, also reagiert sie aggressiv, greift an und beißt alle weg. Sieh dir doch nur an, wie sie Emma behandelt.«
»Ich wusste nicht genau, ob es dir aufgefallen ist.«
»Natürlich ist es mir aufgefallen. Aber ich will es nicht wahrhaben, und meistens verschließe ich die Augen davor. Ich weiß es, und ich bin nicht gerade stolz darauf. Sie fühlt sich sogar von einem Teenie bedroht, weil sie fürchtet, Emma könnte im Weg sein oder mich gegen sie aufbringen. Also schlägt sie um sich und denkt, sie könne auf diese Weise gewinnen. Sie traut niemandem, und das liegt zum Teil daran, dass sie selbst nicht vertrauenswürdig ist. Gott ...« Ben stieß ein bitteres Lachen aus. »Hier sitze ich und rede davon, dass meine Frau nicht vertrauenswürdig ist. In meiner Situation, meine Güte ...«
»Liebst du sie?«, fragte Bella leise. Sie fühlte sich besser. Es machte die Welt irgendwie zu einem gerechteren Ort, wenn jemand, der so schön war wie Sam, auf andere Weise dafür büßen musste.
Ben starrte wieder in seinen Drink. »Das habe ich einmal«, sagte er endlich. »Oder ich dachte, ich täte es. Vielleicht weil ich glaubte, sie würde mich bewundern und anschwärmen; das ist sehr verführerisch, weißt du? Und natürlich wusste ich ihre Reize zu würdigen – wer würde das nicht? Aber sie kann nicht lieben – sie ist innen tot, Bella. Es wird mir erst jetzt bewusst, wo ich mit dir darüber rede, aber im Grunde weiß ich schon lange, dass zwischen uns eigentlich nichts ist. Ich konnte mich dem vorher nicht stellen, weil wir alle so viel durchgemacht haben, um dahin zu kommen, wo wir heute sind – die Scheidung, Emma. Aber Sam ist innen hohl. Leer. Das kann ich nicht lieben. Niemand kann das, nicht einmal sie selbst. Es ist furchtbar traurig.« Seine Augen waren voller Qual. »Deshalb hatte ich auch Angst, als wir uns

kennen lernten. Ich musste mich von dir fern halten, weil deine Lebenskraft mich anzieht wie ein Magnet. Du bist ein voller, ganzer Mensch, du bist *real*, und für mich bist du wie ein Glas Wasser, das man einem Verdurstenden hinhält. Ich sehne mich verzweifelt nach ein bisschen Leben. Wie ein verdammter Vampir.« Seine Stimme wurde lauter, mitgerissen von seinen Gefühlen. »Du bist auch nicht besonders glücklich, glaube ich. Wäre es so falsch, wenn wir einander ein bisschen Trost schenkten?«

Bella vergrub das Gesicht in den Händen. »Ich weiß nicht!«, rief sie. »Natürlich ist es falsch. Aber wenn es das ist, was wir beide wollen – ich weiß nicht, wie wir dagegen ankämpfen sollen.«

»Können wir nicht«, sagte Ben kurz. »So viel dürfte wohl klar sein, oder?«

Erleichterung überflutete sie. Er hatte seine Entscheidung getroffen, und sie musste nur zustimmen – wenn sie wollte. Einen Augenblick lang schien alles vibrierend in der Schwebe zu sein: Sie hing zwischen zwei Leben, dem alten und dem neuen. Sie konnte Sicherheit wählen oder das Abenteuer.

»Ja«, flüsterte sie.

Ben ging zur Rezeption, um ein Zimmer für sie zu nehmen. Bella begleitete ihn nicht. Sie war sicher, dass etwas im Blick des Empfangschefs alles ruinieren würde – ein Hauch schmutziger Belustigung oder Missbilligung, und die ganze Sache würde in sich zusammenfallen. Sie wartete in der Bar, und ihr Magen zog sich vor schmerzhafter Aufregung zusammen, während sie verfolgte, wie die Knöchel ihrer Hand, die sich zur Faust geballt um ihren Rock krampfte, weiß wurden. Dann kam Ben und winkte ihr. Sie folgte ihm die geschnitzte Holztreppe hinauf. Der Flur oben war mit Teppichboden ausgelegt. Ben ging voran und meinte dabei: »Offenbar ist gerade keine Hochsaison. Ich habe problemlos ein Zimmer bekommen.«

Auf dem Himmelbett lagen eine Tagesdecke mit Gobelinmuster und prall gefüllte Paradekissen. Mit Messingstrahlern beleuchtete Jagddrucke und Ölbilder mit Blumen hingen an den Wänden. Vor dem Fenster flankierten zwei grüne Armsessel einen Tisch aus Walnussholz.

»Sehr elegant. Das kann nicht billig gewesen sein. Vermieten sie das Zimmer stundenweise?«, fragte Bella in dem Versuch, ihre Nervosität mit einem Witz zu überspielen. Ihre Stimme klang höher als gewöhnlich. Ben antwortete nicht. Mit großen Schritten ging er zum Fenster und zog die Vorhänge zu; unvermittelt herrschte Düsternis im Zimmer. Er drehte sich um, ein dunkler Schattenriss, der sich vor den Vorhängen abzeichnete, und kam langsam auf sie zu. Bella widerstand der Versuchung, die Hand auf den Magen zu pressen, der heftige Purzelbäume schlug. Sie sehnte sich nach seinem Kuss, und sei es nur, um dieses schreckliche, schmerzliche Begehren zu stillen, das sich mit jedem Schritt aufgebaut hatte, seit sie ihm aus der Bar gefolgt war.

Er blieb vor ihr stehen, überragte sie. Er streckte die Hand aus und streichelte ihr Haar. »Gott, ist das weich«, flüsterte er. »Echtes Haar.«

Bella begann zu zittern. Sie fühlte sich wie ein junges Mädchen, verlegen, voller Sehnsucht, nervös. »Um Gottes willen, Ben«, flüsterte sie, »bitte ...«

Er senkte den Mund auf ihre Lippen und küsste sie sanft, und überwältigt von dem Verlangen und der Leidenschaft, die sich seit Wochen in ihr aufgestaut hatten, reagierte sie mit einer Heftigkeit auf ihn, die sie irgendwo in weiter Ferne herumwirbeln ließ, in schöner Dunkelheit.

Küssen, dachte Bella, ist so wichtig. Sie erinnerte sich an die Jungs, die sie als Teenie geküsst hatte, an ihre nassen Münder und wild zappelnden Zungen. Sie hatte nicht verstanden, wieso so viel Wirbel um diese Sache gemacht wurde, bis sie eines Tages richtig geküsst wurde und sie diesen Augenblick erlebte, wenn sich zwei Lippenpaare finden wie füreinander gemacht, wenn es keine Peinlichkeit gibt, kein Zusammenprallen oder tropfenden Speichel, sondern nur die endlose, köstliche Richtigkeit eines vollkommenen Kusses.

Sein Mund ist so perfekt auf meinen abgestimmt, dachte sie und schaute Ben an, der auf dem Kissen neben ihr schlief. Seine Lippen waren leicht geöffnet, was seinen Piratenmund weicher wirken ließ, einem Amorbogen ähnlich, wie bei einem Kind. Sie konnte sich nicht vorstellen, diesen Mund oder seinen Geschmack je satt zu bekommen. Ben zu küssen war wie abzuheben, wie fliegen durch eine samtige Nacht. Ihre Befürchtung, er könne sie abstoßend finden, hatte sich nicht bewahrheitet: Er hatte jeden Zentimeter ihres Körpers angebetet. Kichernd umfasste sie sich. Wann hatte sie sich zuletzt so … großartig gefühlt? Sie hatte angenommen, sie würde sich schuldig fühlen, ganz mies, aber sie war in einer übersprudelnden, überschäumenden Stimmung. Als würde sie auf Luft gehen!

Ben schlug die Augen auf und blinzelte. »Lachst du etwa?«, fragte er.

»Ja.« Sie lachte wieder. »Ich lache, weil ich so glücklich bin.«

Er grinste sie an. »Ja, es war schon toll, was?«

»Toll?« Sie vergrub die Nase in seinem Brusthaar und sog seinen Duft ein. »Es war unübertroffen«, murmelte sie gedämpft. Dann hob sie den Kopf und schaute ihm in die

Augen, ganz nahe an seinem Gesicht. »Es war *fantastisch*. Du bist ein wunderbarer Liebhaber, Ben Clarke!« Sie küsste ihn auf den Mund. »So hat es mir schon lange keiner mehr gemacht.«

»Gemacht!? Was ist das denn für ein Ausdruck, Frau?«

»Also, ich weiß nicht genau, wie ich es höflich formulieren soll …«

»Du könntest fast alles sagen, und es wäre eine Verbesserung. Und jetzt komm her, denn ich werde es dir noch einmal *machen* …« Er schlang die Arme um sie und zog sie an sich, presste ihre Brüste gegen seinen Brustkorb, und sie küssten sich leidenschaftlich. Sein Atem wurde schneller, und sie hörte ein schwaches Knurren tief in seiner Kehle, das sie unaussprechlich erregte, und ließ sich von ihren Gefühlen davontragen.

Bella fuhr erst spät zurück. Iain würde vielleicht schon zu Hause sein – sie musste sich eine überzeugende Ausrede dafür einfallen lassen, dass ihr Mittagstermin so viel länger gedauert hatte als erwartet. Auch musste sie etwas gegen das Leuchten ihrer Augen unternehmen, es irgendwie dämpfen. Sie klappte die Sonnenblende herunter und musterte sich: Ihre Haut schimmerte.

»Iain wird sowieso nichts merken«, sagte sie sich und setzte den linken Blinker. »Er merkt nie was. Ich könnte halb nackt reinkommen, in ein Bettlaken gewickelt, und er würde trotzdem nichts kapieren.«

Sie wusste, sie sollte entsetzt über sich sein, sich gemein und dekadent vorkommen. Was war sie jetzt? Eine liederliche Person? Eine Ehebrecherin? Aber was konnte sie dafür, wenn sie sich stattdessen fühlte, als wäre ihr eine außerordentliche Droge injiziert worden, die sie vor Leben und Sinnlichkeit vibrieren ließ. Meine Güte, war der Mann um-

werfend! Sie erzitterte bei der Erinnerung, begann laut zu singen und lachte.
Ich muss mich beherrschen, dachte sie tadelnd. Was ist, wenn mein Mann mich so kichern und Freudensprünge machen sieht?
Sie wurde wieder ernst. Mein Mann. Iain. Bella und Iain Balfour. Iain und Bella. So war es seit Jahren. Früher hatte sie sich auch nach dem Zusammensein mit Iain so gefühlt, obwohl sie bezweifelte, dass es je so aufregend gewesen war. Früher hatte sie gedacht, das würde immer so bleiben. Obwohl sie natürlich damit gerechnet hatte, dass die Liebe sich nach der ersten berauschenden Zeit wandeln und gesetzter werden würde; so naiv war sie schließlich auch nicht. Die ersten fünf Jahre ihrer Ehe waren wunderbar gewesen – nicht ohne Probleme, natürlich, aber es gab so viele aufregende neue Erfahrungen, die sie zusammen machen konnten: die erste eigene Wohnung, das erste eigene Sofa, das erste eigene Auto, das erste Baby. Sie erinnerte sich an die Intensität von Katies Geburt, an die Ankunft ihrer pummeligen, schönen, wunderbaren Tochter. Sie hatte nicht gewusst, dass es möglich war, so viel auf einmal zu empfinden. Damals hatte sie gedacht, dass sie eine Chance hatten, die perfekte Familie zu werden. Aber allmählich gab es keine neuen Erfahrungen mehr, sondern nur noch Routine. Wenn sie heute darüber nachdachte, schien es ihr, als habe von Anfang an etwas gefehlt, aber trotzdem hatte sie an der Hoffnung festgehalten, dass es wieder besser werden würde. Nie war ihr der Gedanke gekommen, dass es irgendwann ganz zu Ende gehen könnte, und wenn doch, dann jedenfalls nicht so.
Werde ich ihn verlassen?, dachte sie. Die Vorstellung war gleichzeitig aufregend und beängstigend. Wo sollte ich hin? Zu Nicky? Ob ich die Kinder mitbringen könnte …?

Ein verlockendes Bild tauchte kurz vor ihr auf: sie und Ben und die Kinder zusammen im Gutshaus. Es würde ein gutes Leben sein, ein glückliches Leben; Sam und Iain waren irgendwie schmerzlos von der Bildfläche verschwunden.
»Nun mach aber mal halblang«, sagte sie laut. »Ein Nachmittag hocherotischer Leidenschaft, und ich fange an, meine Koffer zu packen. Ich muss mich beruhigen. Ich werde jetzt in mein Alltagsleben zurückkehren. Wahrscheinlich sehe ich ihn nie wieder. Ich sollte es als schöne, ganz unerwartete Erfahrung in Erinnerung behalten und es hinter mir lassen.«
Aber in ihrem Herzen wusste sie, dass es wieder passieren würde. Es konnte unmöglich anders sein. Bevor sie sich trennten, hatte Ben ihr gesagt, dass sie einander wiedersehen würden, dass sie nicht daran denken solle, ihm aus dem Weg zu gehen. »Das werde ich nicht zulassen«, sagte er und streichelte ihr Gesicht mit einer Zärtlichkeit, die ihr fast die Tränen in die Augen trieb. »Hier.« Er reichte ihr eine Karte mit einer E-Mail-Adresse. »Wenn du mich erreichen willst, tu es unter dieser Adresse, nicht unter der normalen. Das ist die, unter der ich dir meine letzte Mail geschickt habe.«
»Eine geheime E-Mail-Adresse?«, fragte sie.
»Kann nicht schaden«, hatte er gesagt. »Wenn man wild und gefährlich leben will, tut man gut daran, ein bisschen Vorsicht walten zu lassen.«

»Hallo, Liebling, wie ist es gelaufen?«, fragte Iain, als Bella in die Küche trat. Die Kinder saßen bereits am Tisch und aßen Rühreier auf Toast und belegte Brote. »Du bist spät dran.«
»Ja – es hat ein bisschen gedauert, und dann bin ich auf dem Rückweg noch in die Stadt, um mich nach einem Handy umzusehen. Ich werde eins brauchen, wenn das Geschäft

tatsächlich anläuft.« Wo war denn diese Lüge jetzt hergekommen? Sie hatte sie sich nicht vorher ausgedacht. Die Ausrede war ziemlich gut.

Iain, der am Herd gestanden hatte, kam zu ihr und küsste sie auf die Wange. Er trug noch seinen Geschäftsanzug, hatte sich aber eine Schürze umgebunden; die gelockerte Krawatte baumelte darüber. »Ich hab den Kindern was zu essen gemacht. Willst du auch was?«

»Später«, sagte sie, setzte sich an den Tisch und dachte dabei, dass sie möglicherweise nie wieder Hunger verspüren würde.

»Du kannst was von meinem Rührei haben«, sagte Christopher großzügig. »Wenn du willst.«

»Nein, danke, Schatz, aber es ist wirklich lieb von dir.«

Iain setzte sich zu ihnen. »Also, was haben sie gesagt? Hast du eine Zusage bekommen?«

»Nein, du weißt doch, wie das ist. Sie haben aufmerksam zugehört und werden sich melden. Doch ich habe ein gutes Gefühl. Sie schienen durchaus beeindruckt.«

»Liebling, das ist ja toll«, sagte Iain lächelnd.

Bitte nicht!, dachte Bella. Sei nicht nett und freundlich und vernünftig und einfühlsam. Nicht jetzt.

»Ich bin stolz auf dich«, sagte er, nahm ihre Hand und drückte sie. »Das könnte der Anfang von etwas ganz Großem sein.«

»Ja – könnte sein«, erwiderte Bella, die sich ganz schwach fühlte. »Könnte durchaus sein.«

Sam tigerte durchs Haus. Man könnte hier verrückt werden, dachte sie. Sie könnte durchdrehen in diesem riesigen Kasten, meilenweit entfernt von jeder Zivilisation und allem, was das Leben lebenswert machte. Früher hatte sie ihr Leben eisern im Griff gehabt, und jetzt … Sie hatte keine konkreten Anhaltspunkte für ihre Befürchtungen, nur das verzweifelte Gefühl, dass nicht alles so lief, wie es laufen sollte. Es war schon nach sechs, und Ben war noch nicht zu Hause.

Gut, das war nicht ungewöhnlich. Er kam oft später, wenn in der Firma irgendwas los war. Aber heute brauchte sie ihn! Wieso wusste er das nicht? Sie brauchte Bestätigung. Er sollte nach Hause kommen und ihr »Sammy, Sammy« ins Ohr brummen, wie er es immer tat, wenn er sie nach oben ins Schlafzimmer zerren wollte. Es würde reichen, wenn er nach Hause kam und sie in die Arme riss, ungestüm wie ein Bär. Sie fühlte sich verletzlich, bedürftig – und es war verdammt egoistisch von ihm, dass er das nicht merkte.

In ihrem Schlafzimmer setzte sie sich an ihren Frisiertisch aus Silber und Glas und zog hinten aus der Schmuckschublade das kleine Plastiktütchen hervor, das Becky ihr neulich im Fitnessclub gegeben hatte. Jetzt, wo sie hier draußen in der Pampa wohnte, war sie darauf angewiesen, dass ihre Freundin Becky, die sie nie im Stich ließ – wenigstens *eine* gute Freundin, dachte sie voller Selbstmitleid –, ihr die kleinen Beutelchen mit Puder besorgte, die sie brauchte, wenn es ihr dreckig ging. Und im Moment ging es ihr dreckig. Es konnte ihr wohl niemand verübeln, dass sie gelegentlich eine kleine Stärkung brauchte, oder?

Sie schüttete ein kleines weißes Häufchen auf die Glasplatte – einer der Vorteile dieses Frisiertischs, dachte sie, bin ich nicht schlau? –, griff nach ihrer Nagelfeile und hackte es rhythmisch durch, zermahlte es zu noch feinerem Puder. Dann zog sie zwei dicke Linien und betrachtete sie voller Vorfreude, gemischt mit Gier. Lecker, lecker, dachte sie. Leckerlis, nur für mich. Sie rollte einen Geldschein zu einer schmalen Röhre zusammen und sog das Puder durch die Nase hoch, erst durch ein Nasenloch, dann durch das

andere, warf den Kopf zurück und atmete tief ein, um sicherzustellen, dass jedes bisschen eingesogen war. Dann wischte sie mit dem Finger die Reste von der Nase und verrieb sie auf dem Gaumen. Da. Seligkeit.
Es ist ja nicht so, als wäre ich süchtig, dachte sie und räumte die Reste weg. Ich brauche das Zeug nicht jeden Tag, und meine Nasenscheidewände werden sich nicht auflösen. Aber heute habe ich es mir verdient.
Als sie wieder nach unten ging, war sie zuversichtlicher, und sie freute sich auf das ausgeprägte Stärke- und Glücksgefühl, das ihr noch mehr Auftrieb geben würde. Sie ging in den Keller, nahm eine Flasche teuersten Veuve Clicquot aus Bens Weinkühlschrank und ließ in der Küche den Korken knallen.
»Wenn man sich das Zeug schon leisten kann«, sagte sie und schenkte sich ein schäumendes Glas ein, »kann man es doch wohl auch einfach trinken, wenn einem danach ist, verdammt noch mal.« Kokain machte ihr immer Appetit auf Luxus, und sie fand es wunderbar, wie viel sie trinken konnte, ohne sich betrunken zu fühlen, nachdem sie ein, zwei Linien eingestrichen hatte. »Ich brauche das«, sagte sie und erhob das Glas auf die leere Küche. »Stößchen!« Und sie schüttete das prickelnde Getränk in sich hinein.

Als Ben nach Hause kam, tanzte sie im Wohnzimmer zu MTV. Der Flachbild-Fernseher war voll aufgedreht und dröhnte die neuesten Hits heraus, und Sam hüpfte und wand sich dazu, in einer Hand ein Glas, in der anderen eine Zigarette. Wenn sie den Text kannte, sang sie atemlos mit, wenn nicht, machte sie: »Yeah, yeah, oohh …« Der donnernde Bass war so laut, dass sie den Sportwagen nicht hörte und auch nicht mitbekam, wie die Haustür geöffnet wurde. Sie hörte nicht einmal, wie Ben ihren Namen rief. Sie merkte erst, dass er zurück war, als er an ihr vorbeistampfte, sich die Fernbedienung griff und den Ton ausstellte. Die plötzliche Stille wurde nur durch ein leises Summen unterbrochen, das, wie Sam dachte, durchaus in ihrem Kopf sein konnte.

»Also, was soll denn das?!«, fragte sie. »Das hat Spaß gemacht!«

»Ich glaube kaum, dass die restlichen Dorfbewohner das ebenso sehen. Ich konnte die Musik schon hören, als ich in die Zufahrt einbog.«

»Ein bisschen Leben in der Bude kann nicht schaden, oder? Genau das, was hier gebraucht wird. Hier ist es doch sonst absolut tot.« Sie zog an ihrer Zigarette und stieß eine dicke Rauchwolke aus. »Wo warst du überhaupt?« Herausfordernd starrte sie ihn an. »Ich war hier ganz allein. Deine dämliche Tochter amüsiert sich irgendwo. Wieso darf ich nicht auch ein bisschen Spaß haben?«

Er musterte sie, einen undeutbaren Ausdruck im Gesicht. »Ich war in der Firma«, sagte er ruhig. »Wo sonst?«

»Oh, Benjy.« Sie setzte ihre Babystimme ein, riss die Augen weit auf und tänzelte auf ihn zu. »Du hast mir so gefehlt. Ich war ganz einsam heute. Ich wollte, dass du nach Hause kommst.«

»Wirklich?«, sagte er, fast traurig. Sam fühlte sich plötzlich heftig zu ihm hingezogen; das gute alte Kokain, darauf war doch immer Verlass. Er war so groß und sah so gut aus in seiner schicken italienischen Hose und dem hellen, karierten Hemd – das war seine Bürokleidung, einen Anzug trug er nie. Er verkörperte alles, was sie sich je erträumt hatte: Macht, Erfolg, Stolz, Geld ... Gott, sie liebte ihn, und er gehörte ihr – ihr ganz allein.

Sie stellte ihr Glas ab, stopfte die Zigarette in den Aschenbecher auf dem Couchtisch und schlang die Arme um ihn.

»Komm, Benjy«, schnurrte sie. »Willst du mich nicht trösten? Hmm? Hast du kein kleines Geschenk für deine Sammikins? Oder vielleicht ein *großes* Geschenk? Ein schönes, großes, *heißes* Geschenk für Sam? Hmmm?«

Er schaute mit ernstem Blick auf sie herunter. Dann löste er ihre Arme und packte sie an den Handgelenken. »Sam«, sagte er, »wenn du denkst, ich würde nicht sehen, in was für einem Zustand du dich befindest, musst du mich für einen Idioten halten.« Sein Blick glitt durchs Zimmer. »Du machst wieder deine alten Mätzchen, oder? Der Champagner, das Tanzen … Wie viel hast du genommen?«

Sam blinzelte ihn an, unschuldig und gewinnend wie ein Kind. »Ich weiß gar nicht, was du meinst«, verwahrte sie sich. »Ich habe nur was getrunken. Wir haben Tausende von Flaschen von dem Zeug – warum darf ich nicht was davon trinken, wenn ich mich einsam fühle?«

»Komm schon!« Wie erschöpft fuhr er sich mit den Händen übers Gesicht. »Sieh dich doch an. Du kannst nicht aufhören, an deiner Lippe zu nagen. Du bist eindeutig high.« Er ließ sich in einen Sessel sinken und schaute sie hilflos an. »Du weißt, wie sehr ich das Zeug hasse. Du weißt, dass ich es nicht mag, wenn du es nimmst. Wieso glaubst du, ich würde eine Frau lieben wollen, deren Kopf sich auf einem anderen Stern befindet?«

»Benjy!« Sie fiel vor ihm auf die Knie und umklammerte die Fransen des weißen Teppichs. »Ich habe nur ein bisschen genommen, nur ein ganz kleines bisschen, weil ich hier so ganz allein war.«

»Die blöde Ziege Becky hat es dir gegeben, stimmt's?« Er seufzte. »Kann ich ihr wohl kaum verübeln. Du würdest einen anderen Weg finden, wenn sie es nicht täte.«

Sam fuhr mit den Händen über seine Knie und die Oberschenkel hoch. Sie legte den Kopf auf die Seite und blinzelte. »Es tut mir leid. Ich tu's nicht wieder, ich schwör's. Das war das letzte Mal. Im Ernst. Also … können wir jetzt bitte raufgehen, Benjy? Ich muss spüren, dass du mich noch liebst.«

Einen Augenblick lang glaubte sie, sie hätte gewonnen. Er streckte die Hand nach ihr aus, tätschelte dann aber nur ihr Haar. Er schüttelte den Kopf. »Nein, Sam, heute nicht.«

Sofort schlug ihre Stimmung um. »Und warum nicht?«, brüllte sie mit verzerrtem Gesicht. »Warum zum Teufel nicht? All die Scheiß-Male, die ich es über mich ergehen lassen musste, weil *du* wolltest. Ich liege da und leide, verdammte Scheiße, während du mich nagelst und deinen Spaß hast. Und wenn ich ein einziges Mal auch mal was zurückwill, heißt es, nein, Sam, heute nicht. Also, warum zum Teufel nicht, Ben? Das würde ich gern mal wissen. Warum zum Teufel nicht?!« Am liebsten hätte sie geschrien: *Du willst wohl jemand anders ficken, du verräterischer Scheißkerl? Ich weiß es!* Aber sogar in ihrer gegenwärtigen mutwilligen Stimmung wagte sie das nicht. Sie wusste, wenn sie das laut aussprach, würde es Wirklichkeit werden, und sie war noch nicht stark genug, sich dem zu stellen.

Es gab eine lange Pause. Ihr Geschrei schien in der Luft zu hängen und dort zu pulsieren.

»Es tut mir leid, dass du so empfindest«, sagte Ben endlich ruhig. »Ich weiß nicht, was mit dir los ist. Erst behandelst du Emma mies und jetzt mich.« Er erhob sich und verließ das Zimmer, während sie auf dem Teppich kniend zurückblieb und ihm hilflos nachblickte.

Sechzehn

»Du bist mir ja ein unartiges Mädchen«, schalt Jerry, der angerufen hatte.
»Bin ich das?« Angst ergriff Jane. Tom hatte ihm alles erzählt. Wie konnte er nur?
»So was einfach für dich zu behalten. Böses Mädchen ...«
»Also, ich –«
»Sonst warnst du mich doch vorher, wenn Maggie kommt.«
Erleichterung überflutete sie. Tom hatte nichts gesagt. Jerry hätte sonst nie der Versuchung widerstehen können, irgendwelche Anspielungen fallen zu lassen.
»Schon merkwürdig«, fuhr er fort. »Anfang des Sommers war sie hier, und jetzt schon wieder. Passt gar nicht zu ihr. Normalerweise gehe ich davon aus, dass die Luft nach einem Besuch von Maggie für sechs Monate rein ist, und jetzt muss ich das arme alte Rawlston meiden, bis sie wieder weg ist. Wann fährt sie?«
»Jerry, Liebling, sie war sehr krank ...«
Sofort war er ganz Besorgnis. »Arme Maggie! Was hat sie denn? Kannst du es mir erzählen? Nichts Ernstes, hoffe ich. Oh, die Arme! Na, jedenfalls ist sie am richtigen Platz, du wirst dich schon um sie kümmern. Ich könnte mir niemand Besseren vorstellen –«
Er hat ein gutes Herz, dachte Jane, als sie schließlich den Hörer auflegte. Zwar tut er so, als sei er kalt und oberflächlich, aber das stimmt überhaupt nicht. Er hatte vor-

geschlagen, sie und Maggie sollten ihn doch heute Abend besuchen, aber Jane hatte ihn stattdessen zum Mittagessen eingeladen. Teilweise, weil Maggie sicher nicht weggehen wollte, und teilweise, weil sie fürchtete, er könne auch Tom dazubitten. Und sie hatte keine Ahnung, wie sie ihm gegenübertreten sollte.

Ein paar Tage nach ihrem gemeinsamen Essen war ein höflicher, aber kühler und knapper Brief von ihm eingetroffen, in dem er ihr für den angenehmen Abend dankte. Ansonsten drückte er nur noch den Wunsch aus, sie möchten einander irgendwann einmal wiedersehen.

Sie starrte lange Zeit auf den Brief und stellte sich vor, wie seine vierschrötigen Arbeiterhände den Füller hielten und diese klare, deutliche, saubere Schrift hervorbrachten. Die Buchstaben, mit schwarzer Tinte geschrieben, schienen die Kraft und die Zartheit in sich zu vereinen, an die sie sich so gut erinnerte.

Woher weiß er so viel?, fragte sie sich. Mit wie vielen Frauen hat er schon geschlafen? Wer hat ihm das beigebracht, worauf er sich offenkundig so gut versteht?

»Liebesbriefe, Jane?«, fragte Maggie achtlos. Sie war in die Küche getreten und schlang mit einer Hand ihr langes Haar zu einem Knoten.

Jane errötete und faltete den Brief zusammen. »Natürlich nicht. Wie geht es dir heute?« Maggies erste Tage in Rawlston waren durch ihre Abwesenheit gekennzeichnet gewesen. Sie blieb stundenlang in ihrem Zimmer, las und schlief. Abends beim Essen wirkte sie immer noch verschlafen, und gegen Ende der Mahlzeit pflegte sie gewaltig zu gähnen. »Ich begreife das nicht«, sagte sie dann. »Ich war noch nie im Leben so müde, dabei schlafe ich die ganze Zeit.«

Das gehörte zum Heilungsprozess, hoffte Jane jedenfalls, aber es machte ihr Sorgen, dass Maggies Augen immer noch trübe waren und nicht mehr funkelten, obwohl es ihr körperlich besser ging und sie sich offenbar gut von der Operation erholt hatte. Sie überlegte, was sie mit Maggie unternehmen könnte, um sie anzuregen, aber Maggie schien nicht im Geringsten daran interessiert, das Haus zu verlassen. Stattdessen war sie dazu übergegangen, mit Alec in seinem Zimmer zu sitzen und Computerspiele zu spielen – Jane konnte die elektronischen Schüsse und Explosionen und gelegentlich einen Triumphschrei hören –, oder machte lange Spaziergänge.

»Mir geht's gut«, sagte sie. Sie zog sich einen Stuhl heran, setzte sich und vergrub das Gesicht in den Händen. Als sie aufblickte, waren ihre Augen glanzlos. »Wie lange habe ich geschlafen?«, fragte sie gähnend. Sie trug ein weiches grünes Kleid und hatte sich eine kirschfarbene Strickjacke um die Schultern geschlungen. »Hier weiß man nie, wie spät es ist.«

»Es ist schon ziemlich spät«, sagte Jane, ging zur Spüle, um den Salat zu waschen, und schob dabei den Brief in ihre Tasche, »aber das macht nichts. Ich möchte, dass du dich erholst. Du hast es nötig.«

»Das Semester war hart«, gab Maggie zu und schenkte sich eine Tasse Kaffee ein. »Es wird jedes Jahr schwieriger. Mehr Verwaltungskram, mehr Zensuren, mehr Druck, die Studenten durchzukriegen.«

»Aber es macht dir doch immer noch Spaß, oder?«

»Mmm.« Maggie trank einen kleinen Schluck Kaffee.

Jane stand vor der Spüle, mit dem Rücken zu ihrer Schwester, und entfernte die harten Stiele der Spinatblätter. »Hast du schon was von Gregor gehört?«

»Natürlich. Es geht ihm gut, obwohl er so unglaublich viel zu tun hat, dass er mir mitten in der Nacht Mails schickt, weil ihm nur dann eine Minute Zeit bleibt. Gott sei Dank hat Alec einen Internet-Anschluss. So bleibe ich wenigstens in Kontakt mit der wirklichen Welt.«

Jane erwiderte nichts. Ihre Welt schien ihr wirklich genug, aber sie wollte Maggie keine Gelegenheit geben, eine ihrer Tiraden loszulassen. Stattdessen sagte sie: »Jerry kommt zum Mittagessen.«

»Meine Güte. Vielleicht fahre ich weg.«

»Ich bitte dich, Maggie, nun gib ihm doch eine Chance! Er ist nicht so schlimm, wie du denkst. Er war ehrlich beunruhigt, als er hörte, dass du krank warst.«

»Was hast du ihm erzählt?«, fragte Maggie rasch. »Hast du ihm etwa von dem Baby erzählt?«

»Natürlich nicht –«

»Gut. Denn ich will nicht, dass es jemand erfährt. Ich könnte es nicht ertragen – das Mitgefühl, die bedauernden Blicke, die sanften Umarmungen.« Ihre Stimme klang grimmig.

»Schon gut, schon gut, ich habe nichts gesagt. Nur die Kinder wissen es.«

»Okay.« Maggie beruhigte sich, zog die Zeitung zu sich heran und begann zu lesen.

Jane erkannte jetzt, dass sie, als sie Maggie eingeladen hatte, rosige Wunschbilder von ihnen beiden gehabt hatte, wie sie zusammen Waldspaziergänge unternahmen und miteinander redeten, zum vielleicht ersten Mal in ihrem Leben in harmonischem Gleichklang. Ihr hatte irgendeine Art Versöhnung vorgeschwebt, als hätte Maggies gebrochenes Herz sich geöffnet, um sie einzulassen.

So war es natürlich nicht gekommen. Es fiel ihnen schwer, eine enge Beziehung zueinander aufzubauen, vielleicht weil sie keinen Schatz gemeinsamer Erinnerungen hatten. Als Maggie geboren wurde, war Jane bereits im Internat, und sie sahen einander nur in den Ferien. Jane erinnerte sich an das lockenköpfige Kind, das sie wachsam beäugte, wenn sie nach Hause kam. Sie brauchte immer ein paar Tage, um sich an die kleine Schwester zu gewöhnen, wurde aber trotzdem nie so richtig warm mit ihr. Und Maggies dynamische Persönlichkeit hatte zur Folge, dass sich meistens alles um sie drehte. Ihr Vater und ihre Mutter, überrascht von der unerwarteten späten Elternschaft, waren ganz hingerissen von ihrer kleinen Tochter, und so sah Maggies Kindheit ganz anders aus als die von Jane, die sich an eine steife, ziemliche strenge Erziehung erinnerte. Mit Maggie schien ihre Mutter ein ganz anderer Mensch zu sein. Kein Wunder, dass die Schwestern nicht das beste Verhältnis zueinander hatten.

Aber trotzdem war Maggie jetzt hier, in Rawlston. Und das war immerhin ein Fortschritt.

Jerry kam um halb eins, makellos gewandet in Clubjacke, gebügeltem Hemd, Hose mit perfekter Bügelfalte und einem lebhaften orange-weißen Schal, den er sich um den Hals geschlungen hatte.

»Hallo, Liebling. Meine Güte, du siehst aus, als wolltest du zur königlichen Regatta in Henley«, sagte Jane. »Es ist ein ganz zwangloses Essen – Maggie wird sich nicht extra fein machen.« Sie bezweifelte, dass Maggie sich überhaupt Mühe geben würde. »Ist das ein Halstuch?«

»Nicht direkt. Es ist ein umwerfender Schal von Hermès, den ich für ein Ei und ein Butterbrot bekommen habe. Ich finde ihn so hinreißend, dass ich ihn tragen muss, sooft ich kann. Toll, oder?« Jerry hielt ihr einen seidigen Zipfel zum Bewundern hin.

»Wirklich schön. Komm mit in die Küche, ich mache dir einen Aperitif. Maggie ist draußen. Da ist Lucy – sie hilft mir beim Kochen.«

»Ich rackere mich ab wie üblich«, meinte Lucy, die gerade Kartoffeln schälte.
»Für einen Zuschuss zu deiner Interrail-Kasse«, rief Jane ihr ins Gedächtnis. Sie hatte Jerry und Maggie nicht miteinander allein lassen wollen, während sie in der Küche war, und da war ihr die offensichtliche Lösung eingefallen: Sie würde Lucy mit einspannen.
»Gehst du auf Reisen, Lulu?«, fragte Jerry und hockte sich auf die Tischkante, während Jane ihm einen Gin Tonic einschenkte.
»Ja. Es geht bald los. Gott, ich kann es kaum erwarten. Wenn ich noch länger im Station Hotel bleiben müsste, würde ich durchdrehen. Höchste Zeit, mir etwas Kultur anzueignen, ich bin eine solche Barbarin. Also geht es nach Rom, Florenz, Pisa und so weiter.«
»Ah! *La bella Italia!*«, rief Jerry aus. »Oh, hast du ein Glück, das alles zum ersten Mal zu sehen! Es ist himmlisch, einfach himmlisch. Wir müssen uns mal zusammensetzen, dann verrate ich dir ein paar Geheimtipps. Ich kenne da einige göttliche kleine Galerien, und einer der Kuratoren der Uffizien ist ein besonderer Freund von mir – wenn ich ihn anrufe, wird er bestimmt entzückt sein, euch herumzuführen. Es gibt niemanden auf der Welt, der mehr über den grandiosen Tizian weiß. Und erst die vielen herrlichen Restaurants! Ihr werdet essen, bis ihr platzt.«
»Bei zehn Pfund pro Tag bin ich mir da nicht so sicher«, meinte Lucy. »Wir werden eher primitiv leben.«
»In Italien bekommt man für zehn Pfund ein Festessen. Vergiss das grauenhafte englische Essen – überteuerter Mist. Aber frische Pasta, leuchtend rote Tomaten, ein Stück reifen Parmesan – was braucht man mehr?« Jerry blickte verzückt gen Himmel.
»Offensichtlich bist du ein Italienfan«, bemerkte Lucy

trocken und fügte rasch hinzu, als Jerry tief Luft holte, um zu einem neuen schwärmerischen Wortschwall anzusetzen: »Du musst mir nach dem Essen alles darüber erzählen.«

»Ja, lass uns zu Maggie hinausgehen«, sagte Jane und reichte ihm ein hohes Glas. Ein Stück Zitrone schwamm in dem sprudelnden Inhalt. »Wir dürfen sie nicht so lange allein lassen.«

Maggie saß auf der Terrasse und blickte auf den Rasen hinaus. Sie trug ihr langes Haar jetzt offen und fuhr sich müßig mit den Fingern durch die Locken.

»Ahoi!«, rief Jerry, als er näher kam. »Hallo, Maggie. Wie schön, dich zu sehen!«

Verdutzt drehte Maggie sich zu ihm um. Ihre Augenlider flatterten, als Jerry sich herabbeugte, um sie zu küssen, als müsse sie sich bemühen, vor seiner körperlichen Nähe nicht zurückzuzucken. »Hallo, Jerry«, erwiderte sie, zu Janes Erleichterung mit einem Lächeln. »Wie geht's denn so?«

»Super, einfach super! Bei mir hat sich nicht viel verändert – ich knie immer noch anbetend am Schrein der irdischen Schönheit in Gestalt meiner Galerie.«

»Aber natürlich. Wie nett.«

Sie setzten sich zu ihr. Maggie hatte die Füße hochgezogen und kuschelte sich wieder in den schmiedeeisernen Gartenstuhl. Das Metall wirkte kalt und unnachgiebig vor ihrer runden Gestalt. Trotz des warmen Tages hatte sie sich eng in ihre Strickjacke gewickelt, und lange Haarsträhnen hatten sich in den flauschigen Wollfasern verfangen. »Hast du noch mehr Wein mitgebracht, Jane?« Maggie wies auf ihr leeres Glas.

»Oh, nein, habe ich nicht. Soll ich noch welchen holen?«

»Das wäre wahnsinnig nett.«

Jane kehrte in die Küche zurück, wo Lucy gerade Paprikaschoten unter den Grill legte. »Wie läuft es?«, fragte sie, als ihre Mutter hereinkam.

»Hm – weiß nicht so genau. Irgendwie wittere ich Gefahr. Jerry versucht charmant zu sein, aber er wird sie zur Weißglut bringen, ich weiß es. Ich fürchte, das war keine besonders gute Idee.« Sie holte den Wein aus dem Kühlschrank. »Also, zurück in die Schlacht...«

Lucy, die verfolgte, wie die Haut der Schoten dunkel wurde und Blasen warf, blickte auf und grinste. »Viel Glück, Colonel. Wir sehen uns daheim in England...«

Aber als Jane auf die Terrasse zurückkehrte, schien alles recht gut zu laufen. Maggie und Jerry unterhielten sich leise, und als sie näher kam, stellte sie erleichtert fest, dass sie ein wenig kontroverses Thema beim Wickel hatten: den Garten. Beide bewunderten ihn. Zumindest Jerry tat das, und Maggie stimmte ihm zu, soweit Jane das beurteilen konnte.

»Ist es nicht schön, dass wir den Garten in Ruhe und Frieden genießen können!«, rief Jerry aus. »Also, Jane, reich mir den Wein! Ich bin fertig mit meinem Aperitif.«

Wie es schien, hatte Jerrys Munterkeit eine gänzlich andere Wirkung, als von ihm beabsichtigt. Je aufgeräumter er sich gab, desto tiefer schien Maggie sich in sich selbst zu verkriechen, und ihre Äußerungen wurden immer heftiger und schärfer. Als sie sich schließlich alle zum Essen hinsetzten, auch Alec und Lucy, barg sogar das harmloseste Thema Konfliktpotential. Ein Kompliment an die Köchin führte zu einer Diskussion über Lebensmittel und deren Anbau und Vermarktung, und während Maggie versuchte, eine politische Debatte in Gang zu setzen, machte Jerry sie rasend, indem er fröhlich Sätze äußerte wie: »Ach, die Bauern sind sicher alle ganz süß!« oder »Ich liebe Pfirsiche, und es ist mir egal, ob sie mit dem Flugzeug aus Israel eingeführt werden oder nicht. Ein Glück für uns, kann ich nur sagen.«

Jane versuchte das Gespräch, so gut es ging, auf unverfängliche Themen zu lenken, aber sie erkannte, dass Maggie auf Streit aus war. Sie wollte sich streiten, und was Jerry auch sagte, sie vertrat die genau entgegengesetzte Position. Was nicht weiter schwer war, da Jerry sich darin gefiel, frivole, unverhohlen konservative Ansichten vorzubringen. Lucy folgte Janes Beispiel und versuchte, die geladene Atmosphäre zu entschärfen, während Alec schnell und schweigend aß und sich dann unauffällig entfernte.

Es trübte sich ein, und Maggie kuschelte sich immer tiefer in ihre Strickjacke und hielt ihr Glas mit beiden Händen umklammert, als würde es sie irgendwie wärmen. Sie wirkte blass und zerbrechlich, und wenn sie nicht gerade sprach, runzelte sie die Stirn.

»Alles in Ordnung?«, fragte Jane. Soweit sie wusste, trank Maggie nie viel, aber heute schüttete sie den Wein nur so in sich hinein.

»Mir geht es gut«, sagte Maggie leise. »Nur ein bisschen Kopfschmerzen, das ist alles. Wirklich, kein Grund zur Sorge.«

»Also, wenn das nicht einfach vollkommen ist«, sagte Jerry, ohne auf die Frauen zu achten. »Das Essen war köstlich, Lucy. Und hier sitzen wir und können diesen schönen Tag im herrlichen Rawlston genießen.« Er blickte am Haus hoch, das hinter ihnen aufragte; die Fenster, die den Himmel widerspiegelten, waren blaugrau. »Ich finde, wir sollten einen Toast auf diesen wunderbaren Ort ausbringen.« Er erhob sein Glas. »Auf Rawlston und Jane, und mögen sie und all die anderen Fieldings, ihre Kinder, Enkel, *et al, ad infinitum*, et cetera, et cetera, hier bis ans Ende ihrer Tage glücklich leben!« Schwungvoll schwenkte er sein Glas und nahm dann einen großen Schluck.

Maggie beugte sich vor, die Augen plötzlich lebendig. »Das

ist ja so verdammt typisch! Ich kann gar nicht glauben, dass ich mir diesen Scheiß anhören muss. Ich hasse all das«, stieß sie wütend hervor, spuckte ihm fast ins Gesicht. »Warum müssen wir uns immer so verschanzen? Warum haben wir es so nötig, alles angenehm und weniger beängstigend zu machen? Es ist lächerlich, dass wir so viel Wert auf Familiensitze und Familiennamen legen. Das gehört alles abgeschafft – Nationen und Namen, gute Adressen, ethnische und Klassenschranken und all dieser verdammte Scheiß, damit wir einfach die sein können, die wir sind.«

Jerry blinzelte und sagte dann in überraschtem Ton: »Oh. Nun ja.«

»Es macht mich ganz krank, ehrlich, wie ihr euer Glück feiert und euch darüber freut, den Rest der Welt ausgeschlossen zu haben – nein, wie ihr *plant*, den Rest der Welt auszuschließen. Für immer, wenn ihr könnt. Seht ihr denn nicht, wie verkehrt das ist, wie alles, an das ihr glaubt, dem Glück einiger weniger dient, wie sehr ihr die Mehrheit verachtet? Oh, ihr haltet euch ja für so fromm, wenn ihr voller Selbstgerechtigkeit in die Kirche geht und für die Armen, Kranken und Einsamen betet – Hauptsache, ihr werdet nicht mit solchen Leuten belästigt.«

»Ich finde, das ist ein bisschen hart«, erklärte Jane.

Sofort wandte Maggie sich gegen sie. »Du bist genauso schlimm wie diese armselige Karikatur von einem Mann – tu bloß nicht so.«

»Was meinst du damit?«

»Du stehst doch für alles, was in dieser Gesellschaft falsch läuft. Egoismus, Privilegien, Klassensystem.«

»Das ist nicht fair – wie kannst du so was sagen? Du weißt doch gar nichts über mein Leben!«, rief Jane. »Alles, was du sagst, beruht auf deiner Vorstellung davon – du hast dir nie die Mühe gemacht, mal genauer hinzuschauen. Du bist doch genauso schlimm, genauso vorurteilsbeladen. Du würdest nicht mal im Traum daran denken, andere Leute so zu verurteilen wie mich, und du glaubst, du dürftest das, weil ich in diesem Haus lebe. Du glaubst, das gibt dir irgendwie das Recht, mich und meine Freunde wie Dreck zu behandeln.«

»Ach, red doch kein Blech!«, höhnte Maggie. »Mein Herz blutet. Ich kann es keine Minute länger ertragen, euch beiden zuzuhören. Alles ist so schön und wunderbar und herrlich. Was weißt du schon über die wirkliche Welt, über Leid, Verlassenheit oder *Trauer*.«

Jane schnappte nach Luft. Sie fühlte sich, als hätte man ihr ins Gesicht geschlagen. Lucy starrte ihre Tante mit grimmiger Miene an. »Wie kannst du so was sagen, Mags?«

Maggie sprang auf, schob ihren schmiedeeisernen Stuhl zurück und schrie fast hysterisch: »Ihr könnt mich doch alle mal!« Sie drehte sich auf dem Absatz um und rannte ins Haus zurück, während die anderen ihr nachsahen.

Jerry ging bald darauf. Die Stimmung des Tages war so verändert, dass sie nicht einfach weitermachen konnten. Maggies Ausbruch hatte alle schockiert, besonders Jerry, der die näheren Umstände nicht kannte. »Wie kann sie es wagen?«, flüsterte er, empört um Janes willen, als er ihr einen Abschiedskuss gab. »Worüber hat *sie* sich wohl zu beklagen, das wüsste ich doch gern.«

Jane schwieg, und nachdem er gegangen war, saß sie lange im Küchengarten auf einer umgedrehten Kiste vor dem Gewächshaus. Sie nahm Toms Brief aus der Tasche und betrachtete ihn erneut. Die Erinnerung an die gemeinsam verbrachte Nacht ließ sie nicht los. Zuerst hatte sie jeden Gedanken daran vermieden, aber jetzt konnte sie kaum an etwas anderes denken. Es war so ganz anders als alles, was

sie nach Theo erlebt hatte; die Lust, umso süßer, weil sie gänzlich unerwartet kam, hatte irgendwie ihre Haut erweckt. Es beeinflusste die Art, wie sie sich bewegte, wie sie ging, wie sie ihr Haar bürstete: Alles war wie elektrisch aufgeladen, und statt sich abzuschwächen, wie sie erwartet hatte, wurde das Gefühl immer stärker.
Maggies Vorwurf, Jane wisse nichts von Trauer, hatte sie tief verletzt und in seiner Ungerechtigkeit erbittert, und doch, als sie jetzt über den Garten hinweg und am Haus hochschaute und die kühle Luft einatmete, fand sie plötzlich, dass ihre Schwester so Unrecht gar nicht hatte – jedenfalls war ein Körnchen Wahrheit an der Behauptung. Maggies Schmerz war ganz frisch, während sie, Jane, das alles schon vor langer Zeit durchgestanden hatte. Sie trauerte noch um ihren Mann und würde es immer tun, aber es war lange her, und sie war jetzt so weit, loslassen zu können. Es war das erste Mal, das sie so empfand – die Trauer war der Mittelpunkt ihres Daseins gewesen, der Sinn ihres Lebens. Aber nun pulsierte ihr Körper wieder, und es war ein Gefühl, an das sie sich allmählich erinnerte, das sie langsam zu erkennen begann. Ihr Körper sagte ihr, dass sie am Leben war und die Chance beim Schopf packen sollte, solange sie die Möglichkeit dazu hatte.
Sie beschloss, ganz ruhig und kühl, nach Oxford zu fahren, zu Tom.

Bella konnte es kaum erwarten, dass ihre Familie aus dem Haus war, damit sie den Computer hochfahren und nachsehen konnte, ob sie Post bekommen hatte. Es war keine neue Nachricht da, aber sie versuchte, nicht zu enttäuscht zu sein. Sie durfte nichts überstürzen. Sie musste diese Atempause nutzen, um sich zu überlegen, was sie da tat, um alles gründlich zu durchdenken. Schließlich, dachte sie, bin ich kein impulsives junges Mädchen mehr. Ich bin eine erwachsene Frau, verheiratet und mit Kindern. Ich kann es mir nicht leisten, Dummheiten zu machen – so gern ich es auch würde.

Sie versuchte sich stattdessen auf die Arbeit zu konzentrieren, zu akquirieren und nach weiteren Firmen zu suchen, denen sie ihre Dienste anbieten konnte. Dann, ganz spontan, wählte sie Nickys Büronummer. Sie hatten seit Ewigkeiten nichts mehr voneinander gehört. Natürlich hatten sie in Verbindung bleiben wollen, aber die Zeit war so schnell vergangen, und keine ihrer Freundinnen hatte es geschafft, mehr zu tun, als ihr gelegentlich eine forsche, muntere Mail zu schicken, des Inhalts, sie seien furchtbar beschäftigt, würden sich aber bald mal melden, sie könnten es gar nicht erwarten, sie wiederzusehen, und sie müssten wirklich mal einen Termin ausmachen. Natürlich wurde nie was daraus.

»Nicky Morrison«, meldete sich eine knappe, geschäftsmäßige Stimme.

»Nicky, hier ist Bella. Ich hoffe, ich störe nicht gerade.«

Die Stimme der Freundin entspannte sich. »Bells! Wie schön! Wie geht es dir? Wie bekommt dir das Landleben?« Dann fuhr sie zerknirscht fort: »Es tut mir leid, dass ich es noch nicht geschafft habe, dich zu besuchen. Ich würde gern mal kommen, wirklich, aber ... tja, die Zeit vergeht so schnell, und es ist immer so viel zu tun –«

»Ich weiß, ich weiß. Das macht nichts. Eigentlich rufe ich an, um meinen Besuch anzukündigen.«

»Wirklich? Das wäre ja wunderbar! Wann denn?«

»Ich weiß noch nicht genau, aber ziemlich bald. Kann ich mich noch mal melden, wenn ich eine genauere Vorstellung habe?«

»Aber natürlich, Engelchen. Du weißt, für dich würde ich

alles andere absagen. Aber jetzt erzähl doch mal von dem Haus und den Kindern und allem ...«

Als Bens E-Mail eintraf, erfüllte sich alles, was Bella sich hätte erhoffen können. Die Lektüre sandte lustvolle Schauer über ihren Rücken und rief ihr ihre wilde, glühende Intimität in Erinnerung. Er würde sie wahnsinnig gern wiedersehen, schrieb er. Wann sie sich freimachen könne? Sie schickte ihre Antwort sofort ab.

Gott, ja, es war all das und mehr. Wir müssen uns wiedersehen, so bald wie möglich. Ich glaube, ich könnte eine Fahrt nach London arrangieren, diese oder nächste Woche. Wie steht es mit dir? Lass mich wissen, wann es dir am besten passen würde. Bxxxx

Ab ging die Nachricht, landete unverzüglich bei Bens geheimer E-Mail-Adresse und zog sie weiter in diesen unmöglichen, unwiderstehlichen Schlamassel hinein. Saß sie wirklich vor dem Computer, versendete Briefe an ihren Liebhaber und verabredete heimliche Treffen mit ihm? Das war doch furchtbar! Aber so wollte sie nicht denken. Sie wollte nicht einen Schritt zurücktreten, sich selbst beobachten und anfangen, alles zu werten und zu verurteilen. Es war viel angenehmer, in Gefühlen zu schwelgen, alle Bedenken weit wegzuschieben und sich zu erlauben, es zu genießen. Wir haben schließlich nur ein Leben!, dachte sie. Warum soll ich mir nicht nehmen, was ich haben kann?

»Ich dachte, ich fahre mal nach London, um Nicky zu besuchen«, sagte sie nach dem Abendessen beiläufig zu Iain. Sie saßen in kameradschaftlichem Schweigen im weichen Licht der Lampe, hörten Musik und lasen; die Kinder waren oben im Bett. Es kostete Bella eine ungeheure Anstrengung, die Stille mit ihrer Lüge zu durchbrechen. Einmal ausgesprochen, hing sie in der Luft und verseuchte die gemütliche häusliche Atmosphäre mit heimtückischem Gift.

Iain blickte von seinem Buch auf. »Tu das, Schatz. Das wird bestimmt nett. Ihr habt euch lange nicht mehr gesehen, oder? Wann wolltest du fahren?«

»Nächste Woche. Mittwoch«, sagte sie. Das war der Abend, den Ben vorgeschlagen hatte. Dann könne er sich freimachen, hatte er geschrieben, das wäre gut mit seinem Terminkalender zu vereinbaren. »Ich wollte so gegen Mittag losfahren, damit ich mich vor dem Treffen mit Nicky noch ein bisschen in der Stadt umschauen kann. Ich glaube, es wäre am besten, wenn ich über Nacht bleibe. Ich könnte Trudy fragen, ob sie auf die Kinder aufpasst, bis du von der Arbeit kommst.«

»Schön«, sagte Iain. Er wirkte wohlwollend und freundlich. »Es wird dir gut tun, mal rauszukommen.«

Sie lächelte ihn an, insgeheim enttäuscht. Sie hatte auf Widerstand seinerseits gehofft, den sie hätte überwinden müssen, weil sie dann in Wut geraten wäre. Seine unwissentliche Komplizenschaft war wie ein ekliger kleiner Wurm, der sich in ihrem Magen wand. »Ja«, sagte sie, etwas traurig.

»Aber sei vorsichtig mit der Kreditkarte«, fügte er hinzu. Was ein bisschen half.

Alles wurde problemlos arrangiert. Vielleicht war sie ja gut in so etwas. Vielleicht war das ihre wahre Berufung: eine heimliche Liebesaffäre zu haben. Vielleicht, berichtigte sie sich, sollte sie es eher eine Bettgeschichte nennen. Aber das klang so kalt und fing die prickelnde Wärme nicht ein, die sie empfand, wenn sie daran dachte.

Die Tage krochen dahin, aber bei der gesteigerten Intensität, in der sie lebte, machte ihr das nichts aus – sie genoss die Vorfreude auf die Nacht mit Ben, die langsam, aber stetig näher rückte. Jeden Tag brachte sie die Kinder bis zum Ende der schmalen Straße. Die kräftigen Farben ihrer Jacken leuchteten absurd bunt vor den Grün- und Brauntönen der Hecken und Felder. Die Ferien waren zu Ende, die Farben des Sommers verblichen, und es war unverkennbar, dass bald Herbst sein würde: An den Brombeersträuchern hingen dunkle Früchte zwischen den Dornen, und auf dem Boden lag eine dicke Schicht abgefallenen Laubs.
Auch am Montagmorgen begleitete sie die Kinder zum Schulbus. Sie schritt schnell aus, einen Spazierstock in der Hand, den Iain aus einem im Wald gefundenen Ast geschnitzt hatte, während Katie und Christopher vor ihr her radelten und dann und wann anhielten, um auf sie zu warten, weil sie ihr etwas zurufen oder ihr etwas zeigen wollten, das sie entdeckt hatten.
»Auto!«, rief sie, als sie ein Motorengeräusch hinter sich hörte. Die Kinder fuhren an den Rand des Heckenwegs und stiegen ab. Bella trat auf den schlammigen Grasstreifen – das Wochenende war kalt und nass gewesen, und überall standen ölige khakibraune Pfützen. Das Gras war durchnässt, und die Erde darunter kam zum Vorschein wie eine kahle Stelle in sich lichtendem Haar. Der Mini fuhr langsam vorbei, vorsichtig wegen der rutschigen Straßenoberfläche und der wassergefüllten Schlaglöcher. Durch das Autofenster konnte sie erkennen, dass Emma Clarke am Steuer saß. Bella winkte und bekam ein Lächeln und ein angespanntes kleines Winken zurück. Dann hatte das Auto die Kinder passiert und setzte seinen langsamen Weg zur Hauptstraße fort.
Wo sie wohl hinwill?, dachte Bella. Armes Mädchen!

»Kommt, ihr zwei, beeilt euch ein bisschen!«, rief sie den Kindern zu. »Sonst verpasst ihr noch den Bus.«

»Wenn Emma zurückkommt, würde ich sie gern mit etwas überraschen«, sagte Ben beim Essen zu Sam. Er war seit ihrem Streit wieder etwas aufgetaut, im Gegensatz zu Emma, die sich nach ihrem Ausbruch bei Tisch weigerte, mit Sam zu sprechen. Am Morgen war sie losgefahren, um eine Freundin in Cornwall zu besuchen. Sam bedauerte ihre Abreise nicht. Sie hatte keine Zeit für einen schmollenden Teenie, es gab dringendere Probleme. »Als Belohnung für ihre guten Prüfungsergebnisse.«

»Ach?«, sagte Sam und schob ein Stück Kalbsleber auf ihrem Teller umher. »Ja, klasse.« Aber das Thema Emma löste irgendwie nicht mehr die alte Gereiztheit bei ihr aus.

»Fällt dir vielleicht etwas ein, woran sie Spaß haben könnte? Ich würde ihr gern etwas Besonderes schenken.«

»Ähm ... Nein, eigentlich nicht. Keine Ahnung, was ihr so gefällt. Ein Opernbesuch? Keine Ahnung.« Emmas gute Prüfungsergebnisse – ätzend, dieses ewige Herumgereite auf Emmas gutem Schulabschluss. Was sollte das Theater? Jeder wusste doch, dass die Schüler das »sehr gut« heutzutage nachgeschmissen bekamen, und bei dem Geld, das die Schule gekostet hatte, konnte man das ja wohl auch erwarten. Gott sei Dank würde Emma in Edinburgh studieren, Hunderte von Meilen entfernt. Moskau wäre noch besser gewesen, aber Edinburgh war auch schon nicht schlecht.

»Die Oper. Keine schlechte Idee. Das würde ihr gefallen – ein Abend in London, ein Besuch im Royal Opera House und danach schick essen.«

»Toll«, sagte Sam und dachte, das klingt einfach grauenhaft. Sie biss sich jedoch auf die Zunge – sie versuchte immer noch, ihre angeschlagene Position wieder zu festigen. Ben verhielt sich vollkommen normal, aber jedes Mal, wenn er sie ansah, hatte sie das Gefühl, für neulich gemaßregelt zu werden, für den Champagner und das Tanzen und das, was sie gesagt hatte, obwohl es ihr doch offensichtlich in der Hitze des Gefechts herausgerutscht war und nicht ernst genommen werden konnte. Nur – sie konnte es nicht ansprechen, konnte nicht sagen, dass sie es natürlich nicht so gemeint hatte, ohne ihn wieder daran zu erinnern, und sie wollte, dass er das Ganze vergaß. So viel schuldete er ihr doch wohl. Sie verlangte selten etwas von ihm, da konnte er ihr doch wohl diesen kleinen Gefallen tun.

»Was ich noch sagen wollte, Mittwoch bin ich unterwegs«, meinte Ben leichthin.

Sofort war sie auf der Hut. »Ach ja? Wo willst du denn hin?«

»Nach London. Ich habe am Nachmittag ein Meeting, das wahrscheinlich länger dauern und mit einem feuchtfröhlichen Gelage enden wird. So läuft das meistens bei den Leuten von Janssen's.«

»Ach so.« Sie betrachtete die erstarrende Sauce auf der mittlerweile kalten Leber. Dann sagte sie munter: »Was hältst du davon, wenn ich mitkomme? Ich muss sowieso was in London besorgen. Wir könnten uns doch eine schöne Zeit zusammen machen.«

Bens Augen waren verschleiert und unergründlich. »Gern, wenn du willst, aber viel Spaß wirst du nicht haben. Wahrscheinlich nehme ich mir nur ein Zimmer im Holiday Inn, nichts Besonderes also, und vermutlich komme ich gegen halb eins besoffen reingetorkelt. Ich würde mich besser fühlen, wenn ich nicht denken müsste, dass du wach bleibst und auf mich wartest. Vielleicht übernachte ich auch einfach bei einem Freund auf dem Fußboden.«

»Oh. Okay«, sagte Sam, und etwas in ihr wurde zu Stahl. Es war also genauso, wie sie angenommen hatte. Gut, dachte sie grimmig, wenn du Spielchen spielen möchtest, bitte! Kannst du haben.

Am nächsten Tag rief sie in Holly Lodge an. Bella nahm schon beim dritten Läuten ab.
»Hi, wie steht's denn so?«, fragte Sam munter. »Hör zu, Ben muss diese Woche weg, und ich bin ganz allein. Warum kommst du nicht am Mittwoch rüber, und wir Mädels machen uns einen schönen Abend, trinken Wein, gucken einen Film und machen uns die Nägel oder so was.«
»Das klingt sehr nett«, sagte Bella. »Es ist nur … am Mittwoch kann ich nicht. Ich besuche meine Freundin Nicky – habe ich dir mal von ihr erzählt? Sonst wahnsinnig gern. Machen wir es doch ein andermal.«
»Oh, ja, klar. Wenn du schon was vorhast«, sagte Sam geschmeidig. »Ich nehm dann wahrscheinlich einfach ein ausgiebiges Bad und leg mich früh hin.«
Ja, das wette ich, dass du schon was vorhast, dachte sie grimmig, als sie aufgelegt hatte. Sie saß da und starrte auf das Telefon, einen ekligen, bitteren Geschmack im Mund. Bella hätte es sich zweimal überlegen sollen, bevor sie sich mit Sam anlegte. Das würde nicht der Spaziergang werden, den sie offensichtlich erwartete. Von irgendwo kam das irritierende Brummen des Staubsaugers. Diese Trudy wäre gut beraten, sie heute nicht anzusprechen. Sie musste über einiges nachdenken.

Siebzehn

Als ihre Entscheidung einmal getroffen war, hielt Jane sich nicht damit auf, noch mit jemandem zu reden. Sie ging direkt in ihr Zimmer, packte ein paar Sachen zusammen und verließ das Haus. Das sah ihr überhaupt nicht ähnlich; normalerweise legte sie großen Wert darauf, dass alle wussten, wo sie hinwollte und wann sie zurückkommen würde – aber irgendwie war ein Faden gerissen, und plötzlich waren sie ihr alle ganz egal, jedenfalls im Moment.

Auf der Fahrt nach Oxford hatte sie innerlich auf Autopilot geschaltet und nahm kaum etwas von der Landschaft wahr. Sie stellte den Wagen im stinkenden, düsteren Parkhochhaus ab und marschierte durch die dichten Menschentrauben auf der Queen Street zu Toms College. Ob er wohl da sein wird?, überlegte sie, als sie sich den Mauern mit den abschreckenden Zinnen und dem winzigen Eingangstor näherte, das von einem Melone tragenden Pförtner bewacht wurde. Eigentlich konnte ihr Glück kaum anhalten. Erst war Tom an jenem Tag im Innenhof auf sie gestoßen, und dann war er in seiner kleinen Turmstube gewesen, als sie bei ihm anklopfte. Sie wagte kaum darauf zu hoffen, dass er auch diesmal zu Hause sein könnte.

Sie passierte den Pförtner, ohne aufgehalten zu werden; ihr zielstrebiges Ausschreiten überzeugte ihn offenbar, dass sie keine Touristin war, sondern eine rechtmäßige Besucherin,

die Zutritt zum College hatte. Unverzüglich stieg sie zu Toms Zimmer hinauf.
Natürlich, war ja klar, dachte sie, als auf ihr Klopfen keine Antwort kam. Sie zögerte. Sie fürchtete, die verwegene, befreite Stimmung, in der sie sich befand, könne sich wieder verflüchtigen und mit ihr der Mut, aber wer konnte sagen, wie lange Tom fortbleiben würde?
Sie verließ das College durch den Hinterausgang und streifte durch die Stadt. Eine Stunde verbrachte sie im Ashmolean Museum und betrachtete die Gemälde, dann kehrte sie im selben Tearoom auf der High Street ein, in dem sie und Tom an jenem Nachmittag gewesen waren, fast als hoffe sie, ihn dort zu treffen. Aber er befand sich nicht unter den Gästen, die nach ihrem Einkaufsbummel den Nachmittagstee einnahmen. Sie zahlte, verließ das Lokal und ging zum College zurück, ganz kurzatmig vor Aufregung. Was würde er denken, wenn er sie vor der Tür stehen sah? Würde er böse sein wegen ihres Verhaltens an jenem Morgen? Sie hatte sich natürlich auch ganz furchtbar benommen, aber sie war praktisch im Schockzustand gewesen, verwirrt durch das Geschehene, völlig aufgelöst. Sie hoffte, er würde ihr vergeben.
Seine Tür blieb fest geschlossen, als sie erneut bei ihm anklopfte, atemlos vom Treppensteigen. Da half nun nichts. Sie setzte sich hin, um auf ihn zu warten.

Stampfende Schritte auf der engen Holztreppe ließen Jane aufspringen, plötzlich ganz nervös. Kurz darauf erschien Tom; er sah unerträglich jung aus in seinen Jeans und einem roten Hemd. Er blieb unvermittelt stehen, als er sie sah, und starrte sie an, ohne zu lächeln.
»Hallo«, sagte sie. »Es tut mir leid wegen neulich. Es war einfach schrecklich von mir. Ich bedaure es sehr.« Sie hielt

inne, denn sie wusste nicht, was sie noch hinzufügen sollte und ob es überhaupt Sinn hatte, mehr zu sagen; sie wusste nicht, ob er ihr vergeben hatte oder nicht.
Nach einer langen Pause sagte er: »Du kommst besser rein.«

»Ich kann nicht so tun, als hätte mich dein Verhalten nicht verletzt«, sagte er, als er ihr einen Kaffee machte. Sie wollte eigentlich gar keinen Kaffee, aber es erschien ihr unhöflich, sein Angebot abzulehnen. »Du warst sehr kalt.«
»Ich weiß. Ich wollte nicht kalt sein – so habe ich auch überhaupt nicht empfunden –, aber ich verstehe schon, dass es so rüberkam.«
Tom setzte sich ihr gegenüber hin und beugte sich angespannt vor. »Hat es dir denn überhaupt nichts bedeutet?«
»Oh, Tom ... Das war ja das Problem. Ich weiß nicht, wie ich es dir erklären soll – es hat mir zu viel bedeutet in gewisser Weise. Darauf war ich überhaupt nicht vorbereitet, und du musst verstehen, dass mein Leben lange Zeit sehr ... ruhig war. Es war ein richtiger Schock für meinen Organismus.«
»Und warum bist du jetzt hier?«
»Ich hatte reichlich Gelegenheit, über alles nachzudenken. Und zu fühlen. Etwas zu erkennen. Ich weiß nicht, was ich will, aber ich fange langsam an zu begreifen, dass ich mich nicht davor fürchten darf, dass etwas passiert. Verstehst du, was ich meine? Ich habe mich so lange gegen jede Veränderung gesträubt und mich von der Außenwelt abgeschirmt, dass es mir schwer fällt, Veränderungen zuzulassen. Aber ich möchte es, ganz bestimmt.«
»Und welche Rolle spiele ich dabei?«
Sie errötete. »Ich weiß nicht genau, was ich von der Sache halten soll. Wir sind so unterschiedlich, uns trennt so vieles. Wahrscheinlich wäre die Liste unserer Ähnlichkeiten viel

kürzer als die Liste unserer Unterschiede. Aber eins weiß ich: Es hat mir gefallen, was zwischen uns geschehen ist ...« Es fiel ihr schwer, die Worte auszusprechen. »Sogar sehr. Es hat mir sehr gefallen.« Bei den letzten Worten hatte sie auf den Teppich gestarrt, aber jetzt riskierte sie einen Blick, um zu sehen, wie er reagieren würde. Sein Gesicht war immer noch ausdruckslos. Sie wusste nicht, ob er gleich wütend werden und sie hinauswerfen oder in lautes Gelächter über ihre Frechheit ausbrechen würde.

Sie kam sich albern vor. Warum sollte ihn interessieren, was sie zu ihrer Erklärung vorzubringen hatte? Er hatte wahrscheinlich den ganzen Tag mit hübschen Studentinnen verbracht und die Gesellschaft von Frauen seines Alters genossen, Frauen ohne Falten, graues Haar, mürrische Kinder und andere Altlasten. Sie wollte gerade aufstehen und gehen, als er sagte: »Tja, wenn es dir gefallen hat und mir ebenfalls ... Was hindert uns?«

Ein Einzelbett!, dachte sie mit belustigtem Entsetzen. Wann hatte sie das letzte Mal in einem Einzelbett geliebt? Irgendwann Ende der siebziger Jahre? Auf einer Seite wurde sie gegen den kühlen Verputz der Wand gequetscht, auf der anderen gegen Toms feuchtheißen Körper, aber es war nicht unbequem. Es gefiel ihr sogar, dass ihre Körper so eng zusammengepresst waren. Durch das Fenster über dem Schreibtisch konnte sie das Dach der Gebäude auf der gegenüberliegenden Seite des Innenhofs sehen, das sich gegen den Abendhimmel abzeichnete. Tom hatte den Mund an ihren Hals gedrückt und strich träge mit der Hand über ihren Arm, glättete ihre Haut.

»Es ist schon spät«, sagte sie. »Ich sollte langsam zurückfahren.«

»Warum?«, fragte er mit leicht gedämpfter Stimme.

»Warum? Weil ich muss. Sie werden sich fragen, wo ich bleibe.«

»Sie sind alle erwachsen, oder?« Sie konnte jedes Härchen seiner Augenbrauen erkennen, die dunklen Bartstoppeln auf seinen Wangen, den Lichtschimmer auf seinem Nasenrücken. »Also wieso musst du unbedingt zurück?«

Sie verdaute das erst mal und versuchte sich ihre Familie vorzustellen: Alec hockte wahrscheinlich mit einer Dose Bier vor dem Fernseher, während Lucy wohl gerade auf dem Weg zur Arbeit oder in ihrem Zimmer war. Maggie ... Tja, keine Ahnung. Schlief vermutlich. Suchte Streit. Wanderte umher, alles und jeden hassend. Arme Maggie, dachte sie. Ihre eigene schwelgerische, sinnliche Glückseligkeit ließ eine neue Welle des Mitgefühls für ihre Schwester in ihr aufsteigen. Sie, Jane, hatte so viel, während Maggie befürchtete, die elementare, grundlegende, ganz natürliche Erfahrung der Mutterschaft nie machen zu können. Kein Wunder, dass sie voller Zorn und Bitterkeit war und wild um sich schlug.

»Ich sollte Essen machen«, sagte sie lahm.

Tom begann zu lachen; sein Brustkorb bebte.

»Essen machen?«, fragte er in schockiertem Tonfall. »Oh, ich bitte dich! Lass sie sich doch selber was machen, meine Güte! Willst du mich wirklich verlassen, um Spaghetti für erwachsene Kinder zu kochen, die es dir sowieso nicht danken werden?«

»Du hast Recht.«

Er drückte den Mund an ihr Ohr und küsste es. »Bleib bei mir«, murmelte er. »Bleib heute Nacht hier.«

»Das kann ich nicht ... Ich muss zumindest anrufen.«

»Jane.« Er zog sich etwas zurück und schaute sie ernst an. »Hör auf damit! Hör auf, an sie zu denken! Denk doch mal an dich. Wir können später anrufen, wenn du willst. Aber im Augenblick wollen wir sie mal vergessen. Ich will dich ganz für mich …«

Abends um elf standen sie auf und gingen in ein Restaurant, blieben so lange, wie die Kellner sie ließen, redeten und tranken. Dann kehrten sie in Toms Zimmer zurück und schliefen aneinander geschmiegt in dem schmalen Bett ein. Der nächste Morgen war klar und heiter, und Jane fühlte sich energiegeladen, voller Überschwang und Erwartung, als sie in dem kleinen Bad auf der Etage duschte, das Tom mit zwei Kommilitonen teilte.

»Du bleibst doch heute hier, oder?«, fragte Tom besorgt. »Fahr noch nicht nach Hause. Komm, lass uns zusammen frühstücken.«

Nach einem Frühstück im Queen's Lane Coffee House gingen sie in den Botanischen Garten, unablässig redend. Sie hatten einander so viel zu sagen. Sie verstummten erst, als Tom sie am Flussufer unter eine Weide zog und lange und hart küsste. Dann kehrten sie hastig in sein Zimmer zurück, um sich nicht in aller Öffentlichkeit ungebührlich zu benehmen. Der Nachmittag verrann in der ruhigen, leidenschaftlichen Intimität seines Zimmers, und es wurde wieder Abend, bevor sie daran dachten, das Bett zu verlassen.

»Das ist sehr verführerisch, wirklich«, sagte Jane und steckte das Laken um ihre Brust fest.

»Oh, vielen Dank.«

»Oh! Du bist natürlich auch sehr verführerisch … Aber ich meinte eigentlich dieses Leben. Es ist so sorglos. Du hast keine Verpflichtungen, nichts, was du unbedingt tun müsstest.«

Er zuckte mit den Achseln. »Es ist das Leben eines Studenten, der in den Semesterferien nicht jobben muss. Ich arbeite so viel, dass ich gerade noch durchkomme, und der Rest meiner Zeit gehört mir.«

»Es ist einfach wunderbar«, sagte Jane. Sie fuhr ihm mit der Hand durchs Haar. »Aber ich kann nicht für immer in diesem Traumland bleiben. Ich muss nach Hause – ich habe seit gestern nichts von mir hören lassen.«

»Ruf an.« Er wies auf das Telefon. »Ruf an und bleib hier.«

»Nein.« Sie wollte diesen Raum, in dem es nur sie beide gab, nicht dadurch beflecken, dass sie in irgendeiner Weise ihre Familie mit hineinbrachte. »Nein, ich muss gehen.« Trotz seiner Proteste griff sie nach ihren Sachen.

Es war schon dunkel, als sie vor dem Haus hielt und an der Vorderfront hochblickte. Es war ihr sehr vertraut, aber heute sah sie es mit neuen Augen, dieses riesige, schöne Gebäude mit seinen anmutigen Fenstern. *Wohne ich wirklich hier? Wie ist es gekommen, dass ich in so einem Haus wohne?* Ihr Leben hatte eben diesen Weg genommen und sie hierher geführt. Lange Zeit war es ihr vorgekommen, als sei dies das Ende ihres Weges. Aber jetzt fragte sie sich, ob vielleicht doch noch etwas dahinter lag, ob doch noch etwas danach kommen würde. Das Haus hatte schließlich niemals wirklich ihr gehört. Es würde nie ihr gehören, sosehr sie es auch wünschen mochte. Wir haben in diesen Häusern keine bleibende Stätte, wir reisen nur hindurch und hinterlassen sie für die Zukunft.

Plötzlich wurde die Vordertür aufgerissen, und goldgelbes Licht aus der Eingangshalle fiel auf den Vorplatz. Eine Gestalt schoss heraus und kam über den Kies auf sie zugerannt, und Jane sah, dass es Maggie war. Jane öffnete die Wagentür. Maggies blasses Gesicht schaute herein. »Jane! Gott sei Dank, du bist zurück! Wir haben uns solche Sorgen gemacht.«

»Habt ihr das?«
»Aber natürlich! Warum hast du denn nicht angerufen?«
»Ist das Mama?« Das war Lucys Stimme, und schon kam sie aus der Tür und lief auf sie zu. »Wo zum Teufel bist du gewesen?«
Jane stieg aus, unter den halb anklagenden, halb besorgten Blicken ihrer Schwester und ihrer Tochter. »Ich bin ganz gerührt, muss ich schon sagen. Was für ein Empfang!«
»Wir wussten überhaupt nicht, wo du bist.« Lucys empörte Stimme wurde immer lauter. »Du hättest doch sagen können, dass du wegfährst!«
Als sie ins Haus gingen, weigerte Jane sich, die Fragen zu beantworten, die wie ein Trommelfeuer auf sie herabregneten, und bewahrte entschlossen Stillschweigen. In der Küche füllte sie den Kessel, um sich einen Tee zu machen. Alec kam herein, schloss sich dem allgemeinen Chor an und wollte wissen, wo sie gesteckt habe.
Jane setzte sich und musterte die Gesichter ihrer Familie. Hinter dem Gelärme und den beharrlichen Fragen entdeckte sie etwas anderes, etwas, das beinahe wie Angst wirkte. In den Augen ihrer Kinder lag eine Art verwirrter Furcht, weil ihre Mutter, ihr Eckstein, die immer für sie da war und für sie sorgte, sich um sie kümmerte, einfach ohne Erklärung verschwinden konnte. Und in Maggies Gesicht las sie so etwas wie Schuldbewusstsein.
»Ich musste mal raus, das ist alles. Ihr seid sämtlich erwachsen, ihr könnt für euch selbst sorgen. Ich hindere niemanden daran, das zu tun, was er will, also weiß ich nicht, wieso ihr mir nicht dasselbe Vorrecht einräumen solltet.« Es klang ganz nonchalant. Innerlich hätte sie fast gelacht, als sie sich an ihre Nervosität bei Tom erinnerte, ihr Beharren darauf, dass sie nach Hause müsse, um Essen zu machen. Das alles verbarg sie nun sehr gut.

»Du hättest etwas sagen können«, brach es aus Lucy heraus. »Wir sagen immer Bescheid, wenn wir über Nacht wegbleiben.«

»Wo warst du, Mama?«, fragte Alec. Seine Hände waren ineinander verschlungen. »Wo bist du gewesen?«

»Bei einem Freund«, erklärte sie. Mehr würde sie ihnen nicht verraten.

»Also, bei Jerry warst du jedenfalls nicht«, sagte Maggie. »Wir haben ihn sofort angerufen. Er hat sich ebenfalls große Sorgen gemacht. Wir waren in heller Aufregung deinetwegen.«

Jane schaute sie scharf an, und ihre Schwester senkte den Blick. »Es ist nett zu wissen, dass man so vermisst wird. Ich hatte ja keine Ahnung, dass ihr alle derart besorgt um mich sein würdet.«

Alle waren ganz eingeschüchtert von dieser neuen Jane, dieser unerwartet selbstsicheren, kühlen, reuelosen Frau, die Energie und eine Gewissheit ihrer selbst ausstrahlte.

Lucy bereitete ein spätes Abendessen zu, und sie saßen in der Küche beisammen, aßen, unterhielten sich gedämpft und vermieden es, Janes Abwesenheit zu thematisieren. Gegen elf entschuldigte Jane sich, ging ins Bett und überließ es ihrer Familie, sich einen Reim auf ihr sonderbares Verhalten zu machen.

Ihr Bett erschien nach Toms engem Einzelbett kalt und zu groß. Sie nahm ein Kopfkissen von der anderen Betthälfte, drückte es an sich und hielt es beim Einschlafen eng umschlungen.

Wie immer stand sie als Erste auf. Der Frieden in der Küche frühmorgens, wenn sie Zeit zum Nachdenken hatte und der Tag noch so viele Möglichkeiten barg, gefiel ihr. Oben regte sich noch nichts. Da klopfte es an der Küchentür, und als sie öffnete, stand Bella Balfour mit rosigen Wangen und blitzenden Augen auf der Türschwelle.

»Hallo! Ich hoffe, es macht Ihnen nichts aus, dass ich so früh vorbeischaue. Ich habe gerade die Kinder zum Schulbus gebracht, und da dachte ich, ich besuche Sie mal, wenn ich schon draußen und auf den Beinen bin.«

»Nein, überhaupt nicht.« Jane trat zur Seite, um den Besuch hereinzulassen. »Ich habe gerade frischen Kaffee gekocht, möchten Sie welchen?«

»Sehr gern.« Bella legte ihren Mantel ab. »Langsam wird es wirklich Herbst, nicht wahr? Lange habe ich überhaupt nicht auf die Jahreszeiten geachtet, aber wenn man hier lebt, ist das ganz anders.« Jane deutete auf einen Stuhl, und Bella setzte sich. »Geht es Ihnen gut?«

»Bestens. Ich habe gerade meine Schwester zu Besuch. Wenn sie gleich herunterkommt, lernen Sie sie vielleicht kennen. Und Lucy, meine Tochter, ist auch hier – Sie kennen sie vielleicht von der Party. Meine Güte, das scheint schon so lange her zu sein. Sie hat vor, per Interrail durch Europa zu fahren. Mein Sohn ist ebenfalls hier. Über Mangel an Beschäftigung kann ich also nicht klagen.«

»Oh. Ach, dann haben Sie vielleicht zu viel zu tun … ich wollte Sie eigentlich um einen Gefallen bitten …« Bella runzelte die Stirn.

»Um was für einen Gefallen denn?«

»Ich fahre morgen nach London und bleibe über Nacht – ich besuche eine Freundin –, und ich dachte, Trudy O'Reilly könnte vielleicht auf die Kinder aufpassen. Aber sie sagt, sie kann nicht, also habe ich mich gefragt, ob es Ihnen was ausmachen würde, wenn die Kinder nach der Schule ein paar Stunden zu Ihnen kämen, nur bis Iain wieder da ist. Sie werden Ihnen bestimmt keinen Ärger machen, ich verspreche es.«

Jane lächelte. »Es wäre mir ein Vergnügen. Wir nehmen sie sehr gern.«

Erleichterung spiegelte sich in Bellas Gesicht, und sie lächelte breit. Das Leuchten ihrer Augen intensivierte sich noch. »Das ist wunderbar, ich danke Ihnen sehr.«

»Sagen Sie den Kindern einfach, sie sollen nach der Schule vorbeikommen. Ich bin zu Hause. Mögen sie gern Kekse? Alberne Frage, natürlich mögen sie Kekse.« Sie schenkte eine Tasse Kaffee ein und schob sie Bella hin, zusammen mit dem Milchkännchen. »Aber erzählen Sie mir doch, wie es Ihnen ergangen ist. Sie sehen sehr gut aus.« In der Tat wirkte Bella wie verwandelt, ein ganz anderer Mensch als das unglückliche Wesen, das ihr vor so vielen Wochen die Tür von Holly Lodge geöffnet hatte. »Offenbar bekommt Ihnen das Landleben doch – oder liegt es an der Aussicht, wieder mal nach London zu reisen?«

»Nein, nein … Es gefällt mir hier. Hätte ich nie gedacht, aber es gefällt mir.«

»Es hilft natürlich, wenn man Freundschaften geschlossen hat.« Bella blickte etwas verwirrt drein, also fügte Jane hinzu: »Mrs Clarke.«

Bella wandte den Blick ab. »Oh. Ja. Sam.«

Jane schwieg, fragte sich aber, warum der Ton so wenig Begeisterung verriet.

»Ich weiß es wirklich zu schätzen, dass Sie auf die Kinder aufpassen«, sagte Bella munter. »Sie werden ganz brav sein, ich verspreche es.«

Sie blieb eine halbe Stunde und plauderte, dann meinte sie, sie müsse jetzt gehen. Jane bedauerte das. Bella war eine angenehme Gesellschaft, lebhaft und witzig. Sie neigte ein bisschen dazu, zu schnell zu sprechen und zu viel zu reden, aber da es meistens sehr amüsant war, was sie sagte, spielte das keine Rolle.

»Sie müssen wiederkommen«, sagte Jane, als Bella sich verabschiedete. »Wirklich, ich meine es ernst.« Sie hatte das Gefühl, sie könnten Freundinnen werden, wenn sie Zeit hatten, einander besser kennen zu lernen.

»Das werde ich. Und nochmals vielen Dank«, erwiderte Bella, stieg die Stufen hinab und ging zielstrebig ums Haus herum in Richtung Heckenweg.

»Wer war denn das?«, fragte Maggie, die gerade in die Küche kam, als Jane die Hintertür schloss.

»Bella Balfour. Sie wohnt in Holly Lodge.«

»Bella Balfour? Klingt wie eine Heldin aus einem Roman von Walter Scott.« Maggie trat zum Eisenofen, lehnte sich gegen die warme Stange und schlang ihre Hände darum. »Jane ... Ich möchte dich etwas fragen.«

»Ja?« Jane setzte sich.

Maggie starrte auf ihre Füße, holte dann tief Luft und blickte auf. »Hat es an mir gelegen? Bist du wegen dem weggegangen, was ich gesagt habe?« Nach einer Pause fügte sie hastig hinzu: »Denn ich weiß, es war furchtbar von mir, das zu sagen, unverzeihlich. Ich kann gar nicht glauben, dass ich so was tun konnte. Dir an den Kopf zu werfen, dass du nicht weißt, was Trauer ist, als hättest du nach Theos Tod nicht tausendmal mehr gelitten als ich. Ich weiß nicht, was über mich gekommen ist.«

»Ist schon gut. Wirklich.«

»Nein, es ist nicht gut.« Maggies Gesichtsausdruck war gequält. »Ich weiß, wie ich mich aufgeführt habe, ich bin ja nicht blöd. Und ich weiß sehr gut, dass ich mich immer geweigert habe, deine Gefühle zur Kenntnis zu nehmen. Ich habe sie immer einfach abgetan. Mich über sie lustig gemacht, irgendwie. Weil ich wusste, du würdest es zulassen und dich nicht beklagen.« Sie fing an, an der kurzen Ofenstange hin und her zu gehen. »Ich habe dich wohl immer provoziert, um zu sehen, wie lange du es mit mir aushalten würdest. Um dich dafür zu bestrafen, dass du nicht da warst, als ich klein war. In gewisser Weise habe ich wohl versucht herauszufinden, was dich endlich bewegen würde, dich umzudrehen und zu sagen: Ach, scher dich zum Teufel! Und ich glaube, jetzt ist es mir gelungen. Ich glaube, du bist meinetwegen weggegangen. Und ich fühle mich ganz beschissen deswegen.«

Sie blieb stehen und sah Jane direkt in die Augen. »Ich wollte mich entschuldigen. Das ist alles.«

Jane war sprachlos. Maggie hatte sich noch nie bei ihr entschuldigt. Bin ich ihretwegen weggefahren?, fragte sie sich. Bin ich ihretwegen zu Tom gestürzt? Und sie erkannte, dass dem in gewisser Weise so war. Mit ihrer giftigen Bemerkung hatte Maggie ihr quasi die Erlaubnis erteilt – es war wie eine Befreiung gewesen.

Maggie setzte sich hin. Sie fuhr fort, ruhiger jetzt: »Ich weiß gar nicht, wieso ich immer so wütend auf dich war. Vielleicht, weil das Leben für dich so einfach zu sein schien. Du schienst deinen Weg zu machen, als wüsstest du genau, wohin du gehst, und du bist überall problemlos durchgekommen, als hättest du irgendein Erfolgsgeheimnis, das ich nicht besaß. Du hattest immer Glück, und für mich blieb nichts übrig.«

»Aber …« Jane war verblüfft. Erinnerungen überfielen sie. »Aber du bist so klug und intelligent, du hast studiert, du hattest ehrgeizige Ziele, hast aufregende Dinge gemacht …«

Maggie lächelte. »Schon merkwürdig, was wir sehen, wenn wir das Leben anderer Menschen betrachten, nicht wahr? Immer scheinen sie etwas zu wissen, das uns entgangen ist, immer haben sie offenbar irgendein Rezept fürs Leben, das besser ist als unser eigenes. Ich habe dich um so vieles beneidet, von deinen Kindern bis zu deiner Kochkunst. Als Theo starb, war das furchtbar für mich. Ich wollte zu dir kommen und dich trösten, aber ich wusste nicht, wie. Ich dachte, ich hätte nichts, was ich dir geben könnte. Früher hast du versucht, mich ein wenig zu bemuttern, und das fand ich einfach grässlich – du weißt sicher noch, wie garstig ich zu dir war. Also, wie konnte ich da versuchen, dich zu bemuttern? Außerdem dachte ich, wir wären zu verschieden. Ich war allmählich zu dem Schluss gelangt, dass wir verschiedenen Welten angehören.« Sie lachte ein wenig bitter. »Und dann schien das Witwendasein dir so gut zu bekommen! Du warst wie eine leidende Heilige mit deinen guten Werken, den Kirchengruppen und deinem Garten. Die Verkörperung eines Frauenbildes, gegen das ich mich immer aufgelehnt habe. Du warst genau das Gegenteil von mir – ein Grauen. Wenn dir etwas gefiel, missfiel es mir garantiert und umgekehrt.« Sie hielt inne und blickte dann fast schüchtern zu ihrer Schwester auf. »Also deshalb wollte ich mich entschuldigen. Weil ich dich ausgesprochen mies behandelt habe, und das hatte gar nichts mit dir zu tun, sondern nur mit mir selbst und meinen eigenen Unzulänglichkeiten. Kannst du mir vergeben?«

»Oh, Maggie.« Jane kam unsicher auf die Beine und ging auf ihre Schwester zu. Maggie stand auf, und sie umarmten einander, hielten sich fest umschlungen. »Aber natürlich … natürlich verzeihe ich dir.«

Bella brachte den ganzen Vormittag im Badezimmer zu. Sie ließ sich Zeit. Erst kam ein langes, genüssliches Bad in duftendem Wasser – sie hatte sich extra Rosen-Geranium-Badeöl gekauft –, eine Gesichtsmaske und eine Haarkur. Dann schrubbte sie jeden Zentimeter ihres Körpers ab, seifte alles ein und rasierte sich die Beine und Unterarme. Als sie

gründlich sauber und abgespült war, trocknete sie sich ab, trug weiße Hautlotion auf und massierte sie ein.
Es war ein bisschen albern, sich jetzt schon fertig zu machen, obwohl sie ihn erst in mehr als zehn Stunden sehen würde, aber sie wollte es. Es war Teil des Vergnügens, diese Vorbereitungen. Wann hatte sie das zuletzt für Iain getan? Wann hatte es ihn zuletzt interessiert?
Sie fuhr mit dem Auto zum Bahnhof. Iain würde heute Abend damit nach Hause fahren und es morgen früh wieder am Bahnhof abstellen, damit es auf sie wartete, wenn sie zurückkehrte. Wer würde sie wohl morgen sein? Ein vollkommen anderer Mensch?
Die Zugfahrt nach Paddington verlief glatt und stressfrei. Sie hatte einen Sitzplatz und ein Buch, und wenn sie zu aufgeregt war, um den Sätzen folgen zu können, schaute sie aus dem Fenster auf die vorüberziehende Landschaft und träumte. In London entlud der Zug alle Passagiere, und sie wurde vom Strom der Reisenden mitgerissen, die zur U-Bahn strebten. Es war erst früher Nachmittag; bis zu dem verabredeten Treffen mit Nicky blieben ihr noch mehrere Stunden. Sie fuhr mit der U-Bahn zur Oxford Street, schlenderte die Einkaufsstraße entlang und betrachtete die Schaufenster. Obwohl sie noch nicht einmal ein halbes Jahr aus London fort war, hatte sie das Gefühl, es hätte sich ohne sie weiterbewegt. War die Stadt immer so hektisch gewesen, so betriebsam? So besessen davon, den Menschenhorden, die sich an den Geschäften vorbeischoben, etwas zu verkaufen? Vielleicht bin ich wirklich mittlerweile zum Landei geworden, dachte sie. Sie fühlte sich abgesondert von allen: von den Büroangestellten, die in der Mittagspause kurz Besorgungen machten, den gaffenden Touristen und den Hausfrauen auf dem Weg zu exklusiven Kaufhäusern. Ich werde meinen Liebhaber treffen. Wir werden

uns lieben, dachte sie. Hast du das auch schon mal getan?, fragte sie in Gedanken eine Frau, die mit verschlossenem Gesicht vorbeieilte. Oder du?, erkundigte sie sich stumm bei einem geschmeidigen italienischen Mädchen. Irgendeine von euch? Heute bin ich etwas Besonderes. Heute können mich alle um mein Glück beneiden.
Sie ging zu Selfridges, verweilte länger in der Lebensmittelabteilung, schaute sich Lippenstifte in der Kosmetikabteilung an und begutachtete die Lederwaren. Sonst fühlte sie sich dabei immer ganz klein, armselig und billig, doch heute war es anders. Das musste an Ben liegen, er verlieh ihr Schwung und Mut. Sie fuhr mit dem Fahrstuhl in die Wäscheabteilung hinauf und schaute sich dort lange um, was sie sonst nie tat – normalerweise eilte sie hinein, griff sich die schlichte weiße Baumwollunterwäsche und hastete wieder hinaus. Schließlich kaufte sie sich einen BH und Slip, eine unerhört teure Garnitur. Zufrieden machte sie sich dann auf den Weg nach Soho, um Nicky in ihrem Club zu treffen.

»Du wirkst verändert, Engelchen. Die Landluft bekommt dir offenbar.« Nicky zündete sich eine Zigarette an und musterte sie abschätzend. »Du … strahlst ja geradezu.«
»Wirklich?«, fragte Bella erfreut.
»Ja, verdammt noch mal. Macht mich ganz krank.« Nicky schenkte ihr Wein nach. »Was hast du heute Abend vor? Wo wollen wir hingehen, was wollen wir machen? Ich habe die Schlafcouch für dich vorbereitet. Die Welt steht uns offen.«
»Ah. Nun, am Telefon habe ich nicht alles gesagt. Es tut mir leid, dass du extra ein Bett für mich vorbereitet hast, aber ich werde es nicht brauchen. Ich übernachte woanders. Ehrlich gesagt muss ich gegen zehn los.«

Nicky blinzelte überrascht. »Oh. Gegen zehn? Fährst du doch nach Hause?«
»Äh ... Nein.«
»Also, wohin gehst du? Mit wem triffst du dich?«, wollte Nicky wissen. »Hast du eine bessere Freundin in petto?«
»Nicht direkt eine Freundin ...«
Nicky schnappte nach Luft. »Ooh – hast du ein kleines Geheimnis? Ja? Gibt es da etwas, was du mir verschwiegen hast? Ja, gibt es, oder? Erzähl schon! Was ist los?«
»Gut, ich erzähle es dir.«
Als sie fertig war, hatte Nicky die Augen weit aufgerissen und sah vollkommen verblüfft aus. »Du hast eine Affäre?«, fragte sie ungläubig.
»Na, wenn man das eine Affäre nennen kann, den einen Nachmittag und dann heute Nacht ...«
»Verdammte Scheiße, Bella, weißt du eigentlich, was du da tust?«
»Ich ...« Sie war überrascht und bestürzt. Sie hatte sich vorgestellt, dass Nicky begeistert auf ihre pikante Klatschgeschichte reagieren würde, kichernd und wie eine Komplizin.
»Du spielst mit dem Feuer. Ich hoffe, du weißt, worauf du dich da eingelassen hast.«
»Aber ich dachte, du magst Iain nicht besonders. Ich dachte, du würdest erfreut sein.«
Nicky lehnte sich zurück und nahm einen Schluck Wein. »Ich halte dich und Iain nicht für das ideale Paar, stimmt, aber deswegen muss ich dich doch nicht anstacheln, mit dem Mann einer anderen Frau zu schlafen.«
»Aber er ... sie und er ...«
»Die Ehe kriselt? Sie verstehen sich nicht? Natürlich! Hör zu – es ist deine Sache, und ich will dich nicht kritisieren. Ich bin deine Freundin. Aber ich muss dir sagen, meiner

Erfahrung nach ist es nicht gut, sich gleichzeitig auf zwei komplizierte Situationen einzulassen. Du willst Iain verlassen? Dann verlass ihn! Und fang danach eine Affäre an. Aber dein Urteilsvermögen ist von dem fantastischen Sex beeinflusst, den du hast. Du weißt nicht mehr, was du tust. Du könntest die falsche Entscheidung treffen. Schau mal, ich kann mich irren. Ich hoffe es. Vielleicht wird es für euch beide lediglich ein reizendes kleines Zwischenspiel, und ihr werdet erfrischt und glücklicher zu euren Ehepartnern zurückkehren. Und niemand wird etwas mitbekommen.«
Nicky seufzte. »Lieber Himmel, die Stimme der Weisheit bin ich ja nun nicht gerade. Und ich weiß nicht, warum ich mir überhaupt die Mühe mache – du wirst sowieso tun, was du willst. Du wirst gar nicht anders können. Ich weiß, wovon ich rede.« Sie schüttelte den Kopf.
»Ich – ich möchte das Richtige tun«, sagte Bella zögernd und kam sich dumm vor.
»Ja. Wollen wir doch alle. Ach, komm, lass uns ein schönes Schwätzchen halten. Ich wette, du brennst darauf, über alles zu reden – es muss sich da unten in Arkadien ja richtig aufgestaut haben. Wie ist seine Frau denn so?«

Um Viertel vor zehn ging Bella. Sie fühlte sich besser. Nicky hatte sie drei Stunden lang zwanghaft über die ganze Sache reden lassen, die ganze Zeit fasziniert gelauscht, die richtigen Fragen gestellt und gesagt, was Bella hören wollte. Sie kannte die Pflichten einer Freundin. Zum Abschied küsste sie Bella auf die Wange und sagte: »Amüsier dich gut! Du hast ein bisschen Spaß im Leben verdient. Aber pass auf, ja? Ehebruch ist wie Mord – es ist nicht so einfach, nicht erwischt zu werden.«
Bella lächelte und erwiderte den Kuss. Während Nicky die Treppe zur U-Bahn hinunterging, nahm Bella ein Taxi. Sie

kam sich mondän und weltgewandt vor, als sie es heranwinkte und den Namen von Bens Hotel nannte. Im gelben Licht der Straßenbeleuchtung glitt die Stadt vorbei. Bella rieb die Beine in der Nylonstrumpfhose aneinander und spürte das Kratzen der ungewohnten Spitzendessous, die sie auf der Toilette des Clubs angezogen hatte.
Sie bezahlte den Taxifahrer, ein uniformierter Portier hielt ihr die Tür auf, und sie betrat die hell erleuchtete Hotelhalle, in der es von an- und abreisenden Gästen wimmelte.
»Ich möchte zu Ben Clarke. Er erwartet mich«, sagte sie gewandt an der Rezeption, bemüht, ganz ruhig zu klingen.
»Ah, ja, Madam. Zimmer sechs zweiundneunzig.« Der Empfangschef sah sie kaum an. »Die Fahrstühle sind da hinten. Sechster Stock.«
»Vielen Dank.« Vorsichtig schritt sie über die klackenden Fliesen zu den Fahrstühlen. In den verspiegelten Wänden der Kabine konnte sie ihr Gesicht sehen, es war ein bisschen verängstigt, während der Fahrstuhl sie in Windeseile in den sechsten Stock beförderte. Sie fand das Zimmer ohne Schwierigkeiten und blieb davor stehen. Ihre Nerven kribbelten, und vor Aufregung drehte sich ihr der Magen um. Dann klopfte sie und hörte ein schroffes:
»Ja?«
»Ben, ich bin's«, sagte sie leise, als könne sie jemand hören.
»Komm rein!«
Langsam öffnete sie die schwere Tür und fand sich im Dunkeln wieder. Blinzelnd versuchte sie zu erkennen, was hinter dem kleinen Flur lag. »Bist du da?«, fragte sie ins Dunkel hinein.
»Komm rein!« Seine Stimme war leise und weich.
Sie trat ein und ließ die Tür hinter sich zufallen. »Ben«, sagte sie mit einem Lachen, »komm schon … Wo bist du?«
Sie erhielt keine Antwort. Sie dachte, sie könne jemanden

atmen hören, aber vielleicht war sie das auch nur selbst. Sie trat mehrere Schritte vor und fragte sich, ob sie schon im Zimmer war oder noch im Flur. »Ben ... wo bist du?«

Plötzlich spürte sie ihn ganz nahe, dann berührte eine Hand ihre Schulter, und sie wurde an einen warmen Körper gezogen, fühlte seine Hitze durch ihre Kleider. Sie keuchte auf, aber ihr Mund wurde von einem Kuss verschlossen. Sie war durch die Dunkelheit desorientiert und berauscht vor Erregung darüber, von den Küssen und Händen eines unsichtbaren, starken Mannes erobert und in Besitz genommen zu werden. Er zog an ihrer Jacke, zerrte sie über ihre Arme und warf sie zur Seite. Sie hatte das Gefühl umzufallen, als würde nur seine Umarmung sie aufrecht halten. Dann schob er sie nach hinten, bewegte ihre Beine durch den Druck seiner Muskeln, als tanzten sie einen unvollkommenen Walzer, und sie spürte die Bettkante an den Knien. Sein Mund löste sich von ihren Lippen, und er vergrub das Gesicht in dem Tal zwischen ihren Brüsten. Seine Hände waren an den Knöpfen, zerrten daran, rissen sie auf, bis ihre Bluse offen war. Sie spürte ihre entblößten Brüste, die von dem neuen BH hochgedrückt wurden, so dass die reifen Halbkugeln aus den Spitzen- und Seidenkörbchen ragten. Als er ihre Brüste küsste, stöhnte er so sehnsüchtig, dass ihr Magen vor Verlangen hüpfte.

Er warf sie aufs Bett und legte sich auf sie, zerdrückte sie fast mit seinem kräftigen Körper, und sie küssten sich ungestüm. Sie wusste nicht, wie lange es dauerte, sie wusste nur, dass sie nicht länger warten konnte. Sie fühlte ihn hart an ihrem Schenkel und fummelte an seinem Gürtel herum, während sie mit der anderen Hand seinen Kopf dicht zu sich heranzog, um keine Sekunde auf seinen Mund verzichten zu müssen. Er schob ihre Hand weg und löste den Gürtel geschickt selbst.

Es ist gut im Dunkeln, erkannte sie mit plötzlicher Klarheit. Es verbarg die Ungeschicklichkeit, mit der Kleider abgelegt, Hemden aufgeknöpft, Hosen und Strumpfhosen schwerfällig heruntergezogen wurden. Ben rollte sich zur Seite und war für einen Augenblick fort, und dann spürte sie die köstliche Weichheit seiner Haut und die zarte Rauheit seiner Brusthaare. Es raubte ihr den Atem.

Es kam ihr vor, als könnten sie einander unmöglich zu nahe sein; sie wollte ihn in sich aufsaugen und von ihm aufgesogen werden. Sie wollte, dass sie eins wurden. Als er in sie eindrang – es kam ihr so lange vor, und dennoch konnten sie erst ein paar Minuten zusammen sein –, war es ein so unglaubliches Gefühl, dass sie aufschrie. Sie hatte ganz vergessen, dass Sex sich so anfühlen konnte, dass es einen forttragen und an einen anderen Ort ausgedehnter, außerordentlicher Lust versetzen konnte. Als er sich in ihr bewegte, war es, als hätten sie einander endlich gefunden, zwei Teile, die dazu geschaffen waren, genau ineinander zu passen. Jeder Gedanke löste sich auf, da war nur noch höchste Lust, eine Empfindung, die sich schließlich zu solcher Intensität steigerte, dass sie es nicht länger ertragen konnte und der Höhepunkt kam, so intensiv, dass sie einen Augenblick zu vergehen glaubte.

Sie standen auf und zogen sich die weißen Frotteebademäntel über, die im Bad hingen. Ben schlug vor, etwas zu Essen zu bestellen, und Bella merkte, dass sie furchtbaren Hunger hatte. Er rief den Zimmerservice an und öffnete die Flasche Champagner, die er in der Minibar gefunden hatte. Jetzt, wo das Licht an war, konnte Bella sehen, dass sie sich in einem typischen Stadthotelzimmer befanden: abgeschirmt, luxuriös, gesichtslos. Das Bett war in völliger Unordnung, Decken und Kissen lagen überall verstreut, und ihre Kleidungsstücke waren über den ganzen Raum verteilt.

»Man schaue sich das an«, sagte Bella, ihr Glas Champagner in der Hand. »Genauso stellt man sich das Hotelzimmer von Leuten vor, die fremdgehen.«

»Oder die etwas Aufregung in ihrem Leben haben«, sagte Ben, der gerade aus dem Bad kam.

Ein Kellner schob das Essen herein und deckte den Tisch; ihre unzureichende Bekleidung und das zerwühlte Bett ignorierte er. Sie stürzten sich hungrig auf die Speisen. Es war ganz normale Hotelkost, aber sie hatten solchen Appetit, dass sie köstlich schmeckte. Danach lagen sie auf dem Bett, aßen Schokoladenrosinen aus der Minibar und tranken den Champagner.

»Wird Iain bei Nicky anrufen, um zu überprüfen, ob du da bist?«, fragte Ben müßig.

Bella schüttelte den Kopf. »Er telefoniert nicht gern. Und Nicky hat er noch nie in seinem Leben angerufen – die beiden mögen sich nicht besonders. Wahrscheinlich liegt er längst im Bett. Was ist mit Sam? Weiß sie, wo du bist?«

»Nein. Ich habe ihr gesagt, ich würde in einem Hotel absteigen, aber nicht in welchem.«

»Würde sie versuchen, es herauszufinden?«

Er wirkte unbehaglich. »Möglich. Sie ist ein bisschen paranoid. Sie überprüft gern, ob ich auch da bin, wo ich sein sollte. Und ich glaube, sie durchsucht gelegentlich mein Arbeitszimmer. Manchmal finde ich ein Haar auf der Tastatur, oder ein Stapel Papiere ist auf die andere Seite des Schreibtischs geschoben worden. Ich glaube, sie braucht es, immer über alles informiert zu sein.«

»Gott«, sagte Bella fasziniert. »Und das stört dich nicht?«

Ben zuckte die Achseln. »Wenn ich etwas geheim halten will, tue ich das.«

»Das ist ein seltsamer Zustand für eine Ehe.«
»Ich glaube, wir leben beide nicht in der idealen Beziehung, oder?«
»Da könntest du Recht haben.« Sie lächelte ihn an. »Eigentlich wollte ich gar nicht nach Rawlston ziehen. Ich wollte nicht aus London weg, weg von allem, was mir vertraut war. Aber jetzt bin ich froh, dass ich es getan habe. Ich habe das Gefühl, dass es Schicksal war.«
»Vielleicht.«
Sie rollte sich auf den Rücken und starrte an die Decke. »Was, glaubst du, wird aus uns werden?«
»Was meinst du damit?«
»Wir schlafen in Hotelzimmern miteinander, betrügen unsere Ehepartner, damit wir zusammen sein können. Ich sollte mich schäbig fühlen. Ich sollte mich schämen. Aber ich finde es wunderbar. Ich will es wieder tun, und ich kann mir nicht vorstellen, es nicht noch einmal tun zu wollen.« Sie schaute ihn an. Er hatte sich auf einen Ellbogen aufgestützt und betrachtete sie. »Was ist mit dir? Willst du es nicht wieder tun?«
Er schwieg einen Augenblick und seufzte dann. »Natürlich will ich. Und wenn ich etwas will, lasse ich nicht zu, dass sich mir etwas in den Weg stellt. Aber ich kann dir jetzt noch nichts versprechen, Bella. Du siehst die ganze Sache in einem zu rosigen Licht.« Er hob die Hand, als sie protestieren wollte. »Ich sage das nur, weil es mir ebenso geht. Ich konnte es kaum erwarten heute Abend. Du hast es wahrscheinlich gemerkt – lieber Himmel, ich hatte den ganzen Tag einen Ständer. Aber es sind noch andere Leute betroffen, und ich will vorsichtig sein. Ich bin noch nicht bereit, meine Ehe aufzugeben, und ich glaube, dir geht es genauso. Ich weiß, es ist ein wunderbarer Gedanke, dass wir ineinander die Lösung all unserer Probleme gefunden

haben, aber ich bin ein alter Hase in solchen Dingen. Ich habe bereits eine Scheidung hinter mir, und ich kann dir sagen, dass das nicht stimmt. Wir haben lediglich etwas gefunden, was uns von unseren Problemen ablenkt – und es ist durchaus möglich, dass wir uns damit einen ganzen Haufen neuer Probleme einhandeln. Ich will damit nur sagen, verlieb dich noch nicht in mich, Bella Balfour. Halt dich noch ein wenig zurück. Lass uns einander Raum zum Atmen geben.«

»Klar.« Sie starrte wieder an die Decke. Eigentlich sollte ich gekränkt sein, dachte sie, aber sie war es nicht. Sie mussten durch diese Phase hindurch, in der man noch wachsam ist, sich zurückzuhalten scheint – doch in ihrem Herzen war sie sicher, dass das zwischen ihnen etwas Besonderes war. Sich so zu lieben, wie sie es eben getan hatten, das passierte nicht jeden Tag. So etwas geschah einem vielleicht ein- oder zweimal im Leben, wenn man Glück hatte. Das hatte etwas zu bedeuten. Sie konnte sich nicht vorstellen, es aufzugeben, und sie würde fast alles andere dafür aufgeben. Außer den Kindern natürlich.

Ben legte sich neben ihr hin. »Die Pulle ist leer. Willst du noch mehr?«

»Ja«, sagte sie. »Ich will trunken sein von dir.«

Er seufzte. »Wir werden es verbergen müssen. Glaubst du, du schaffst das? Wenn wir uns in Gesellschaft treffen, als zwei Familien?«

»Ich weiß, dass ich es kann.«

»Sam ist clever«, warnte er sie. »Mehr auf Draht, als man ihr zutrauen würde.«

Bella grinste. »Ich bin cleverer.«

Er lachte. »Gut, ich glaube dir. Um ehrlich zu sein, ich glaube sowieso nicht, dass wir eine andere Wahl haben.«

Sie tranken noch eine Flasche Wein, redeten und lachten bis spät in die Nacht, und dann liebten sie sich erneut, ganz langsam, qualvoll köstlich. Es endete erst, als ein Strahl grauen Tageslichts durch die Vorhänge drang und sie endlich in einen tiefen Schlaf sanken.

Bella erwachte mit Bens schwerem Arm über ihr. Sie weckte ihn. Beide hatten vor Schlafmangel getrübte Augen, waren aber immer noch ganz aufgekratzt und lebendig von ihrem Zusammensein. Sie frühstückten unten im Speisesaal des Hotels – Ben holte ihr Obst, Yoghurt und Müsli vom Buffet, dazu starken Kaffee – und lasen gemeinsam Zeitung. Als sie aufbrechen musste, begleitete er sie in die Hotelhalle und küsste sie sanft auf die Lippen. »Gute Fahrt. Ich ruf dich bald an.« Er wandte sich ab.

»Ben!«, rief sie. Er drehte sich um, und sie verspürte den verrückten Impuls, »Ich liebe dich« zu sagen, aber sie unterdrückte ihn und sagte stattdessen: »Danke.«

Er grinste. »*Sehr* gern geschehen.«

»Bis dann.«

»Bis dann, Annabella.«

Achtzehn

Sam wurde auf die widerlichste Weise geweckt, die überhaupt vorstellbar war: Eine sabbernde Zunge schleckte ihr übers Gesicht, und nach Fleisch stinkender Atem wurde ihr in die Nase geblasen. »Was zum Teufel?«, sagte sie und schob das Ding weg, was immer es sein mochte.

»Tschuldigung. Runter, Jason!«, befahl Trudys Stimme.

Sam öffnete die Augen und sah das Mädchen durch seine dicken Brillengläser auf sie herunterblicken. Der Hund stand hechelnd neben Trudy, auf einer Höhe mit Sams Gesicht. Eine lange rosa Zunge hing ihm aus dem Maul.

»Alles in Ordnung, Mrs Clarke?«

»Mir geht's gut. Schaff bloß den blöden Hund raus!« Sie rieb sich den Sabber von den Wangen. »Was hat er überhaupt hier drin zu suchen? Ich habe doch gesagt, er bleibt draußen.«

»Sieht aus, als hätten Sie auf dem Sofa geschlafen.« Trudy warf einen bedeutungsvollen Blick auf die leere Flasche, das benutzte Weinglas, den überquellenden Aschenbecher und die Drogenreste.

»Was dagegen? Es ist doch wohl mein Haus, oder?«, fragte Sam gereizt. Sie setzte sich mühsam auf und blinzelte. Ihre Augen fühlten sich trocken an, als wären sie voller Sand.

»Ist Mr Clarke nicht hier?«

»Nein, Mr Clarke ist nicht hier«, zischte sie. »Obwohl dich das wohl kaum was angeht.« Trudy war schwer von Begriff, das wusste sie, aber manchmal überkam sie das unbehagliche Gefühl, das Mädchen würde sie auslachen. »Hast du nichts zu tun?«

»Ich wollte fragen, ob ich die Schlafzimmer machen soll«, sagte Trudy ungerührt. »Wann kommt Ihre Tochter wieder?«

»Keine Ahnung, und sie ist nicht meine verdammte Tochter. Morgen, glaube ich. Ach, putz einfach die Küche und die Badezimmer. Nein, warte! Wenn ich's mir recht überlege, mach auch die Schlafzimmer. Okay?« Selbst die einfachsten Entscheidungen fielen ihr schwer.

»Ja, Mrs Clarke. Was ist mit dem Zeugs?« Sie wies auf die Hinterlassenschaft von Sams Abendprogramm.

»Vergiss es! Lass es stehen. Ich räum es selbst weg.«

Sam brachte das schmutzige Geschirr in die Küche. Sie konnte hören, wie Trudy mit langsamen, schweren Schritten die Treppe hinaufstieg, den Staubsauger hinter sich herschleifend. Es war eine schwierige Nacht gewesen. Sie hatte sich so machtlos gefühlt. Es war nichts Ungewöhnliches, dass Ben anderswo übernachtete, und vielleicht war es wirklich nur ein Zufall, dass Bella auch gerade nicht in Rawlston war. Aber Bens Handy war die ganze Nacht abgeschaltet gewesen. Zuletzt hatte sie es um drei Uhr morgens probiert – um die Zeit musste er ja wohl von seinem Geschäftsessen zurück sein –, doch sofort war die Mailbox angesprungen, und sie hörte sich die Ansage zusammengesunken und deprimiert an. Irgendwann war sie eingeschlafen. Ohne es nach oben zu schaffen. Sie stellte die Sachen in die Spülmaschine. Das Geschirr darin war sauber, aber scheiß drauf! Sollte Trudy mal was für ihr Geld tun und es auseinander sortieren. Sam drehte den Hahn an der Spüle auf und spritzte sich kaltes Wasser ins Gesicht. Tropfend starrte sie in den Garten hinaus. Was sollte sie denn jetzt tun? Irgendetwas in ihr fühlte sich geschlagen, aber das würde sie nicht zulassen. Wie sollte sie sich verhalten? Was würde sie tun, wenn Ben tatsächlich fremdging? Sie wünschte sich nichts sehnlicher, als sich zu irren. Sie wollte zu ihm laufen und ihm ihre Befürchtung anvertrauen, damit er lachte und sagte, sie solle doch nicht albern werden.

Aber sie hatte Angst, und das war ein Gefühl, das sie nicht kannte. Wenn Ben sie betrog, hieß das, dass ihr Zauber gebrochen war, und sie begriff nicht, wie das passiert sein sollte. Sie war ultraschlank und schön wie eh und je, immer perfekt zurechtgemacht. Sie stand ihm zur Verfügung, wann immer er wollte. Was sollte sie denn noch tun, um Himmels willen? Wenn er tatsächlich diese andere Frau vorzog – eine dickere, weniger schöne, weniger schicke Frau –, wäre das unbegreiflich! Es ergab keinen Sinn. Es verstieß gegen die Regeln. Es war nicht fair.

Ich lasse mir keine Angst einjagen, sagte Sam streng zu sich. Ich lasse es nicht zu. Ich werde rasend. Dazu habe ich jedes verdammte Recht. Ich bin seine *Frau*. Das kann er mir nicht antun.

Rasch ging sie in Bens Arbeitszimmer und überprüfte seine E-Mails. Immer noch nichts. Dafür gab es nur eine Erklärung: Er hatte eine zweite E-Mail-Adresse. Wie um alles in der Welt sollte sie die herauskriegen? Er würde schon dafür gesorgt haben, dass sie nichts finden konnte. Sie hieb mit der Faust auf den Schreibtisch und fluchte laut. Zu ihrer Erleichterung spürte sie, wie Wut in ihr aufstieg. Wut verstand sie – Wut war nicht wie Angst. Wut verlieh einem Macht. Komm schon!, drängte sie sich.

Sie stand auf, zog ihren Mantel über und wanderte im Garten auf und ab, eine Zigarette paffend.

Wieso hatte sie dieser Frau je vertraut? Sie war ein beschissener Judas. Aber wie sollte sie die beiden zusammen erwischen? Wie sollte sie das anstellen? Und was würde sie tun, wenn sie Gewissheit hatte?

Es hatte keinen Sinn, Ben zu beschatten. Er würde sie schon von weitem erkennen. Dazu müsste sie einen Wagen mieten, eine Perücke tragen, in Seitenstraßen lauern. Nein, das war blöd. Kontrollanrufe brachten auch nichts: Er hatte immer tausend Ausreden dafür parat, dass er nicht erreichbar gewesen war, und die meisten stimmten sogar. Seine Sekretärin würde ihr sagen, er sei in einer Sitzung, was sehr wahrscheinlich auch zutreffen würde. Scheiße! Blieb noch, seine Taschen zu durchsuchen und die Kreditkartenbelege zu überprüfen, was sie natürlich sowieso tat. Aber sie hatte nie etwas gefunden, dafür war er viel zu clever. Das wusste sie so genau, weil er ebenso vorgegangen war, als sie noch ihre Beziehung vor Aileen geheim zu halten versuchten. Wenn es nach Ben gegangen wäre, hätte seine Frau nie etwas von dem Seitensprung erfahren. Wahrscheinlich wären die beiden immer noch verheiratet und Sam würde als seine Geliebte in ihrer winzigen Wohnung in Cheltenham hocken. Sam hatte selbst die Initiative ergreifen müssen, um Bewegung in die festgefahrene Situation zu bringen: ein paar absichtlich hinterlassene Hinweise, um Aileen in die richtige Richtung zu lenken, Anrufe, bei denen mit einem kleinen Aufkeuchen des Entsetzens aufgelegt wurde, wenn die Ehefrau ranging. So was. Sie wusste also, wie er vorging – und er war ein Profi. Wenn er abends zu Hause war, würde man nie auf die Idee kommen, dass er fremdging. Er schlief immer noch mit ihr. Nicht ganz so oft wie sonst, aber regelmäßig und, soweit sie das feststellen konnte, mit der gewohnten Begeisterung. Nein, so einfach würde sie es nicht herausfinden. Wenn sie eine Bestätigung ihres Verdachts haben wollte, würde sie klug sein und die Augen anderer benutzen müssen.

Bella fühlte sich, als habe sie einen Sprung in ein ganz neues Leben getan, in dem nur sie und Ben von Bedeutung waren. Alles, woran sie denken konnte, war, wie oft sie einander sehen konnten und wo. Es fiel ihr schwer, den Computer zu verlassen, weil ja eine Mail von Ben kommen könnte, denn er schickte täglich mehrere Nachrichten. Sie hatten einen Plan ausgearbeitet: Ben konnte zweimal die Woche in der Mittagspause die Firma verlassen, ohne dass es auffiel, und Bella würde dann zu einem Hotel außerhalb von Oxford fahren, wo sie sich trafen. Sie erprobten ihn zum baldmöglichsten Zeitpunkt, und alles klappte wunderbar. Es war schwer vorstellbar, dass irgendjemand etwas merken sollte. Der Sex mit Ben verlieh ihrem Leben einen goldenen Glanz. Sie konnte sich nicht erinnern, je so glücklich und zufrieden gewesen zu sein. Alle ihre Bewegungen schienen geschmeidiger und anmutiger, weil ihr Körper sich so wunderbar umsorgt fühlte. Der Alltag hatte einen Sinn bekommen, der ihm vorher fehlte, wegen der Intensität, die den Kern ihres Lebens bildete. Alltägliche Arbeiten wie Teekochen oder Abwaschen bereiteten ihr Freude, weil sie sich vorstellen konnte, dass Ben ihr dabei zusah und ihr süße Zärtlichkeiten ins Ohr flüsterte. Manchmal dachte sie flüchtig an Sam, aber nur wie an einen fernen Gegenstand, der weit abseits vom Zentrum der Dinge existierte. Wenn sie mal länger an sie dachte, kam sie unweigerlich zu dem Schluss, dass hier eine Art Gerechtigkeit waltete. Sam hatte Ben seiner Frau gestohlen, da war es kaum überraschend, dass sie ihn auf ähnliche Weise wieder verlieren sollte.

Iain hatte natürlich nichts gemerkt. Er war ganz in seinem Alltagstrott gefangen; Bella brachte ihn jeden Morgen im Auto zum Bahnhof und holte ihn am Abend wieder ab, erschlagen und erschöpft von der Fahrt. War er zu Hause, konzentrierte er sich ganz auf die Pläne, die er für den Garten hatte. Er konnte Stunden damit zubringen, die Nase in ein Gartenbuch zu stecken oder draußen in der festen dunklen Erde herumzustochern. Noch war keine seiner Ideen verwirklicht; er überlegte immer noch, was er anpflanzen sollte und wie und ob er vielleicht Hühner halten sollte oder sogar eine Ziege.

Bella ließ ihn reden, nickte und stimmte ihm zu, wenn es sich nicht vermeiden ließ, aber die meiste Zeit war sie wie in einem Traum verloren. Sie malte sich unterschiedlichste Möglichkeiten eines zukünftigen Lebens aus, nur eins konnte sie sich nicht vorstellen: diese kostbare Sache aufzugeben, die sie gefunden hatte. Ebenso unvorstellbar schien es ihr, dass Iain es je herausfinden könnte, obwohl sie wusste, wie unmöglich es war, ihre verschiedenen Fantasien miteinander in Einklang zu bringen. Irgendwann würde Iain es doch sicher erfahren müssen? Sie konnte es nicht ertragen, an seine Reaktion zu denken, also unterdrückte sie den Gedanken und weigerte sich, sich ihm zu stellen.

»Fühlst du dich hier zu Hause?«, fragte Iain. Es war Sonntagnachmittag, und sie hatten beschlossen, nach dem Mittagessen einen Verdauungsspaziergang zu machen, den Heckenweg hinunter und über die Felder und am Wald entlang zurück. Der Himmel war grau und die Luft feucht; am Tag zuvor hatte es stark geregnet, und Bella war aufgefallen, dass es auf dem Land länger dauerte als in der Stadt, bis alles wieder trocken war. Sie trugen Gummistiefel, die bald vor Nässe glänzten. Die Kinder sprangen begeistert in die größten Pfützen, so dass dreckiges Wasser über ihre bunten Regenjacken und Gummistiefel spritzte. Immer wieder riefen sie ihre Eltern herbei, um ihnen interessante Dinge zu zeigen – Pflanzen, Kaninchenbauten, aufgeworfene Erdhäufchen, von Regenwürmern hinterlassen, die der trommelnde Regen an die Oberfläche gerufen hatte –, und sie pflückten Brombeeren von den Hecken am Wegrand und aßen sie.

»Zu Hause?«, wiederholte Bella. Die Landschaft war ihr bereits vertraut. Sie kannte den Heckenweg, wusste, wo die größten Schlaglöcher waren und dass er eine Rechtskurve machte, bevor er in die Hauptstraße einmündete. Sie dachte an ihr schönes Haus, mittlerweile gut eingewohnt. Holly Lodge, voll mit Balfour-Krempel, aber bequem und behaglich. Es hatte nicht lange gedauert, bis sie sich darin ausgebreitet hatten, froh darüber, mehr Platz zu haben, und inzwischen konnte sie es sich kaum vorstellen, in ihr kleineres Haus in London zurückzukehren. Sie dachte an den alten Eisenofen und wie es ihr zur zweiten Natur geworden war, ihn brennen zu lassen. Jetzt, wo es kälter wurde, saß sie gern mit einer Tasse Kaffee und einem Buch davor und sog die Wärme auf, die der Herd abstrahlte. Der Ausblick auf die alten Landarbeiterhäuser gegenüber mit dem Schrottauto im Vorgarten störte sie kaum. Die Abgeschiedenheit, die ihr anfangs so unheimlich vorgekommen war, war ganz normal geworden, und nun wurde sie schon leicht unruhig, wenn sie ein Auto den Heckenweg hinaufrumpeln hörte. Erde, Matsch, Steine und Gras wurden Teil des Gewebes ihres Lebens. Das urbane Leben, auf das die Sonntagsbeilagen der Zeitungen sich so zwanghaft konzentrierten, erschien ihr allmählich fern und traumähnlich, eine schöne neue Welt, abgeschirmt und künstlich, die sich nicht recht vertrug mit der Wirklichkeit dahinter.

»Ja«, sagte sie endlich. »Ich fühle mich hier zu Hause.«

Iain wirkte erfreut. »Ich wusste es. Ich habe dir doch gleich gesagt, dass es dir gefallen würde.«

»Du hattest Recht.«

Er blickte zufrieden drein.
»Perfekt ist es nicht, ich weiß immer noch nicht, ob ich mit meiner Firma Erfolg haben werde ...«
»Aber die Reaktionen waren doch ganz positiv, oder? Hast du nicht letzte Woche den Auftrag für eine Schulung bekommen?«
Das hatte sie. Sie hatte sich gefreut: Sie sollte nächsten Monat vier Tage lang ein EDV-Training für vier Gruppen zu je sechs Personen durchführen. Vor Ben wäre sie ekstatisch vor Freude gewesen. Jetzt empfand sie nur Zufriedenheit über ihren Erfolg. »Ja. Aber ein einziger Auftrag macht noch keine erfolgreiche Firma.«
»Es ist ein Anfang. Hat nicht irgendjemand mal gesagt, eine Reise von tausend Kilometern beginnt mit dem ersten Schritt?«
»Hat zweifellos irgendjemand mal gesagt.«
Katie kam angerannt. »Mama, Mama, können wir zum Bach gehen?«
Bella runzelte die Stirn. »Bei diesem Wetter solltet ihr das lieber nicht tun. Es ist da sehr matschig und rutschig. Im Sommer war es nur ein Rinnsal, aber nach diesem Regen wird das Wasser tiefer sein und schnell fließen. Ich möchte nicht, dass ihr dahin geht.«
»Wir schaffen das schon«, versetzte Katie stur. »Wir sind doch nicht blöd. Wir wissen, wo die rutschigen Stellen sind.«
»Letzte Woche bin ich runtergefallen«, erklärte Christopher stolz, der mit ein paar Stöcken in der Hand auftauchte.
»Du bist das Ufer runtergerutscht?«, fragte Bella besorgt.
»Er hat nur den Stiefel voll Wasser gekriegt«, sagte Katie achtlos. »Und einen dreckigen Po.«
»Selber dreckiger Po«, brach es aus Christopher heraus.
»Selber dreckiger Po.«

»Schon gut, schon gut.« Bella unterbrach den offenbar gut eingespielten Wortwechsel. »Ich will nicht, dass ihr allein zum Bach geht. Ist das klar?«

Die Kinder stampften schweigend dahin, nicht geneigt, sich damit einverstanden zu erklären.

»Kinder«, warnte Iain, »antwortet eurer Mutter!«

»Klaaar«, sagten sie widerstrebend und rannten dann voraus, um ihre Missbilligung kundzutun.

»Was wollen wir nächstes Jahr mit Katie machen?«, fragte Iain.

»Wie meinst du das?«

»Sie ist dann mit der Grundschule fertig, oder? Ich habe mich nur gefragt, auf welche Schule wir sie schicken sollen.«

»Sie kann auf die Gesamtschule gehen wie alle anderen Kinder auch.« Eine andere Möglichkeit hatten sie nie in Erwägung gezogen.

»Ja, wahrscheinlich. Aber wir könnten uns doch mal in St. Mary's erkundigen. Ich meine, könnte doch nicht schaden. Vielleicht kriegt sie ein Stipendium.«

»Und was ist mit Chrissie? Was ist, wenn er kein Stipendium bekommt? Wir können nicht ein Kind auf eine Privatschule schicken und das andere nicht.«

»Schon gut, schon gut. Ich habe nur laut gedacht, das ist alles. Wir müssen schließlich planen.«

Bella schaute auf ihre Gummistiefel hinunter, die durch den Matsch wateten. Sie wollte keine Pläne machen. Sie wollte nicht an die Zukunft denken. Das Hier und Jetzt reichte ihr vollkommen.

Angewidert schleuderte Maggie die Zeitung von sich, die raschelnd auf dem Wohnzimmerfußboden landete. »Wie langweilig das ist! Manchmal kommt es mir vor wie reines

Gesülze. Laber, laber, laber. Und dermaßen auf London fixiert. Ist mir vorher nie aufgefallen, aber sie reden von nichts anderem.«

Jane blickte von ihrem Buch auf. Es war die stille Zeit nach dem Sonntagsessen, wenn man träge und zufrieden dasaß und noch nicht aufräumen musste. Normalerweise genoss sie das, aber heute erschien es ihr weniger heimelig. Lucy war vor einigen Tagen zu ihrer Interrail-Reise aufgebrochen, gebeugt unter dem Gewicht des schweren Rucksacks, und das Haus wirkte leerer ohne sie. »Ich dachte, du liebst London.«

»Das tue ich auch, ich liebe London. Nicht alles, natürlich.« Sie dachte kurz nach. »Ich hasse die Underground. Mein Leben wäre viel schöner, wenn ich nie wieder U-Bahn fahren müsste.«

»Die Underground«, wiederholte Alec. Er saß mit gekreuzten Beinen auf dem Teppich vor dem Fernseher und spielte Kricket auf seiner Playstation; den Ton hatte er leiser gestellt.

»Das mag jetzt vielleicht aufregend klingen, Teil des Lebens in der Metropole«, sagte Maggie, »aber wenn du die öffentlichen Verkehrsmittel erst mal fünfzehn Jahre lang jeden Werktag ertragen musstest, dann wirst du die U-Bahn verabscheuen, das verspreche ich dir.«

»Ich will nicht in London leben«, lautete die rotzige Antwort.

Mit erhobenen Augenbrauen betrachtete Jane seinen gebeugten Rücken. Es kam vollkommen unerwartet, dass Alec irgendeine Ansicht darüber äußerte, was er später tun oder nicht tun wolle. Beiläufig, um ihn nicht zu verschrecken und ins Schweigen zurückzutreiben, fragte Jane: »Nein? Wo willst du denn leben?«

Er starrte weiter auf den Bildschirm, und seine Daumen

betätigten die Knöpfe und Hebel des Steuerpults. Es ist, als wolle man ein wildes Tier dazu bringen, einem zu vertrauen, dachte Jane. Da sagte er: »Jedenfalls nicht in London. Ich ziehe das Land vor. Mehr Platz, mehr Luft.«

»Meine Güte! Na, das ist doch gut.« Aufgeregt setzte Jane sich gerader hin. Das war ein Fortschritt. Plötzlich sah sie Alec als Anwalt in einer kleinen Provinzstadt, als Landarzt oder Tierarzt ... irgendeine lohnende, sichere Arbeit, die ihn zu einem wohlhabenden Mann machen würde.

Mit finsterer Miene fuhr Alec herum. »Ich wette, du kannst es gar nicht erwarten, mich in die Stadt abzuschieben. Immer willst du mich nur weghaben: ab ins Internat, ab in ein Abi-Paukstudio, ab auf die Uni und schließlich ab nach London.«

Jane starrte ihn an und stammelte dann: »Aber das ist doch überhaupt nicht wahr.«

»Also, Alec, darüber haben wir doch schon gesprochen«, warf Maggie ein. »Du bist nicht fair deiner Mutter gegenüber. Du weißt sehr gut, dass sie dich unterstützen wird, was immer du auch machen willst. «

Das verblüffte Jane noch mehr, und sie starrte ihre Schwester sprachlos an. Was um alles in der Welt ging hier vor? Verteidigte Maggie sie tatsächlich gegenüber Alec? Seit der Entschuldigung neulich, einem noch nie da gewesenen Vorkommnis, spürte sie, dass sich ihre Beziehung verändert hatte. Nicht viel – Maggie war immer noch bissig und gedankenlos ihr gegenüber –, aber es hatte irgendwie eine leichte Lockerung gegeben, als hätten sich verborgene Spannungen gelöst. Maggie wirkte weniger traurig und niedergedrückt, es schien ihr leichter ums Herz zu sein, und das Band zwischen ihr und Alec war stärker geworden. Jane hatte die beiden, ins Gespräch vertieft, oft gemeinsam zu einem Waldspaziergang aufbrechen sehen, und dabei das vertraute Gefühl des Ausgeschlossenseins empfunden. Aber sie hatte den Versuch aufgegeben, eine Unterhaltung mit Alec zu erzwingen, und nun, da sie ihr eigenes kleines Geheimnis hatte, fühlte sie sich ein wenig besser, als sei ein Gleichgewicht wiederhergestellt.

Mit einem Achselzucken wandte Alec sich wieder seinem Computerspiel zu.

»Maggie hat Recht«, sagte Jane endlich. »Ich will dich nicht wegschicken – ich will nur, dass du in deinem Beruf glücklich bist. Aber ich finde, du solltest *irgendwas* tun.«

Maggie schüttelte rasch den Kopf, aber mit einem komplizenhaften Lächeln, das ihrem Verhalten den Stachel nahm. Lass gut sein!, schien sie zu sagen. Ich arbeite daran.

Als Jane aus der Zufahrt fuhr, sah sie die kleinen blonden Gestalten der Balfour-Kinder den Heckenweg heraufstapfen. Seit Bella sie an jenem Nachmittag bei ihr gelassen hatte, waren Katie und Christopher dazu übergegangen, nach der Schule zum Herrenhaus hochzuwandern, die Köpfe zur Küchentür hereinzustecken und nachzusehen, wer da war. Jane vermutete, dass der heiße Apfelsaft und der Kuchen sie lockte, doch sie spielten auch stundenlang auf der Schaukel oder stiefelten um den Weiher herum, streng angewiesen, nicht zu nah ans Wasser zu gehen, oder saßen in respektvollem Schweigen da und beobachteten Alec an seiner Playstation, immer in der Hoffnung, er werde sie auch mal spielen lassen.

Anfangs war Jane wegen Maggie beunruhigt gewesen. Sie hatte sich Sorgen gemacht, ob die Anwesenheit kleiner Kinder sie nicht deprimieren würde – wie zwei kleine Gespenster, die sie daran erinnerten, was sie verloren hatte. Aber als sie merkte, dass Katie und Christopher ihre Schwester aufheiterten, war sie beruhigt. Es war gut, Kinder in diesem riesigen alten Haus zu haben: Dafür waren diese riesigen alten Häuser eigentlich geschaffen, für Kinder. Jane hatte jedenfalls bestimmt nichts dagegen, dass sie fröhlich überall herumrannten, und Bella schien es auch nicht zu stören – jedenfalls sagte sie nie etwas. Häufig kam sie ebenfalls den Heckenweg herauf unter dem Vorwand, die Kinder zum Essen abholen zu wollen, aber oft blieb sie dann bei einem Kaffee sitzen und plauderte, bis Jane leicht nervös wurde, weil sie selbst mit den Essensvorbereitungen anfangen wollte. Die Frau von nebenan wurde nie erwähnt, nur einmal, als Jane nach ihr fragte, meinte Bella leichthin: »Ach, ich sehe Sam eigentlich kaum noch« und beließ es dabei.

Jane hupte und winkte den Kindern zu, als sie an ihnen vorbeifuhr. Sie waren an den Straßenrand getreten und winkten wie wild zurück. Im Rückspiegel beobachtete Jane, wie sie den Weg hinaufstampften. Sie mochte Bella Balfour, hatte sie entschieden, und wenn ihre Kinder ein Hinweis auf den Charakter einer Frau waren, konnte sie so schlecht nicht sein.

Die Strecke nach Oxford war ihr vertraut, aber nun war sie mit geheimer, köstlicher Bedeutung aufgeladen. Jede Meile brachte sie Tom näher, der in seinem kleinen Giebelzimmer auf sie wartete. Niemand fragte sie mehr, wohin sie denn wolle oder wann sie zurückkehren werde. Sie hatten lernen müssen, auf ihre Rückkehr zu vertrauen. Das war einer der kleinen Befreiungsschritte, die sie jeden Tag tat. Sie wusste vielleicht nicht genau, woher sie kam oder wohin sie ging, aber dieses neue Gefühl, sich auf einer Reise zu befinden, unterwegs zu sein, versetzte sie in Hochstimmung.

Im College herrschte ungewohnter Betrieb, überall auf den Innenhöfen schlenderten Leute umher.

»Eine Tagung«, erklärte Tom. »Sie machen das oft in den Semesterferien, damit ein bisschen Bargeld reinkommt. Das dürfte jetzt die letzte Tagung sein, das Semester fängt ja bald wieder an. Ich habe eine Sondergenehmigung gebraucht, um hier zu bleiben. Die anderen Studenten müssen das College im Sommer verlassen, damit die Tagungsteilnehmer in hübschen Zimmern wohnen können.«

»Wie traurig!«, sagte Jane. Sie lagen auf seinem Bett, und sie hatte den Kopf auf seine Brust gebettet. Durch die Kleidung hindurch konnte sie das langsame, rhythmische Schlagen seines Herzens hören.

»Tja, sicher, aber es hat auch Vorteile. Es mehrt den Reichtum des College, wovon wir alle profitieren. So lautet jedenfalls die Theorie.«

»Das habe ich nicht gemeint. Ich meinte, es ist traurig, dass du ganz alleine hier bist, während all deine Kommilitonen nach Hause gefahren oder verreist sind oder jobben. Wolltest du denn nicht nach Hause fahren?«

Er regte sich ein wenig unter ihr. »Nein. Ich bin glücklich hier. Südafrika ist weit weg. Nichts zieht mich dorthin zurück.«

»Keine Freunde? Was ist mit deiner Familie? Willst du nicht deine Brüder wiedersehen oder deine Nichten und Neffen?«

Er runzelte die Stirn, wenn auch mit einem Lächeln. »Na, na, was für eine Menge Fragen! Ich dachte, wir hätten uns geeinigt, das sein zu lassen.«

Vielleicht hatten sie das, aber stillschweigend. Sie stellten einander keine Fragen nach Vergangenheit oder Zukunft, als sei das ein tückisches Terrain, das sie lieber nicht betreten wollten. Es würde die Gegenwart erschweren, und das wollten sie beide nicht. Im Augenblick waren sie zufrieden mit ihrer Beziehung, so wie sie war, sie stellten keine Ansprüche aneinander und nahmen jedes Treffen, wie es kam.

Dennoch war Tom in vielerlei Hinsicht immer noch ein Fremder für Jane.

Sie setzte sich auf. »Es gibt so vieles, was ich nicht über dich weiß.«

»Du musst ja nicht unbedingt alles auf einmal herausfinden, oder? In letzter Zeit warst du viel entspannter. Du willst doch jetzt nicht alles kaputtmachen, oder?« Er drückte einen Kuss auf ihre Nasenspitze.

»Natürlich nicht«, erwiderte sie und machte es sich wieder auf seiner Brust bequem.

Als sie von Tom zurückkehrte, fühlte sie sich wie immer erfrischt. Ob es daran lag, dass es ihr Geheimnis geblieben war? Wenn ich es jemandem erzähle, dachte sie, wird etwas verloren gehen. Ich würde mich fragen lassen müssen, was denn daraus werden solle, was wohl ein junger Mann wie er mit einer alten Frau wie mir wolle. Es würde mich dazu bringen, seine Motive in Frage zu stellen. Es würde den Zauber zerstören. Es würde alles verderben.

Was Tom von der ganzen Sache hatte, war ihr ein Rätsel, es sei denn, er fand wie sie Glück und Trost in ihrem engen Hautkontakt und ihren Umarmungen.

Jane wusste mit Sicherheit, dass es Maggie besser ging, als sie sah, dass diese ihr dunkles Kleid durch pflaumenfarbenen Lippenstift und eine Halskette aus klobigen Bernstein- und Silberperlen aufgepeppt hatte. Auf den Wangenknochen war Farbe aufgetragen, ihr Haar sorgsam gebürstet.

»Du siehst ja flott aus«, meinte Jane. Sie putzte gerade das Silber, das sie auf dem Küchentisch ausgebreitet hatte, und polierte einen Bilderrahmen, bis er nur so glänzte.

»Ich fühle mich auch gut.« Maggie setzte sich, griff nach einem Putzlappen, verteilte Silberputzpaste auf einem

Schöpflöffel und rieb sie müßig ein. »Ich habe mich positiv verändert.« Spitzbübisch blickte sie auf. »Und ich muss mich bei dir entschuldigen.«

»Was, schon wieder?«, rief Jane ironisch aus. »Das nimmt ja gar kein Ende. Wofür denn diesmal?«

»Dafür, dass ich dieses Haus immer so runtergemacht habe. Ich hatte erwartet, mich hier wie in der Falle zu fühlen, aber es ist …« Maggie suchte nach dem richtigen Wort. »Es ist sehr heilsam. Ich weiß nicht, warum und wieso. Aber ich verstehe jetzt, warum Alec es nicht ertragen könnte, irgendwo anders zu leben.«

»Na, ich bin entzückt. Begeistert. Heißt das, du wirst jetzt aufhören, an meinem Haus herumzunörgeln?«

»Nicht ganz. Ich finde es immer noch verrückt, dass so ein Riesenkasten nur von zwei Leuten bewohnt wird.«

»Zwei? Drei, meinst du. Du, ich und Alec.«

»Ah ja, nun. Ich fahre nach Hause, siehst du. Zurück nach London.«

Bestürzt ließ Jane Bilderrahmen und Putzlappen sinken. »Was? Aber wieso denn?«

»Ich kann nicht für immer hier bleiben, Jane. Ich muss arbeiten. Und ein Privatleben habe ich auch. Gregor kommt bald zurück, und ich möchte bei ihm sein.«

»Aber natürlich. Es war … dumm von mir zu glauben, du müsstest nicht zurück. Aber fühlst du dich denn jetzt besser … wegen des Babys?« Sie wagte kaum, die Frage zu stellen, aber sie musste es tun.

Maggies Augen verdunkelten sich. »Natürlich habe ich es nicht überwunden, noch nicht, aber ich finde mich allmählich damit ab. Und, was noch entscheidender ist, ich kann mir jetzt eingestehen, dass ich gern etwas mit Kindern machen würde. Durch die kleinen Balfour-Gören, die hier überall rumrennen, bin ich meiner Sache sicherer denn je.« Sie grinste. »Ich habe erkannt, dass ich genug von zynischen, faulen Studenten habe, die über den Campus latschen. Es ist erfrischend, zur Abwechslung mal Eifer und Unschuld zu erleben. Ich werde also mit Gregor sprechen, und wir werden entscheiden, was wir tun wollen, ob wir weiter versuchen wollen, ein eigenes Kind zu bekommen, vielleicht mit künstlicher Befruchtung, oder ob –«

Es klopfte an der Tür, und sie drehten sich um, als könnten sie durch das Holz erkennen, wer davorstand. Jane schnitt eine Grimasse und öffnete. Auf der Schwelle stand eine außerordentlich schlanke Gestalt mit dem Rücken zur Tür und blickte zum See hinunter, die Hände tief in den Taschen einer pinkfarbenen Fleece-Jacke vergraben.

Als sie die Tür aufgehen hörte, wirbelte Sam Clarke herum, die kobaltblauen Augen weit aufgerissen. Das blonde Haar hatte sie zu Zöpfen gebunden, beide mit einem weißen Schleifchen verziert.

»Hi«, sagte sie munter. »Ich hoffe, ich störe nicht.«

»Hallo! Aber nein, Sie stören nicht. Kommen Sie doch rein! Das ist meine Schwester Maggie. Maggie, das ist Mrs Clarke.«

»Sam.«

Maggie lächelte. »Hallo! Wie schön, Sie kennen zu lernen.« Höflich wandte sie sich dann wieder dem Schöpflöffel zu, den sie polierte, und überließ die beiden anderen Frauen ihrem Gespräch.

Nachdem sie wie üblich Kaffee angeboten hatte, was mit einem raschen Kopfschütteln abgelehnt wurde, forderte Jane die Besucherin mit einer Handbewegung auf, sich zu setzen.

»Ich stehe lieber, danke.«

»Also, was kann ich für Sie tun ... Sam?« Der Gebrauch des Vornamens täuschte eine Nähe vor, die nach Janes Empfinden nicht vorhanden war und die es mit ziemlicher Sicherheit auch nie geben würde. Bella Balfour hatte eine freundliche, anziehende Ausstrahlung, aber Sam … Jane hatte selten eine solche kalte Ausstrahlung bei einem Menschen erlebt. Dieses eisige Weiß, von dem zu stark blondierten Haar bis zu den gebleichten Zähnen, ließ sie frieren.

Mit einer Unbefangenheit, die Jane für vorgetäuscht hielt, erklärte Sam: »Also, ich bin gerade vorbeigekommen, und da dachte ich, ich schau mal kurz rein und sag hallo. Sie wissen schon, wir als Nachbarn …«

»Wie nett!«

»Ja. Geht's gut? Schöne Küche.« Sam schaute sich um. »Sehr gemütlich. Ich habe mich nur gefragt … mir ist aufgefallen, dass Sie häufig die Kinder von unten am Weg bei sich haben. Katie und Christopher.«

»Bellas Kinder?« Jane zog die Augenbrauen hoch. Diese Wendung hatte sie nicht erwartet. »Ja, sie spielen manchmal hier. Ihr Garten ist ja ziemlich klein, und einen alten Teich haben sie auch nicht. Sie wissen ja, Wasser finden Kinder unwiderstehlich.«

»Hm.« Sams Blick irrte umher; nur manchmal sah sie Jane in die Augen. »Nette kleine Dinger, nicht? Sie waren mit uns im Urlaub, in Frankreich. Im Frühsommer. Nun, mir ist aufgefallen, dass Bella, ihre Mutter … dass die ebenfalls öfters vorbeischaut.«

»Ja«, sagte Jane gedehnt, die das Gefühl hatte, dass die andere Frau langsam zur Sache kam.

Sam vergrub die Hände tief in den Taschen und zog die Schultern hoch. »Ich habe mich nur gefragt, ob Ihnen etwas an ihr aufgefallen ist. Fanden Sie sie nicht auch ein bisschen komisch? Etwas … seltsam?«

»Seltsam?«, wiederholte Jane. »Wie meinen Sie das?«

»Ach, ich weiß nicht. Ich dachte eigentlich, wir wären

ziemlich gute Freundinnen – schließlich habe ich sie und ihre Familie eingeladen, mit uns in Urlaub zu fahren und alles. Aber urplötzlich wurde sie mir gegenüber ganz distanziert. Ich sehe sie überhaupt nicht mehr. Und ich habe mich gefragt, ob sie Ihnen gegenüber vielleicht etwas erwähnt hat. Es ist nur …« Sam holte tief Luft und stieß sie langsam wieder aus. »Ich persönlich halte sie für ein bisschen seltsam, und ich wollte nur sichergehen, dass Sie ein Auge auf alles haben. Wissen Sie, allein wie sie ihre Kinder behandelt. Oder vielmehr nicht behandelt. Sie scheint sie kaum wahrzunehmen, so gefangen in sich selbst ist sie. Wenn ihr danach ist, lässt sie die Kinder einfach allein im Haus. Die Hälfte der Zeit scheint sie wie in einer Traumwelt zu leben. Also dachte ich, es wäre gut, wenn Sie ebenfalls ein Auge auf sie hätten. Nur für den Fall.«

»Tja.« Jane dachte nach. »Es tut mir leid, dass Sie sich mit Mrs Balfour gestritten haben. Ich muss allerdings sagen, dass sie mir ziemlich normal vorkommt.«

Sofort brauste Sam auf, und ihre Augen blitzten zornig. »Sie ist nicht normal, glauben Sie mir! Ich sage Ihnen, da stimmt etwas nicht.«

»Schon gut.« Jane sprach mit ruhiger Stimme und neutralem Gesichtsausdruck. »Wenn Sie glauben, dass Grund zur Sorge besteht, werde ich die Augen offen halten, und ich lasse Sie wissen, wenn mir etwas auffällt.«

Die andere Frau schien besänftigt. Sie nickte. »Gut. Ich dachte nur, Sie sollten es wissen. Also, ich muss los.« Sie öffnete die Tür, sagte mit einem Blick über die Schulter: »Danke. Ich fühle mich schon viel besser, da ich jetzt weiß, dass Sie ebenfalls aufpassen«, und ging.

Mit fragender Miene wandte Jane sich ihrer Schwester zu. Maggie fasste sich an den Kopf, zuckte mit den Achseln und sagte: »Sonderbar.«

Neunzehn

Bleibt es bei heute? Muss dich unbedingt sehen. Hab mich schrecklich nach dir gesehnt.
Bxxx

Bella schickte die Mail ab und klickte auf ihr Patience-Spiel. Es half ihr, sich die Zeit zu vertreiben, während sie auf seine Antwort wartete. Mit halbem Ohr hörte sie Radio und legte dabei rote Karte auf schwarze Karte, die Königin auf den König, die vier auf die fünf, arbeitete automatisch, fast ohne zu wissen, was sie tat. Nur ein Klick, und der Bildschirm würde sich vor ihr ändern, und da wäre sie: eine neue Nachricht in ihrem Postfach, die auf sie wartete wie ein unverpacktes Geschenk.
Die Antwort kam schnell.

Klar. Gleiche Zeit, gleicher Ort. Kann es gar nicht erwarten, dich zu schmecken.
X

Sie erbebte leicht und sagte leise: »Wunderbar!« Das setzte ihrem Tag ein Glanzlicht auf. Sie beendete die Patience und ließ sich Badewasser ein zur Vorbereitung auf Bens Zuwendung.

Sie traf fast auf die Minute im Hotel ein. Mittlerweile kannte sie die Strecke und wusste genau, wie lange sie brauchen würde. Als sie auf den Parkplatz einbog, wünschte sie, sie hätten ein etwas exklusiveres Hotel für ihre Affäre finden können. Das Gebäude erinnerte eher an ein Motel: niedrig, einstöckig, braun. Es bot Unterkunft für Geschäftsleute, Vertreter und wenig anspruchsvolle Touristen. Das angeschlossene Restaurant nannte sich La Brasserie, war jedoch in Wirklichkeit kaum besser als eine Autobahnraststätte, bemühte sich aber mit einem »Bitte warten Sie, bis Sie an Ihren Tisch geführt werden«-Schild um ein gehobeneres Ambiente.

Bella wusste, dass es in Oxford viel schönere Hotels gab: das imposante Randolph beispielsweise, im neugotischen Stil erbaut, und die malerischen, verwinkelten Hotels aus Naturstein und mit niedrigen Balkendecken. Aber sie mussten praktisch denken und anonym bleiben, und dafür war dieses Haus perfekt.

Ben wartete bereits in der Bar auf sie, und nach einer diskreten Anstandsfrist von ein paar Minuten gingen sie auf ihr Zimmer. Bella fiel auf, dass der Barmann hinter ihnen herstarrte. Er hatte sie schon ein paar Mal hier zusammen gesehen. Vielleicht überlegte er, ob sie eine Prostituierte war. Am liebsten hätte sie gelacht. Sollte er! Er hatte keine Ahnung.

In dem nüchternen kleinen Zimmer zog Ben die Vorhänge zu, und im Halbdunkel liebten sie sich schnell und mit wilder Leidenschaft. Sie hatten nur ungefähr eine Stunde Zeit, aber das spielte eigentlich keine Rolle. Ihr aufgestauter Hunger aufeinander war so groß, dass sie sich nicht hätten zurückhalten können, selbst wenn sie es gewollt hätten. Bella bedauerte allerdings, dass sie nicht den Nachmittag gemeinsam im Bett verbringen konnten, um ihre Lust langsam, innig und ausgedehnt zu stillen, einander mit mehr Zärtlichkeit kennen zu lernen. Aber das war eben nicht möglich.

»Wie geht es dir? Einigermaßen?«, fragte Ben, als sie danach zusammenlagen. Dieser Teil ist so schön, dachte Bella und fuhr mit dem Finger durch sein Haar, so sehnsuchtsvoll bittersüß.

»Gut«, sagte sie. »Und dir?«

»Geht so. Was macht deine Arbeit? Haben meine Leute mit dir geredet?«

»Haben sie. Ich habe jetzt schon zwei Aufträge – deine Firma hat mich für kurz vor Weihnachten gebucht.«

»Klasse! Ehrlich, ich hatte nichts damit zu tun. Ich verspreche es.« Er grinste auf sie hinunter und drückte sie an sich.

»Ich weiß. Ich weiß, ich habe es allein meinen Verdiensten zuzuschreiben. Das ist nett. Aber du ...« Sie streichelte seinen Nacken. »Ich dachte, du missbilligst berufstätige Frauen. Barfuß in der Küche, so sollten Frauen deiner Ansicht nach ihre Zeit verbringen, dachte ich.«

»Was redest du da? Ich denke nichts dergleichen.«

»Na, das hat Sam mir erzählt. Offenbar ist die berufstätige Frau die Ursache aller Übel des modernen Lebens, von den Immobilienpreisen bis zum Konsumterror der Jugendlichen, die nur Nikes tragen wollen.«

»Das hat sie dir erzählt?« Ben blickte verwirrt drein, und dann stöhnte er. »O Gott, das sind nicht meine Worte. Sie zitiert den lächerlichen Mann ihrer Freundin Becky. Der denkt so. Ein Albtraum, der Kerl. Wieso hat sie dir das bloß erzählt?«

»Keine Ahnung.«

Sie lagen schweigend da, beide ernst. Nach einer Weile sagte Ben: »Das ist schlecht, weißt du? Sie wollte dich abschrecken, deshalb hat sie das behauptet. Ein Versuch, die

Sache im Keim zu ersticken. Das heißt, sie muss einen Verdacht haben. Sie ahnt, dass du und ich uns zueinander hingezogen fühlen. Das ist nicht gut.«

»Aber woher sollte sie das wissen?«, fragte Bella. Sie wollte keine Andeutungen hören, dass sie es vielleicht beenden müssten. Es durfte keine Wolken am Horizont geben. »Das ist unmöglich. Du hast selbst gesagt, dass sie paranoid ist. Wahrscheinlich verdächtigt sie jede Frau. Hat sie viele Freundinnen?«

»Nein.«

»Da hast du es! Sie ist eine Frau, die andere Frauen hasst. Das sind die schlimmsten. Und jetzt komm, ich hab Hunger. Wollen wir nicht in die Bar gehen und ein Sandwich essen? Du hast doch noch zwanzig Minuten Zeit, oder?«, bat sie.

Er schaute sie an und sagte dann: »Ich kann dir nicht widerstehen. Also komm.«

Jane fuhr auf die Umgehungsstraße, die aus Oxford herausführte, erfüllt mit einem warmen Glücksgefühl nach dem mit Tom verbrachten Nachmittag, als ihr auffiel, dass die Tankanzeige einen besorgniserregend niedrigen Benzinstand verriet. In letzter Zeit war sie so viel häufiger mit dem Auto unterwegs als sonst, wegen ihrer Besuche bei Tom, dass sie den Überblick verloren hatte. Ich werde an der nächsten Tankstelle halten, sagte sie sich, und hielt die Augen offen. Bald entdeckte sie eine und bog ab. Als sie an der Zapfsäule stand, die Zapfpistole einhängte und die konzentrierten Benzindämpfe einatmete, merkte sie, wie hungrig sie war. Auf der anderen Straßenseite befand sich ein Hotel, in dem es ein Restaurant für Reisende geben würde, also kaufte sie sich eine Zeitung und lenkte den Wagen auf den Hotelparkplatz. Sie würde zehn Minuten Pause machen und kurz etwas essen, bevor sie nach Hause fuhr. Als sie nach Handtasche und Mantel griff, die auf dem Beifahrersitz lagen, nahm sie eine Bewegung im Rückspiegel wahr. Sie sah Bella Balfour den Parkplatz überqueren und auf ihr Auto zugehen. Komisch, dachte sie, was macht sie denn hier? Ob ich sie begrüßen soll?

Dann sah sie eine andere Person ein paar Meter hinter Bella, einen Mann, der auf einen anderen Wagen zuging, ohne die Frau zu beachten. Aber das war seltsam, denn das war Ben Clarke, und er kannte Bella. Warum grüßte er sie nicht? Gesehen haben musste er sie – sie waren eigentlich ziemlich dicht beisammen. Wie eigentümlich, dass beide zur selben Zeit auf demselben Hotelparkplatz sind, dachte sie. Und dann: Oh. Oje. Na, das erklärt es.

Emmas gute Laune machte Sam rasend. Seit sie aus dem Urlaub zurück war, trat sie stärker in Erscheinung als je zuvor, schwebte mit einem hochnäsigen Lächeln im Gesicht durchs Haus und ließ bei jedem Gespräch die Bemerkung fallen, dass sie bald nach Edinburgh gehen werde. Das Abendessen trieb sie noch in den Wahnsinn: Wie oft würde sie noch dabeisitzen müssen, während Ben und Emma über Studentenunterkünfte, Vorlesungen, studentische Gruppen und ähnlichen Mist faselten?

Das Komische war, dass Ben sich so normal verhielt. Es war schwer zu glauben, dass er Bella Balfour fickte. Gelegentlich, wenn sie ihn beobachtete, während er und Emma drauflosredeten, hoffte sie, dass es nicht wahr war, dass sie einfach verrückt wurde, dass ihre Eifersucht sie zu absurden Schlussfolgerungen trieb. Aber dann fielen ihr die Kleinigkeiten wieder ein, die eindeutig darauf hinzuweisen schienen, dass er sie betrog: Warum erwähnte er Bella niemals? Warum war es so schwer, ihn auf dem Handy zu erreichen?

Warum hatte sie ein so ungutes Gefühl, das sie nicht mehr losließ?
Das Neueste war, dass er überlegte, Emma eine Wohnung in Edinburgh zu kaufen. Als das beim Essen besprochen wurde, hatte Sam honigsüß gelächelt und gesagt: »Was für eine wunderbare Idee!« Innerlich jedoch hatte sie vor Wut gekocht, weil er Emma so viel schenken wollte, während sie, Sam, rein gar nichts bekam.
Sehr viel länger würde sie das nicht aushalten. Sie konnte an nichts anderes denken als an Ben. Manchmal war sie kurz davor, zu Bella zu stürmen und sie damit zu konfrontieren oder Ben das Gesicht zu zerkratzen und zu fordern, er solle ihr die Wahrheit sagen. Aber etwas hielt sie davon ab. Ihr sehnlichster Wunsch war, dass alles wieder so wurde wie vorher. Manchmal träumte sie davon, dass Ben sie in die Arme nahm, sie küsste und ihr Zärtlichkeiten ins Ohr flüsterte. Ich will sie gar nicht, sagte er in ihren Tagträumen, sie bedeutet mir gar nichts. Du bist mein Alles, kleine Sammikins, du bist die schönste Frau der Welt. Dich will ich, dich allein.
Noch war sie nicht bereit, darauf zu verzichten.

Als Jane zu Hause eintraf, regnete es. Die Wolken hingen tief, und die Scheibenwischer kamen kaum gegen die Sturzfluten an, die aus dem schwarzen Himmel herabprasselten. Es war erst später Nachmittag, aber schon fast dunkel. Jetzt war es endgültig Herbst geworden.
Sie trat in die helle, warme Küche und schüttelte sich wie eine Katze, so dass die Regentropfen aus Haar, Wimpern und Kleidung flogen. Wieder daheim. So richtig zu schätzen wusste man das Haus erst im Winter. Einige Teile überließ sie der Kälte und der Feuchtigkeit, aber Küche, Wohnzimmer und die Schlafräume waren immer warm. Ohne

Maggie erschien ihr das Haus allerdings leer. Gestern hatte sie ihren Koffer gepackt, war in ihren Morris Minor gestiegen und nach London abgefahren, winkend und rufend, dass sie bald wiederkommen werde, versprochen. Sie fehlte Jane mehr, als sie sich selbst eingestehen mochte.

Sie kochte sich gerade einen Tee, als Alec eintrat, einen Stapel Papiere in der Hand. »Also«, erklärte er energisch, »ich möchte dir etwas zeigen.« Er setzte sich an den Küchentisch und schichtete die Papiere zu verschiedenen Stapeln auf. »Das hat Maggie mir gerade per E-Mail geschickt.«

»Was ist das denn, Schatz?«

»Prospekte. Informationen über Kurse. Und Vorschläge, an wen ich mich wegen eines Praktikums wenden könnte.« Er grinste. »Wir haben uns alles gründlich überlegt, und ich weiß jetzt, was ich beruflich machen will.«

»Ja?« Sie versuchte sich ihre Befürchtungen nicht anmerken zu lassen.

Er blickte triumphierend drein. »Ich studiere Agrarwissenschaften! Ich werde lernen, wie man das Land bewirtschaftet und einen Bauernhof führt, und dann bringe ich hier alles wieder in Gang. Damit das Gut was abwirft und wir uns keine Sorgen mehr zu machen brauchen, dass wir ausziehen müssen oder das Haus verlieren könnten.«

»Wirklich?« Sie verarbeitete, was er gesagt hatte. Es dauerte einen Augenblick, aber dann begriff sie. »Aber das ist ja wunderbar!«, sagte sie ernst. Es war, als hätte sich eine Tür geöffnet. Alecs Zukunft war ihr vollständig verschlossen gewesen, und nun sah sie Perspektiven. »Aber … brauchst du dafür nicht deinen Abschluss?«

»Ja, klar«, sagte er schroff, als wäre sie furchtbar begriffsstutzig. »In zwei Fächern. Maggie meint, das wäre kein Problem, da ich ja bereits den halben Stoff für drei Fächer intus habe. Sie meint, es gibt vielleicht eine Kollegschule, die mich in diesem Herbst noch aufnimmt. Ich könnte aber auch erst mal ein Jahr Berufserfahrung auf Bauernhöfen oder Gütern sammeln – hier in diesem Stapel sind Adressen von Leuten, an die ich mich wenden könnte –, dann nächstes Jahr mein Abi machen und im Jahr darauf mit dem Studium beginnen. Aber«, er zog die Nase kraus und runzelte die Stirn, »eigentlich denke ich, ich würde lieber schon im nächsten Herbst auf die Uni gehen. Irgendwann muss es ja auch mal losgehen mit der Ausbildung. Ich werde mich also bei verschiedenen Schulen bewerben, obwohl das Schuljahr bereits angefangen hat. Vielleicht können wir was erreichen, wenn ich verspreche, hart zu arbeiten und die wenigen Wochen aufzuholen, die ich versäumt habe.«

»Alec, das ist ja großartig!«, rief sie aufgeregt. »Was für eine brillante Idee! Das bietet sich ja praktisch an. Ich weiß nicht, warum wir vorher nie daran gedacht haben.« Sie sprang auf und umarmte ihn. »Du schlauer Bursche!«

Er ließ sich die Umarmung gefallen und tätschelte ihren Arm. »Eigentlich war es Maggies Idee. Sie hat mir geholfen.«

»Sie hat dir geholfen, etwas zu erkennen, was du bereits wusstest. Oh, ist das aufregend! Ich bin sehr, sehr stolz auf dich, weißt du das?«

»Ach, Quatsch! Ich bin bloß ein ganz gewöhnlicher Junge«, sagte er. »Ich dachte schon, du würdest enttäuscht sein, weil ich nicht nach Oxford will, um Anwalt zu werden wie Vater.«

»Niemals«, sagte sie nachdrücklich. »Ich will nicht, dass du wirst wie dein Vater. Ich will, dass du du selbst bist. Vor allem aber will ich, dass du glücklich wirst.« Alec tat so, als spiele er Geige, und beide lachten. »Böses Kind! Dich über deine arme alte Mutter lustig zu machen!«

Als Alec gegangen war, dachte sie eine Weile nach. Dann rief sie Bella an, die sich sofort auf ihre atemlose Art meldete.
»Scheußlicher Tag, nicht wahr?«, sagte Jane und blickte in den Regen hinaus. »Hättest du vielleicht Lust, auf eine Tasse Tee vorbeizuschauen? Ich könnte auch zu dir kommen.«
»Oh, also ... Das ist sehr nett von dir, aber ich bin gerade ein bisschen eingespannt –«
»Es ist wichtig. Es geht um heute Mittag.«
»Um heute Mittag?«
»Ganz recht. Um heute Mittag.«
Es gab eine Pause. »Ich bin sofort da.«

Jane machte eine Flasche Wein auf, anstatt Tee zu kochen. Es schien irgendwie angemessener. Bella kam herein, schüttelte den Regen ab, und ein Blick auf Janes Gesicht genügte. Sie setzte sich an den Tisch, nahm das Glas Wein, das Jane ihr reichte, und sagte munter: »Also, wie hast du es herausgefunden?«
Jane nahm ihr gegenüber Platz. »Es hat wenig Sinn, um den heißen Brei herumzureden, oder? Wir können ebenso gut ganz offen sein. Ich war heute in Oxford, und auf der Rückfahrt habe ich zufällig bei einem Hotel an der Umgehungsstraße angehalten. Ich habe dich und Ben Clarke zusammen gesehen. Man muss nicht Miss Marple sein, um die offensichtliche Schlussfolgerung zu ziehen.«
»Wahrscheinlich nicht.« Bella wirkte nicht im Mindesten schuldbewusst oder nervös. Stattdessen lächelte sie breit. »Auf frischer Tat ertappt!«
»Es erklärt eine Menge. Dein Strahlen, den Abbruch der Beziehungen zu Mrs Clarke.«
Bella lachte leicht verlegen. »Oh. Ja. Also, es gibt Grenzen, sogar für mich.«
»Aber das ist ja der Punkt.« Jane sah sie ernst an. »Das ist

meine Sorge. Wenn ich euch zusammen gesehen habe, könnten das auch andere Leute tun, Leute, die es vielleicht nicht für sich behalten. Ich will gar keine moralischen Werturteile abgeben, wir sind beide erwachsen, und was du tust, ist deine Sache – aber es ist nicht leicht, so etwas erfolgreich durchzuziehen. Ich wollte dich nur warnen. Ich habe dich rein zufällig gesehen – und die Wahrscheinlichkeit, dass ich gerade an diesem Tag bei diesem Hotel halten würde, ist nicht sehr groß, oder? Wenn es einmal passieren kann, kann es immer wieder passieren.«

»Wir sind vorsichtig.«

»Bestimmt seid ihr das. Aber ich würde ungern miterleben, wie euch alles um die Ohren fliegt. Sag es ruhig, wenn du findest, dass ich mich einmische.«

»Nein. Nein, überhaupt nicht. Es ist nur …« Bella seufzte. »Ich kann es nicht beenden. Nicht einfach so. Dafür brauche ich es zu sehr. Es ist das Einzige, was mich aufrecht hält.«

Das konnte Jane nur zu gut verstehen: So etwas konnte süchtig machen. »Die Sache ist nur«, sagte sie langsam, »Mrs Clarke hat, glaube ich, einen Verdacht. Sie ist neulich vorbeigekommen und hat ein paar sehr seltsame Dinge gesagt.« Kurz schilderte sie Sams Besuch.

»Sie kann es unmöglich wissen«, versetzte Bella unbekümmert. »Wir waren sehr vorsichtig. Außerdem ist sie zu sehr mit sich selbst beschäftigt, um etwas zu merken. Sie interessiert sich mehr für die neuesten Strähnchenfarben als für Ben.«

»Darauf würde ich mich nicht verlassen. Wirklich nicht. Ich wollte nur sagen – sei vorsichtig.«

»Verstanden«, sagte Bella leichthin.

»Meine Güte, das schüttet ja richtig.« Iain zog die Vorhänge zu, um den Regen und die Dunkelheit auszuschließen.

»Brr. Bin ich froh, dass wir warm und sicher hier drinnen sitzen.«

»Mmm«, machte Bella. Das Treffen mit Ben hatte ein wohlig-lustvolles Gefühl in ihr hinterlassen, auch wenn sie seit Janes Warnung eine leichte Beunruhigung in der Magengrube verspürte. Aber sie schob die unangenehmen Gedanken beiseite. Christopher hatte sich neben ihr zusammengerollt und den Kopf in ihren Schoß gelegt, und sie streichelte sein weiches blondes Haar, während sie fernsahen. Es war fast Zubettgehzeit für ihn, und er war müde. Katie saß neben ihr auf dem Boden, den Rücken ans Sofa gelehnt, und las ein Buch.

»Es ist ein gutes altes Haus«, sagte Iain und schaute sich um. »Stabil, solide gebaut. Hier sind wir gut aufgehoben.«

»Das sind wir«, sagte Bella abwesend.

Er starrte eine Weile an die Decke und nickte dann. »Ja. Es ist ein gutes altes Haus.«

»Na, wie war's in der Firma, Liebling?«, fragte Sam mit einem kränklich süßlichen Lächeln, als Ben nach Hause kam.

»Gut, gut.« Er küsste sie auf den Mund und drückte kurz ihren Arm. »Und wie war's bei dir?«

»Ganz okay. Die blöde Trudy hat schon wieder ihren Hund ins Haus gebracht. Die ganze Küche ist voll von dreckigen Pfotenabdrücken. Ich glaube, sie füttert ihn mit dem Inhalt unseres Kühlschranks. Die Lasagne, die du gemacht hast, ist jedenfalls verschwunden.«

»Aber sie ist eine gute Putzfrau, oder?« Ben schenkte sich einen Drink ein.

»Wahrscheinlich. Ist auch alles, wozu sie taugt.« Sam machte es sich auf dem Sofa gemütlich und zog die Beine hoch. »Mix mir auch einen, Schatz, ja? Einen starken. Je stärker, desto besser.«

»Wie du willst.« Er schenkte ihr großzügig von dem Tanqueray ein und füllte das Glas mit Tonic auf. »Und was hast du hier so ganz allein getrieben? Ich mache mir Sorgen um dich.«

»Tust du das, Süßer?«, fragte Sam mit einer Spur Sarkasmus. »Ach, du bist so nett zu mir.«

»Du hast dich ja seit Ewigkeiten nicht mehr mit Becky getroffen. Wie geht es ihr denn?« Lässig ließ er sich ihr gegenüber nieder und nippte an seinem Drink.

Sam spürte, wie sie sich anspannte, wie ihre Lippen sich zusammenpressten und ihre Augen hart wurden. Zeig nicht, was in dir vorgeht, dachte sie. »Soweit ich weiß, geht es ihr gut. Findest du, ich sollte sie mal wieder besuchen?«

Ben zuckte mit den Achseln. »Ach, du ziehst doch gern gelegentlich mit den Mädels los, oder? Du warst schon seit Ewigkeiten nicht mehr in Cheltenham. Ich möchte nicht, dass du anfängst, dich hier zu langweilen, so ganz allein.«

»Ja. Ja, ich treffe mich immer gern mit Becky. Vielleicht sollte ich sie mal anrufen und fragen, ob sie Zeit hat. Mach ich gleich nach dem Essen.«

»Du hast dir eine kleine Belohnung verdient.«

»Ja, das habe ich, nicht wahr?«

Wenn Bella sich am Telefon meldete, lag immer eine Spur atemloser Aufgeregtheit in ihrer Stimme, weil es ja sein konnte, dass Ben anrief. Wenn er tatsächlich am Apparat war, verfiel sie sofort in einen leisen, verführerischen Flüsterton, schwül und verlockend.

Ein paar Tage später rief er sie am Nachmittag an. »Rate mal, wo ich bin.«

»Hmm, lass mal überlegen. Im Büro? Zu offensichtlich. Im Besenschrank mit deiner Sekretärin? Oder an einem etwas exotischeren Ort? In Florenz, oben auf dem Duomo?«

»Falsch. Ich bin zu Hause. Was machst du gerade?«
»E-Mails verschicken, Hausarbeit, im Internet surfen. Langweiliger Kram. Wieso bist du zu Hause?«
»Sam ist nach Cheltenham gefahren. Ich bin in meinem Arbeitszimmer, aber weißt du was? Ich kann mich nicht konzentrieren, weil ich immerzu an dich denken muss und an all die köstlichen Dinge, die du mit mir anstellst.« Sie kicherte. »Möchtest du herkommen?«
»Was?« Sie war ein wenig schockiert. »Um in deinem Haus mit dir zu schlafen? Was ist mit Emma?«
»Sie ist runter ins Dorf. Zu Fuß, also wird sie noch Stunden unterwegs sein. Komm schon ... Lass uns wild und gefährlich leben.«
Voller Unbehagen dachte Bella an Janes Warnung. »Nein, das halte ich nicht für richtig. Zu riskant.«
»Dann lass mich zu dir kommen«, schmeichelte Ben.
»Nein, das will ich nicht. Nicht in unserem Haus. Ich könnte nie ...«
»Meine Güte, Bella, du machst mich wahnsinnig. Wie wär's denn, wenn wir uns bei dem alten Bauernhof treffen? Du weißt schon, du kommst ständig daran vorbei. Da gibt es eine alte Scheune, die noch ein Dach hat. Treffen wir uns doch da.«
Der Vorschlag reizte sie. »Gut. In zehn Minuten?«

Es regnete nicht mehr, aber die Erde war noch feucht. Die Wolken hatten sich verzogen, und blassgoldener Sonnenschein ließ alle Farben leuchten. Bella ging den Heckenweg hinauf und nahm die Abzweigung zu dem alten Gehöft, dessen verwitterte Gebäude malerisch verfielen. Die roten Backsteinmauern bröckelten, und die Schieferplatten sackten langsam durch die Dachbalken. Es sah fast aus, als würde nur der Moosteppich die letzten Schindeln an Ort und Stelle halten. Alles war überwuchert, und zwischen dem hohen Gras lagen rostende Gerätschaften, für längst vergessene Zwecke hergestellt: eigentümliche Relikte mit Haken, Sägeblättern oder Harken, kaputte Sättel und Metallräder.

Bella ging vorsichtig durch das nasse Gras zur Scheune, vorbei an den Stallungen, die jetzt Wind und Wetter ausgesetzt waren, und einigen schäbigen Nebengebäuden. Wozu die Scheune wohl mal gedient hatte? Vielleicht dazu, die Tiere in warmer, nach Heu duftender Dunkelheit vor dem bitterkalten Winter zu schützen. Jedenfalls war sie eindeutig am stabilsten gebaut, das einzige Gebäude, das noch Schutz bot. Als sie näher kam, trat Ben aus dem Inneren hervor.

»Hallo!«, sagte sie lächelnd. Seine Größe, sein blauer Pullover, die grauen Strähnen in seinem frisch gewaschenen Haar – alles an ihm gefiel ihr, und allein sein Anblick reichte, um einen Lustschauer in ihr auszulösen. Er streckte die Hand nach ihr aus, sie nahm sie und sagte: »Du musst ja sofort losgegangen sein, wenn du schon hier bist«, als er sie schon in die Scheune zog. Drinnen war es feucht und dunkel, und sie überlegte, ob sie sich irgendwo hinlegen würden, aber Ben ließ ihr keine Zeit zum Nachdenken. Stattdessen presste er gewaltsam den Mund auf ihre Lippen und schnitt ab, was sie eventuell noch zu sagen gehabt hätte. Sie schlang die Arme um seinen Hals, aber er packte sie mit starken Händen und zog sie wieder herunter. Sie versuchte sich etwas aus seiner Umarmung zurückzuziehen, da sie ihn bitten wollte, etwas langsamer zu machen, aber er blieb beharrlich, folgte jeder Bewegung ihres Kopfes, bedeckte ihren Mund mit seinem Mund, heftig atmend. Er presste sie gegen die Wand. Durch die Jacke hindurch spürte sie die rauen Backsteine an ihrem Rücken und dann einen kalten Luftzug auf dem Bauch, als Ben ihr Oberteil hochriss und ihre Brüste knetete. Es geht alles so schnell, dachte sie. Warum hatte er es so eilig? Dabei hatten sie heute Zeit. Sie waren nicht in dem Hotelzimmer und auf die Mittagspause beschränkt.

Er schob ihren Rock hoch, und ein kalter Luftzug umspielte ihre Schenkel. Sie spürte, wie sie reagierte, wie seine Erregung auf sie übersprang wie eine elektrische Ladung. Sie lösten sich aus ihrem Kuss, und Bella zog ihr Höschen so weit herunter, wie es ging, während Ben an seiner Hose herumfummelte. Dann hob er eins ihrer Beine an, schlang es um seine Mitte und fand sie. Er stieß in sie hinein, mit angespanntem Mund und wildem Blick. Sie sog scharf die Luft ein, und ihre Jacke schabte gegen das Mauerwerk, als sie sich bewegten, schneller und schneller. Sie warf den Kopf zurück, ohne auf die Wand hinter sich zu achten, schloss die Augen und keuchte bei jedem starken Stoß auf.

»O mein Gott«, flüsterte sie und vergrub ihre Gesicht an seiner bebenden Schulter. »O mein Gott ...«

Ben sprach erst, als sie sich einige Minuten erholt hatten und alle Kleidungsstücke wieder am richtigen Platz waren. Im Zustand des Nachglühens nach ihrer wilden Umarmung waren sie zu Boden gesunken, ohne auf die feuchte Erde zu achten, und jetzt saßen sie träge da und schauten hinaus auf den gegenüberliegenden Stall.

Er drehte sich zu Bella um. »Ich glaube, so was nennt man eine bukolische Bumserei.«

»Rustikales Rummachen.« Sie grinste ihn an.

»Bäurische Tollerei.«

»Pastorale Freuden.«

Er dachte einen Augenblick nach. »Du hast gewonnen, mir fällt nichts mehr ein.«

»Arkadische Amouren«, sagte sie.

»Angeberin!« Er boxte sie leicht auf den Arm.
»Eine Idylle«, flüsterte sie und küsste ihn. »Das war wie bei Thomas Hardy. Ich fühlte mich wie Tess of the d'Urbervilles oder so.«
»Kann ich mir vorstellen – wer auch immer das sein mag.«
Sie saßen ein paar Minuten schweigend beisammen, dann sagte Ben: »Ich gehe jetzt besser wieder zurück.«
»Ich auch. Wie spät ist es eigentlich? Die Kinder werden bald aus der Schule kommen. Also los!« Sie standen auf und traten hinaus in das hohe Gras. Eine Spur niedergetretener Halme zeigte, wo sie gegangen waren. Ben verbeugte sich ironisch vor ihr, und sie machte einen Knicks. »Meinen innigsten Dank, edle Dame«, sagte er feierlich.
»Das Vergnügen war ganz auf meiner Seite, mein Herr.«
Er küsste sie lange und heiß, als wolle er noch einmal ihren Mund kosten. »Hmmm. Du schmeckst so gut. Bis dann, meine Bella. Wir sehen uns bald.«
»Bis bald«, erwiderte sie, und sie trennten sich und gingen nach Hause.

Zwanzig

»Nächstes Jahr werde ich meine Promotion abschließen, habe ich das schon erwähnt?«, fragte Tom beiläufig während des Waldspaziergangs. Diesmal war er zu Jane gekommen, denn Alec besichtigte eine Kollegschule, und sie hatte das Haus ganz für sich.

Sie schüttelte den Kopf. Sie hatten nicht einmal darüber gesprochen, was nächste Woche sein würde, geschweige denn in einem Jahr. Es war eine unausgesprochene Bedingung ihres Zusammenseins. Indem sie die Zukunft nie erwähnten, gestanden sie sich stillschweigend ein, dass es für sie keine Zukunft gab, dass es nur ein reizendes Zwischenspiel auf ihrem Weg zu unterschiedlichen Zielen war.

»Was ich danach machen werde, weiß ich noch nicht. Ich werde mir wohl wie ein vernünftiger Erwachsener eine Stelle suchen müssen. Wahrscheinlich kehre ich nach Südafrika zurück.« Er stieß mit dem Fuß durch den raschelnden Teppich aus roten Herbstblättern.

»Möchtest du das denn?« Sie sog die Luft ein, in der der Geruch von brennendem Laub hing.

»Ich weiß nicht genau, was ich will. Vielleicht hängt mir dieses Land bis dahin zum Hals raus. Könnte sein, dass ich mich dann nach ein bisschen Wärme sehne.« Er zitterte. »An dieses Wetter werde ich mich nie gewöhnen.«

»Wir haben doch erst Herbst! Es ist noch warm!«

»Das weiß ich nur zu gut. Ich bin extra nicht nach Cambridge gegangen, weil man mich vor den Wintern dort gewarnt hat. Ich wage es mir kaum auszumalen. Brrr!«

Sie lachte. »Du bist wirklich Südafrikaner!«

Tom griff nach ihrer Hand, drückte sie und schob ihre umschlungenen Hände in seine Jackentasche. »Hast du mal daran gedacht, dahin zu gehen?«, fragte er.

»Was? Nach Südafrika? Nein. Nein, ich kann ehrlich sagen, dass mir dieser Gedanke nie gekommen ist.«

»Dann solltest du es dir vielleicht mal überlegen.«

Sie blieb stehen und starrte ihn an. »Mit dir?«

Er lief rot an. »Vielleicht. Ist das so merkwürdig?«

Stirnrunzelnd blickte sie auf den Waldboden hinunter. Zwischen dem modernden Laub zu ihren Füßen wuchsen feuchte kleine Pilze. »Es ist schon merkwürdig. Du redest von nächstem Jahr. Du redest, als sei … das mit uns von Dauer.«

»Warum denn auch nicht?« Er sah jung und verletzlich aus. »Und fang nicht wieder mit diesem Blödsinn von deinem Alter an. Für mich spielt das keine Rolle, das weißt du.«

Sie zog ihre Hand aus seiner Tasche, trat wieder auf den Waldweg und ging weiter. »Das ist überhaupt kein Blödsinn, Tom. Es ist Realität. Wir sind nicht nur ein bisschen auseinander, sondern sehr weit, nicht nur im Alter, sondern in allem. Unter anderem habe ich zwei erwachsene Kinder. Unsere Beziehung ist etwas Wunderbares und außerordentlich kostbar für mich – weil du etwas ganz Besonderes bist und weil ich weiß, dass es nicht von Dauer sein kann. Nicht von Dauer sein *darf*. Es ist mir ein Rätsel, warum du etwas für mich empfindest, aber ich glaube dir, dass du es tust. Ich glaube es, und ich bin sehr dankbar dafür – aber das heißt nicht, dass ich glaube, du würdest immer so empfinden.«

»Ich bin kein Kind mehr.« Vor Zorn sprach er lauter, und

sein Akzent trat deutlicher hervor. »Du behandelst mich, als wäre ich siebzehn. Aber ich bin fast dreißig – viele Leute haben in dem Alter ihre Lebensentscheidungen längst getroffen. Wieso bist du so überzeugt, dass ich unter einer vorübergehenden Vernarrtheit leide? Wenn ich mich in eine Frau verliebe, dann doch nicht wegen ihres Alters oder ihrer Haarfarbe, sondern weil sie ist, wie sie ist.«

Jane schwieg. Bislang hatte keiner von ihnen das Wort »Liebe« in den Mund genommen – und durch seine dramatische Wortwahl stellte sich das, was zwischen ihnen war, plötzlich ganz anders dar. Dann war es nicht einfach ein süßes, sorgloses Zwischenspiel, sondern ein Pakt mit Verantwortung, die übernommen werden musste. Diesen Gedanken hatte sie immer weit von sich geschoben; sie wollte nicht über alles nachdenken, wollte nicht gezwungen sein, Entscheidungen zu fällen.

»Ich verstehe nicht. Sonst hast du nie über all das reden wollen«, sagte sie. »Wenn ich dich nach Südafrika frage, lenkst du jedes Mal ab, und jetzt redest du davon, dass du mit mir dorthin gehen willst. Du kannst doch verstehen, dass mich das verwirrt, oder?«

Tom stapfte hinter ihr her. »Vielleicht solltest du nicht immer vor Risiken zurückschrecken«, sagte er schließlich, was keine Antwort auf ihre Frage war. »Du gehst zu sehr auf Nummer Sicher. Hab doch nicht immer solche Angst – lebe mal ein wenig.«

Sie ignorierten ihre Meinungsverschiedenheit und wanderten weiter. Nach ihrer Rückkehr ins Haus erwähnten sie sie nicht mehr. Stattdessen genossen sie den Platz in Janes Doppelbett, und dann lagen sie zusammen auf dem Teppich im Wohnzimmer und sahen sich einen Film an.

Risiken, dachte sie, während er mit der Hand über ihren

Arm strich. Da gab es verschiedene. Es gab das Risiko, das sie mit Tom einging, das Risiko, verletzt zu werden oder ihn zu verletzen. Ein ganz anderes Risiko ging Bella Balfour ein. Wenn das schief ging, würden sehr viel mehr Leute verletzt werden.

Sie beobachtete, wie Toms Hand sanft über ihren Arm strich, hinauf und hinunter. Seine starke, breite Hand mit den klobigen Fingern faszinierte sie. Eine fast unerträgliche Zärtlichkeit stieg in ihr auf. Aber liebte sie ihn? Er schenkte ihr Trost und Lust, durch ihn fühlte sie sich wieder lebendig. Jedes Mal, wenn er sie liebte, konnte sie spüren, wie alte Wunden heilten. Und das war genug. Das war alles, was sie im Moment wollte. Wenn sie sich zugestand, ihn zu lieben, etwas für ihn zu empfinden, würde sie sich wünschen, dass diese Liebe erwidert würde. Und sie fürchtete, dass alles schief gehen würde, wenn sie diesen Schritt tat – so als würde er sie dann plötzlich mit anderen Augen sehen und sich fragen: Was wollte ich bloß mit dieser Frau? Wie konnte ich sie nur begehren, geschweige denn lieben? Und er würde wieder zur Besinnung kommen und sie verlassen. Es ist besser, das nicht zuzulassen, dachte sie. Es ist besser, wenn ich mich weiter auf die einzige Art schütze, die ich kenne.

»Na, hat Alec dir von unserem genialen Plan erzählt?«, fragte Maggie bei ihrem nächsten Anruf.

»Hat er. Ihr seid beide genial.«

»Ja, ich bin ganz zufrieden damit. Er hat große Pläne, weißt du. Er denkt, er kann den alten, verfallenden Hof unten am Weg wieder auf Vordermann bringen.«

»Das ist das Einzige, wobei ich Bedenken anmelden würde – ich weiß nicht genau, was uns erlaubt ist. Alles, was ich über das Land weiß, ist, dass ich es nicht getrennt vom Haus verkaufen darf. Da gibt es Denkmal- und Landschaftsschutzbestimmungen und was weiß ich noch alles zu beachten.«

»Darüber können wir uns immer noch Gedanken machen, wenn es so weit ist. Ich kann mir allerdings nicht vorstellen, dass jemand uns verbieten wird, bereits vorhandene Gebäude instand zu setzen und Arbeitsplätze für die Region zu schaffen. Aber was auch daraus werden wird, Alec hat eindeutig eine Berufung. Er hat nur einen kleinen Anstoß gebraucht, um das zu erkennen.«

»Danke dafür. Ganz im Ernst.« Jane lächelte in den Hörer, als ob Maggie sie sehen könne. »Und wie geht es dir?«

»Mir geht's gut. Ich bin froh, wieder zu Hause zu sein, bei Gregor, aber es ist schon komisch – ich bin mit einer ganz neuen Lebenseinstellung zurückgekehrt. Ich ziehe in Erwägung, einiges zu verändern.«

»Wirklich?« Jane verspürte einen Anflug von Beunruhigung, entspannte sich dann aber wieder. Sie lernte allmählich, Veränderungen anzunehmen, ohne sich so davor zu ängstigen wie früher.

»Ich habe mich noch nicht entschieden, was ich machen will. Wir werden sehen. Aber ich wollte fragen, ob Gregor und ich euch Weihnachten besuchen dürfen, dich und die Kinder.«

»Aber natürlich!« Jane war begeistert. Es war immer so schwer gewesen, Maggie zu einem Besuch in Rawlston zu überreden, und nun fragte sie freiwillig, ob sie kommen könne. Ohne Zweifel waren da Veränderungen im Gange. »Wir würden uns sehr darüber freuen.«

Tom war es, der sie merken ließ, dass ihr Glück zerbrechlich war. Anfangs hatte sie gehofft, sie bilde sich die leichte Kühle nur ein, die sie bei ihrem nächsten Treffen spürte. Sie besuchten ein Konzert im Sheldonian Theatre in Oxford, und als sie in die frische Abendluft hinaustraten, überlegten sie, wo sie noch etwas trinken könnten, und einigten sich auf das Lamb and Flag. Sie erwartete, dass er ihre Hand nehmen würde, als sie sich unter die hinausströmenden Besucher mischten, doch er unterließ es. Und im Pub erschien er ihr distanziert und abwesend.

Sie unterhielten sich eine Weile über die Musik, doch Jane merkte, dass er nicht mit dem Herzen dabei war. Sie musterte ihn forschend, um herauszufinden, was los war, aber seine Miene verriet nichts. Endlich sagte sie: »Tom, macht dir irgendwas Sorgen?«

Er blickte unbehaglich drein, nahm seine Brille ab und putzte sie mit dem Hemdsärmel. »Nein, überhaupt nicht. Wieso?«

»Du bist ganz anders als sonst.«

»Mir geht's gut. Es ist nur … Na ja, weißt du, das Semester fängt bald wieder an. Ollie kommt demnächst zurück, und er wird erwarten, dass alles so sein wird wie im letzten Jahr. Wir haben viel zusammen unternommen. Wir waren bei Partys, Dinners, Debatten in der Union Society. Und die Vorlesungen fangen bald wieder an – ich muss mit meiner Promotion weiterkommen. Auch die Rugby-Saison beginnt wieder, und ich bin ziemlich sicher, dass ich in die College-Mannschaft komme, vielleicht kann ich sogar an der Mini-Olympiade von Oxbridge teilnehmen …«

»Meine Güte!«, sagte Jane leichthin. »Ich werde dich überhaupt nicht mehr zu Gesicht bekommen.«

»Ich weiß. Das wollte ich damit sagen, glaube ich.«

Plötzlich war sie gar nicht mehr glücklich. »Was meinst du damit?« Sie bemühte sich, weiter in gleichmütigem Ton zu sprechen, aber sie hörte, wie sich eine gewisse Niedergedrücktheit einschlich. »Dass wir uns trennen sollten?«

»Nein …« Er sah sie unglücklich an. »Nur, dass wir uns nicht mehr so oft treffen können. Wir müssen mehr vorausplanen. Du kannst nicht einfach auftauchen und dich darauf verlassen, dass ich schon da sein werde. Ich werde weniger Zeit haben. Oh, ich kann deinem Gesicht ansehen, was du jetzt denkst. Darauf hast du schließlich die ganze Zeit gewartet: dass ich mich umdrehe und sage: Vielen Dank, alte Frau, aber jetzt kehre ich zu meinem aufregenden jungen Leben zurück! So ist es nicht – vertrau mir. Aber du scheinst nie irgendwas für mich aufgeben zu wollen, also kannst du auch nicht verlangen, dass ich meine Zeit in Oxford für dich opfere.«

»Das würde ich nie verlangen. Natürlich musst du Oxford genießen, ich würde es furchtbar finden, wenn du es nicht tätest. Sicher können wir ... Wir finden bestimmt eine Lösung. Vielleicht einen festen Termin in der Woche ...« Ihre Stimme versagte. Das klang furchtbar, so kalt und unpersönlich wie der Termin für einen Gymnastikkurs oder eine Therapiestunde. Der Zauber schwand, genau wie sie befürchtet hatte. Vielleicht war es besser, es gleich ganz zu beenden – aber der Gedanke erfüllte sie mit tiefer Verzweiflung. Sie wollte nicht, dass alles wieder so wurde wie vorher, und ein abergläubischer Teil von ihr fürchtete, dass es dann in allen Bereichen einen Rückschritt geben würde: Alec würde wieder mürrisch und perspektivlos, Maggie distanziert und hasserfüllt. Der Gedanke versetzte sie in Panik.

»Ich dachte nur, wir sollten mal darüber reden«, sagte Tom. Letzte Woche hatte er sie noch gefragt, ob sie mit ihm nach Südafrika gehen wolle. Und jetzt teilte er ihr mit, er könne vielleicht gelegentlich ein Treffen mit ihr einschieben, zwischen dem Rugby-Training und feuchtfröhlichen Dinnerabenden.

»Du hast ganz Recht«, sagte sie. »Es war unvermeidlich.«

Sam hatte Becky alles erzählt: ihren Verdacht, ihre Sorgen und Ängste. Erst hatte Becky versucht, es lachend abzutun und ihr gut zuzureden. »Aber doch nicht Ben«, hatte sie gesagt. »Er betet dich an, Herzchen! Das sieht doch ein Blinder.« Aber Sams Beharrlichkeit hatte sie allmählich überzeugt. Mit besorgtem Blick hatte sie gesagt: »Tu nichts Überstürztes, Süße. Denk daran, Rache muss kalt genossen werden. Wenn er dich betrügt und du die Scheidung einreichst, verlier nicht die Hauptsache aus den Augen. Er wird gehörig blechen müssen.«

Dann fügte sie hinzu: »Sei vorsichtig, Schätzchen. Du bist nicht du selbst, das sieht man auf den ersten Blick. Die Sache nimmt dich wirklich mit, oder?«

»Mir geht's gut«, hatte Sam geantwortet. »Damit werde ich schon fertig. Das ist nicht das Ende, garantiert nicht.«

Doch auf der Rückfahrt nach Rawlston erfüllte sie schwarze Angst. Jede Meile weg von Cheltenham und allem, wofür es stand – die Anfänge ihrer Beziehung, ihre Hochzeit –, zog sie tiefer in ein dunkles Loch. Als ihr Wagen an Holly Lodge vorbeiholperte, wandte sie den Blick ab, unfähig, auch nur hinzusehen, aus Angst, einen Blick auf Bella zu erhaschen. Beim Anblick von Rawlston House wurde ihr ganz übel. Ben musste noch in der Firma sein – sein kleiner Sportwagen stand nicht da –, aber Emmas Mini war mit fast anstößiger Unbekümmertheit bei den Rhododendren geparkt.

»Klasse«, grummelte Sam. »Das hat mir gerade noch gefehlt.« Sie wuchtete ihre Sporttasche aus dem Auto und schloss die Eingangstür auf. Das Haus war still und makellos wie immer, klar und heiter in seinen Pastell- und Karamelltönen. Emma war wahrscheinlich oben und geilte sich an ihren Uni-Unterlagen auf. Wann würde sie endlich fahren? Doch sicher bald. Sam ließ die Sporttasche zu Boden fallen, wanderte in die Küche und machte sich einen Kräutertee. Warum hatte sie dem Umzug nach Rawlston bloß zugestimmt? Aus Bens Plänen war nichts geworden, und es war offensichtlich, dass die Frau von nebenan nie verkaufen würde. Es war alles eine gewaltige, höllische Zeitverschwendung.

Sie schlenderte ins Wohnzimmer und überlegte, ob sie den Fernseher anstellen sollte, aber eigentlich wusste sie, was sie tun würde. Es war, als riefe eine kleine Stimme aus Bens Arbeitszimmer sie. Da sie nicht vorhatte, ihre Zeit damit zu verschwenden, diesem Lockruf zu widerstehen, ging sie mit ihrem Tee in sein Arbeitszimmer, setzte sich an den Schreibtisch und fuhr den Computer hoch.

Wie gewöhnlich fand sich nichts Belastendes in Bens Postfach, aber seit sie zuletzt nachgesehen hatte, waren einige neue Nachrichten eingetroffen. Sie sah sie gerade durch, als eine kalte Stimme von der Tür her sagte: »Was zum Teufel machst du da?«

Emma lehnte am Türrahmen, die Arme verschränkt. Ihr Gesicht war noch dünner und spitzer als gewöhnlich, und ihre Augen flammten empört. »Das ist der Computer von meinem Vater.«

»Ich surfe nur im Internet«, sagte Sam. »Nicht, dass dich das irgendwas anginge.«

»Das tust du nicht. Du liest seine Mails.«

Sam war verblüfft, behielt aber ihre gleichgültige Miene bei. Woher wollte Emma das wissen? Sie sah schließlich nur die Rückseite des Bildschirms.

»Da.« Emma wies mit dem Kopf auf das Fenster hinter Sam. Als sie sich umdrehte, erkannte sie, dass sich der Bildschirm deutlich in der dunklen Scheibe spiegelte und Bens Posteingang zeigte. »Nächstes Mal solltest du lieber die Vorhänge zuziehen«, sagte das Mädchen selbstgefällig.

Wut stieg in Sam auf. »Ich weiß gar nicht, wieso du so überlegen tust. Wie kommst du auf den Gedanken, es könnte deinen Vater stören, wenn ich seine Mails lese? Wir haben keine Geheimnisse voreinander, wenn du es unbedingt wissen willst.«

Emma grinste. »Ach ja? Da habe ich aber was anderes gehört.«

»Was sagst du da?«, fragte Sam scharf.

Emma zuckte die Achseln, machte auf dem Absatz kehrt und warf noch über die Schulter zurück: »Wenn ihr keine Geheimnisse voreinander habt, hast du doch sicher nichts dagegen, wenn ich es ihm erzähle, oder?«

Sam sprang von ihrem Stuhl auf und rannte hinter dem Mädchen her. »Was hast du damit gemeint?«, schrie sie. »Was hast du gehört?«

Emma war schon halb durch das Wohnzimmer. Jetzt blieb sie stehen und drehte sich um. Ihr Gesichtsausdruck war unergründlich, aber sie sagte ruhig: »Warum sollte ich dir irgendetwas sagen? Was schulde ich dir denn? Seit Jahren machst du mir das Leben zur Hölle mit deiner Eifersucht, deiner Bosheit und deiner Unreife. Was glaubst du wohl, wie ich mich gefühlt habe? Ich war dreizehn, als du uns meinen Vater weggenommen hast, aber das hat dich einen Dreck geschert. Es war dir scheißegal. Du hast immer nur an dich gedacht. Du konntest den Hals nicht voll kriegen, du wolltest meinen Vater ganz für dich allein haben. Findest du, damit hast du Freundlichkeit bewiesen? Oder Fairness? Ich finde das nämlich nicht. Du hast nie auch nur eine Spur von Mitgefühl gezeigt. Meine Mutter hast du immer nur runtergemacht. Du hast dich nie bemüht herauszufinden, wie ich mich fühle, du hast nie versucht, es einfacher für mich zu machen. Statt mir zu sagen, dass meine Eltern mich lieb haben, hast du verkündet, keine Mutter, die ihre Tochter lieb hat, würde ohne sie nach Amerika gehen. Ich fand es ziemlich mies, ehrlich gesagt, ein Kind so zu behandeln.«

Sam spürte, wie sie wütend wurde, wusste aber nicht, was sie sagen sollte. Sie wollte sich nicht durch irgendwelche sinnlosen Diskussionen über längst Vergangenes ablenken lassen. Sie wollte wissen, was Emma mit ihrer Andeutung gemeint hatte.

»Aber«, fuhr Emma fort, »ich glaube, das Blatt wendet sich. Es liegt in der Luft, spürst du es nicht auch? Schon mal was von Karma gehört, Sam?« Sie lachte. »Solltest du eigentlich, du mit deinem Yogakurs und deinem japanischen Garten. Was du nicht willst, das man dir tu, das füg auch keinem anderen zu.«

»Wovon redest du?« Sam hörte, dass ihre Stimme zitterte.

»Ich rede davon, das zu säen, was man erntet. Seinen wohlverdienten Lohn zu empfangen. Wer durch das Schwert lebt, wird durch das Schwert umkommen. Kapiert?«

»Hör verdammt noch mal auf, in Rätseln zu sprechen!«, schrie Sam. »Wovon redest du? Was willst du damit andeuten?« Am liebsten hätte sie mit dem Fuß aufgestampft, Emma geschüttelt und ihr das blöde Grinsen aus dem Gesicht gewischt.

»Wie es scheint, warst du ein gutes Vorbild. Du hast meinen Vater gelehrt, untreu zu sein, und offenbar hat er seine Lektion sehr gut gelernt.« Emma grinste nicht mehr. Ihr Gesicht war versteinert, und sie stieß die Worte hervor, als bereite es ihr keine Freude, sie auszusprechen.

Sams Haut wurde eiskalt. Also doch! Das war der Beweis, den sie hatte haben wollen, und jetzt, da sie ihn hatte, hätte sie fast alles darum gegeben, sich das nicht anhören zu müssen. Am liebsten hätte sie sich die Ohren zugehalten und alles ausgeblendet, hätte gesungen und gerufen, damit Emmas kalte Stimme nicht bis in ihr Gehirn drang. Aber das durfte sie nicht, das wusste sie. Sie musste zuhören.

»Ich weiß nicht, ob du etwas gemerkt hast, Sam. Du bist zwar gerissen, aber letztendlich zu dämlich, um Zusammenhänge zu erkennen. Als ich vorgestern aus dem Dorf zurückkam, habe ich den Beweis für etwas gesehen, was ich schon einige Zeit vermutet hatte.«

Sams Gesicht verzerrte sich, und ihr Magen krampfte sich schmerzhaft zusammen. Sie suchte nach Worten, doch ihr Kopf war wie leer gefegt.

»Ich habe meinen Vater unten beim Bauernhof aus der Scheune kommen sehen – mit Bella. Man braucht kein Genie zu sein, um zu kapieren, was sie da gemacht haben – ihre Gesichter waren ganz gerötet, und sie haben sich mitten auf dem Weg geküsst. Und ich dachte, na, na, was ist denn das? Zeit für etwas Neues, was? Jetzt wird die gute alte Sam dahin zurückgeschickt, wo sie hergekommen ist. Jetzt wird der armen Sammy all ihr schönes Spielzeug wieder weggenommen. Das Geld meines Vaters, sein Haus und ihre ganzen hübschen Sachen.« Emmas Stimme triefte vor Hohn. »Zeit, Sam abzuservieren.«

Wilde Wut erfasste Sam. Ein Schrei entrang sich ihrer Kehle, und sie spürte, dass sie die Beherrschung verlor, als sie vorstürzte und Emma an den Haaren zog. Ihr ganzer Hass und ihre ganze Verzweiflung ballten sich zusammen und richteten sich auf das Mädchen, sie wollte es zum Schweigen bringen und ihm ein wenig von dem Schmerz zurückgeben, den es ausgeteilt hatte. Emma kreischte und versuchte, Sam wegzuschieben, aber die hatte eine Strähne ihres Haars gepackt, riss Emmas Kopf mit einem brutalen Ruck zurück, holte aus und ließ die offene Handfläche auf Emmas Gesicht niederklatschen . Der Schlag schmerzte Sam, und ihre Hand brannte, demnach musste das Mädchen ihn gespürt haben – aufgejault hatte es auch. Es war ein gutes Gefühl, etwas von der Aggression loszuwerden, und so holte Sam erneut aus, doch Emma, die den nächsten Schlag fürchtete, fasste Mut, schrie »Nein!« und packte Sams Arm. Sie rangen miteinander, und dann versetzte Sam Emma einen bösartigen Tritt und traf sie mit der Schuhspitze direkt am Schienbein. Das Mädchen sackte zusammen und fiel zu Boden, wimmernd vor Schmerz. Sam trat abermals nach Emma, diesmal oben am Bein, und noch einmal, während das Mädchen schrie, sie solle aufhören. Sam wollte Emma gerade noch einen Tritt versetzen, als Ben durch die Tür gestürmt kam, sie hart an beiden Armen packte, grob von Emma wegzerrte und aufs Sofa schleuderte.

»Sam, hör auf damit!«, brüllte er. »Was zum Teufel ist hier los?«

Emma, die zusammengekrümmt am Boden lag, weinte heftig. »Sie hat mich geschlagen, Papa«, wimmerte sie. Sie hob den Kopf, um den roten Striemen auf ihrem Gesicht zu zeigen.

Ben fuhr zu Sam herum, und sein Blick war so finster, wie sie ihn noch nie zuvor gesehen hatte. »Stimmt das?«, zischte er. »Hast du sie geschlagen?«

»Das hat sie sich selbst zuzuschreiben!«, kreischte Sam panisch.

»Emma, geh sofort nach oben!«, befahl Ben. Emma stemmte sich auf die Füße und ging leise schluchzend davon.

Sam ängstigte sich. Was würde er jetzt mit ihr machen? Sie zusammenschlagen? Ihre blanke Wut verpuffte. Ben machte einen Schritt auf sie zu, und sie zuckte zusammen, aber er setzte sich nur neben sie und starrte eine Weile schweigend auf den Teppich. Dann seufzte er tief und sagte: »Ich hätte nie gedacht, dass es mal so weit kommen würde.« Er schüttete den Kopf. »Ich kann es nicht fassen, was ich da eben gesehen habe – dass du zu so was fähig bist.«

»Du weißt nicht, was sie zu mir gesagt hat.«
»Nichts hätte dich dazu bringen dürfen – nichts.«
»Sie hat mir … das von dir erzählt.« Beim letzten Wort brach Sams Stimme.
»Was hat sie dir erzählt?«
»Ach, komm schon! Ich bitte dich!« Sie lachte bitter. »Wir müssen uns doch nichts mehr vormachen. Sie hat mir von dir und Bella erzählt.«
»Verstehe«, sagte Ben gleichmütig. »Zu der Frage, worauf Emma ihre Schlussfolgerungen gründet, kommen wir später –«
»Oh, verdammte Scheiße, sie hat dich *gesehen*! Viel eindeutiger kann es nicht werden, oder?«
»– aber erst mal muss ich dir etwas sagen.« Seine blauen Augen blickten ernst. »Es ist vorbei, Sam. Ich glaube, das wissen wir beide.«
Ihre Ohren dröhnten, Schwäche überkam sie, und ihr wurde schwindelig. Genau davor hatte sie sich am meisten gefürchtet. »Warum?«, flüsterte sie. Angst und Verzweiflung stiegen in ihr auf.
»Ich habe es schon seit einiger Zeit gedacht, und jetzt bin ich mir sicher. Wir lieben einander nicht. Ich weiß nicht, ob du überhaupt fähig bist, jemanden zu lieben, und ich … Tja, ich habe jemanden geliebt, den es nicht gibt. Ich habe meine Vorstellung von dir geliebt. Aber ich könnte dir nie genug geben, um die Leere in dir zu füllen, das weiß ich jetzt. Und wenn ich es versuchen würde, würden wir uns nur beide zerstören. Und wie du eben auf Emma losgegangen bist – wie ein Tier! Das Bild werde ich nie vergessen können.« Er nahm ihre Hand. »Es tut mir leid. Wirklich. Ich wünschte, es wäre anders gekommen.«
Ihr Mund war trocken, und ihre Hand fühlte sich ganz taub an, als gehöre sie gar nicht ihr. Sie fuhr sich mit der Zunge

über die Lippen und krächzte: »Gehst du jetzt zu *ihr*? Zu Bella?«

»Das hat gar nichts mit Bella zu tun. Sie ist nur ein Symptom, nicht die Ursache. Ich halte es für offensichtlich, dass unsere Ehe gescheitert ist, ob es nun eine Bella gibt oder nicht.«

»Und was sollen wir jetzt tun?«

Ben zuckte die Achseln. »Es hat keinen Sinn, unsere Zeit zu verschwenden. Entweder *du* ziehst aus oder ich. Wir werden alles so einvernehmlich wie möglich regeln. Kinder haben wir nicht, ein Hauptproblem fällt also flach.«

»Und das soll's dann gewesen sein? Wollen wir nicht noch einmal über alles reden, versuchen, uns zu versöhnen?«, fragte Sam elend.

»Was sollte es da noch zu reden geben?«

»Es geht um unsere Ehe, Ben. Kannst du ihr nicht noch einen einzigen Tag geben? Wir sind beide ziemlich aufgebracht. Warum reden wir nicht noch mal darüber, wenn wir uns beruhigt haben?«

»Mein Entschluss steht fest, Sam. Aber wenn du willst, dass wir es uns noch einen Tag durch den Kopf gehen lassen … Tja, das ist wohl das Mindeste, was ich tun kann. Schön, noch einen Tag. Aber ich schlafe heute im Gästezimmer.«

Sam setzte sich plötzlich aufrecht hin. »Bella … Du wirst es ihr doch nicht erzählen, oder?«

»Es macht keinen Unterschied, ob ich es ihr erzähle oder nicht«, sagte er leise.

»Bitte, Ben, versprich mir, dass du es ihr nicht vor morgen Abend erzählst! Das zumindest bist du mir doch wohl schuldig. Bis dahin soll es unter uns bleiben. Ich könnte es nicht ertragen, dass sie es erfährt.«

Wieder streichelte er sanft ihre Hand, und ihr Herz zog sich zusammen. »Gut, Sammy. Es bleibt unter uns.«

Spät in der Nacht, als sie allein im Bett lag, hämmerte ihr Herz vor Angst und Zorn. Regen prasselte gegen die Fenster. *Er will mich abservieren. Er will sie hier haben, in unserem Bett. Der Scheißkerl! Diese intrigante Hexe. Das hat sie die ganze Zeit geplant. Wahrscheinlich haben sie und Emma das in Frankreich ausgeheckt – in dem Urlaub, den ich ihr ermöglicht habe.*

Sie merkte, wie sie mit den Zähnen knirschte. Beruhige dich!, ermahnte sie sich. Du musst jetzt klar denken. Mach ihr einen Strich durch die Rechnung! Zeig ihr, dass sie damit nicht so einfach durchkommt!

Denn schließlich gab es da noch jemanden, der eindeutig nichts von der ganzen Sache wusste.

»Hi, Iain. Hier ist Sam Clarke.«

Er schien überrascht, von ihr zu hören. »Oh, hallo, Sam. Wie läuft's denn so?«

»Gut. Gut. Na, eigentlich könnte es besser sein.« Sie trat ans Fenster und blickte in den nebligen grauen Morgen hinaus. Ben war früh zur Arbeit gefahren, ohne sich von ihr zu verabschieden, und da Emmas Auto verschwunden war, musste sie ebenfalls das Haus verlassen haben, um Sam nicht zu begegnen. Die Telefonnummer von Iains Firma hatte sie aus dem Internet – ein schönes Stück Detektivarbeit. »Hör zu, du wirst mich für verrückt halten, aber ich möchte, dass du etwas Bestimmtes tust.«

»Und das wäre?« Seine Stimme klang munter und vergnügt, als würde er ihr nur halb zuhören.

»Ich möchte, dass du jetzt zu deinem Chef gehst und ihm sagst, es hätte einen häuslichen Notfall gegeben. Und dann steigst du in den Zwölf-Uhr-Zug und kommst hierher. Ich hole dich vom Bahnhof ab. Wirst du das für mich tun, Iain?«

Es gab eine Pause. Jetzt hatte sie seine Aufmerksamkeit. »Ist etwas passiert?«, fragte er.
»Alles ist bestens. Den Kindern geht es gut. Deiner Frau geht es gut. Aber es ist mein Ernst. Du musst tun, was ich dir sage.«
»Hör zu, ich weiß ja nicht, was du vorhast, aber ich kann nicht einfach das Büro verlassen, ohne eine Ahnung zu haben, was das Ganze soll. Falls du eine Überraschung planen solltest, muss ich dir leider sagen, dass ich heute nicht Geburtstag habe.«
Sams Stimme wurde lauter. »Hör gut zu, Iain. Geh zu deinem Chef, nimm dir frei und komm her. Ich muss dir etwas sagen, und es betrifft meinen Mann und deine Frau. Okay?«
Nach einer weiteren Pause kam: »Was sagst du da?«
»Tu es einfach!« Mit einer schwungvollen Bewegung legte sie das Telefon hin und zog an ihrer Zigarette. Dann ging sie direkt ins Arbeitszimmer, rief das E-Mail-Programm auf und gab Bens Passwort ein. Sie klickte auf das Fenster »Neue Nachricht« und schrieb in das Hauptfeld:

Liebling,
entschuldige, dass ich dir unter meiner normalen Mail-Adresse schreibe – die andere funktioniert im Moment nicht. Wollen wir uns heute treffen – gleiche Zeit, gleicher Ort? Ich freue mich.
Ben x

Dann tippte sie »BellaB« ein, und das Adressbuch machte den Rest. Sie drückte auf »Senden« und lehnte sich zufrieden zurück. Jetzt konnte sie nur noch hoffen, dass Ben Wort gehalten und nichts verraten hatte.

Einundzwanzig

Es war ein trüber Tag. Die ganze Nacht hatte es geschüttet, und die Welt wirkte durchweicht und voll gesogen. Es war Viertel nach drei, als Sam mit ihrem Mercedes im Halteverbot direkt vor der Schule parkte. Ein paar Mütter, die früh zum Abholen ihrer Kinder gekommen waren, warfen ihr finstere Blicke zu, aber Sam ignorierte sie. Der blaue Minibus, der die Kinder zu den weiter entfernten Dörfern und Bauernhäusern brachte, wartete ein paar Meter weiter. Sie musste ihn im Auge behalten, und von hier aus konnte sie ihn gut sehen. Sollten die Frauen doch missbilligend starren. Wen scherte das?

Um halb vier schrillte die Klingel, und plötzlich war der eben noch leere Schulhof voller winziger Menschen mit Ranzen und selbst gefertigten Bildern in der Hand, die zu ihren Müttern liefen oder dem Postamt und dem Dorfladen zustrebten. Sam ließ den Blick über das Gewühl schweifen, voller Sorge, sie könnte sie verfehlen. Aber sie entdeckte sie sofort. Katie kam zuerst heraus, in ihrem roten Regenmantel; ihr Ranzen baumelte über der Schulter. Sie steuerte auf den Minibus zu. Rasch stieg Sam aus und rief: »He, Katie!«

Katie blickte sich um und sah sie. Sie lächelte und winkte. »Hi, Sam!«

Sam winkte sie heran. »Komm doch mal her!«

Katie trat zu ihr, ohne den Schulbus aus den Augen zu lassen. »Was machst du denn hier?«, fragte sie.

»Ich wollte euch abholen. Eure Mutter hat mich geschickt. Sie hat heute keine Zeit.«
»Wir fahren mit dem Bus«, bemerkte Katie. »Sie holt uns nie ab.«
»Ich weiß, aber heute wollte sie, dass ich euch abhole.« Etwas Gelbes flitzte vorbei, und Sam sah, wie Christopher in den Bus stieg. »Hey, Chris! Chrissie, hier drüben!«
Christopher drehte sich um und sah Katie neben Sam stehen. Langsam stieg er wieder aus und kam zu ihnen herüber. Katie erklärte ihm: »Sam sagt, Mama sagt, wir sollen mit ihr fahren.«
Sie schauten einander ernst an. Dann sagte Katie stirnrunzelnd zu Sam: »Unsere Räder stehen in der Scheune. Wir müssen sie nach Hause bringen.«
»Ihr könnt sie doch morgen abholen, oder nicht?«
»Ja-a«, stimmte Katie zu. Sie scharrte mit dem Schuh über den Gehweg.
»Wollt ihr denn nicht mal mit unserem Auto fahren? Ihr könnt vorn sitzen, wenn ihr wollt.«
»Kann ich? Darf ich vorne sitzen?«, bettelte Christopher.
»Wir können nicht beide vorn sitzen, Dummie. Ich bin die Älteste, ich sitze vorn.«
»Ihr könnt beide vorn sitzen, wenn ihr wollt«, schlug Sam vor.
Katie schaute sie wachsam an. Zwei Kinder auf dem Vordersitz, das war nicht erlaubt. Erwachsene pflegten solchen Leichtsinn gewöhnlich nicht vorzuschlagen. Vielleicht sollte sie die Gelegenheit nutzen. »Gut«, sagte sie. »Komm, Chrissie.«
Im Auto waren die Kinder sehr still. Das gefiel ihr nicht. Sie hatte sie so in Erinnerung, wie sie in Frankreich gewesen waren: ausgelassene, drauflosplappernde kleine Dinger, immer in Bewegung. Sie saßen eng zusammengedrängt

auf dem Ledersitz und starrten aus dem Fenster; der Anschnallgurt zog eine lange schwarze Linie über beide.
Als sie an Holly Lodge vorbeifuhren, starrten die Kinder das rote Backsteinhaus an, und Katie schaute zurück, bis es hinter einer Wegbiegung verschwand. »Fahren wir denn nicht nach Hause?«, fragte sie.
»Ihr kommt erst noch ein bisschen mit zu uns. Nicht lange. Eure Mama wird euch abholen.«
Sie fuhren in die Auffahrt, wobei sie dicht an den dunkelgrünen Rhododendronbüschen vorbeischrammten. Sam löste den Gurt und öffnete den Kindern die Autotür. Sie stiegen aus und blickten an dem riesigen Haus empor. Sie waren noch nie drinnen gewesen.
»Kommt«, sagte sie. »Wer möchte heißen Kakao?«

Die Kinder hatten heißen Kakao und Kekse bekommen und sahen seit ungefähr einer Stunde fern. Sie hatten sich entspannt und verfolgten gebannt die Zeichentrickfilme im Nachmittagsprogramm. Sam saß hinter ihnen auf dem Sofa und betrachtete sie. Was für entzückende kleine Dinger! Sie ähnelten eher Iain mit ihren blaugrauen Augen und dem blonden Haar, nicht der brünetten Bella. Sie waren süß. Die Art Kinder, die Sam hätte haben können, wenn sie je welche gewollt hätte. Kostbare kleine Wesen.
»Hier drin ist es irgendwie komisch«, sagte Christopher plötzlich. Er schaute sich um. »So unordentlich.«
»Stimmt, heute ist es ein bisschen chaotisch«, sagte Sam gleichgültig. »Meine Putzfrau ist nicht gekommen.« Sie musterte die beiden. »Kommt«, sagte sie plötzlich und stand auf. »Wir gehen raus.«
»Wo gehen wir hin? Kommt Mama uns denn nicht abholen?«, fragte Katie, plötzlich wieder wachsam und zurückhaltend.

»Erst in einer Stunde oder so. Machen wir doch einen Spaziergang. Ich weiß was – ihr spielt doch gern am Bach. Gehen wir zum Bach.« Sie ging zum Stuhl und griff nach ihren Regenmänteln.

»Wir dürfen nicht zum Bach runter«, sagte Christopher. »Meine Mutter sagt, das ist gefährlich.«

»Ich bin ja bei euch. Sie hat bestimmt nichts dagegen. Kommt jetzt.«

Die Kinder starrten zu ihr hoch und umklammerten ihre Kakaobecher.

Sie war verärgert. Wieso taten sie nicht einfach, was ihnen gesagt wurde? Waren alle Kinder so? »Kommt schon!«, fauchte sie. »Setzt euch in Bewegung, verflixt noch mal. Wir werden richtig Spaß am Bach haben, ihr werdet schon sehen. Zieht eure Jacken an.«

Gehorsam standen sie auf und schlüpften in ihre Regenmäntel.

»Wartet hier«, befahl sie, als sie an der Haustür waren. Da gab es noch etwas, was vorher erledigt werden musste. Sie stieg in den Keller hinab und suchte nach der Farbe, die die Handwerker nach Beendigung ihrer Arbeit zurückgelassen hatten. Mit einer fast vollen Dose hellgrüner Lackfarbe, mit der die Holzbalken im Esszimmer veredelt worden waren, ging sie in die Küche. Sie zog Bens Lieblingsmesser aus dem Messerblock, ein schweres Ding, aus einem einzigen Stück Stahl hergestellt, und öffnete damit gewaltsam den Deckel. Die Klinge vibrierte und quietschte, als Sam den Deckel aufstemmte, und sie hoffte halb, sie würde zerspringen, aber sie blieb ganz. Die Farbdose war noch drei viertel voll. Sie griff danach und näherte sich dem riesigen Edelstahl-Gasherd, Bens Freude und ganzem Stolz. Langsam hob sie die Dose über die glänzende Edelstahlmulde und die makellos sauberen Kochstellen, und mit gemessenen

Bewegungen, wie in einem Ritual, goss sie den zähflüssigen Lack darüber aus. Erstaunlich, wie viel Farbe in so einer Dose ist, dachte sie, als der Strahl gar nicht mehr aufhörte, die Mulden um die Kochstellen füllte, an den Seiten auf die Einbauschränke rann und die Rückwand herunterrann. Ganz hübsch, dachte sie, diese gefällige Grünschattierung vor dem gebürsteten Edelstahl. Schließlich war der Herd von einer dicken Farbschicht bedeckt und Lack in jede Ritze gelaufen.

Sie trat einen Schritt zurück und betrachtete ihr Werk. Dann drehte sie sich um und stellte die Dose sorgfältig auf der Marmorplatte ab.

»Kommt, Kinder!«, rief sie und eilte mit großen Schritten in den Flur zurück. »Auf zum Bach!«

Bella hatte nicht erwartet, an dem Tag von Ben zu hören. Er hatte ihr gesagt, er sei in einer langen Besprechung, nicht erreichbar, und so war sie überrascht, als sie eine Mail von ihm erhielt, in der er vorschlug, sich zur üblichen Zeit im Hotel zu treffen. Überrascht, aber erfreut. Die Besprechung ist vermutlich abgesagt worden, dachte sie. Er muss sich etwas Zeit freigeschaufelt haben.

Sie machte sich im Haus zu schaffen, räumte auf, warf das Spielzeug der Kinder in die dafür vorgesehene Kiste und wusch das Frühstücksgeschirr ab. Wenn Ben heute nicht arbeiten musste, konnten sie vielleicht einen Teil des Nachmittags zusammen verbringen. Wenn sie die Hausarbeit vorher erledigte, konnte sie sich entspannen; und es reichte, wenn sie wieder hier war, kurz bevor die Kinder aus der Schule kamen.

Die Fahrt nach Oxford verlief wie gewohnt, wenn auch der Himmel vielleicht etwas finsterer und drohender war als bislang in diesem Herbst. Aber als sie zum Hotel kam, den

Wagen abstellte und in die Bar ging, war von Ben nichts zu sehen. Sie wartete eine Dreiviertelstunde für den Fall, dass sein Zeitplan anders war als sonst – wenn er erst später kommen konnte, würde er vielleicht länger bleiben können –, trank einen Orangensaft und ignorierte die Blicke des Barmanns. Sie versuchte, Ben auf seinem Handy anzurufen, vom Telefon in der Hotelhalle aus, aber es war abgeschaltet. Sie wurde sofort auf seine Mailbox umgeleitet, und sie traute sich nicht, dort eine Nachricht zu hinterlassen.

Der Zeitpunkt, zu dem sie sich sonst verabschiedeten, war schon verstrichen, als sie endlich aufgab und verwirrt wieder nach Hause fuhr. Irgendwas musste schief gegangen sein – etwas, was er ihr erst später würde erzählen können. Daheim angekommen, stellte sie den Wagen neben dem Haus ab und schloss die Eingangstür auf. Sie legte Mantel und Handtasche ab, ging in die Küche, schaltete das Licht ein, fuhr heftig zusammen und schrie auf.

»Mein Gott«, sagte sie mit einem Lachen und griff sich ans Herz. »Hast du mich erschreckt! Was tust du hier, so ganz allein im Dunkeln?«

Iain saß auf einem Küchenstuhl, mit dem Rücken zur Tür, und schaute aus dem Fenster. Langsam drehte er sich um und blickte sie an. Als sie den Ausdruck in seinem Gesicht und seine geröteten Augen bemerkte, wusste sie sofort Bescheid.

Sie trat einen Schritt vor. »Iain«, sagte sie sanft. »Iain ...«

»Halt den Mund!«, brüllte er und schlug mit der Faust auf den Küchentisch. Seine Hand zitterte. »Sag kein Wort, verflucht noch mal! Ich will deine dreckigen Lügen nicht hören. Kannst du überhaupt noch in den Spiegel sehen? Seit wann bist du so ... tief gesunken? Herr im Himmel –« Seine Stimme brach, und er biss sich auf die Lippen und bedeckte mit einer Hand die Augen.

Bellas Gedanken überstürzten sich. Wie hatte er es erfahren? Wann hatte er es herausgefunden? Was sollte sie sagen? Wie viel konnte sie vor ihm verbergen? Langsam kam sie näher und setzte sich auf den Stuhl ihm gegenüber.
Er ließ die Hand sinken, ruhiger jetzt, und beherrschte sich mit einiger Mühe. Ein tiefer Atemzug entrang sich seiner Kehle. »Gut. Ich hatte ein bisschen Zeit, darüber nachzudenken. Nicht lange, aber genug, um zu einem Schluss zu kommen. Ich weiß nicht, wie lange du schon mit diesem Mann schläfst – vielleicht habt ihr euch schon in Frankreich heimlich weggeschlichen, obwohl deine eigenen Kinder im Haus waren –, aber das spielt im Grunde keine Rolle. Einmal ist schlimm genug. Tatsache ist, du hast alles zerstört ...« Seine Stimme erstarb, als ihm die Bedeutung seiner Worte aufzugehen schien. »Alles ist endgültig verdorben. Wir. Alles.« Voller Qual blickte er sie an. »Warum? Warum, Bella?«
»Ich weiß es nicht«, sagte sie und spürte selbst, wie lahm das klang. »Ich hatte das Gefühl, ich würde es brauchen.«
»Was konnte ich dir denn nicht geben?«
Jetzt, wo er ihr gegenübersaß und wissen wollte, warum ihre Ehe sie nicht mehr glücklich machte, brachte sie es nicht über sich, ihm die Gründe dafür zu nennen. Was sollte es bringen, einen Mann zu treten, der schon am Boden lag? Sie musste ihre Energie darauf konzentrieren, ihn zu beruhigen, ihn zu beschwichtigen, während sie überlegte, was die beste Lösung sein würde.
»Es tut mir leid«, sagte sie stattdessen. »Ich weiß nicht, wieso das passiert ist.«
Sein Gesicht wurde kalt. »Du könntest mir zumindest den Respekt erweisen, einen Grund dafür zu haben, mich zu betrügen. Einen Grund dafür, unsere Ehe kaputtzumachen. War da gar nichts in deinem Kopf, wenn du mit ihm ins Bett gegangen bist? Hast du überhaupt nicht an mich gedacht?«

Nein, dachte sie. Du bist so ungefähr das Letzte, an was ich denke, wenn ich mit Ben im Bett bin. »Doch, natürlich. Ich weiß ja, dass es falsch von mir war. Nur ... Vielleicht stimmt ja etwas mit unserer Ehe nicht, und wir sollten mal darüber reden.«

»Da hast du verdammt Recht«, sagte er grob. »Ich hätte gedacht, das wäre ziemlich offensichtlich. Du hast deine Wahl getroffen, und jetzt wirst du damit leben müssen. Schließlich bist du erwachsen.«

»Ist man nicht erwachsen, wenn man verstehen, miteinander reden und vergeben kann?«

Seine Stimme wurde leiser, bebte vor Zorn. »Wag es ja nicht, mir einen Vortrag über Moral und Verständnis zu halten! Welches Verständnis hast du denn bitte mir entgegengebracht? Du bist eine kalte Schlampe. Ist dir eigentlich klar, was du angerichtet hast?«

Bella fand keine Worte. Der Teppich war ihr unter den Füßen weggezogen worden, und sie begriff immer noch nicht, wie das hatte geschehen können. All ihre Kraft und Energie hatten sie verlassen. Die ganze Zeit über war sie diejenige gewesen, die alles in der Hand hatte, und nun war ihr das genommen worden. Sie war zutiefst verwirrt und wusste nicht, wie sie sich verhalten sollte. Sie hatte noch nicht entschieden, was sie eigentlich wollte, und wie sie jetzt erkannte, war sie davon ausgegangen, dass einfach alles so weitergehen würde, bis sie beschloss, ihr Leben zu ändern.

Iain zog seinen Stuhl näher heran. »Gut, ich will dir mal was erklären. Die Ehe ist kein Computerspiel. Du hast keine Reihe von Leben, die du aufbrauchen kannst. Du hast eine einzige Chance, es richtig zu machen, und wenn du es vermasselst, ist es vorbei. Bei der Eheschließung gelobt man sich etwas, oder hast du das vergessen? Du gelobst, treu zu sein und dich an dein Eheversprechen zu halten. Wir haben einen Vertrag miteinander geschlossen, und der ist juristisch bindend. Begreifst du das? Verstehst du mich?«

»Ja, aber –«

»Kein Aber«, sagte er böse. »Hast du mich nicht verstanden? Kein Wenn, kein Aber, kein Ich-wollte-doch-nur. Die Sache ist die: Du hast den schlimmsten Verrat begangen, Bella. Du hast unseren Vertrag gebrochen. Du hast mir *Leben* versprochen, und du hast dein Wort gebrochen. Also schön, der Vertrag ist null und nichtig. Ich werde das mir Zustehende einfordern, da ein rechtsgültiger Vertrag nicht eingehalten wurde.«

»Was meinst du damit?«

»Ich meine«, sagte er, langsam und gemessen, »ich werde mich scheiden lassen. Ich werde vor Gericht gehen und um Auflösung der kläglichen Reste unserer Partnerschaft ersuchen. Ich werde darauf bestehen, dass du infolge deines Ehebruchs keinerlei Ansprüche hast, und ich werde den Antrag stellen, dass man dir wegen deiner sittlichen Verfehlungen das Sorgerecht für die Kinder entzieht. Wenn es nach mir ginge, würdest du sie nie wiedersehen. Ich würde ihnen sagen –« wieder brach seine Stimme –, »dass du tot bist, denn das wäre für uns alle einfacher. Ich wünschte, du wärst tot. Ich wünschte, du wärst bei einem Autounfall gestorben und es hätte nicht so enden müssen. Mein Gott! Ich habe dich geliebt, Bella, ich habe mein Leben dir und den Kindern gewidmet. Ich … Ich verstehe das alles nicht.« Tränen strömten ihm in die Augen, und wieder bedeckte er sie mit einer Hand.

Sie hatte Angst, aber seine Tränen überzeugten sie davon, dass er sich von seinen Gefühlen überwältigen ließ, dass er im Zorn Dinge sagte, die er nicht so meinte. Sie durfte nicht allzu ernst nehmen, was er sagte, sie durfte sich von ihm keine allzu große Angst einjagen lassen. »Iain«, sagte sie,

»es tut mir leid – lass uns nichts überstürzen. Wir müssen doch jetzt nicht über Scheidung reden, oder? Ich meine«, fast hätte sie gelacht, »Scheidung! Noch heute Morgen waren wir vollkommen glücklich.«

»Du Heuchlerin!«, zischte er und ließ die Hand sinken. Seine Augen flammten vor Wut. »Vollkommen glücklich waren wir? Du, weil du deinen Liebhaber sehen konntest, wann immer du wolltest, und ich, weil ich es nicht besser wusste! Iain, der arme Trottel. Nein.« Wieder beruhigte er sich etwas. »Ich habe alles durchdacht. Es gibt keine andere Lösung. Ich will, dass du sofort das Haus verlässt. Ich will, dass du weg bist, wenn die Kinder zurückkommen.«

»Und wo soll ich hin?«, fragte sie bestürzt.

»Das ist nicht mein Problem. Komm jetzt«, sagte er und stand auf. »Ich habe eine Tasche für dich gepackt. Du gehst besser gleich. Alles Weitere kannst du mit meinem Anwalt besprechen, du hast ja seine Anschrift. Ich fahre dich zum Bahnhof.«

»Was?! Warte!«, protestierte sie. »Das geht mir alles viel zu schnell.«

»Darüber hättest du vorher nachdenken sollen.«

»Aber …« Ihre Gedanken rasten. Sie konnte einfach nicht glauben, dass das geschah. Sie blickte auf die Uhr. Die Kinder hätten längst zu Hause sein sollen. »Wo sind die Kinder?«, fragte sie, und eine entsetzliche Angst überfiel sie. »Wo sind die Kinder? Was hast du mit ihnen gemacht?« Sie sprang auf die Füße und rannte aus der Küche, durch den Flur und ins Wohnzimmer, rief: »Katie! Christopher!«, doch im Wohnzimmer war niemand. Sie jagte die Treppe empor, in der Hoffnung, dass die Kinder in ihrem Zimmer wären, dass sie irgendwie zurückgekommen waren, ohne dass sie sie gehört hätte. »Katie! Bist du da? Chrissie!« Die Kinderzimmer waren leer. Bella kehrte zur Treppe zurück.

»Wo sind sie?«, schrie sie, und ihre Angst kam als Wut heraus.
»Es geht ihnen gut«, sagte Iain, der am Fuß der Treppe stand und zu ihr hochblickte. »Du machst dir besser gleich klar, dass du sie erst wiedersehen wirst, wenn irgendein verdammtes Gericht mich dazu zwingt.«
»Iain! Wo sind meine Kinder?«, schrie sie.
Er schaute sie an. »Es geht ihnen gut, habe ich dir doch gesagt. Sam hat angeboten, auf sie aufzupassen. Sie sind bei ihr.«
Sie keuchte auf. »Sam? *Sie* hat es dir gesagt, stimmt's? Sie hat dir das von Ben erzählt. O mein Gott! Und du hast ihr unsere Kinder anvertraut. Was hast du nur getan? O mein Gott, o mein Gott, o mein Gott.« Sie rannte die Treppe hinunter und riss die Haustür auf. Der Weg lag still und leer da. »Wir müssen sie finden!«, rief sie verzweifelt und rannte aus dem Haus.

Bella stürmte den Weg hinauf, mit hämmerndem Herzen, ohne auf den Matsch und die Pfützen zu achten. Als sie um die Kurve der Zufahrt bog, sah sie den Mercedes vor dem Haus der Clarkes stehen. Eine Welle der Erleichterung überkam sie, und sie dachte: *Sie muss zu Hause sein, sie müssen hier sein.* Aber es brannte kein Licht, und niemand reagierte, als sie klingelte und gegen die Tür hämmerte.
»Sam! Katie! Christopher!«, rief sie, aber es kam keine Antwort. Sie blickte sich um, als könnten sie jeden Moment um die Hausecke biegen, bevor sie zurück zum Heckenweg rannte. Dort sah sie Iain auf sich zukommen. »Sie sind nicht hier!«, rief sie. »Sie hat die Kinder!«
Sie lief die Zufahrt zur Hausseite der Fieldings hinauf und ums Haus herum zur Küchentür. Diesmal reagierte jemand auf ihr panisches Klopfen. Jane Fielding öffnete, erstaunt

darüber, Bella auf ihrer Türschwelle vorzufinden, ganz nass und mit wildem Blick.

»Hast du meine Kinder gesehen?«, stieß Bella hervor. »Sam Clarke hat sie – hast du sie gesehen?«

»Nein … nein. Heute nicht. Du siehst schrecklich aus – komm rein.«

»Ich kann nicht – keine Zeit. Ich muss sie finden!«

»Nun beruhige dich doch – sag mir erst, was los ist.« Jane zog sie sanft in die Küche. »Ein paar Minuten können nicht schaden. Also, was ist mit den Kindern?«

»Oh, es ist etwas Schreckliches passiert.« Zum ersten Mal brach Bellas Stimme. »Sie hat es herausgefunden!«

»Ach, du meine Güte!«, sagte Jane in bedächtigem Ton, um Bella zu beruhigen. »Ja, das ist schlimm.«

»Sie hat es herausgefunden und es meinem Mann erzählt, und jetzt will er mir die Kinder wegnehmen«, Bellas Stimme wurde immer panischer, »aber Sam hat sie, und ich kann sie nicht finden!«

»Steht ihr Auto vor dem Haus?«

»Ja.«

»Hast du Mr Clarke angerufen?«

»Sein Handy ist abgeschaltet.« Bella starrte die andere Frau mit flehendem Blick an. »Was soll ich nur tun? Wo könnten sie nur sein?«

Jane sagte: »Wenn das Auto hier ist, können sie nicht weit sein. Zu Fuß braucht man von hier aus lange, bis man irgendwo ankommt. Gehen wir los und suchen nach ihnen. Bestimmt gibt es irgendeine ganz einfache Erklärung. Sie würde den Kindern nie etwas antun. Du musst dir deswegen keine Sorgen machen.«

»Gut.« Bella holte tief Luft und versuchte, sich zu fassen. »Gut. Gehen wir und suchen sie.«

In der Zufahrt trafen sie auf Iain, der zum Haus marschierte. »Wir werden sie suchen«, sagte Bella. »Sie müssen hier irgendwo sein.«

Er blickte verwirrt drein, und in seinen Augen konnte man die ersten Anzeichen von Sorge ablesen. »Es gibt bestimmt keinen Grund zur Beunruhigung. Sie hat gesagt, sie würde auf sie aufpassen. Sie würde ihnen doch nichts tun.«

»Ihre Frau ist ganz außer sich«, sagte Jane. Ihre Stimme klang ruhig, aber man hörte einen bangen Unterton heraus. »Wir müssen die Kinder finden.«

»Vielleicht hätte sie vorher mal an ihre kostbaren Kinder denken sollen«, erwiderte Iain mit kalter Bosheit in der Stimme.

»Meiner Ansicht nach sollten wir uns auf die Suche machen.« Bella, die hinter Jane stand, weinte jetzt, tränenlose, panische Schluchzer.

Iain runzelte die Stirn. Janes ruhige Beharrlichkeit schien ihn zu überzeugen, dass etwas unternommen werden musste. »Es ist bestimmt alles in Ordnung«, wiederholte er, aber es klang ein ganz kleines bisschen weniger sicher.

»Du Trottel!«, schrie Bella voller Wut. »Du bist so blind! Kapierst du eigentlich überhaupt irgendwas?« Sie lief auf den Heckenweg und blickte in beide Richtungen, versuchte zu erraten, wohin Sam die Kinder gebracht haben mochte.

Jane, die sich einen Schal um den Hals schlang, folgte ihr. »Dein Mann hat zugestimmt, den Wald zu durchsuchen«, sagte sie. »Er macht sich gleich auf den Weg.«

»Versuch du es unten beim Bauernhof«, sagte Bella. »Sie könnten dort sein. Ich gehe zum Bach runter.«

Jane nickte und setzte sich in Bewegung. »Ruf, wenn du mich brauchst«, sagte sie.

Bella kletterte über den Zaun und rannte über die Wiese auf den Waldrand zu. Das Gras war triefend nass. Die langen Halme durchweichten ihre Hose, während ihre Schuhe bald schwer vor Matsch waren. Der Boden war uneben, Maulwurfshügel und Kaninchenlöcher verbargen sich unter den Grasbüscheln. Sie atmete keuchend, ihre Brust schmerzte vor Anstrengung, und sie versuchte, nicht auszugleiten. Auf der anderen Seite der Wiese stieg sie über den Zaun und stand bald auf dem matschigen Pfad, der zum Bach hinunterführte. Er war rutschig und unsicher. Wie weit war es bis zum Bach? Sie war erst einoder zweimal dort gewesen, als die Kinder ihr etwas zeigen wollten. So schnell sie es wagte, eilte sie den Pfad hinunter. Es dämmerte, und unter dem Blätterdach war es düster. Das Zwielicht kam ihr bedrohlich vor. Es war kein Laut zu hören außer ihrem eigenen Keuchen und den Regentropfen, die von den Blättern fielen.

Als sie sich der tief eingeschnittenen Rinne näherte, durch die das Wasser floss, rief sie: »Katie! Christopher!« Keine Antwort. Dunkel und kalt war es hier. Warum sollte Sam die Kinder zum Bach bringen? Iain hatte Recht. Das war doch absurd. Hier war niemand. Die ganze Gegend war verlassen. Etwas langsamer ging sie auf das Ufer zu, und dann fiel ihr auf, dass etwas im Wasser zu liegen schien. Sie ging näher und versuchte in der Düsternis zu erkennen, was da lag. Es sah aus wie alte Reifen oder Plastik … und dann sah sie die Farben: ein Aufblitzen von Kanariengelb und ein Fleck dunkleres Rot. Sie wusste sofort, was das war, und unfähig, etwas anderes zu tun, begann sie zu schreien.

Das ist eine schlimme Sache, dachte Jane, als sie die baufällige Scheune betrat. Sie machte sich weit größere Sorgen, als sie vor den Balfours zu zeigen gewagt hatte. Der Ehemann begriff gar nichts, obwohl sie versucht hatte, ihm zu vermitteln, wie wichtig es war, dass sie die Kinder fanden.

Aber Bella wusste Bescheid. Ihr panischer Schrecken war offensichtlich, und Jane konnte nicht anders, sie fürchtete, dass diese Angst berechtigt war. Sie brauchte nur an Sams sonderbares Verhalten neulich in der Küche zu denken: Sie war nervös und reizbar gewesen, hatte auf Bellas Fehlern herumgeritten. Vielleicht hatte sie damals schon von der Affäre ihres Mannes gewusst. Dass sie es jetzt wusste, war offensichtlich. Sie alle wussten es.
Ein kalter Schauder überlief Jane, ihre Schultern zuckten. Das war furchtbar, ganz schrecklich. Was sollte denn jetzt werden? Aber das Wichtigste zuerst – die armen kleinen Kinder. Die Vorstellung, dass ihnen etwas zugestoßen war, dass Sam ihnen etwas angetan hatte, war zu grässlich. Nein, das war undenkbar. Sie mussten hier irgendwo sein.
Sie ging weiter in die Scheune hinein. Zumindest war es hier drinnen trocken. Aber es war niemand da. Das hatte sie eigentlich auch nicht erwartet, dafür war es viel zu still. Als sie wieder vors Tor trat, überlegte sie, wo sie als Nächstes suchen sollte. Hier war niemand, das war klar. Und dann hörte sie einen schrillen, hohen Ton und begriff, dass eine Frau schrie.
»O Gott«, sagte sie laut und begann loszurennen, auf die Schreie zu. Sie wusste, wo der Bach war – ihre Kinder hatten dort ebenfalls gespielt, als sie klein waren –, und eilte dorthin, so schnell es ging mit plötzlich eiskalten Gliedern.
Als sie unter die Bäume trat, hörte sie, wie die Schreie leiser und zu Schluchzern wurden. So schnell sie es auf dem matschigen Pfad wagte, hastete sie voran, bis sie zum Bach kam und Bellas Kopf über die Uferkante ragen sah. Sie war im Wasser, wo etwas lag.
Was könnte das sein?, überlegte sie, und dann dachte sie verzweifelt: *Nein, nein, nicht die Kinder, bitte lass es nicht die Kinder sein, bitte!* Der grässliche Gedanke kam über sie: Die

Balfour-Kinder waren im Bach ertränkt worden. Sie trat an die Uferkante und blickte ins Wasser hinunter.
Bella schluchzte hemmungslos. Sie blickte auf und entdeckte Jane. »Sieh nur«, klagte sie. »Sieh nur, was sie getan hat!« Sie hielt den kleinen gelben Regenmantel hoch. »Sieh nur …«
Der andere Regenmantel lag plump und schwer im Wasser, während der in Bellas Hand schlaff herabhing. Darum herum lagen die dunklen Lumpen und Kleidungsstücke verstreut, mit denen er ausgestopft gewesen war. Jetzt war er leer. »Sieh nur, was sie getan hat!«, sagte Bella gebrochen zwischen Schluchzern. »O mein Gott. Ich dachte, sie wären tot.«
»Na, komm, raus aus dem Wasser!«, sagte Jane, zutiefst erschrocken vom Anblick der Kindersachen, die mit voller Absicht so liegengelassen worden waren. »Wir suchen woanders weiter. Komm jetzt! Komm aus dem Wasser!«
»Aber Katies Regenmantel, sie liebt ihren Regenmantel so …«, sagte Bella.
»Komm jetzt, komm mit mir! Wir holen die Sachen später.«

Bella ließ es sich nicht nehmen, die Regenmäntel vorsichtig am Ufer abzulegen. Sie zitterte am ganzen Leib vor Schrecken und Kälte. Jane führte sie aus dem Wald, einen Arm um ihre Schultern gelegt, und versuchte, sie zu trösten. »Haben wir irgendwo noch nicht nachgesehen?«, fragte sie.
»Nur in den Katen«, sagte Bella.
»Trudy putzt bei Mrs Clarke, oder?«
Bella sah sie an, plötzlich Hoffnung im Blick. »Ja, ja, das tut sie. Sie kennt Trudy. Natürlich. Also los!«
Sie eilten zu den alten Landarbeiterhäusern. Die Abkürzung vom Bach zu Holly Lodge führte direkt an ihnen vor-

bei. Sie wirkten solide und heimelig in der hereinbrechenden Dämmerung, die gelben Fenster leuchteten hell. Bella lief zu der Kate, in der Trudy mit ihrer Familie wohnte, und hämmerte gegen die Tür.

Sie ging sofort auf. Trudys Mutter stand da, mit gerunzelter Stirn, und hielt einen kläffenden Hund am Halsband zurück. »Sollte ich auch meinen«, sagte sie. »Wird auch langsam Zeit.«

Jane trat hinter Bella hervor. »Hallo, Mrs O'Reilly.«

Das Gesicht der alten Frau hellte sich auf. »Oh, hallo, Missus, Sie sind's. Hat mich nur überrascht, dass die Dame hier ihre Kinder nicht längst abgeholt hat. Wir haben sie jetzt schon seit über zwei Stunden hier, und ich muss mich langsam ums Abendbrot kümmern.«

»Sind sie hier?«, keuchte Bella, die kaum zu hoffen wagte. »Sind sie bei Ihnen?«

Mrs O'Reilly trat einen Schritt zurück und öffnete die Tür etwas weiter, und man erkannte Katie und Christopher, die am Küchentisch saßen, stumm und ängstlich. »Mama«, sagte Katie voller Erleichterung, als sie Bella sah, und Christopher kletterte vom Stuhl und kam auf sie zugerannt. Bella streckte die Arme nach ihnen aus und spürte, wie ihr die Tränen über die Wangen liefen, als ihre Kinder sich fest an sie drückten.

Zweiundzwanzig

»Gehen wir denn nicht nach Hause, Mama?«, fragte Katie, als sie das rote Backsteinhaus passierten.

»Nein, Schatz, jetzt nicht. Noch nicht. Mrs Fielding hat uns freundlicherweise zu sich nach Hause eingeladen.« Jane ging neben ihnen. Sie hatte Bella rasch zugeflüstert, dass es vielleicht besser wäre, wenn sie erst mal mit zu ihr kämen, bis sich alles wieder etwas beruhigt hätte. Bella hielt ihre Kinder fest an der Hand. »Wir werden dort Abendbrot essen. Wird bestimmt lustig, oder?«

»Ich will nach Hause«, jammerte Christopher. Er sah erschöpft aus.

»Warum hat Sam uns heute von der Schule abgeholt?«, fragte Katie.

»Das ist ein bisschen kompliziert, Schatz. Ich erzähle es euch später.« Sie hielt Ausschau nach Iain. Doch jetzt hatte sie die Kinder, ganz buchstäblich, hielt sie fest an der Hand. Er konnte sie ihr nicht wegnehmen.

Er kam gerade ums Haus herum, als sie die Zufahrt hinaufgingen. »Wie ich sehe, hatte ich Recht!«, rief er, als sie sich näherten. »Ihnen ist nichts passiert, oder?«

»Geh weg!«, rief Bella warnend und umklammerte die Hände der Kinder fester. »Geh nach Hause!«, rief sie, als rede sie mit einem aggressiven Hund. »Du kriegst sie nicht.«

Verschreckt sah Katie zu ihr auf.

»Kommt, Kinder. Wollt ihr nicht lieber nach Hause?«, fragte Iain. »Ich koche euch mein Spezialgericht, und danach setzen wir uns vor den Fernseher. Na, wie wär's?«

Mit weit aufgerissenen, bangen Augen blickten sie von Mutter zu Vater.

»Kommt«, lockte Iain. Er winkte und streckte die Hände nach ihnen aus.

»Sie kommen nicht!«, schrie Bella. »Du kriegst sie nicht in die Finger!«

Christopher stotterte »Pa-pa« und begann zu weinen. Unvermittelt stürzte Iain vor, packte ihn und riss ihn nach oben und aus Bellas Griff, bevor sie wusste, wie ihr geschah. Den Jungen unter den Arm geklemmt, packte er Katie am Arm und zog sie ebenfalls weg.

»Nein, nein!«, rief Bella. »Gib ihn mir wieder! Lass sie los!«

Katie begann vor Schreck und Schmerz zu weinen, als ihre Eltern sie zwischen sich hin- und herzerrten, Iain an einem Arm und Bella am anderen. Tränen strömten Bella über das Gesicht, und sie schluchzte: »Hör auf! Gib mir meine Kinder wieder! Gib sie zurück!«

Jane versuchte einzugreifen, flatterte hilflos um sie herum und bat beide, sie möchten das Kind loslassen, aber keiner hörte auf sie. Christopher heulte mit höchster Lautstärke, und dann zog Iain mit einem so heftigen Ruck an Katies Arm, dass Bella gezwungen war, das Kind loszulassen, weil sonst das Gelenk ausgekugelt worden wäre. Er klemmte sich das Mädchen unter den anderen Arm und eilte mit großen Schritten die Zufahrt hinunter. Bella blieb zitternd und verzweifelt zurück und sah ihm nach, während die beiden Kinder hysterisch nach ihr riefen.

Das Zittern wollte nicht aufhören, sogar als sie in eine Decke gehüllt vor dem Kamin saß, ein Glas Brandy in der Hand, das Jane ihr gereicht hatte. Sie hatte eine Art Schock, das wusste sie, aber die Überlegung half ihr wenig. Wieder und wieder spielten sich die Ereignisse des Tages vor ihrem inneren Auge ab, und jedes Mal erlebte sie den Schrecken neu.

»Wie konnte sie das nur tun?«, flüsterte sie. »Wie konnte sie nur? Selbst wenn sie mich hasst …«

Jane saß bei ihr und versuchte sie zu trösten, so gut es ging, aber Bella konnte ihr ansehen, dass sie die Lage für ernst hielt.

»Wird er mir meine Kinder zurückgeben?«, fragte sie mit klappernden Zähnen.

»Wir werden sehen«, antwortete Jane und schlang die Hände um die Knie. »Auf jeden Fall kann er dich nicht daran hindern, sie zu sehen. Du wirst dir einen Anwalt nehmen, dich juristisch beraten lassen müssen. Ich fürchte, ich weiß nicht viel über Familienrecht.«

»Wie konnte das nur passieren?«, murmelte Bella ungläubig. »Heute Morgen war noch alles in bester Ordnung, alles war ganz normal, und jetzt …« Sie stieß einen langen, zittrigen Seufzer aus, die Folge von Erschöpfung und stundenlangem Weinen.

»Du bist sehr müde. Ich finde, du solltest ins Bett gehen. Ich habe das Gästezimmer für dich vorbereitet.«

»Ben.« Neue Energie ließ Bellas Augen aufleuchten. »Ich muss zu Ben. Ich muss mit ihm reden.« Sie kämpfte sich auf die Füße und warf die Decke ab.

Jane packte sie fest am Oberarm. »Nein«, sagte sie. »Du bist zu erledigt. Lass es für heute gut sein. Morgen früh sieht alles schon ganz anders aus.« Ihr Tonfall war fest und entschieden.

Bellas Energieschub verebbte; in gewisser Weise war sie froh, die Verantwortung für sich abgeben zu können. »Gut«, sagte sie schwach. »Ich gehe morgen rüber.«

Als sie am nächsten Morgen aufwachte, gab es einen glücklichen Augenblick, in dem sie nicht wusste, wo sie war und warum, aber dann fiel ihr alles wieder ein. Sie fuhr hoch und saß steil im Bett, starrte den kleinen, weiß gestrichenen Raum an. Es war noch früh, aber sie stand sofort auf. Sie musste so schnell wie möglich zu Ben.

Es war noch fast dunkel, als sie sich zur anderen Hausseite aufmachte, und ein rauer, kalter Wind pfiff durch die Bäume. Sie ging rasch und achtete nicht auf die Kälte. Der dunkle Mercedes stand nicht in der Auffahrt, dafür aber Bens Wagen. Erleichterung überkam sie, und sie klopfte an die Tür, hämmerte dagegen, rief seinen Namen. Als die Tür aufging und er vor ihr stand, stürzte sie auf ihn zu, selig vor Erleichterung. Ben würde alles wieder in Ordnung bringen – er war so groß und stark und tüchtig. Sie brauchte sich um nichts mehr Sorgen zu machen.

»Ben ... Ich bin so froh, dich zu sehen.« Sie umarmte ihn. Er schien nicht überrascht über ihren Besuch, umarmte sie rasch und trat dann einen Schritt zurück, um sie ins Haus zu lassen. »Emma und ich sind gerade beim Saubermachen.«

»Beim Saubermachen?«

»Ja. Guck dir das an!« Er winkte sie herein. »Sam ist gegangen.«

Bella trat über die Schwelle. Der Flur war ein einziges Chaos. Das perfekte, helle, leere Haus war ruiniert. Jeder Gegenstand, der umgeworfen werden konnte, war umgeworfen worden: Eine Vase lag zerschmettert auf dem Tisch, inmitten von Blumen und Wasserpfützen. Der Spiegel hing schief, und überall auf dem Boden war Müll.

»Als ich gestern Abend nach Hause kam, sah es hier so aus, und Sam war fort. Als hätte hier ein Wirbelsturm gewütet.«

Im Wohnzimmer war die Verheerung noch größer. Das Ledersofa war zerschnitten, die Bilderrahmen zerschmettert, die Glasregale verschmiert mit Dreck und etwas, das aussah wie Honig. Emma schrubbte an einem dunklen Fleck auf dem Boden herum. Sie blickte auf und nickte Bella zu, bevor sie zu ihrer Arbeit zurückkehrte.

»Mein Gott«, sagte Bella überwältigt. »Sie ist verrückt geworden.«

»Ihr Glanzstück hast du noch gar nicht gesehen.« Er führte sie in die Küche, und beide blickten schweigend auf den ruinierten Herd. An manchen Stellen war die Farbe bereits getrocknet, und auf den Farbpfützen hatte sich eine Haut gebildet.

»Heilige Scheiße.«

»Ich weiß nicht, ob ich gegen vorsätzliches Übergießen mit Farbe versichert bin, aber ich bezweifle es.« Er seufzte und betrachtete traurig seinen kostspieligen Herd. »Ich hätte es vorhersehen sollen. Ich hätte wissen müssen, dass sie sich irgendwie rächen würde. Sie hat das von mir und dir herausgefunden und ist auf Emma losgegangen, die es ihr erzählt hat. Ich habe ihr ganz klar gesagt, dass es aus ist, aber sie hat mich um eine Frist von vierundzwanzig Stunden gebeten, und ich habe nachgegeben. Das ist das Mindeste, was ich tun kann, dachte ich. Blöd von mir. Mit so was habe ich nicht gerechnet.«

Unverblümt sagte Bella: »Das ist noch nicht alles. Sie hat es Iain erzählt. Er hat mich rausgeworfen.«

»Was?« Bens Blick war ernst. »Komm mit.«

Sie gingen in sein Arbeitszimmer und setzten sich, und Bella erzählte ihm, was gestern alles geschehen war. »Ich fand es schon komisch, als ich deine Mail bekam – wegen der offiziellen E-Mail-Adresse, und es klang auch nicht so richtig nach dir –, aber ich habe es einfach geglaubt. Sie muss geplant haben, mich aus dem Haus zu schaffen, damit sie Iain nach Rawlston holen und ihm alles erzählen konnte.«

Ben war entsetzt und sehr bleich. »Aber die Kinder«, sagte er. »Ich hätte nie gedacht, dass sie dazu fähig wäre. Gott, Bella, es tut mir leid. Wirklich. Wenn ich auch nur die leiseste Ahnung gehabt hätte, dass sie fähig wäre, es an den Kindern auszulassen, hätte ich doch nie …« Er verstummte, ihm fehlten die Worte. »Ich hätte das nie zugelassen. Dabei habe ich ihr ganz klar gesagt, dass die Trennung nichts mit dir zu tun hat. Ich dachte, sie hätte das begriffen.«

»Das lässt kaum auf ein tieferes Verständnis der weiblichen Psyche schließen«, sagte sie trocken. Ein leises, selbstsüchtiges Stimmchen in ihrem Hinterkopf fragte, wieso er Sam nicht wegen ihr verlassen wollte. Sie unterdrückte es.

»Das ist einfach furchtbar. Ich weiß nicht mal, wo sie steckt.«

»Interessiert dich das denn überhaupt noch?«

Seine Augen waren verschleiert. »Natürlich tut es das. Du musst sie hassen wie die Pest, aber sie ist immer noch meine Frau.«

Eine Weile saßen sie schweigend da. Dann blickte er auf und fragte: »Und was wirst du jetzt tun?«

Dankbar dafür, dass er wenigstens ein bisschen an sie dachte, zuckte sie hilflos die Achseln. »Keine Ahnung. Ich bin obdachlos und mittellos, und Iain hat die Kinder. Keine sehr erfreuliche Situation.«

Ben starrte auf den Teppichboden. »Ich werde tun, was ich kann«, sagte er schließlich. »Ich kann dir etwas Geld geben und den Kontakt zu meinem Anwalt herstellen, wenn du juristischen Beistand brauchst. Aber hier kannst du nicht bleiben. Das verstehst du doch, oder?«

War es nicht erst wenige Tage her, dass sie eng umschlungen in der Scheune gestanden hatten, leidenschaftlich keuchend? Sie erinnerte sich so deutlich daran. Und jetzt konnte sie offenbar unmöglich von ihm erwarten, dass er sie bei sich aufnahm. Alles war anders geworden, aber wieso und warum, begriff sie nicht.

Als sie nicht antwortete, sagte er: »Ich muss an Emma denken. Ich kann nicht Sam rausschmeißen und dich einziehen lassen, einfach so, und sei es nur, um dir einen Gefallen zu tun. Sie hat zu viel durchgemacht. Es wäre nicht richtig. Ich muss an Emma denken.«

»Und was ist mit *meinen* Kindern?«, fragte Bella mit zittriger Stimme. »Was müssen sie denken, wenn ich einfach verschwinde?«

Er drückte ihre Hand. »Er kann dich nicht daran hindern, die Kinder zu sehen – kein Gericht im Land würde das zulassen. Ich werde dir einen erstklassigen Anwalt besorgen. Das wird schon wieder, du wirst sehen.«

Sie blickte in sein schönes Gesicht. So lange hatte sie nur ihn begehrt, und plötzlich, mit absoluter Klarheit, begriff sie, dass ihre Affäre beendet war.

Sie kehrte zum Fielding-Teil des Hauses zurück, blass und enttäuscht. Jane war in der Küche, noch im Morgenmantel, und machte frischen Kaffee. Sie schien sofort zu erkennen, dass über Ben kein weiteres Wort mehr verloren werden musste. Sie reichte Bella einen Becher und umarmte sie leicht. »Du kannst gern hier bleiben, solange du willst, das weißt du. Platz habe ich schließlich mehr als genug.«

»Danke«, sagte Bella mit einem schwachen Lächeln. »Ich habe keine Ahnung, was ich tun soll. Ich weiß es einfach nicht.«

»Ich könnte nachher runtergehen und dir ein paar Sachen holen«, schlug Jane vor. »Und du solltest überlegen, ob du dir nicht einen Anwalt nehmen willst, wegen des Besuchsrechts.«

»Findest du, ich sollte mich von den Kindern fern halten? Sie sind doch ganz in der Nähe – bald machen sie sich auf den Weg in die Schule, dann könnte ich sie doch sehen ...«
»Das hat Iain sicher alles bedacht. Hör zu, es ist im Interesse der Kinder, dass ihnen eine Wiederholung der gestrigen Szene erspart bleibt.«
Bei der Erinnerung stiegen Bella Tränen in die Augen. Sie bedeckte das Gesicht mit den Händen und begann zu weinen. »Was habe ich nur getan? Ich hatte ja keine Ahnung ... O Gott, wenn ich die Kinder verliere ...«
Nach dem Zusammentreffen mit Ben empfand sie eine verzweifelte Leere. Sie hatte es sich immer so schön ausgemalt, den Tag, an dem Ben und sie zum ersten Mal ohne ihre Ehepartner zusammen sein würden. Wie war es nur zu einer so lauen, halbherzigen Angelegenheit geworden? Es war, als wäre ihr das großartigste Weihnachtsgeschenk der Welt versprochen worden, und als sie es auspackte, musste sie feststellen, dass die Schachtel leer war. Hatte sich das nun gelohnt?
Sie spürte Janes Arme um sich, vergrub das Gesicht im weichen Flanell ihres Morgenmantels und weinte.
Später, als sie sich wieder etwas gefasst hatte, ging sie voll nervöser Energie die Möglichkeiten durch, die ihr offen standen. Sie rief Nicky an und erklärte ihr, in welcher Lage sie sich befand. Es musste Nicky hoch angerechnet werden, dass ihr kein »Hab ich dir doch gleich gesagt« über die Lippen kam.
»Ach, Schätzchen«, sagte sie mitfühlend. »Was für eine grässliche Geschichte! Du kannst gern erst mal bei mir wohnen, das weißt du, oder? Und mach dir keine Gedanken wegen Iain. Er hat keine Chance, wenn er wirklich vorhat, dir die Kinder wegzunehmen.«
»Ich glaube, ich werde dein freundliches Angebot anneh-

men müssen, jedenfalls für eine Weile«, sagte Bella. »Hier in Rawlston kann ich nicht bleiben.«

»Und was ist mit deinem … mit diesem Mann – Ben? Was ist mit ihm?«

Die Pause, die entstand, verriet Nicky alles, was sie wissen wollte. »Ach so. Verstehe. Klasse! Was für ein Scheißkerl! Ist ihm nicht klar, dass du seinetwegen deine Ehe zerstört hast?«

»So einfach ist das nicht. Er ist kein Scheißkerl. Für ihn ist es auch nicht leicht.« Bella wusste nicht, wieso sie ihn eigentlich verteidigte. In gewisser Weise hatte Nicky Recht – Ben schuldete ihr etwas, aber er hatte ganz deutlich gemacht, dass sie auf sich gestellt war und von ihm nicht mehr erwarten konnte als die Adresse seines Anwalts. Trotzdem konnte sie nicht wütend auf ihn sein, selbst wenn es schien, als würde er sehr viel unbeschadeter aus dem ganzen Schlamassel hervorgehen als sie. Sie konnte ihm nichts vorwerfen: Es hatte keine Versprechungen gegeben, keine Treueschwüre. Sie begriff, dass die Regeln sich nicht geändert hatten, nur weil ihr alles so fulminant um die Ohren geflogen war.

»Was hat er denn schon groß verloren, außer einer durchgeknallten Frau?«, rief Nicky aus, empört um Bellas willen. »Er wird Unterhalt zahlen müssen. Armes Lämmchen! Während du dein Heim verloren hast, deine Kinder, deinen Mann …«

»Aber«, sagte Bella elend, »ich kannte das Risiko von Anfang an. Ich kann ihm jetzt nicht den Schwarzen Peter zuschieben.«

»Komm erst mal zu mir, dann machen wir Pläne. Wir kriegen das schon hin.« Nicky sprach fest und entschieden. Gehorsam ließ Bella sich sagen, was sie tun sollte, dankbar für die Stärke der Freundin.

Jane konnte das Bild von Iain nicht abschütteln, der seine schreienden Kinder wegschleppte. Es verfolgte sie, bereitete ihr eine Gänsehaut. Sie versuchte, es zu bannen, indem sie sich in Erinnerung rief, wie Katie und Christopher auf der Suche nach Keksen in die Küche gestürmt kamen, ausgelassen und lebhaft, aber stattdessen sah sie sie mit weißem Gesicht, weinend und voller Verwirrung zu ihren Eltern hochblicken.

Als Alec in die Küche kam, umarmte sie ihn fest, bis er sie wegschob und sagte: »Ey, Mann. Das tut weh.«

Später, als sie Mittagessen machte, hörte sie das »Bing« des Nebenanschlusses, das ihr verriet, dass in einem anderen Zimmer der Hörer aufgelegt worden war, und ein paar Augenblicke später erschien Bella.

»Na, wie steht's?«, fragte Jane. Sie setzten sich zusammen an den Küchentisch.

»Ich habe ein paar Entscheidungen getroffen«, sagte Bella und fuhr sich mit der Hand durch ihr dunkles Haar. »Ich werde eine Weile bei meiner Freundin Nicky in London unterkommen. Ich muss mir erst mal Klarheit verschaffen.«

»Bist du sicher?«

»Ja. Es war sehr nett von dir, mich einzuladen, hier zu bleiben, aber ...« Bella wirkte angespannt. »Ben ist gleich nebenan, Iain ein Stück die Straße hinunter. Das ist einfach zu viel. Ich muss von hier weg, um einen klaren Kopf zu bekommen. Aber zuerst muss ich meine Kinder sehen und ihnen erklären, was passiert ist, und dafür brauche ich deine Hilfe.«

»Was kann ich tun?«, fragte Jane beklommen.

»Wenn du mitkommst, wird Iain sich wie ein menschliches Wesen aufführen müssen. Würdest du das tun? Bringst du das fertig? Es ist viel verlangt, das weiß ich.«

»Nein, nein. Natürlich komme ich mit. Wir gehen nach dem Mittagessen hin. Glaubst du, er wird zu Hause sein?«
»Ich bezweifle, dass er heute zur Arbeit gegangen ist. Vielen Dank, Jane. Es bedeutet mir eine Menge. Besonders da es keinen Grund auf der Welt gibt, dass du dich in diese scheußliche Geschichte hineinziehen lassen solltest.«
Wieder dachte Jane an die Gesichter der Kinder. »Ich helfe gern, wenn ich kann«, sagte sie.

Am Nachmittag gingen sie zusammen den Heckenweg hinunter, Bella mit weit aufgerissenen Augen und schweigsam, gedankenverloren, Jane voller Befürchtungen. Vor dem roten Backsteinhaus blieben sie einen Augenblick stehen.
»Vielleicht wäre es besser, wenn du klopfst«, sagte Bella. »Ich will keinen wütenden Streit auf der Türschwelle provozieren – vielleicht kannst du ihn ein wenig vorbereiten.«
»Gut.« Jane betätigte den Klopfer. Sie wartete eine Minute, dann öffnete sich langsam die Tür, und in dem schmalen Spalt erschien Iains weißes Gesicht. Sofort blickte er an ihr vorbei zur Straße, wo Bella stand.
»Was wollen Sie?«, fragte er mit hoher, bebender Stimme. »Warum ist sie hier? Ich habe doch wohl klargestellt, dass wir sie hier nicht haben wollen.«
»Hallo, Iain.« Jane sprach mit leiser, beruhigender Stimme, wie sie es tat, wenn sie es mit einem verängstigten Tier zu tun hatte. »Wir sind gekommen, weil Bella ein paar Sachen braucht, und sie würde gern ihre Kinder sehen.«
Iains Blick wurde hart. »Nein!«, zischte er.
»Ach, kommen Sie, ich glaube, wir sollten jetzt alle vernünftig sein«, sagte sie ruhig. »Es wäre nicht richtig, die Kinder einer Chance zu berauben, ihre Mutter zu sehen, ganz gleich, wie Sie im Moment zu Ihrer Frau stehen. Ich kann mir vorstellen, was Sie durchmachen müssen, ehrlich. Aber es wird Ihrer

Sache nicht dienlich sein, wenn Sie Bella davon abhalten, die Kinder zu sehen. Es dauert nicht lange. Also, lassen Sie uns herein? Sind die Kinder hier oder noch in der Schule?«

Er starrte sie unverwandt an. Sein misstrauischer Blick und der harte Mund brachten sie ganz aus der Fassung. Wahrscheinlich denkt er, ich stecke da mit drin, überlegte sie. Er denkt, ich hätte ihr geholfen. Dann glitt sein Blick wieder zu Bella, und er wirkte gequält und erschöpft.

»Die Kinder sind hier. Aber ich will nicht, dass sie das Haus betritt.« Da war eine Andeutung von Elend und Unglück unter dem Stahl.

»Ich weiß, ich weiß.« Jane legte eine Hand auf die Tür, und es war fast, als wäre es als tröstliche Geste für Iain gemeint. »Ich weiß, wie schmerzlich das alles für Sie sein muss, wie schwer ... Aber wenn Sie Bella die Kinder sehen lassen, tun Sie das Richtige, das verspreche ich.« Sein Widerstreben war fast mit den Händen zu greifen. Ich muss ihn sanft in die richtige Richtung lenken, dachte sie, sonst wird er plötzlich bockig, und dann ist gar nichts mehr zu machen. Sie hoffte, Bella würde weiter schweigen und es sich nicht plötzlich in den Kopf setzen, irgendetwas zu sagen und damit das prekäre Gleichgewicht zu stören. »Denken Sie an Katie und Christopher. Es wäre falsch, wenn sie sich nicht von ihrer Mutter verabschieden dürften.«

Rasch fragte Iain: »Sie geht weg?«

»Sie wird in London bei einer Freundin unterkommen.«

»Sie ist nicht bei ... ihm?« Iain gelang es nur mit Mühe, das letzte Wort herauszubringen.

Jane schüttelte den Kopf. »Ich glaube, das ist vorbei.«

Einen langen Augenblick standen sie da und sahen einander an, bevor Iain die Tür weiter öffnete. »Sie kann für zehn Minuten reinkommen«, sagte er. »Aber ich will nicht mit ihr reden. Ich bin hinten.«

Er drehte sich auf dem Absatz um und ging, während Bella vorschoss, ermutigt durch den Anblick der weit geöffneten Tür.

»Danke, danke«, sagte sie zu Jane, als sie sich an ihr vorbeischob, eifrig bestrebt, nach oben zu kommen. »Wenn du nicht gewesen wärst, hätte er mich nie reingelassen.«

Jane wartete im Wohnzimmer, während Bella nach oben ging, um ihre Sachen zu packen und mit Katie und Christopher zu reden. Zwanzig Minuten später kam sie wieder herunter, eine schwere Tasche über der Schulter, weinend. Gemeinsam kehrten sie zum Gutshaus zurück. Bella konnte vor lauter Schluchzen nicht sprechen.

Da wäre ich, wieder in London, dachte Bella in dem Taxi, das sie vom Bahnhof Paddington zu Nickys Wohnung brachte.

Seltsam, wie sich alles umgekehrt hatte. Jetzt hatte sie bei der Abreise aus Rawlston das Gefühl gehabt, sie ließe ihr Leben zurück. Und die Großstadt erschien ihr unwirklich und fremd. Nicky hatte den Wohnungsschlüssel beim Portier hinterlegt mit einem Zettel, auf dem stand, sie solle sich ganz wie zu Hause fühlen. Bella wanderte durch die winzige, stille Wohnung und fragte sich, was sie denn jetzt tun sollte. War es das Richtige, nach London zurückzukehren? Aber welche Wahl hatte sie denn schon gehabt? Es hatte sich irgendwie nicht richtig angefühlt, bei Jane Fielding zu bleiben, und sie wusste nicht, ob sie es ertragen hätte, so nahe bei den Kindern zu sein, ohne sie sehen zu dürfen. Der Abschied von ihnen war herzzerreißend genug gewesen. Die Verwirrung der beiden hatte sie ins Herz geschnitten wie ein Messer. Es war offensichtlich, dass sie keine Ahnung hatten, wie es gekommen war, dass ihre Welt urplötzlich auf dem Kopf stand.

»Aber wann kommst du wieder nach Hause, Mama?«, hatten sie gebettelt.
Sie hatte nicht gewusst, was sie sagen sollte. »Bald«, hatte sie erwidert. »So bald ich kann. Bis dahin wird Papa auf euch aufpassen.«
Aufzustehen und zu gehen war das Schwerste, was sie je getan hatte. Sie war entschlossen, ihr Besuchsrecht so bald wie möglich durchzusetzen, aber so wie die Dinge standen, würde sie das Sorgerecht wohl kaum bekommen. Iain lebte im Haus der Familie, in der Nähe der Schule, konnte den Kindern ein vertrautes Umfeld und Kontinuität bieten. Sie hatte keine Wohnung und keinen Job: Sie konnte kaum verlangen, dass Iain ihr die Kinder aushändigte, wenn sie nicht einmal ein Dach über dem Kopf hatte.
Da sie nicht wusste, was sie sonst tun sollte, ging sie ins Gästezimmer, legte sich aufs Bett, rollte sich zu einer Kugel zusammen und schlief ein.

Ben hielt Wort. Zwei Tage später erhielt Bella einen Anruf von seinem Anwalt und danach eine Mail von Ben, in der er vorsichtig anbot, dessen Honorar zu übernehmen. Sie wünschte, sie wäre in der Position, ablehnen zu können, aber das war nicht der Fall.
Ende der Woche bin ich in London. Wollen wir uns vielleicht auf einen Drink treffen?, schrieb er.
Bella hätte fast gelacht, als sie das las. Noch vor kurzem hatten sie jede Gelegenheit ergriffen, einander zu sehen, hatten sich Mails voller sexueller Anspielungen geschickt, aufgeladen mit Begehren. Wir sind wieder wie Fremde füreinander, dachte sie. Sie begriff nicht ganz, warum sie nicht wütend auf ihn war. Schließlich waren sie jetzt beide frei und hätten tun können, was immer ihnen beliebte, wo immer und wann immer sie wollten. Aber Ben nahm ganz

selbstverständlich an, dass sie nichts dergleichen erwarten würde.

Sie verabredeten, sich in einer Weinbar am Leicester Square zu treffen. Er wartete schon auf sie, als sie nervös und voller Verlangen nach einem Glas Wein das Lokal betrat. Lächelnd küsste er sie auf die Wange. »Schön, dich zu sehen.«

»Gleichfalls.« Sie nahm das Glas Wein, das er ihr reichte, und sie suchten sich einen Tisch. Wir haben uns beide verändert, dachte sie. Er wirkt irgendwie grau im Gesicht, und sein Blick hat etwas von seiner Intensität verloren.

»Und wie geht es dir?«, fragte er, als sie sich an einem kleinen Tisch niedergelassen hatten, dicht an die Wand gequetscht.

»Ganz gut. Nicky ist wunderbar – es ist bestimmt nicht amüsant, jeden Abend beim Nachhausekommen eine Trübsal blasende Freundin vorzufinden. Ich versuche, vorübergehend bei einer Zeitarbeitsfirma unterzukommen, aber es scheint nicht mehr so einfach zu sein wie früher, als ich jünger war. Ansonsten lerne ich jede Menge über das Tagesprogramm im Fernsehen.« Sie fühlte sich unbehaglich. Ein paar Tische weiter saßen ein Mann und eine Frau, die Köpfe dicht beisammen, die Hände verschränkt, und murmelten sich zärtliche Worte zu, ohne auf ihre Umgebung zu achten.

»Es ist eine Schande mit deiner Firma«, sagte er. »Das ist jetzt wohl gestorben. Ich dachte wirklich, es würde ein Erfolg werden.«

»Ich weiß.« Sie zuckte mit den Achseln. »Aber ohne feste Adresse kann ich keine Firma führen. Das ist schlicht unmöglich. Aber ich komme schon zurecht, ehrlich. Ich bin sicher, dass ich die Kinder bald sehen kann. Dein Anwalt bemüht sich, die Sache so schnell wie möglich durchzuziehen. Weihnachten sollten wir eigentlich eine Regelung gefunden haben.«

»Das ist schön. Ich freue mich für dich.«

»Und du? Was ist aus Sam geworden?«

Er seufzte. »Ich habe mit ihr gesprochen, gesehen habe ich sie nicht. Wie es klingt, geht es ihr ziemlich schlecht – sie ist zu ihren Eltern gezogen, was mich überrascht, weil sie die nicht ausstehen kann. Als ich anrief, war sie bis über beide Ohren zugedröhnt.«

»Koks?«

Er schüttelte den Kopf. »Irgendein Beruhigungsmittel, nehme ich an, oder ein Antidepressivum. Wahrscheinlich verabreicht ihre Mutter ihr das Zeug wie Bonbons, damit sie nicht ausrastet. Trotzdem war sie gefasst genug, mir mitzuteilen, bei der Scheidung würde sie mich bis aufs Hemd ausziehen.«

»Oh, Ben …«

»Keine Sorge. Es gibt Wichtigeres als Geld. Ich versuche es als Chance zu sehen, als Gelegenheit, mein Leben zu ändern. Ich habe nachgedacht und lange mit Emma geredet, und ich weiß jetzt, was ich machen werde.«

»Ja?« Sie spürte ein Aufflackern von Interesse, als könnten diese Veränderungen auch sie betreffen, rief sich aber rasch zur Ordnung. Sie würde Bens Leben nicht teilen, so viel war klar, und selbst wenn er sie darum bitten würde – es war nicht das, was sie wirklich wollte. Glaubte sie jedenfalls. Wenn es anders wäre, würde sie sich ganz sicher sein.

»Ich habe beschlossen, das Haus in Rawlston zu verkaufen und Sam mit so viel Geld abzufinden, wie nötig ist, um sie zufrieden zu stellen. Mein ganzes Vermögen, wenn es sein muss. Dann werde ich nach Edinburgh ziehen, mir eine kleine Eigentumswohnung kaufen und von vorn anfangen. Meine Firma läuft ja von selbst – schließlich bezahle ich einigen hochkarätigen Leuten sehr gutes Geld dafür. Neulich bin ich mit Emma hochgefahren, und wir haben uns die Universität angesehen. Es ist wirklich wunderschön dort, und ihr gefällt es sehr. Wenn man nur diese Luft einatmet – so frisch und neu, als könnte man sich da reinigen. Ein neuer Anfang.«

Ein Anflug von Neid überfiel sie. Ben war so frei, während sie sich wie eine Gefangene vorkam. Sie lachte und sagte: »Die meisten Studenten wären nicht sehr erfreut, wenn ihre Väter in die Stadt ziehen würden, in der sie studieren.«

»Möglich. Aber Emma ist nicht wie die meisten Studenten. Wir haben Jahre verloren, und ich möchte es wieder gutmachen, wenn ich irgend kann. Ich werde sie nicht bedrängen, so blöd bin ich nicht. Aber ich möchte, dass sie weiß, dass ich immer für sie da bin. Ehrlich gesagt« – er lächelte in sich hinein –, »glaube ich, dass ihr die Idee gefällt.«

»Dann hat sich das alles schließlich doch als Segen erwiesen, oder?«

Mit entschuldigendem Blick legte er seine Hand auf die ihre. »Für mich ist es besser gelaufen als für dich, was? Ich weiß, wie es dir erscheinen muss. Du hast jedes Recht, bitter zu sein. Ich wollte wirklich nicht, dass du meinetwegen leidest. Deswegen möchte ich auch, dass du mich die Anwaltskosten bezahlen lässt.«

»Glaubst du, damit ist es getan?«, entgegnete sie schroff. »Du willst dich freikaufen, scheint mir, ebenso wie bei Sam.«

»Findest du? Es tut mir leid, wenn es so aussieht. An dich denke ich ganz anders als an Sam. Wenn ich alles wieder einrenken könnte, würde ich es sofort tun. Aber das kann ich nicht, und das weißt du. Wir wissen es beide. Wir könnten so tun, als wären wir verliebt und als könnte es mit uns klappen, doch es ist offensichtlich, dass das nicht der Fall ist, und es wäre eine Katastrophe, wenn wir versuchen würden, es zu erzwingen. Ich weiß ja nicht, wie es dir geht,

aber ich brauche erst mal etwas Zeit für mich, um mir über alles klar zu werden.«
»Aber natürlich«, erwiderte sie. Es war ihr peinlich, dass sie den Eindruck erweckt haben könnte, sie würde ihn bitten, bei ihr zu bleiben. »Ich doch auch. Und es wird schon wieder, keine Sorge. Ich hätte gern, dass wir Freunde bleiben, wenn's geht.«
»Wir sind Freunde, egal, was passiert. Und du wirst wieder auf die Füße kommen, das weiß ich. Du bist stark, auch wenn du dich im Augenblick mies fühlen magst. Du wirst es schon schaffen.«
Sie lächelte. »Ich versuch's. Ich nehme an, es ist eine Frage der Flexibilität – und ich war schon immer jederzeit bereit, mein Leben zu ändern. Aber all die Träume, die du mit Rawlston hattest – damit ist es jetzt auch vorbei.«
»Ach, das ist nicht so schlimm. In gewisser Weise bin ich wie du. Man muss in Bewegung bleiben«, sagte er und trank einen Schluck Wein. »Wenn man stillsteht, stirbt man.«

Sie verabschiedeten sich im Gedränge vor der U-Bahn-Station. Beide sagten, sie müssten sich bald mal wieder treffen, aber Bella wusste, dass sie Ben heute zum letzten Mal gesehen hatte. Früher, dachte sie, wären wir so schnell wie möglich in irgendeinem Hotel verschwunden, unfähig, die Finger voneinander zu lassen.
Jetzt küssten sie sich auf die Wange, gesetzt, fast traurig.
»Pass auf dich auf!«, sagte Ben. »Es wird schon wieder, ganz bestimmt.«
»Du auch. Viel Glück! Ich hoffe, es gefällt dir in Edinburgh.«
»Meld dich mal! Lass mich wissen, wenn ich dir irgendwie helfen kann, ja? Wiedersehen, Annabella.«
»Wiedersehen.«

Dreiundzwanzig

Immer wenn sie an Holly Lodge vorbeifuhr, fiel Jane auf, wie trostlos und unwirtlich das Haus wirkte. Es musste Einbildung sein, da sich nichts verändert hatte. Das Haus sah genauso aus wie immer. Der Unterschied war, dass sie die Kinder jetzt überhaupt nicht mehr zu Gesicht kriegte. Sie kamen nicht mehr zu Besuch, und auch auf dem Schulweg hatte Jane sie nie gesehen. Iain musste irgendeine Kinderbetreuung organisiert haben, schließlich war er den ganzen Tag im Büro.

Auch nebenan war alles still. Ben Clarke war eines Abends erschienen, um ihr mitzuteilen, dass er seine Haushälfte wieder verkaufen werde. Es war ein kurzer Höflichkeitsbesuch gewesen, und beide taten so, als wisse Jane nicht, was geschehen war. Weder Bella noch Sam wurden erwähnt.

Was für Folgen so etwas haben kann!, dachte Jane. Zwei Familien zerstört. Drei Kinder ohne die Mutter. Menschen, die in schrecklichem Schmerz umherstolperten – sie dachte an Iain Balfour, der offensichtlich litt. Sollte es das wert gewesen sein?

Was mit Bella passiert ist, sollte mir eine Lehre sein, sagte sie sich. Genau davor habe ich mich schützen wollen. Und trotzdem konnte sie nicht anders, als mit Sehnsucht an Tom zu denken. Und anders als Bella und Ben hielten sie ihre Beziehung nur geheim, weil sie es so beschlossen hatten. Niemand würde verletzt werden, wenn sie es offiziell machten. Die Kinder wären bestimmt erstaunt, vielleicht sogar eifersüchtig, aber dass ihre Mutter einen Liebhaber hatte, würde ihr Leben weder ändern noch sie unglücklich machen.

Das Problem war nur, sie wusste nicht, ob es nicht schon zu spät war. Vielleicht hatte sie so lange unentschlossen gezaudert, dass die Chance verpasst war.

Wie blöd ich doch war!, erkannte Jane. Ich glaubte, mich vor Verletzungen zu schützen, wenn ich ihn auf Abstand halte. Aber das ist schlicht nicht möglich. Wenn es dich erwischen soll, erwischt es dich, ob es dir nun gefällt oder nicht. Und wenn ich jetzt weiter vorsichtig bleibe, werde ich nur mit gar nichts enden – da, wo ich angefangen habe.

Der Gedanke, die Süße des Lebens, die sie in letzter Zeit gekostet hatte, aufzugeben, war schrecklich. Sie wusste, sie würde darauf nicht mehr verzichten können.

Als Maggie anrief, überraschte Jane sich selbst, indem sie ihr alles erzählte. Sobald sie einmal angefangen hatte, sprudelte es aus ihr heraus, die ganze Geschichte von Tom und allem, was bis zu ihrem letzten Treffen zwischen ihnen passiert war.

»Jane!«, rief Maggie. »Ich bin ja so froh! Warum hast du mir das denn nicht schon längst erzählt? Das ist ja wunderbar!«

»Findest du?«

»Aber natürlich! Es ist gegen die Natur, dass du in diesem Riesenkasten ganz allein vor dich hin welkst, das habe ich immer schon gedacht. Ich wünsche dir seit Jahren, dass du jemanden findest. Aber wie solltest du, wenn du nie das Haus verlässt? Und ein Student! Ich kann dir sagen, hier laufen ein paar echte Sahnetörtchen rum, die ich nur zu gerne vernaschen würde … wenn Gregor und mein beruflicher Ethos nicht wären, natürlich. Oh, hast du ein Glück! Ich wette, er hat jede Menge Energie.«

Jane lachte. »Und das ist es, was zählt?«

»Ach, versuch nicht, alles zu Tode zu analysieren. Greif zu! Ergreif deine Chance! Warum nicht? So viele Jahre haben wir schließlich nicht, in denen wir uns im Heu wälzen können. Deine erste Reaktion ist immer, zu allem Nein zu sagen, stimmt's? Gott weiß, warum. Komm schon, Jane – lebe ein wenig! Was hast du denn schon zu verlieren?«

Lebe ein wenig! Genau das hatte Tom auch gesagt. »Du hast Recht«, sagte sie zu Maggie.

»Natürlich habe ich Recht. Und jetzt geh zu diesem Jungen, bevor irgendein schnuckeliges Erstsemester ihn dir vor der Nase wegschnappt.«

»Glaubst du, ich sollte?«

»Du brauchst meine Erlaubnis doch nicht! Man merkt genau, dass es das ist, was du willst. Also tu's einfach!«

Sie nahm allen Mut zusammen und rief Tom an, und sie verabredeten sich vor dem Botanischen Garten. Er wartete schon auf sie, perfekt gekleidet – absolut anbetungswürdig in seiner Tweedjacke und der Cordhose, die zu samtiger Weichheit abgetragen waren. Mit seiner kleinen Brille mit Goldgestell und dem lockigen Haar hätte er aus fast jedem Jahrzehnt des letzten Jahrhunderts entsprungen sein können. Er begrüßte sie mit einem Kuss, und sie wanderten zum ummauerten Garten, ein wenig verlegen, und setzten sich auf eine Bank in einer kleinen Anlage mit einem Brunnen in der Mitte. Der Tag war kühl, und es waren nicht viele Leute unterwegs.

»Ich wusste nicht genau, ob ich dich wiedersehen würde«, sagte Tom, ohne sie anzusehen. Er fixierte stattdessen die Armlehne der Parkbank, auf der sie saßen. »Es schien dir nicht viel auszumachen, als ich letztes Mal sagte, dass wir einander nicht mehr so oft sehen könnten wie früher.«

»Schien es nicht?«

Er schüttelte den Kopf. »Nein.«

»Nun – es hat mir was ausgemacht. Wahrscheinlich bin ich mittlerweile sehr gut darin, mich zu schützen, indem ich nicht zeige, was ich empfinde. Schließlich arbeite ich seit fünfzehn Jahren daran.« Sie wickelte ihren Schal enger um sich, als versuche sie, ihren Mut festzuhalten. »Also, hör zu! Ich will dir etwas sagen. Vielleicht ist es ja schon zu spät, aber darauf bin ich vorbereitet.«

»Was willst du mir sagen?« Er wirkte nervös.

Sie widerstand dem Drang, die Hand auszustrecken und seine Wange zu streicheln. »Ich werde versuchen, es zu erklären. Ich habe mich aus vielerlei Gründen nicht richtig auf dich eingelassen, und die meisten dieser Gründe waren durchaus vernünftig. Aber der Hauptgrund war, ich hatte Angst, ich würde furchtbar verletzt werden, wenn ich es täte. Das ist, wie wenn man vom Pferd fällt und Angst hat, gleich wieder aufzusteigen. Entweder man stellt sich seiner Angst, oder man wird neurotisch, und ich bin den Weg des Feiglings gegangen und habe beschlossen, mich in Watte zu packen, um den Schmerz nicht noch einmal erleben zu müssen, den ich empfunden habe, als Theo starb. Das hat ganz gut funktioniert, weil ich die Kinder hatte und das Haus, auf die ich all meine Energien richten konnte. Und ich habe auch nie einen Mann getroffen, der diese Verhaltensweise ernsthaft in Frage gestellt hätte.« Sie blickte über das gedämpfte Wintergrün des Gartens. »Und als du dann kamst, hatte ich die perfekte Entschuldigung dafür, es nicht richtig ernst zu nehmen.«

»Du meinst – unseren Altersunterschied?«

»Natürlich. Das war ein bisschen wie eine Rücktrittsklausel

für mich. Das bedeutete, dass es sowieso keine Zukunft für uns geben würde, und das machte es mir leichter, mich darauf einzulassen. Und du schienst einen großen Teil deines Lebens für dich behalten zu wollen, was mich annehmen ließ, dass du diese Einstellung teiltest. Dann, bevor wir wussten, wie uns geschah, steckten wir viel tiefer drin, als wir erwartet hatten. Wir hatten einen Punkt erreicht, an dem wir uns entscheiden mussten.«

»Das war ich.« Tom nahm ihre Hand, hielt sie fest und strich mit einem Finger über ihre Handfläche. »Ich wollte die Entscheidung.«

»Weil du das Ende kommen sahst.«

»Natürlich – das Ende meiner Zeit in Oxford. Irgendwann werde ich weggehen müssen. Was möglicherweise auch das Ende meiner Zeit mit dir bedeutet. Obwohl du wahrscheinlich annimmst, mir in meiner jugendlichen Unbekümmertheit wäre das total egal. Aber das stimmt nicht.«

»Das erkenne ich jetzt auch, glaube ich, aber es ist mir schwer gefallen zu glauben, dass du es tatsächlich ernst meinst. Du weißt sicher, warum.«

»Und warum?«

»Weil ich so viel älter bin als du. Ist das nicht offensichtlich?«

Er wirkte gequält. Dann brach es aus ihm heraus: »Ich habe das Gefühl, versagt zu haben, wenn du so empfindest. Siehst du denn nicht, was du für mich getan hast? Zum einen war ich hier einsamer, als ich sagen kann. Es macht Spaß, mit Ollie und den anderen auf den Putz zu hauen, klar, alberne Klamotten anzuziehen und auf Partys zu gehen, aber es bedeutet mir nichts. Mein wahres Ich berührt das nicht. Aber du tust es. Du hast ein bisschen wahre Wärme und Menschlichkeit an diesen Ort gebracht.«

Sie wollte etwas sagen, aber er sprach hastig weiter. »Und

ich finde dich einfach toll. Du bist eine schöne Frau – nein, du bist schön, sehr sogar –« als Jane eine Grimasse schnitt, »– und du bist freundlich und gut und echt. Es scheint mir immer, als hättest du das Geheimnis gefunden, wie man lebt …«

Jane musste lachen. »Aber das ist doch absurd! Genau dieses Gefühl habe ich bei *dir*!«

»Na, ist das nicht die beste Voraussetzung für eine Beziehung? Wenn ich bei dir bin, fühle ich mich wie ein besserer Mensch, als würde ich lernen … einfach zu *sein*.«

Sie legte die Hand an seine Wange, und er schmiegte sich dagegen, rieb sein Gesicht an ihrer Hand. Sie kostete das Gefühl der schmeichelnden Wärme seiner Haut aus. »Was sagen wir da gerade?«, fragte sie. »Meinen wir, dass es wirklich etwas werden könnte?«

»Ich wüsste nicht, warum wir es beenden sollten, wenn wir das beide nicht wollen.«

»Nur dass –«

»Wag ja nicht, es zu sagen!«

»Was zu sagen?«

»Das A-Wort. Du weißt schon. Alt. Ich will das nie wieder hören.«

»Das kann ich dir nicht versprechen. Es wird nicht von selbst verschwinden, weißt du?« Sie fuhr mit der Hand durch seine Locken. »Aber ich werde nicht mehr ständig davon anfangen. Du hast gesagt, dass es dir nichts ausmacht, und ich werde dir vertrauen müssen – ich muss dir vertrauen.«

»Ich bin froh. Sehr froh.« Er drückte ihr einen leichten Kuss auf die Nasenspitze. »Deine Nase ist ein bisschen kalt. Gehen wir und trinken etwas Heißes. Also, was ich dich noch fragen wollte … Nächste Woche haben wir ein feierliches Dinner in der Oxford Union – irgendein Studentenclub –,

und wir sollen alle einen Gast mitbringen. Smoking vorgeschrieben. Würdest du mich begleiten? Wenn du die Gesellschaft jeder Menge lauter, rechthaberischer und ziemlich besoffener Studenten ertragen kannst …«
Sie standen auf und gingen langsam zum Eingang zurück, Hand in Hand.
So leicht kann das doch nicht sein, dachte sie mit einem Anflug von Beklommenheit. Aber dann rief sie sich zur Ordnung. *Genieß es doch einfach! Wenn es dir leicht vorkommt, dann vielleicht deswegen, weil es so ist.* »Smoking vorgeschrieben? Meine Güte …«
»Es ist nichts allzu Aufregendes. Die meisten Typen, die ich kenne, würden liebend gern im Smoking zur Vorlesung gehen, wenn sie dürften. Jede Ausrede ist ihnen recht. Aber es könnte Spaß machen.«
»Vielleicht komme ich mit. Gibt es auch Tanz?«
»Ab ein Uhr morgens sehr wahrscheinlich Tanz auf den Tischen.«
»Dann komme ich ganz bestimmt. Werden wir die ganze Nacht aufbleiben?«
»Wir werden uns bei Tagesanbruch auf der Brücke küssen.«
Sie lächelte ihn an. »Das klingt himmlisch.«

Nicky war unterwegs, was sie fast jeden Abend zu sein schien, und Bella war allein in der winzigen Wohnung in Mayfair. Es kam ihr vor, als würde sie schon seit Jahren aus dem Koffer leben und in einem engen Einzelbett schlafen. Holly Lodge, das großzügige Wohnzimmer, das Sofa, die Kinder um sie herum – all das erschien ihr wie ein ferner Traum. London war hoffnungslos übervölkert und unbeschreiblich schmutzig auf verabscheuungswürdige, ungesunde Weise. War man erst einmal von London losgekommen, war es vielleicht unmöglich, glücklich in die schwitzige Umarmung der Stadt zurückzukehren. Hier drehte sich alles nur ums Geld und die falschen Freuden, die darauf basierten, es auszugeben: es zu veressen, zu vertrinken, sich damit zu brüsten und damit abzuschirmen.

Wenn man sehr wenig davon hatte, machte das nicht viel Spaß.

Sie saß im Dunkeln im Wohnzimmer, guckte Kabelfernsehen und hörte zu, wie randalierende Gäste den Pub gegenüber verließen. Als das Telefon klingelte, ging sie nicht ran, sondern wartete, bis der Anrufbeantworter ansprang. Sie erstarrte, als sie Iains Stimme hörte.

»Äh ... Ja, das ist eine Nachricht für Bella. Ähm. Hier ist Iain. Ich dachte, vielleicht bist du ja da, ich würde gerne mit dir reden ...«

Sie riss sich zusammen und nahm den Hörer ab. »Hallo? Hallo, Iain. Ich bin's.«

Es gab eine Pause. »Ich dachte, du wärst nicht da.«

»Ich nahm an, der Anruf wäre für Nicky.« Sie wartete darauf, dass er etwas sagte, aber am anderen Ende der Leitung herrschte Schweigen. »Bist du noch dran?«

»Ja. Doch, ich bin noch dran. Leg nicht auf. Hör zu ... Bella ... Ich habe mich gefragt, ob wir uns nicht mal treffen sollten, um ... darüber zu reden. Über die ganze Sache.«

»Also, ich weiß nicht. Hat das denn einen Sinn? Es gibt keine zweite Chance, hast du doch gesagt. Die Ehe wäre kein Computerspiel.«

»Ich weiß. Aber wir müssen uns treffen, um ...« Seine Stimme schwankte. »Es fällt mir sehr schwer. Schwerer, als ich dachte. Ich dachte, es würde möglich sein, dich auszuschließen, aber alles hier erinnert mich an dich. Und die Kinder ... Du fehlst ihnen so. Ich wünschte, es wäre anders, aber sie vermissen dich, und ich kann nichts dagegen tun.«

»Wo wollen wir uns treffen?«, fragte Bella schnell. Sie spürte, wie viel Überwindung es ihn kostete, diese Dinge zu sagen. Ein winziges Fensterchen hatte sich aufgetan, eine Chance, und sie musste es festklemmen, damit es offen blieb. »Soll ich zu dir kommen?« Die Vorstellung, Katie und Christopher zu sehen, an ihrem Haar und ihrer Haut zu schnuppern, erfüllte sie mit Sehnsucht.
»Nein.«
»Willst du nach London kommen?«
»Nein. Nicht in London.«
»Dann treffen wir uns doch auf halbem Wege. In Oxford.«
»Ja, gut. Treffen wir uns in Oxford.«

Sie war lächerlich nervös, als sie im Zug saß, einer Bummelbahn, die an der Themse entlangzuckelte und an jeder winzigen Station hielt, bevor sie in Oxford einfuhr. Sie starrte aus dem Fenster, in dem sie ihr eigenes blasses Gesicht sah, verzerrt durch das Glas, das mit riesigen Augen ihren Blick erwiderte. Sie fühlte sich zu beklommen, um sich vorzustellen, wie der Abend verlaufen würde. Vor einem Treffen mit Ben hatte sie sich immer gefragt, ob sie miteinander im Bett landen würden: die körperliche Anziehungskraft zwischen ihnen war noch so frisch und stark. Bei Iain konnte sie sich das überhaupt nicht vorstellen.
Er erwartete sie am Bahnhof. Sie sah ihn, bevor er sie sah; ihr Herz zog sich vor Mitleid zusammen, und Tränen stiegen ihr in die Augen. Er wirkte so allein, wie er da in der kleinen Bahnhofshalle stand, in der Nähe des Ausgangs, eine Zeitung in der zusammengekrampften Hand. Mit nervös flackernden Augen musterte er die Menge. Als er Bella entdeckte, hatte sie sich bereits wieder gefasst und kam mit einem Lächeln auf ihn zu.

»Hallo!«
Er räusperte sich. »Hallo, hallo!« Ungeschickt beugte er sich vor und drückte ihr einen flüchtigen Kuss auf die Wange. »Wo wollen wir hingehen?«
»Mir ist es gleich. Was würdest du empfehlen?«
»Rund um den Bahnhof herum gibt es nicht viel. Aber ein Stück die Straße hinauf ist ein Chinese, wenn du Lust darauf hast.«
»Gut, gehen wir zum Chinesen.«
Auf dem Weg zum Restaurant kam kein Gespräch zustande. Bella versuchte es, aber Iain reagierte nicht, also schwiegen sie, bis sie bestellt hatten.
»Wie geht es den Kindern?«, fragte Bella, als der Kellner sich entfernt hatte.
»Gut. Na ja ... Chrissie macht ins Bett. Katie ist wirklich prima – sie ist wie eine kleine Mutter, wechselt morgens seine Bettwäsche. Sie weiß auch, wie man die Waschmaschine bedient. Ich wüsste gar nicht, wie ich ohne sie zurechtkäme.« Iain spielte nervös mit dem drehbaren Ständer für Sojasauce, Salz und Pfeffer herum. »Eigentlich bin ich wegen der Kinder hier.« Er starrte auf das weiße Tischtuch und sagte dann unvermittelt, wobei er sie scharf beobachtete: »Clarke ist weggezogen.«
»Ach ja?«, sagte sie ruhig. Sie hatte nicht vor zu reagieren oder auch nur anzudeuten, dass sie von Bens Plänen wusste.
Iain kaute auf seiner Unterlippe herum. »Ich nehme an, es ist vorbei.«
»Ja.« Bella schaute ihm direkt in die Augen und sprach so fest, wie sie konnte. »Es ist vorbei.«
Sein Gesicht erhellte sich zum ersten Mal an diesem Abend. »Gut.«
Will er, dass ich zu ihm zurückkomme?, fragte sie sich.

Am liebsten hätte sie ihn direkt gefragt, aber jahrelanges Zusammenleben mit Iain hatte sie gelehrt, dass es besser war, wenn sie abwartete. Sie biss sich auf die Zunge und schwieg.

»Ich wollte mit dir über die Kinder reden«, sagte er endlich. »Wenn du Clarke immer noch sehen würdest, käme das selbstverständlich gar nicht in Frage. Das möchte ich von Anfang an klarstellen.« Er wartete, und als nichts kam, fuhr er fort: »Ich bin kein Scheusal, auch wenn du mich dafür hältst. Ich will die Kinder nicht für etwas bestrafen, was du getan hast. Aber es fällt mir sehr schwer. Es fällt mir schwer ... nicht zurückzuschlagen, zumal du mich so sehr erniedrigt und verletzt hast. Aber ich habe versucht, dagegen anzugehen, und ich bin zu einem Entschluss gekommen. Ich finde, du solltest nach Rawlston zurückkehren.«

»Du willst, dass ich zu dir zurückkomme?«

»Die Kinder wollen, dass du zu ihnen zurückkommst. Ich ...« Er holte tief Luft und stieß sie zittrig wieder aus. »Ich bin bereit, auszuziehen und eine Weile in London zu leben. Bis wir uns entschieden haben, was aus uns wird. Ich arbeite in der Stadt, du nicht. Es ist doch verrückt, dass du in London wohnst, obwohl die Kinder dich brauchen. Ein gemeinsames Leben ist unmöglich, das ist klar, also ist das die offensichtliche Lösung.«

Bella fühlte sich ganz klein angesichts seiner Großzügigkeit. Er hasste London. Er war äußerst ungern von den Kindern getrennt, und sei es nur für kurze Zeit. Und trotzdem bot er ihr Holly Lodge an, wo Katie und Christopher waren, obwohl all seine Instinkte ihn drängen mussten, ihr alles wegzunehmen, was ihr teuer war. Es war ein großes Opfer für ihn, das höchste, das wusste sie.

»Danke«, flüsterte sie.

Er blickte weg und blinzelte heftig. »Ich denke dabei nicht an dich, sondern an die Kinder.«
»Ich weiß. Trotzdem danke.«
Sie saßen schweigend da und warteten auf ihr Essen.

»Ich finde es einfach empörend, dass du mir das nicht schon längst erzählt hast«, sagte Jerry. Seine Stimme verriet deutlich, dass er schmollte. »Da plane ich nun, dir jede Menge wunderbaren Sex zu verschaffen, und du gehst hin und machst es, ohne mir Bescheid zu sagen.«
»Ohne dich hätte ich es nie geschafft, oder? Du hast Tom schließlich mitgebracht«, sagte Jane besänftigend.
»Das stimmt wohl. Tja, wenn ich mir wenigstens einen kleinen Verdienst daran zuschreiben kann, fühle ich mich schon besser. Oh, hast du ein Glück!« Jerry seufzte. »Denk nur an mich armen Kerl und den göttlichen Ollie. Eine Festung, die noch eingenommen werden muss. Aber noch gebe ich nicht auf.«
Jane lachte. »Schatz, versuch es weiter. Du weißt doch, das ist das halbe Vergnügen.«
Als sie endlich den Hörer auflegte, kam Tom herein, eine Flasche Schlehenlikör in der Hand. Er reichte ihr ein Glas der schweren, pflaumenfarbenen Flüssigkeit. »Na, wie hat er es aufgenommen?«, fragte er und setzte sich neben sie aufs Sofa.
»Sehr gut eigentlich, wenn man bedenkt, wie sehr er es hasst, der Letzte zu sein, der etwas erfährt.«
Tom grinste. »Er wird schon darüber wegkommen.«
Alec steckte den Kopf durch die Wohnzimmertür. »Mama, du hast Besuch.«
»Ja?« Jane war überrascht. Draußen war es kalt und ungemütlich. So spätabends hatte sie niemanden mehr erwartet.

»Die Frau aus dem roten Backsteinhaus«, erklärte Alec.
Jane wechselte mit Tom einen Blick, und sie ging in die Küche, wo Bella sich dankbar gegen den Eisenofen kuschelte.
»Schön warm«, verkündete sie, als Jane eintrat.
»Hallo.« Jane begrüßte sie mit einem Kuss. »Was für eine Überraschung! Was machst du denn hier?«
»Ich bin wieder hergezogen.« Bella lächelte sie an. Sie schien ein ganz anderer Mensch zu sein als die gebrochene, benommene Frau von neulich. Sie setzten sich zusammen an den Küchentisch. »Iain hat angeboten, dass ich bei den Kindern bleiben kann, während wir sehen, was werden wird. Oh, vielen Dank.« Sie nahm den Wein, den Jane ihr reichte. »Ich bin seit gestern wieder hier.«
»Das freut mich sehr. Das Haus wirkte ganz trostlos und unwirtlich, als du weg warst.«
»Ja. Und ich kann nicht behaupten, dass es auf magische Weise wiederhergestellt ist. Die Kinder haben sich erst wahnsinnig gefreut, weil sie dachten, alles wäre wieder normal, aber als ihnen klar wurde, dass jetzt ihr Vater gehen würde, waren sie wieder ganz verzweifelt.« Bellas Gesicht verdüsterte sich. »Für sie ist nichts Gutes bei alldem herausgekommen. Aber ich wollte mich noch einmal bei dir für deine Hilfe und deine Unterstützung bedanken. Es hat mir viel bedeutet. Ich weiß gar nicht, was ich ohne dich getan hätte.«
»Gern geschehen.« Jane schwenkte die rubinrote Flüssigkeit in ihrem Glas. »Ich weiß, so gut kennen wir einander nun auch wieder nicht, aber kann ich dich etwas fragen?«
»Gern.«
»Glaubst du, ihr werdet wieder zusammenfinden, du und dein Mann?«
Bella dachte nach und seufzte tief. »Ich weiß es nicht. Im Augenblick sehe ich da keine Möglichkeit. Iain ist unglaub-

lich stolz, und ich weiß, ich habe ihn sehr tief verletzt. Ich weiß nicht, ob er sich je so davon erholen wird, dass er meine Gegenwart ertragen kann. Und ich weiß auch nicht, ob ich zu ihm zurückkehren könnte. Am Ende war ich schrecklich unglücklich – deswegen war ich ja so verknallt in Ben, wegen der elenden, einsamen Gereiztheit, die Iain in mir ausgelöst hatte. Als dann Ben daherkam, war es mir unmöglich, ihm zu widerstehen. Und trotz allem, was dann geschehen ist, weiß ich, dass ich nicht anders handeln würde, wenn ich noch einmal in die Situation käme – dass ich nicht anders handeln könnte. Ich hatte einfach keine Wahl.«

»Ich verstehe.«

»Kannst du das nachempfinden?« Bella schaute sie flehentlich an.

»Ein wenig.« Sie dachte an Tom, der im Nebenzimmer saß und auf sie wartete. Es war wie ein Puls, der ganz in der Nähe schlug, ein Glück. »Aber ich wollte dir noch etwas anderes sagen. Ich habe über dich nachgedacht und über das, was geschehen ist. Wie du schon sagtest, ist es zu spät, um noch etwas daran zu ändern. Aber wenn dadurch, trotz aller Verletzungen, dem Schmerz und dem Leid, die es verursacht hat, für dich die Tür zu einem neuen Leben aufgestoßen wurde, einem Leben, das du wirklich für besser hältst, dann schlag diese Möglichkeit nicht aus.«

Bella schaute überrascht.

»Ich weiß. Du hast erwartet, dass ich sagen würde, kehr zu deinem Mann zurück, denk vor allem an die Kinder, büß für deine Sünden.«

Bella starrte auf den Tisch. »Aber so fühle ich mich. Ganz unwürdig und lasterhaft, weil ich einer anderen Frau den Mann weggenommen habe, weil ich eine Ehe zerstört und meinem Mann die Treue gebrochen habe. Ich habe das Gefühl, alle erwarten von mir, ein härenes Hemd anzuziehen und den Rest meines Lebens Buße zu tun.«

»Vielleicht hätte ich auch einmal so gedacht. Aber, so klischeehaft das auch klingen mag, das Leben ist kurz. Man weiß nie, was kommt, und nichts ist je so einfach, wie es scheint. Ich habe nicht vor, dich zu verurteilen. Ich denke nicht daran.«

»Wirklich?«

»Wirklich. Es wäre wunderbar, wenn es immer ein glückliches Ende geben würde, für uns alle, aber dem ist nicht so. Also greif zu, und nimm dir, was du brauchst, solange du kannst. Die Hauptsache ist: Du darfst dein Leben nicht vergeuden. Ich habe viele Jahre vergeudet und war kurz davor, noch mehr zu vergeuden, als ich erkannte, dass man solche Chancen nicht ungenutzt vorbeigehen lassen darf. Wenn es das Beste ist, zu deinem Mann zurückzukehren und es noch einmal mit ihm zu versuchen, dann tu es. Aber was auch immer du tust, es muss das sein, was du wirklich willst, sonst wird es zum Scheitern verurteilt sein. Und du ebenfalls.«

Bella brauchte einen Moment, um das zu verdauen. »Iain hat sich verändert, das spüre ich. Vielleicht haben wir doch noch eine Chance. Ich weiß es nicht.«

»Dann lass dir Zeit! Überstürz nichts! Und du kannst gern jederzeit vorbeischauen, wenn du möchtest.«

»Das hast du schon einmal gesagt, damals, als ich nach Rawlston kam.« Bella lächelte sie an. »Es ist ein schöner Gedanke, dass du immer hier sein wirst.«

Jane zuckte die Achseln. »Werde ich vielleicht nicht. Ich habe daran gedacht zu reisen. Meine Tochter war im September per Interrail unterwegs und war ganz begeistert, also habe ich mir gedacht, vielleicht sollte ich das auch mal ausprobieren.«

»Das klingt großartig. Weißt du schon, wo es hingehen soll?«

»Nicht genau. Ich habe mich noch nicht entschieden. Vielleicht …« Sie hielt inne und fügte dann beiläufig hinzu: »Vielleicht nach Südafrika.«

»Wie exotisch! Wie schön! Aber ohne dich wird Rawlston nicht mehr dasselbe sein. Ich habe mich daran gewöhnt, dich hier zu wissen, wie einen Schutzengel.«

»Irgendjemand wird auf jeden Fall hier sein. Meine Schwester und ihr Lebensgefährte überlegen, ob sie nicht eine Weile in Rawlston leben sollen. Sie erwägen, aus London wegzuziehen, ihr Leben zu ändern. Vielleicht kaufen sie sogar die andere Haushälfte.«

Bella lächelte. »Das wäre wunderbar für dich, nicht wahr?«

Jane nickte langsam. »Ja, das stimmt. Im Moment läuft wirklich alles sehr gut. Maggie hier zu haben wäre wirklich schön.«

»Ich freue mich für dich.«

Jane drückte die Hand der anderen Frau. »Für dich werden auch wieder bessere Zeiten anbrechen, das weiß ich. Selten ist etwas das Ende der Geschichte, weißt du, selbst wenn wir es gern hätten. Das Leben geht einfach immer weiter.«

»Weißt du was? Ich bin sehr froh, das zu hören.«

Die Küchentür ging auf, und Tom steckte den Kopf herein. »Jane, wo bewahrst du die Kohlen auf? Der Kohleeimer ist fast leer.«

»Direkt hinter der Kellertür steht ein Beutel.«

Bella drehte sich zu Jane um, als Tom verschwunden war, und hob die Augenbrauen. »Wer war denn das?«, fragte sie mit einem Grinsen.

Jane lächelte. »Das«, sagte sie, »ist ein ganz neues Kapitel.«

Danksagung

Ich danke dem brillanten Team im Lektorat, das hinter diesem Buch steht, insbesondere Jane Wood, Sara O'Keeffe, Hazel Orme und Susan Lamb, ebenso wie allen Mitarbeitern von Orion in den Abteilungen Lektorat, Herstellung, Vertrieb, Marketing sowie Rechte und Lizenzen, die sich für dieses Buch so eingesetzt haben. Sie sind wirklich eine tolle Truppe – die allerbeste.

Außerdem gilt mein Dank meiner Agentin Lizzy Kremer; meinen Freunden, die mir Mut gemacht haben; meiner Familie, die meinetwegen ganz aufgeregt war; dem kleinen Barney, der ungefähr um dieselbe Zeit ausgebrütet wurde wie dieser Roman; und am allermeisten danke ich meinem wunderbaren Ehemann James Crawford.

Nachdenklich. Tröstlich. Weise. Ein großes Buch von den Dingen des Lebens

Marita van der Vyver
DAS LICHT
IN IHREN AUGEN
Roman
Aus dem Afrikaans von
Stefanie Schäfer
BLT
368 Seiten
ISBN 978-3-404-92316-8

Die Augen meiner Kinder. Abends funkelten sie wie die Sterne, tagsüber schienen sie wie die Sonne. Die Augen meiner Töchter waren meine Wegweiser. Das einzige Licht, das ich je wirklich gebraucht habe.

Getröstet von der Liebe und der Fürsorge ihrer Töchter San und Bella, wartet Adèle auf den Tod. Doch noch will sie die rivalisierenden Schwestern nicht allein lassen, die vor Schmerz und Trauer vergehen. Im Rückblick auf unbeschwerte Tage in Afrika lehrt sie die jungen Frauen behutsam, sich selbst anzunehmen und das Leben als Geschenk zu begreifen: kostbar, wild und voller Widersprüche.

BLT

»Eine großartige Liebesgeschichte und noch viel mehr. Märchenhaft und doch voller Modernität.«

GUARDIAN

Marita van der Vyver
ICH WART AUF DICH
IN AFRIKA
Roman
BLT
448 Seiten
ISBN 978-3-404-92294-9

Wenn man die 40 erst überschritten hat, regiert nur noch die Vernunft, glaubt die Südafrikanerin Griet – bis die Dozentin sich in Amerika in den charmanten Luca mit den traurigen Augen verliebt. Der italienische Kollege trauert noch um seine Frau. Und er hat – genau wie Griet – eine kleine Tochter, die sich gegen »die Neue« an der Seite ihres Vaters wehrt. Aber das Abenteuer eines fremden Landes schweißt Griet und Luca zusammen, auch wenn ihre Liebe Kontinente überwinden muss …

Berührend und authentisch erzählt die Autorin von Menschen, die ihren Gefühlen aus Angst vor Verletzung nicht trauen. Doch wer würde die Liebe verleugnen, nur weil sie schmerzen könnte?

BLT